Taschenbücher von MAX ALLAN COLLINS
im BASTEI-LÜBBE-Programm

13 261 Las Vegas 1946
13 311 Dick Tracy
19 093 Bußgeld für Nolan
19 103 Ein Veteran kehrt zurück
19 105 Der Einäugige
19 106 Mordkongreß
19 115 Auch Blumenkinder sterben
19 123 Wochenendmorde
19 129 Die dunkle Stadt
19 139 Killer in der dunklen Stadt

Max Allan Collins

KIDNAPPING

THRILLER

Ins Deutsche übertragen
von Uwe Anton

BASTEI
LÜBBE

BASTEI-LÜBBE-TASCHENBUCH
Band 13 460

Erste Auflage:
Juni 1993

Deutsche Lizenzausgabe 1993
Bastei-Verlag Gustav H. Lübbe
GmbH & Co., Bergisch Gladbach
Originaltitel: Stolen Away
Lektorat:
Wolfgang Neuhaus/René Strien
Titelfoto: Arndt Drechsler
Umschlaggestaltung:
Quadro Grafik, Bensberg
Satz: KCS GmbH,
Buchholz/Hamburg
Druck und Verarbeitung:
Brodard & Taupin, La Flèche,
Frankreich
Printed in France

ISBN 3-404-13460-5

Der Preis dieses Bandes
versteht sich einschließlich der
gesetzlichen Mehrwertsteuer.

Obwohl die historischen Ereignisse in diesem Roman mehr oder weniger genau wiedergegeben werden (soweit es die inzwischen vergangene Zeit und sich widersprechendes Quellenmaterial zulassen), sind hier Fakten, Spekulationen und Fiktion frei gemischt: historische Persönlichkeiten treten neben solchen auf, die aus mehreren Personen zusammengesetzt oder frei erfunden sind – und alle reden und handeln nach Gutdünken des Autors.

Für Lynn Myers jr., auch bekannt als Sam – meinen Schnüffler an der Ostküste.

Ich hatte von diesem Heldenquatsch die Nase dermaßen gestrichen voll, daß ich Zeter und Mordio hätte schreien können.

Charles A. Lindbergh

Ruhm ist eine Art Tod.

Anne Morrow Lindbergh

Es gibt in der Tat Vereinigungen, die Grausamkeiten gegenüber Tieren bekämpfen, aber leider keine, die Grausamkeiten gegenüber Menschen bekämpfen.

Bruno Richard Hauptmann

PROLOG

4. März 1932

1

Die vollbusige Blondine stieg mit einem Baby in den Armen und einem besorgten Ausdruck auf dem hübschen, wenn auch von Pockennarben gezeichneten Gesicht die kleine, silberfarbige Metalltreppe des Zuges hinab. Ein Gepäckträger nahm sie am pelzbesetzten Ärmel ihres braunen Mantels mit Pelzkragen und half ihr auf einen Holzstuhl hinunter, den er dorthin gestellt hatte, wo sich eigentlich die letzte Stufe hätte befinden müssen.

Die Frau bedachte ihn mit einem flüchtigen Dankeslächeln, bevor sie sich vom Twentieth Century Limited entfernte, dem schlanken Stromlinienzug, der sie von New York hierhergebracht hatte.

Es war ganz natürlich, daß eine Frau ihr Kind behütet – besonders jetzt, wo die Zeitungen voll von dem standen, was alle bereits als das ›Verbrechen des Jahrhunderts‹ bezeichneten: die zwei Nächte zurückliegende Entführung des Lindbergh-Jungen aus seinem behüteten Kinderzimmer in einem Landhaus, in einem abgelegenen Teil New Jerseys.

Warum, zum Teufel, diese Entführung eine Mutter in Chicago, Illinois, nervös machen sollte, überstieg jede Logik, aber nicht die menschliche Natur, die natürlich sehr wenig mit Logik zu tun hat. Welche Mutter hätte sich nicht mit den unglücklichen Lindberghs identifiziert? Welche Mutter hätte, wenn sie diese schrecklichen Schlagzeilen las und diese hysterischen Radiosprecher hörte, nicht ihr unschuldiges Kleinkind fester an den Busen gedrückt, an den ich in diesem Fall auch gern gedrückt worden wäre?

Der Haken daran war: Ich glaubte nicht, daß diese Frau die Mutter des Kindes war.

Um ehrlich zu sein, ich hätte sogar darauf gewettet, daß dieses Kind Lindy jr. höchstpersönlich war und nicht ihr kostbares eigenes kleines Fleisch und Blut.

Nur, daß es nicht ganz so klein war. Das Kind war eigentlich schon zu groß dafür, auf dem Arm getragen zu werden – das Lindbergh-Baby war schließlich erst zwanzig Monate alt. Und dieses Kind trug einen Schlafanzug der Marke Dr. Denton's – wie Little Lindy, als er aus seinem Kinderbett gezerrt worden war – und war ganz in Decken gehüllt, statt den einteiligen Strampler und die Mütze zu tragen, die man bei einem solchen Knirps hätte erwarten dürfen.

Und tatsächlich, ich hatte dunkles, lockiges Haar auf dem Kopf des Kindes ausgemacht und nicht die berühmten blonden Locken des vermißten Jungen. Aber, zum Teufel, der Dame kaufte ich ihre Haarfarbe auch nicht ab.

Ich saß auf einem von drei Stühlen auf einem offenen Schuhputzerstand an der Mauer vor den Gleisen, die zum Lokschuppen des Bahnhofs LaSalle Street führten. Dieser Stuhl war fast so was wie ein zweiter Wohnsitz für mich, wenn ich hier Dienst schob; der Schuhputzer, Cletus, ein Bursche von vielleicht siebzig Jahren, hatte nichts dagegen – solange ich aufstand, mich verzog und ihn seinen Lebensunterhalt verdienen ließ, sobald es auf dem Bahnhof voll wurde.

Was ich jetzt sowieso tun mußte – herumstreichen und ein Auge auf unverheiratete Schlampen, Gangsterliebchen und das Fußvolk des Mobs werfen. Außerdem war es Winter und im Bahnhofsgelände wärmer als hier auf dem lauten, windigen Bahnsteig.

Ich war ein Bulle in Zivil des Sonderkommandos für Taschendiebstahl unter Lieutenant Louis Sapperstein, und es war meine Aufgabe, in Zug- und Busbahnhöfen und so weiter herumzuhängen – wie all die Perversen, die auf ihr Glück hofften.

Und vielleicht hatte ich an diesem Nachmittag wirklich Glück gehabt – genausoviel Glück wie Lindy, als er den Flug über den Atlantik geschafft hatte. Ich war in der Abteilung bereits der jüngste Bulle in Zivil; vielleicht konnte ich es auch bis zum jüngsten Lieutenant bringen.

Wir hatten heute morgen einen Steckbrief bekommen, den der Chief of Detectives Schoemaker an jede Abteilung in der Stadt geschickt hatte. Er zeigte eine brünette, attraktive Frau mit hartem Gesicht namens Bernice Rogers, die eine ›Bekannte‹ eines gewissen Joseph Bonelli war, ›angeblicher Boß einer Kidnapper-Bande aus New Jersey‹. Schoemaker hielt sowohl Bonelli als auch sein Liebchen für aussichtsreiche Kandidaten der Lindbergh-Entführung. Das war gar nicht so weit hergeholt: die meisten Zeitungen im Land schrieben entweder der Capone-Bande aus Chicago oder der Purple Gang aus Detroit die Schuld zu.

Wie um diesen Verdacht von sich abzuwenden, hatte Capone – der nach seiner vor kurzem erfolgten Verurteilung wegen Steuerhinterziehung im Cook County Jail saß – den Zeitungen gegenüber entrüstete und besorgte Kommentare abgelassen und eine Belohnung für die Rückgabe des Kindes ausgeschrieben. Aber Big Al war ja selbst Vater, da konnte man das schon nachvollziehen.

Ich suchte nicht unbedingt gezielt nach Bernice Rogers. Aber zu den Pflichten eines Bullen, der nach Taschendieben Ausschau hält, gehört es auch, auf gutaussehende Frauen zu achten und sich zu vergewissern, daß sie nicht verdorben sind, wie es bei manchen gutaussehenden Frauen gelegentlich der Fall sein soll; und ich hatte schon vielen gutaussehenden Gangsterbräuten Handschellen angelegt.

Also spähte ich über den Sportteil meiner Zeitung zu ihr hinüber, als sie näher kam, richtete den Blick auf die Visage von schroffer Schönheit und zog dann unauffällig

Schoemakers Steckbrief aus der Manteltasche, um die Brünette auf dem Papier mit der Blondine in Fleisch und Blut zu vergleichen.

Doch ich hatte das Blatt kaum hervorgezogen, als sie schon eilig und mit blitzenden Seidenstrümpfen an mir vorbeiging. Anscheinend hatte sie, von dem kostbaren, eingehüllten Paket einmal abgesehen, kein Gepäck dabei. Als ich also dort saß, stürmte die Blondine vorbei und preschte durch die Türen in den Bahnhof wie ein Footballstürmer, der gerade den Ball hatte. Dabei wachte das Kind endlich auf, und es begann zu heulen; na ja, wenigstens lebte es noch.

Ich sprang vom Schuhputzstuhl hinab, ließ die Zeitung auf dem Stuhl liegen und nickte Cletus zu, der das Nicken erwiderte, während er die Schuhe eines wirklichen Kunden bearbeitete; und ich schlenderte mit nachgemachter Beiläufigkeit in den großen, eckigen, zugigen Wartesaal.

Und die Frau war verschwunden.

Die Treppe, die zur Straße führte, lag direkt vor mir. War sie schon hinuntergegangen? Stieg sie am Straßenrand gerade in ein Taxi? Ich blickte an der Treppe vorbei zu dem großen Zeitungsstand, suchte langsam den halb gefüllten Wartesaal mit den Holzbänken rechts und links ab. Keine Spur von ihr. Der Raum wurde von gefiltertem Licht erhellt, das durch ein so hohes Fenster fiel, daß man dadurch tatsächlich über den Gleisen der Hochbahn vor dem Bahnhof ein Stück Himmel sehen konnte; Menschen eilten durch die gazeartige mittägliche Unwirklichkeit, Geister, die geschäftig durch die mit Staubflecken gesprenkelten Streifen Sonnenlicht hetzten, aber keiner davon war die Blondine.

Und dann hörte ich das Echo des Schreiens eines Kindes, und da war sie: sie ging mit ihrem Bündel zur hinten gelegenen Damentoilette.

Ich drängte mich zwischen kommenden und gehenden Passagieren hindurch, bahnte mir den Weg zu einer Holzbank neben der Toilettentür, durch die sie gegangen war, und setzte mich.

Ich warf einen Blick zu den Telefonzellen hinüber. Sollte ich nicht besser Bericht erstatten? Aber von der Sonderkommission war sowieso keine Verstärkung zu erwarten; sogar Sapperstein, der Boß, war im Einsatz, drüben im Bahnhof Dearborn. Ich blickte zu der silbern-metallenen, futuristischen Uhr hinauf, die wie ein gütiger, schläfriger Gott über die weitläufige Warteraumwelt wachte: Viertel nach vier. Sapperstein würde bald ins Büro der Detectives zurückkehren.

Egal. Ich wollte diese Verhaftung selbst vornehmen, und zwar sofort. Wenn es hinhaute, wollte ich den Ruhm nicht teilen. Wenn es falscher Alarm war, brauchte es niemand zu wissen. Sollte ich auf die Damentoilette gehen und sie schnappen, während sie die Windeln wechselte? Aber wenn sie es gar nicht war? Oder noch schlimmer: was, wenn sie es doch war, und eine Menge unschuldiger Frauen wurden erschossen, während sie gerade die Höschen bis zu den Knöcheln heruntergelassen hatten, um zu pinkeln?

Jemand hatte neben mir eine *Trib* auf der Bank liegen lassen; ich nahm sie und tat so, als würde ich sie lesen. Selbst die Innenseiten waren voll von Nachrichten über den Lindbergh-Fall. Trottel wie ich glaubten, das Kind überall zwischen Duluth und Timbuktu gesehen zu haben.

Keine zwei Minuten später verließ sie die Toilette so eilig, wie sie sie betreten hatte.

Ich faltete die Zeitung zusammen, warf sie auf die Bank, gähnte und eilte ihr hinterher. Sie ging zur Treppe.

Trotz ihrer Last schoß sie so rücksichtslos die Stufen zur Straße hinab, als würde sie verfolgt, was ja auch der Fall war, nur hoffte ich, daß sie nichts davon wußte. Ich folgte ihr in gemächlichem Tempo, knöpfte dabei den Mantel zu und rückte meinen Hut gerade. Sie hatte sich für die rechte Treppe entschieden; ich entschied mich für die linke. Ich wollte ein gutes Stück aufholen und dabei schon mal die Handschellen bereithalten.

Als ich den Gang erreichte, auf den beide Treppen mündeten, war die Frau wieder weg. Und als ich – immer drei Stufen auf einmal – die Treppe zur Straße runterstürmte, mit der Hand über das geschwungene Treppengeländer aus rostfreiem Stahl gleitend, stellte ich fest, daß sie noch immer einen beträchtlichen Vorsprung hatte.

Ich drängte mich zwischen den Menschen hindurch, die sich an den Zeitungsständen vor den Türen scharten, und trat hinaus in einen Nachmittag, der so grau wie die Stadt selbst war. Eisige Schneeflocken legten sich auf mein Gesicht, und der berühmte Wind Chicagos machte seinem Ruf mal wieder alle Ehre. Mein Atem stieg wie eine Geistererscheinung vor mir in die Luft. Die Gleise der Hochbahn und der sich vor mir auftürmende Bahnhof machten die Welt noch dunkler und bedrückender. Wo *war* sie?

Sie stieg links von mir in ein wartendes Taxi.

Ich lief nach rechts und winkte ein anderes Taxi herbei. Ich stieg in dem Augenblick ein, als das Checker Cab, in dem die Frau mit dem Baby saß, wie eine Erinnerung an mir vorbeiglitt.

»Folgen Sie diesem Taxi«, sagte ich.

Und der Fahrer, ein Slawe mit zerknittertem Gesicht, einer schäbigen grünen Mütze und einer großen Lücke zwischen den Vorderzähnen, drehte sich zu mir um und grinste. »Warte schon seit Urzeiten darauf, daß das mal jemand zu mir sagt.«

»Wie schön für Sie«, sagte ich. »Hier haben Sie Ihr Fahrgeld schon mal im voraus.«

Ich zeigte ihm meine Marke, und sein Frohsinn verblaßte.

»Vielleicht ist für Sie noch was drin«, gestand ich ihm

zu, »wenn Sie die Frau nicht verlieren, und wenn sie nicht merkt, daß wir ihr folgen.«

»Werden sie nicht«, sagte er, erleichtert darüber, daß er vielleicht doch noch ein paar Scheinchen bei der Sache verdienen konnte. Er zog sein Yellow Cab auf die Van Buren hinaus.

Diese Bernice Rogers war etwa dreißig Jahre alt und hatte ein Vorstrafenregister, das Prostitution und Bagatelldiebstahl einschloß. Vor ein paar Monaten hatte sie über die Cradle, eine Agentur in Evanston, einen Jungen adoptiert. Sie war sehr wählerisch gewesen, was das Alter betraf – der Kleine hatte nicht älter als zwei Jahre und nicht jünger als ein Jahr sein dürfen.

Der Chief of Detectives, Schoemaker, alias ›Old Shoes‹, ein gerissener alter Bulle, war der Ansicht, daß das adoptierte Kind zur Tarnung dienen sollte. In diesem Fall wäre es etwa wie folgt abgelaufen . . .

Ein weibliches Mitglied der Bonelli-Gang (vermutlich Bernice Rogers) kümmert sich ein paar Monate lang um das adoptierte Kind. Leute, die die Rogers mit dem Kind sehen, gehen natürlich davon aus, daß es das ihre ist. Inzwischen schnappt sich der Kidnapper-Ring ein vorher ausgewähltes Kind (vermutlich Charles Lindbergh jr.); und die Frau tauscht das entführte Kind dann gegen das adoptierte aus, das anschließend ausgesetzt oder anderweitig beseitigt wird.

Und wenn Bernice Rogers nun mit dem entführten Kind gesehen wird, entsteht kein Verdacht, weil dieses Kind fälschlicherweise für dasjenige gehalten wird, mit dem man sie zuvor gesehen hat. Wenn man ein Baby gesehen hat, hat man alle Babys gesehen.

Aber warum war Bernice Rogers dann nach Chicago zurückgekehrt, wenn es wirklich so gelaufen sein sollte? Schoemaker vermutete, daß die Rogers eine Zeitlang im Osten gelebt hatte, ganz unbescholten als Mutter eines kleinen Kindes. War es ihr dort zu heiß geworden? Gab jemand aus der Gang dem Druck nach? War Betrug im Spiel?

Ich lächelte, lehnte mich im Sitz zurück und genoß die Vorstellung, einige dieser Fragen zu klären, indem ich Bernice Rogers hochgehen ließ. Schwelgte geradezu in der Vorstellung, der Bulle zu sein, der den Lindbergh-Fall ganz allein und aus einem halben Kontinent Entfernung aufgeklärt hatte. Nicht schlecht für einen Jungen, denn das war ich: sechsundzwanzig Jahre alt und ein relativ leichtes Leben in zweifellos schweren Zeiten genießend.

Und was die Verhaftung auf eigene Faust betraf, so war ich eifrig und keineswegs besorgt. Ich wußte, daß Gangsterbräute wie Bernice gefährlich sein konnten, doch wenn man bei der Sondereinheit zur Bekämpfung von Taschendiebstahl war, mußte man sich tagtäglich körperlich mit Gangstern auseinandersetzen. Es verging kaum eine Woche, in der ich nicht so einem Arschloch die Knarre abnehmen mußte.

Und außerdem trug ich selbst eine Waffe unter dem Arm – eine Neun-Millimeter-Browning – und hatte keine Angst, sie zu benutzen.

Nicht, daß ich schießwütig war. Um ehrlich zu sein, hatte ich mich für diese Waffe entschieden – statt für den üblichen Revolver, den die meisten Bullen tragen –, weil ich Automatik-Waffen vorzog und weil mein Vater sich mit dieser Waffe erschossen hatte.

Mein Vater, dessen Buchhandlung in der West Side hauptsächlich politisch radikale Literatur geführt hatte, war ein alter Gewerkschaftler gewesen, der sich nie mit dem Gedanken hatte abfinden können, daß ich Bulle werden wollte. Und richtig sauer war er gewesen, als er herausgefunden – oder vermutet – hatte, daß eine gewisse Summe, die ich ihm gegeben hatte, damit er den Mietvertrag für den Laden erneuern konnte, die Bezahlung für meine Aussage im Mordprozeß gegen Jake Lingle gewesen war. Die Bullen und Capone hatten einen Sündenbock gefunden, der die Schuld für diesen Mord auf sich nehmen sollte, und ich war der Zeuge, der die Sache durchbrachte. Es war keine große Sache: der Sündenbock nahm bereitwillig an der Verlade teil und würde für seinen Gefängnisaufenthalt gut bezahlt. Und meine Bereitschaft zur Zusammenarbeit brachte mir eine Beförderung zum Bullen in Zivil und einen Umschlag mit einem Tausender darin ein. Aber mein Alter konnte einfach nicht begreifen, daß ich bereit war, auf diese Weise vorwärts und an einen besseren Job zu kommen – also nach den Regeln zu spielen, nach denen in Chicago gespielt wurde.

Na ja, eigentlich verstand er es schon. Er konnte es mir nur nicht verzeihen. Er hielt sich die Waffe, die ich nun bei mir hatte, an den Schädel und pustete sich das Hirn raus; das war letztes Jahr gewesen. Und ich trug die Waffe bei mir, um ganz sicher zu gehen, daß ich es niemals vergessen würde. Ich würde nicht zögern, sie zu benutzen, aber ich würde sie nicht leichtfertig benutzen. Das war das einzige Gewissen, das ich hatte.

Ich stand noch immer nicht darüber, gelegentlich ein bißchen ehrliches Schmiergeld zu kassieren – man tat so einen schmutzigen und gefährlichen Job ja nicht nur für das läppische Gehalt.

Aber ich war es Papa schuldig, die Macht des Polizisten nicht zu mißbrauchen. Das hatte er an uns gehaßt: für diesen alten Kommunisten waren wir Bullen knüppelschwingende und schießwütige Arschlöcher gewesen.

Vielleicht würde Papa heute nachmittag da oben zusehen, wenn ich etwas Würdiges tat, etwas, was man von einem Bullen erwartet. Wenn ich ein Unrecht wiedergutmachte, wie Nick Carter oder Sherlock Holmes in den Büchern, die ich als Kind gelesen hatte. Wenn ich ein entführtes Kind seinen verzweifelten Eltern zurückgab. Das würde Papa da oben im Himmel gefallen. Nur, daß Papa nicht an den Himmel geglaubt hatte und ich auch nicht daran glaubte.

»Nicht so nah ran«, warnte ich den Taxifahrer. »Halten Sie zwei oder drei Wagenlängen Abstand.«

Er nickte und ließ sich zurückfallen. Wir waren auf dem Lake Shore Drive und folgten dem Checker Cab die Gold Coast entlang – aristokratische Braunstein-Landsitze neben modernen, hohen Wohnhäusern, die einen unbeeindruckten, unruhigen weißen und grauen Lake Michigan umsäumten. Ich mußte mir demnächst eine Wohnung in dieser Gegend suchen – verdammt, die billigsten waren doch für läppische dreihundertfünfzig Dollar Miete im Monat zu haben.

Der Checker bog am Irving Park ab, und wir taten es ihm gleich und fuhren in eine Gegend, die auch einmal ein vornehmes Stadtviertel gewesen war, bevor das Geld nach Norden gezogen war. Was natürlich ein Segen für Kriminelle war. Eine komplette Gang – besonders dann, wenn sie von der Polizei gesucht wurde – konnte in eine dieser großen Sechs-Zimmer-Wohnungen ziehen, ganz gelassen dort untertauchen und mußte nicht einmal auf das Nachtleben der nahe gelegenen Innenstadt verzichten. Wenn ich so viel Geld wie ein Gangster gehabt hätte, wäre ich vielleicht selbst hierhergezogen.

Nun bog der Checker nach rechts auf die Sheridan Road ab, wo das Taxi schließlich vor einem großen, mehrstöckigen, mit Terrakottaziegeln verklinkerten Wohnhaus – einem von vielen, die an dieser Straße Seite an Seite standen – anhielt. Die Blondine und das Baby stiegen aus.

Mein Taxi rollte vorbei, und als ich zurückschaute und sah, daß die Blondine in dem Wohnhaus verschwand, sagte ich: »Halten Sie an.«

Der Fahrer lenkte den Wagen an den Bordstein, drehte sich um und zeigte mir wieder sein Grinsen und die Zahnlücke. »Wie war ich?«

»Toll«, sagte ich, holte einen Zehner hervor, riß ihn in der Mitte durch und gab ihm eine Hälfte.

Seine Augen wurden ganz groß; er wußte nicht, ob er wütend werden oder sich freuen sollte. »Was soll das?«

Ich stieg bereits aus. »Sie können sich die andere Hälfte verdienen, wenn Sie warten. Fahren Sie vorn um die Ecke, suchen Sie ein Telefon und rufen Sie Lieutenant Sapperstein im Büro der Detectives an. Sagen Sie ihm, ich hätte Bernice Rogers zum Haus Nummer 4072 Sheridan verfolgt und bräuchte Verstärkung.«

»Alles klar. Und von wem kommt die Nachricht?«

»Heller.«

»Okay, Officer Heller.«

»Wiederholen Sie alle Namen.«

»Äh – Lieutenant Sapperstein im Büro der Detectives. Bernice Rogers. Heller.«

»Und die Adresse?«

»4072 Sheridan.«

Jetzt schenkte ich ihm mein schönstes Lächeln. »Braver Junge.«

Es hatte aufgehört zu schneien, doch der Wind wehte noch immer etwas Schnee auf, einen feinen, weißen Nebel, der sich auf meinem Gesicht gut anfühlte. Mein Herz begann zu rasen, und ich atmete langsam durch, um mich zu beruhigen, während ich zu dem Haus ging. Gegenüber von dem Wohnhaus befand sich eins der großen Vorstadtkinos, von denen Chicago schrecklich viele aufweisen konnte. *Arrowsmith* wurde gezeigt, mit Ronald Colman. Den mußte ich mir noch ansehen.

Ansehen mußte ich mir jetzt aber erst mal die Blondine, falls sie mir nicht entwischte. In der klaustrophobisch kleinen Vorhalle waren ein halbes Dutzend Briefkästen und genauso viele Klingelknöpfe angebracht. Unter allen Knöpfen bis auf einen standen Namen; weder ›Bernice‹ noch ›Rogers‹ befanden sich darunter. Ich drückte auf alle Knöpfe, bis auf den ohne Namen – 4-B – und wartete, daß jemand die Innentür aufdrückte.

Jemand drückte auf.

Das Treppenhaus wurde auf jeder Etage von einer kleinen Brüstung mit jeweils zwei Wohnungstüren unterbrochen und führte dann weiter hinauf. Der Hausmeister hatte eine Wohnung im Erdgeschoß, und ich hätte ihn fragen können, doch vielleicht würde er seinen Mieter warnen, daß ein Bulle zu ihm unterwegs war. Statt dessen ging ich zur ersten Brüstung hinauf, klopfte an die Tür von Wohnung 1-A und wartete.

Ein Schätzchen von etwa zwanzig Jahren mit Clara-Bow-Locken spähte durch den Türrahmen und sah meine Marke. Es runzelte die Stirn.

»Sie sind neu«, sagte sie. Betty Boop mit schlechten Manieren und einer Zigarette.

»Wie bitte?«

»Ich habe für diesen Monat schon bezahlt. Ich kann doch kein Geld kacken.«

»Miss, ich will Sie nur etwas fragen. Ihr Geld interessiert mich nicht.«

»Oh«, sagte sie nicht mehr ganz so frostig. Sie öffnete die Tür ein Stück weiter. Ihr schlanker, kleiner Körper war in einen blauen und rosa Kimono mit Blumenmuster gehüllt.

Sie wirkte so gelassen, als hätte sie gerade ›Schiffe versenken‹ gespielt. Doch ihr Äußeres ließ darauf schließen, daß sie gerade ein ganz anderes Spielchen getrieben hatte.

»Wie kann ich Ihnen helfen, Cowboy?«

»Wissen Sie, ob vor kurzem neue Mieter hier eingezogen sind?«

»Äh . . . nein.«

»Hm. Steht irgendeine Wohnung leer?«

»Nein, ich glaube nicht.« Sie blies einen Rauchring aus. »Haben Sie nicht beim Hausmeister gefragt?«

Ich bedachte sie mit meinem verbindlichsten Lächeln. »Vielleicht spreche ich lieber mit Ihnen.«

Ronald Colman hatte nichts zu befürchten, doch sie kaufte es mir trotzdem ab, und ein schwüles Grinsen ließ die Zigarette zwischen ihren Lippen in die Höhe fahren.

»Ich wohne seit über einem Jahr hier, Cowboy, und seitdem ist niemand ein- oder ausgezogen.«

Ich dachte darüber nach. Dann holte ich den Steckbrief hervor und faltete ihn so, daß sie lediglich Bernice Rogers' Foto sehen konnte.

»Kennen Sie die?«

»Klar«, sagte sie. »Das ist Bernice Smith. Sie wohnt oben in 4-B.«

Der Klingelknopf ohne Namen.

»Sie hat ein Kind?«

»Ja.«

»Baby?«

Sie dachte für einen Augenblick, ich hätte sie ›Baby‹ genannt. Dann fiel der Groschen. »Äh, ja«, sagte sie. »So ungefähr anderthalb Jahre alt.«

»Welche Farbe hat das Haar des Babys?«

»Blond, glaube ich.«

»Und Bernice?«

»Na ja, wie auf dem Foto da – brünett.«

Interessant.

»Wenn Sie nach ihr suchen«, sagte sie und atmete blauen Rauch aus, »ich glaube nicht, daß sie da ist.«

»Ach?«

»Sie macht Urlaub. Schon seit über einem Monat. Solange sie weg ist, wohnt ihr Bruder in der Wohnung.«

»Danke, Miss«, sagte ich und steckte den Steckbrief wieder ein.

»Ich heiße Marie.«

»Danke, Marie.«

»Haben Sie auch einen Namen, Cowboy?«

»Nate«, sagte ich.

Ihre lüsternen Lippen bildeten ein kußrundes Lächeln. »Seien Sie vorsichtig, Nate.«

Sie mochte mich. Andererseits hatte ich das Gefühl, daß sie lediglich an meinem Sexualtrieb interessiert war. Und an fünf Dollar.

Ich nickte ihr zu und ging hinauf; auf halber Höhe der Treppe hörte ich, wie sie die Tür schloß. Ich ging weiter und knöpfte den Mantel auf. Dann knöpfte ich die Anzugjacke auf und zog die Automatik aus dem Schulterhalfter. Ich hatte meine beiden Anzüge von einem Schneider auf der Maxwell Street anfertigen lassen, damit sie die Browning verbargen. Ich steckte die rechte Hand mit der Pistole in die Manteltasche.

Und jetzt war ich auf der vierten Treppenbrüstung und betrachtete die Tür der Wohnung 4-B.

Ich starrte die Tür an und den Buchstaben und die Zahl aus Messing. Ich hatte keine Verstärkung. Ich zitterte leicht. Mein Körper mixte gerade einen Cocktail aus Furcht und Adrenalin. Sollte ich warten? Sollte ich die Tür eintreten? Oder klopfen?

Ich klopfte.

Die Tür wurde knarrend geöffnet. Das harte, pockennarbige, hübsche Gesicht sah mich argwöhnisch an.

»Was wollen Sie?«

Ich zeigte ihr die Polizeimarke und sagte – nichts. Sie hatte die Tür zugestoßen, bevor ich den Mund aufbekam.

Dahinter rief sie: »Die Bullen!«

Ich ließ die Hand mit der Pistole in der Tasche stecken, hob das Bein und trat gegen die verdammte Tür. Sie sprang beim ersten Versuch auf.

Ich stürmte hinein und sah zwei Burschen in weißen Hemden und mit Schulterhalftern, Hosenträgern, gelockerten Krawatten und unrasierten Gesichtern, die gerade von einem Tisch aufgesprungen waren, auf dem noch Rommékarten lagen. Beide hatten geraucht, und blauer Zigarettendunst hing wie Nebel im Zimmer. Der eine Bursche war dünn wie eine Rasierklinge, hatte einen rasierklingendünnen Schnurrbart und glattes zurückgekämmtes Valentino-Haar. In seinem Halfter steckte ein Revolver. Der andere war groß, fett und ungepflegt. Vor ihm auf dem Tisch standen mehrere Bierflaschen; daneben lagen ein angebissenes Butterbrot und ein Revolver, nach dem er griff, und ich schoß zweimal auf ihn. Einen Schuß in die Brust, einen in den Kopf. Ich hatte einfach durch meinen Mantel geschossen. Scheiße!

Die Frau fing zu schreien an. Sie stand auf der Schwelle einer Tür, die anscheinend zur Küche führte. Das Kind war nicht zu sehen.

Der rasierklingendünne Bursche stieß den Tisch um, bückte sich und eröffnete das Feuer auf mich. Ich wich in den Korridor zurück, um eine Wand zwischen uns zu bringen, während seine Kugeln durch die Türöffnung flogen und das Holz der gegenüber befindlichen Tür zersplitterten.

Ich drückte den Rücken gegen die Wand. »Geben Sie auf!« rief ich. Der Geruch von Schießpulver versengte die Luft. »Das Haus ist umstellt! Wenn Sie hier lebend rauskommen wollen, dann nur mit erhobenen Händen!«

Die Schüsse verstummten.

»Schieben Sie die Knarre in den Korridor«, sagte ich. Die Pistole hatte ich mittlerweile aus der Manteltasche gezogen. »Werfen Sie das Ding nicht, *schieben* Sie's!«

Nach einem Augenblick des Zögerns warf der Bursche die Kanone. Sie knallte links von mir gegen die Scheuerleiste des Fußbodens, härter, als es mir gefiel, aber sie ging nicht los; aus dem Lauf quoll noch Rauch.

»Endlich haben Sie Vernunft angenommen«, sagte ich und trat wieder in die Wohnung, wo ich sah, daß er tatsächlich vernünftig geworden war – aber auf seine Art und Weise.

Er hielt das kleine, schwarzhaarige Kind mit dem

Engelsgesicht mit einem Arm an der Hüfte fest; das Kind schlief oder war betäubt. Die Blondine stand links von mir an einer Wand; ihre Augen waren rund und feucht, ihr hartes Gesicht vor Furcht verzerrt; sie hatte eine Hand zur Faust geballt und an eine Wange gehoben. Sie trug ein einfaches, blaues Kleid, das sich um ihre Kurven schmiegte. Hinter ihr an der Wand hing ein friedliches Landschaftsbild von Maxfield Parrish, ein billiger Druck.

Der rasierklingendünne Mann hatte kleine Augen, aber sie sahen sehr groß aus; man sah praktisch nur das Weiße. Er wirkte wie von Sinnen und schien durchaus imstande zu sein, den Abzug der kleinen Automatik zu drücken, die er dem bewußtlosen Kind an den Kopf hielt.

»Lassen Sie mich vorbei«, sagte er. Seine Stimme war so dünn wie sein Schnurrbart.

»Nein«, sagte ich. »Lassen Sie das Kind los.«

»Machen Sie Witze? Das Balg ist meine Fahrkarte.«

Scheiße.

»Wie heißen Sie?«

»Was geht Sie das an, Bulle?«

»Wie heißen Sie?«

»Eddie«, sagte die Blondine atemlos.

Ich wußte nicht, ob sie meine Frage beantwortete oder mit Eddie sprach. Es war mir auch egal.

»Setzen Sie das Kind ab, Eddie, und ich werde nicht erwähnen, daß Sie eine Geisel genommen haben. Ich schiebe sogar den Widerstand gegen die Verhaftung Ihrem toten Kumpel hier in die Schuhe.«

»Bringen Sie mich nicht zum Lachen«, sagte er und lachte. Er trat einen Schritt vor, drückte seine winzige Geisel enger an sich und hielt die Mündung der Waffe weiterhin auf die Schläfe des Jungen gerichtet.

Ich schoß Eddie zwischen die Augen.

Der Schuß war nicht so beeindruckend, wie es sich anhört, denn er stand ja dicht vor mir; viel beeindruckender war vielmehr der Sprung, den ich machte, als er das

Kind fallen ließ. Ich erwischte den schlafenden Kleinen wie einen Touchdown-Paß beim Baseball.

Ich setzte mich auf den Boden und drückte das schlafende Kind an mich. Die rauchende Pistole hielt ich noch in der Hand; die Leiche des dünnen Burschen lag zu meinen Füßen, die andere zwischen mir und der Blondine, die wie eine Fliege an der Wand klebte. Ich hatte gerade zwei Menschen getötet, und das würde mir später sehr bitter aufstoßen, aber im Augenblick fühlte ich mich hervorragend.

»Sie... Sie haben Eddie erschossen«, sagte die Blondine. Sie schüttelte den Kopf und wollte die Wirklichkeit nicht akzeptieren.

»Allerdings«, sagte ich und schaukelte das Kind leicht, als ich aufstand.

»Wie konnten Sie das riskieren? Er hatte den Finger am Abzug...«

»Ein Schuß in den Kopf macht allen Reflexhandlungen ein Ende, Lady.«

»Bin ich... verhaftet?«

»Sie sind verhaftet.«

»Was... werfen Sie mir vor?«

»Entführung.«

Sie seufzte. Nickte.

»Das ist das Lindbergh-Baby, nicht wahr?«

Sie schüttelte den Kopf, als hätte sie mich nicht verstanden. Die Stimme ihres Herrn.

»Na?« sagte ich. »Ist er es?«

»Mister«, sagte sie, »das ist Hymie Goldbergs Junge.«

»Hymie Goldberg?«

»Der Schnapsbrenner. In Pretoria. Er ist stinkreich. Wir wollten fünf Riesen für das kleine Arschloch verlangen.«

In diesem Augenblick platzte mein Boß durch die Tür. Lou Sapperstein, ein stämmiger Cop mit spärlichem Haar von etwa vierzig erfahrenen Jahren. Er riß die Augen hinter der Brille mit dem Drahtgestell auf und nahm den Hut ab; Schnee lag wie Schuppen auf seinem Mantel. In der Hand hielt er eine .38er.

»Was, zum Teufel, hat das zu bedeuten, Nate?«

»Ich habe gerade die Hymie-Goldberg-Entführung geklärt«, sagte ich.

Und ich gab ihm das Kind.

DER EINSAME ADLER

5. März–18. April 1932

2

»Ich möchte dir jemanden vorstellen«, sagte Eliot Ness.

Ich saß zusammengesunken auf einem harten Holzstuhl in Eliots spartanischem, ordentlichem Büro im Transportation Building an der Dearborn.

»Und wer wäre das?« fragte ich.

»Al Capone«, sagte Ness mit dem Lächeln eines bösartigen Kindes.

Eliot lehnte sich auf seinem Drehstuhl zurück; er saß mit dem Rücken zu seinem Rollpult. Er war ein ziemlich großer Bursche, etwa meine Größe – einsachtzig – mit breiten Schultern und einem ansonsten geschmeidigen Körperbau; der obere Teil seines Torsos war so kräftig geworden, weil er als Jugendlicher im Pullman-Werk Kühler geschleppt hatte.

Die größte Überraschung an Eliot Ness war – für die, die in den Zeitungen und Zeitschriften von seinen Einsätzen als Prohibitionsagent gegen das organisierte Verbrechen gelesen hatten – seine Jugend, ja, beinahe seine Knabenhaftigkeit. Eliot war achtundzwanzig Jahre alt, hatte ein frisches Äußeres und Sommersprossen neben seiner norwegischen Nase. Daß er ein ehrgeiziger, junger Beamter in leitender Stellung war, der die Karriereleiter hinaufkletterte, ließ sich nur an seinem makellosen, dreiteiligen Anzug und der schwarz, weiß und grau gestreiften Krawatte erkennen.

»Eigentlich«, sagte Ness nachdenklich – zumindest gab er sich so – »würde ich ihn dir lieber nicht vorstellen. Mir wäre es angenehmer, wenn du ihm nur zuhörst.«

»Wenn ich wem nur zuhöre?«

»Snorkey behauptet, er könnte das Lindbergh-Baby zurückbringen.«

Ich seufzte und schüttelte den Kopf. »Das ist doch nur ein Schwindel, Eliot. Außerdem habe ich nichts mehr damit zu tun.«

Er legte beide Hände hinter den Nacken und streckte die Ellbogen heraus. »Nate – du bist im Augenblick der führende Experte für Kidnapping in dieser Stadt.«

Ich zeigte ihm einen Vogel. »Weil ich über das Kind eines verdammten Schwarzbrenners gestolpert bin? Gegen die Rogers konnten wir nicht mal die Anklage durchbringen!«

Er runzelte die Stirn. »Woher solltest du auch wissen, daß Hymie Goldberg behaupten würde, die Frau hätte als seine Vermittlerin fungiert?«

»Ja, genau – seine Vermittlerin. Deshalb hat ihr Bruder Eddie es auch darauf angelegt, einen Bullen zu erschießen.«

Diesmal zuckte Eliot mit den Achseln. »Was glaubst du wohl, weshalb diese Entführungsbanden so oft über ihresgleichen herfallen? Ihre Opfer stehen in erster Linie genauso am Rande des Gesetzes wie die Banden selbst – Schwarzbrenner, Spieler und so weiter. Sie wissen, daß ihre Mitbewohner in der Unterwelt niemals Hilfe bei den Bullen suchen würden.«

Eliot war der einzige, den ich kannte, der den Begriff ›Mitbewohner der Unterwelt‹ benutzte. »Aber heutzutage«, fuhr er fort, »gehen die wichtigen Spieler, Schwarzbrenner und Kuppler nicht mehr ohne Leibwächter aus dem Haus. Also haben sich die Entführungsringe nach saftigeren Weiden umgesehen.«

»Wie die Lindberghs, zum Beispiel.«

Eliot nickte. »Wir haben bereits ein Muster erkannt, nach dem es immer öfter Industrielle, Bankiers und Geschäftsleute trifft. Erinnerst du dich an den Parker-Fall in Kalifornien? Das kleine Mädchen war schon tot und verstümmelt, noch bevor sie das Lösegeld eingesackt haben.« Er seufzte und schüttelte den Kopf. »Nachdem der Prohibition die Puste ausgeht, könnte Kidnapping die nächste große Masche werden.«

»Na ja, es ist leicht verdientes Geld. Was willst du dagegen tun?«

Es war eine rhetorische Frage, doch Eliot nahm sie wörtlich. »Ich habe eine Petition an die Bundesregierung geschickt. Ich empfehle die Höchststrafe für den Transport einer entführten Person von einem Staat in den anderen.«

»Du willst durchsetzen, daß eine Entführung als Bundesverbrechen bearbeitet wird?«

Er nickte und lächelte ehrgeizig. »Nimm's mir nicht übel, Nate, aber zu viele von einer Stadt beamteten Bullen sind entweder unfähig oder stehen auf Schmiergeldlisten.«

»Ich würde meinen Hut vor dir ziehen«, sagte ich, »wenn ich nicht die ganzen Äpfel festhalten müßte, die ich auf meinem Streifengang von den Gemüsehändlern bekam.«

»Das ist nicht witzig, Nate.«

»He, ich habe gesehen, wie J. Edgars Jungs arbeiten. Drittklassige Buchhalter und Anwälte, die ihren Abschluß als Schlechteste des Jahrgangs gemacht haben.«

»Ich meine nicht Hoover – ich meine meine eigene Einheit ... und die Finanzbehörde natürlich. Da wir gerade davon sprechen ... Elmer Irey und Frank Wilson fahren morgen von Washington nach Hopewell, New Jersey, um mit Lindbergh zu reden.«

»Warum? Was hat eine Entführung denn mit dem Schatzamt zu tun?«

»Na ja ... ich vermute, Lindbergh hat genauso wenig Vertrauen in J. Edgars Jungs wie du. Deshalb hat er seinen alten Kumpel Ogden Mills angerufen ...«

»Wen?«

Er runzelte die Stirn. »Den Finanzminister. Der Vereinigten Staaten. Von Amerika.«

»Oh. Diesen Ogden Mills.«

»Lindy wollte, daß Mills ihm die Agenten schickt, die Capone geschnappt haben.«

»Womit er dich, Irey und Wilson meint.«

»Ja. Aber ich kann wegen der Operation gegen das organisierte Verbrechen hier nicht weg, und Irey und Wilson arbeiten bestimmt auch lieber ohne mich.«

Elmer Irey, Frank Wilson und Eliot Ness waren in der Tat die Bundesbeamten gewesen, die Capone festgenagelt hatten. Eliots Einheit vom Justizministerium hatte Capones Eier in den Schraubstock gespannt und die Unterlagen beschlagnahmt, die Irey, Wilson und deren Sesselfurzer dann in Beweismittel verwandelt hatten. Aber es gab Spannungen zwischen Ness vom Justizministerium und den Jungs von der Steuerfahndung; beide Parteien schienen sich über den Ruhm zu ärgern, den die andere Seite eingeheimst hatte.

»Ich habe empfohlen, daß ein Beamter vom Chicago Police Department dem Fall als Verbindungsmann zugeteilt wird«, sagte er. »An Ort und Stelle, in Hopewell.«

»Warum?«

»Es deutet einiges darauf hin, daß es sich um eine Bandenoperation handelt, die höchstwahrscheinlich im Mittelwesten ihren Ursprung hat. Ich werde dich vollständig einweisen, bevor du aufbrichst . . .«

»Mich einweisen!« Ich setzte mich auf. »Was hast du . . .«

»Ich habe es mit deinem Boß abgesprochen.«

»Mit Sapperstein?«

»Mit dem Chief der Detectives, Schoemaker. Und dem Polizeichef persönlich. Und dem Bürgermeister. Du fährst nach Hopewell.«

Ich riß die Augen so weit auf, wie ich konnte. »Tja . . .

das ist ja prima. 'ne schöne Abwechslung. Da muß ich wenigstens nicht mehr auf den Bahnsteigen und in Busbahnhöfen rumhängen. Und es könnte auch gut für meine Karriere sein. Aber . . . warum ich?«

Eliot zuckte die Achseln. »Du hast ein paar schöne Schlagzeilen gemacht, als du den Goldberg-Fall geknackt hast.«

Ich schnaubte. »Genau. Ich habe da oben zwei Männer erschossen, und worauf läuft es hinaus? Die Dame bleibt unbehelligt, der Fall wird abgeschlossen, und wer weiß, wie viele Komplizen noch in Freiheit sind.«

Eliot deutete mit einem tadelnden Finger auf mich; er war kaum ein Jahr älter als ich, hatte aber die schlechte Angewohnheit, mich wie ein Kind zu behandeln. »Nate, du hast einen kleinen Jungen in die Arme seiner Mutter zurückgegeben. Es spielt keine Rolle, daß sie die Frau eines einschlägig bekannten Schwarzbrenners ist. Ein Kidnapper-Ring flog auf, und ein kleines Kind kehrt sicher in die Arme der Familie zurück. Genau das will die Öffentlichkeit im Augenblick hören.«

»Tja. Es war einfach Glück.«

»Viele gute Polizeiarbeit ist reine Glückssache. Der Fall hat so viel Aufsehen erregt, daß Lindy ganz begeistert war, daß du kommst, als ich gestern mit ihm telefonierte und dich angekündigt habe.«

Meine Skepsis verblich; Erregung kroch meinen Nacken hinauf. »Aber, Eliot . . . wieso hast du mich vorgeschlagen?«

Sein Gesicht war leer und hart. »Ich vertraue Irey und Wilson nicht – das heißt, ich vertraue ihrem Urteil nicht. Sie sind gute Ermittler, wenn sie sich Hauptbücher vornehmen . . . aber sie haben nicht deine Fronterfahrung.«

»Vielen Dank, aber . . .«

»Du solltest noch was wissen. Mein Vorschlag, dich zu schicken, wurde von verschiedenen Stellen mit Begeisterung aufgenommen.«

»Warum, zum Teufel?«

Er zuckte die Achseln. »Verschiedene Leute wollen dich aus verschiedenen Gründen da draußen haben.«

»Zum Beispiel?«

Eliot zählte sie an den Fingern ab. »Lindbergh will dich, weil er dich für 'ne Art Polizeiheld hält, der ein Kind gerettet hat. Ich will dich aus ureigenen Gründen dort draußen haben. Aber ... es gibt Leute in der Abteilung, die dich dem Fall zuteilen wollen, weil sie der Ansicht sind, daß man mit dir ›umgehen‹ kann, sollte es darauf hinauslaufen.«

Jetzt wurde ich allmählich etwas verwirrt; ich verlagerte mein Gewicht auf dem harten Stuhl. »Nur weil ich früher mal ...«

Er hob die Hand. »Nate. Ich weiß. Der Fall Lingle hat dich aus der Uniform geholt. Aber er hat dich auch ein paar Dinge gelehrt, von denen du gar nicht geglaubt hast, daß du sie jemals lernen würdest. Ich nehme an, du trägst noch die Browning deines Vaters bei dir ...«

Nach einem Herzschlag nickte ich. Er lächelte schwach. »Ich habe nicht viele Polizeikontakte, Nate. Du bist einer von einer Handvoll Männer der Polizei von Chicago, bei denen ich das Gefühl habe, ich kann ihnen vertrauen. *Ich* habe recht, was dich betrifft. Die Männer in den Schatten, die glauben, daß man dich für einen Zehner kaufen kann, irren sich.«

»Eliot, du hast ja so recht«, sagte ich. »Dazu wäre mindestens ein Hunderter nötig.«

Er wußte nicht, ob er lächeln sollte oder nicht. Also schüttelte er nur den Kopf.

Er erhob sich. »Komm mit«, sagte er, »und hör dir an, was Snorkey zu sagen hat ...«

Das Cook County Jail lag in der West Side, nicht weit von meiner alten Heimat entfernt, mitten in einem Slawen-Viertel, in dem Bürgermeister Cermak sowohl das Gefängnis als auch das Bezirksgericht hatte erbauen lassen. Seine Ehren hatte dies getan, behauptete er, um ›das Grundstücksgeschäft‹ in der Gegend zu beleben. Das war in etwa die ehrlichste Aussage, die ein Bürgermeister Chicagos jemals getätigt hatte.

Der stellvertretende Gefängnisdirektor, John Dohmann, fuhr mit uns in einem alten Stahlkabelaufzug fünf Stockwerke hinauf und öffnete dort oben eine schwere, eisenbeschlagene Tür mit der Aufschrift BLOCK D, indem er einen schweren Doppelschlüssel im Schloß drehte und damit Gitterstäbe enthüllte, die den großen, sonnigen Betonraum umgaben, der Alphonse Capones Zelle war, eine Zelle, in der in dieser arg überbelegten Anstalt normalerweise fünfzehn Insassen untergebracht worden wären. Vor den Gittern saß mit dem Gesicht zur Zelle ein Deputy Marshal der Bundesregierung mit einem Knüppel am Gürtel.

Ich hatte viele Jahre in Snorkeys Königreich gelebt, und es war noch immer entnervend, sich dem Thronsaal des Königs zu nähern, auch wenn er aus Beton und Stahl bestand.

Capone – der nicht die gefängnisgraue Montur, sondern einen blauen Flanellanzug mit braunem Hemd, aber keiner Krawatte, trug – saß an einem Tisch und spielte mit dem einzigen anderen Häftling in der Zelle Karten, einem kleinen, hübschen jungen Mann von vielleicht neunzehn Jahren. Im Fahrstuhl hatte Dohmann erwähnt, daß Capone ein Zellengenosse zugestanden worden war, der ihm die Zeit mit Handball und Kartenspielen vertreiben sollte. Wenn man sich diesen Jungen so ansah, gewann der Begriff ›Handball‹, eine ganz neue Bedeutung.

»Ness!« sagte Capone, stand auf, kam zum Gitter und streckte eine große Pfote zwischen den Stäben hindurch.

Eliot zeigte den Hauch eines ironischen Lächelns, als er die Hand ergriff und schüttelte.

»Wir tragen uns nichts nach, was?« sagte Capone mit einem entwaffnenden Grinsen.

»Nein«, sagte Eliot.

Capone war kein so hochgewachsener Mann, wie man glauben mochte, und – wie sein Gegenspieler Eliot Ness – viel jünger, als die Öffentlichkeit annahm, vielleicht zweiunddreißig oder dreiunddreißig. Seine Schultern waren aber breiter als die eines jeden Football-Verteidigers, und sein Kopf war so rund wie ein Kürbis. Sein volles Gesicht war trügerisch, denn er war gar nicht fett.

Hauptsächlich beeindruckten mich jedoch seine Augen: grüngrau, klein und rund und funkelnd, halb unter buschigen, schwarzen Brauen verborgen, die sich in der Mitte wie Verschwörer trafen.

Als er seine großen Hände, unter deren Haut man deutlich die Adern sehen konnte, auf die Gitterstäbe legte, erweckte er den Eindruck eines starken Mannes, der die Stäbe verbiegen wollte, um seine Zuschauer zu verblüffen: doch seine Füße waren klein, fast zierlich, in teuren, spitz zulaufenden schwarzen Lederschuhen.

»Gibt es etwas Neues?« fragte Capone aufrichtig.

»Worüber, Al?« fragte Ness.

»Über den Jungen!«

»Nichts.«

Capone seufzte traurig.

Ich stand ein Stück hinter den beiden neben dem sitzenden Wärter. Eliot machte keine Anstalten, mich vorzustellen, und Capone würdigte mich kaum eines Blickes; ich war einfach einer von Ness' namenlosen Leuten, der den Chef begleitete. Warum sollte ich mich in dieses Gespräch zwischen alten Freunden einmischen?

Außerdem genoß ich irgendwie die Ironie, daß Capone mich fälschlicherweise für einen Unberührbaren hielt.

»Verstehen Sie mich richtig, Mr. Ness – ich will keine Gefallen. Wenn ich nichts für das kleine Kind tun kann, sperren Sie mich einfach wieder ein.«

»Sieht so aus, als wären Sie schon eingesperrt, Al.«

»Hören Sie. Ich weiß, was Sie von mir halten. Aber wenn man mich nur hier herausläßt, werde ich Ihnen jede Garantie geben, die Sie brauchen. *Falls* Sie dieses Kind zurückhaben wollen!«

Capone versuchte, seine Besorgnis um Charles Lindbergh jr. aufrichtig klingen zu lassen, doch seine Worte stellten eher eine Drohung dar.

»Sie begleiten mich persönlich, Ness. Ich werde jede Stunde des Tages und der Nacht mit Ihnen an meiner Seite verbringen, bis wir dieses Kind zurückbekommen haben.«

»Nur wir beide, was, Al?«

»Und ich schicke meinen jüngeren Bruder her. Er soll hier an meiner Stelle im Gefängnis sitzen, bis ich zurückkomme. Sie glauben doch nicht, daß ich meinen eigenen Bruder hereinlegen und ihn hier schmoren lassen würde, oder? Selbst, *falls* ich dem großen Eliot Ness entkommen könnte. Ha!«

Ness sagte nichts; sein schwach ironisches Lächeln sagte alles.

Capones graue Haut lief allmählich rot an. Er hatte die Lider von den grau-grünen Augen gehoben. In der Zelle spielte der hübsche Kriminelle Solitaire und schenkte keinem von uns Beachtung.

Capone versuchte, seine Verärgerung in Aufrichtigkeit umzuleiten. »Geben Sie mir doch die Chance, Ihnen zu beweisen, wozu ich imstande bin! Ich würde in vierundzwanzig Stunden wissen, ob das Kind im Besitz eines Mitglieds des organisierten Mobs ist oder auf eigene Rechnung von einem Einzelgänger entführt wurde. Jeder, der sich in der Unterwelt auskennt, weiß, daß er mir vertrauen kann. Es gibt keinen Mobster, der mir als Überbringer nicht vertrauen würde, wenn die Familie des Jungen das Lösegeld bezahlen will.«

»Und was verlangen Sie von der Bundesregierung, Al, falls es Ihnen gelingt, diesen Trick durchzuziehen?«

Er fuhr mit den Händen durch die Luft, wie ein Schiedsrichter, der einen Wurf gut gab. »Es ist kein Trick. Wenn ich Ihnen nicht helfen kann, komme ich hierher zurück, und die Gerechtigkeit soll ihren Lauf nehmen.«

»Sie haben meine Frage nicht beantwortet, Al. Was verlangen Sie, falls Sie Erfolg haben?«

Seine Hände ballten sich zu softballgroßen Fäusten. In seiner Stirn begann eine Ader zu pochen; die Narbe auf seiner fleischigen Wange wurde weiß. Sein Gesichtsausdruck ähnelte dem eines sehr wütenden Stiers, der ein rotes Tuch betrachtet.

»Was, zum Teufel, glauben Sie denn, Ness? Ich will raus! Ich will, daß diese gottverdammte Strafe aufgehoben wird! Was glauben *Sie* denn, was ich will, verdammt noch mal? Ich wurde reingelegt! Ich wurde beschissen!«

Capone hatte ein Gnadengesuch eingereicht, das es ihm ermöglichen würde, seine Steuerschuld zu bezahlen und mit einer Haftstrafe von zweieinhalb Jahren davonzukommen, die er bei guter Führung auf einer Arschbacke absitzen konnte. Doch Richter Wilkerson hatte dem Handel nicht zugestimmt und Al zu elf Jahren in einem Bundesgefängnis verknackt.

»Ihr wollt, daß ich dreihundertsechsunddreißigtausend Dollar ausspucke! Ich weiß nicht, woher ihr diese Zahlen habt, vielleicht vom Mann im Mond. Ihr habt niemals bewiesen, daß ich auch nur *einen Dollar* verdient habe – vielleicht habt ihr bewiesen, daß ich ein *bißchen*-Geld ausgegeben habe, aber das beweist nicht, daß ich ein Einkommen habe. Was ich ausgegeben habe, das hab' ich vielleicht von Freunden bekommen! Und Geschenke könnt ihr nicht besteuern!«

»Al, wie es so schön heißt – erzählen Sie das dem Richter!«

»Dem Richter! Dieses Arschloch läßt mich doch nicht mal auf Kaution raus! Andere Leute, die wegen Einkommensteuervergehen verdonnert wurden, kommen raus, bis die höchste Instanz über ihren Einspruch entschieden hat. Aber nicht Capone! Man läßt mich im Knast verfaulen! Man zwingt *mich*, die Prozeßkosten zu tragen – bei den anderen macht man das nicht! Verdammte fünfzig Riesen hab' ich bezahlt!«

Ness stand mit verschränkten Armen da; sein Lächeln war verschwunden. Und das, nahm ich an, galt auch für seine Geduld.

Snorkey spürte es auch.

»Ich verstehe euch einfach nicht«, sagte er und versuchte, vernünftig zu klingen, doch es kam beinahe ein Winseln dabei heraus. »Als ich vor elf Jahren nach Chicago kam, hatte ich nur vierzig Mäuse in der Tasche. Ich bin in eine Branche eingestiegen, die niemandem Schaden zufügt. Ständig wird von Arbeitslosen gesprochen. Na ja, ich habe den Arbeitslosen Arbeit gegeben. Mindestens dreihundert junge Männer bekommen im harmlosen Biergeschäft zwischen hundertfünfzig und zweihundert Dollar die Woche von mir. Ziehen Sie mich aus dem Geschäft, und meine Leute verlieren ihre Arbeit – sie haben Familien und Häuser. Was glauben Sie denn, was die machen werden? Auf die Straße gehen und betteln? Nein. Das sind Männer, die früher Diebstähle und Banküberfälle und Schlimmeres begangen haben. Ich habe ihnen *richtige* Jobs gegeben. Wohin gehen sie, und was werden sie tun, wenn ihr mich aus dem Verkehr zieht?«

»Wir werden auch für diese Leute Zellen finden, Al.«

Seine Augen loderten. »Sie sind so verdammt hochnäsig und eingebildet! Wenn Sie von den Profiten eines Schwarzbrenners Einkommensteuer verlangen, unterstützen und begünstigen Sie die ganze Sache doch nur! Da könnten die Bullen genausogut ihren Anteil von jedem Bankraub verlangen!«

»Alte Sprüche, Snorkey. Sehr alte Sprüche.«

Die Wut schlug in Capone Blasen, doch er hielt sich im Zaum.

»Hören Sie, hören Sie«, sagte er und tätschelte mit einer friedensschwangeren Geste die Luft, »das spielt keine Rolle. Kümmern Sie sich gar nicht darum. Ich will nur helfen. Es gibt keinen Mann in Amerika, der dieses Kind nicht gern seinen Eltern zurückgeben wollte, ganz gleich, was es ihn persönlich kostet.«

Er deutete auf ein Foto seines jungen Sohnes in einem vergoldeten Rahmen neben seinem Bett in der Zelle.

»Ich kann mir vorstellen«, sagte er, und die grau-grünen Augen funkelten in der leidvollen Maske seines runden Gesichts, »wie sich Colonel Lindbergh fühlt. Ich weine für ihn und seine wunderschöne Frau.«

»Wirklich?« Capones Lippen schienen sich zu einem Schnauben zu verziehen, doch dann hielt er damit inne. »Auf Sie wird man hören, Ness. Sagen Sie es ihnen.«

»Dann sagen Sie mir etwas, was Sie noch keinem anderen gesagt haben. Sie sind mit dieser Varietéshow bei Captain Stege durchgekommen und bei Callahan vom Secret Service... aber wenn Sie *mich* überzeugen wollen, müssen Sie mir etwas Neues sagen. Sagen Sie mir, warum Sie wirklich glauben, daß Sie diesen kleinen Jungen finden können.«

Das Schweigen hing in der Luft wie eine Schlinge.

Capone leckte über seine fetten Lippen. Er brachte alle Aufrichtigkeit auf, die ihm zur Verfügung stand, und sagte: »Es besteht die Möglichkeit, daß ein Bursche, der mal für mich gearbeitet hat, diese schreckliche Tat begangen hat. Er steht jetzt nicht mehr in meinen Diensten. Verstehen Sie? Aber wenn er es getan hat, und falls ich ihn finden kann – und ich *kann* ihn finden – können wir diesen Jungen zurückbekommen.«

»Wer ist es, Al? Nennen Sie mir einen Namen.«

»Warum, zum Teufel, sollte ich es Ihnen sagen?«

»Weil Ihnen dieses Kind am Herzen liegt. Weil Sie sich nachts wegen dieser ›schrecklichen Geschichte‹ in den Schlaf weinen.«

Capone hob den Kopf und blickte argwöhnisch zu Ness hinab. »Würden Sie es als Zeichen meiner ... Aufrichtigkeit betrachten, wenn ich es Ihnen sage?«

»Vielleicht.«

Die funkelnden Augen wurden zu Schlitzen. »Conroy«, sagte er.

»Bob Conroy?«

Der große Kopf nickte einmal.

Eliot dachte darüber nach. Dann sagte er, mehr zu sich selbst: »Conroy ist schon vor Jahren aus Chicago abgehauen.«

Conroy war angeblich einer der Killer beim Massaker am Valentinstag. Es hieß, er sei an die Ostküste gegangen, als ihm der Boden hier nach dieser lautstarken kleinen Affäre zu heiß unter den Füßen geworden war.

Capone umklammerte die Gitterstäbe. »Ich kann Conroy finden. Holen Sie mich hier raus. Lassen Sie mich Ihnen helfen.«

Ness lächelte Capone geradeheraus an. »Ich würde Sie nicht aus dieser Zelle lassen, und wenn ich damit hundert Kinder retten könnte.«

Das runde Gesicht füllte sich mit Blut.

»Leben Sie wohl, Snorkey.«

»Nur meine Freunde nennen mich so«, sagte der Gangster drohend. »Sie Arschloch ... für wen halten Sie sich ...«

»Ich bin Eliot Ness«, sagte Ness freundlich. »Und Sie – Sie sind genau da, wohin Sie gehören.«

Als der Deputy uns die großen Stahltüren aufschloß, rief Capone hinter uns: »Ich werde mich damit an die Zeitung wenden! Lindbergh wird von meinem Angebot erfahren!«

»Lindy hat offensichtlich schon davon gehört«, sagte Eliot, als wir im Fahrstuhl hinabfuhren. »Deshalb fahren Irey und Wilson zu ihm. Um ihn zu beraten.«

»Nimmst du Capone ernst?«

»Na ja, heute morgen haben Präsident Hoover und sein Kabinett über sein Angebot beraten.«

»Gott im Himmel.«

»Der Bundesstaatsanwalt hat vorgeschlagen, wir sollten herausfinden, ob man Capones Vorschlag dem Berufungsgericht vorlegen sollte.«

»Um Himmels willen, Eliot. Das ist doch nur eine verzweifelte Maßnahme Capones, um aus dem Knast rauszukommen.«

»Richtig. Aber *wie* verzweifelt ist er?«

»Was meinst du damit?«

»Verzweifelt genug, um diese Entführung selbst in die Wege zu leiten, damit er sie ›aufklären‹ und sich die Freiheit verdienen kann?«

Der Fahrstuhl kam scheppernd zum Stehen.

»Was glaubst du, Eliot?«

»Ich glaube«, sagte er, »Capone ist zu jeder Schandtat fähig.«

3

Die Straße zum Anwesen der Lindberghs hieß Featherbed Lane; aber der gewundene, steinige Weg konnte wirklich keinem Vergleich mit einem Federbett standhalten. Er weckte mich sogar aus einem festen Schlaf, den ich genossen hatte, seit wir um zehn Uhr morgens die Grand Central Station verlassen hatte wo der Twentieth Century Limited mich in die Obhut eines langweiligen, wohlgenährten Mannes britischer Herkunft namens Oliver Whately übergeben hatte.

Groß, grobknochig und dennoch fleischig aussehend, mit dunklem, zurückgekämmtem, sich lichtendem Haar, war Whately Colonel Lindberghs Butler und nicht

Chauffeur, und er schien seine neue Aufgabe zu verabscheuen. Ich versuchte, ein bißchen Konversation zu machen, bekam aber eine steife Oberlippe und eine kalte Schulter gezeigt, knöpfte also meinen Mund zu, lehnte die Schulter gegen die Tür der braunen Franklin-Limousine und begann, Baumstämme durchzusägen.

Ich brauchte den Schlaf dringend. Ich war den Großteil der Nacht über wach gewesen, vom Rauchwagen zum Speisewagen gezogen und hatte mehr getrunken, als gut für mich war. Wie nicht anders erwartet, hatte die Polizei von Chicago es nur für nötig befunden, die billigste Reisemöglichkeit zu bezahlen – ehrlich gesagt konnte ich mich glücklich schätzen, nicht im Gepäckwagen mitfahren zu müssen –, und ich hatte im oberen Bett der Pullman-Kabine ganz elend geschlafen.

Aber es hatte eigentlich nicht an der Unterbringung gelegen. Sondern an mir selbst. Ich war nervös. Ich war noch nie im Osten gewesen und hatte ganz bestimmt noch keine solche Berühmtheit wie Colonel Charles A. Lindbergh kennengelernt – abgesehen von Al Capone vielleicht, und wir waren uns ja nicht mal richtig vorgestellt worden. Außerdem war Lindbergh einer der wenigen Männer auf diesem verruchten Planeten, die selbst die schlimmsten Zyniker Chicagos – und dazu zählte ich mich – einfach bewundern mußten.

Lindbergh war nur ein paar Jahre älter als ich, aber einer der berühmtesten und meistbewunderten Männer der Welt. Vor fünf Jahren hatte er sein winziges, einmotoriges Flugzeug – die *Spirit of St. Louis* – über den Atlantik gesteuert; diese Reise von 3610 Meilen – der erste Nonstop-Flug von New York nach Paris – hatte den hoch aufgeschossenen, bescheidenen Jüngling (der damals fünfundzwanzig Jahre alt gewesen war) mit einem Schlag zu einer internationalen Berühmtheit gemacht. Ohne es zu wollen, hatte er Hunderte Preise und Orden bekommen, darunter das Fliegerkreuz für herausragende Leistungen und den Ehrenorden des Kongresses. Den Zeitungen und Wochenschauen zufolge war er ein stiller, ja sogar schüchterner Junge aus dem Mittelwesten, dem es gelungen war, Amerika in einer Zeit der Unmoral und Korruption einen Helden zu schenken.

Ich glaubte nicht an Helden, und doch war Lindbergh auch für mich einer. Ihn kennenzulernen war mir seltsam peinlich und unbehaglich; und es war mir noch unbehaglicher, ihm in einer solch traurigen, verzweifelten Phase seines Lebens gegenüberzutreten.

»Sauer Land«, sagte Whately plötzlich mit einer Messingstimme, welche die Fenster der Limousine zum Scheppern brachte und mich vollends aus dem Halbschlaf riß.

»Was?«

Whately wiederholte sich, und es stellte sich heraus, daß es nur ein Wort war und keine zwei: »Sauerland – manchmal auch als das ›verlorene Land‹ bezeichnet.« Der Butler, der Totengräberschwarz trug, setzte sich würdevoll vom Lenkrad zurück und nickte mit dem großen Kopf zu seinem Fenster und dem schier undurchdringlichen Dickicht des Waldes dahinter, durch den die lange, unbefestigte Privatstraße geschlagen worden war.

»Es heißt«, sagte er, »daß hessische Soldaten dem Labyrinth dieser Wälder zum Opfer fielen, die dann aufgegeben und sich hier niedergelassen haben.« Er betrachtete mich unheilvoll. »Ihr Blut hat sich mit dem der Indianer vermischt.«

Er sagte das in einem Tonfall, als würde er von einem Laborexperiment und nicht von einer willigen attraktiven Rothaut sprechen.

»Später haben sich entlaufene Sklaven in den Bergen des Sauerlands verborgen«, fügte er düster hinzu.

Ich schnalzte in der Wange mit der Zunge. »Ich wette, da wurde noch einiges Blut vermischt.«

Whately nickte mit ernster Miene. »Die Nachkommen

der Hessen und dieses durch Kreuzzucht entstandenen Pöbels hausen in diesen Hügeln und Bergen in Hütten aus Teerpappe und Höhlen.«

»Eine komische Gegend, um ein schmuckes Haus zu bauen«, warf ich ein.

»Der Colonel hat diesen Platz aus der Luft ausgewählt«, sagte Whately und wechselte bei der Limousine und dem Gespräch den Gang. Er klang ganz nüchtern, als er von der Betrachtung der wilden Banden der Hinterwäldler mit vermischtem Blut abließ. Er hob eine große Hand vom Lenkrad und deutete in die Luft. »Colonel und Mrs. Lindbergh haben den Gipfel eines kleinen, runden Hügels ausgewählt, der höher liegt, als der Nebel aufsteigen könnte.«

»Dann hat er dort eine Landebahn angelegt?«

Whately nickte. »Schon allein diese unbefestigte Straße entmutigt Reisende und Schaulustige. Der Colonel liebt die Zurückgezogenheit. Ein weit abgelegener Landsitz ist für die Lindberghs eine Notwendigkeit.«

»Und ein Nachteil.« Er drehte langsam den Kopf und musterte mich an seiner langen Nase entlang, was für seinen Blick schon eine ganz hübsche Strecke darstellte. »Pardon?«

»Wenn Sie mitten im Nichts wohnen, sind sie leichte Opfer. Für halsabschneiderische Hinterwäldler mit vermischtem Blut – oder für Kidnapper.«

Whately schnaubte und richtete seine Aufmerksamkeit wieder auf das Fahren.

Autos und Krankenwagen standen neben der weißen Steinmauer mit dem schmiedeeisernen Tor am Straßenrand. Einige Wagen trugen die Insignien bekannter Nachrichtenagenturen, während die Krankenwagen ein alter Trick der Presse waren: man hatte sie zu mobilen Fotolabors umgebaut, wobei sie die Sirenen natürlich behalten hatten, um dafür zu sorgen, daß sie ihr jeweiliges Ziel so schnell wie möglich erreichten. In der bitterkalten

Märzluft standen Hunderte von Reportern, Fotografen und Kameramännern der Wochenschauen, hatten sich wie Fliegen um ein totes Tier geschart und durchsetzten die Kälte mit Zigarren- und Zigarettenrauch und ihrem Atem. Eine verlassene, baufällige Farm, ein Stück vom Tor entfernt, aber in Sichtweite, bot Dutzenden Nachrichtenspürhunden Unterkunft.

Mehrere Beamte der Staatspolizei von New Jersey standen am Tor Wache. Sie wirkten so frisch wie das Wetter im Sauerland – oder Sourland, wie es hieß, nachdem sich die ehemaligen Hessen der Sprache ihrer rassisch durchsetzten Umgebung angepaßt hatten – in ihren hellblauen Uniformjacken, den Mützen mit Lederschirmen und den gelb gestreiften Reitstiefeln.

»Sie sehen aus wie die Chorknaben in *The Student Prince*«, sagte ich.

Whately hob – anscheinend als Zustimmung – eine Braue, und dann winkten sie uns durch.

Das Heim der Lindberghs war mehr als ein Haus, aber weniger als ein Landsitz. Es stand allein auf einer Lichtung, die man aus dem dichten Wald gerodet hatte; ein weitläufiges, doppelgiebeliges Gebäude mit zwei Stockwerken und Tiefparterre, das einen herrlichen Blick auf die Wälder und Hügel des Sourlands bot. Die Featherbed Lane führte wie ein Eindringling hinter das weiße Steinhaus; dann erweiterte sich der Weg zu einem breiten Hof und führte um die linke Seite des Hauses zu einem kleineren, gepflasterten Hof, auf dem nun dicht an dicht Autos standen. Ein Lattenzaun umgab halbherzig das weitläufige Haus im französischen Landstil und verlieh ihm einen heimeligen, zivilisierten Anschein, wie auch die Windmühle, die sich sporadisch in der bitterkalten Brise drehte; doch nichts davon konnte die Einsamkeit der umgebenden Wildnis völlig ausgleichen.

Das Anwesen sah unfertig aus. Abgesehen von dem Landestreifen hinter dem zukünftigen Vorhof waren noch keine Landschaftsarbeiten getätigt worden – das Gelände war ein kahles Muster aus Schnee, Sträuchern und Dreck. Und den meisten Fenstern mangelte es noch an Vorhängen. »Wann sind die Lindberghs eingezogen?« fragte ich Whately, als er die Limousine ausrollen ließ.

»Sie haben nur die Wochenenden hier verbracht«, sagte er.

»Seit wann?«

Ich konnte mir nicht vorstellen, daß dieses Haus schon länger als einen oder zwei Monate bewohnbar war.

Whately bestätigte dies. »Seit Januar.«

»Wo verbringen sie die restliche Zeit?«

Whately runzelte die Stirn, wie man es tat, wenn ein Kind ständig sinnlose Fragen stellte. »In Next Day Hill.«

»Was ist das?«

»Das Anwesen der Morrows. In Englewood. Wenn Sie mich jetzt bitte begleiten würden.«

Er stieg aus, und ich tat es ihm gleich. Der Tag war grau und kalt, und ich war froh, daß ich meine Handschuhe mitgenommen hatte. Whately holte meine Reisetasche aus dem Kofferraum und gab sie mir. Ich dachte, er hätte sie vielleicht getragen, aber schließlich war er ja nicht *mein* Butler, nicht wahr?

Ich folgte dem großen, fleischigen Briten zu der Garage, in der drei Wagen Platz fanden, und zu einer Tür, die, als er sie öffnete, eine Horde Bullen in Uniform enthüllte, die in einer behelfsmäßigen Kommandostelle vor sich hin arbeiteten. Es war Sonntag nachmittag, doch niemand hatte freibekommen. Ein Staatspolizist an einem Schaltpult gab hektische Anrufe an einen daneben stehenden Picknicktisch mit Polizisten in Zivil weiter, die ebenfalls telefonierten, während an zwei anderen Picknicktischen uniformierte Staatspolizisten Post auf verschiedene Stapel sortierten, während die bereits bearbeitete Post in bereits gut gefüllte Kartons wanderte. Zwei Fernschreiber ratterten und spuckten Papier auf einen

Betonboden, auf dem sich Schlangen aus Telefonleitungen und Verlängerungskabel wanden; der Geruch von Zigaretten- und Zigarrenrauch vermischte sich mit dem von dampfend heißem Kaffee.

»Hier, Sir«, sagte Whately zu mir und legte mehr Unhöflichkeit in das ›Sir‹, als eine Silbe eigentlich enthalten konnte, »versammelt sich das Polizeipersonal.«

»Ja, aber«, sagte ich, »ich soll mit Lindbergh . . .«

Doch Whately war schon wieder draußen, zog die Garagentür herunter und schloß mich und meinen Satz – dessen letztes, ungesagtes Wort ›sprechen‹ lautete – in dem Raum ein.

Ein bierbäuchiger, kugelköpfiger Plattfuß von etwa fünfzig Jahren mit harten, winzigen Augen hinter einer Brille mit Drahtgestell und einem Gesicht, das so zerknautscht war wie sein brauner Anzug, näherte sich mir ohne jede Spur von Begeisterung.

»Wer sind Sie?« brüllte er mit einer gleichförmigen Stimme. »Was wollen Sie?«

Ich hielt es für angebracht, ihm meine Marke zu zeigen. Ich setzte meine Tasche ab und tat es.

»Heller«, sagte ich. »Polizei von Chicago.«

Er sah mich nur an. Die Marke würdigte er keines Blickes. Dann zog sich die Lücke, wo eigentlich sein Mund sein sollte, an einem Winkel hoch – vor Erheiterung, Abscheu oder beidem.

»Ich möchte den Colonel sprechen«, sagte ich.

»Wir haben mehrere Colonels hier, Sonnyboy.«

Ich ließ ihm das durchgehen und steckte die Marke weg. »Haben Sie hier die Leitung?«

»Colonel Schwarzkopf hat die Leitung.«

»Na schön. Dann lassen Sie mich mit diesem Colonel sprechen.«

»Er ist gerade in einer Konferenz mit Colonel Lindbergh und Colonel Breckinridge.«

»Tja, dann sagen Sie ihm, Colonel Heller ist hier.«

Er stieß mit einem harten Zeigefinger gegen meine Brust. »Das ist nicht komisch, Sonnyboy. Und Sie sind hier auch nicht erwünscht. Sie werden nicht gebraucht. Warum fahren Sie nicht zu Ihren billigen Gangstern nach Chicago zurück?«

»Warum lecken Sie nicht meinen rosaroten Arsch?« schlug ich fröhlich vor.

Die winzigen Augen wurden groß. Er griff nach mir.

»Fassen Sie mich ja nicht an, Alter«, sagte ich. Um ihm einen freundlichen Ratschlag zu geben, hob ich eine Braue und einen Zeigefinger.

Die Blicke von etwa dreißig Staatspolizisten lagen auf mir, als ich Auge in Auge einem der ihren gegenüberstand, wahrscheinlich einem verdammten Inspektor oder so, der sich anschickte, auf ein paar Runden mit mir in den Ring zu steigen.

Ein schlimmer Augenblick, der schlimmer werden konnte.

Ich hob beide Hände, zeigte ihm die Handflächen, trat zurück und lächelte. »Tut mir leid«, sagte ich. »Ich hatte eine lange Reise und bin etwas erschöpft. Hier stehen alle unter Strom, bei jedem liegen die Nerven bloß. Machen wir uns gegenseitig keinen Ärger, oder die Jungs von der Presse stellen uns alle als Trottel hin.«

Der Inspektor (falls er einer war) dachte darüber nach. »Verlassen Sie die Kommandostelle«, sagte er dann steif und so laut, daß er nicht völlig das Gesicht verlor. »Sie sind hier nicht erwünscht.«

Ich nickte, nahm meine Tasche und half mir selbst hinaus.

Ich schüttelte den Kopf über die Dummheit des Inspektors – und meine eigene – und klopfte an die Tür, die sich neben der großen Garage befand. Ich wollte gerade ein zweites Mal klopfen, als die Tür knarrend geöffnet wurde. Ein bleiches, hübsches Frauengesicht spähte hinaus; ihr Bubikopf war so dunkel wie ihre großen, braunen Augen, die sich nicht ganz mit ihrem ansonsten apfelwangenfrischen Aussehen vertrugen.

»Ja, Sir?« fragte sie mit einem fröhlich-schnurrenden schottischen Singsang, in den sich allerdings ein wenig Besorgnis mischte.

Ich nahm den Hut ab und lächelte höflich. »Ich bin ein Polizeibeamter aus Chicago. Colonel Lindbergh hat gebeten . . .«

»Mr. Heller?«

»Ja«, sagte ich strahlend, erfreut, als Mensch – und besonders als jener – erkannt zu werden. »Nathan Heller. Ich kann mich ausweisen.«

Sie lächelte müde, aber einnehmend. »Bitte, kommen Sie herein, Mr. Heller. Sie werden erwartet.« Sie nahm meinen Mantel, den Hut und die Handschuhe. »Ich bin Betty Gow«, sagte sie. »Ich arbeite für die Lindberghs.«

»Sie waren das Kindermädchen des Jungen.«

Sie nickte und drehte mir den Rücken zu, bevor ich ihr weitere Fragen stellen konnte, und ich folgte ihr durch einen Raum, bei dem es sich um ein Wohnzimmer für Dienstboten zu handeln schien – wenngleich im Augenblick niemand die Zeitschriften, das Radio, den Kartentisch oder die bequeme Einrichtung benutzte – in einen Verbindungsgang. Der Anblick ihres wohlgeformten Hinterteils, der sich unter dem einfachen, blau und weiß bedruckten Kleid bewegte, bereitete mir die größte Freude, die ich heute gehabt hatte.

In einer Küche, die größer als meine Einzimmerwohnung in Chicago war, erledigte eine pferdegesichtige Frau von vielleicht fünfzig Jahren, die die weiße Kluft einer Köchin trug, gerade den Abwasch. An einem großen, runden Eichentisch saß eine zierliche, auf zurückhaltende Weise attraktive junge Frau von ungefähr fünfundzwanzig Jahren, die Hände wie zum Gebet gefaltet, mit wunderschönen blauen Augen und einem leisen, prüden, traurigen Lächeln. Vor ihr standen eine kleine Tasse mit

Fleischbrühe und eine kleinere Teetasse, doch sie schien beide nicht angerührt zu haben.

Ich schluckte und blieb stocksteif stehen. Ich hatte sie sofort als Colonel Lindberghs Frau Anne erkannt.

»Verzeihung«, sagte ich.

»Mrs. Lindbergh«, sagte Betty und deutete auf mich. »Das ist Mr. Nathan Heller von der Polizei von Chicago.«

Betty Gow zog sich zurück, während Anne Morrow Lindbergh aufstand, bevor ich sie bitten konnte, sitzen zu bleiben, und ihre Hand ausstreckte. Ich ergriff sie – ihre Haut war kühl, ihr Lächeln warm.

»Danke, daß Sie gekommen sind, Mr. Heller. Ich weiß, mein Mann kann es kaum erwarten, Sie kennenzulernen.«

Sie trug ein einfaches, marineblaues Kleid mit Kragen; ihr dunkles Haar war mit einem blauen Plaidtuch zurückgebunden.

»Ich freue mich schon, ihn kennenzulernen«, sagte ich. »Und es ist mir eine Ehre, Ihnen zu begegnen, Ma'am. Ich wünschte, es wäre unter glücklicheren Umständen geschehen.«

Ihr Lächeln verstärkte sich, tapfer, aber nicht überzeugend. »Mit der Hilfe von Männern wie Ihnen werden diese glücklicheren Umstände vielleicht schon bald eintreten.«

»Das hoffe ich, Ma'am.«

Plötzlich funkelte es in den traurigen Augen. »Sie brauchen mich nicht ›Ma'am‹ zu nennen, Heller, obwohl ich diese alte Schule zu schätzen weiß. Hat die Reise Sie ermüdet? Sie müssen müde sein. Ich fürchte, Sie haben das Mittagessen verpaßt ... wir müssen Ihnen etwas machen lassen.«

Das ging mir nahe; ich spürte, daß meine Augen feucht wurden und kämpfte dagegen an. Aber – gottverdammt – es ging mir nahe. Nach allem, was diese Frau in den letzten vier oder fünf Tagen durchgemacht hatte, konnte sie noch immer Interesse – echtes Interesse – äußern, ob meine Reise angenehm gewesen war und ich mein Mittagessen verpaßt hatte.

Und dann war sie aufgesprungen und stöberte selbst im Kühlschrank herum, während die Frau, die anscheinend ihre Köchin war, wortlos damit fortfuhr, das Geschirr zu spülen. »Ich hoffe, Sie sind mit einem Sandwich zufrieden, Mr. Heller«, sagte Mrs. Lindbergh.

»Bitte ... Sie brauchen doch nicht ...«

Sie blickte mich über die Schulter an. »Heller ist ein jüdischer Name, nicht wahr?«

»Äh ... ja. Aber meine Mutter war Katholikin.«

»Dann essen Sie also Schweinefleisch?«

Soviel zum Gespräch über meine religiösen Überzeugungen.

»Klar«, sagte ich.

Kurz darauf saß ich neben einer strahlenden Anne Lindbergh am Tisch, die offensichtlich ihre Freude daran hatte, mich zu beobachten, wie ich das Sandwich mit Schinken und Cheddarkäse aß, das sie mir zubereitet hatte. Es schmeckte gar nicht mal so übel, obwohl ich Senf stets Mayonnaise vorziehen würde.

»Tut mir leid, daß Sie nicht sofort mit Charles sprechen können«, sagte sie und nippte an ihrem Tee (sie hatte mir auch welchen besorgt). »Aber wie Sie sich vorstellen können, geht es hier ziemlich hektisch zu.«

Ich nickte.

»Gott sei Dank hat es in den letzten Tagen schon ziemlich nachgelassen. In der ersten Zeit kam ich mir vor wie im Tollhaus. Hunderte von Männern, die hinein und hinaus trampelten und überall saßen ... auf den Treppen, auf dem Spülstein. Menschen, die auf Zeitungen und Decken überall auf dem Fußboden geschlafen haben.«

»Die Presse dürfte ein echtes Problem sein.«

»Schrecklich«, gestand sie ein. »Aber die Staatspolizei hält sie in Schach ... und zu ihrer Verteidigung muß ich sagen, daß die Presseleute *wirklich* kooperativ waren, als ich ihnen mitgeteilt habe, was Charlie gern ißt.«

Charlie war natürlich ihr entführter Sohn.

»Sie haben es überall veröffentlicht«, sagte sie zufrieden. »Wissen Sie, er ist erkältet.« Sie schluckte und lächelte ihr steifes, bezauberndes Lächeln. »Ich bewundere Männer wie Sie, Mr. Heller«, sagte sie.

Ich hätte fast den Tee ausgespuckt. »Männer wie mich?«

»Diese Aufopferung und Energie. Diese selbstlose Hingabe.«

Jetzt hatte sie mich wirklich an den Hammelbeinen.

»Sie haben einer Mutter ihr Kind zurückgegeben«, sagte sie, »nicht wahr?«

»Na ja . . . ja, aber . . .«

»Sie brauchen nicht so bescheiden zu sein. Sie können sich nicht vorstellen, wieviel Hoffnung uns das gibt, Charles und mir.«

Sie griff nach meiner Hand und drückte sie.

Hatte ich ihr falsche Hoffnungen gemacht? Aber vielleicht war eine falsche Hoffnung besser als gar keine.

»Verzeihung«, sagte eine Stimme hinter uns.

Die Stimme kam von der Schwelle, die zum Wohnzimmer und hinaus führte; es war eine männliche Stimme, so daß ich zuerst dachte, es wäre Lindbergh selbst gewesen. Statt dessen gehörte sie einem etwa ein Meter achtzig großen Mann von schätzungsweise vierzig Jahren, mit eckigem Kinn, dunkelblondem, glatt zurückgekämmtem Haar und einem kleinen, sorgsam geschnittenen und gewichsten Schnurrbart. Er trug die Offiziersvariante dieser blauen Uniform mit den Reitstiefeln mit gelben Streifen; ihm fehlte nur noch eine Reitpeitsche, ein Monokel und ein Säbel.

»Colonel Schwarzkopf«, sagte Anne Lindbergh, ohne sich zu erheben, »das ist Nathan Heller von der Polizei von Chicago.«

Schwarzkopf nickte und widerstand der Versuchung, die Hacken zusammenzuknallen. »Mr. Heller – könnte ich kurz mit Ihnen sprechen?«

»Colonel«, sagte Anne, besorgt über Schwarzkopfs Gesichtsausdruck und Tonfall, »ich dachte, Sie würden gerade mit Charles konferieren.«

»Ja, Mrs. Lindbergh. Aber er und Colonel Breckinridge wollten kurz unter vier Augen reden. Mr. Heller?«

Ich dankte Anne Lindbergh für ihre Freundlichkeit im allgemeinen und das Schinkensandwich im besonderen. Schwarzkopf verbeugte sich auf seine lächerlich formelle Weise vor ihr, und wir beide gingen in den Raum neben der Küche, eine geräumige, wohlgefüllte Speisekammer.

Er betrachtete mich mit Geringschätzung. »Ich weiß nicht, wie ihr das in Chicago handhabt. Nach allem, was ich in der Zeitung gelesen habe, nicht besonders gut. Mord auf offener Straße. Korruption im Rathaus. *Bundesbeamte* waren nötig, um Capone festzunageln.«

»Es ist faszinierend, so etwas über Chicago zu erfahren. Aber habe ich nicht eine Verabredung mit Colonel Lindbergh?«

Er richtete seine haselnußbraunen Augen wie die beiden Läufe eines Schrotgewehrs auf mich. »In New Jersey habe ich eine Truppe von hundertzwanzig handverlesenen, hochmotivierten und äußerst disziplinierten Männern geführt.« Er stieß mit dem Zeigefinger gegen meine Brust – genau wie dieser Inspektor draußen in der Garage. »Sie befinden sich auf meinem Territorium, Mister. Sie spielen nach meinen Regeln, oder Sie spielen überhaupt nicht.«

Ich schloß meine Faust um seinen Finger; ich drückte sie nicht zusammen, wurde nicht grob. Ich ergriff nur den Finger und sorgte dafür, daß er damit nicht mehr auf mich einstach. Seine Augen funkelten, seine Nasenflügel blähten sich auf.

»Fassen Sie mich nicht an«, riet ich ihm. »Sonst gerät Ihre Uniform in Unordnung.«

Ich ließ den Finger los, und er zog ihn ungehalten zurück.

»Sie haben sich einem meiner Schlüsselbeamten gegenüber, Inspektor Welch, der zweifellos ein doppelt so guter Polizist ist, wie Sie jemals einer sein werden«, sagte er mit zusammengebissenen Zähnen, »unhöflich und respektlos benommen. Sie haben eine grobschlächtige Sprache benutzt, die in Ihren Kreisen in Chicago vielleicht akzeptabel ist, aber hier, Mister, nicht geduldet wird – nicht in meiner Welt.«

Ich lächelte freundlich. »Colonel Schwarzkopf, darf ich ein paar Dinge klarstellen? Erstens bin ich nur hier, um zu beraten und zu helfen, weil verschiedene Leute gewollt haben, daß ich komme, darunter auch Colonel Lindbergh. Zweitens hat dieses Arschloch Welch mich zweimal ›Sonnyboy‹ genannt. Sehe ich etwa aus, als würde ich ein Buch Mormon unter dem Arm tragen?«

Das ließ ihn erstarren. Er wußte nicht, was er sagen sollte. Er wußte nicht, was er von mir zu halten hatte. Er wußte nur, daß er mich nicht leiden konnte.

»Ich glaube nicht, daß Sie mit Colonel Lindbergh sehr gut zurechtkommen werden«, sagte er schließlich mit einem eisigen Lächeln.

»Tja«, sagte ich achselzuckend. »Warum gehen Sie nicht vor, und wir finden es heraus?«

Er nickte knapp und ging vor.

4

Während unsere Schritte auf Parkettböden hallten, folgte ich Schwarzkopf durch die Diele an den Treppen vorbei zum zweiten Stock in ein großes Wohnzimmer, in dem ein Hund bellte. Ich konnte das Tier zuerst nicht sehen, doch das Bellen hallte durch den hohen Raum; das schrille Geräusch eines kleinen, hysterischen Köters. Links von mir führten Glastüren auf eine ebenerdige Terrasse, auf der ein Staatspolizist von New Jersey in seiner perfekten hellblauen Uniform mit den gelben Streifen Wache hielt. Trotz der hektischen Aktivität nebenan war dieser Raum leer bis auf den bellenden Hund, der sich als kleiner, weißer und brauner Drahthaarterrier entpuppte, der auf einem Kissen auf einem grünen Sofa lag. Kamine standen wie Buchstützen aus Ziegeln an beiden Seiten des Zimmers. In keinem von ihnen brannte Feuer, was die Kälte des Hauses noch verstärkte.

Diese Kälte war nicht auf die Temperatur beschränkt. Da alles so neu war – es roch verschwommen nach Farbe und Putz, und persönliche Gegenstände fehlten fast völlig – wirkte das Haus unpersönlich und bar jeglichen Charmes.

»Wahgoosh!« bellte Schwarzkopf den Hund an, als wir an ihm vorbeigingen.

Ich verstand nicht, was er sagte – wahrscheinlich handelte es sich um irgendeinen teutonischen Fluch.

»Seitdem wir hier sind, hat der Köter nicht aufgehört zu bellen«, sagte Schwarzkopf mit leiser Verwirrung.

»Hat er auch in der Nacht der Entführung gebellt?«

Schwarzkopf schüttelte verneinend den Kopf.

»Sie wissen ja, was Sherlock Holmes über den seltsamen Zwischenfall mit dem Hund in der Nacht gesagt hat.«

Schwarzkopf runzelte die Stirn und deutete auf den Terrier. »Dieser verdammte Hund hat in jener Nacht gar nichts getan.«

»Das war ja das Seltsame daran«, sagte ich. »Glauben Sie, daß die Entführer Hilfe von innen gehabt haben?«

Schwarzkopf zuckte die Achseln, doch diese Geste stellte eine Bejahung dar.

Am anderen Ende des Wohnzimmers saß ein kleiner

Mann mit dunklem Teint in einem dreiteiligen, schwarzen und grauen Nadelstreifenanzug, aus dessen Brusttasche ein weißes Seidentuch hing. Er hockte auf einem unbequemen Stuhl an der Wand.

»Hallo, Colonel«, sagte er zu Schwarzkopf, ohne aufzustehen. Sein Akzent war durch und durch New York. Schwarzkopf, der den Burschen anscheinend noch weniger leiden konnte als mich, grunzte nur.

»Wollen Sie uns nicht miteinander bekanntmachen?« fragte der großspurige kleine Bursche und deutete mit dem Kopf auf mich. Auf seinem Schoß lag eine Zeitschrift, die *Daily Variety*.

»Nein«, sagte Schwarzkopf, als wir an ihm vorbeigingen.

Ich deutete mit dem Daumen auf den Burschen und wollte etwas sagen, doch Schwarzkopf kam mir zuvor: »Fragen Sie mich nicht.«

Er blieb vor einer großen, weißen Tür stehen und klopfte zweimal.

»Herein«, sagte eine Stimme dahinter. Die Stimme eines jungen Mannes – eines müden, aber in erster Linie jungen Mannes.

Schlank, blond, stattlich, verhärmt stand Lindbergh hinter einem großen, dunklen Eichenschreibtisch, auf dem Papiere und Zettel mit telefonischen Nachrichten lagen. Er strich gerade seinen Anzug glatt – eine Krawatte trug er nicht, und die obersten Hemdknöpfe waren geöffnet – und lächelte mir dann freundlich zu und reichte mir die Hand, als wären wir alte Freunde. Ihm gegenüber saß ein schlaksiger, gepflegter Mann mit grauem Haar und grauem Schnurrbart von etwa fünfzig Jahren in einem dreiteiligen, maßgeschneiderten grauen Anzug. Er stand auf, als wir hereinkamen, und wurde immer größer – er war mindestens so groß wie Lindbergh, und Lindbergh war wahrscheinlich über einen Meter und neunzig groß.

»Sie müssen Mr. Heller sein«, sagte Lindbergh. Er deutete mit dem Kopf auf den Mann in Grau. »Das ist mein Anwalt«, sagte er. »Colonel Breckinridge aus New York.«

Ich griff über den Schreibtisch und bekam den festen Händedruck, den ich von Lindbergh erwartet hatte; Breckinridges Händedruck war ebenso fest, und er lächelte verkniffen und geschäftsmäßig, aber nicht unfreundlich. Sein Gesicht war weich, die Züge sanft, doch die stahlblauen Augen unter den kräftigen, schwarzen Brauen wiesen auf etwas Stärkeres hin.

Lindbergh deutete auf den Stuhl neben Breckinridge, und ich setzte mich, während Schwarzkopf in Rührt-Euch-Stellung hinter uns stehen blieb. Lindberghs Lächeln verschwand. »Tut mir leid, daß da was schiefgelaufen ist – Whately sollte Sie eigentlich direkt zu mir bringen.«

»Das macht doch nichts, Colonel.«

Er setzte sich. »Ich entschuldige mich, falls Ihnen dadurch Unannehmlichkeiten entstanden sind. Bei Gott, wir wissen Ihre Anwesenheit zu schätzen. Anne kann es kaum erwarten, daß Sie sich des Falles annehmen, nach Ihrem Erfolg bei diesen Kidnappern in Chicago.«

»Nun ja ... vielen Dank. Ich bin hier, um zu helfen, wenn es mir möglich ist.« Anwalt Breckinridge ergriff mit einer weichen, wohlklingenden Stimme, die ihm vor Gericht hervorragende Dienste geleistet haben mußte, das Wort. »Wir erwarten noch heute nachmittag die Agenten Irey und Wilson vom Finanzministerium.«

»Das sind gute Leute«, sagte ich.

»Ich habe einen Anruf von Eliot Ness bekommen«, sagte Lindbergh, »und er hat Sie sehr empfohlen, Mr. Heller. Wir hoffen, daß Sie bleiben können, bis ... nun ja, bis Charlie wieder zu Hause und in den Armen seiner Mutter ist.«

»Das würde mir gefallen.«

»Ich habe mit Bürgermeister Cermak gesprochen«,

sagte Lindbergh, »und er hat angedeutet, daß Ihre Abteilung Sie freistellt, bis ich Sie hier nicht mehr brauche.«

»Nun ... das ist hervorragend.« Es kam mir jedoch komisch vor, direkt dem Vater des Opfers zugeteilt zu werden; warum hatte man mich nicht Schwarzkopf unterstellt? Nicht, daß mir das lieber gewesen wäre.

Das Telefon klingelte einmal, und Lindbergh hob ab. Seine Antworten waren einsilbig, und ich bekam den Sinn des Gesprächs nicht mit; ich ließ die Blicke durch das mit dunklem Holz getäfelte Arbeitszimmer schweifen. Mehrere Wände wurden von Bücherregalen beherrscht, die nicht mit den üblichen ungelesenen, ledergebundenen Bänden gefüllt waren, wie man sie so oft im Haus eines wohlhabenden Menschen sieht, sondern mit Romanen und Gedichtbänden, zwischen die sich wissenschaftliche Sachbücher mischten, hauptsächlich über die Fliegerei. Ein Kamin an der hinteren Wand warf einen warmen Schein; über dem Mantel hing eine eingerahmte Flugkarte an der Wand. Gefiltertes Licht fiel auf der anderen Seite des Zimmers durch ein Bettuch, das man vor das vorhanglose Fenster gehängt hatte. Das war, wie ich gelesen hatte, das Zimmer direkt unter demjenigen, durch das die Entführer eingestiegen waren. Das Kinderzimmer mußte sich also genau über uns befinden.

In diesem Raum waren keine Andenken des Ruhms zu finden: keine silberne Nachbildung seines einmotorigen Flugzeugs, keine Orden, keine Trophäen. Abgesehen von den oft gelesenen Büchern und einigen eingerahmten Familienfotos auf dem Schreibtisch – darunter auch eins vom lockenköpfigen, engelsgesichtigen Charles jr. – wirkte dieses Arbeitszimmer so unbewohnt wie der Rest des Hauses.

Lindbergh legte den Hörer auf und lächelte verkniffen. »Sie haben Red Johnson in Hartford aufgegriffen.«

»Gut!« sagte Schwarzkopf.

Mich wunderte, daß dieser Anruf direkt an Lindbergh

durchgestellt worden war; hätte ihn nicht der Chefermittler, als der offensichtlich Schwarzkopf fungierte, entgegennehmen sollen? Warum schien der Chef der Polizei von New Jersey dem Vater des Opfers unterstellt zu sein? Es wurde immer seltsamer.

»Red Johnson«, sagte ich. Mir fielen die Zeitungsberichte wieder ein. »Ist er nicht der Freund Ihres Kindermädchens, Betty Gow? Ein Matrose?«

Lindbergh nickte; sein Gesicht enthüllte nichts. Er war bleich, und seine Augen wirkten eingefallen, doch man konnte ihnen kein Gefühl entnehmen, rein gar nichts.

»Die Jungs in Hartford werden ihn festhalten und sich vorknöpfen«, sagte Schwarzkopf. »Aber wir werden auch noch zum Zuge kommen.«

»Haben Sie Betty kennengelernt?« fragte mich Lindbergh.

»Als ich herkam«, sagte ich. »Ein hübsches Mädchen. Sie scheint sehr nett zu sein.«

Lindbergh nickte. »Sie hat mit dieser Sache nichts zu tun«, sagte er mit einer Endgültigkeit, die mir Kopfzerbrechen bereitete.

Schwarzkopf ergriff das Wort. »Das bedeutet aber nicht, daß *Red Johnson* unschuldig ist. Dieser Matrose hat dem Mädchen vielleicht ein paar Informationen entlockt. Sie könnte die ›Hilfe von innen‹ gewesen sein, ohne es zu wissen, Colonel – lassen wir das nicht außer acht.«

Zögernd nickte Lindbergh.

Breckinridge drehte sich auf seinem Stuhl zu mir um. »Was wissen Sie über den Fall?«

»Nur, was ich zu Hause in der *Trib* gelesen habe«, gestand ich ein. »Aber ich bin nicht so überzeugt, daß der Täter Hilfe aus dem Haus bekommen hat.«

Lindbergh sah auf. »Ach?«

Ich zuckte die Achseln. »Die Zeitungen haben ausführlich über die Aufteilung Ihres Hauses berichtet. Ich kann mich entsinnen, daß ich schon vor Monaten jede Menge

Fotos gesehen und Artikel über die Anordnung der Räume gelesen habe, wer welche bewohnen soll und so weiter. Und, zum Teufel, ich wohne in Chicago. In dieser Einsamkeit hätte man Sie leicht beobachten können – ein Bursche, der mit einem Fernglas Stellung in einem Baum bezieht, hätte in ein paar Wochen herausfinden können, nach welchen Mustern Ihr Leben hier abläuft.«

Schwarzkopf schüttelte verneinend den Kopf. »Aber sie haben dieses Muster aufgeben. Normalerweise verbringen die Lindberghs hier nur die Wochenenden. Doch weil sich der kleine Charles erkältet hatte, wollte Mrs. Lindbergh nicht reisen, und sie blieben eine weitere Nacht hier.«

»Das hört sich ganz danach an, als hätte jemand aus dem Haus einem Außenstehenden einen Tip gegeben«, gestand ich ein. »Und daß der Hund nicht gebellt hat, deutet darauf hin, daß ein freundliches, bekanntes Gesicht in die Sache verwickelt sein könnte.«

Schwarzkopf grunzte zustimmend.

Doch ich fuhr fort, direkt an Lindbergh gewandt: »Ich will damit nur sagen, ich möchte nicht ausschließen, daß sich eine Gang, die sich auf das sogenannte Entführungsgeschäft spezialisiert hat, Ihr Haus rund um die Uhr überwacht haben könnte, sieben Tage die Woche. In diesem Fall wäre die Abwandlung des Musters irrelevant geworden.«

Lindbergh betrachtete mich nachdenklich. »Ich würde Sie gern persönlich durchs Haus führen, Mr. Heller«, sagte er und stand auf. »Ich möchte gern sehen, wie Sie unbeeinflußt auf einige Dinge reagieren.«

»Deshalb bin ich hier, Colonel«, sagte ich mit einem ernsten Lächeln.

Schwarzkopf runzelte wieder die Stirn.

Lindbergh bemerkte es.

»Colonel«, sagte er, den Polizisten und nicht den Anwalt ansprechend, »ich erwarte, daß Sie uneingeschränkt mit Detective Heller zusammenarbeiten. Er hat einen weiten Weg zurückgelegt, um uns zu helfen.«

»Jawohl, Sir«, sagte Schwarzkopf pflichtgemäß respektvoll. Der Bursche schien Lindbergh tatsächlich als seinen Boß zu betrachten.

Lindbergh war hinter dem Schreibtisch hervorgekommen und deutete auf das Telefon. »Henry, wenn du nichts dagegen hast . . .«

»Gern«, sagte Breckinridge, erhob sich und nahm Lindberghs Position hinter dem Schreibtisch ein. Einer der teuersten Anwälte New Yorks – des ganzen Landes – spielte für Lindy den Sekretär.

Schwarzkopf trat zwischen Lindbergh und mich. »Möchten Sie, daß ich Sie begleite, Colonel?«

»Das wird nicht nötig sein, Colonel«, sagte Lindbergh.

Wenn noch ein Colonel auftauchen sollte, würde ich vom Dach springen.

»Dann gehe ich jetzt zu meinen Männern in der Kommandostelle zurück«, sagte Schwarzkopf so würdevoll er konnte. Als Lindbergh und ich das Arbeitszimmer verließen, hallten seine Schritte durch das Wohnzimmer. Dieser dunkle, adrette Bursche saß noch immer im Gang und las seine Showbusiness-Zeitung. Als er Lindbergh sah, stand er auf.

»Gibt's wasch Neues, Colonel?« fragte der Bursche so eifrig wie ein Hündchen. (Das Tier im Wohnzimmer verbellte übrigens gerade wieder Schwarzkopf.)

»Red Johnson wurde drüben in Hartford in Gewahrsam genommen«, sagte Lindbergh.

»He, das ist ja toll.«

»Nathan Heller, das ist Morris Rosner.«

»Hallo«, sagte er grinsend und reichte mir die Hand. Ich ergriff und schüttelte sie. »*Mickey* Rosner?« sagte ich.

»Sie haben von mir gehört?« fragte er. Er nuschelte fürchterlich; ich mußte mir erst einen Reim auf sein ›ham‹ und ›vonma‹ machen.

»Der König der Flüsterkneipen, nicht wahr?«

Er rückte seine Krawatte gerade und zog die Schultern hoch. »Na ja, ich bin in der Sport- und Unterhaltungsbranche, ja.«

»Kidnapping ist weder sportlich noch unterhaltsam«, sagte ich.

Lindbergh räusperte sich.

»Mr. Rosner hat sich als Vermittler zur Verfügung gestellt«, sagte er. »Da allgemein angenommen wird, daß die Unterwelt in diese Sache verwickelt ist . . .«

»Mein Anwalt ist der Partner des Colonels«, unterbrach Rosner.

»Ihr Partner?« sagte ich zu Lindbergh.

»Nicht dieser Colonel«, sagte Rosner.

»Oh«, sagte ich. »Sie meinen Breckinridge.«

»Nein«, sagte Lindbergh. »Colonel Donovan.«

Wo, bitte, ging's zum Dach?

»Colonel Donovan?« fragte ich Lindbergh.

»William Donovan«, sagte er.

»Wild Bill Donovan«, sagte Rosner zu mir, und seinem Tonfall nach zu schließen, hätte er wohl gern hinzugefügt: »Du Depp.«

Während ich noch herauszufinden versuchte, was Wild Bill Donovan, der zur Zeit für das Gouverneursamt von New York kandidierte, mit Mickey Rosner, einem Alkoholschmuggler vom Broadway, zu tun hatte, erklärte Lindbergh dem letzteren, wer und was ich war. »Mr. Heller ist unser Verbindungsmann zur Polizei von Chicago.«

»Die Polizei von Chicago«, sagte Rosner grinsend. »Glauben Sie«, sagte er dann mit einem völlig unschuldigen Gesichtsausdruck zu mir, »daß an Capones Angebot was dran ist?«

»Keine Ahnung«, sagte ich. »Wasch glaubn Sie, Mickey?«

Er runzelte die Stirn. »Capone ist in seiner Welt ein König. Was er sagt, wird normalerweise getan. Ich glaube, der Colonel sollte vielleicht auf den Großen Burschen hören.«

Mickey sagte allerdings nicht, welchen Colonel er meinte.

Lindbergh nickte Rosner zu, um ihm klarzumachen, daß das Gespräch beendet war, und der kleine Alkoholschmuggler setzte sich und widmete sich wieder seiner Lektüre.

Der Hund hatte zu bellen aufgehört, fing aber wieder damit an, als er mich sah. »Scht, Wahgoosh«, sagte Lindbergh, und der Hund wurde still.

»Was ist ›Wahgoosh‹?«

»Sein Name«, sagte Lindbergh mit seinem typisch schüchternen Lächeln eines Jungen aus dem Mittelwesten.

»Ach so«, sagte ich, als sei jetzt alles klar.

»Sie müssen Whately fragen, was das bedeutet. Wahgoosh war Olivers Hund, aber wir haben den kleinen Kläffer sozusagen adoptiert.«

»Colonel«, sagte ich, »halten Sie es wirklich für ratsam, sich mit Leuten wie Rosner abzugeben? Dieser verantwortungslose Gangster könnte in das Verbrechen verwickelt sein . . .«

»Ich weiß«, sagte Lindbergh sanft. »Das ist einer der Gründe, weshalb er hier ist.«

»Ach so«, sagte ich erneut.

Lindbergh öffnete die Eingangstür und führte mich in den kalten, bewölkten Nachmittag hinaus; er nickte dem Staatspolizisten zu, der an der Tür Wache hielt. Lindy hatte sich nicht die Mühe gemacht, einen Mantel anzuziehen, also sagte ich nichts, aber es war gottverdammt kalt. Ich folgte ihm über den Hof nach links zu der Hausseite, wo sich sein Arbeitszimmer befinden mußte.

Wir traten direkt vor das Fenster des Arbeitszimmers, unterhalb des Eckfensters im ersten Stock auf der südöstlichen Seite. Er deutete nach oben.

»Dort sind sie eingestiegen«, sagte er; er meinte die Kidnapper.

Ich steckte die Hände unter die Arme. »Warum ist das Gelände nicht abgezäunt?« fragte ich und deutete zu Boden. »Ist es überhaupt je abgezäunt worden?«

»Nein«, sagte er.

»Gab es keine Fußabdrücke?«

Jetzt gab es sie allerdings. Hunderte. An dieser Stelle würde nie wieder Gras wachsen.

Lindbergh nickte; sein Atem kondensierte zu Rauch. »Es gab einen wesentlichen Fußabdruck – anscheinend der eines Mannes. Er schien einen Mokassin getragen zu haben oder einen Schuh mit einem Socken darüber oder vielleicht Sackleinen. Wir haben auch die Fußabdrücke einer Frau gefunden.«

»Einer Frau? Also waren sie mindestens zu zweit.«

»Es hat den Anschein.«

»Wurden die Gipsabdrücke nach Washington geschickt?«

Lindbergh kniff die Augen zusammen. »Gipsabdrücke?«

»Die Gipsabdrücke der Fußspuren. Sie können über J. Edgars Jungs sagen, was Sie wollen, aber sie haben ein verdammt gutes Labor. Zum einen können sie Ihnen genau sagen, was dieser Mann getragen hat – ob nun einen Mokassin, einen Kartoffelsack oder gläserne Schühchen.«

»Colonel Schwarzkopfs Männer haben Fotos gemacht, aber keine Gipsabdrücke. War das ein Fehler?«

Ich seufzte. »Ist Bismarck ein Hering?«

Lindbergh schüttelte müde den Kopf. »Ich weiß, daß in dieser Nacht Fehler begangen wurden. Vielleicht hat man einfach nur keine Gipsabdrücke gemacht, weil die Reporter alles zertrampelt haben, bevor die Beamten hier waren.«

Es war noch immer die Schuld der Bullen, in deren

Zuständigkeit der Fall fiel; aber ich hatte genug über dieses Thema gehört.

»Hören Sie, Colonel. An den Fehlern, die gemacht wurden, können wir nichts mehr ändern. Bestimmt ging es in den ersten Stunden dieses Falles drunter und drüber.«

Natürlich weiß ein guter Cop, daß die ersten Stunden einer jeden Ermittlung bei einem Schwerverbrechen die wichtigsten sind, die Stunden, in denen man einfach keine Fehler machen *darf*. Aber das sagte ich auch nicht.

»Wir können lediglich dafür sorgen«, sagte ich, »daß keine weiteren gemacht werden. Fehler, meine ich.«

Er nickte ernst. »Möchten Sie das Kinderzimmer sehen?«

»Zuerst würde ich gern die Leiter sehen, die die Entführer benutzt haben. Ist sie noch hier?«

Sie sollte eigentlich in einer Asservatenkammer in Trenton sein, doch bei der hiesigen Kommandostelle war es wohl eine Frage wert.

Er nickte. »Sie steht in der Garage. Ich lasse sie von den Staatspolizisten holen. Entschuldigen Sie mich bitte für einen Moment.«

Lindbergh trottete davon; er machte große, weite Schritte und schien die Schultern einzuziehen – als wäre es ihm peinlich, daß er so groß war. Oder so berühmt. Aber vielleicht lag es auch nur an der Last der letzten Tage, daran, daß er diese Tragödie auf der Hauptmanege eines gottverdammten Zirkus durchstehen mußte.

Auf dem zertrampelten Boden waren zwar keine Fußabdrücke mehr auszumachen, doch im feuchten Ton neben dem Haus waren die Abdrücke der Füße der Leiter erhalten geblieben. Die Abdrücke befanden sich unter, aber rechts vom Fenster des Arbeitszimmers – was erklärte, warum Lindbergh niemanden eine Leiter hatte hinaufklettern sehen, obwohl das Fenster keine Vorhänge besaß.

Lindbergh kehrte mit zwei Staatspolizisten im Schlepptau zurück; jeder der drei trug einen Teil des Dings, und ›Ding‹ war in der Tat ein besserer Ausdruck als ›Leiter‹: ein zusammengestückeltes Behelfsmittel Marke Eigenbau, das aus verwitterten, unterschiedlich großen Holzabfällen zu bestehen schien. Die Sprossen standen auch für einen großen Mann zu weit auseinander, als daß er sie bequem hätte hinaufsteigen können.

Lindbergh setzte seinen Teil ab. »Würdet ihr es bitte zusammenbauen, Jungs?«

»Großer Gott«, sagte ich, »was ist das denn für eine Pfuscharbeit?«

»Auf seine Weise sehr einfallsreich«, sagte Lindbergh. »So zusammengehauen es auch aussieht, so ungeschickt der Schreiner auch gewesen sein mag, es wurde so entworfen, daß alle Teile ineinanderpassen. Ein Mann *könnte* es tragen, wenngleich wir es nicht zusammengesetzt haben, um es besser untersuchen zu können.«

Die Staatspolizisten schoben Holzdübel ein, um die Einzelteile zusammenzufügen. Die oberste Sprosse des Unterteils war – anscheinend unter dem Gewicht eines Menschen – durchgebrochen.

Ich ging hinüber und deutete auf die zerbrochenen Hälften. »Hat das einer der Entführer angerichtet?«

Lindbergh nickte. »Und ich habe vielleicht sogar gehört, wie der Mistkerl entweder hinauf- oder hinabgeklettert ist. Ich habe gegen neun Uhr ein Geräusch gehört, das sich anhörte, als würden die Latten einer Apfelsinenkiste zerbrechen.«

»Waren Sie im Arbeitszimmer?«

»Nein – im Wohnzimmer, mit Anne.«

»Haben Sie nachgesehen, was das für ein Geräusch war?«

»Nein«, sagte er düster, und sie hat ›Was war das?‹ gesagt, und dann haben wir beide uns wieder unserer Lektüre gewidmet. Kurz darauf ging sie nach oben zu Bett, und ich ging ins Arbeitszimmer.«

Also hatte Lindbergh wahrscheinlich zumindest einen Teil des Zeitraums, in dem die Entführung vonstatten gegangen war, im Arbeitszimmer verbracht.

»Stellt die Leiter mal in die Löcher, ja?« sagte er zu den Staatspolizisten.

Beide Männer mußten zupacken, um das schwerfällige, hohe Ding zu bewegen. Sie stellten es vorsichtig in die Abdrücke im Boden und senkten es gegen die Hausseite ab, wo es sich rechts vom Kinderzimmerfenster mehrere Fuß darüber erhob und fast bis ans Dach reichte.

Ich legte den Kopf zurück. »Tja, das ist ziemlich weit neben dem Fenster«, sagte ich. »Meinen Sie nicht auch?«

»Ich wollte, daß Sie es selbst sehen«, sagte er. »Wir vermuten, daß die Entführer die Leiter falsch aufgestellt haben.«

»Es war bestimmt kein Schreiner unter ihnen«, sagte ich. »Tja. Wahrscheinlich haben sie nur die beiden unteren Teile benutzt.«

Lindbergh nickte. »Die Leiter wurde dort drüben gefunden . . .« Er deutete auf eine Stelle etwa zwanzig Meter in südöstlicher Richtung. »Die beiden unteren Teile waren zusammengesetzt.« Dann befahl er den Staatspolizisten, die Leiter herunterzuziehen, die Dübel zu entfernen, den oberen Teil abzunehmen und die nun zweiteilige Leiter wieder aufzustellen.

»Trotzdem noch ziemlich weit weg«, sagte ich.

Nun hörte die Leiter etwa einen Meter unter dem Kinderzimmerfenster auf. Und sie befand sich noch immer viel zu weit rechts. Man konnte auf dem weißen Stein die Stellen sehen, an denen die Leiter angelegt worden war; zweifellos hatten die Entführer nur die beiden unteren Teile benutzt und sie dort gegen die Wand gelehnt.

»Nun, was schließen Sie daraus?« fragte Lindbergh.

»Ich habe meine Meinung revidiert, daß die Täter nicht unbedingt Hilfe von innen gehabt haben müssen.«

Lindberghs Stirnrunzeln war kaum wahrnehmbar, doch es war vorhanden. »Warum, Mr. Heller?«

»Jemand muß Ihr Kind einem Komplizen auf der Leiter hinausgegeben haben. Nur so geht es ... außer, zwei Personen sind die Leiter hinaufgestiegen, eine nach der anderen. Aber ich bezweifle, daß dieses Ding das Gewicht von zwei Menschen trägt.«

»Vielleicht ist die Sprosse deshalb zerbrochen«, meinte er.

»Das liegt wahrscheinlich am gemeinsamen Gewicht des Kindes und desjenigen, der es hinuntergetragen hat.«

»Mein Gott! Wenn Charlie heruntergefallen ist ...«

Ich hob eine Hand. »Aus dieser Höhe wären Abdrücke zurückgeblieben – und wahrscheinlich wären dann beide abgestürzt, das Kind und der Kidnapper ... Verzeihung, Colonel ... falls der Entführer das Kind fallen gelassen, sich selbst aber an der Leiter festgehalten hätte, wäre in dem nassen Boden trotzdem ein Abdruck zurückgeblieben.«

Den selbst Polizisten aus New Jersey nicht hätten übersehen können.

»Vielleicht ging zuerst eine Frau hinauf«, sagte Lindbergh nachdenklich; er stützte das Kinn mit einer Hand ab. »Wir wissen, daß hier draußen eine Frau stand ...«

»Die Anwesenheit einer Frau könnte erklären, wieso das Baby ruhig blieb. Ich meine, das Kind ist ja nicht schreiend aufgewacht, sonst hätte es bestimmt jemand gehört.«

»Meine Frau war im Nebenzimmer; dazwischen liegt nur ein Bad.« Impulsiv ergriff er meinen Arm. »Kommen Sie«, sagte er. »Sehen Sie sich das Kinderzimmer an.«

Das Zimmer machte von allen, die ich bislang gesehen hatte, den wärmsten Eindruck – und den bewohntesten. Auf der fröhlichen, hellgrünen Tapete waren immergrüne Bäume, eine Landkirche und ein Mann mit einem Hund abgebildet; zwischen den beiden Ostfenstern befand sich ein Kamin mit einem Mosaik von einem Fischer, einer Windmühle, einem Elefanten und einem kleinen Jungen mit einem Reifen; auf dem Sims stand eine verzierte Uhr, um die sich ein Porzellanhahn und zwei kleinere Porzellanvögel scharten. Neben dem Kamin stand ein Kinderwagen. An der gegenüberliegenden Wand stand ein Kinderbett aus Ahornholz, daneben eine rosafarbene und grüne Spanische Wand, auf der Tiere vom Bauernhof herumtollten.

»Dort nimmt er seine Mahlzeiten ein«, sagte Lindbergh von der Tür aus und deutete auf einen kleinen Ahorntisch in der Zimmermitte. Eingetrocknete Speisereste klebten noch daran.

Ich schaute in das Kinderbett. »Ist es das Bettzeug des Jungen?«

»Ja. Genau, wie wir es gefunden haben.«

Das Bettzeug – Decken und Laken – war kaum zerwühlt; es war mit zwei großen Sicherheitsnadeln an der Matratze befestigt. Auf dem feuchten Kissen war noch der Kopfabdruck des Kindes zu sehen.

»Wer auch immer das getan hat«, sagte ich, »er hat das Kind hinausgehoben, ohne es zu wecken. Zumindest hat der Junge keine Angst bekommen, als er wach wurde. Ein vertrautes Gesicht, eine vertraute Berührung?«

»Oder«, sagte Lindbergh beinahe abwehrend, »die Berührung einer Frau. Vielleicht ist zuerst eine Frau die Leiter hinaufgestiegen . . .«

»Das würde ich nur glauben«, sagte ich, »wenn die Sprossen nicht so verdammt weit auseinanderstünden.«

Ich ging zum südöstlichen Fenster, dem der Entführer. Es war in die Wand eingelassen und verfügte über eine Fensterbank. Darunter stand eine niedrige Zederntruhe an der Wand. Sie war fast so breit wie die Fensterbank selbst. Auf der Zederntruhe lag ein schwarzer Koffer, auf dem ein Holzkaninchen mit beweglichen Gelenken an einer kleinen Schnur saß.

»In dieser Truhe sind Charlies persönliche Schätze«, sagte Lindbergh und versuchte, fröhlich zu klingen. »Sein Spielzeug. Ich fürchte, er hat ziemlich viel davon.« Ich lächelte ihn über die Schulter an. »Und wenn Sie ihn zurückbekommen, werden Sie ihm noch eine verdammte Truhe voll kaufen, nicht wahr?«

Lindbergh lächelte schüchtern. »Ich habe vor, Charlie von Grund auf zu verderben.«

»Eine gute Antwort«, sagte ich und kniete vor der Truhe nieder. »Wurde diese Truhe vom Fenster zurückgeschoben? Oder irgendwie bewegt?«

»Nein.«

»Und dieser Koffer?«

»Nein.«

»Irgendwelche Erdklumpen oder Kratzer auf dem Koffer oder der Truhe?«

»Nein.«

»Wo wurde dieses Spielzeugkaninchen gefunden?«

»Da, wo Sie es sehen. Da, wo es immer sitzt.«

Ich stand auf. »Die Hauswand ist einen halben Meter dick, und das Fensterbrett ist fast genauso breit. Jemand, der das Zimmer durch dieses Fenster betreten will, müßte fast einen Meter überbrücken, um tatsächlich hineinzukommen. Und daß ihm das gelungen sein soll, ohne daß er Lehm zurückläßt, die Truhe verschiebt, den Koffer oder den Spielzeughasen zur Seite rückt, und das alles, ohne Lärm zu machen ... sehr unwahrscheinlich.«

Lindbergh sagte nichts.

Ich öffnete das Fenster und spürte den Ansturm kalter Luft. Die Schlagläden ließen sich nicht schließen. »Haben sich die Schlagläden der anderen Zimmer auch so sehr verzogen?«

»Nein.«

»Das müssen die Entführer gewußt haben«, sagte ich und zerrte erfolglos an den Läden.

»Draußen wurde ein Meißel gefunden«, sagte Lindbergh. »Das deutet doch darauf hin, daß die Entführer angenommen haben, sie müßten die Schlagläden aufbrechen. Sie haben einfach Glück gehabt, als sie sich ausgerechnet dieses Fenster aussuchten.«

»Tja, ich weiß nicht, wofür dieser Meißel bestimmt war. Das Fenster wurde nicht aufgebrochen, oder?«

»Nein. Es war nicht verschlossen. Wir sperren die Schlagläden zu, nicht die Fenster.«

»Aber dieses Fenster befindet sich direkt über dem vorhanglosen Fenster Ihres Arbeitszimmers im Erdgeschoß. Ein Kidnapper, der nichts von den kaputten Schlagläden gewußt hätte, wäre durch das Glasfenster auf der anderen Zimmerseite hereingekommen, über einer Seitentür.«

»Jetzt hören Sie sich an wie Schwarzkopf«, sagte Lindbergh.

»Gut«, sagte ich. »Dann denkt er wie ein Cop.«

»Sie haben es sich also anders überlegt. Sie sind überzeugt, daß die Täter Hilfe aus dem Haus gehabt haben müssen.«

»Ich habe es mir nicht anders überlegt«, sagte ich. »Ich ziehe nur alle Möglichkeiten in Betracht. Der schlimmste und verbreiteste Fehler eines Ermittlers besteht darin, schon ganz am Anfang einen vorschnellen Schluß zu ziehen, wer oder was hinter einem Verbrechen stecken könnte. Mir sind einige wissenschaftliche Sachbücher und so weiter in Ihrem Arbeitszimmer aufgefallen.«

»Ja.«

»Nun, wenn Sie in der Wissenschaft mit einer Antwort anfangen, deren Richtigkeit Sie beweisen wollen, taugen Ihre Forschungen nichts mehr, oder? Weil Sie nämlich nur nach Indizien suchen, die Ihren Standpunkt beweisen.«

Lindbergh nickte.

Ich ging zu ihm. Er stand noch immer auf der Schwelle.

»Sie wollen nicht glauben, daß Ihre Dienstboten in die Sache verwickelt sein könnten, nicht wahr? Sie vertrauen ihnen. Sie mögen sie.«

»Ich habe sie eingestellt«, sagte er.

Und das war natürlich der springende Punkt: falls es ein Dienstbote gewesen war, war letztendlich Lindy für die Sache verantwortlich. Und das konnte er nicht ertragen.

»In der Wissenschaft«, fuhr ich fort, »ist die Wahrheit manchmal schmerzlich. Sie würden doch nicht wollen, daß ein Arzt sie belügt, oder?«

»Natürlich nicht.«

»Dann werde ich Sie auch nicht belügen. Noch werde ich Ihnen in den Hintern kriechen. Ich werde aufrichtig zu Ihnen sein und Ihnen sagen, wie ich die Sache sehe.«

Sein Gesicht war wie erstarrt. Ich begriff, daß ich bei Lindy möglicherweise die Grenze überschritten hatte. Morgen um diese Zeit würde ich vielleicht in Chicago wieder aus dem Zug aussteigen. Was mir nur recht war, falls die Alternative darin bestand, wie ein gehirnamputierter Jasager hier herumzustehen.

Aber dazu würde es nicht kommen, denn Lindbergh lächelte breit. »Haben Sie etwas dagegen, wenn ich Sie ›Nate‹ nenne?«

»Es wäre mir eine Ehre«, sagte ich und meinte es auch so. »Muß ich Sie unbedingt mit ›Colonel‹ ansprechen? Jedesmal, wenn ich das sage, drehen sich acht Köpfe zu mir um.«

Er lachte leise. Er reichte mir die Hand, als hätten wir uns noch nicht begrüßt.

»Meine Freunde nennen mich ›Slim‹. Ich würde es zu schätzen wissen, wenn Sie mich auch so nennen . . . wenn wir mehr oder weniger allein sind.«

Wir schüttelten uns locker und beiläufig die Hände.

Ich probierte es aus. »Okay . . . Slim«, sagte ich. »Wenn es mir angemessen erscheint, werde ich eine formellere Anrede wählen.«

»Danke.«

Wir gingen wieder hinab, und Schwarzkopf – der in

seiner schmucken Uniform wie ein Hotelportier aussah – kam uns auf halber Strecke entgegen.

»Colonel«, sagte er, »die Agenten Irey und Wilson sind eingetroffen und würden Sie gern sprechen.«

5

Elmer Irey und Frank J. Wilson warteten in Lindberghs Arbeitszimmer; sie hatten nicht Platz genommen. Sie standen da, die Hüte in den Händen, beide in Schwarz, wie Zwillingsbrüder, die in der Bestattungsbranche arbeiteten.

Irey und Wilson waren die verkörperten Gesetzeshüter – daß sie verschiedenfarbige Krawatten trugen, reichte nicht aus, um ihre Ähnlichkeit abzumildern. Beide Männer waren Mitte Vierzig und trugen schwarze Brillen mit runden Gläsern, wie Robert Woolsey vom Komikerduo Wheller und Woolsey – zwei ernste Bundespolizisten mit langen, schmalen Gesichtern, runden Kinnpartien, dunklem Haar und abstehenden Ohren – Typen, die so austauschbar waren wie ein Paar Socken.

Irey war der Boß; er war der Leiter der Ermittlungsabteilung der Steuerfahndung. Wilson – für den Fall, daß man sie auseinander halten mußte: Wilson war der mit dem schütter werdenden Haar – war sein Chefagent.

Die beiden Männer wechselten leere Blicke, als sie mich sahen, doch in dieser Leere lag eine Menge Verachtung.

Dann trat Irey vor und reichte Lindbergh mit einem Lächeln, das so dünn wie das Pik-As war, die Hand.»Es ist eine große Ehre, Sie kennenzulernen, Colonel«, sagte er. »Ich wünschte, es wäre unter anderen Umständen geschehen. Das ist Agent Wilson.«

Wilson trat vor und gab Lindbergh die Hand. »Es ist mir eine Ehre, Colonel«, sagte er.

Lindbergh bat sie, sich zu setzen, und nahm, da Breckinridge gerade den Telefonhörer aufgelegt hatte, wieder seinen Platz hinter dem Schreibtisch ein. Breckinridge stand wie ein Feldmarschall links hinter ihm. Schwarzkopf und ich nahmen auf Stühlen an der Seite Platz.

Irey legte den Hut auf seinen Schoß und blickte sich im Arbeitszimmer um. Wahrscheinlich waren ihm unnötig viele Zuschauer im Raum.

»Ich glaube, Colonel«, sagte Irey mit unterwürfiger Stimme, »wir sollten uns besser ungestört unterhalten.«

Lindbergh schaute nach links, sah dann Irey an und sagte arglos: »Die Tür ist geschlossen.«

»Colonel«, sagte Wilson gereizt, »wir sollten wirklich unter vier Augen mit Ihnen sprechen.«

Lindberghs Lächeln zeugte von einer Spur Müdigkeit. »Meine Herren, ich kann Ihnen gar nicht sagen, wie dankbar ich Ihnen bin, daß Sie an Ihrem freien Sonntag die Reise angetreten haben. Wir sind dringend Ihrer Hilfe und Ihres Rates bedürftig. Doch die Männer in diesem Zimmer sind meine engsten Berater.«

Wer, ich? »Colonel Breckinridge ist mein Anwalt und einer meiner engsten Freunde«, fuhr er fort. »Colonel Schwarzkopf ist der Chef der Staatspolizei, in deren Zuständigkeit dieser Fall liegt.«

»Bei allem Respekt Colonel Schwarzkopf gegenüber«, sagte Irey, »die Staatspolizei hat bei der Bearbeitung dieses Falles schon zahlreiche Fehler begangen.«

»Wirklich?« sagte Schwarzkopf eisig. »Zum Beispiel?«

»Ihr Mann, der die Fingerabdrücke genommen hat«, sagte Irey und wandte sich dem stirnrunzelnden Schwarzkopf zu, »hat weder auf dem Lösegeldbrief noch dem Umschlag, der Leiter, dem Meißel, dem Fenster, dem Kinderbett oder den Spielzeugen des Jungen Abdrücke gefunden.«

»Da mußte erst ein Außenstehender kommen«, fiel Wilson ein, »der es noch einmal versuchen wollte . . . und er fand alle möglichen Abdrücke, selbst nachdem er die Ihrer Staatspolizisten aussortiert hatte. Allein auf der Leiter dreißig bis vierzig.«

»Haben Sie diese Abdrücke nach Washington geschickt?« fragte Irey den Colonel. »Das FBI hat eine große Sammlung von Fingerabdrücken bekannter Krimineller.«

»Das ist keine Bundesangelegenheit«, sagte Schwarzkopf steif.

Egos. Das Leben eines Kindes stand auf dem Spiel, und sie mußten ihre verdammten Egos pflegen.

»Colonel Schwarzkopf bleibt, meine Herren«, sagte Lindbergh. »Sie mögen mit seinen Methoden vielleicht nicht einverstanden sein, doch schließlich hat er das Kommando.«

Sagte der Mann, der das Kommando hatte.

»Und was ist mit Heller?« fragte Wilson geradeheraus.

Diese T-Men – T-Man, weil sie für das Treasury Department, das Schatzamt, arbeiteten – kannten mich beiläufig von Chicago her. Ich war am Rande an ihrer Ermittlung gegen Capone beteiligt gewesen. Sie waren am Rande des Prozesses gegen Jake Lingle beteiligt gewesen.

Lindbergh nickte mir zu und lächelte verkrampft. »Detective Heller ist unser Verbindungsmann zur Polizei von Chicago.«

Irey hielt sein Pokerface aufrecht, während Wilson seinem Zementgesicht ein Lächeln abrang.

»Colonel Lindbergh«, sagte Wilson, »das erste, was wir vom Nachrichtendienst lernten, als wir den Fall Capone übernahmen, war der Ratschlag: Zähl nicht auf die Polizei von Chicago.«

Irey bedachte Wilson mit einem schnellen, scharfen Blick. »Agent Wilson will damit sagen«, erklärte Irey, »daß Chicago nichts mit dieser Sache zu tun hat.«

Das kam dem, was Wilson meinte, nicht mal nahe.

»Es ist auch keine Bundesangelegenheit«, beharrte Schwarzkopf.

»Colonel Lindbergh«, sagte ich und stand auf, »ich warte gern draußen.«

»Nein, Nate«, sagte Lindbergh und bedeutete mir, mich wieder zu setzen. »Bleiben Sie bitte.«

Irey und Wilson blickten sich langsam an, als sie hörten, daß Lindbergh mich beim Vornamen nannte; und in diesem Augenblick hätte Eddie Cantor Schwarzkopf nicht das Wasser reichen können, was den entgeisterten Blick betraf.

»Detective Heller«, sagte Lindbergh, »wurde mir von einem Ihrer Kollegen wärmstens empfohlen.«

»Eliot Ness«, sagte Wilson mit der Andeutung eines Grinsens.

»Ja«, sagte Lindbergh.

»Heller ist doch ein Polizei-Kontaktmann von Eliot«, sagte Irey. »Nicht wahr, Heller?«

»Das stimmt, Elmer.«

Irey, der mich nicht angesehen hatte, als er mit mir sprach, wandte mir nun den Kopf zu. Die Augen in seinem sanften Gesicht waren stahlblau und hart. »Heller, wir kennen uns nicht so gut, daß Sie mich mit meinem Vornamen ansprechen dürfen.«

»Entschuldigung, Mr. Irey. Aber wenn wir schon dabei sind ... Sie könnten ein ›Mister‹ vor meinen Namen setzen.«

Lindbergh lächelte kurz und schwach.

Irey nickte. »Gut gekontert, Mr. Heller.« Er richtete seine Aufmerksamkeit wieder auf Lindbergh. »Ich will nicht, daß Sie einen falschen Eindruck von uns bekommen, Colonel. Ich möchte auch nicht übermäßig kritisch erscheinen, aber ich wäre nicht aufrichtig, wenn ich Ihnen verschweigen würde, daß mich die Anwesenheit so fragwürdiger Personen wie« – und ich dachte, er würde nun meinen Namen nennen, doch das tat er nicht – »Morris ›Mickey‹ Rosner gewaltig stört.«

»Das kann ich gut verstehen, Mr. Irey«, sagte Lindbergh. »Aber ich hoffe, Sie, meine Herren, verstehen ebenfalls, daß es um die Rettung meines Sohnes geht und daß ich jede Möglichkeit ausschöpfen möchte, die sich bietet.«

Wilson beugte sich vor; er drehte mit den Händen langsam den Hut, als wäre er ein Lenkrad. »Colonel, den Zeitungsberichten heute morgen zufolge hat sich Rosner der Dienste zweier weiterer Gestalten aus der Unterwelt vergewissert . . .«

»Salvatore Spitale«, las Irey aus einem kleinen Notizbuch ab, »und Irving Bitz.« Er sah von dem Notizbuch auf. »Die Betreiber einer Flüsterkneipe an der Forty-First Street in New York.«

Lindbergh nickte. »Und ich komme für die Spesen dieser drei Herren auf. Gentlemen, ich habe Ihre Mißbilligung zur Kenntnis genommen – und ich danke Ihnen, daß Sie diese Mißbilligung so zurückhaltend ausgedrückt haben. Seien Sie versichert, daß Sie mit Ihrer Meinung nicht allein stehen.«

Schwarzkopf räusperte sich. »Colonel Lindbergh ist der Ansicht, daß es vielleicht die Verhandlungen mit den Entführern erleichtert, wenn wir die Unterwelt wissen lassen, daß wir auf Vermittler aus ihren Reihen zurückgreifen werden. Ich persönlich teile Ihre Mißbilligung, Mr. Irey, Mr. Wilson . . . aber ich werde den Wunsch des Colonels akzeptieren.«

Schon wieder behandelte er Lindbergh, als wäre der sein gottverdammter Boß. Zumindest wußten Irey und Wilson, daß die Bullen das Kommando haben sollten.

»Ich habe Sie zu mir gebeten, Mr. Irey«, sagte Lindbergh, »weil ich mit jemandem in einer offiziellen Position über dieses Angebot Capones sprechen möchte.«

Irey nickte ernst. »Morgen werden noch mehr Leute

davon gehört haben. Wie wir erfuhren, wurde Capone heute morgen von Arthur Brisbane interviewt, der deshalb extra nach Chicago geflogen ist.«

Brisbane vom New Yorker *Journal* war Hearsts höchstbezahlter Redakteur und Kolumnist, ein wichtigtuerischer Intellektueller, dessen schlüpfrige Berichterstattung über Capones Angebot eine bereits vom Fall Lindbergh angeheizte Leserschaft zusätzlich anheizen würde.

»Es wird morgen früh in Brisbanes Kolumne stehen«, sagte Wilson, »im ganzen Land, in allen Zeitungen, die sie vom Syndikat abonniert haben. Selbst die Spatzen werden von den Dächern pfeifen, daß sie Scarface beim Wort nehmen sollten, was seinen Vorschlag betrifft.«

Lindbergh lehnte sich im Sessel zurück und betrachtete Irey und Wilson, als wären sie Frost, der sich auf den Tragflächen seines Eindeckers bildete. »Und welcher Ansicht sind Sie, meine Herren?«

»Wir halten es für einen Bluff«, sagte Wilson zuversichtlich und lehnte sich zurück. »Wir sind der Meinung, Sie sollten nicht darauf eingehen.«

Irey wog seine Worte besser ab. »Ich sage es nicht gern, Colonel . . . aber Capone weiß nicht, wer das Kind hat. Er ist ein verzweifelter Mann, der versucht, mit einem faulen Handel aus dem Gefängnis zu kommen.«

»Wir wissen jedoch, daß er glaubt«, sagte Wilson, »oder zu glauben *behauptet*, daß ein ehemaliges Bandenmitglied von ihm den Jungen hat.«

»Bob Conroy«, sagte ich.

Alle Köpfe drehten sich in meine Richtung.

»Stimmt es, was Detective Heller sagt?« fragte Lindbergh mit zusammengekniffenen Augen. »Behauptet Capone, dieser Conroy hätte meinen Sohn entführt?«

Irey nickte langsam; Wilson nickte auch, aber doppelt so oft wie Irey.

»Unseren bisherigen Ermittlungen zufolge«, sagte Irey,

»war Conroy in der Nacht der Entführung fast dreihundert Kilometer von hier entfernt.«

»Verzeihung«, sagte ich. »Haben Sie bereits mit Conroy gesprochen?«

»Nein«, sagte Irey, ohne mich anzusehen. »Unsere Agenten in New York gehen der Sache nach. Zwei Zeugen haben Conroy ein Alibi verschafft. Sie behaupten, er sei in New Haven, Connecticut, gewesen.«

»Na ja«, sagte ich, »New Haven ist nicht der Mond. Mit einem schnellen Auto sind diese dreihundert Kilometer heutzutage fast nichts.«

»Wir haben natürlich die Absicht«, sagte Irey mit einer Spur von Ungeduld in der Stimme, »Conroy aufzugreifen und mit ihm zu sprechen ... aber er war es nicht.«

Lindberghs Gesichtsausdruck verdüsterte sich. »Ist es förderlich, daß Sie von vorneherein einen solchen Schluß ziehen?« sagte er dann. »Man hat mir gesagt, der größte Fehler, den ein Detective machen könnte, wäre, sich vorschnell eine Meinung darüber zu bilden, wer oder was hinter einem Verbrechen steckt.«

Sowohl Irey als auch Wilson verlagerten auf ihren Stühlen das Gewicht; eine Bewegung im perfekten Gleichklang, wie bei zwei wirklich guten Tänzerinnen. Ich mußte unwillkürlich lächeln.

»Sie haben recht, Colonel«, sagte Irey zu Lindbergh. »Was Conroy betrifft, werden wir uns nicht festlegen – wir werden ihn auftreiben und mit ihm sprechen. Wir betrachten das aber nicht als wichtige Spur, weil ... wir nicht glauben, daß es Capone ehrlich meint.«

»Colonel«, sagte Wilson. »Big Al will nur aus dem Knast.«

Ihr habt ihn da reingebracht, Jungs, und ihr wollt lieber in der Hölle schmoren, bevor ihr das Arschloch wieder rauslaßt, selbst wenn ihr damit das Leben eines Kindes retten könnt. Lindbergh richtete seinen hohlen Blick auf mich. »Was halten Sie davon, Nate?«

»Von Capone? Es könnte ein Schwindel sein. Aber ich glaube nicht, daß wir in diesem frühen Stadium die Möglichkeit ausschließen können, daß Capone die Entführung selbst eingefädelt hat.«

»Das ist doch absurd«, sagte Wilson.

Aber Irey sagte nichts.

»Sie haben es selbst gesagt«, fuhr ich fort. »Er ist verzweifelt. Und er ist berühmt – wie Colonel Lindbergh. Welches bessere Opfer könnte er sich bei seiner verschrobenen Denkweise aussuchen als einen der wenigen Menschen in diesem Land, die auf einer Ebene mit ihm stehen? Außerdem ... muß man einem Mann, der einen Feiertag der Liebe wie den Valentinstag in eine Abscheulichkeit verwandelt, nicht einfach *alles* zutrauen?«

»Sie sind der Ansicht«, sagte Lindbergh mit einem so durchdringenden Blick zu mir, daß er mich nervös machte, »daß Capone tatsächlich wissen könnte, wo mein Junge ist? Weil er ein Verbrechen ›aufklären‹ will, das er begangen hat – oder das für ihn begangen wurde?«

»Es wäre möglich«, sagte ich. »Er will sich auf seine zynische Weise die Zuneigung der Öffentlichkeit erkaufen – und den Weg in die Freiheit. Und das ist die Meinung des Bundesagenten, der maßgeblich zu seiner Verurteilung beigetragen hat – Eliot Ness.«

Mit anderen Worten: verpißt euch, Agenten Irey und Wilson.

»Mr. Heller könnte recht haben«, sagte Irey gnädiger, als ich es für möglich gehalten hätte. »Es ist zwar ziemlich weit hergeholt ... aber ich kann die Möglichkeit nicht allen Ernstes ausschließen.«

Selbst Wilson schien bereit, sich meiner Ansicht anzuschließen. »Ich glaube, wir sollten Bob Conroy suchen und ihn zum *Reden* bringen.« Er hielt drohend inne und fügte dann hinzu: »Aber dafür müssen wir Al Capone nicht aus dem Knast lassen.«

»Ich hoffe«, sagte Lindbergh leise, »daß Sie mit der gebotenen Vorsicht vorgehen. Ich bin von Anfang an der Meinung gewesen, daß die Polizei sich nicht einmischen darf« – er hob die Hand und durchschnitt damit die Luft –»daß die Polizei sich nicht einmischen darf, wenn ich das Lösegeld bezahle und meinen Jungen zurückhole.«

Das war letztendlich natürlich nicht Lindberghs Entscheidung – oder sollte es zumindest nicht sein –, doch Irey und Wilson ließen es ihm durchgehen. Ich wußte, wenn es hart auf hart ging, würde Irey sich wie ein Bulle verhalten. Und Wilson ebenfalls.

»Dürften wir den Brief der Entführer sehen?« sagte Irey.

»Natürlich«, sagte Lindbergh. Er zog eine Schreibtischschublade auf und gab Irey den Brief, der eigentlich in einem Safe in Trenton liegen sollte. Ich rückte näher heran und sah ihm über die Schulter, als er ihn las.

Der Brief war mit Bleistift geschrieben, mit einer unregelmäßigen, wackligen, vielleicht verstellten Handschrift auf billigem Papier aus einem Warenhaus:

Werter Herr!
Halten Sie 50 000 Dollar bereid 25 000 in 20 Dollar Scheinen 15 000 in 10 Dollar Scheinen und 10 000 in 5 Dollar Scheinen. Nach 2 – 4 Tage werden wir Sie informieren wo Sie das Gelt abliefern sollen.
Wir wahrnen Sie geben Sie nichts an die öffentlichkeid Weiter und benachrichten Sie nicht die Polizai. Das Blach ist in guden Händen.
Alle Briefe erkennen Sie an Singnatur und drei Lochen.

Die ›Singnatur‹ war der schwache Abdruck von zwei blauen, vierteldollargroßen Kreisen, von denen die linken Hälften jeweils am deutlichsten waren, wodurch der Eindruck von zwei Buchstaben ›C‹ entstand; rechts am zweiten ›C‹ befand sich ein nickelgroßer roter Fleck. Des weiteren waren drei Löcher (›Lochen‹) in den Brief gestanzt worden, eins durch den roten Fleck, die beiden anderen links und rechts.

»Wir haben den Inhalt des Briefes der Presse verschwiegen«, sagte Schwarzkopf. »Nur an dieser Unterschrift können wir zweifelsfrei erkennen, ob weitere Mitteilungen wirklich von den Entführern stammen.«

Warum lag das verdammte Ding dann in Lindberghs Schreibtisch? Jeder Dienstbote im Haus hatte Zugang zu ihm!

»Ich würde vorschlagen, daß Sie dieses Dokument unverzüglich an einem sicheren Ort wegschließen«, sagte Irey. Er sprach zu Schwarzkopf, nicht zu Lindbergh, obwohl er diesem den Brief zurückgab. »Wer weiß davon?«

»Niemand«, sagte Schwarzkopf. »Die Polizei von New York hat Kopien verlangt, aber wir haben abgelehnt. J. Edgar Hoover übrigens auch. Ich bin der Ansicht, daß diese Sache in die Zuständigkeit der Staatspolizei von New Jersey fällt, und wenn wir dieses Dokument weitergeben, selbst an andere staatliche Stellen, könnte dadurch ein nicht wiedergutzumachender Schaden entstehen.«

Das hörte sich halbwegs vernünftig an, doch letztendlich lief es nur darauf hinaus, daß Schwarzkopf nicht aus dem Scheinwerferlicht treten wollte.

»Natürlich haben wir Mr. Rosner eine Kopie davon gegeben«, sagte Lindbergh.

Irey und Wilson blickten einander an. Ich rieb mir die Augen.

»Was?« sagte Irey.

Lindbergh zuckte die Achseln. »Mr. Rosner wollte den Brief gewissen ... Herrschaften aus der Unterwelt zeigen. Unter anderem Owney Madden, die vielleicht die Handschrift oder diese seltsame ›Untaschrift‹ identifizieren kann.«

Madden war eine Unterweltgröße, die für New York in etwa das darstellte, was Capone für Chicago war.

»Damit ich Sie nicht falsch verstehe«, sagte Wilson verkniffen. »Die Polizei von New York darf keine Kopie bekommen, J. Edgar Hoover darf keine Kopie bekommen, und wir dürfen keine Kopie bekommen. Aber Mickey Rosner hat eine bekommen.«

»Ich fürchte«, sagte Irey, den dieses Eingeständnis offensichtlich in Rage gebracht hatte, und das zu Recht, »damit steht die Echtheit aller weiteren Mitteilungen in Frage. Sie haben sich möglichen Eindringlingen weit geöffnet.«

»Meine Herren«, sagte Breckinridge, »ein gemeinsamer Freund von uns, Bob Thayer, ein Partner in Colonel William Donovans Kanzlei, hat Mr. Rosner zu Madden und verschiedenen anderen Menschen dieser . . . Sorte begleitet. Thayer hat Rosner keine Sekunde lang aus den Augen gelassen und auch nicht seine Kopie des Briefes.«

»Ich glaube, wir werden keine Schwierigkeiten haben«, sagte Lindbergh, »Mitteilungen der echten Entführer von denen etwaiger Trittbrettfahrer zu unterscheiden, die sich an die Erpressung hängen wollen.« Er griff in die noch geöffnete Schublade. »Obwohl es nicht allgemein bekannt ist . . . Wir haben einen zweiten Brief erhalten.« Der normalerweise durch nichts zu erschütternde Irey setzte sich auf; Wilson hatte sich bereits vorgebeugt.

Lindbergh gab Irey ein weiteres weißes Blatt Briefpapier, auf beiden Seiten mit Tinte beschrieben. Erneut las ich über Ireys Schulter:

Werter Herr. Wir haben Sie gewahrnt nichts öffentlich zu machen und auch nicht die Polizai zu benachrichtigen und jezt müssen Sie die Konsequenzen tragen. Das heißt wir werden das Babie festhalten müssen bis sich alles beruhigt hat. Wir könn jezt kein Treffen mit Sie vereinbaren. Wir wissen sehr gud was das für uns bedeudet. Ist es wirklich nötich eine Staatsaffäre daraus zu machen oder wolln Sie Ihr Babie so schnell wie möglich zurückhaben. Es ist für beide Seiten besser, diese angelegenheit schnell zu bereinigen. Haben Sie keine Angst für das Babie zwei Damen kümmern sich Tach und Nacht darum. Wir werden ihm auch zu essen geben was in der Zeitung stand.

Darunter standen die Worte ›Singture auf allen Briefen‹ und ein Pfeil, der auf ein Symbol deutete, das dem auf dem ersten Brief ähnelte, doch hier waren die blauen Kreise deutlich auszumachen. Der mittlere, kleinere Kreis war erneut blutrot; und man hatte ebenfalls drei Löcher in den Brief gestanzt.

Irey drehte den Brief um, und auf der anderen Seite stand:

Wir sind daran interesiert, ihn in guder Gesungheit zurückzuschicken. Unser Lösegeld war für 50 000 Dollar ausgemacht doch jezt müssen wir eine andere Person reinnehmen und das Babie wahrscheinlich länger behalden als wir gedacht haben. Also müssen wir 70 000 nehmen – 20 000 in 50 Dollar Scheinen 25 000 in 20 Dollar Scheinen 15 000 in 10 Dollar Scheinen und 10 000 in 5 Dollar Scheinen markieren Sie keine Scheine und nehmen Sie sie auch nich von einer Seriennumma. Wir wern Sie später informiren wohin Sie das Gelt bringen sollen aber nich bevor die Polizei nich von der Sache abgezogen wurde und die Zeidungen Ruhe bewahren. Das Kidnaping wurde jahrelang vorbereidet also sind wir auf alles vorbeireidet.

»Wann haben Sie diesen Brief bekommen?« fragte Irey.

»Gestern«, sagte Lindbergh.

Irey gab den Brief Wilson, der sich bereits vorgebeugt hatte, um ihn zu lesen, ihn nun jedoch ein zweites Mal las. »Ich bin kein Experte für Handschriften«, sagte Irey, »doch beide sehen sich sehr ähnlich. Wie auch das Erkennungszeichen.«

»Es ist nicht genau dasselbe«, stellte ich klar.

»Aber fast«, sagte Irey. »Darf ich den ersten Brief noch einmal sehen?« Lindbergh gab ihm das Schreiben.

»Viele Wörter sind gleichermaßen falsch geschrieben«, sagte Irey und deutete auf den ersten Brief. »Gut ist ›gud‹, Geld ist ›Gelt‹.«

»›Signatur‹ ist in beiden Briefen falsch geschrieben«, sagte ich, »aber auf zwei verschiedene Weisen.«

»Glauben Sie«, sagte Wilson zu niemandem im besonderen, »daß den Brief ein Deutscher geschrieben hat?«

»Wahrscheinlich«, sagte Irey. »Wahrscheinlich. Das groß geschriebene ›Sie‹ und ›Ihnen‹, Blag und Lochen statt Löcher und . . .«

»Oder jemand, der vorgibt, ein Deutscher zu sein.«

Lindbergh kniff die Augen zusammen. »Warum sollte das jemand tun?«

Ich zuckte die Achseln. »Aus demselben Grund, aus dem man die Handschrift verstellt. Um eine falsche Spur zu legen. In der Erinnerung der Amerikaner liegt der Krieg noch gar nicht so weit zurück – Deutsche geben tolle Sündenböcke ab.«

»Sie könnten recht haben, Heller«, gestand Irey ein. »Hier ist noch etwas seltsam – besonders beim zweiten Brief. Kleine, einfache Wörter wie ›jetzt‹ und ›Baby‹ und ›Loch‹ sind falsch geschrieben, aber größere, schwierigere wie unter anderem ›benachrichtigen‹, ›Konsequenzen‹ und ›Staatsaffäre‹ richtig.«

»Vielleicht verstellt sich also jemand«, sagte ich. »Vielleicht spielt jemand den wortwörtlichen ungebildeten Einwanderer.«

»Oder«, hielt Wilson dagegen, »ein ungebildeter Deutscher benutzt ein englisch-deutsches Wörterbuch . . . und schlägt nur die schwierigen Begriffe nach.«

»Könnte auch sein«, gestand ich ein.

Lindbergh schien seine helle Freude daran zu haben, zuzuhören, daß ein paar echte Cops den Fall besprachen; Schwarzkopf hatte, was mich nicht überraschte, nichts dazu beigetragen. Sein Gesicht zuckte vor Verärgerung.

»Mich interessiert mehr«, sagte Lindbergh, »was in dem Brief steht, als das, was er bewirken soll. Er besagt, daß mein Sohn bei guter Gesundheit ist und die Entführer die Ernährungshinweise gelesen haben, die Anne und ich an die Zeitungen weitergegeben haben, und sie befolgen. Das sind gute Nachrichten.«

»Aber sie haben den Preis auch um zwanzig Riesen erhöht«, sagte ich.

»Das ist mir egal«, sagte Lindbergh.

Ich wußte nicht, ob er damit meinte, daß er in Geld schwamm oder daß er seinen Sohn nicht nach finanziellen Maßstäben maß.

»Mir ist jedenfalls klar«, sagte Lindbergh, »daß die Beteiligung der Polizei an diesem Fall so gering wie möglich gehalten werden muß.«

»Was?« sagte Irey. »Colonel Lindbergh, das können Sie doch nicht ernst meinen . . .«

»Ich meine es todernst. Der größte Fehler, den ich gemacht habe, war, zwei Stunden lang zu warten, bis der Beamte eingetroffen war, der die Fingerabdrücke abnehmen sollte, anstatt den Brief sofort zu öffnen. Ich hatte bereits die Polizei hinzugezogen, und die Zeitungen waren schon hinter die ganze Sache gekommen, bevor ich wußte, daß dieser Brief mir verbot, diese beiden Parteien zu informieren.«

»Colonel Lindbergh«, sagte ich, »Sie hätten weder die Bullen noch die Reporter aus der Sache heraushalten können. Das wäre völlig unmöglich gewesen.«

»Meine Herren«, sagte Lindbergh und erhob sich, »ich weiß Ihren Rat sehr zu schätzen.«

Er gab Irey die Hand, der plötzlich begriff, daß er entlassen war; unbeholfen stand Irey auf, und Wilson tat es ihm gleich.

»Colonel«, sagte Irey, »ich muß nach Washington zurückkehren, doch Agent Wilson wird sich nach New York begeben und den Fall von dort aus mit Unterstützung mehrerer anderer Agenten bearbeiten.«

»Diskret, hoffe ich«, sagte Lindbergh.

Irey schien nicht zu wissen, was er darauf sagen solle.

»Wir ... äh ... halten Colonel Schwarzkopf über unsere Fortschritte auf dem laufenden«, sagte Wilson. »Hoffentlich ist er uns gegenüber genauso höflich.«

Lindbergh kam um den Schreibtisch herum und legte eine Hand auf Ireys Schulter, eine seltene Geste der Wärme von diesem zurückhaltenden Mann.

»Ich weiß, daß ich Sie mit meinem Wunsch enttäusche, ehrlich mit den Entführern zu verhandeln«, sagte er. »Sie wollen Sie festnehmen, und natürlich möchte ich auch, daß das eines Tages geschieht ... aber meine Priorität ist im Augenblick, meinen Sohn sicher und gesund zurückzubekommen.«

»Ich bin selbst Vater«, sagte Irey leise.

»Andererseits«, sagte Lindbergh und ging mit den beiden Männern zur Tür, »was Capone betrifft ... ich würde niemals bitten, dieses Ungeheuer freizulassen, selbst wenn damit ein Menschenleben gerettet werden *könnte.*«

Irey nickte ernst.

Dann fragte Wilson, ob sie sich das Kinderzimmer, die Leiter und so weiter ansehen könnten; Lindbergh beauftragte Schwarzkopf damit, dafür zu sorgen.

Was ich für einen klugen Schachzug hielt. Selbst Lindbergh hatte begriffen, daß sich Schwarzkopf und die Bundesbeamten besser aneinander gewöhnten. Dann war ich mit Lindbergh und Breckinridge allein.

»Danke für Ihre Hilfe, Nate«, sagte Lindbergh.

»War mir ein Vergnügen, Slim«, sagte ich, bemüht, mich an dieses Ausmaß an Vertrautheit zu gewöhnen.

»Was wissen Sie über Hellseher?« fragte er plötzlich.
»Kaum etwas. Die meisten sind Betrüger.«
»Aber einige nicht?«
»Kann sein. Warum?«
»Ich möchte, daß Sie Colonel Breckinridge helfen, ein paar davon zu überprüfen. Einer von ihnen hat einen ziemlich guten Ruf. Sein Name ist... wie heißt er, Henry?«
Breckinridge sah in seinen Unterlagen nach.
»Cayce«, sagte er. »Edgar Cayce.«

6

In der Vorsaison war Paradise ein verdammt öder Ort. Von Mai bis Oktober schwoll die Bevölkerung dieses Vororts von Virginia Beach, einen Häuserblock breit und zehn Kilometer lang, von etwa eintausendfünfhundert auf fünfzehntausend oder mehr an, und auf der Betonpromenade über dem endlosen weißen Strand drängten sich Touristen und Sommergäste. Doch im Augenblick fand man auf diesen Bürgersteigen lediglich verwehten Sand, und die meisten Wochenendhäuser, die sich zwischen den Dünen erhoben, waren so leer wie die weitläufigen, geschieferten viktorianischen Hotels mit ihren unzähligen Balkonen, welche Virginia Beach die unheimliche Atmosphäre einer Geisterstadt verliehen.

Colonel Breckinridge saß hinter dem Steuer, doch auch ich war einen Teil der Strecke gefahren. Selbst in Breckinridges schmucker Duesenberg-Limousine hatte die Fahrt acht Stunden gedauert, und das, obwohl ich den Wagen auf hundertsechzig Sachen gebracht hatte, als Breckinridge schlief, nur um zu sehen, ob die Kiste das schaffte. Wenn ich das Gaspedal durchgedrückt hätte, wäre er noch schneller gefahren, doch als das Ding zu rappeln anfing, ließ ich es gut sein. Später begriff ich, daß nicht der Wagen gerappelt, sondern ich gezittert hatte. Der Duesenberg schnurrte so sanft wie ein Kätzchen vor sich hin, und in etwa auch genauso laut.

Wenn ich nicht fuhr, schlief ich; die paar Stunden, die ich mich in der vergangenen Nacht aufs Ohr gehauen hatte, hatte ich mich hauptsächlich herumgewälzt und nachgedacht. Colonel Breckinridge wollte mir ein Hotelzimmer besorgen, doch bei dem Ansturm von Reportern war das nicht ganz einfach, nicht einmal für Lindy. Bis dahin hatten sie mir im Haus eine Pritsche aufgestellt.

Ich hatte nichts dagegen; aber die Gästeschlafzimmer waren alle belegt (Breckinridge und seine Frau Aida waren eingezogen, und auch Anne Lindberghs Mutter), und die Pritsche stand im Kinderzimmer.

Ich starrte im Halbdunkel – der Mond spähte durch das vorhanglose Zimmer wie ein weiterer Entführer – auf das Kinderbett, die Zederntruhe, das Fensterbrett, die lustige Tapete. Ich drehte im Geiste alles hin und her, wie Beweisstücke, denen ich einen Sinn zu entnehmen versuchte. Ich spürte die Gegenwart des Kindes; seine Unschuld suchte das Zimmer heim wie ein winziger, nagender Geist.

Und mein Magen drehte sich ebenfalls. Die Lindberghs hatten mich zum Abendessen eingeladen, und ihre Köchin – Elsie Whately, Butler Olivers Frau – hatte halb durchgebratenes Roastbeef mit Salzkartoffeln, Karotten und Yorkshire-Pudding serviert. Es sah köstlich aus, aber das Fleisch war zäh und schmeckte nach nichts. Nur in Amerika konnten die Reichen so blöd sein, englische Köche einzustellen. Als ich versuchte, mein Roastbeef zu essen, hatte Annes Mutter – die bemerkte, wie wenig ihre Tochter aß – sie daran erinnert, daß sie jetzt für zwei essen mußte.

Anscheinend war Anne wieder schwanger – im dritten Monat.

Vor Anbruch der Morgendämmerung holte Breckinridge mich im Kinderzimmer ab, als wollten wir fischen gehen (was vielleicht gar nicht so unzutreffend war), und wir fuhren in seinem schmucken Wagen mit der Inneneinrichtung aus Holz und Leder und der im Rücksitz eingebauten Bar los, nur wir beide.

Nun war es früher Nachmittag in Virginia Beach, und Breckinridge bog nach rechts auf die Fourteenth Street und dann auf eine gewundene Straße ab. Doch abgesehen von der katholischen Kirche ganz in der Nähe lag das Haus verlassen da, ein großes, dunkelgrün geschiefertes Gebäude am Ufer eines kleinen Sees. Der weitläufige Rasen mit der breiten, ordentlich geschnittenen Hecke und Büschen und Bäumen wurde allmählich grün, als hätte der Frühling hier zu früh Einzug gehalten. Wir parkten vor dem Haus und gingen einen gepflasterten Weg entlang, neben dem ein kleines Holzschild die sauber eingebrannten Worte trug: *Gesellschaft für Forschung und Erhellung.*

Was wahrscheinlich nur eine höfliche Umschreibung der Aufforderung war: kommt schon her, ihr Blödmänner, ja, genau, hier lang . . .

»Wir haben allen Grund zu der Annahme, daß dieser Cayce aufrichtig ist«, hatte Breckinridge im Wagen gesagt. »Selbst wenn er der Irre ist, für den ich ihn halte.«

»Warum kommt er Ihnen aufrichtig vor?«

»Na ja, zum einen wurde er von Freunden der Familie Lindbergh wärmstens empfohlen. Tom Lanphier hat diese mediale Sitzung für uns arrangiert.«

»Wer, zum Teufel, ist Tom Lanphier?«

»Major Lanphier«, hatte Breckinridge mit leiser Empörung gesagt, »ist ein begeisterter Flieger und Vizepräsident der TAT.«

Na ja, wenigstens war er kein Colonel. Die TAT war natürlich die Transcontinental Air Transport, die sogenannte Lindbergh-Linie, bei der Lindy als hochbezahlter technischer Berater angestellt war, nachdem er ihre Flugrouten von einer Küste zur anderen kartographiert hatte.

»Der Major glaubt an Cayce und ist der Ansicht, daß der Mann uns helfen kann.«

»Und was glauben Sie, Colonel?«

»Daß wir unsere Zeit verschwenden, genau wie Sie. Aber ich halte Cayce eher für einen von sich überzeugten Spinner als für einen Scharlatan.«

Breckinridge erklärte mir, daß Cayce, der Sohn eines Farmers aus Kentucky, der nach der sechsten Klasse von der Schule abgegangen war, als Seher und Heiler bekannt war – und der ›Schlafende Prophet‹ genannt wurde, da er all seine medialen Deutungen im Schlaf von sich gab.

»O je«, sagte ich.

»Es ist so was wie Selbsthypnose. Er fällt in eine Art Trance; man behauptet, daß Cayce genaue Diagnosen von Krankheiten erstellen und sie sowohl aus der Ferne als auch aus der Nähe heilen kann. Er soll technische Fachbegriffe benutzen, die er angeblich noch nie gehört hat, wenn er nicht schläft.«

»O je«, wiederholte ich und lehnte mich gegen das Fenster des Duesenbergs, um noch etwas zu schlafen; aber ich gab keine übersinnlichen Deutungen von mir.

Die Frau, die auf unser Klopfen öffnete, ließ mich stutzen. Nicht, weil sie in Sack und Asche gehüllt war, einen Turban trug oder so: ganz im Gegenteil. Sie war eine kleine, schlanke Frau von über fünfzig Jahren mit dunklem, ergrauendem Haar und großen, leuchtenden, braunen Augen; sie trug ein einfaches, blau und weiß bedrucktes Kleid mit einer Schürze und wirkte in etwa so düster wie Milch und Kekse.

Was mich jedoch, offen gesagt, am meisten beeindruckte, war die Feinheit ihres Gesichts; sie hatte dieselbe zerbrechliche Schönheit wie Anne Lindbergh.

Breckinridge mußte die Ähnlichkeit ebenfalls bemerkt haben, denn der Anwalt hätte beinahe gestottert, als er den Hut abnahm und sagte: »Wir kommen als Vertreter der Familie Lindbergh. Wir haben einen Termin . . .?«

Sie lächelte freundlich und nahm den Hut des Anwalts. »Ich bin Gertrude Cayce«, sagte sie. »Sie müssen Colonel Breckinridge sein. Und der andere Herr?«

»Nathan Heller«, sagte er.

»Ein Polizeibeamter?« fragte sie freundlich und bedeutete uns, ins Haus zu kommen.

»Äh . . . ja.«

Sie lachte; es war das trällernde Lachen einer viel jüngeren Frau. »Nein, ich bin keine Hellseherin, Mr. Heller – man sieht Ihnen den Beruf einfach an.«

Ich mußte darüber lächeln, als sie uns in ein bescheidenes, schlichtes Heim führte, dem es vollständig an okkultem Brimborium fehlte, wie auch an Luxus. Verblichene Tapeten, ein kürzlich neu bezogenes Sofa und ein Lehnstuhl waren stellvertretend für den verwohnten Eindruck, den das Wohnzimmer machte.

Sie führte uns einen kurzen Gang zu einem Zimmer entlang, das an das Haupthaus angebaut worden war; hier, dachte ich, würde ich auf die mystischen Utensilien des Wahrsagergeschäfts stoßen: wir würden durch einen Glasperlenvorhang in ein Zimmer treten, in dem die Tierkreiszeichen auf eine Wand gemalt waren, an der schreckliche Masken hingen; und davor ein Perserteppich und ein Tisch, auf dem eine ausgestopfte Kobra eine Kristallkugel bewachte und an dem ein Fakir in einem rosa Turban und einem Kaftan saß, der eine schwarze Katze in den Armen hielt . . .

Aber da war kein Glasperlenvorhang; gar kein Vorhang, und auch keine Tür. Wir traten direkt in ein ziemlich kleines Zimmer, erhellt von natürlichem Licht, das durch Fenster in zwei Seitenwänden fiel, durch die man einen Anlegesteg und den See sehen konnte. An einer

Wand stand eine durchgesessene Couch; am einen Ende der Couch ein alter, schwarz gepolsterter Stuhl mit gerader Lehne und am anderen ein hölzerner Kinderschreibtisch. Über der Couch hingen zahlreiche Fotos mit Widmungen von – anscheinend – zufriedenen Kunden. Die anderen Wände waren mit eingerahmten Familienfotos geschmückt, mit Drucken von Robert E. Lee und Abraham Lincoln und religiösen Bildern, darunter ein kuhäugiger Jesus und eine Radierung des Guten Samariters. An einer Wand stand ein alter, hölzerner Aktenschrank, daneben ein Holzregal vom Sperrmüll, dessen Bretter sich unter Muscheln, farbigen Steinen, Miniaturelefanten und zahlreichen wertlosen Schmuckstücken bogen. Ein ausgefranster Wollteppich bedeckte den größten Teil des Holzbodens.

»Das ist Edgar Cayce«, sagte sie mit einer formellen Geste, »mein Gatte.«

Er erhob sich hinter einer alten, mitgenommenen Schreibmaschine, die auf einem großen, grobschlächtigen Rollpult stand. Er war so groß und schlank wie Lindbergh, zog die Schultern aber nicht ein; er hatte den perfekten Körperbau und das Aussehen eines Bühnenzauberers, aber nicht dessen Benehmen. Sein braunes Haar wurde schon ziemlich spärlich, und sein rundes, freundliches Gesicht mit dem schmalen Kinn paßte zu seinem langen, hageren Körper; er trug eine randlose Brille und schien, wie seine Frau, Mitte bis Ende Fünfzig zu sein. Er kam schnell zu uns und gab zuerst Breckinridge und dann mir die Hand.

»Colonel Breckinridge«, sagte er mit warmer, besänftigender Stimme; zumindest sie paßte zu dem Bild des Scharlatans, das ich mir gemacht hatte. »Und Sie sind?«

»Nate Heller«, sagte ich. »Ich bin bei der Polizei von Chicago.«

Er lächelte; er hatte die Aura eines freundlichen Onkels. Seine Lippen waren voll, seine Augen so graublau wie das Wasser, das man durch das Fenster hinter ihm sehen konnte.

»Ihr Zuständigkeitsbereich ist sehr groß, Mr. Heller«, sagte er.

»Normalerweise ziehe ich nicht so weite Kreise. Aber die Lindbergh-Entführung ist kein Fall wie jeder andere.«

Er wurde ernst. »Nein. Das stimmt. Würden die Herren bitte Platz nehmen?«

Er holte mehrere Holzstühle von der gegenüberliegenden Wand, und wir – seine Frau ebenfalls – setzten uns wie vier Kartenspieler, die ihren Tisch vergessen hatten, in die Mitte des Zimmers.

»Ich bete darum, daß ich Ihnen helfen kann, meine Herren«, sagte er, die Hände auf den Knien, das freundliche Gesicht plötzlich ernst. »Wie alle Amerikaner bringe ich Colonel Lindbergh große Bewunderung und Zuneigung entgegen. Natürlich kann ich Ihnen nichts versprechen. Ich habe keine Kontrolle über meine Gabe.«

»Ihre Gabe?«

Cayce zuckte die Achseln. »Ich behaupte nicht, sie vollständig zu verstehen. Ich weiß nur, daß ich eine seltsame Gabe oder Macht habe. Ich schlafe ein und spreche Worte, die ich niemals gehört habe und nicht einmal verstehe, wenn ich sie später niedergeschrieben lese. Ich weiß jedoch, daß ich in den über dreißig Jahren, die ich diese Gabe habe, Tausende von Menschen geheilt oder ihnen geholfen und keinem einzigem Schaden zugefügt habe.«

Wie ein echter Betrüger gesprochen.

»Aber Sie müssen wissen, daß ich mich nur selten mit kriminellen Angelegenheiten befasse«, sagte er. »Meine Ausführungen beziehen sich hauptsächlich auf gesundheitliche Probleme.«

»Es ist bekannt«, sagte Breckinridge freundlich, »daß Wahrsager der Polizei gelegentlich schon geholfen haben. In einigen Fällen sogar sehr erfolgreich ...«

Er hob die Hand. »Ich habe mich mit solchen Angelegenheiten befaßt, wenn auch nicht sehr gern. Vor vielen Jahren habe ich einmal eine Sitzung über einen Mord in Kanada gehalten.« Er blickte nach oben, als verwahre er sein Gedächtnis an der Decke. »Es ging um zwei alte Jungfern, beide wohlhabend, beide Geizhälse ... Eine von ihnen hat gesagt, die andere wäre von einem Landstreicher erschossen worden. Die Polizei verhörte alle Verdächtigen und Vagabunden in der Umgebung und kam nicht weiter. Ich erklärte, ich hätte eine Vision gehabt, in der es keinen Landstreicher gegeben hätte – die eine Schwester hat die andere wegen eines Freiers getötet. Nach dem Mord hatte die überlebende alte Jungfer die Waffe aus dem Fenster geworfen, und sie war von einem schweren Wolkenbruch davongeschwemmt worden. Die Polizei fand die Waffe genau an der Stelle, die ich ihr genannt hatte,im Schlamm am Fuße des Hügels – und dann kam die Polizei, um mich zu verhaften. Nur ein Komplize, sagten die Beamten, könnte die Einzelheiten wissen, die ich wußte.«

Ich lächelte. »Aber Sie hatten ein Alibi.«

»Ein ausgezeichnetes«, sagte er und erwiderte mein Lächeln. »Zuerst einmal war ich zum Zeitpunkt des Verbrechens viele hundert Kilometer weit entfernt. Und zweitens kannte ich weder Täterin noch Opfer.«

»Damit waren Sie aus dem Schneider«, gestand ich ein.

»Aber nicht das«, sagte Cayce nachdenklich, »hat mich von der Detektivarbeit abgebracht. Kurz darauf nahm ein privater Ermittler wegen einiger gestohlener Schuldverschreibungen, die er wiederbeschaffen sollte, Kontakt mit mir auf. Ich erklärte mich zögernd bereit, ihm zu helfen. Ich beschrieb die Person, die die Obligationen gestohlen hatte, eine Frau aus dem Haus, die ein rotes Muttermal auf dem Oberschenkel und auf den Zehen aufgrund eines Unfalls in ihrer Kindheit eine böse Narbe hatte.« Er schüttelte den Kopf. »Meine Beschreibung schien auf die

Frau des Besitzers der Schuldverschreibungen zu passen – der glaubte, seine liebe Angetraute weilte zu Besuch bei ihrer Schwester in Chicago. Statt dessen war sie mit ihrem Geliebten in einem Hotel in Pennsylvania. Es war das Hotel, das ich in meiner Sitzung identifiziert hatte, und beide wurden zur Rechenschaft gezogen.«

»Warum«, fragte Breckinridge, »hat Sie das von der Detektivarbeit ›abgebracht‹?«

»Weil ich nicht das Gefühl haben möchte«, sagte Cayce, »daß meine Kraft dazu benutzt wird, jemanden zu jagen und zu bestrafen. Selbst wenn es Schurken sind, denen es nur recht geschieht, daß man sie faßt.«

»Mir hat es auch nicht gefallen«, sagte seine Frau. »Edgar wurde seine Gabe verliehen, damit er Kranke heilt. Wann immer er sie für andere Zwecke benutzt hat, haben sich schwere Kopfschmerzen und andere körperliche Leiden bei ihm eingestellt. Es macht ihn krank und unglücklich – und mir macht es angst.«

Cayce nickte. Offensichtlich betrachtete er seine Frau als Partnerin bei der Ausübung seiner Gabe – oder seines Betrugs, oder was auch immer.

»Warum machen Sie hier eine Ausnahme?« fragte ich ihn. Ich roch den Schwindel.

Cayce senkte den Kopf. Seine Hände lagen noch immer auf seinen Knien, doch sie waren nun erschlafft. »Vor einigen Jahren haben Gertrude und ich einen Sohn verloren. Er war ein kranker, kleiner Junge, hatte ständig Koliken, aber ich hatte mit Sitzungen für Patienten zu tun. Und ich habe immer . . . gezögert, die Gabe einzusetzen, wenn es um meine eigene Familie ging . . .«

Er hielt den Kopf weiterhin gesenkt und berührte die Augen mit den Fingern.

»Ich war wie vor den Kopf gestoßen«, fuhr er fort, »als der Arzt mir sagte, daß Milton im Sterben lag. Eine Kolitis. Die Ärzte hatten getan, was sie konnten, doch er war so klein und zerbrechlich. Schließlich versetzte ich mich für Milton in Trance und fragte mich, warum bei Gott, ich es nicht schon früher getan hatte.«

Nun rollten Tränen Cayces Wangen hinab.

Mir war sehr unbehaglich. Einerseits kam ich mir wie ein Lump vor, weil ich an diesem Kerl gezweifelt hatte, andererseits fragte ich mich, ob ich den größten Betrüger der Welt bei der Arbeit sah.

Seine Frau stand auf, trat neben ihn und legte die Arme um seine Schultern; ihre Augen waren feucht, doch im Gegensatz zu Cayce flossen bei ihr keine Tränen.

»Ich wachte auf«, sagte er, »und kannte die Antwort, ohne fragen zu müssen. Mein Vater, der mir bei meinen Sitzungen half, war ganz bleich und schaute entsetzt drein. Meine Frau weinte. Und in der Stunde der Dämmerung starb mein Sohn ... genau, wie ich es vorausgesehen hatte.«

Seine Frau drückte seine Schulter. Als sie mit einem Taschentuch seine Tränen wegwischte, lächelten sie einander an.

Mein Gott, war das peinlich! Ich konnte es nicht ausstehen, so etwas mit anzusehen, ob es nun echt oder nur ein widerlicher Betrug war.

Ich wußte nicht, ob Breckinridge es ihm abkaufte oder nicht. Aber er sagte zu Cayce: »Und deshalb sind Sie bereit, sich mit dem Fall Lindbergh zu beschäftigen?«

Cayce nickte heftig. »Ich werde alles tun, was in meiner Macht steht, um den Jungen der Familie zurückzugeben.«

Mrs. Cayce verließ das Zimmer, während ihr Mann die Jacke auszog und die Krawatte ablegte. Er knöpfte den Hemdkragen und die Ärmel auf, setzte sich auf die Couch und schickte sich an, die Schuhe auszuziehen. Dann betrat eine gutaussehende Blondine Ende Zwanzig in einem schmucken, rosa und weißen Kleid und mit blitzenden Nylonstrümpfen das Zimmer, gefolgt von Mrs. Cayce.

Jetzt ging es zur Sache.

»Das ist Gladys Davis«, sagte Mrs. Cayce.

Die Blondine lächelte mich an, und ich erwiderte das Lächeln. Mir fiel auf, daß sie einen Stenoblock in der Hand hielt. Also hatte der Hellseher eine attraktive Sekretärin. Jetzt fühlte ich mich allmählich wie zu Hause.

»Miss Davis ist seit 1923 unsere Sekretärin«, erklärte Mrs. Cayce. »Ihre ältere Schwester war in unserer christlichen Arbeitsgruppe.«

Gelobet sei der Herr.

»Was sollen wir tun?« fragte Breckinridge Mrs. Cayce.

»Nichts, mein Lieber«, sagte sie und berührte die Hand des Anwalts. »Sie und Mr. Heller bleiben einfach ruhig sitzen und schauen zu. Es würde helfen, wenn Sie am Anfang unserer Meditation Ihre Gedanken nach innen richten könnten.«

Aber gern. Ich war sowieso ein ganz gedankenvolles Arschloch.

Miss Davis plazierte ihr hübsches Fahrgestell auf den Stuhl des Schülerschreibtisches neben der Couch, auf der sich Cayce mittlerweile ausgestreckt hatte, die Hände mit den Flächen nach oben auf die Stirn gelegt. Was hatte er vor? Wollte er mit den Fingern wackeln und so tun, als wäre er ein Kaninchen?

Gertrude Cayce setzte sich auf den Stuhl neben dem Kopf ihres Gatten. Er blickte sie liebevoll an, und sie erwiderte den Blick genauso liebevoll und streichelte leicht seine Wange. Dieser Augenblick zwischen ihnen kam mir sehr echt vor – plötzlich schien es sich bei der hübschen Sekretärin tatsächlich nur um eine Sekretärin zu handeln.

Er schloß die Augen und ließ die Hände langsam von der Stirn gleiten, bis sie flach auf seinem Bauch lagen. Er begann tief und rhythmisch zu atmen.

Dann senkten Sekretärin und Ehefrau die Köpfe und begannen zu beten oder zu meditieren oder so was. Ich vermutete, daß es die Aufforderung war, auch unsere

Gedanken nach innen zu leiten. Breckinridge sah mich leer an, und ich zuckte die Achseln, und er zuckte die Achseln, und wir schauten zum mittlerweile anscheinend schlafenden Cayce hinüber.

Er seufzte tief. Dann wurde sein Atem leicht und gleichmäßig, als hielte er ein kleines Nickerchen.

Mrs. Cayce wiederholte etwas, das Breckinridge und ich nicht verstehen konnten, aber für den hypnotischen Befehl hielten, der die ›Vision‹ auslösen würde.

Zum Teufel damit; da ich schon mal hier war, holte ich Stift und Notizbuch hervor.

Cayce murmelte leise vor sich hin. Er schien den Singsang seiner Frau zu wiederholen.

Dann schrie er laut auf, und sowohl Breckinridge als auch ich fuhren auf unseren harten Holzstühlen zusammen, was unseren Hinterteilen nicht besonders gut tat.

»Kannst du uns genau sagen«, fragte Mrs. Cayce ihn leise, »wo das entführte Kind zu dieser Stunde ist? Und kannst du uns die sicherste Methode beschreiben, das Kind unverletzt seinen Eltern zurückzugeben?«

»Es gibt viele Kanäle, über die der Kontakt erfolgen kann«, sagte er mit klarer, normaler Stimme. »Das sind die Kanäle, die am besten mit der Natur der Erpressung vertraut sind. Diese Individuen begehen zum Teil das erstemal eine solche Erpressung, zum Teil aber auch nicht ... verstehst du? Das heißt, derjenige, der bei jenen angestellt war – die anderen sind nicht vertraut.«

Mir kam in den Sinn, daß sich in diesem unzusammenhängenden Gestammel vielleicht ein Körnchen Wahrheit befinden mochte: erfahrene Erpresser, die mit jemandem zusammenarbeiteten, den sie aus dem Haushalt der Lindberghs rekrutiert hatten.

Mrs. Cayce versuchte es erneut. »Auf welchem Weg soll man mit den Entführern sprechen?«

»Es wurden bereits viele Versuche eingeleitet. Jemand, der Vorkehrungen oder Absprachen treffen kann, das

Baby unverletzt zurückzugeben oder freizulassen, wäre am besten.«

Das war brillant.

»Ist es möglich, die Namen dieser Leute zu bekommen?«

»Der Anführer der Gruppe ist Maglio.«

Maglio? Ich kannte einen Maglio: Paul Maglio, manchmal auch bekannt als Paul Ricca, einer von Capones alten Freunden. Ich schrieb den Namen auf und unterstrich ihn dreimal.

»Entschuldigung, Mrs. Cayce«, sagte ich leise. Besorgt, ich könnte alles verderben, indem ich ihn unterbrach.

Doch sie sah mich nur mit einem sanften, madonnaähnlichen Blick an. »Ja, Mr. Heller?«

»Ist es möglich, daß ich Mr. Cayce ein paar Fragen stelle?«

»Natürlich«, sagte sie ohne das geringste Zögern, erhob sich vom Stuhl und bedeutete mir, mich darauf zu setzen.

Ich konnte mich selbst nicht ausstehen, weil ich auf solch eine Fakirtrick reinfiel, ging aber zum Stuhl und setzte mich.

»Können Sie mir etwas über sie Entführung selbst sagen?« fragte ich. »Wie ist es passiert?«

»Das Baby wurde gegen acht Uhr dreißig abends aus dem Zimmer entfernt. Ein Mann hat es getragen«, sagte er. »Ein anderer Mann wartete unten.«

Ich wollte ihn nicht ungebührlich drängen, und so sagte ich nur: »Unten?«

Cayce nickte; seine Augen blieben geschlossen. Er machte den Eindruck, als schlafe er friedlich. »Das Kind wurde zu Boden gelassen und zu einem Wagen gebracht. Später hat ein Wechsel des Transportmittels stattgefunden . . .«

Das ergab natürlich Sinn; es ergab immer Sinn, den Wagen zu wechseln. Aber man mußte kein Hellseher sein, um darauf zu kommen.

»Ein anderer Wagen wird benutzt«, sagte er. »Sie fahren nach Norden, in Richtung Jersey City, durch einen Tunnel und durch New York City nach Connecticut, in die Gegend um Cordova.«

Ich schrieb diesen Mist auf; Gott weiß warum, aber ich schrieb ihn auf.

»Am östlichen Rand New Havens«, sagte er, »folgen sie der Adams Street und bringen das Kind in ein zweistöckiges Schieferhaus, Nummer Dreihundertsiebzig. Dreihundert Meter vor dem Ende der Adams Street steht ein braunes Haus, früher grün gestrichen, das dritte Haus von der Ecke aus gesehen. Auf dem Straßenpflaster liegt rote Erde. Das Kind ist in einem Haus an der Scharten Street.«

Ich kam mir wie ein Narr vor, als ich dieses Geplapper aufschrieb, aber ein Teil von mir wollte daran glauben. Wie jeder gute Betrüger hatte auch Cayce Charisma.

»Ist das Baby noch in diesem Haus?«

»Ja.«

Breckinridge stand nun neben mir. »War Red Johnson in die Entführung verwickelt?« sagte er zu Cayce.

»Verwickelt. Da gesehen.«

»War das Kindermädchen, Betty Gow, darin verwickelt?«

»Nicht direkt.«

»Wer noch?«

»Eine Frau namens Belliance.« Bei diesem Namen klingelte nichts bei mir.

Ich übernahm wieder. »Wer paßt zur Zeit auf das Baby auf?«

»Die Frau und zwei Männer, die jetzt zu Hause sind.«

»Wo?«

»Folgen Sie meinen Richtungsanweisungen«, sagte er verschnupft, »und Sie werden das Kind finden.«

»Ich kenne New Haven gut«, sagte Breckinridge. »Ich habe nie von Cordova gehört. Können Sie uns sagen, wie wir die Scharten Street finden können?«

»Indem Sie zu der Straße fahren. Orientieren Sie sich an dem Namen auf dem Straßenschild!«

Breckinridge sah mich mit großen Augen an, und ich zuckte die Achseln.

»Folgen Sie meinen Anweisungen, und Sie werden das Kind finden. Wir sind fertig.«

»Wo ...«, begann Breckinridge, doch Mrs. Cayce trat sanft zwischen sie und Cayce. Sie schüttelte ablehnend den Kopf und hob wie in Zeitlupe eine Hand.

Sie beugte sich über ihren Mann und murmelte etwas, um ihn aus seiner Trance zu holen.

Einen Augenblick später atmete Cayce lang und tief ein und öffnete ruckartig die Augen. Er setzte sich auf, gähnte und streckte die Arme aus.

»Haben Sie alles mitgeschrieben?« fragte er seine Sekretärin.

Miss Davis nickte mit ihrem hübschen, blonden Köpfchen.

Er stand auf. »Befolgen Sie, was Sie gehört haben«, sagte er mit absoluter Überzeugung zu Breckinridge, »was immer ich gesagt haben mag, und Sie werden dieses Kind zurückbekommen.«

»Nun ja ...«, sagte Breckinridge benommen. »Ich danke Ihnen. Wir werden noch heute allem nachgehen, was wir hier gehört haben.«

Cayce strahlte und gab Breckinridge einen Klaps auf die Schulter. »Ausgezeichnet. Meine Sekretärin wird Ihnen einen Durchschlag der Abschrift schicken. Lassen Sie mich wissen, was sich ergibt. Wir erfahren gern, wie solche Dinge ausgehen.«

Er hätte vom Husten irgendeines Kindes sprechen können, dem er eine medizinische Packung verschrieben hatte.

»Was sind wir Ihnen schuldig, Mr. Cayce?« sagte Breckinridge.

Jetzt kommt es, dachte ich. Jetzt kommt es endlich.

»Normalerweise berechnen wir zwanzig Dollar für eine Sitzung«, sagte er. »Ich wünschte, es wäre nicht nötig, überhaupt etwas zu berechnen.«

Zwanzig Mäuse? Das war doch kaum der Rede wert für solch einen Schwindel.

»Aber in diesem Fall«, sagte Cayce ernst, »werde ich eine Ausnahme machen.«

Ah! Jetzt kommt der Haken – er weiß, daß er es mit reichen Leuten zu tun hat – Lindbergh und Breckinridge und Anne Lindberghs wohlhabende Familie, die Morrows...

»Ich berechne Ihnen nichts«, sagte er. »Und bitte, was die Presse betrifft...«

Das war es also – er hatte es auf die Publicity abgesehen.

Er drohte wie ein Oberlehrer mit dem Zeigefinger. »Kein Wort zur Presse. Ich möchte diesen Rummel nicht. Ich will nicht wieder in Kriminalfälle verwickelt werden. Viel zu unangenehm.«

Ich kam mir vor, als hätte man mir ein übersinnliches Brett über den Schädel gezogen. Mit einem mystischen Nagel darin.

Bevor wir gingen, bat Mrs. Cayce uns in ihrer behaglichen Küche zum Mittagessen; es gab Braten mit Kartoffeln und Möhren, fast genauso wie bei den Lindberghs – aber hier war das Fleisch zart und die Beilagen köstlich, wirklich beste Hausmannskost.

»Eines Tages muß ich bei Ihnen mal eine Lebenssitzung vornehmen, meine Herren«, sagte Cayce, während er seine Kartoffeln mit der Gabel knetete. »Interessiert es Sie nicht, wer und was Sie in Ihrem früheren Leben waren?«

»Reinkarnation, Mr. Cayce?« Breckinridge lächelte. »Ich dachte, Sie wären Christ?«

»Die Bibel widerspricht der Reinkarnation mit keinem einzigen Wort«, sagte er. »Wenngleich ich bei Mr. Heller eine Sitzung vornehmen kann, ohne mich in Trance zu versetzen.«

»Ach, wirklich?« sagte ich und führte die Gabel zum Mund. »Was war ich in meinem letzten Leben?«

»Ein Idealist«, sagte er, und seine blaugrauen Augen funkelten. »Alle Zyniker waren einmal Idealisten. Noch eine Scheibe Braten, Mr. Heller?«

Im Duesenberg fragte ich Breckinridge, was er von der Sache hielt.

»Das würde ich verdammt noch mal gern selbst wissen«, gestand er ein. »Und Sie?«

»Das würde ich verdammt noch mal selbst gern wissen. Ich will nicht behaupten, daß er mich überzeugt hat, aber ich würde allem nachgehen, was er uns gesagt hat.«

»Ein Stadtplan von New Haven wäre ein Anfang. Wir könnten auf dem Rückweg vielleicht einen an einer Tankstelle bekommen.«

»Gute Idee. Wissen Sie, der erste der beiden italienischen Namen, die er genannt hat – Maglio – ist der Name von einem von Capones wichtigsten Leutnants.«

Breckinridge sah mich scharf an. »Interessant. Und er hat behauptet, Red Johnson wäre in die Sache verwickelt.«

Betty Gows Matrose.

»Sollten wir den Burschen nicht persönlich verhören?« fragte ich.

Breckinridge nickte. »Morgen.«

»Halten Sie ihn für einen guten Verdächtigen?«

»Colonel Lindbergh gefällt die Vorstellung nicht, einer seiner Dienstboten könnte in die Sache verwickelt sein, und sei es auch nur indirekt . . . aber wenn man bedenkt, was die Polizei von Hartford in Johnsons Wagen gefunden hat, würde ich meinen, daß er ein ausgezeichneter Verdächtiger ist.«

»Was hat sie denn in seinem Wagen gefunden?«

Breckinridge wandte seine Aufmerksamkeit von der Straße ab und sah mich stirnrunzelnd an.

»Eine leere Milchflasche«, sagte er.

7

Es war fast zehn Uhr am nächsten Morgen, als ich nach unten wankte. Der kleine Foxterrier sah von seinem Kissen auf dem Sofa im Wohnzimmer auf und kläffte mich hysterisch an. Neben dem Köter saß Anne Lindbergh, die ein steifes blaues Kostüm trug, und auf der anderen Seite ihre Mutter, Mrs. Dwight Morrow; die letztere strickte, die erste las in einem kleinen, ledergebundenen Buch.

Sie wollten aufstehen, und ich bat sie, sitzen zu bleiben.

Mrs. Morrow war eine kleine Frau Ende Fünfzig mit den feinen Gesichtszügen ihrer Tochter; sie trug ein blaues Kleid mit weißem Spitzenbesatz, einer Perlenkette und einem Kruzifix. Ihr Haar war eher braun als grau, obwohl ich mir vorstellen konnte, daß es im Laufe der nächsten Tage grauer werden würde.

»Wahgoosh!« sagte Anne scharf. »Sei still!«

Der Hund hörte zu bellen auf, knurrte aber weiterhin und starrte mich so böse an, wie er nur konnte.

»Wie ich gehört habe, sind Sie und Henry gestern nach Virginia gefahren«, sagte Anne lächelnd, »und wieder zurück.« Sie bedeutete mir, neben ihr auf dem Sofa Platz zu nehmen, und ich tat wie geheißen. Wahgoosh drückte schnaufend sein Mißfallen aus.

»Das klingt für einen einzigen Tag aber sehr anstrengend«, sagte Mrs. Morrow.

»Wir sind erst mitten in der Nacht zurückgekommen«,

gestand ich ein. »Ob die Fahrt die Mühe wert war, kann ich nicht sagen.«

»Ich hab' mir sagen lassen, daß Sie mit einem Hellseher gesprochen haben«, sagte Anne.

Mrs. Morrow schüttelte kurz den Kopf, als dächte sie: *Und was kommt jetzt?* Dann wandte sie sich wieder ihrer Strickarbeit zu.

»Ja«, sagte ich. »Ein aufrichtiger Herr, glaube ich.«

»Kein Betrüger, wie so viele von denen?«

»Nein. Er hat uns ein paar sehr genaue Informationen gegeben, darunter auch Straßennamen, die wir auf verschiedenen Karten und Stadtplänen überprüft haben. Allerdings ohne jeden Erfolg.«

»Ich verstehe«, sagte Anne mit einem geduldigen Lächeln.

»Was lesen sie gerade?« fragte ich.

»Ben Johnson.«

»Oh.«

»Den Dichter.«

»Klar.«

Sie las laut vor: »›Obwohl sie fällt und stirbt in dieser Nacht, war sie die Pflanze des Lichts und der Macht. Wir sehen Schönheit nur in kleinen Teilen, doch auf kurz oder lang könnte das Leben heilen.‹«

Sie sah mit feuchten blauen Augen und einem zerknitterten tapferen Lächeln zu mir auf. »Mir gefällt diese Zeile: › . . . war sie die Pflanze des Lichts und der Macht.‹«

Mein Gott. Hatte sie ihr Kind bereits als tot abgeschrieben?

»Das ist ein schönes Gedicht«, sagte ich. »Sagen Sie mal . . .«

»Ja?«

Der mistige Hund knurrte mich noch immer an.

»Wieso, glauben Sie, war ihr Hund an jenem Abend still?«

»Wahgoosh? Er war drüben im anderen Flügel des Hauses. Wenn er nicht hier auf dem Sofa liegt, wo er eigentlich wirklich nichts zu suchen hat ... oder neben Charlies Bett auf dem Boden des Kinderzimmers schläft ... er hat ein kleines Körbchen im Wohnzimmer des Personals. Wissen Sie, ursprünglich hat Whately ihn ins Haus gebracht, und wir haben den kleinen Burschen sozusagen adoptiert. Bei dem heulenden Wind und über diese Entfernung hätte er gar nichts hören können.«

»Na ja ... verzeihen Sie, daß ich dieses Thema zur Sprache bringe, Mrs. Lindbergh ... aber einige Leute vermuten, daß einer Ihrer drei Dienstboten in die Sache verwickelt sein könnte.«

Sie schüttelte den Kopf. »Nein. Wir vertrauen Betty und den anderen uneingeschränkt.«

»Es ist nicht immer gut, jemandem blind zu vertrauen.«

»Bitte?«

»Uneingeschränkt.« Ich wandte mich Annes Mutter zu. »Mrs. Morrow, wie viele Dienstboten haben Sie auf Ihrem Anwesen?«

Die ältere Frau blickte von ihren Stricknadeln auf. »Neunundzwanzig. Aber ich versichere Ihnen, Mr. Heller, alle sind vertrauenswürdig.«

»Davon bin ich überzeugt, Mrs. Morrow. Aber wie viele von ihnen haben gewußt – oder könnten gewußt haben –, daß Anne es sich anders überlegt hat und mit ihrem Mann und Sohn einen oder zwei Tage länger bleiben wollte?« Mrs. Morrow zuckte fast unmerklich mit den Schultern, verpaßte aber keine einzige Masche. »Die meisten. Vielleicht sogar alle.«

Ich dachte darüber nach.

»Wissen Sie, Mr. Heller«, sagte Anne nachdenklich, »an diesem Abend ist noch etwas Seltsames passiert. An dem Abend, an dem Charlie entführt wurde, meine ich ...«

»Was denn, Mrs. Lindbergh?«

Sie kniff die Augen zusammen. »Mein Mann sollte an diesem Abend eine Rede halten, vor den ehemaligen Studenten der Universität von New York. Aber er war in letzter Zeit so überarbeitet, daß er den Termin vergessen hat. Er fuhr statt dessen nach Hause.«

»Sie meinen, er sollte an diesem Abend eigentlich gar nicht hier sein?«

»Ja.«

Ich beugte mich vor. »Ihnen ist doch klar, daß das nur jemand aus diesem Haushalt – oder vielleicht dem der Morrows – gewußt haben kann?«

»Ja. Aber das setzt voraus, daß die Kidnapper es auch gewußt haben. Daß es nicht nur ein ... Zufall war. Ein blinder, dummer Zufall. Es ... fällt mir nicht leicht, das zu akzeptieren.«

»Alles im Leben ist Zufall, Schatz«, sagte eine Stimme hinter uns.

Es war Lindbergh. Er trug eine Kordsamtjacke über einem Pullover und einem am Kragen offenen Hemd; seine Hose steckte in Reitstiefeln, die bis zu den Waden reichten. Er sah aus wie ein Collegejunge – ein verkaterter Junge vom College allerdings. Sein Gesicht war fürchterlich hager.

Er trat hinter das Sofa, hinter seine Frau, und legte sanft eine Hand auf ihre Schulter. Sie griff nach oben und berührte die Hand, sah ihn aber nicht an.

»Man kann sich gegen schlechte Chancen wappnen«, sagte er, »aber nicht gegen den Zufall selbst.«

Sie nickte verstehend. Das hatte er schon öfter gesagt.

»Sie haben recht, Colonel«, sagte ich. »Aber schreiben Sie nicht alles, was Sie nicht begreifen, als bloßen Zufall ab. In meiner Branche haben wir gelernt, Zufälle mit einem kritischen Blick zu betrachten.«

Er nickte, aber ich war mir nicht sicher, daß er zugehört hatte. »Haben Sie schon gefrühstückt, Nate?« fragte er.

»Nein, Sir.«

»Dann machen wir Ihnen was. Ich würde gern mit Ihnen sprechen.« Wir entschuldigten uns bei den Damen. Er ging schnellen Schrittes, und ich folgte ihm, bis er in der Diele, außer Hörweite seiner Frau und Schwiegermutter, plötzlich stehenblieb.

»Sie bringen heute diesen Red Johnson zu uns«, sagte er.

»Ja.«

»Wissen Sie, genaugenommen ist er gar nicht verhaftet. Die Polizei von Hartford hat ihn unter die Obhut der hiesigen Staatspolizei gestellt. Er wird in Newark festgehalten.«

»Aber ... das ist doch gut.«

Er schob die Hände in die Taschen und wippte leicht auf und ab. »Es wird Miss Gow nicht gefallen, aber ihr Geliebter hat sie ausgehorcht.«

Ja und, verdammt? dachte ich.

Doch ich sagte mitfühlend: »Ja, ich weiß.«

»Wissen Sie, es war ihr sehr peinlich, als die Zeitungen diesen ganzen Unsinn über Scotty Gow brachten.«

In den ersten Tagen nach der Entführung hatten die Presse und die Bullen verschiedener Städte verbreitet, daß ein gewisser Scotty Gow, ein Mitglied der Purple Gang von Detroit, Betty Gows Bruder war. Miss Gow hatte in Detroit gearbeitet, und Lindberghs Mutter wohnte in Detroit, und so hatten alle zwei und zwei zusammengezählt und dreihundertfünf herausbekommen.

»Er ist gar nicht ihr Bruder«, sagte ich.

»Natürlich nicht. Verstehen Sie mich nicht falsch, ich bin im Prinzip sehr zufrieden damit, wie Colonel Schwarzkopf diese Situation handhabt, doch seine beharrlichen, manchmal ungehobelten Fragen an mein Personal gefallen mir nicht.«

Ich wußte nicht, was ich sagen sollte, also sagte ich gar nichts.

»Belästigen Sie mein Personal nicht mit Fragen – nehmen Sie nicht auch noch an dieser Inquisition teil. Und lassen Sie es mich wissen, wenn Schwarzkopf oder sein Hauptbulle, Inspektor Welch, die Grenze überschreiten.«

»Klar. Aber, Slim ... es besteht wirklich Grund zu der Annahme, daß jemand aus diesem Haus in die Sache verwickelt ist. Die Polizei tut nur ihre Arbeit.«

»Das ist doch lächerlich«, sagte er ungeduldig. »Es handelt sich offensichtlich um das Werk sehr erfahrener Berufsverbrecher. Die Unterwelt hat meinen Sohn entführt, nicht mein Personal!«

»Die Unterwelt könnte jemanden aus Ihrem Personal rekrutiert haben ...«

»Vielleicht hat sie Red Johnson rekrutiert. Aber ich kann mir nicht vorstellen, daß mehr dahintersteckt. Ich werde der Polizei nicht in die Quere kommen, wenn sie Red verhört, also möchte ich Sie bitten, meine Augen und Ohren zu sein.«

»Gemacht«, sagte ich, überrascht darüber, daß er bei Johnsons Verhör nicht anwesend sein wollte. »Sonst noch was?«

Er ging weiter, in die Küche, und fuhr dabei fort: »Ich werde den größten Teil des Nachmittags bei einem Schwager von mir verbringen«, sagte er. »Es besteht die Möglichkeit, daß die Entführer versucht haben, über eine außenstehende Partei Kontakt mit uns aufzunehmen.«

»Wirklich?«

»Mehr kann ich zu dieser Zeit noch nicht sagen, und bitte erwähnen Sie niemandem gegenüber etwas davon.«

Ich nickte.

Dann waren wir in der Küche; Elsie Whately schnitt mit einem breiten, dicken Messer auf einer Holztheke eine Gurke in Scheiben. Sie bedachte Lindbergh mit einem schwachen Lächeln, und er bat sie, mir Eier und Toast zu machen.

»Wie hätten Sie die Eier gern?« fragte er mich. Er holte einen Krug mit Orangensaft aus dem Kühlschrank.

»Rühreier, bitte, und den Toast nicht zu braun, wenn es geht«, sagte ich zu ihr.

Ihr Mund zuckte, und sie murmelte eine verdrossene Bestätigung, ließ die Gurke halb geschnitten liegen und machte sich an die Arbeit.

Lindbergh goß Orangensaft in zwei Gläser und brachte den Krug zum Kühlschrank zurück.

Ich nippte an meinem Saft, und er stürzte den seinen hinunter.

»Sie machen heute einen sehr optimistischen Eindruck«, sagte ich.

»Bin ich auch. Es wäre dumm, sich anders zu verhalten. Ich gehe lieber jeden Tag von neuem an und bringe ihn locker hinter mich. Ich darf mich nicht unterkriegen lassen.«

»Ich bin derselben Ansicht«, sagte ich. »Nur, daß ich schon zufrieden bin, wenn ich einigermaßen klarkomme.«

»Übrigens, was das Hotelzimmer für Sie betrifft, habe ich noch kein Glück gehabt. Die Reporter haben das ganze Gebhart's mit Beschlag belegt. Und das ist das einzige Hotel in Hopewell. Vielleicht kann ich Ihnen in Princeton etwas besorgen. Es liegt nur fünfzehn Kilometer entfernt, und ich könnte Ihnen den Wagen zur Verfügung stellen, mit dem das Personal immer einkaufen gefahren ist und so weiter, bevor der Belagerungszustand einsetzte. Jetzt lassen wir uns alles bringen.«

»Tja, ein Wagen wäre schon hervorragend. Hoffentlich erweise ich mich Ihrer Mühe auch wert.«

»Wieviel Spesen bekommen Sie, Nate?«

»Vier Mäuse pro Tag.«

»Kost?«

»Und Logis.«

»Ich habe mir schon so etwas gedacht.« Er sprach

leise, damit die Köchin nicht mithören konnte. »Ich möchte Sie nicht beleidigen ... aber ich würde Sie gern bitten, fünfzig Dollar die Woche von mir zu akzeptieren, solange Sie hier sind, damit Sie die zusätzlichen Kosten, die Sie haben, nicht aus eigener Tasche bezahlen müssen.«

Ich grinste. »Da haben Sie was falsch verstanden, Slim. Bullen aus Chicago sind beleidigt, wenn man ihnen *kein* Geld anbietet.«

Er erwiderte das Grinsen. »Gut«, sagte er. »Colonel Breckinridge wird Ihnen jeden Freitag einen Umschlag geben.«

»Vielen Dank. Ich hoffe, ich muß nicht allzu viele Umschläge entgegennehmen.«

Lindbergh goß sich ein Glas Orangensaft ein. »Hat sich die Fahrt zu dem Wahrsager gelohnt?«

»Ich bin mir nicht sicher.«

»Das hat Henry auch gesagt.«

»Mir wäre es lieb, wenn die Bundespolizei ein paar Dinge überprüfen könnte. Haben Sie eine Telefonnummer, unter der ich Agent Wilson in New York erreichen kann?«

»Ja«, sagte Lindbergh und zog ein kleines, schwarzes Notizbuch hervor; er gab mir die Nummer, und ich schrieb sie in mein Notizbuch.

Dann trank Lindbergh seinen Orangensaft aus und überließ mich mit einer fahrigen Handbewegung und einem schüchternen Lächeln meinem Frühstück, das die verdrossene Elsie Whately brachte. Die Eier waren trocken, und der Toast war verbrannt. Als ich gerade fertig war, kam Betty Gow, um sich eine Tasse Kaffee zu holen.

Sie sah – wie immer – sehr hübsch aus; sie trug ein dunkelgrünes Kleid mit winzigen, weißen Punkten und war zum Anbeißen süß– nein, noch süßer. Sie warf mir einen nervösen Blick zu und ging mit der Kaffeetasse in der Hand zum Wohnzimmer des Personals, doch ich rief sie zurück.

»Würden Sie sich einen Augenblick zu mir setzen, Miss Gow?«

Sie zögerte, und die Andeutung eines Lächelns legte sich auf ihr Gesicht; dann kam sie langsam zu mir und setzte sich.

»Sagen Sie Elsie«, sagte ich so freundlich wie ein Politiker in einem Wahljahr, »würden Sie mir auch eine Tasse Kaffee bringen?«

»Jawohl, Sir«, sagte sie ohne jede Begeisterung.

»Sahne und Zucker, Elsie?« fragte Betty.

Elsie nickte knapp.

»Wie halten Sie den ganzen Rummel nur aus, Miss Gow?« fragte ich.

»Es ist schon eine schwere Prüfung, nicht wahr, Mr. Heller?«

»Nennen Sie mich doch bitte Nate.«

»Na schön.«

Aber sie bat mich nicht, sie Betty zu nennen.

Elsie brachte meinen Kaffee und Bettys Sahne und Zucker. Normalerweise trank ich meinen schwarz, doch ich rührte etwas Zucker und auch Sahne hinein. Wir beide kannten Elsies Kaffee schon.

»Wie ich gehört habe, kommt heute Ihr Freund Red Johnson vorbei«, sagte ich.

»Ich glaube, ›vorbeikommen‹ ist wohl nicht ganz das richtige Wort.«

»Er ist nicht verhaftet worden.«

»Nein. Aber er wurde in Gewahrsam genommen.« Sie gab noch einen Löffel Zucker in den Kaffee, rührte die dunkle Flüssigkeit um und sah hinein.

»Ich hoffe, Sie haben nichts dagegen, sich mit mir zu unterhalten.«

Ihr Lächeln war gezwungen, hübsch und sarkastisch. »Habe ich eine Wahl?«

»Ja, natürlich. Sie sind frei, weiß und einundzwanzig ... gerade eben. Und Colonel Lindbergh hat mich gebeten, ihn bei dieser Sache zu unterstützen.« Natürlich würde er mich in den nächsten Zug setzen lassen, wenn er wüßte, daß ich seine Bitte ignorierte, das Personal in Ruhe zu lassen.

»Wie ich gehört habe«, sagte sie, »will der Colonel nur seinen Sohn zurückbekommen. Die Verfolgung der Verantwortlichen liegt zu dieser Zeit nicht unbedingt in seiner Absicht.«

»Ja, das stimmt wohl. Aber ich bin ein Cop, Miss Gow. Ich würde gern herausfinden, was an diesem Abend geschehen ist.«

Sie nippte an ihrem Kaffee; ihre kalten, regungslosen und leicht blutunterlaufenen Augen sahen direkt an mir vorbei.

»Sie haben mit Red Johnson telefoniert, nicht wahr?« fragte ich. »Am Abend der Entführung?«

Sie nickte. »Er hat mich gegen halb neun angerufen. Ich habe versucht, Henry in Englewood anzurufen, bevor ich nach Hopewell fuhr, konnte ihn aber nicht erreichen – er war nicht in seiner Pension. Also habe ich gebeten, ihm auszurichten, er möge mich am Abend in Hopewell anrufen.«

»Und das hat er getan?«

»Ja. Wir wollten uns eigentlich an diesem Abend sehen, doch als er anrief, erklärte ich ihm, wieso ich nicht im Haus der Morrows war. Ich habe ihm gesagt ... habe ihm gesagt, daß sich das Baby erkältet hatte.«

»Seit wann kennen Sie Johnson schon? Wie haben Sie ihn kennengelernt?«

»Seit letztem Sommer. Er arbeitete als gemeiner Matrose auf der *Reynard*, der Jacht der Lamonts.«

»Der Jacht der Lamonts?«

»Thomas W. Lamont. Er und der verstorbene Mr. Morrow waren die Besitzer von J. P. Morgan and Company.

Das Bankhaus. Im letzten Sommer, im August, um genau zu sein, ankerte die Jacht vor North Haven in Maine, wo die Morrows ein Sommerhaus haben. Ich war mit Mrs. Lindbergh und dem Baby dort. Henry spielte oft Karten mit den Chauffeuren der Morrows. Einer der Chauffeure machte uns bekannt, und wir kamen gut miteinander aus. Dann, in der Nachsaison, war die *Reynard* im Hudson vertäut, in der Nähe von Palisades. Deshalb konnten wir uns weiterhin treffen.«

»Hatten Sie ernste Absichten, Miss Gow?«

Sie zuckte die Achseln und nippte an ihrem Kaffee. »Wir haben uns ziemlich oft gesehen. Wir sind Boot gefahren, tanzen oder ins Kino gegangen – der Vergnügungspark Palisades liegt ja ganz in der Nähe.«

»Waren Sie verlobt?«

»Nein. Ich mag Henry, Mr. Heller. Er ist ein lieber Kerl. Ich glaube nicht, daß er fähig wäre, so etwas zu tun. Ich weiß, daß man vermutet, er könnte ... mich benutzt haben, um an Informationen heranzukommen. Ich kann mir das einfach nicht vorstellen.«

»Wem gilt Ihre Loyalität, Miss Gow? Den Lindberghs oder Henry Johnson?«

Ihr Lächeln war so dünn wie eine Rasierklinge. »Was glauben Sie denn, wer der Polizei verraten hat, wo man Henry finden kann? Wenn Sie mich jetzt bitte entschuldigen würden.«

Sie ging ins Wohnzimmer des Personals, doch ich folgte ihr.

»Vielen Dank für Ihre Hilfe, Miss Gow«, sagte ich.

Sie saß da und blätterte geistesabwesend eine Filmzeitschrift durch; sie blickte nicht auf und antwortete nicht.

Ich ging hinaus.

In der zur Kommandozentrale umgewandelten Garage herrschte das übliche, kaum in den Griff zu kriegende Chaos; Staatspolizisten lasen die Post, ganze Säcke davon, die an einer Wand aufgestapelt waren. Inspektor

Welch, der unfreundliche, bierbäuchige Plattfuß, der mich kurz nach meiner Ankunft angepflaumt hatte, trat mir in den Weg, als ich gerade hereinkommen wollte.

»Sind Sie noch immer hier?« sagte er.

»Sieht so aus. Wo ist Schwarzkopf?«

»Für Sie Colonel Schwarzkopf, Sonnyboy.«

»Für Sie Mr. Sonnyboy, Kumpel.« Ich drängte mich an ihm vorbei.

Schwarzkopf stand hinter dem Telefonschaltbrett und unterhielt sich gerade mit dem Staatspolizisten, der dort Dienst tat. »Ah«, sagte er, als er mich sah. »Heller.« Es hörte sich beinahe so an, als wäre er froh, mich zu sehen.

»Etwas Neues von der Front?«

»Henry ›Red‹ Johnson müßte jeden Augenblick hier eintreffen. Möchten Sie bei dem Verhör gern dabeisein?«

»Ja, danke«, sagte ich. Mir war klar, daß er mir dieses Angebot nicht gemacht hätte, wenn Lindbergh es nicht verlangt hätte. »Sagen Sie, Colonel ... gibt es irgendeinen Grund für die Annahme, daß es einen Zusammenhang zwischen diesem Fall und New Haven in Connecticut geben könnte?«

Er wäre beinahe zusammengefahren. »Ja, schon.«

Jetzt wäre ich beinahe zusammengefahren. »Ehrlich?« sagte ich.

»Warum fragen Sie, Heller?«

»Dieser Wahrsager in Virginia Beach hat New Haven erwähnt.«

Jetzt schwand sein Interesse sichtlich, doch er sagte: »Ein paar Arbeiter, die beim Bau dieses Hauses mitgewirkt haben, kommen aus New Haven. Sie waren unter den ersten, die wir verhört haben. Detective Heller, ich weiß, daß Sie keine hohe Meinung von der Staatspolizei von New Jersey haben. Aber wir haben eine erstklassige Ermittlung durchgeführt und werden auch weiterhin gute Arbeit leisten. In den ersten achtundvierzig Stunden nach dem Verbrechen haben wir dreihundertzwanzig Personen verhört, in New York, New Jersey und Connecticut.«

»Das sind aber eine Menge Verhöre. Ich wußte gar nicht, daß Sie so viele Leute haben.«

»Wir sind bis an die Grenzen des Möglichen gegangen und tun dies noch immer.«

»Was waren das für Leute, die Sie verhört haben?«

»Das Personal der Lindberghs und der Morrows, Nachbarn, Lieferjungen, Schreiner und mehrere Arbeiter, die beim Bau dieses Hauses mitgewirkt haben . . . wir waren sehr gründlich.«

»Ja, den Eindruck habe ich auch. Sagen Sie, Colonel, könnten Sie mir eine offene Telefonleitung zur Verfügung stellen?«

»Natürlich.«

Er ging mit mir zu einem der Tische, an denen Staatspolizisten die Telefone bedienten, und stellte mir einen Apparat hin. Er blieb für einen Augenblick dort stehen, bis er begriff, daß ich erst telefonieren würde, wenn er gegangen war.

Ich wählte die Nummer, die Lindbergh mir gegeben hatte, und bekam Frank J. Wilson, den Agenten des Finanzministeriums, beim ersten Versuch an den Apparat.

»Was geht da draußen vor, Heller?«

»Wir werden gleich mit Red Johnson sprechen.«

»Dem norwegischen Matrosen? Wie ich gehört habe, hat man auf dem Rücksitz seines Wagens eine Flasche Milch gefunden.«

»Genau. Habt ihr ihn überprüft?«

»Wir nicht. Aber wie ich gehört habe, sehen sich J. Edgars Leute gerade seine Einbürgerungspapiere an.«

»Keine schlechte Idee. Soll ich Sie auf eine neue Spur bringen?«

»Warum nicht? Von Schwarzkopf bekommen wir nicht die geringste verdammte Hilfe, soviel steht fest.«

»Haben Sie schon Capones Jungen Bob Conroy gefunden?«

»Nein.«

»Sie haben gesagt, Zeugen hätten Conroy an diesem Abend in New Haven, Connecticut, gesehen, nicht wahr?«

»Richtig.«

»Na ja, anscheinend wurde dieses Haus von Arbeitern aus New Haven gebaut. Das kam Schwarzkopf so verdächtig vor, daß er seine Staatspolizisten dorthin geschickt hat, damit sie sich die Leute mal vorknöpfen.«

»Das ist ja interessant.«

»Außerdem ... aber das ist sehr weit hergeholt, und ich würde es zu schätzen wissen, wenn Sie mich nicht nach meiner Quelle fragen ... aber versuchen Sie mal, in New Haven eine Adams Street und eine Scharten Street zu finden, und vielleicht auch noch einen Stadtteil namens Cordova.«

Keine Antwort; er schrieb alles auf.

»Ja, gut«, sagte er dann. »Sonst noch was?«

»Rufen Sie hier an, falls Sie irgend etwas herausfinden, und lassen Sie mir ausrichten, daß ich Sie zurückrufen soll. Falls es eine Adams oder eine Scharten Street gibt, werde ich Ihnen weitere Einzelheiten nennen.«

»Einverstanden. Ich weiß, Ihre Zusammenarbeit zu schätzen, Heller.«

»Schon in Ordnung, Agent Wilson.«

»Nennen Sie mich Frank.«

»Okay, Frank. Einen Freund bei der Steuerfahndung kann man immer brauchen.«

»Halten Sie Schwarzkopf im Auge. Er ist ein verdammter Amateur. Lassen Sie sich nicht von seinem militärischen Gehabe täuschen – nach seinem Abschluß in West Point und vor dem Dienstantritt bei der Staatspolizei hat er als Kaufhausdetektiv gearbeitet.«

»Eine beeindruckende Empfehlung.«

»Er ist nie Streife gegangen und hat noch nie einen Verbrecher verhaftet. Die Sache ist viel zu groß für ihn, Heller.«

»Na ja, wenn er zum dritten Mal zu Boden geht, sorge ich dafür, daß er unten bleibt.«

»Genau das würde ich Ihnen auch raten«, sagte Wilson.

Nachdem ich aufgelegt hatte, ging ich zu Schwarzkopf zurück, der sich gerade mit dem kugelbäuchigen Welch besprach. »Schon etwas von unserm herumziehenden Matrosen zu sehen?« fragte ich.

»Ja«, sagte Schwarzkopf. »Er ist da.«

»Sie hätten mich zum Narren halten können.«

»Haben Sie den Bauarbeiterschuppen direkt hinter dem Tor gesehen?«

Man hatte Staatspolizisten in dem kleinen Schuppen postiert, wahrscheinlich, um Reporter und Schaulustige in Schach zu halten.

»Klar«, sagte ich.

»Dort werden wir ihn verhören.«

»Fern vom Haus und Colonel Lindbergh, meinen Sie.«

»Genau.« Schwarzkopf deutete auf Inspektor Welch. »Ich möchte, daß Sie beide von vorn anfangen. Ich kann keine Feindseligkeiten zwischen meinen Leuten dulden.«

Jetzt gehörte ich schon zu seinen Leuten? Lindbergh mußte ihm wirklich Feuer unter dem Hintern gemacht haben.

»Mir soll's recht sein«, sagte ich und reichte Welch die Hand.

Er schüttelte sie, und wir lächelten einander unsicher an und folgten Schwarzkopf dann zu einem Streifenwagen hinaus. Ein Staatspolizist fuhr uns zu dem baufälligen Schuppen, der kaum größer war als ein Außenabort. Zwei Bundesbullen bewachten einen Mann, der auf einem Stuhl mit gerader Lehne saß. Die beiden Polizisten waren schick gekleidet, der Mann nicht. Es war kalt, und der Atem aller Anwesenden erzeugte kleine Wölkchen.

Betty Gows Matrose war stämmig und hatte Sommersprossen, und sein dunkles, rötlich-braunes Haar sah dem meinen verdammt ähnlich. Johnson war Anfang Zwanzig, sah auf kantige Weise gut aus und trug ein hellblaues Arbeitshemd und eine dunkelblaue Hose, Kleidung, in der er offensichtlich geschlafen hatte.

»Die Polizei von Hartford hat Sie uns überstellt, Johnson«, sagte Schwarzkopf und stellte sich vor den Verdächtigen wie ein Polizist, der auf einer Kreuzung den Verkehr leitet. »Sie wissen, weshalb Sie hier sind?«

»Ich weiß nichts über die Lindbergh-Entführung.« Er hatte einen starken, ziemlich melodischen Akzent – einen schwedischen oder norwegischen; so was in der Art.

»Das werden Sie beweisen müssen«, sagte Welch und stieß ihm einen harten Finger gegen die Brust.

»Sagen Sie uns«, fuhr Schwarzkopf fort, »wo Sie am Abend des ersten März dieses Jahres waren und was Sie getan haben.«

Johnson seufzte müde. »Okay. Am Abend des Entführung ich traf etwa gegen acht Uhr Freund von mir, Johannes Junge.«

»Wer ist dieser Junge?«

»Er wohnen in Englewood. Mann von Näherin im Morrow-Haus. Wir machten kurze Fahrt in meinem Wagen – etwa gegen Viertel vor neun ich rufen hier an und bitten, mit Betty zu sprechen.«

»Woher wußten Sie, daß Betty hier war?«

»Ich hatten Verabredung mit Betty am Dienstag, aber ich eher angerufen und erfahren, daß Betty an diese Abend nicht in Englewood war. Baby war erkältet. Lindbergh wollten mit kranke Baby nicht Reise zwischen zwei Häuser machen.«

»Also haben Sie Betty Gow angerufen.«

»Ja. Sie fragen, was das sollen. Ich sage, ach, ich dachte, ich rufen dich an und sagen dir, daß es mir leid tut, dich heute abend nicht zu sehen. Sie sagt, oh, ich verstehe. Ich sage, wie geht es Baby?. Sie sagt, ich glaube, es ihm bald wieder besser gehen. Ich sage, äh, was glaubst du, wann kommst du zurück? Sie sagt, ich weiß nicht; bitte rufe hier nicht mehr an – vielleicht ihnen das nicht gefallen. Sie legt auf. Ich lege auf.« Er zuckte die Achseln.

»Was haben Sie dann getan?«

»Junge und ich, wir fahren zum Plaza Theater in Englewood, um Film zu sehen. Wann wir aus Kino kommen, wir gehen in Eissalon. Aßen Schokolade- und Nußeis. Dann ging ich nach Hause zu mein Zimmer in Pension.«

»Wann war das?«

»Etwa gegen Mitternacht.«

Schwarzkopf schien die Redseligkeit des Verdächtigen zu verblüffen. Er sah Welch an, und der sagte: »Haben Sie etwas dagegen, wenn ich übernehme?«

Ich wußte, worauf das hinauslaufen würde – auf ein paar Schläge mit dem Gummiknüppel. »Entschuldigung, Colonel«, sagte ich. »Dürfte ich Mr. Johnson ein paar Fragen stellen?«

»Natürlich«, sagte Schwarzkopf ziemlich verschnupft. »Johnson, das ist Detective Heller von der Polizei von Chicago.«

»Hallo, Red«, sagte ich.

»Hallo.«

»Rauchen Sie?«

»Jau.«

Ich sah Welch an. »Geben Sie dem Mann bitte eine Zigarette.«

Welch holte ein Päckchen Camel hervor und gab dem Matrosen zögernd Feuer. Der Junge sog den Rauch gierig ein. Ich stand einfach da und ließ ihn rauchen und sich entspannen.

»Wieviel haben Sie für das Ferngespräch ausgegeben, Red?« fragte ich dann.

»Bitte?«

»Sie haben aus einer Telefonzelle angerufen?«

»Jau.«

»Von Englewood nach Hopewell. Wieviel Geld haben Sie in den Apparat geworfen?«

»Waren fünfunddreißig Cent.« Ich sah Welch an, der wie ein Hydrant dastand und etwa genauso intelligent dreinblickte. Ich tat mit dem Finger so, als würde ich schreiben, und er sah mich für einen Augenblick fragend an, bevor er nickte, sein Notizbuch hervorholte und aufschrieb, was Johnson gerade gesagt hatte.

»Welchen Film haben Sie gesehen, Red?«

»Waren zwei. Erinnere mich nicht an Namen. Tut mir leid.«

»Wer hat im ersten mitgespielt? Worum ging es?«

»Äh, lustiger Film. Dieser kleine Dicke und der große Dünne.«

»Laurel und Hardy?«

Er nickte eifrig.

»Was ist mit dem zweiten Film?«

»Boxer und kleines Junge. Trauriges Film.«

Ich sah Welch an. *»The Champ.«*

Welch grinste und schrieb es auf.

»Wissen Sie, wo der Eissalon ist?«

Johnson nickte und spulte die Adresse herunter; Welch schrieb sie auf.

»Was ist mit der Milchflasche, die man in Ihrem Wagen gefunden hat?«

Er zuckte die Achseln. »Was ist damit?«

»Wieso lag sie da?«

»Ich wohl vergessen, sie rauszuwerfen.«

»Wo haben Sie sie her?«

»Ich Flasche Milch gekauft unterwegs nach Hartford, Mittwoch morgen.«

»Wo?«

»Nicht mehr genau wissen. War wohl irgendwo an der Straße, bei Englewood.«

»Wieso haben Sie eine Flasche Milch gekauft? Irgendwie machen Sie den Eindruck, als würden Sie sonst etwas Stärkeres trinken, Red.«

»Nein, nein. Schlimmer Magen. Arzt gesagt, ich viel Milch trinken.«

»Was für ein Arzt?«

»Familienarzt von Morrows, in Englewood. Namen vergessen.«

Welch trat vor. »Raus damit, Johnson – wo ist dieses Baby?«

»Jessesmaria, ich nicht wissen. Ich gar nichts darüber wissen!«

»Kennen Sie Betty Gow ziemlich gut?« drängte Welch.

»Das kann man wohl sagen.«

»Wo haben Sie sie kennengelernt?«

»Oben in Maine, vor ein Jahr.«

»Wie?«

»Na ja, ich arbeiten für Mr. Lamont, und sein Anwesen liegt neben Sommerhaus von Morrows.«

»Wann haben Sie Betty zum letztenmal gesehen?«

»Sonntag. Nein – Montag abend.«

Welch stieß ihm die Hand vor die Brust. »Wann denn nun – Sonntag oder Montag?«

»An beide Tage!« Johnson zuckte vor Schmerz zusammen.

»Wo haben Sie sie gesehen?«

»In Englewood.«

Welch ergriff sein Hemd und drückte es mit der Faust zusammen. »Warum haben Sie sie am Abend der Entführung angerufen und nach dem Baby gefragt?

»Weil sie wegen Baby Verabredung mit mir nicht eingehalten hat! Natürlich habe ich nach Baby gefragt.«

»Waren Sie schon mal im Haus der Lindberghs?«

»Ja.«

»Wie oft?«

»Zwei . . .. drei Mal, glaube ich.«

»Wann waren Sie zum letztenmal hier?«

»Vielleicht vor zwei Wochen.«

»Dann kennen Sie das Gebäude ziemlich gut, nicht wahr?«

»Ich glaube schon.«

»Waren Sie schon mal im Kinderzimmer?«

»Nein, nie.«

»Aber im ersten Stock?«

»Jau.«

»Wo im ersten Stock?«

»In Bettys Zimmer. Dort sie nach Arbeit Besuch empfangen können.«

»Wie weit ist dieses Zimmer vom Kinderzimmer entfernt?«

»Direkt daneben, glaube ich.«

Johnson beantwortete die Fragen so schnell, wie Welch sie abschießen konnte; der Matrose hielt dem Druck stand.

Welch ließ das Hemd des Matrosen los und drehte sich zu Schwarzkopf um. »Lassen Sie den Schuppen räumen«, sagte er leise. »Lassen Sie mich mit ihm allein, und ich kriege die Wahrheit aus ihm heraus.«

Schwarzkopf nickte, ihm schien diese Idee zu gefallen.

»Colonel«, sagte ich, »Inspektor . . . wie wäre es, wenn wir mal einen Augenblick hinausgehen?«

Wir traten vor den Schuppen; in der Nähe befanden sich die steinernen Mauern des Haupttors, hinter dem sich Reporter drängten wie Ameisen auf der Suche nach einem Picknickkorb. Sie hätten nur allzu gern gewußt, was in unserem kleinen Außenabort vor sich ging.

»Warum wollen Sie zu diesem Zeitpunkt schon ein Geständnis aus ihm herausprügeln?« fragte ich. »Er ist Seemann und wahrscheinlich ziemlich hart – es wird nicht einfach sein, ihn dazu zu bringen, irgend etwas zu gestehen, ohne daß Spuren zurückbleiben.«

»Wollen Sie uns sagen«, fuhr Welch zornig hoch, »wie wir unsere Arbeit zu machen haben?«

»Gott bewahre. Ich bin sicher, daß Sie genau der Richtige sind, wenn es darum geht, wertlose Geständnisse aus unschuldigen Verdächtigen herauszuprügeln.«

»Lecken Sie mich am Arsch, Heller.«

»Regen Sie sich ab, Welch. Colonel, warum überprüfen Sie nicht Reds Alibi, bevor Ihr Inspektor seinen Gummiknüppel auf Johnsons schwedischem Dickschädel zerbricht?«

»Er ist Norweger«, sagte Schwarzkopf. Aber er dachte darüber nach. »Wenn diese Fakten stimmen – die Kosten des Ferngesprächs, die Filme, die er gesehen haben will, der Eissalon, der Arzt, der ihm Milch verschrieben hat – könnten wir einen Unschuldigen vor uns haben.«

»Ich weiß«, sagte ich. »Und es ist eine elende Schande – wenn er spricht, hört es sich an wie in diesen gottverdammten Lösegeldforderungen.«

8

Das Old Princeton Inn lag an der Nassau Street, der Hauptdurchgangsstraße der Collegestadt, nach dem das uralte, vierstöckige Backsteinhotel benannt war. Selbst um neun Uhr abends, nachdem die Geschäfte schon längst geschlossen hatten, schrien die Schaufenster ihre gelbe und schwarze Verbundenheit mit den Princeton Tigers hinaus. Dieses alte Dörfchen schien sich in fröhlicher Abhängigkeit von seinen jungen Wohltätern zu befinden.

Aber heute war ein Werktag, und die Straßen waren so leer wie der Kopf eines Physikstudenten bei der Abschlußprüfung; es hatte den Anschein, als würden die düsteren, gotischen Universitätsgebäude den Namen eines jeden Studenten notieren, der nicht zu Hause saß und lernte. Die verlassenen Straßen, das Gelb und Schwarz, das alle Schaufenster beherrschte, erzeugten zusammen mit dem bitterkalten Märzwind und einem mondlosen, sternenlosen Nachthimmel ein Unbehagen in mir, wie ein Hausbesitzer es am Abend des Halloween empfinden mochte – ein Hausbesitzer, der keine Süßigkeiten besorgt hatte.

Schließlich war ich unterwegs zu einer Séance.

»Ich bitte Sie nicht gern darum«, hatte Lindbergh am Nachmittag zu mir gesagt, hinter seinem Schreibtisch im Arbeitszimmer, »aber es scheint die einzige Möglichkeit zu sein, wie ich Ihnen ein Hotelzimmer besorgen kann.«

»Das macht doch nichts«, hatte ich gesagt. »Aber allmählich komme ich mir vor wie ein alter Geisterjäger.«

»Genau das habe ich für Sie vorgesehen«, sagte er und zeigte auf mich. »Sie werden mein Chefermittler für alle Dinge sein, die des Nachts unheimliche Geräusche erzeugen.«

Ich setzte mich auf. »Was? Wie bitte?«

Er und Breckinridge lachten, was ein willkommenes Geräusch war, selbst wenn es auf meine Kosten ging. Slim hatte einen sehr jugendlichen Sinn für Humor, der sich, wie man mir gesagt hatte, manchmal in handfesten Streichen niederschlug. Er hatte mindestens zweimal das Baby vor Anne und Betty Gow versteckt, nur um den beiden einen Schrecken einzujagen; am Abend der Entführung hatten sowohl Anne als auch das Kindermädchen zuerst geglaubt, es handele sich wieder um einen von Slims Scherzen.

»Nate«, sagte Lindbergh, »Sie wissen sehr wohl, daß Sie unser Unterwelt-Experte aus Chicago und kein Geisterjäger sind.«

»Es ist eine Erleichterung, das zu hören.«

»Aber unter den gegebenen Umständen müssen wir dieses Pärchen anhören.« Anscheinend wohnten ein selbsternannter Spiritist namens Martin Marinelli und seine Frau, die sich Schwester Sarah nannte, mittlerweile schon seit Tagen im Old Princeton Inn. Marinelli hatte mehrmals beim Anwesen der Lindberghs angerufen sowie Briefe und Telegramme geschickt und behauptet, er habe ›gute Nachrichten‹ und ›wichtige Informationen‹ über die Entführung. Die Staatspolizisten, die in der zur Kommandostelle umfunktionierten Garage Anrufe und Briefe entgegennahmen, hatten ihn abgewimmelt und Marinelli und seine Frau – zweifellos zu Recht – als Verrückte abgeschrieben.

Slim hatte anscheinend persönlich mit dem Geschäftsführer des Old Princeton Inn gesprochen und versucht, mir ein Zimmer zu besorgen. Der Geschäftsführer hatte ihm erklärt, daß die Reporter alles in Beschlag genommen hatten, bis auf eine Suite, die diese beiden Hellseher gemietet hatten und die alle, die es interessierten, wissen ließen, daß sie ›vom Weltgeist Enthüllungen‹ über den Fall erhalten hätten.

Einige Reporter waren auf die beiden aufmerksam geworden, und das Spiritistenehepaar hatte tagelang übersinnlichen Hof gehalten. Aber nun waren die Wahrsager Schnee von gestern. Der Geschäftsführer hatte sich angeboten, mit ihnen zu sprechen und sie zu fragen, ob sie ihr Zimmer räumen würden.

»Sie werden ihre Suite nur aufgeben«, erklärte Lindbergh mit trockener Nüchternheit, »wenn wir mit ihnen sprechen.«

»Sie werden nicht mitkommen, oder?« fragte ich ihn.

»Nein. Hier ist zu viel los. Einige vielversprechende Entwicklungen.« Er gab keine näheren Erklärungen ab.

»Na gut«, seufzte ich, »wenn ich nur ein Dach über dem Kopf habe.«

Das hieß natürlich, jedes beliebige Dach, nur nicht das über dem Zimmer des entführten Kindes.

Also klopfte Breckinridge in diesem Augenblick in dem üblichen grauen, dreiteiligen Anzug, den er immer zu tragen schien, an die Tür des Zimmers 414 des Old Princeton Inn; unsere Mäntel hatten wir in der Lobby abgegeben. Der schwach erhellte Gang paßte zu der Halloween-Stimmung.

Die Tür wurde geöffnet. Ein schmales, blasses, männliches Gesicht spähte hinaus; kahlköpfig, Kinnbart.

»Ah«, stimmte die leichenhafte Gestalt mit salbungsvoller Priesterstimme an, »Sie müssen Colonel Breckinridge sein.«

»Ja«, sagte Breckinridge. »Sind Sie Martin Marinelli?«

Der teufelsbärtige Mann, dessen Kopf so kahl wie eine Billardkugel war, nickte und öffnete die Tür ein Stück weiter. Er trug eine weite, schwarze Robe, und um den Hals hing an einer Goldkette ein schweres, juwelenbesetztes Goldkreuz. Er richtete den Blick auf mich und bedachte mich mit einem einstudierten Stirnrunzeln. Seine Augen lagen tief in den Höhlen und waren klein und dunkel, hatten aber einen stechenden Blick.

»Und wer sind Sie?«

»Sie sind der Wahrsager«, entgegnete ich freundlich. »Sagen Sie es mir.«

Breckinridge warf mir einen mißbilligenden Blick zu.

Marinellis Nasenflügel blähten sich auf, und er trat zurück und schloß die Tür; sie klickte unheilvoll.

Ich seufzte. »Ja«, sagte ich, ohne Breckinridge anzusehen, »ich weiß. Ich habe einfach eine zu große Klappe. Aber ich kann diesen verrückten Hokuspokus mit dem Hinlegen und dem Blick ins Leere nicht mehr lange ertragen.«

»Da Sie gerade vom Hinlegen sprechen«, sagte Breckinridge, »*ich* weiß, wo ich heute nacht schlafe.«

»Gut gebrüllt. Klopfen Sie noch mal. Ich werde mich zusammenreißen.«

Breckinridge ballte gerade die Hand zur Faust, um zu klopfen, als die Tür wieder geöffnet wurde.

Marinelli, der in der langen, weiten Robe in der Luft zu

schweben schien, stand in einem weichen Lichtkreis, der ihn von der Dunkelheit abhob.

»Kommen Sie herein, meine Herren«, sagte er mit einer theatralischen Geste. Und dann, zu mir gewandt: »Aber ich möchte Sie bitten, Ihre Skepsis auf dem Gang zurückzulassen. Wenn wir heute abend Erfolg haben wollen, brauchen wir von allen Teilnehmern eine unvoreingenommene Mithilfe.«

Der süße, rauchige Duft von Sandelholz lockte; irgendwo in der Dunkelheit brannte Weihrauch.

Wir betraten ein hübsch eingerichtetes Zimmer — erhellt, oder kaum erhellt, von einer großen, roten Kerze, die Wachs auf die Mitte eines hölzernen Kartentisches tropfen ließ, der, umgeben von drei Stühlen, in der Mitte des Zimmers stand. Ich sah mehrere geschlossene Türen, von denen eine wahrscheinlich zu einem Schlafzimmer führte. Wenn wir diese Wahrsager vertreiben konnten, hätte ich eine schönes Schnäppchen gemacht.

»Sie haben mir noch immer nicht Ihren Namen genannt«, sagte Marinelli streng.

Ich stand da, drehte den Hut in der Hand und fragte mich, warum mich die flackernde Dunkelheit so verdammt nervös machte.

»Mein Name ist Heller«, sagte ich. »Ich bin Polizeibeamter, der dem Fall Lindbergh zugeteilt wurde.«

»Ich spüre, daß Sie nicht von hier kommen«, sagte Marinelli. Dazu mußte man kein Wahrsager sein; ich habe den flachen, nasalen Akzent, den die meisten Bewohner Chicagos sprechen. Doch Breckinridge wirkte leicht beeindruckt.

»Ich stamme nicht von hier«, sagte ich mit einem höflichen Lächeln und der Absicht, ihm für keinen roten Heller mehr zu erzählen. Marinelli deutete mit einer großspurigen Geste auf den Kartentisch mit der tropfenden Kerze und holte mir einen zusätzlichen Stuhl; die um den Tisch schienen reserviert zu sein.

»Meine Herren«, sagte Marinelli, nachdem wir auf den hölzernen Klappstühlen Platz genommen hatten, »ich bin der Vater der Spiritistischen Kirche von der Einhundertsiebenundzwanzigsten Straße in Harlem. Meine Frau, Schwester Sarah Sivella, ist die Mutter dieser Kirche. Wie Sie bereits vermutet haben, Mr. Heller, verfüge ich selbst nicht über große Gaben des Zweiten Gesichts. Aber meine Frau verfügt über eindeutige, ja, sogar überwältigende Fähigkeiten in diesem Reich.«

»Fähigkeiten«, sagte Breckinridge, »die sie bei der Suche nach Charles Lindbergh jr. zur Verfügung stellen möchte, nicht wahr?«

»Sie benutzt diese Fähigkeiten nicht«, erklärte er geduldig. »Diese Fähigkeiten benutzen sie.«

»Was meinen Sie damit?« fragte Breckinridge.

Marinelli bearbeitete mit den Händen die Luft. »Sie hat in dieser Sache nicht direkt, bewußt, Informationen gesucht. Sie begann während einer Séance in der Kirche von der Entführung zu sprechen. Diese Séance war Teil unseres üblichen Kirchenritus und wurde zufällig einen Tag nach dem tragischen Vorfall abgehalten.«

»Also kamen Sie hierher«, sagte ich, »um in der Nähe Colonel Lindberghs zu sein.«

»Ja. Um zu versuchen, ihm zu helfen. Wir führen eine christliche Kirche. Wir glauben an die Vater-Mutterschaft Gottes. Jesus, der Sohn der Vatermuttergottes, ist das Licht, das durch Weisheit und Liebe im Herzen des Menschen leuchtet.«

Toll. Ein Bursche mit einem Satansbart in einer schwarzen Robe in einem Zimmer, das von einer blutroten Kerze erhellt wird, will einem agnostischen Juden von Jesus erzählen. Was man nicht alles tut, um ein Plätzchen zum Schlafen zu bekommen.

»Das Leben wird von fünf kosmischen Gesetzen beherrscht«, sagte er. Er hielt fünf Finger hoch und zählte sie ab; vielleicht hätte ich mein Notizbuch hervorholen und die Gesetze aufschreiben sollen. »Reinkarnation. Ursache und Wirkung. Gelegenheit. Vergeltung. Geistige Gemeinschaft . . .«

Waren das nicht sechs?

»Ich fürchte, mir ist nicht ganz klar«, sagte Breckinridge, »welche Bedeutung dies für die gegebene Situation hat. Besonders, was das entführte Lindbergh-Baby betrifft.

Marinelli hob eine Hand, als wolle er seinen Segen erteilen; die Fingernägel waren lang und manikürt. »Meine Herren, meine Frau wird sich jeden Augenblick zu uns gesellen. Ich werde sie in eine hypnotische Trance versetzen. Dann werden wir uns an den Händen fassen, und ich muß Sie bitten, den Kreis nicht zu unterbrechen.«

Na ja, das war ein gutes Stück von Edgar Cayce und seiner traditionellen Wahrsagerei entfernt. Hier schien es sich um eine traditionelle betrügerische Séance zu handeln – und wenn dieser Händler in Schlangenöl glaubte, ich würde ihm seinen Schwindel abkaufen, mußte er so verrückt sein, wie er aussah.

»Mr. Marinelli«, sagte ich, »verstehen Sie mich bitte nicht falsch, aber ich kenne den Großhandel in Chicago, von denen Sie Ihre Trompeten und Glöckchen beziehen, die im Dunkeln so schön leuchten. Wenn Sie uns etwas über die Entführung zu sagen haben, prima. Aber ersparen Sie uns diese Seihtuchgeister, das Ektoplasma aus Kleister und Zeitungen und die levitierenden Möbel.«

Marinellis Lächeln war schwach und herablassend. »Sie gehen von einer grundlegenden Fehleinschätzung aus, Mr. Heller. Schwester Sarah ist kein physikalisches Medium. Sie werden keine Glöckchen und kein Tischklopfen hören und auch kein Tischrücken oder irgendwelche anderen unerklärlichen Bewegungen von Gegenständen sehen. Schwester Sarah ist ein *Trance*medium – sie materialisiert keine Trompeten und beschwört keine sichtbaren Geister. Sie wandert in der Landschaft ihres eigenen Geistes und lauscht mit einem inneren Ohr den Geisterstimmen.«

»Johanna von Orleans wurde genau deshalb auf dem Scheiterhaufen verbrannt«, erinnerte ich ihn.

»Ah, ja«, sagte er und hob einen Zeigefinger gen Himmel. »Aber wir leben heute in aufgeklärteren Zeiten.«

Sagen Sie das mal den Scottsboro-Jungs.

»Schwester Sarah«, fuhr er fort, »ist das, was wir ›sensitiv‹ nennen. Sie hat einen Ratgeber, einen Geisterführer, der häufig durch sie spricht.«

»Dieser ›Geisterführer‹,« sagte Breckinridge, der sich gegen besseres Wissen interessiert zeigte, »hat er auch einen Namen?«

Marinelli nickte kurz. »Sein Name ist Gelbe Feder.«

»Gelbe Feder?« sagte ich. Und ich sah Breckinridge an und wiederholte: »Gelbe Feder?« Wieviel lag mir wirklich an diesem Zimmer?

»Gelbe Feder«, fuhr der kahlköpfige Spiritist fort, »war ein großer Krieger. Ein Irokesenhäuptling.«

»Der schon seit vielen Monden tot ist«, sagte ich.

»Das stimmt«, sagte er, meinen Sarkasmus ignorierend. »Wenn Sie keine weiteren Fragen haben, Mr. Heller, Mr. Breckinridge, werde ich jetzt Schwester Sarah rufen.«

»Doch, ich habe noch eine Frage«, sagte ich.

»Ja, Mr. Heller?«

»Rasieren Sie sich den Kopf?«

Breckinridge trat mich unter dem Tisch.

Marinelli lächelte nur. »Nein. Mein Haar fiel mir in jungen Jahren aus. Es war ein übersinnliches Zeichen, das mein psychosexuelles Erwachen verkündete.«

»Verstehe«, sagte ich.

Marinelli schloß die Augen und neigte leicht den Kopf. Das flackernde Kerzenlicht und die spärliche Helligkeit der Straßenlampen, die durch die verhängten Fenster fiel, warfen in dem weihrauchgeschwängerten Raum unheimliche Schatten und Formen und verwandelten die stinknormalen Hotelmöbel in Cagligari-ähnliche Zuschauer. Die Fenster knarrten leise, als der Wind darüber fuhr. Vielleicht hatte unser Medium nichts mit dumpfen Horntönen und körperlosen, treibenden Köpfen im Sinn, doch eine Séance war es trotzdem.

Unser Gastgeber faltete die Hände und begann monoton zu summen.

Eine Tür wurde geöffnet, und eine Gestalt in Schwarz und Purpur schien hineinzugleiten. Sie stand neben mir, bevor ich es richtig mitbekommen hatte, eine kleine, wunderschöne Frau mit großen, dunklen, weit geöffneten Augen, einem bleichen Kamee von Gesicht mit vollen, geschwungenen Lippen, welche Lippenrouge scharlachrot gefärbt hatte. Ihre dunklen Brauen waren im Gegensatz zu denen ihres Mannes dick und nicht gezupft, was ihr ein irgendwie exotisches Aussehen verlieh; sie schwebte geradezu in einer nach Rosen duftenden Wolke, die das Sandelholz verdrängte. Sie sah aus wie eine Hure, und sie sah aus wie eine Madonna.

Und, zum Teufel damit, ich muß es Ihnen sagen: sie gefiel mir. Ich spürte zwar nicht, daß mir die Haare ausfielen, doch auch ich erlebte ein psychosexuelles Erwachen.

Wie ihr Mann trug sie eine bodenlange, fließende, schwarze Robe; aber auch eine Kapuze, die mit blutrotem Satin gefüttert war. Im Gegensatz zu der ihres Mannes war ihre Robe nicht weit, sondern schmiegte sich an ihren Körper, klebte, als wäre sie naß, an einer schlanken Figur mit hohen Brüsten. Ihre Brustwarzen waren steif und schienen mich direkt anzusehen. Vielleicht war sie kein physikalisches Medium, aber wenn ich mich nicht abkühlte, würde dieser Tisch *doch* in die Höhe steigen.

»Guten Abend, liebe Freunde«, sagte sie mit leiser, musikalischer Stimme; ich schätzte sie auf zweiundzwanzig Jahre. »Bitte, behalten Sie Platz.«

Was mir sehr angenehm war.

Ihr Mann zog den Stuhl zurück, der für sie reserviert war, und sie setzte sich steif darauf. Sie zog die Hände aus den langen Ärmeln ihres Gewandes wie ein Chirurg, der sich waschen wollte; dann legte sie ihre kleinen, zarten Hände, deren Nägel sehr lang, messerscharf und so rot wie eine klaffende Wunde waren, flach auf den Tisch. Das Kerzenwachs, das auf den Tisch getropft war, hatte fast dieselbe Farbe wie ihre Fingernägel. Die beiden waren gut. Sie waren jeden Cent von ihrem Honorar wert.

»Danke, daß Sie gekommen sind«, sagte sie. Ihr Haar war – zumindest das, was ich unter der Kapuze sehen konnte – pechschwarz und aus dem Gesicht gekämmt; sie trug einen goldenen, runden Ohrring, der als einziger Gegenstand an ihr an eine Zigeunerin erinnerte. »Sie Sind Mr. Breckinbridge.«

Breckin*bridge*, hatte sie gesagt.

Aber Colonel Breckinridge berichtigte sie nicht; es zeugte nicht gerade von Höflichkeit, eine Wahrsagerin zu berichtigen.

»Sie sind Polizeibeamter«, sagte sie zu mir und lächelte so süß wie ein schüchternes Schulmädchen.

»Das stimmt«, sagte ich. Breckinridge, Schmeckinbridge, wenn diese Kleine behauptete, Wahrsagerin zu sein, war sie für mich auch eine.

»Und Ihr Name?«

»Nathan Heller«, sagte ich. Mein Gott, roch sie gut.

»Mr. Heller, würden Sie meine Hand nehmen?«

Ist der Papst katholisch?

Sie nahm meine Hand in die ihre und drückte. Autsch.

»Wenn mein Gefährte bei mir die Trance ausgelöst hat«, agte sie, »ergreifen Sie bitte Mr. Breckinbridges Hand. Und Mr. Breckinbridge, bitte geben Sie Martin die Hand. Und Martin wird meine Hand nehmen, und damit ist die psychische Kette hergestellt. Bitte unterbrechen Sie die psychische Kette nicht.«

»Das würde mir nicht mal im Traum einfallen«, sagte ich.

Marinelli nahm langsam und pompös das goldene, juwelenbesetzte Kreuz vom Hals. Er hielt es an der Kette und begann es langsam vor den großen, tollen, wunderschönen braunen Glubschern seiner Frau hin und her zu schwingen. Frau, zum Teufel. Sie hatte ihn »Gefährte« genannt und er hatte sie als Schwester Sarah Sivella und nicht Marinelli vorgestellt. Wenn überhaupt, lebten sie nur zusammen. Mein Gewissen war bei den Gedanken, die mir durch den Kopf gingen, ganz rein.

Er murmelte etwas, eine Intonation oder so – es war kaum verständlich. Aber sie schien es zu hören. Ihre Blicke folgten der langsamen, sinnlichen Bewegung des Kreuzes vor ihr, und als Marinelli mit der freien Hand mit den Fingern schnippte, *klick!*, fielen ihre Augen zu, als hätte sie einfach die Schlagläden runtergelassen.

Dann schnippte er erneut mit den Fingern, und sie öffnete ruckartig die Lider. Ihre Augen, dunkelbraun mit goldenen Flecken, starrten wie tot ins Leere. Ihr Gesicht schien länger und schmaler zu werden, und der Ausdruck war gequält. Es war mir unheimlich. Breckinridge war ähnlich gebannt.

Wir beide wußten, daß das der reinste Quatsch war; aber die Nummer war dank der reizenden Hauptdarstellerin wirklich gut, und wir waren gefesselt. Mittlerweile hielten wir uns an den Händen; in meiner Rechten lag die glatte, zarte Hand des hübschen Mediums, in meiner Linken Breckinridges große, anwaltsweiche Pranke.

»Mit wem spreche ich?« fragte Marinelli.

»Howgh«, sagte sie.

Howgh?

»Häuptling Gelbe Feder – bist du bei uns?«

Sie nickte. »Gelbe Feder hier.« Ihre Stimme hatte sich auf eine männliche Lage gesenkt. Es klang genauso lächerlich, wie Sie es sich vorstellen.

Ich hätte fast gelacht, und später lachte ich tatsächlich darüber; aber in diesem Augenblick machte ich einfach mit. Sie roch gut, und ich hatte noch nie gehört, wie eine zweiundzwanzigjährige Dame, deren Brustwarzen aus ihrem Hemdchen hervorstachen, wie ein Indianer sprach.

»Mr. Breckinbridge«, fuhr sie mit der tiefen, angeblich männlichen Stimme fort. Sieh an, sieh an. Häuptling Gelbe Feder hatte den Namen auch falsch verstanden. »Geister sagen, Entführer ließen Brief auf Fensterbrett in Kinderzimmer liegen.«

Breckinridge ließ sich nichts anmerken, als ich ihn ansah, doch wir beide wußten, daß diese Information nicht an die Öffentlichkeit weitergegeben worden war.

»Stimmt das?« fragte Marinelli Breckinridge.

»Mir steht es nicht zu, dies zu bestätigen oder zu bestreiten, Sir«, sagte der Colonel steif und würdig, was unter den gegebenen Umständen genauso lächerlich wirkte wie die Stimme von Häuptling Gelbe Feder.

»Mr. Breckinbridge, Sie haben heute Brief in Ihrer Kanzlei.«

»Brief?« fragte Breckinridge.

»Von Entführern.«

»An meine Kanzlei wurden keine Briefe geschickt.« Er schien erleichtert, dies sagen zu können; es war, so weit ich es wußte, die Wahrheit.

»Na schön«, sagte das Mädchen verstimmt mit ihrer Großer-Häuptling-Stimme. »Seien Sie morgen früh in Ihrer Kanzlei. Neun Uhr.«

»Das ist ziemlich früh.«

»Seien Sie im Büro!« Der ›Häuptling‹ ließ nicht mit sich reden.

»Na schön«, sagte Breckinridge, wahrscheinlich nur, um ihn zu beruhigen. Sie. Wen auch immer.

»Häuptling Gelbe Feder«, sagte Marinelli, »hast du von den Geistern irgendwelche anderen Nachrichten bekommen?«

»Ja. Ich sehe Namen.«

»Welchen Namen siehst du?«

»Jafsie.«

»Darf ich ihr eine Frage stellen?« bat ich Marinelli.

Aber Sarah antwortete. »Sie dürfen mit Gelber Feder sprechen«, sagte sie mit ihrer eigenen Stimme.

»Gelbe Feder, bitte buchstabieren Sie diesen Namen.«

»J-A-F-S-I-E.« Nun erklang wieder die tiefe Indianerstimme.

»Danke, Häuptling. Geht es dem Baby gut?«

Sie schüttelte langsam den Kopf.; ihr Gesicht verlor die Leere und wurde traurig. »Man wird«, sagte sie mit ihrer eigenen Stimme, »die Leiche eines Kindes in den Hügeln über Hopewell finden.«

Breckinridge sah mich scharf an und ich ihn.

Marinelli schnippte mit den Fingern, und sie erwachte übergangslos.

Sie zog ihre Hand aus der meinen zurück; wir alle ließen uns an den Händen los, setzten uns zurück und entspannten uns. Wir saßen still in dem flackernden Kerzenlicht und lauschten dem Wind, der wie ein Wolf heulte.

»Warum haben Sie sie aus der Trance geholt?« fragte ich Marinelli.

»Ich spüre, wenn die psychische Beanspruchung zu groß wird«, sagte er ernst. »Wir können eine weitere Sitzung arrangieren . . .«

»Nicht zu diesem Zeitpunkt«, sagte Breckinridge und schob seinen Stuhl zurück. »Aber wenn Sie mir die Adresse Ihrer Kirche in Harlem geben würden . . .«

»Natürlich. Ich schreibe sie Ihnen auf.«

Marinelli erhob sich und verschwand in der Dunkelheit.

Sarah wirkte müde; sie saß eingefallen auf dem Stuhl und hatte die Hände auf dem Schoß gefaltet.

»Hatten wir Erfolg?« fragte sie leise.

»Sie haben uns einige Informationen gegeben, mein

Kind«, sagte Breckinridge sanft. »Ob sie sich als hilfreich erweisen werden ... nun, das kann ich jetzt noch nicht sagen.«

»Erinnern Sie sich daran, was Sie gesagt haben?« fragte ich sie.

Sie lächelte mich freundlich an. »Ich werde in Trance versetzt und sage Dinge. Später erzählt Martin mir immer, was ich gesagt habe.«

»Ich verstehe«, sagte ich.

Ihre Hand legte sich unter dem Tisch auf meinen Oberschenkel.

»Sie haben sehr nette Augen, Mr. Heller«, sagte sie.

Sie begann meinen Schenkel zu streicheln. Ich fing wieder an zu schweben.

»Ihre Augen«, sagte ich, »sind für ein so junges Mädchen sehr alt.«

Sie streichelte weiterhin meinen Schenkel. »Ich habe schon oft gelebt, Mr. Heller.«

Nun streichelte sie etwas anderes. »Ja, ich glaube schon, daß Sie so einiges erlebt haben«, brachte ich hervor.

Marinelli kam zurück. »Hier ist die Adresse«, sagte er und gab Breckinridge ein Blatt Papier.

Sie zog leider die Hand zurück.

»Sie können uns Tag und Nacht erreichen«, sagte er. »Wir wohnen auf dem Kirchengelände.«

»Danke«, sagte Breckinridge und stand auf. Ich blieb erst einmal sitzen. *So* dunkel war es in diesem Zimmer nun auch wieder nicht.

»Wir ... äh ... wir sind Ihnen sehr dankbar, daß Sie diese Suite räumen«, sagte ich. »Ich werde hier einziehen.«

»Aber *diese* Nacht bleiben wir noch«, sagte sie. »Oder besser gesagt – ich werde noch bleiben. Martin fährt gleich mit dem Wagen voraus, um den Gottesdienst am Wochenende vorzubereiten. Ich werde morgen mit dem Zug nach Hause fahren.«

Sie bedachte mich mit einem ... nun ja ... bedeutsamen Blick. Ich bin Detective. Ich verstehe auch die leisesten Andeutungen.

»Haben Sie Unkosten gehabt, die wir übernehmen können?« fragte Breckinridge.

»Nein«, sagte Marinelli. »Wenn sich das, was Sie hier erfahren haben, als hilfreich erweisen sollte, hätten wir nichts dagegen, daß Sie unsere Namen den Zeitungen nennen. Wie jede christliche Kirche sind wir Missionare, die das Wort des Herrn verbreiten wollen.«

Ich stand auf. »Tja, dann – wir bedanken uns bei Ihnen beiden. Tut mir leid, daß ich anfangs unhöflich war, Reverend.«

»Alle wahren Gläubigen fangen als Zweifler an«, versicherte er mir und begleitete uns zur Tür.

»Gute Fahrt«, wünschte sie uns, und wir standen auf dem Gang.

Draußen blieben wir eine Weile im Duesenberg sitzen.

»Was halten Sie davon?« fragte Breckinridge.

»Ich bin mir nicht sicher. Diese beiden spielen nicht in derselben Liga wie Edgar Cayce, soviel steht jedenfalls fest.«

Breckinridge nickte. »Marinelli läßt sich nicht so ganz einordnen – sein Gerede vom Christentum hat einen satanischen Ursprung. Dieser theologische Hokuspokus klingt doch eher heidnisch als jüdisch-christlich.«

»Kommt mir vor wie eine vielversprechende neue Religion – Leben nach dem Tode und obendrein noch Psychosexualität.«

»Aber sind die beiden nun Schwindler oder nicht?«

»Marinelli ganz offensichtlich«, sagte ich. »Bei dem Mädchen bin ich mir nicht so sicher.«

Er nickte. »Sie scheint aufrichtig zu sein, wie auch Cayce, und zu glauben, daß sie übersinnliche Kräfte besitzt. Aber besitzt sie sie *wirklich*?«

»Das frage ich mich auch. Interessant war, daß er sie

aus der Trance geholt hat, als sie uns erzählen wollte, daß das Kind tot ist.«

Breckinridge schaute grimmig drein. »Was halten Sie davon?«

»Ich weiß es nicht. Ich weiß es wirklich nicht. Sie kannte eine Einzelheit, die nicht an die Öffentlichkeit gegeben wurde. Sie hat ein paar Dinge vorausgesagt – falls sie eintreffen sollten, werde ich mißtrauisch werden.«

»Ich *bin* schon mißtrauisch.« Er legte die Hände auf das Lenkrad. »Sie kommen doch mit zurück?«

»Nein«, sagte ich. »Lassen Sie mich am ersten Drugstore raus, der noch geöffnet hat.«

»Warum?«

»Wo sonst soll ich zu dieser späten Stunde noch eine Packung Pariser bekommen?«

»Was?«

»Schon gut. Lassen Sie mich morgen mittag von jemandem hier abholen – in dem Café da um die Ecke.«

»Was haben Sie vor?«

»Ich werde noch etwas bohren und herumstochern«, sagte ich.

Breckinridge, den die Séance, an der wir gerade teilgenommen hatten, wesentlich stärker verwirrt hatte als mich, ließ mich an einem Drugstore aussteigen. Ich tätigte meinen Kauf, ging zu Fuß zu dem alten Backsteinhotel zurück und wartete darauf, daß Marinelli losfuhr.

Ich konnte nur hoffen, daß es kein Geist gewesen war, der mich unter dem Tisch gestreichelt hatte.

9

Mein Fahrer war ein rotgesichtiger, blonder, gutmütiger Mann von vielleicht dreißig Jahren namens Willis Dixon, einer der drei Streifenbeamten, die unter dem Kommando Harry Wolfes standen, des Polizeichefs von Hopewell. Dixon trug eine schwarze Lederjacke mit einer Marke daran, eine dazu passende Mütze und Khakihosen, und seine schwarze Krawatte saß stramm an Ort und Stelle. Eine ordentliche Uniform für einen Kleinstadtbullen, aber nichts im Vergleich zu den blauen und rosafarbigen Kostümen der Chorknaben der Staatspolizei von New Jersey.

»Wir dürfen jetzt nur noch den Chauffeur spielen und andere Drecksarbeit erledigen«, sagte Dixon freundlich, als er mich um Punkt zwölf Uhr im Princeton Café abholte. Ich lud ihn zum Mittagessen ein, bevor wir gingen, und hörte mir dabei an, wie Colonel Schwarzkopf Chief Wolfe und dessen Stab – die ersten Cops, die nach der Entführung am Tatort gewesen waren – aus dem inneren Kreis der Ermittlungen verdrängt hatte.

Im Augenblick rollten wir über eine Schotterstraße, die sich durch die bedrohlich einsamen Hügel des Sourlands schlängelte und auf beiden Seiten von Unterholz begrenzt wurde, das sich schnell in einen dichten, schroffen, anscheinend undurchdringlichen Wald verwandelte.

»Ich halte mal kurz an«, sagte Dixon. Er hatte Apfelwangen und eine Lücke zwischen den Schneidezähnen, ein deppertes Aussehen, das ihm als Cop wahrscheinlich gute Dienste leistete; seine Augen waren dunkel und klug, und darauf kam es an.

»Warum denn, Willis?«

Seit ich ihm das Mittagessen spendiert hatte, nannten wir uns beim Vornamen.

»Keine Pinkelpause«, sagte er und grinste auf seine absichtlich blöde Art. »Ich glaube, wir finden hier was, das Sie interessieren wird.« Derzeit interessierte mich allerdings gar nichts; ich hätte nur etwas Ruhe vertragen können.

Als er an den Straßenrand fuhr, bemerkte ich, daß das Unterholz vor uns gerodet worden war; auf einem Hang erstreckte sich eine gepflegte Wiese vor uns. Wir waren auf eine der wenigen Farmen oder Schuppen am Wegesrand gestoßen, doch bei dieser handelte es sich um keine übliche Farm. Hier, inmitten dieser üppigen, aber einsamen Landschaft, befand sich ein Gebäude, das auf den ersten Blick den Eindruck eines Herrenhauses machte: ein graues, dreistöckiges Holzhaus mit einer Veranda mit weißen Säulen, vor der sich immergrüne Pflanzen wie gehorsame Haustiere duckten. Ein wirklich wunderschönes Haus, das zwar im Plantagenstil der Südstaaten gehalten, aber trotzdem keineswegs alt war.

Wir stiegen aus dem nicht als Polizeifahrzeug gekennzeichneten Wagen und gingen auf das große Gebäude zu, bei dem es sich bei näherem Hinsehen eher um ein Hotel als um ein Privathaus zu handeln schien, wenngleich ich keine Schilder gesehen hatte, die es als solches auswiesen oder Gäste anlocken konnten.

Und es war offensichtlich leer – wenn auch nicht seit langem. Mehrere Fenster waren herausgebrochen worden, und es zeigte die allgemeinen Spuren der Reparaturbedürftigkeit und Vernachlässigung. Was an sich schon verwirrend war; es ergab nicht den geringsten Sinn, ein Gebäude dieser Größe und dieses Wertes aufzugeben. Und hätte eine Bank einen Zwangsverkauf durchgesetzt, hätte sie das Haus zumindest in Ordnung erhalten.

»Kommen Sie mal mit nach hinten«, sagte Dixon; er

hatte einen Klumpen Kautabak aus seiner Jackentasche gezogen und nahm einen ordentlichen Bissen.

Als wir den sanft ansteigenden Hügel hinaufgingen, knirschten unter der dünnen, gefrorenen Schneeschicht Blätter und Zweige unter unseren Füßen. Wir gingen um das Haus herum zur Rückseite.

»Verdammte Scheiße«, sagte ich.

Dixon grinste mich an und kaute kräftig auf seinem Tabak. »Ein hübscher Anblick, nicht wahr?«

Die gesamte Rückseite des großen Gebäudes war eingerissen worden; zwei große, scheunenähnliche Doppeltüren auf ebener Erde waren weggerissen worden – eine fehlte vollständig, die andere hing nur an einem Gewinde und einem Gebet. Vom unteren, angebauten Erdgeschoß waren ebenfalls die Holzwände zwischen den Stützpfosten aus Ziegelsteinen herausgesprengt worden. Holz und Schutt stapelten sich hinter dem Gebäude auf und bildeten einen unförmigen Hügel, der halb so breit wie das Gebäude selbst und ein Drittel so hoch war.

»Das muß ja eine verteufelte Explosion gewesen sein«, sagte ich.

»Und ein verteufelter Destillierapparat«, sagte Dixon und spuckte Tabaksaft aus.

»Ach, darum hat es sich gehandelt? Um eine Schwarzbrennerei?«

»Nein! Das war nur ein kleiner Teil der ganzen Anlage.«

Ich schob den Hut zurück und kratzte mich am Kopf; die kalte Luft nagte an mir und schien so ungeduldig zu sein wie ich selbst. »Na ja, es sieht aus wie ein Hotel. Was war's? Ein Rasthaus?«

»Genau, Nate.« Er lächelte mit braunen Zähnen. »Aber kein normales Rasthaus, wie sie die Nebenstraßen unseres wunderschönen Landes von der einen Küste bis zur anderen säumen, und in dem ein müder Geschäftsmann wohnt oder ein durstiger, verzärtelter Junge vom College.

Nein, Sir. Und es war auch nicht für die Bewohner Hopewells gedacht.«

»Willis – was, zum Teufel, war das für ein Haus?« Er strahlte mich an; ein Bursche vom Lande, dem es einen höllischen Spaß bereitete, einem Stadtfrack was beizubringen. »Ein Gangsterversteck, Nate. In dem sich alle großen Nummern aus New York und den anderen Metropolen zu einem gemütlichen Zusammensein trafen, bei dem sie mal ordentlich auf den Putz hauen konnten.«

»Mann Gottes! Einschließlich Chicago?«

Er nickte. »Ich habe in dieser Gegend oft Nummernschilder aus dem Cook County gesehen.«

»Warum haben Sie den Schuppen nicht ausgehoben? Oh. Tut mir leid.«

Er machte eine abfällige Handbewegung. »Nein, nein. So war das nicht. Nicht, daß ich nicht mal 'nen Schluck probiert hätte, wenn man mir einen angeboten hätte. Aber dieses Haus lag außerhalb unseres Bezirks. Außerhalb der Stadtgrenzen.«

»In wessen Zuständigkeit fällt es dann? Oh. Klar – die Staatspolizei.«

Er nickte erneut. »Genau. Schwarzkopfs kleine Mädchen.« Er stemmte die Hände in die Hüften und spuckte elegant einen braunen Strahl Tabaksaft auf den Schutthaufen. »Denken Sie mal darüber nach, Nate. Ein paar unglaublich ausgelassene Parties mit Showleuten vom Broadway und so hübschen Huren, daß die Burschen gleich am Tisch über sie hergefallen sind. Glücksspiel und Orgien, und alles fand genau hier statt, einzig und allein zum Vergnügen der Gangsterbosse unseres Landes.«

Capone mußte hier gewesen sein. Mehr als einmal. Nur ein paar Meilen vom Anwesen der Lindberghs entfernt.

Dixon ging umher, die Hände noch immer auf den Hüften. »Können Sie sich das vorstellen? Wie kann eine

Nacht der lärmenden Festlichkeiten vorbeigehen, ohne daß diese hohen Tiere ein paar passende Bemerkungen über den berühmten Lindy und seine Familie machen, die ganz in der Nähe wohnen? Ich wette zwanzig zu eins, daß sie sich oft die Zeit vertrieben haben, indem sie sich ausmalten, wieviel leichtes Geld sie verdienen konnten, indem sie sich dieses berühmte Kind schnappten.«

»Aber sie haben es niemals durchgezogen«, sagte ich. »Es ist bei diesen Planspielen geblieben, bei den Witzen nach dem Abendessen, weil das Anwesen *zu* nahe liegt. Es wäre zu schnell Verdacht auf sie gefallen.«

»Genau! Aber dann ging die Destille in die Luft. Ein Mann wurde bei der Explosion getötet, einer der Betreiber, und das Haus wurde geschlossen.«

»Und damit war es überflüssig geworden, das Haus zu schützen.«

»Richtig«, sagte Dixon. »Und da hier draußen niemals 'ne Razzia oder 'ne Verhaftung vorgenommen wurde, stellt das Haus auch keine Spur dar, der man folgen könnte.«

»Jemand könnte es versucht haben«, sagte ich. Der Wind seufzte und raschelte in den Bäumen. »Vielleicht versucht es in diesem Augenblick jemand . . .«

Ein paar Minuten später erreichten wir das Lindbergh-Anwesen. »Mann, ich will verdammt sein!« sagte Dixon, als wir um die Garage mit der Kommandostelle fuhren. »Sehen Sie mal, wer da ist!«

Er deutete auf drei Männer, die mit ungeduldigen Gesichtern vor der Garage standen und auf und ab gingen. Einer der Männer war älter und eindeutig der Boß, wenn auch ein seltsamer: ein kleiner, dicker, kahlköpfiger Mann in einem zerknitterten braunen Übermantel, einen Strohhut in der Hand, mit dem er sich gegen den Oberschenkel schlug. Er hatte einen weißen Schnurrbart, ein klumpiges Gesicht, rauchte eine Maiskolben-Pfeife und sah aus wie ein Gentleman-Farmer, wenn auch kein bedeutender – ob nun Gentleman oder Farmer. Seine beiden Gefährten waren größer und jünger und besser gekleidet, aber nicht viel; sie sahen aus wie Bullen in Zivil, aber direkt aus den Hinterwäldern.

Dixon hielt neben mehreren Wagen an, die auf dem äußeren Hof standen, und stellte den Motor ab, ließ die Hände jedoch auf dem Lenkrad liegen. Sein Gesicht wirkte seltsam benommen.

»Das ist der alte Fuchs höchstpersönlich«, sagte er.

»Der alte Fuchs?«

»Ellis Parker. Sagen Sie mir nicht, Sie hätten noch nie von ihm gehört.«

Doch, ich hatte schon von ihm gehört. Dieser fette, kahlköpfige, zerlumpt aussehende, anscheinend unbedeutende Mann war Ellis Parker, auch bekannt als der alte Fuchs, der Maisfeld-Sherlock, der Kleinstadt-Detektiv mit der weltweiten Reputation. Parker war der Chief of Detectives irgendeines Bezirks in New Jersey – von welchem, wußte ich nicht mehr – aber er hatte auch den Ruf, einer der besten Ermittler des Landes zu sein, und wurde bei komplizierten Fällen häufig von Städten an der Ostküste hinzugezogen, die viel größer waren als sein winziges Mount Holly, wo immer das liegen mochte.

Ich hatte von vielen seiner Fälle gelesen; man berichtete in Zeitschriften und Zeitungen darüber, und es gab ein paar Bücher über ihn. Wie er in Fort Dix herausfand, wer einen Soldaten ermordet hatte, indem er dessen Kollegen überprüfte (einen von über hundert uniformierten Verdächtigen), der das beste und lückenloseste Alibi hatte; oder wie er herausfand, daß eine triefnasse Leiche in einer Gerberei behandelt worden war, um den Gerichtsmediziner bei der genauen Todeszeit hinters Licht zu führen; wie er einen Mischling mit einem Naschmäulchen, der einen Mord begangen hatte, festnehmen konnte, indem er die Mitarbeiter eines jeden Restaurants in seinem und den benachbarten Bezirken bat, nach ›einem Farbigen, der gern Kuchen aß‹, Ausschau zu halten. »Es war wohl unvermeidlich, daß er hier auftaucht«, sagte ich. »Dieser Fall könnte einen klugen Kopf wie ihn gut gebrauchen.«

»Zwanzig zu eins, daß Schwarzkopf da anderer Meinung ist«, sagte Dixon verdrossen. Er schüttelte bewundernd den Kopf. »Ich habe jetzt schon seit über zwei Jahren eine Bewerbung drüben im Burlington County laufen. Aber es gibt eine verdammt lange Warteliste.«

»Haben Sie den alten Knaben je persönlich kennengelernt?«

»Klar! Burlington ist der benachbarte Bezirk.«

»Ach. Warum stellen Sie mich ihm dann nicht vor, Willis?«

Einen Augenblick später schlenderten wir zu Parker hinüber, der Willis zunickte.

»Constable Dixon«, sagte Parker. Er schien sich ein Lächeln abzuringen, als er dem Mann die Hand reichte, die Willis dann kräftig schüttelte. »Wie geht es Ihnen, mein Sohn?« Seine Stimme war so rau wie seine Erscheinung; auf seinem Gesicht standen weiße Stoppeln; seine Augen waren schläfrig und blau und ganz und gar nicht stechend; seine Krawatte war mit Essensflecken verschmutzt und hing mehrere Zentimeter unter dem Hemdkragen. Sherlock Holmes, der als sein eigener halbgescheiter Watson posierte.

»Danke, gut, Chief Parker. Das ist Nate Heller.«

Etwas in den Augen erwachte zum Leben. »Der Bursche aus Chicago. Der mit der Capone-Theorie.«

Ich grinste und schüttelte die Hand, die er mir reichte. »Tja, mir hat noch nie jemand vorgeworfen, Theoretiker zu sein, Chief. Wo haben Sie meinen Namen gehört?«

Er trat ganz nah an mich heran; er roch wie Pfeifentabak – fauler Pfeifentabak. Er legte väterlich einen Arm um meine Schulter. »Ich habe meine Vertrauten im Lager dieses schwachsinnigen Schwarzkopf.«

»Was Sie nicht sagen.«

»Wie ich gehört habe, sind Sie der Junge, der es Welch gezeigt hat, diesem größten aller Arschlöcher unter Gottes weitem Himmel.«

»Na ja, das stimmt.«

»Sie sollen ihm vorgeschlagen haben, daß er Ihr Hinterteil leckt.«

»Es lief darauf hinaus.«

Er lachte herzhaft – anscheinend mochte er subtilen Humor – und schlug mir auf den Rücken. »Darf ich Ihnen meine Deputies vorstellen?«

Er durfte. An ihre Namen erinnere ich mich nicht mehr.

»Vielleicht wird Constable Dixon hier eines schönen Tages für mich arbeiten«, sagte Parker und ließ endlich meine Schulter los.

Dixon strahlte auf wie eine Glühbirne. »Das würde mich freuen, Sir.«

»Sie haben nicht zufällig einen guten Draht zum Colonel, mein Sohn?«

»Schwarzkopf?« fragte Dixon.

»Zum Teufel, nein! Doch nicht dieses Arschloch. *Lindbergh!* Wir stehen uns schon seit zwei Stunden die Beine in den Bauch. Schwarzkopf will unbedingt verhindern, daß wir mit dem Colonel sprechen.«

Ich hob eine Hand. »Mal sehen, was ich tun kann.«

Parkers klumpiges Gesicht brach zu einem Lächeln auf. »Das ist gottverdammt anständig von Ihnen, mein Sohn.«

Ich ging hinein, durch das Personalwohnzimmer und in die Küche, wo ich beim Vorbeigehen Betty Gow und Elsie und Ollie Whately sah, wie auch Welch und mehrere von Schwarzkopfs höheren Dienstrangen, die Kaffee tranken und Butterbrote aßen. Das Wohnzimmer war leer, abgesehen von dem kleinen Hund Wahgoosh, der mich wie üblich anbellte, und ich knurrte zurück. Rosner war auch nicht zu sehen; der Stuhl vor dem Arbeitszimmer war leer bis auf die zusammengefaltete Sportzeitung von gestern.

Ich klopfte an die Tür des Arbeitszimmers. »Ich bin's, Slim, Heller.«

»Kommen Sie herein, Nate«, sagte Lindbergh, und ich tat wie geheißen.

»Wie ich gehört habe, sind Sie die Nacht über in Princeton geblieben«, sagte er und blickte von ein paar Briefen auf, die er gelesen hatte – Post, die die Staatspolizisten aus den Hunderten von Sendungen, die heute eingetroffen waren, ausgewählt hatten.

»Ja, ich konnte ... äh ... schon einen Tag eher im Hotel einziehen.«

Er hatte nur halb zugehört und nickte unverbindlich. »Henry ist heute morgen in die Stadt gefahren, in seine Kanzlei. Er hat gesagt, er sei der Ansicht, diese Spiritisten wären wahrscheinlich Scharlatane gewesen.«

»Ja, wahrscheinlich«, sagte ich und setzte mich. »Wo ist Rosner?«

»Er geht heute einigen Spuren in der Unterwelt von New York City nach.«

Räuber und Gendarm, wobei die Räuber Gendarm spielten.

»Slim – da draußen ist jemand, dem Sie ein paar Minuten opfern sollten.«

»Wen meinen Sie?«

»Ellis Parker.«

Lindbergh nickte. Ich hätte genausogut sagen können, der Weihnachtsmann oder Herr Jedermann.

»Sie haben bestimmt schon von ihm gehört«, sagte ich.

»Ja. Er ist sehr bekannt.« Er hielt inne und seufzte. »Wenn Sie der Ansicht sind, daß ich mit ihm sprechen sollte, werde ich ihn empfangen.«

»Okay. Slim – wie fühlen Sie sich heute?«

»Mir geht's gut.«

»Haben Sie überhaupt geschlafen? Sie sehen verdammt schlecht aus.«

Er zeigte ein schmales Lächeln. »Es ist schön, jemanden zu haben, der keine Angst hat, einem die Wahrheit zu sagen. Ja, ich habe geschlafen. Kurz.«

»Na schön. Ich bin nicht Ihr Kindermädchen. Aber wenn Sie derjenige sein wollen, der die wichtigen Entscheidungen trifft, müssen Sie die Dinge im Griff haben.«

»Ich weiß.«

»Gut. Dann bringe ich Ihnen jetzt Parker.«

Ein paar Minuten später führte ich Parker hinein, und Lindbergh erhob sich, und die beiden Männer tauschten Grüße und nette Worte aus. Dann setzten sich alle, und Parker beugte sich vor. In einer Hand hielt er die so übel stinkende Maiskolbenpfeife.

»Colonel Lindbergh, ich bin seit über vierzig Jahren Detektiv. Ich habe in zwanzigtausend Fällen ermittelt, darunter in über dreihundert Mordfällen. Alle bis auf zwölf dieser Mordfälle endeten mit Schuldsprüchen.«

Lindberghs Gesicht war unbeteiligt; doch er kniff kaum merklich die Augen zusammen, als das Wort ›Mordfall‹ fiel.

Parker schob die Pfeife in seinen verkniffenen Mund; jetzt sah er aus wie Popeye der Spinatmatrose. »Ich habe Colonel Schwarzkopf meine Dienste angeboten, wurde jedoch unhöflich zurückgewiesen – und wie Sie vielleicht wissen, habe ich mit Gouverneur Moore so meine Schwierigkeiten. Also steht mir nicht die Möglichkeit offen, in einer offiziellen Eigenschaft an Bord zu kommen. Aber ich könnte nicht einfach im Nachbarbezirk Däumchen drehen, ohne Ihnen zumindest meine Dienste anzubieten. Ich würde Ihnen gern helfen, Sir.«

Lindbergh lächelte höflich. »Das ist nett von Ihnen, Chief Parker. Aber ich muß Ihnen sagen, daß ich sehr zufrieden damit bin, wie Colonel Schwarzkopf die Angelegenheit handhabt.«

Parker verzog das Gesicht. »Ich möchte Sie nicht beleidigen, Colonel, aber dieses blöde Arschloch hat in diesem Fall von A bis Z so ziemlich alles falsch gemacht. Daß er es nicht fertigbrachte, die gesamte Gemeinde in weitem Umkreis um Ihr Anwesen gründlich zu durchsuchen, ist offen gesagt eine Schande und unentschuldbar, Sir.«

Lindbergh sagte nichts.

»Im Idealfall müßte ich die Leitung der Ermittlungen übernehmen und mir meine Mannschaft selbst zusammenstellen – eine Mischung aus meinen eigenen Jungs und Staatspolizisten. Aber wenn Sie möchten, stehe ich Ihnen auch in rein beratender Funktion zur Verfügung.«

Lindbergh sagte nichts. Seine Augen waren wie Steine.

Parker rutschte unbehaglich auf seinem Stuhl hin und her.

Dann ergriff Lindbergh das Wort. Seine Stimme war so ausdrucks- und gefühllos wie die einer Telefonistin. »Ich habe großen Respekt vor Ihren Leistungen, Chief Parker. Aber ich habe bereits einige Ihrer Meinungen über diesen Fall in den Zeitungen gelesen beziehungsweise im Radio davon gehört. Und ich möchte nichts mit billigen Vermutungen und zweitklassigen Theorien zu tun haben.«

»Colonel Lindbergh, ich möchte Ihnen lediglich in dieser für Sie schweren Stunde meine Hilfe anbie . . .«

Lindbergh hob eine Hand und brachte ihn damit zum Schweigen. »Ich möchte nicht, daß sich hier Polizeibeamte gegenseitig im Wege stehen, die nur an ihrem eigenen Ruhm interessiert sind, auch wenn es meinen Sohn möglicherweise das Leben kostet. Colonel Schwarzkopf und ich haben die Lage voll im Griff. Guten Tag, Sir.«

»Colonel Lindbergh . . .«

»Danke, daß Sie mir Ihre Hilfe angeboten haben.«

Parker stand auf; sein Hals hatte sich vor Zorn gerötet, doch er nickte Lindbergh nur zu und ging hinaus.

Ich blieb.

»Dieser Bursche ist einer der brillantesten lebenden Detektive«, sagte ich. »Und Ihr Schwarzkopf ist ein gottverdammter Aufpasser aus einem Kaufhaus!«

»Nate«, sagte Lindbergh angespannt; seine Hände lagen flach auf dem Schreibtisch. »Ellis Parker ist es gewohnt, den Löwenanteil des Scheinwerferlichts der Öffentlichkeit einzuheimsen – er hat in der Vergangenheit bemerkenswerte Arbeit geleistet, aber ihm ist sein Ruhm zu Kopf gestiegen.«

»Natürlich ist er auf Schwarzkopf eifersüchtig«, sagte ich achselzuckend. »Aber so ein Bursche, der übereinstimmend für einen großen Detektiv gehalten wird, sollte auf ein Kapitalverbrechen wie dieses angesetzt werden – besonders, wenn es praktisch in seinem Hinterhof passiert ist. Das wäre doch nur sinnvoll!«

»Nein«, sagte Lindbergh.

Ich sah ihn an.

»Na schön«, sagte ich.

Ich ging. Es hatte den Anschein, daß Lindy die Wahrheit von mir hören wollte, ihr aber nicht unbedingt Beachtung schenken würde.

Draußen holte ich Parker ein, der gerade in einen Polizeiwagen der Burlington County steigen wollte.

»Tut mir leid, daß ich Ihnen nicht helfen konnte«, sagte ich. »Ich hätte Sie gern dabeigehabt.«

»Wer sagt denn, daß ich nicht dabeisein werde?« erwiderte er, einen Fuß schon auf dem Trittbrett. Und er blinzelte mir zu. Der Staub von Parkers Ford auf der unbefestigten Straße hatte sich noch nicht gelegt, als Breckinridges Duesenberg heranfuhr. Der Anwalt sah grauer als gewöhnlich aus, als er aus seinem schmucken Wagen stieg und direkt auf mich zukam. Er nahm mich beim Arm und zog mich beiseite.

»Heller«, sagte er, »was haben Sie gestern abend gemacht?«

»Es geziemt sich nicht, das zu sagen.«

»Sie haben die Nacht mit diesem Medium verbracht, nicht wahr?«

Ich zuckte die Achseln. »Slim hat gesagt, ich wäre unser Geisterjäger. Wer von uns sollte denn sonst einen Geist vögeln?«

Er ergriff mich am Arm. Beinahe hätte er mich geschüttelt. Der durch nichts aus der Fassung zu bringende Breckinridge war sichtlich aus der Fassung gebracht. »Was hat sie Ihnen gesagt?«

Eigentlich hatte sie gar nicht viel gesagt. Sie hatte viel gestöhnt und ein paarmal sogar geschrien. Aber ich wollte Breckinridge keine Auskünfte über meinen denkwürdigen Abend mit Schwester Sarah geben. So ein Mann bin ich nicht.

Außerdem ... was würde ein steifer Pinkel wie Breckinridge denn schon von einer Nacht der wilden Leidenschaft mit einer Frau verstehen, deren bleiche Haut im spärlichen Licht einer flackernden Kerze glühte, eine Frau, die mich auf ihr reiten ließ und die mich geritten hatte, bis ich wund und verschwitzt und fürchterlich erschöpft gewesen war? Schwester Sarah konnte aus jedem Mann einen Geist machen.

Aber wir hatten kaum ein Wort gewechselt. Nachdem ich die Nacht mit ihr verbracht hatte, wußte ich nicht mehr über sie als nach dieser Séance. Obwohl ich ihre Geldbörse, die Koffer und ihre anderen persönlichen Besitztümer durchsucht hatte, nachdem sie eingeschlafen war.

»Mann, Breckinridge«, sagte ich ungehalten, »ich küsse nicht und plaudere darüber, klar?«

»Sie hat gesagt, heute würde ein Brief eintreffen. In meiner Kanzlei.«

»Na und?«

»Das kam heute morgen mit der Post in meine Kanzlei«, sagte er grimmig.

Er holte einen Umschlag aus der Tasche, öffnete ihn hastig und hielt den Brief in die Höhe, damit ich ihn lesen konnte.

Besser gesagt, er zeigte mir die Signatur: ineinander übergehende blaue und rote Kreise mit drei Löchern.

10

Der Brief, den Breckinridge erhalten hatte, enthielt eine kurze Mitteilung, die den Anwalt aufforderte, ›beiliegenden Brief Col. Lindbergh zu übergeben‹. Der Brief selbst lautete:

Werter Herr:
Ham Sie unsren Brief vom 4 Märtz erhalten. Wir warfen den Brief in einen Briefkasten vor der Burro Hall in Brooklyn. Wir wissen, daß Polizei Ihre Privatpost liest; wie können wir so Vereinbarungen treffen. In Zukunft schicken wir unsre Briefe an Mr. Breckinbridge in 25 Brooklyn. Wir glauben das die Polizei unsre Briefe abfangt und an Sie weitergibt. Wir werden keinen Vermittler von Ihrer Seite akzeptieren. Wir werden sorgen das dieser Brief Sie erreicht. Machen Sie sich keine Sorgen um den Jungen. Er ist wohl auf und wird nach Speiseplan in Zeitung gefüttert. Besten Dank für Information darüber. Wir möchten Ihren jungen gern in gud Gesundheit zurückschicken.

Darunter befanden sich, wieder als ›Singnatur‹ bezeichnet, die typischen blauen und roten Kreise mit drei kleinen Löchern. Auf der Rückseite des Briefes hieß es weiter:

Ist es nötig eine Staatsaffäre daraus zu machen oder wolln Sie Ihren jungen so schnell wie möhglich zurückhaben. Warum ham Sie unseren Brief ignoriert, den wir im Kinderzimmer liegen gelassen haben? Das Baby wäre schon längst wieder zurück. Die Polizei wird Ihnen nicht helfen können, denn diese Entführung wurde seit üba einem Jar geplant. Aber wir hatten angst der junge war nicht stark genug daführ.
Unser Lösegeld sollte 50 000 Dollar betragen aber nun musten wir eine weitere Dame reinnehmen und müssen das Baby länger behalten als wir erwartet haben deshalb ist es jetzt 70 000 Dollar. 20 000 in 50 Dollar Scheinen 25 000 in 20 Dollar Scheinen 15 000 in 10 Dollar Scheinen 10 000 in 5 Dollar Scheinen. Wir warnen Sie nochmahl die Scheine nicht zu markieren und nicht von einer Serien Nr. zu nehmen. Wir informieren Sie später wie Sie das Gelt übergeben sollen aber nicht, bevor die Polizei aus diesem Fall ist und die Zeitungen ruhe bewahren.
Bitte setzen Sie kurze Mitteilung über diesen Brief in den New-York American.

Frank J. Wilson kniff hinter seinen runden Brillengläsern mit schwarzer Fassung die Augen zusammen, als er den Brief las, und er las ihn gleich noch einmal.

Wir waren in Lindberghs Arbeitszimmer, Lindy, Breckinridge, Schwarzkopf, Wilson und ich. Lindbergh hatte meine Vorschläge zurückgewiesen, die Polizei von New York und J. Edgars Jungs von dieser neuen Mitteilung zu unterrichten, hatte sich aber bereit erklärt, den Agenten des Finanzministeriums hinzuzuziehen. »Ich glaube, der Brief ist ermutigend«, sagte Lindbergh zu Wilson, »meinen Sie nicht auch?«

»Ermutigend?« fragte Wilson. Er saß Lindbergh gegenüber. Ich saß neben Wilson; Breckinridge und Schwarzkopf standen wie übergroße Buchstützen rechts und links neben Lindy.

»Mein Sohn ist bei guter Gesundheit«, sagte Lindbergh erfreut, »und die Entführer wollen dafür sorgen, daß es auch so bleibt. Sie halten den Speiseplan ein . . .«

»*Glauben* Sie diesen Leuten etwa?«

»Ich habe keinen Grund, ihnen nicht zu glauben«, sagte Lindbergh. »Mir ist sowieso nicht wohl dabei, Sie in diese Sache einzuweihen, Agent Wilson. Die Entführer machen mir in diesem Brief doch klar, daß Charlie in diesem Augenblick wieder in den Armen seiner Mutter weilen würde, wenn ich zu Anfang nicht die Polizei eingeschaltet hätte.«

Wilson gab sich nicht die Mühe, etwas darauf zu erwidern. Er wußte, daß es sinnlos war.

»Anscheinend glauben sie, die Polizei hätte den vorherigen Brief abgefangen«, verdeutlichte Schwarzkopf überflüssigerweise.

Breckinridge nickte. »Vielleicht haben wir der Presse gegenüber ein *zu* eisernes Schweigen bewahrt. Wenn wir bekanntgegeben hätten, daß wir einen zweiten Brief bekommen haben . . .«

»Sie versuchen, sich in Verrückte hineinzuversetzen«, sagte ich. »Die warnen Sie erst, nichts an die Presse weiterzugeben, und wundern sich dann, wieso Sie sie nicht wissen ließen, daß wir den zweiten Brief bekommen haben!«

Wilson betrachtete noch immer den Brief. »Genau wie vorher sind die leichten Wörter falsch und die schwierigen meist richtig geschrieben.«

»Offensichtlich handelt es sich um eine echte Mitteilung von den Kidnappern«, sagte Lindbergh.

»Das seltsame Symbol ist vorhanden«, pflichtete Wilson ihm bei. »Und der Brief bezieht sich außerdem auf den im Kinderzimmer.«

Breckinridge trat um den Schreibtisch und deutete auf eine Zeile, während Wilson den Brief las. »Dieser Satz stört mich«, sagte er. »›Wir werden keinen Vermittler von Ihrer Seite akzeptieren.‹«

»Das ist doch eindeutig«, sagte ich. »Das ist eine klare Zurückweisung von Rosner und seinen Gangsterfreunden Spitale und Bitz.«

»Vielleicht sollten wir in der Presse eine Mitteilung veröffentlichen«, sagte der Anwalt, »in der wir uns bereit erklären, auf sämtliche Vorschläge der Entführer einzugehen. Alles, was eine sichere Rückgabe des Jungen gewährleistet.«

»Das hört sich vernünftig an«, sagte Lindbergh.

Wilson schien das alles zu ignorieren. Er legte den Brief vorsichtig auf den Schreibtisch und holte ein kleines Notizbuch und einen Bleistiftstummel aus der Anzugtasche.

»Diese Wahrsagerin, die vorausgesagt hat, daß Colonel Breckinridge heute einen Brief erhalten würde . . .«, sagte er. »Sie heißt Sivella?«

»Schwester Sarah Sivella«, sagte ich. »Der Name ihres Mannes lautet Martin Marinelli.«

Er schrieb das auf; aus meinem Notizbuch las ich ihm die Adresse der Kirche in Harlem vor, und auch die notierte er sich.

»Sie haben auch von der Mitteilung auf dem Fensterbrett gewußt«, sagte Wilson.

»Ja«, sagte ich.

»Andererseits«, fuhr Wilson fort, »hängen sie seit Tagen mit den Reportern zusammen. Vielleicht sind sie auf diese Weise an ein paar Informationen herangekommen.«

»Unseres Wissens nach«, sagte Lindbergh, »ist keinem der Reporter diese Sache mit dem Fensterbrett bekannt.«

»Da ist noch etwas«, sagte ich. Alle Blicke ruhten auf mir.

»Sarah Sivella hat Colonel Breckinridge bei der Séance gestern abend ständig mit ›Mr. Breckin*bridge*‹ angesprochen. Und genau so wird sein Name in diesem Brief geschrieben.«

Es war, als hätte ich allen Anwesenden eins mit einem Brett übergezogen.

»Was hat sie sonst noch gesagt?« brach Wilson das verblüffte Schweigen.

»Ein Teil davon war Unsinn«, sagte ich achselzuckend. Wir hatten Lindbergh gegenüber nichts von der Voraussage erwähnt, daß man die Leiche des Kindes finden würde.

Dann, plötzlich, erhob sich Lindbergh. »Danke für Ihre Hilfe, Agent Wilson.«

Wilson, den diese schnelle Entlassung sichtlich verblüffte, erhob sich. »Danke, daß Sie diese neue Information an mich weitergegeben haben, Colonel«, sagte er.

»Ich möchte, daß Sie sich von diesen Spiritisten fernhalten«, sagte Lindbergh zu ihm. Es klang wie ein Befehl.

»Wie bitte?« fragte Wilson hohl.

»Diese Spiritisten. Wenn sie echt sind, und das könnte sehr gut sein – Sie wissen ja, daß es wirklich eine außersinnliche Wahrnehmung gibt, Agent Wilson – möchte ich nicht, daß sie belästigt werden. Wenn sie allerdings zu der Kidnapperbande gehören, möchte ich das Wohlergehen meines Sohnes nicht mit einer Polizeiaktion aufs Spiel setzen. Diese Mitteilungen verlangen ganz eindeutig, daß ich die Polizei aus dem Spiel lassen soll, wenn ich meinen Sohn gesund und wohlbehalten zurückbekommen möchte. Und genau das möchte ich, Agent Wilson.«

Lindbergh nickte kurz, und Wilson wußte, daß das Gespräch beendet war.

Ich begleitete ihn zu seinem Wagen. Breckinridge und Schwarzkopf blieben bei Lindy – was mir ganz recht war. Ich wollte ungestört mit Wilson sprechen.

Wir standen in der Kälte und unterhielten uns kurz und leise miteinander. Ich erzählte ihm von dem Hotel des Organisierten Verbrechens, das Dixon mir gezeigt hatte. Er interessierte sich sehr dafür.

»Sie kennen doch Pat O'Rourke aus Chicago, nicht wahr, Heller?« fragte Wilson.

»Natürlich«, sagte ich. »Ein verdammt guter Mann.«

»Er arbeitet jetzt bei mir in New York«, sagte Wilson. »Ich werde ihm den Auftrag geben, diese Spritistenkirche in Harlem zu infiltrieren. Wir werden schon herausfinden, warum diese ›Geister‹ so viel über diese verdammte Entführung wissen.«

»O'Rourke ist eine ausgezeichnete Wahl«, sagte ich.

Als Eliot, Irey und Wilson Ihren Fall zusammentrugen, hatte O'Rourke drei Monate lang verdeckt in der Capone-Organisation gearbeitet. Es konnte nicht schaden, einer Verbindung zwischen Capone und Marinelli und seiner Glaubensgemeinde nachzugehen.

»Wie geht's mit der Suche nach Bob Conroy voran?« fragte ich.

»Dieses Arschloch ist wie vom Erdboden verschwunden«, sagte Wilson verdrossen.

»Suchen Sie mal die Seen ab«, sagte ich.

Er nickte und seufzte. »Heller, welche Meinungsverschiedenheiten wir auch gehabt haben mögen, ich möchte Ihnen sagen, daß ich zu schätzen weiß, was Sie tun. Mich auf dem laufenden zu halten, während ich sonst überall herausgedrängt werden würde.«

»Gut. Wie wäre es, mir dieses Jahr einen Teil meiner Steuern zu erlassen?«

»Lecken Sie mich«, sagte Wilson gutmütig, stieg in seinen schwarzen Ford und fuhr nach New York zurück.

Während ich noch Wilsons Staub nachsah, kam Schwarzkopf zu mir. »Wir nehmen ein Verhör vor, dem Sie beiwohnen sollten«, sagte er.

»Also wirklich«, sagte ich, »dieser neue Geist der Kooperation gefällt mir.«

Mehrere schmucke Bundesbullen und der zerknitterte, bierbäuchige Inspektor Welch standen im Personalwohnzimmer. Auf einem Stuhl, der auf die Mitte des mit Borten besetzten Teppichs geschoben worden war, saß eine hübsche, angenehm dralle Frau von vielleicht fünfundzwanzig Jahren, die eine schwarze Dienstmädchenmontur mit einer weißen, spitzenbesetzten Schürze trug. Ihr Haar war kurz und dunkelblond, die Augen braun und unruhig, das Gesicht rund, und die Schneidezähne standen leicht vor, doch auf so putzige Weise wie bei einem Eichhörnchen. Sie hatte die Hände auf den Schoß gelegt und spielte mit einem Taschentuch.

Direkt hinter ihr saß ein männlicher Polizeistenograf in Zivil, dessen Finger über der Schreibmaschinentastatur schwebten.

»Miss Sharpe«, sagte Schwarzkopf, »wir brauchen eine Aussage von Ihnen.«

»Ich habe meine Aussage gemacht«, sagte sie herrisch. Vielleicht lag es aber auch nur an ihrem englischen Akzent.

»Wir würden gern noch ein paar Einzelheiten klären.«

Sie spitzte die Lippen, hob das Kinn und antwortete schnippisch wie ein Schulmädchen: »Warum interessieren Sie sich dermaßen für mein Privatleben? Warum kümmern Sie sich nicht um Ihre eigenen Angelegenheiten und finden endlich diese Kidnapper?«

Ihr Gehabe war kalt und trotzig, aber es schien sich zumindest teilweise um eine Maske zu handeln; ihre Augen und Hände waren unablässig in Bewegung. Sie war nervös wie eine Ehefrau mit einem Geliebten im Schrank, einem zweiten unter dem Bett und dem Ehemann vor der Schlafzimmertür.

Inspektor Welch übernahm. »Hören Sie, Kleine. Wir tun doch nur unsere Arbeit. Machen Sie es sich doch nicht selbst schwer. Ein süßes Kindchen wie Sie hat doch bestimmt nichts zu verbergen, oder?«

Welch versuchte, nett zu sein, doch es klang wie eine Drohung.

»Mir jagen Sie keine Angst ein«, sagte sie.

Welch verdrehte die Augen und blickte Schwarzkopf an. »Alle anderen Bediensteten im Haus der Morrows waren sehr kooperativ«, sagte der. »Warum sind Sie so hartnäckig, Miss Sharpe?«

»Ich kann's nicht ausstehen, verhört zu werden, und ich *bin* kooperativ – aber nur, weil ich keine andere Wahl habe!«

Ihr Trotz war wirklich erstaunlich, aber ich ließ mich nicht davon hinters Licht führen. Hinter der Stärke lag Schwäche – und Furcht.

»Wollen Sie Mr. und Mrs. Lindbergh nicht helfen, ihr Baby zurückzubekommen?« fragte Schwarzkopf fast bittend.

Sie senkte den Kopf und seufzte. Nickte. »Na schön. Stellen Sie schon Ihre Fragen.«

Welch bedeutete dem Stenografen, daß es jetzt losging, und sagte dann : »Nennen Sie uns bitte Ihren Namen, Ihr Alter und Ihren Geburtsort.«

»Mein Name ist Violet Sharpe. Ich wurde 1904 in England geboren, in Berkshire. Vor etwa zweieinhalb Jahren ging ich von England nach Kanada. Dort blieb ich ungefähr neun Monate und zog dann nach New York.«

»Und Sie haben für die Morrows gearbeitet?«

»Na ja, ich ließ mich von der Arbeitsvermittlung Hutchinson an der Madison Avenue vertreten, und dort hat Mrs. Morrow ein Einstellungsgespräch mit mir geführt, und ich bekam eine Stellung als Zimmermädchen, die ich noch immer habe.«

»Haben Sie in New York oder New Jersey irgendwelche Freundschaften geschlossen, ob nun mit Männern oder Frauen?«

»Nein. Keine.«

Sie war ein zu gut aussehendes Mädchen, als daß dies der Wahrheit entsprechen konnte.

Zorn verzerrte die Stimme des Inspektors. »Seitdem Sie von Kanada nach New York gegangen sind, sind Sie niemals in Begleitung von Freunden oder Freundinnen ausgegangen?«

»Genau. Ich habe hier niemanden, nur meine Schwester Emily.«

»Wo wohnt die?«

»In Englewood. Sie ist bei einem Freund der Morrows beschäftigt.«

Welch trat auf ihre andere Seite und versuchte es noch einmal. »Sind Sie seit Ihrer Ankunft in diesem Land *niemals* mit einem Mann oder einer Frau auf einer öffentlichen Versammlung, im Theater oder Kino, zum Abendessen oder Tanz ausgewesen?«

Sie überlegte. »Doch«, sagte sie dann.

»Warum haben Sie uns das nicht gleich gesagt, Miss Sharpe?« fragte Welch mit einstudiertem Sarkasmus.

»Meine Schwester und ich sind eines Sonntag nachmittags durch das Dorf Englewood gegangen . . .«

»An welchem Sonntag nachmittag?«

»Am achtundzwanzigsten Februar.«

»Dieses Jahres?«

»Dieses Jahres. Wir gingen spazieren, als auf der Lydecker Street ein Mann in einem Auto an uns vorbeifuhr und uns zuwinkte. Ich hielt ihn fälschlicherweise für einen Angestellten der Morris' und winkte zurück. Er hielt an, und ich ging zu ihm hinüber, erkannte jedoch meinen Fehler und erklärte ihm, daß ich ihn verwechselt hatte.«

»Was hat er gesagt?«

»Er hat gesagt: ›Schon in Ordnung, wohin wollen Sie?‹ Und ich habe gesagt: ›Zum Dorf.‹ Er hat meine Schwester und mir angeboten, mit ihm zu fahren, was wir auch taten. Während der Fahrt hatten wir ein nettes Gespräch, und der Herr hat gesagt, er würde mich gern mal abends ins Kino ausführen, wenn ich Spaß daran hätte.«

»Was haben Sie gesagt?«

»Einverstanden, habe ich gesagt.«

Für ein Mädchen, das seit Jahren in diesem Lande lebte und keine einzige Freundschaft geschlossen hatte, war sie verdammt leicht aufzureißen.

»Und was hat er gesagt?«

»Er hat mich um meine Telefonnummer gebeten, und ich habe sie ihm gegeben.«

»Die Telefonnummer des Morrow-Hauses, meinen Sie?«

»Ja. Er wollte wissen, nach wem er fragen sollte, wenn er dort anrief, und ich habe ihm gesagt, nach Violet.«

»Hat er angerufen?«

Sie nickte. »Etwa um zehn vor acht am Abend des ersten März.«

»Was hat er gesagt?«

»Er hat mich gefragt, ob ich an diesem Abend gern mit ihm ausgehen würde. Ja, habe ich gesagt, aber ich könnte jetzt noch nicht, weil ich das Abendessen noch nicht serviert hatte. Später kam er dann zur Hintertür der Speisekammer des Morrow-Hauses.«

»Was haben Sie getan?«

»Ich habe Hut und Mantel geholt und ging hinaus. Er hatte ein anderes Pärchen dabei, das ich noch nie gesehen hatte. Wir gingen in ein Kino in Englewood, und nach der Vorstellung hat er mich zum Haus der Morrows zurückgefahren. Ich glaube, das war so gegen elf Uhr.«

»Haben Sie den Mann seitdem noch einmal gesehen?«

»Nein. Ich habe eine zweite Verabredung mit ihm gehabt, für den sechsten März, doch ich bekam nicht frei. Seitdem habe ich ihn nicht mehr gesehen und nicht mehr mit ihm gesprochen.«

Schwarzkopf trat vor und lächelte freundlich. »Sie machen das ausgezeichnet, Miss Sharpe. Ganz ausgezeichnet. Wenn Sie jetzt noch ein paar Unklarheiten beseitigen könnten . . .«

Sie wurde wieder schnippisch. »Was für Unklarheiten?«

»Namen wären zum Beispiel ein guter Anfang.«

»Ich habe es Ihnen doch schon gesagt! Ich erinnere mich an keine Namen.«

»Sie erinnern sich nicht an den Namen des Mannes, mit dem Sie ausgegangen sind? Sie sind an diesem Sonntag nachmittag zu ihm in den Wagen gestiegen, haben einen ganzen Abend mit ihm verbracht . . .«

»Ich habe den Namen vergessen.«

»Hören Sie«, sagte Welch, »wir wissen, daß Sie nervös sind. Entspannen Sie sich, und der Name wird Ihnen wieder einfallen.«

»Ich bin *nicht* nervös, und ich kann mich an seinen verdammten Namen nicht erinnern!«

»Was ist mit dem anderen Pärchen?« fragte Schwarzkopf. »Können Sie sich erinnern, wie die beiden heißen?«

Sie schüttelte den Kopf und lächelte mit verkrampftem Sarkasmus. »Nein.«

»Sie waren erst vor gut einer Woche mit diesen Leuten unterwegs«, sagte Welch, »und können sich nicht mehr an ihre gottverdammten Namen erinnern?«

Der Stenograf hielt inne. Wahrscheinlich fragte er sich, ob er ›gottverdammt‹ auslassen sollte.

Violet verschränkte die Arme vor der Brust und schob das Kinn hoch, zitterte jedoch. Und sie würdigte Welchs Bohren mit keiner Antwort.

»Welchen Film haben Sie gesehen, Violet?« fragte ich.

Welch und Schwarzkopf starrten mich an, überrascht, daß ich mich einmischte.

»Wer sind Sie?« fragte sie.

»Mein Name ist Heller. Ich bin Polizeibeamter, wie diese Herren auch.«

»Mein Privatleben geht Sie nichts an! Sie können sich doch nicht einfach in meine Privatsphäre einmischen!«

»Immer mit der Ruhe«, sagte ich. »Sagen Sie uns, um was es in dem Film ging. Irgend etwas, das Sie gesehen haben – die Schauspieler, die Handlung . . .«

Red Johnson hatte einen ähnlichen Test mit wehenden Flaggen bestanden.

Aber Violet Sharpe sagte nichts.

»Wie hieß das Kino?« fragte ich.

»Es war in Englewood. Mehr weiß ich nicht.«

Welch und Schwarzkopf starrten mich schon wieder an, und ich zuckte die Achseln. Ich kam nicht besser voran als sie.

»Danke, Miss Sharpe«, sagte Schwarzkopf. Und an Welch gewandt: »Schicken Sie die Dame nach Englewood zurück.«

Schwarzkopf ging, und ich mit ihm. Ich folgte ihm in die Kommandostelle in der Garage, in der ungebrochen hektische Aktivität herrschte.

»Ich bin drauf und dran, sie Welch zu übergeben«, sagte Schwarzkopf, »und sie seinem Zauberstab zu überlassen.«

»Wenn Sie das tun«, sagte ich, »sind Sie drauf und dran, den Verstand zu verlieren.«

»Was würden Sie denn vorschlagen?«

»Keine Prügel mit dem Gummiknüppel – nur ein hartnäckiges, geschicktes Verhör. Ich gestehe, die Befragung war enttäuschend, aber Sie haben sie schon vom Haken gelassen, kaum daß wir angefangen hatten.«

Schwarzkopf schritt auf und ab und seufzte. »Sie ist als Zimmermädchen sehr beliebt bei Mrs. Morrow. Wenn wir sie zu hart in die Mangel nehmen, kriegen wir Ärger mit den Morrows.«

»Na und, verdammt noch mal?«

Schwarzkopf verzog das Gesicht. »Und wenn wir mit den Morrows Ärger kriegen, kriegen wir auch mit Colonel Lindbergh Ärger.«

»Dann hängen Sie die Kleine doch an einen Lügendetektor. Verdammt, hängen Sie doch alle Bediensteten der Lindberghs an einen Detektor, und auch die der Morrows.«

»Glauben Sie, ich hätte nicht auch schon daran gedacht? Colonel Lindbergh will es nicht zulassen. Es ist ein Eindringen ins Privatleben und eine Beleidigung für sein Personal, sagt er.«

Eine halbe Stunde später kam Constable Willis Dixon von der Polizei von Hopewell grinsend herein und erstattete Schwarzkopf Bericht. »Wir haben im Zimmer dieses Mädchens ein paar interessante Dinge gefunden«, sagte er und entblößte dabei seine Zahnlücke.

Also hatte Schwarzkopf nicht seine eigenen Leute, sondern Dixon beauftragt, Violets Zimmer in Englewood zu durchsuchen, während sie hier verhört wurde. Schwarzkopf war auf eine verschlagene Art nicht dumm: warum seine eigenen Leute in Schwierigkeiten bringen, wenn die Morrows empfindlich reagierten, sobald ihr Lieblingspersonal belästigt wurde?

»Zuerst einmal«, sagte Dixon, »behaupten die Bediensteten der Morrows, Violet hätte eine Affäre mit einem älteren Mann – einem Butler, sagen sie. Ich vermute, damit ist dieser Septimus Banks gemeint.«

»Wer ist das?« fragte ich.

»Der Majordomus der Morrows«, erklärte Schwarzkopf. »Ein bekannter Trinker.«

»Auf jeden Fall habe ich ein paar interessante Sachen in ihrem Zimmer gefunden, meine Herren«, sagte Dixon. »Ein handschriftliches Buch mit schmutzigen Geschichten. Ein Adreßbuch mit sechsundzwanzig Namen. Und ein Sparbuch, ausgestellt auf eine Bank in New York City.«

»Sie haben doch nichts davon mitgenommen, oder?« fragte Schwarzkopf besorgt.

»Nein! Aber ich habe noch ein bißchen herumgestöbert. Wissen Sie, Violet verdient hundert Mäuse pro Monat und arbeitet noch nicht mal seit zwei Jahren. Und man hat mir gesagt, daß sie einen beträchtlichen Teil ihres Lohns an ihre Familie in Großbritannien schickt.«

»Und?« fragte ich.

»Und«, erwiderte Dixon auf meine Frage, »warum hat sie dann fast zwei Riesen auf dem Sparbuch?«

11

Gelb brannten Lagerfeuer in der Nacht. Die Flammen kämpften gegen den eisigen Wind an, entfacht von Staatspolizisten, die am Rand des Lindbergh-Anwesens Wache hielten.

In der zur Kommandostelle umfunktionierten Garage hielten zwei Mitglieder der Staatspolizei von New Jersey hinter einem Stapel Karten Wache. Die beiden – ein Junge namens Harrison und ein Bursche von etwa dreißig Jahren namens Peters – hatten sich mit Constable Dixon und mir zu einem kleinen Pokerspiel zusammengefunden. Um kurz nach Mitternacht hatte sich der Rest der Notbesatzung auf Armeepritschen ausgestreckt und schnarchte vor sich hin.

Der einzige Wachhabende war ein Bursche namens Smith, der das Telefonschaltbrett bediente; doch auch er war darüber eingeschlafen. Die einzigen Anrufe, die jetzt noch durchkamen, waren die für die Staatspolizisten selbst; Lindbergh hatte Schwarzkopfs Ansinnen abgelehnt, Anrufe für die Familie zuerst hierher umzuleiten, um sie zu überwachen. Jeder Anruf, ob von Spinnern oder anderen, die schlau genug gewesen waren, die nicht verzeichnete Nummer des Anwesens in Hopewell herauszubekommen, ging direkt an die Apparate im Haus – einer auf Lindys Schreibtisch, ein zweiter in der Diele, ein dritter oben (wenngleich der des Nachts über ausgestöpselt war).

Einmal hatte Inspektor Welch den Hörer in der Diele

abgehoben, und Lindbergh hatte ihn angefahren: »Was, zum Teufel, machen Sie da?«

Und es kam verdammt selten vor, daß Lindbergh fluchte.

»Es hat geklingelt, und ich habe abgenommen«, hatte Welch gesagt.

Lindberghs Gesichtsausdruck und Tonfall waren an Kälte dem Wetter draußen gleichgekommen. »Ich möchte ein für allemal klarstellen, und zwar hier und jetzt, daß weder Sie noch irgendein anderer Polizist dieses Telefon anzurühren hat, ganz gleich, aus welchem Grund. Daß Sie in diesem Haus weilen, ist eine reine Gefälligkeit von mir, und ich bitte Sie, sich nicht in meine Angelegenheiten zu mischen.«

Andererseits hatte Mickey Rosner, der Stolz der New Yorker Unterwelt, uneingeschränkten Zugang zum Telefon und hatte auch schon oft Gespräche entgegengenommen.

Dixon, die beiden Staatspolizisten und ich saßen an einem der Tische, auf denen die Post sortiert wurde; Säcke mit Briefen lagen aufgestapelt an der Wand hinter uns, wie Morans Männer in jener Werkstatt in der Clark Street, als Capone sein Tänzchen am Valentinstag inszeniert hatte. Auf dem Picknicktisch stapelten sich Nickels, Dimes und Quarters. Die Mehrzahl lag vor mir. Es war mein Spiel.

»Schwarze Maria«, sagte ich und legte mein Blatt auf den Tisch.

»Was, zum Henker, ist eine Schwarze Maria?« wollte Peters wissen. Der Kettenraucher hatte braunes Haar und rosige Wangen, und er runzelte fast ununterbrochen die Stirn, als hege er den Verdacht, daß Leute, die klüger waren als er, ihn übers Ohr hauten. Womit er durchaus recht hatte.

»Vier Siebener«, sagte ich. »Das höchste Pik im Loch entscheidet über den Topf.«

»Oh«, sagte Peters und sog etwas Rauch ein.

Dixon schien das Spiel zu kennen und hatte, dem gezwungenen Pokerface nach zu urteilen, das er bewahrte, als er auf seine beiden überzähligen Karten schaute, wahrscheinlich das Pik-As. Harrison war der Jüngste am Tisch und spielte – und verlor – einfach, ohne einen Kommentar abzugeben.

Ich hatte gerade eine Karte gekauft, als Colonel Breckinridge hereingeplatzt kam. Normalerweise die Würde in Person, trug er nun einen einfachen Bademantel und Socken. Seine nackten Beine waren weiß und haarig.

»Heller«, sagte er erleichtert. »Sie sind noch da.«

Für gewöhnlich fuhr ich mit dem Wagen, den Lindy mir zur Verfügung gestellt hatte, gegen neun Uhr abends nach Princeton hinüber. Heute war ich länger geblieben, um diesen Kleinstadtbullen aus dem Osten ihr Geld abzuknöpfen.

»Ja«, sagte ich und schaute meine beiden überzähligen Karten an. Eine Pik-Dame darunter. Sehr schön. »Was wollen Sie?«

»Sie«, sagte er, ergriff mich grob am Arm und zog mich vom Tisch fort.

Die Karten fielen mir aus der Hand. »He!« sagte ich.

»Kommen Sie schon«, sagte er, und ich folgte ihm ins Haus und ließ meine Karten und mein Geld zurück.

»Ich hatte eine Glückssträhne«, sagte ich ungehalten. »Das müssen mindestens drei Mäuse gewesen sein . . .«

»Das ist unwichtig«, sagte er. »Sie müssen Colonel Lindbergh spielen.«

»Was?«

Breckinridge führte mich zum Telefon in der Diele neben dem Arbeitszimmer. Der Hörer lag daneben.

»Es ist ein älterer Herr namens Dr. John Condon am Apparat«, sagte er. »Er behauptet, er habe einen Brief erhalten, dem eine an Colonel Lindbergh adressierte Nachricht beilag.«

»Und?« Solche Anrufe trafen ständig ein.

»Dr. Condon sagt, er wisse nicht, ob etwas an der Sache dran sei – der Brief könnte von einem Betrüger oder Spinner stammen; aber vor kurzem hat er einen Brief an die *Bronx Home News* geschickt und darin eine Belohnung von eintausend Dollar für jeden ausgeschrieben, der den kleinen Charlie unversehrt nach Hause bringt. Die Zeitung hat den Brief gedruckt, und Condon glaubt, das könnte eine Antwort darauf sein.«

»Was, zum Teufel, ist die *Bronx Home News*? Klingt wie eine unbedeutende Vorstadtgazette.«

Breckinridge zuckte die Achseln. »Ist es wohl auch.«

»Dann ist es nicht sehr wahrscheinlich, daß die Entführer Condons Brief gelesen haben.«

»Ich weiß. Aber dieser Mann ist kein Betrüger – er ist Professor an der Fordham University. Zumindest behauptet er das – und die Referenzen und akademischen Titel, die er runtergespult hat, hören sich echt an.«

Ich ahmte mit den Lippen einen Furz nach.

»Aber«, fuhr Breckinridge fort, »er weigert sich, mehr zu sagen, wenn er nicht mit Colonel Lindbergh persönlich sprechen darf ... den *ich* jedenfalls nicht stören werde ... Charles ist gerade erst eingeschlafen, und die letzten paar Nächte hat er überhaupt nicht geschlafen.«

»Oh. Na schön. Okay, ich spiele Lindy.«

Breckinridge lächelte. »Danke, Heller. Sie wissen ja, der Colonel will, daß jede Spur, jeder Anruf ernst genommen wird.«

»Klar«, sagte ich und griff nach dem Hörer. Und ich hatte eine Pik-Dame auf der Hand gehabt. Verdammt! »Hier ist Colonel Lindbergh. Worum geht es?«

»Ah, Colonel! Ich bin ja so erleichtert! Ich habe gerade einen Brief erhalten, der von Bedeutung für Sie sein könnte.« Seine Stimme war wohlmoduliert, aber polternd.

»Bekommen Sie Ihre Post normalerweise um Mitternacht, Herr Professor?«

»Ich bin erst um zehn nach Hause gekommen – ich hatte heute Seminar. Ich sah gerade etwa zwanzig Poststücke durch, als ich auf diesen Brief stieß. Soll ich ihn vorlesen?«

»Bitte, Herr Professor.«

Er fuhr in seinem hochtrabenden Stil fort. »Hier steht – und ich kann nichts für die falsch geschriebenen Wörter und die schlechte Syntax: ›Lieber Herr, wenn Sie bereit sind, als Verbindungsmann im Lindbergh-Fall zu agieren, befolgen Sie bitte genau Anweisungen. Geben Sie beiliegenden Brief persönlich Mr. Lindbergh. Er wird alles erklären. Erzählen Sie keinem davon. Wenn wir erfahren, daß die Presse oder Polizei benachrichtigt wurde, brechen wir alles ab, und es wird weitere Verzögerung geben.‹ Eine fürchterliche Rechtschreibung!«

»War das alles?«

»Nein.«

»Na ja, Herr Professor, Sie können den Burschen später beschimpfen. Lesen Sie den Brief bitte vor.«

»Natürlich. ›Nachdem Sie das Geld von Mr. Lindbergh bekommen haben, setzen Sie drei Worte in *New York American*: Geld ist bereit.‹«

Ich legte die Hand über die Sprechmuschel. »Ich glaube«, flüsterte ich Breckinridge zu, »der alte Knabe ist nur auf ein bißchen leicht verdientes Geld aus.«

»›Danach werden wir Ihnen weitere Anweisungen geben‹,« fuhr Condon fort. »›Haben Sie keine Angst, wir haben es nicht auf Ihre eintausend Dollar abgesehen – behalten Sie sie.‹ Damit bezieht er sich auf die eintausend Dollar, die ich in meinem Brief an die *Bronx Home News* für die sichere Rückkehr des Babies ausgelobt habe. Ich wünschte, ich hätte mehr anbieten können, aber das war alles, was ich in der Hoffnung zusammenkratzen konnte, einer liebenden Mutter ihr Kind zurückzugeben.«

»Sie sind sehr großzügig«, sagte ich und unterdrückte ein Gähnen.

»›Handeln Sie nur nach Vorschrift‹«, fuhr er fort. »›Seien Sie jeden Abend zwischen sechs und zwölf zu Hause – bei dieser Zeit werden Sie von uns hören.‹ Der letzte Satz ist mir nicht ganz klar.«

»Wie ist der Brief unterschrieben?«

»Mit dem Zeichen der Mafia!«

Na klar.

»War es das, Herr Professor?«

»Nun ja, der Brief trägt den Poststempel Station T, New York City; er war in einem langen, schmalen, weißen Umschlag. Darin befindet sich ein kleinerer Umschlag, ebenfalls weiß, und darauf steht: ›Werter Herr, bitte geben Sie beiliegenden Brief Colonel Lindbergh. Es ist in Mr. Lindberghs Interesse, die Polizei nicht zu benachrichtigen.‹ Ich habe diesen Umschlag nicht geöffnet, Sir.«

Aufgeblasenes Arschloch.

»Na, dann öffnen Sie ihn und lesen Sie mir den Brief vor.«

Wie bei einem Hörspiel im Radio drang das Aufreißen des Umschlags über die Leitung an mein Ohr.

»›Werter Herr‹«, las er vor, »›Mr. Condon darf als Vermittler fungieren. Geben Sie ihm die siebzigtausend Dollar.‹«

Ich horchte auf: die siebzigtausend Dollar stimmten – es waren einmal fünfzig gewesen, aber der Preis war ja erhöht worden.

»›Machen Sie ein Paket‹«, sagte er. »›Die Größe wird etwa sein ...‹ Hier ist ein Päckchen aufgemalt, Colonel. Die Ausmaße sind angegeben – sieben mal sechs mal vierzehn Zoll. Soll ich weiterlesen?«

Nein, machen Sie einen Kopfstand und pfeifen Sie den ›Dixie‹, Sie Saftsack.

»Bitte«, sagte ich.

»Der Rest lautet: ›Wir haben Sie bereits benachrichtigt, in was für Scheinen. Wir warnen Sie, uns keine Falle zu stellen. Wenn Sie oder sonstwer die Polizei benachrichtigen, wird es eine weitere Verzögerung geben. Nachdem wir das Geld haben, werden wir Ihnen mitteilen, wo Sie Ihren Jungen finden können. Halten Sie ein Flugzeug bereit – es ist etwa zweihundertfünfzig Kilometer entfernt. Aber bevor wir Ihnen die Adresse geben, werden wir acht Stunden verstreichen lassen.‹«

»War es das?« Obwohl dieser Bursche die richtige Höhe des Lösegelds genannt hatte, schien es sich offensichtlich um einen Schwindler zu handeln, der nur einen schnellen Dollar verdienen wollte. Siebzigtausend schnelle Dollar.

»Na ja, wie ich schon sagte, der Brief ist wohl mit dem Zeichen der sizilianischen Mafia unterschrieben. Zwei sich schneidende Kreise ...«

»Kreise?« Nun horchte ich sogar sehr auf. Breckinridge bekam es mit und beugte sich vor. »Sich schneidend?«

»Ja, ich würde sie als Sekanten bezeichnen, wenn Sie es erlauben ...«

»Ja, ja, ich erlaube es Ihnen. Fahren Sie fort.«

»Waagerecht neben den sich schneidenden Kreisen befinden sich drei Punkte oder Löcher. Die Kreise sind eingefärbt – einer rot, einer blau.«

Scheiße.

»Ist dieser Brief wichtig, Colonel? Ich hoffe, ich habe nicht Ihre kostbare Zeit verschwendet, Sir.«

»Er ist sehr wichtig, Herr Professor«, sagte ich. »Wo sind Sie? Wir kommen sofort zu Ihnen.«

»Ich bin in der Bronx. Aber wie wäre es, wenn ich zu Ihnen käme, Colonel? Ihnen wurde schon genug zugemutet, und Sie werden zu Hause gebraucht. Ich komme zu Ihnen – nach Hopewell.«

»Wann, Herr Professor?«

»Sofort«, sagte er melodramatisch und legte auf.

Ich starrte für einen Augenblick das Telefon an.

Dann sah ich Breckinridge an, der die Augen weit aufgerissen hatte.

»Holen Sie lieber Slim aus dem Bett«, sagte ich.

Eine Stunde und fünfundvierzig Minuten später stand ich mit den Händen in den Manteltaschen an die Steinmauer gelehnt und blickte zum verschlossenen Tor hinüber, hinter dem sich die Featherbed Lane in die Privatauffahrt der Lindberghs verwandelte. Ich suchte Schutz vor dem Wind und wartete darauf, daß Condon erschien. Vor dem verfallenen Bauschuppen stand ein Staatspolizist, der ein Gewehr vor der Brust hielt; er sah aus wie ein Gefängniswärter. Zu dieser späten Stunde waren keine Reporter zu sehen.

Hinter mir hörte ich Schritte auf dem kalten Boden knirschen, und meine Hand fuhr zu der Neun-Millimeter-Pistole, die ich in letzter Zeit unter der Schulter trug; doch als ich mich umdrehte, sah ich Breckinridge, der in einem Übermantel, aber ohne Hut näher kam.

Er blieb stehen und schob die Hände in die Taschen. »Ich habe den Dekan der Fordham University aus dem Bett geholt«, sagte er, »und er hat Condons Angaben bestätigt. Ein zweiundsiebzigjähriger Hochschullehrer im Ruhestand. Unterrichtet noch als Teilzeitkraft, ist Sportfanatiker, hat ein Football-Team trainiert und gibt noch immer Schwimmunterricht.«

»Mit zweiundsiebzig Jahren?«

Breckinridge runzelte die Stirn. »Anscheinend ein seltsamer Vogel. Ein richtiger Patriot – tritt bei öffentlichen Veranstaltungen auf, singt dort ›The Star-Spangled Banner‹ und bricht jedesmal in Tränen aus.«

»Vielleicht bringt er auch mich zum Heulen.«

Die Nacht jedenfalls heulte schon; sie stöhnte wie ein krankes Tier in einer Falle. Ich drückte mich gegen die

Wand und schlug den Mantelkragen hoch, um mein Gesicht abzuschirmen; selbst ein harter Knochen aus Chicago konnte in diesem eisigen Wind krepieren.

»Ich habe auch den Herausgeber und Verleger der *Bronx Home News* angerufen«, sagte Breckinridge.

»Colonel, Sie werden noch zu einem besseren Cop als Schwarzkopf.«

Er hielt inne und fragte sich, ob das ein Kompliment war. »Der Herausgeber, ein Mr. O'Flaherty«, sagte er dann, »bestätigte, daß Condon ein ›guter, alter Freund‹ von ihm ist und der Onkel Doktor seit vielen Jahren Gedichte, Aufsätze und Leserbriefe in der *News* veröffentlicht hat . . . unter den Namen P. A. Triot, J. U. Stice und mehreren anderen wunderlichen Pseudonymen.«

Ich lachte schnaubend. »Mir kam er wie ein aufdringlicher Spinner vor. Warum, zum Teufel, haben sich die Entführer so einen Blödmann ausgesucht? Alle möglichen prominenten Zeitgenossen haben ihre Dienste als Vermittler angeboten.«

»Auf diese Frage habe ich keine Antwort. Und Herausgeber O'Flaherty auch nicht – der übrigens gesagt hat, die *News* habe eine Auflage von unter einhunderttausend Exemplaren.«

Scheinwerferlichter durchschnitten die Dunkelheit und kamen die Featherbed Lane hinauf. Nachdem der Wagen angehalten hatte, stieg schnell ein älterer Bursche mit Walroßschnurrbart aus, der mit über einem Meter und achtzig und mehr als zwei Zentnern für sein Alter und seine Größe sehr flink war. Ein Mantel war zwar nicht zu sehen, aber er trug einen ordentlichen, dunklen, altmodischen dreiteiligen Anzug mit einer goldenen Taschenuhr und einer gepunkteten Krawatte und eine Melone, die er in diesem Augenblick höflich abnahm; er sah aus wie jemand, der 1912 auf eine Party gegangen und zwei Jahrzehnte zu spät gekommen war.

»Ist dies das Anwesen der Lindberghs?« fragte er. Es

war die Stimme, die ich zwei Stunden zuvor am Telefon gehört hatte.

»Das ist es«, sagte Breckinridge durch das verschlossene Tor. »Sind Sie Dr. Condon?«

Der Mann verbeugte sich und drehte dabei den Hut um. »Ich bin Dr. John F. Condon.«

Zwei weitere Männer saßen in dem Wagen. Ich knöpfte den Mantel auf; ich mußte jederzeit an die Pistole herankommen können.

»Sie haben den Brief für den Colonel dabei?« fragte Breckinridge.

»Jawohl, Sir. Ich würde es aber vorziehen, ihn persönlich abzugeben.«

Ich stand dicht hinter Breckinridge. »Wer ist bei Ihnen?« rief ich.

Condon blinzelte; er hatte apfelrote Wangen und einfältige Augen. »Colonel Lindbergh?«

»Nein«, sagte ich. »Ich bin ein Cop, und ich bin bewaffnet. Wer ist in dem gottverdammten Wagen?« Condon hob den Kopf und warf mir einen bösen Blick zu. Seine Nasenflügel blähten sich auf. »So eine Sprache ist völlig überflüssig, Sir.«

»Wer ist in dem gottverdammten Wagen?«

»Heller«, flüsterte Breckinridge wütend. »Bitte!«

Condon trat eifrig vor, den Hut in den Händen. »Ich wurde von zwei Freunden begleitet, von denen einer so großzügig war, mich zu fahren. Als ich anrief, war ich in Max Rosenhains Restaurant, und Max kam mit. Unser gemeinsamer Freund Milton Gaglio, ein Kleiderfabrikant, war ebenfalls dort. Er ist gefahren.«

»Sagen Sie den beiden, sie sollen aussteigen und die Flossen hochnehmen«, sagte ich.

»Wirklich«, sagte Condon steif, den Kopf gehoben, »das ist völlig unwürdig.«

»Es wird noch schlimmer, wenn Ihre Freunde nicht aus dem Wagen steigen.«

Sie stiegen aus; ein kleiner, dunkler Mann von etwa dreißig Jahren und ein stämmiger Bursche Ende Fünfzig. Beide trugen Mäntel und Hüte.

»Ich bin Milton Gaglio«, sagte der kleinere, jüngere. »Tut mir leid, daß wir so lange gebraucht haben. Wir haben uns verirrt. Ich mußte beim Restaurant Baltimore halten und mir den Weg erklären lassen.«

Das war an der Kreuzung, wo man nach Hopewell abbiegen mußte.

»Ich bin Max Rosenhain«, sagte der ältere, nervös lächelnde Mann. »Wir sind schon drei seltsame Vögel – ein Itaker, ein Jude und ein Mormone.«

Niemand lachte.

»Nehmen Sie die Hände hoch, meine Herren«, sagte ich.

Sie sahen einander eher überrascht als sonstwas an; nur Condon schien beleidigt zu sein.

»Ich kann Ihre Sorge um die Sicherheit verstehen . . .«, setzte er an.

»Dann halten Sie die Klappe«, sagte ich, »und tun Sie, was ich Ihnen gesagt habe.«

Breckinridge, der wegen meines Polizeigehabes etwas betroffen zu sein schien, schloß und schwang das Tor auf, und ich ging hinaus und tastete die drei Männer ab. Condons Freunde ließen es stoisch über sich ergehen, doch der Professor gab leise verärgerte und stöhnende Geräusche von sich. »Zeigen Sie mir den Brief, Herr Professor«, sagte ich.

»Ich würde ihn lieber Colonel Lindbergh persönlich zeigen.«

»Zeigen Sie mir nur die Unterschrift.«

Er atmete schwer durch die Nase, dachte über mein Ansinnen nach, zog dann einen weißen Umschlag aus seiner Jackentasche, holte einen zweiten, kleineren daraus hervor und hielt die Mitteilung hoch. Die bekannten blauen und roten Kreise und die Löcher waren tatsächlich vorhanden.

»Treten Sie zurück«, sagte ich, nickte dann den beiden anderen zu und befahl ihnen dasselbe. Ich blickte in den Wagen, einen schwarzen Chevy; drückte auf die Sitze und sah unter ihnen und auch im Handschuhfach nach. Ich bat Gaglio, den Kofferraum zu öffnen, und er tat es; abgesehen von einem Reservereifen und einem Wagenheber war er leer.

»Na schön, Jungs«, sagte ich und machte eine großzügige Geste. »Steigen Sie wieder ein.«

Condon nickte steif, steckte die Briefe mit lächerlicher Genauigkeit in die jeweiligen Umschläge zurück und schritt mit übertriebener Würde zu dem schwarzen Chevy.

Die beiden anderen bewegten sich blitzschnell, als würden ihre Schuhsohlen qualmen.

Ich rief den Staatspolizisten von dem Bauschuppen herbei und bat ihn, mit seinem Gewehr auf das Trittbrett zu steigen und die drei Männer zum Haus zu begleiten. »Fahren Sie hinter das Haus«, sagte ich dann zu Gaglio, der hinter dem Lenkrad saß. »Parken Sie neben der Garage und warten Sie dort auf uns.«

Der Wagen fuhr los, den Privatweg hinauf, während Breckinridge das Tor zuschwang und wieder abschloß. Die roten Rückscheinwerfer bewegten sich langsam zu dem größtenteils dunklen Haus, bei dem nur im Erdgeschoß ein paar wenige Rechtecke aus gelbem Licht auszumachen waren; der Staatspolizist fuhr auf dem Trittbrett mit wie ein Stuntman vom Film, der sich an der Tragfläche eines Flugzeugs festhielt.

»Waren Sie nicht ein bißchen zu grob zu ihnen?« fragte Breckinridge.

»Dieser Professor ist entweder ein Betrüger oder ein Esel«, sagte ich. »Und mit beiden habe ich nicht die geringste Geduld.«

Breckinridge hatte keine Antwort darauf; wir gingen zum Haus und nickten dabei zwei Staatspolizisten zu, die verloren neben einem allmählich ausbrennenden Lagerfeuer standen.

Der Staatspolizist, der auf dem Trittbrett mitgefahren war, hatte die drei Männer zu der Tür begleitet, die zum Personalwohnzimmer führte. Breckinridge schickte den Mann auf seinen Posten zurück und hielt seinen Gästen die Tür auf. Wir versammelten uns in der Küche, wo nur ein kleines Licht über dem Herd brannte. Der kleine Terrier, Wahgoosh, kam aus dem Wohnzimmer herübergefegt.

»Mein Name ist Breckinridge«, sagte der Colonel über das unaufhörliche Bellen des Kläffers. »Das ist Detective Heller von der Polizei von Chicago.«

»Chicago?« sagte Gaglio. »Was machen Sie denn hier?«

»Das geht Sie nichts an«, sagte ich leutselig und trat nach dem Köter. »Aber mich geht es etwas an, weshalb Sie hier sind.«

»Sie sind ein unhöflicher junger Mann, Detective Heller«, sagte Condon.

»Das bin ich immer, wenn wir um zwei Uhr morgens Besuch bekommen.«

»Colonel Lindbergh erwartet Sie«, sagte Breckinridge, »wenn Sie bereit sind.«

»Ich bin allzeit bereit«, sagte Condon lächelnd.

Wir gingen durch das Wohnzimmer, durch das Wahgoosh uns folgte und dabei völlig durchdrehte; wenn zuvor noch jemand in diesem Haus geschlafen hatte, so war das jetzt nicht mehr der Fall. Breckinridge bat Gaglio und Rosenhain, auf dem Sofa Platz zu nehmen, wo der Hund sie anknurrte, und sie starrten ihn mit weit aufgerissenen, ängstlichen Augen an, die Hände auf den Schößen gefaltet; auf einmal erinnerten sie mich an Mauerblümchen in der Tanzstunde.

Lindbergh saß nicht hinter seinem Schreibtisch; er schritt in seinem Arbeitszimmer auf und ab und wirkte noch hagerer als sonst. Sein Haar war nicht gekämmt, und sein Kindergesicht war dunkel und unrasiert; er trug eine braune Hose und eine braune Fliegerjacke aus Leder, die er über ein Unterhemd gezogen hatte.

»Guten Abend, Colonel Lindbergh«, sagte Condon, trat großspurig vor und reichte ihm die Hand, als wolle er ihm einen Orden geben. »Ich würde Sie überall erkennen, Sir.«

Damit gehörte Condon zu dem auserwählten Kreis aller Amerikaner, die das dritte Lebensjahr vollendet hatten.

»Darf ich Ihnen sagen, Sir, daß Ihnen alle patriotischen Amerikaner für Ihren Schneid und Wagemut dankbar sind... und daß wir in dieser Zeit der Not zu Ihnen stehen.«

Lindbergh zuckte ein Lächeln auf sein Gesicht. »Dr. Condon, ich würde gern die Briefe sehen, die Sie erhalten haben«, sagte er.

»Natürlich, Sir. Es ist mir ein großes Vergnügen.«

Es ist immer ein Vergnügen, einem gequälten Vater eine Lösegeldforderung zu übergeben.

Lindbergh las die Briefe und legte sie dann auf den Schreibtisch. »Nate«, sagte er. »Henry?«

Wir traten neben ihn und lasen sie ebenfalls. Ihr Inhalt entsprach dem, was ich am Telefon gehört hatte, doch in Rechtschreibung, Form und Unterschrift waren sie mit denen identisch, die wir bereits erhalten hatten. »Sie sind echt«, sagte Lindbergh.

Wir widersprachen nicht.

Dann lächelte er Condon aufrichtig an. »Herr Doktor«, sagte er, »es war sehr freundlich von Ihnen, eigens zu uns zu kommen. Ich hoffe, wir haben Ihnen nicht allzu viele Unannehmlichkeiten bereitet.«

Condon warf mir einen scharfen, verstohlenen Blick zu, strahlte dann aber Lindbergh an.

»Es war nicht die geringste Mühe, Colonel. Ich möchte Ihnen sagen, daß ich mir nur wünsche, Ihnen helfen zu können. Ich stehe jederzeit zu Ihrer Verfügung. Voll und ganz.«

Lindbergh sah mich an; ich verdrehte die Augen.

»Erzählen Sie uns etwas über sich, Herr Doktor«, sagte Lindbergh.

»Ich bin Professor des Bildungswesens in Fordham und Rektor der Öffentlichen Schule Nummer Zwölf in der Bronx.«

»Lehren Sie schon lange?«

»Seit fünfzig Jahren«, sagte er stolz. »Und in all dieser Zeit habe ich nur neunzehn Unterrichtsstunden versäumt.«

O je.

»Das ist ausgezeichnet. Und Ihr Geburtsort?«

Er versteifte sich, als wolle er noch wachsen. »Der wunderschönste Stadtteil der Welt – die Bronx! Ich habe mein gesamtes Leben dort verbracht.«

Ich setzte mich. Ich fragte mich, ob sie in der Garage meine drei Mäuse untereinander aufgeteilt oder Dixon das Geld vielleicht für mich gerettet hatte.

»Familie?« fragte Lindbergh ihn.

»Eine Frau und drei prächtige Kinder.«

Lindbergh sah mich an. Ich schüttelte den Kopf. Er sah Breckinridge an, und der zuckte die Achseln.

»Herr Professor«, sagte Lindbergh, »wir würden uns freuen, wenn Sie uns behilflich wären, den Entführern das geforderte Lösegeld zu übergeben, um die Rückkehr meines Sohnes zu gewährleisten.«

Gott im Himmel!

»Es wäre mir eine Ehre, Sir – aber Sie kennen mich nicht. Ich würde es vorziehen, wenn Sie meine Stellung überprüfen.«

»Das werden wir«, sagte ich.

»Bleiben Sie über Nacht?« fragte Lindbergh. »Es ist schon spät, und ich würde mich morgen gern ausführlich mit Ihnen unterhalten.«

»Natürlich. Es würde mich jedoch sehr freuen, wenn ich morgen nachmittag um sechzehn Uhr wieder in Fordham sein könnte. Ich habe eine Vorlesung.«

»Sie werden um vier Uhr dort sein.«

»Zwei Freunde von mir warten im Wohnzimmer, Colonel . . .«

»Ich fürchte, wir haben keine Unterbringungsmöglichkeiten für sie. Es tut mir leid.«

»Sie würden Sie gern kennenlernen, bevor sie wieder abfahren.«

»Gut«, sagte Lindbergh, und wir alle gingen ins Wohnzimmer, wo Lindbergh unter Wahgooshs Gebell jedem die Hand gab. Lindbergh dankte den beiden, und Gaglio und Rosenhain versicherten uns, sie würden niemandem etwas von den Ereignissen dieses Abends erzählen. Auf ihrem Weg zur Tür teilte ich ihnen nachdrücklich mit, dies wäre eine sehr, sehr gute Idee.

Lindy, Condon und Breckinridge plauderten leise im Wohnzimmer, als plötzlich wie eine Erscheinung eine Frau in einem pinkfarbigen Bademantel hereinschwebte.

»Gibt es Neuigkeiten?« fragte Anne Lindbergh, das Gesicht bleich wie Kreide, die Augen groß und leuchtend.

Lindbergh ging zu ihr, nahm sie sanft am Arm und führte sie zu Dr. Condon. Er erklärte, der Professor habe als Antwort auf einen Brief, den er an eine Zeitung geschrieben und in dem er seine Hilfe als Vermittler angeboten habe, eine Nachricht von den Kidnappern erhalten.

»Dr. Condon«, sagte Lindbergh, »wird das Lösegeld übergeben, damit wir Charlie zurückbekommen.«

»Danke sehr, Herr Doktor«, sagte sie und betrachtete ihn mit feuchten Augen. »Sie scheinen sehr nett zu sein.«

»Meine Liebe«, sagte er und rutschte näher an sie heran, »Sie dürfen nicht weinen – wenn noch ein Tränchen Ihre Wange hinabkullert, werde ich mich sofort von dem Fall zurückziehen.«

Sie lächelte – über die Absurdität seiner Worte, vermute ich – und der Professor nahm dies als Einladung, einen Arm um ihre Schulter zu legen.

»Mein Kind«, sagte er, »ich werde alles tun, was in meiner Macht steht, damit Sie Ihren Jungen zurückbekommen.« Er hob den Zeigefinger seiner freien Hand wie ein Politiker, der nachdrücklich etwas klarstellen wollte. »Sie sprechen mit dem Mann, der einmal einen Preis von zwanzig Dollar gewonnen hat, weil er folgenden guten Vorsatz zum neuen Jahr an die *Bronx Home News* geschickt hat: ›Daß ich nach meinen besten Fähigkeiten und jederzeit jedem helfen werde, der in Not geraten ist.‹«

»Ach, wirklich«, sagte Anne.

»Ich schwöre, es stimmt«, sagte er ernst.

Lindbergh befreite Anne taktvoll aus Condons Griff, und der Professor sagte jovial: »Sehen Sie sich den Colonel hier an! Ich glaube, er ist auf einen alten Knacker wie mich eifersüchtig!«

Anne lachte nervös. »Gute Nacht, Doktor Condon«, sagte sie. »Gute Nacht, Henry. Nate.«

Lindbergh brachte sie zur Treppe.

»Danke, Professor«, sagte er, als er zurückkam. »Meine Frau hat seit dem Abend, als man Charlie entführt hat, nicht mehr so gelacht.«

Condon verbeugte sich erneut; er stand direkt vor mir, und Sie können sich gar nicht vorstellen, welche Beherrschung ich aufbringen mußte, ihn nicht in den Arsch zu treten.

»Ich fürchte, ich kann Ihnen nicht einmal ein bequemes Bett anbieten«, sagte Lindbergh. »Alle Schlafzimmer im Haus sind belegt.«

»Das verstehe ich durchaus.«

»Würde Ihnen ein einfaches Lager genügen?«

»Völlig.«

»Henry«, sagte Lindbergh, »bring den Doktor doch

bitte ins Kinderzimmer. Da oben steht noch die Pritsche, auf der Nate geschlafen hat.«

Breckinridge nickte und drängte den Professor nach oben.

»Nate«, sagte Lindbergh leise und ergriff meinen Arm, »würde es Ihnen etwas ausmachen, hierzubleiben?«

»Und diesen aufgeblasenen alten Ziegenbock im Auge zu behalten, meinen Sie?«

»So etwas in der Art. Mir kommt er aufrichtig vor.«

»Aber er ist trotzdem eine Nervensäge.«

»Das sind die meisten Menschen. Würden Sie nur für diese Nacht das Quartier mit ihm teilen?«

»Klar.«

Als ich das dunkle Kinderzimmer betrat, fiel etwas Licht aus der Diele hinein und enthüllte Condon, der in seinen langen Unterhosen auf dem Boden kniete und die Hände um die Sprossen des Kinderbettes geschlungen hatte. Seine Stimme dröhnte durch den Raum.

»O großer Jehova, ich schwöre bei deiner Gnade und damit es deinem Ruf und dem deines unsterblichen Sohnes zugeschrieben wird, daß ich all meine Anstrengungen und, sollte es nötig sein, den Rest meiner Tage dafür aufwenden werde, diesen unglücklichen Eltern zu helfen.«

Er wußte, daß ich dort stand, fuhr aber dennoch fort.

»Laß diese große Leistung die Krönung meines Lebens sein. Laß mich meine Mission erfolgreich zum Ruhme deines heiligen Namens und dem deines göttlichen Sohnes abschließen. Amen!«

Er stand auf und drehte sich zu mir um. »Detective Heller. Ich habe sie gar nicht bemerkt.«

»Ach was.« Ich trug jede Menge Decken und ein Kissen auf den Armen. Ich warf sie mitten in den Raum. »Machen Sie sich ein Lager, Opa. Die Pritsche gehört mir.«

Das tat er, und er schlief vor mir ein; sogar sein Schnarchen wirkte schwülstig.

Als ich am Morgen erwachte, war er bereits angezogen und durchwühlte gerade die Truhe mit dem Spielzeug am Fenster.

»Was, zum Teufel, tun Sie da?« fuhr ich ihn an.

Das jagte dem alten Einfaltspinsel einen Schrecken ein; er fuhr zusammen und drehte sich um. »Ich finde Ihre Sprache sehr beleidigend«, sagte er scharf, »und wenn Sie sich nicht solcher Ausdrücke enthalten, wird es wohl auf einen Boxkampf zwischen uns hinauslaufen.«

Ich ging zu ihm und starrte ihm in die wäßrigen, blauen Augen. »Was, zum Teufel, tun Sie da, habe ich gesagt.«

Er hielt einen aus Holz geschnitzten Elefanten in einer Hand. »Ich suche nach einem Spielzeug oder einem anderen Gegenstand, den das Kind vielleicht als den seinigen identifizieren könnte.«

Es klopfte hinter uns an der Tür, und wir beide drehten uns um; Lindbergh spähte hinein.

»Entschuldigung, meine Herren«, sagte er. »Es ist acht Uhr. Würden Sie bitte zum Frühstück herunterkommen?«

»Es wäre mir eine Ehre«, sagte Condon und umklammerte den Spielzeugelefanten.

Lindbergh blieb wie zuvor auf der Schwelle des Kinderzimmers stehen; er wirkte in seiner alten, grauen Hose und der ledernen Flugjacke, unter der er nun ein dunkelgraues Hemd mit Krawatte trug, ordentlich und lässig zugleich gekleidet. Ich stand in meiner Unterwäsche da. »Er will sich diesen Spielzeugelefanten ausborgen. Zu Identifizierungszwecken.«

Lindbergh schien meine Erklärung zu verwirren.

Condon hob den Holzelefanten hoch. »Wenn es mir gelungen ist, mit den Entführern in persönlichen Kontakt zu treten, werde ich sie bitten, mich zum Versteck des Kindes zu bringen. Ich werde dem Baby dieses Spielzeug zeigen und auf seine Reaktion achten.«

»Er kann noch nicht ›Elefant‹ sagen«, entgegnete Lindbergh leise. »Er sagt ›E-le-pant‹.«

»Ausgezeichnet! Ich werde das Kind bitten, dieses Spielzeug beim Namen zu nennen, und dann wissen, mit welcher Antwort ich zu rechnen habe! Auf diese Weise wird es den Entführern nicht möglich sein, mir ein falsches Kind zu präsentieren, um mich zu täuschen.«

Während der Professor diese brillante Dissertation abgab, zog ich mich an. Was mich betraf, so war ich unverändert der Meinung, daß man diesen Kasper mit einer billigen Puppe aus dem Kaufhaus täuschen konnte.

»Nehmen Sie den Elefanten unbedingt mit«, sagte Lindbergh.

»Ich habe mir bereits die Freiheit genommen, zwei andere Dinge zu entfernen«, sagte Condon. »Ich hätte gern Ihre Erlaubnis, sie zu behalten – zwei Sicherheitsnadeln, mit denen die Decken, unter denen Ihr Sohn schlief, an der Matratze befestigt waren.«

»Ich begreife nicht, warum Sie . . .«

»Das ist doch ganz einfach«, sagte Condon mit einem selbstzufriedenen Lächeln. »Und völlig logisch, wie ich glaube. Wenn ich die Sicherheitsnadeln zu dem Treffen mit dem Manne mitnehme, der mir geschrieben hat, kann ich sie ihm zeigen und ihn fragen, wo er sie schon einmal gesehen hat. Wenn er mir genau sagen kann, woran sie in der Nacht der Entführung befestigt waren, wissen wir, daß ich es wirklich mit der Person zu tun habe, die dieses Kinderzimmer betreten und Ihren Sohn entführt hat.«

»Ich könnte eine Tasse Kaffee vertragen«, sagte ich.

»Dann gehen wir doch hinunter«, sagte Lindbergh und ging voraus.

Die dunkle, attraktive Betty Gow half der schwerfälligen Elsie Whately beim Servieren des Frühstücks – Orangensaft, Schinken, Eier, Toast und Kaffee – das wir ganz zwanglos am Küchentisch einnahmen. Condon brabbelte von der Bronx und hielt Moralpredigten, um sich vor Anne Lindbergh und ihrer Mutter aufzublasen, die ebenfalls mit uns frühstückten.

Danach bat Lindbergh den Professor ins Arbeitszimmer; Breckinridge und ich gingen ebenfalls mit.

»Ich bin davon überzeugt«, sagte Lindbergh, während er hinter dem Schreibtisch Platz nahm, »daß tatsächlich die Leute, die meinen Sohn entführt haben, Kontakt mit Ihnen aufgenommen haben.«

Condon saß Lindbergh gegenüber, auf der Kante seines Stuhls; Breckinridge und ich standen.

»Herr Professor, ich werde fünfzigtausend Dollar auf Ihr Bankkonto überweisen lassen«, sagte Lindbergh und schrieb etwas auf einen Zettel. »Da die ursprünglich verlangte Summe auf siebzigtausend erhöht worden ist, werde ich alle Anstrengungen unternehmen, die restlichen zwanzigtausend Dollar innerhalb von einem oder zwei Tagen zu beschaffen.«

Er gab Condon den Zettel. Ich trat hinter ihn und las ihn über seine Schulter: »Hiermit ermächtige ich Dr. John F. Condon, als Vermittler für mich und meine Frau zu agieren.« Er war mit Charles A. Lindbergh unterschrieben.

»Heute nachmittag«, fuhr Lindbergh fort, »wird Colonel Breckinridge gemäß den Anweisungen des Briefes die Anzeige ›Geld ist bereit‹ im *New York American* schalten.«

»Es wäre verheerend, wenn die Zeitungen davon Wind bekämen, daß Sie mit den Entführern in Kontakt stehen«, sagte Breckinridge zu Condon. »Wir müssen ein Pseudonym für Sie finden, mit dem Sie die Anzeige unterschreiben können.«

Condon rieb sich das Kinn; er hatte sich heute morgen nicht rasiert, und es war mit weißen Stoppeln gesprenkelt. »Indem Sie meine Initialen zusammenziehen«, sagte er nachdenklich. »J. F. C. – als ein Wort ausgesprochen kommt Jafsie dabei heraus.«

Ich sah Breckinridge scharf an, und er sah mich auf dieselbe Weise an.

Vor zwei Tagen hatte Schwester Sarah Sivella, als sie im Bann des Häuptlings Gelbe Feder stand, diesen Namen genannt und sogar buchstabiert: *Jafsie.*

»Na schön«, sagte Lindbergh zu Condon. »Prima – nehmen wir das. Damit bleibt Ihre Identität vor jedem bis auf die Person geheim, die Ihnen geschrieben hat – und bis auf mich.«

»Bevor ich zur Bronx zurückkehre«, sagte Condon, »könnten Sie mir vielleicht ein Bild von Ihrem Sohn zeigen, damit ich mir seine Gesichtszüge unauslöschlich einprägen kann?«

»Natürlich.«

Ich gab Breckinridge einen Wink, und er folgte mir auf den Gang.

»Einer von uns muß bei dem alten Knaben bleiben«, sagte ich. »Sie haben es gehört – dieses Pseudonym, das er sich angeblich gerade erst ausgedacht haben will . . .«

»Jafsie«, sagte Breckinridge nickend. »Wir haben das doch schon mal gehört, oder?«

»Allerdings. Aber Lindy wird es wahrscheinlich damit abtun, daß Sarah Sivella tatsächlich mit der Geisterwelt in Verbindung steht oder außersinnliche Wahrnehmungen hat oder so einen verdammten Unsinn.«

»In der Tat.« Breckinridge wirkte besorgt. Dann entspannte sich sein Ausdruck ein wenig. »Lassen Sie mich das übernehmen.«

Wir kehrten ins Arbeitszimmer zurück, wo Condon wie ein Student, der für eine Prüfung lernte, Babyfotos studierte.

Breckinridge tippte ihn auf die Schulter. »Herr Professor«, sagte er freundlich, »ich frage mich, ob ich als Ihr Gast bei Ihnen wohnen könnte, bis die Verhandlungen mit den Entführern abgeschlossen sind. Ich würde es wirklich als großen Gefallen betrachten.«

»Mein gesamtes Heim und alles, was sich darin befindet«, sagte Condon großzügig, »steht Ihnen zur Verfügung, solange Sie wollen.«

»Sie sind sehr freundlich, Herr Professor«, sagte Breckinridge, und die beiden Männer schüttelten sich die Hände. »Wir fahren sofort los.«

12

Mickey Rosner, der in seinem dreiteiligen Anzug mit weißen Nadelstreifen und einem weißen Seidentaschentuch in der Bruststasche todschick aussah, hielt Hof. Sein dunkles Gesicht, das abgesehen von der großen, platten Nase völlig durchschnittlich aussah, war zu einem Lächeln verzogen; das kleine Arschloch strahlte wie ein frischgebackener Vater, der sein Baby pinkeln ließ. Er saß an einem Tisch für vier Personen in einer Flüsterkneipe hinter dem Cadillac Restaurant an der East Forty-First Street in Manhattan. Bei ihm waren seine zwei Stellvertreter Irving Bitz und Salvatore Spitale, die Besitzer der Kneipe, die, wie es sich geziemte, dunkel, verräuchert und überfüllt war.

Die Menschenmenge setzte sich hauptsächlich aus Reportern zusammen, was ganz einleuchtend war, da der Schuppen direkt hinter dem Gebäude der New York *Daily News* lag.

Die drei Männer hielten eine inoffizielle Pressekonferenz ab; Reporter, die mit Notizbüchern und Bierkrügen jonglierten, warfen dem Gangstertrio Fragen zu, aber keine allzu harten, eigentlich nur ein paar freundliche Spielbälle.

»Mickey«, sagte ein Reporter, »Sie haben gesten abend im Auftrag Colonel Lindberghs in dem Tombs mit einem

Gefangenen gesprochen. Was haben Sie von dem Häftling erfahren?«

»Das darf ich leider nicht verraten, Kumpel«, sagte Rosner und biß die Spitze einer dicken Havanna ab.

»Was ist an den Gerüchten, daß Sie Geheimgespräche mit einer Unterweltgröße geführt haben, die derzeit im Gefängnis sitzt?«

Rosner schüttelte verneinend den Kopf, zündete die Zigarre an und wedelte das Streichholz aus.

»Kommen Sie schon«, sagte ein anderer Reporter, »waren Spitale und Bitz nicht vor ein paar Tagen in Chicago?«

»Ja, Salvy«, sagte ein anderer und wandte seine Aufmerksamkeit Spitale zu. »Wie steht's damit?«

»Kein Kommentar«, sagte Spitale und grinste zuerst Rosner und dann Bitz an.

»Mickey«, sagte ein anderer Reporter, »wieso, zum Teufel, vertraut Lindy *Ihnen*? Ihnen steht doch noch eine Anklage vor dem Großen Schwurgericht wegen dieses Aktenbetrugs vom letzten Oktober bevor.«

Rosners Lächeln verschwand, und er deutete mit dem brennenden Ende der Zigarre auf den Mann. »Ich bin ein respektierter Geschäftsmann, meine Herren. Sie wissen das – ich bin Immobilienmakler.« Es folgten einige gedämpfte Lacher und einige, die nicht so gedämpft waren.

»Mickey«, sagte ein Zeitungsmann, eine körperlose Stimme inmitten der wirbelnden Rauchwolke, »warum sind wir hier? Ich meine, wir wissen die kostenlosen Getränke zu schätzen – aber Sie haben uns noch nicht die Bohne verraten.«

Rosner grinste erneut. »Vielleicht habt ihr noch nicht die richtigen Fragen gestellt.«

Die schon angeheiterten Presseleute stöhnten und ächzten, wenn zumeist auch gutmütig.

Ein weiterer Reporter versuchte es mit einer Frage, die

diesmal an Spitale gerichtet war. »He, Salvy – was ist mit den Gerüchten, die Bullen hätten ein paar Anklagen wegen Alkoholschmuggel gegen euch fallengelassen? Hat Lindy an ein paar Rädchen gedreht?«

Spitale lachte. »Es liegt unter meiner Würde, darauf zu antworten.«

»Na ja, dann sagen Sie uns doch etwas über Ihre Rolle im Fall Lindbergh.«

Er legte eine Hand auf sein Herz. »Es ist so, Jungs – man hat mich gebeten, meinen Einfluß darauf zu verwenden, das Kind zurückzubekommen. Wenn tatsächlich Profis den Kleinen geschnappt haben sollten, wissen sie ja, wie sie sich innerhalb von fünf Minuten mit mir in Verbindung setzen können, ob bei Tag oder Nacht, bei Regen oder Sonnenschein. Nicht wahr, Irv?«

Bitz nickte pflichtgemäß.

»Aber ich bin kein Bulle, versteht ihr?« fuhr Spitale dann fort. »Kriegt das mal auf die Reihe – ich bin kein Bulle. Ich schnüffle nicht herum.«

»Es scheint Ihnen fast leid zu tun, daß Sie sich darauf eingelassen haben.«

Er zuckte bedauernd die Achseln. »Ja, es tut mir gewissermaßen leid, daß ich mich auf diese Sache eingelassen habe. Ihr druckt jetzt ständig Fotos von meinen Kindern und meiner Familie ab, und das verstößt gewaltig gegen meinen Grundsatz, mich aus den Zeitungen rauszuhalten. Könnt ihr nicht mal über was anderes berichten – über den Krieg in China, oder wo auch immer?«

»Haben Sie schon irgendeine Spur des Kindes gefunden, Salvy?«

»Na ja, um ehrlich zu sein, haben wir nicht. Ich bin sogar etwas entmutigt.«

Rosner ergriff das Wort. »*Ich* habe bessere Nachrichten für euch, Jungs.«

Die Reporter sahen einander an, und ihre Gesichter besagten: *Wird auch langsam Zeit, verdammt noch mal.*

»Das Baby lebt, und es geht ihm gut«, sagte Rosner und schnippte Asche von seiner Zigarre auf den Boden. »Ich gebe euch meine persönliche Versicherung, daß das Kind seinen Eltern zurückgegeben wird.«

Sogar Spitale und Bitz schienen davon überrascht zu sein.

Die Reporter bombardierten Rosner mit Fragen, diesmal mit harten, doch er hob seine Hand, um sie zum Schweigen zu bringen; an der Hand funkelten Brillantringe.

»Was ich sage, stellt nicht meine *Meinung* dar«, fuhr er fort, »sondern das, was ich tatsächlich *weiß*.«

»Führen Sie gerade Verhandlungen über die Rückkehr des Kindes?«

»Wenn, würde ich mit diesem Eingeständnis die Verhandlungen aufs Spiel setzen, nicht wahr? Also hören wir hier an dieser Stelle auf, ja? Vielen Dank, Jungs.«

Er erhob sich, drängte sich durch die Menge und ließ die verwirrten Spitale und Bitz zurück, damit sie die restlichen Fragen beantworteten. Rosner ging zur Herrentoilette; niemand machte sich die Mühe, ihm zu folgen.

Bis auf mich.

Ich war heute morgen nach Manhattan gefahren, um mich mit dem Steuerfahnder Frank Wilson zu beraten und nach der Arbeit mit Breckinridge zu treffen. Ich wollte den Abend mit dem Anwalt und dem exzentrischen Dr. Condon in dessen Bungalow in der Bronx verbringen und dort abwarten, ob die Anzeige, die heute erschienen war (›Geld ist bereit – Jafsie‹) eine Reaktion hervorrief.

Neben einer Handvoll anderer Dinge wollte ich, wenn ich schon mal in New York City war, Spitales und Bitz' Flüsterkneipe überprüfen; ich hatte mir das kostenlose Mittagessen schmecken lassen, das Getuschel über die ›Pressekonferenz‹ gehört und bei ein paar Bierchen zwei Stunden lang darauf gewartet, daß Rosner und Begleitung endlich auftauchten.

Nun stand Mickey am Urinal. Er und ich hatten den kleinen Raum für uns allein; ich schloß die Tür, legte den Haken vor und wartete, bis er fertig war; als er sich dann umdrehte, den Hosenstall zuknöpfend, schnaubte er.

»Was, zum Teufel, machen Sie denn hier, Heller?«

»Was glauben Sie denn, Mickey? Ich schaue Ihnen auf die Finger.«

Er wollte sich an mir vorbeischieben. »Kommen Sie mir nicht in die Quere.«

Ich hielt ihn am Arm fest. »Sie haben sich nicht die Hände gewaschen, Mickey. Bleiben Sie noch einen Augenblick, und waschen Sie sich die Pfoten.«

Er riß sich von mir los. »Dann trockne ich sie mir aber an Ihnen ab, Plattfuß.«

Ich blieb vor der Tür stehen. »Verraten Sie mir, Mickey, was sollte der Quatsch, dem Jungen gehe es gut, und er würde bald zurückgegeben werden?«

Er strich seine Anzugjacke glatt und versuchte, ein wenig Würde zu bewahren. »Ich habe den Schnüfflern von der Presse nur einen Knochen zugeworfen.«

»Stehen Sie oder Ihre Leute in Verhandlungen mit Capone?«

»Vielleicht?«

Ich knöpfte meine Jacke auf, legte die Hände auf die Hüften und ließ ihn einen Blick auf die Automatik unter meiner Schulter werfen. »Das war keine erschöpfende Antwort, Mickey.«

»Verpissen Sie sich. Sie wissen nicht, mit wem Sie sich anlegen. Wenn Sie Streit mit mir suchen, wachen Sie eines Morgens vielleicht auf und sind tot.«

Ich packte ihn an seinen maßgeschneiderten Aufschlägen. »Jetzt spiel nicht den harten Burschen, du kleiner, gieriger Scheißer. Du wirst plaudern oder ersaufen.«

»Ersaufen?«

»Rate mal, wie.«

Rosner fuhr sich mit der Zunge über die Lippen. »Ich

weiß gar nichts, gottverdammt! Jetzt laß mich gefälligst in Ruhe, Heller – oder ich sage Lindy, daß du mich herumgestoßen hast.«

Ich ließ ihn los. »Sag ihm das doch«, entgegnete ich. »Und sag ihm auch, warum.«

Ich ließ ihn vorbei. Er wusch sich nicht mal die Hände.

Zuvor hatte ich mich mit Wilson getroffen; der T-Man hatte kaum etwas zu berichten. Es gab keine Neuigkeiten über Capones verschwundenen Soldaten Bob Conroy; Agent O'Rourke hatte zwar die Spiritistenkirche von Marinelli und der Sivella infiltriert, aber noch nichts in Erfahrung gebracht.

Ich weihte den Agenten über Condon ein, und er war wütend, daß Lindbergh ihn nicht hinzugezogen hatte.

»Vielleicht sollten Sie den Professor beschatten«, sagte ich. »Vielleicht steckt er mit diesen Spiritisten unter einer Decke – wenn Sie nicht der Ansicht sind, daß Schwester Sarah den Namen ›Jafsie‹ tatsächlich aus der Geisterwelt bezogen hat.«

»Die Bronx und Harlem sind benachbarte Stadtteile«, sagte Wilson nachdenklich. »Man braucht keine Alphabettafel, um von einem zum anderen zu gelangen.«

»Wenn Lindbergh herausfindet, daß Sie den Tip von mir haben, bin ich sofort eine persona non grata. Also behalten Sie es für sich.«

Condon wohnte am Bedford Park, direkt westlich von der Webster Avenue, in einem adretten, bescheidenen, zweistöckigen weißen Schindelhaus an der ruhigen, von Bäumen umsäumten Decatur Avenue in der Bronx. Büsche umgaben das Haus, und der gepflegte Rasen war mit einer dünnen Schneeschicht bedeckt.

Es war kurz vor sechs, als ich mich auf Condons Veranda einfand und gegen die Türscheibe aus Milchglas klopfte. Dunkelheit hatte sich bereits über die Bronx gelegt – den wunderschönsten Stadtteil der Welt! – und die Nachtluft war kühl. Ich wollte gerade noch einmal klopfen, als die Tür von einer dunkelhaarigen, dunkeläugigen, attraktiven Frau von vielleicht fünfundzwanzig Jahren geöffnet wurde; als sie mich fragte, wer ich sei, kniff sie mißtrauisch die Augen zusammen.

»Detective Heller«, sagte ich, verschwieg aber, welcher Abteilung ich angehörte. »Ich werde erwartet.«

Sie nickte müde und öffnete die Tür.

So unauffällig wie möglich verfolgte ich die schlanken Linien ihrer Figur unter dem braunen Kleid mit weißem Kragen. »Und Sie sind?« fragte ich.

Sie lächelte mit leiser Ironie. »Zum einen verheiratet. Zum anderen Dr. Condons Tochter Myra. Und zum dritten angewidert von dieser ganzen Sache.«

»Na ja, das letztere haben wir gemeinsam«, sagte ich und gab ihr Hut und Mantel, auf die sie aber nicht besonders versessen zu sein schien. Wir befanden uns in einer Diele, von der aus eine Treppe zum ersten Stock hinaufführte. Sie ging lustlos voran durch ein hübsch, aber keineswegs verschwenderisch und so altmodisch eingerichtetes Empfangszimmer, daß sogar die Tischdeckchen auf Tischdeckchen lagen. Dann begleitete sie mich in das benachbarte Wohnzimmer, wo ein Paisleyschal auf einem Klavier drapiert war wie um eine Großmutter; auf einem brokatüberzogenen Sofa saßen der Professor und eine freundlich aussehende, untersetzte Frau Ende Sechzig, die ein mit einem Blumenmuster bedrucktes Kleid und einen besorgten Gesichtsausdruck trug.

Condon tätschelte ihre Hand. »Aber, aber, Myra«, sagte er. »Du brauchst dir keine Sorgen zu machen.«

»Ich dachte, *Sie* wären Myra«, flüsterte ich meiner zögernden Gastgeberin zu.

»Das ist meine Mutter«, sagte sie leise. »Ich wurde nach ihr benannt.«

»Ach«, sagte ich.

Sie setzte sich neben ihren Eltern auf das Sofa und schlug ihre schönen Beine übereinander, achtete aber darauf, daß ich nicht allzuviel sah.

»Guten Tag, Detective«, sagte Condon kühl.

»Guten Tag, Herr Professor«, sagte ich. »Guten Tag, Ma'am. Ich glaube, wir hatten noch nicht das Vergnügen.«

Condon verzichtete auf die Formalitäten, was ihm eigentlich gar nicht ähnlich sah. »Mrs. Condon hat heute einen Anruf bekommen.«

Ich zog einen Stuhl heran; er sah aus wie ein Ding, auf dem früher mal Marie Antoinette gesessen und Kuchen genascht hatte. »Erzählen Sie mir bitte davon«, sagte ich zu Mrs. Condon.

»Jemand hat am Telefon meinen Mann verlangt«, sagte sie mit einer warmen Altstimme, die nur vom leisesten Hauch von Nervosität gefärbt wurde, »um die Mittagszeit.«

»Mann oder Frau?« fragte ich.

»Es war ein Mann. Ich habe ihm gesagt, daß mein Gatte eine Vorlesung hielt und zwischen sechs und sieben Uhr nach Hause kommen würde.« Sie sah den Professor an, der geradezu belämmert dreinschaute. »Er hat gesagt, du sollst hierbleiben und auf seinen Anruf warten, Schatz.«

Condons Gesichtsausdruck wurde auf einmal gerissen, und er fragte: »Und welchen Namen hat er genannt?«

»Nun ja, Schatz«, sagte sie, »gar keinen.«

Ach was.

»Ihre Anzeige ist in der Morgenausgabe erschienen«, sagte ich. »Das ging ja ziemlich schnell.«

Condon kniff die Augen zusammen, als müsse er scharf nachdenken. »Sie glauben also, daß der Anruf von dem Entführer kam, der schon auf die Anzeige reagiert hat?«

Ich seufzte. »Gottchen, Professor, das wäre eine Möglichkeit.«

Jede Ironie, die ich in meine Stimme legte, war bei Dr. und Mrs. Condon verlorene Liebesmüh, doch Myra die Jüngere grinste mich freudlos an.

»Dad«, sagte die Tochter und beugte sich vor, »ich möchte genau wie alle anderen auch, daß dieses Baby seinen Eltern zurückgegeben wird. Aber meinst du nicht auch, du solltest dich mit Anstand zurückziehen und einen anderen deine Rolle als Vermittler übernehmen lassen?«

Er reckte das Kinn in die Luft. Die Dolchstoßlegende schien ihm nicht unbekannt zu sein. »Ich habe geschworen, diese Sache bis zum bitteren Ende durchzustehen.«

»Aber, Dad – du bist kein junger Mann mehr. Du könntest dich in Gefahr bringen . . .«

»Daran dürfen wir nicht denken«, sagte er. »Wenn es soweit kommt, daß ein anständiger Mann nicht mehr sein eigenes Haus verlassen kann, nur weil er versucht, einem der größten Helden aller Zeiten zu helfen, dann . . . nun . . . dann möchte ich keinen Tag länger leben.«

Versuchte er, mich aufzuheitern?

»Sind Sie in Ordnung, Mrs. Condon?« fragte ich.

»Ja. Danke. Ich habe Ihren Namen nicht verstanden, junger Mann . . .?«

»Ich heiße Nathan Heller. Ich bin Polizeibeamter aus Chicago. Ich weiß Ihre Gastfreundschaft zu schätzen.«

»Eigentlich«, sagte sie und drückte eine Hand auf ihren wogenden Busen, »bin ich etwas durcheinander. Zum Glück ist Myra hiergeblieben und hat ein schönes Abendessen gekocht. Es ist genug für alle da.«

Ich drehte mich zu Myra um. »Sie wohnen nicht hier?«

»Nein«, sagte sie und lächelte mich verkniffen an, jene Art von Lächeln, das in sich ein Widerspruch ist.

»Das sieht der kleinen Myra wieder mal ähnlich«, sagte Condon. »Obwohl sie versucht hat, meine Entschlossenheit zu erschüttern, diesen Fall zu einem guten Ende zu bringen, ist sie dennoch zu uns in die Bronx gekommen, um mir ein paar meiner täglichen Pflichten abzunehmen.«

»Zum Beispiel?« fragte ich sie.

»Als Reaktion auf diesen Brief, den er an den Herausgeber der *News* geschrieben hat«, sagte sie, »erhält Vater täglich mehrere hundert Briefe. So geht es schon, seit sein Brief erschienen ist.«

»Sie sollten diese Briefe verwahren«, sagte ich, »und den Cops geben.«

»Colonel Schwarzkopf, meinen Sie?« fragte Condon.

»Das wäre besser als nichts«, sagte ich. »Aber Sie wohnen in New York. Wissen Sie, auch in diesem Staat gibt es Bullen.«

Es klopfte an der Tür; Condons Tochter erhob sich mit einer fließenden Bewegung, um zu öffnen, und begleitete kurz darauf Colonel Breckinridge ins Wohnzimmer.

Ich erzählte ihm schnell von dem Anruf, den Mrs. Condon bekommen hatte.

»Es ist jetzt kurz vor halb sieben«, sagte Breckinridge. »Noch kein Anruf?«

»Noch nicht«, sagte ich. »Warum essen wir nicht?«

»Sir!« sagte Condon und setzte sich auf. »Wie können Sie ans Essen denken, wenn das Leben eines Kindes auf der Waagschale schwebt?«

»Nun ja«, sagte ich, »wenn wir essen, wird dadurch keine Schale der Waage schwerer. Aber wir können auch so sprunghaft wie Katzen im Regen herumsitzen.«

Wir aßen. Das Eßzimmer befand sich hinter dem Wohnzimmer, und Myra – eine übelgelaunte Gastgeberin, aber eine gute Köchin – servierte einen Rinderbraten mit Bratkartoffeln, Möhren und Zwiebeln.

»Colonel«, sagte Condon, nachdem er sich seine zweite Portion von allem hatte reichen lassen, ob nun das Leben eines Kindes in der Schwebe hing oder nicht, »wie Sie sich vielleicht erinnern, habe ich erwähnt, daß ich diese Signatur der Entführer für die der sizilianischen Mafia halte.«

»Ja«, sagte Breckinridge. Er stocherte lustlos in seinem Essen herum.

»Nun ja, ich habe das Symbol abgezeichnet und es heute in ganz Fordham herumgezeigt.«

»Sie haben *was*?« sagte ich.

Er nippte an seinem Getränk – einem großen Glas Milch – und wiederholte den letzten Satz Wort für Wort.

Ich schüttelte nur den Kopf. Seine Tochter Myra sah mich an.

»Keine Angst«, sagte Condon ganz stolz auf sich, eine Gabel mit Gemüse vor dem Mund, »ich habe niemandem etwas von meiner Fahrt nach Hopewell erzählt. Aber ich bin entschlossen, die Bedeutung dieses geheimnisvollen Symbols herauszubekommen, falls möglich.«

»Herr Professor«, sagte Breckinridge, dessen Gesicht weißer geworden war als Condons Getränk, »das war nicht unbedingt sehr klug.«

Condon schien ihn nicht zu hören; sein Blick und sein trübes Lächeln waren nach innen gerichtet. »Ich habe das Symbol auf ein Stück Papier gemalt und trage es seit zwei Tagen mit mir herum. Ich habe es all meinen Bekannten gezeigt und sie gefragt, ob sie es kennen.«

»Tolle Idee«, sagte ich.

»Schließlich«, sagte er und hob wichtigtuerisch einen Zeigefinger, »habe ich heute nachmittag jemanden gefunden, der es erkannte – einen sizilianischen Freund von mir.«

Breckinridge tupfte sich mit der Serviette die Lippen ab und schob den Teller mit dem kaum angerührten Essen zurück.

»Und daher«, sagte Condon, »bin ich überzeugt, daß die Entführer italienischer Herkunft sind. Mein sizilianischer Freund hat meinen Verdacht bestätigt und mir erklärt, es handele sich um das Symbol einer geheimen Verbrecherorganisation in der alten Heimat – das Symbol ist die *Trigamba*, oder ›drei Beine‹.«

»Drei Beine?« fragte Breckinridge.

»Mein sizilianischer Freund hat mir erklärt, zwei Beine wären in Ordnung, aber ›sei auf der Hut, wenn ein drittes Bein geht‹.«

»Lassen Sie mich das aufschreiben«, sagte ich.

»Die symbolische Bedeutung ist«, fuhr Condon fort, »wenn ein drittes Bein, ein Fremder, die Provinz der Geheimgesellschaft, der Mafia, betritt, kann dieser Eindringling damit rechnen, daß ihm jemand ein Messer ins Herz stößt.«

Seine Tochter Myra, die gerade den Braten schnitt, ließ ihr Messer geräuschvoll fallen. »Daddy«, sagte sie, »bitte hör auf damit. Bitte verzichte auf diese lächerliche, gefährliche Eskapade.«

Colonel Breckinridge sah die junge Frau traurig an. »Bitte verlangen Sie das nicht, Miss. Ihr Vater könnte der einzige ehrliche Mensch auf Erden sein, der tatsächlich mit den Entführern in Verbindung steht.«

»Entschuldigen Sie mich bitte«, sagte Myra steif, »ich verzichte auf den Nachtisch.« Sie warf ihre Serviette auf den Tisch, stand auf und ging durch die Tür zum Empfangszimmer hinaus; ihre Schritte auf der Treppe in der Diele, mehrere Räume entfernt, verrieten noch ihre Verärgerung.

Nach einem Stück Apfelkuchen ging Breckinridge auf die Veranda, um eine Zigarette zu rauchen – der Professor duldete keinerlei Tabak in seinem ›Domizil‹ – und ließ Mr. und Mrs. Condon im Wohnzimmer zurück, damit sie neben Mr. Bells Erfindung Wache hielten, während ich vor der Diele neben der Eingangstür Position bezog.

»Ist dieser Mann nicht einfach unglaublich?« sagte Breckinridge verbittert und sog gierig an der Zigarette. »Zeigt er diese Signatur in der Bronx herum! Irgendeinem ›sizilianischen Freund‹!«

»Ja, er ist ein Schwachkopf«, sagte ich. »Oder aber, er ist sehr klug.«

»Klug?«

Ich nickte und tippte mit der Fingerspitze an meine Schläfe. »Als er über dieses Mafiaschild schwatzte, klickte etwas in diesem Hutgestell, den ich Kopf nenne. Als ich zum ersten Mal am Telefon mit ihm gesprochen habe, in Hopewell, sagte Condon zu mir, der Brief sei mit ›dem Zeichen der Mafia‹ unterschrieben.«

»Ja, ich erinnere mich. Und?«

»Er hat mir ausführlich versichert, daß er den inneren Umschlag, den, der an Slim adressiert war, nicht geöffnet hatte.«

»Genau.«

»Ich habe am Telefon sogar gehört, wie er ihn aufgerissen hat.«

»Ja, ich erinnere mich.«

»Na ja, die Mitteilung an Slim war zwar mit ›dem Zeichen der Mafia‹ unterschrieben – aber nicht der Brief an Condon.«

Breckinridge dachte darüber nach. »Aber wie könnte der Professor von dem Zeichen gewußt haben, wenn er den Brief nicht geöffnet hatte . . .?«

»Genau. Natürlich könnte er den zweiten Brief bereits geöffnet und nur ein Stück Papier durchgerissen haben, um meinen Lauschern etwas zu bieten. Aber so oder so . . .«

»Ja. Eine wichtige Beobachtung, Heller. Eine wichtige Beobachtung. Und ich muß Ihnen auch etwas sagen.«

»Schießen Sie los, verdammt noch mal.«

Breckinridge sog an der Zigarette und atmete eine Rauchwolke aus. »Gestern abend stand bei Condon wie üblich der Mund wieder mal nicht still. Er hat von seiner Tochter Myra erzählt, und daß sie vor ihrer Ehe Lehrerin gewesen ist. Dann geriet er ins Schwärmen, ›wie stark die Liebe zum Lehren‹ in seiner Familie verbreitet ist. Daß Mrs. Condon ebenfalls eine ›hervorragende Lehrerin‹ war und daß er sie kennengelernt hat, als sie an derselben Grundschule unterrichteten.«

»Aha. Na und?«

»Heller, die Condons haben an der Öffentlichen Schule Nummer Achtunddreißig in Harlem unterrichtet.«

Ich kam mir vor, als hätte man mir einen Sack voller Nickel über den Kopf gezogen. »Harlem! Und auch Sarah Sivella und Martin Marinelli kamen aus Harlem.«

»Genau.« Er warf die Zigarettenkippe auf eine kleine Schneebank auf dem Rasen. »Gehen wir wieder rein?«

Doch in diesem Augenblick erschien eine eifrige Mrs. Condon auf der Schwelle. »Meine Herren, das Telefon klingelt«, sagte sie. »Mein Mann wird jetzt den Hörer abheben.«

Wir gingen schnell zum Wohnzimmer zurück und sahen, daß Condon mitten bei einem Klingeln abhob.

»Wer ist da, bitte?« sagte er förmlich; er stand mit hochgerecktem Kinn und hellblauen Augen da, die in etwa so wachsam wie die eines chinesischen Opiumsüchtigen waren.

»Ja, ich habe Ihren Brief bekommen«, sagte er nach einem Augenblick.

Ich trat neben ihn und zog den Hörer von seinem Ohr zurück, damit ich mithören konnte. Condon bedachte mich mit einem mißbilligenden Blick, leistete aber keinen Widerstand.

»Ich habe«, sagte eine klare, scharfe Stimme, »Ihre Anzeige im *New York American* gelesen.«

»Ja? Von wo aus rufen Sie an?«

Eine brillante Frage! Verdammt brillant!

»Westchester«, sagte die Stimme.

Condon kniff vor Anstrengung die Augen zusammen, als er sich bemühte, sich eine findige Frage einfallen zu lassen.

»Dr. Condon, schreiben Sie manchmal Artikel für die Zeitung?«

Das schien den Professor enorm zu verblüffen. »Nun ja«, sagte er nach einem Augenblick, »manchmal schon.«

Eine Pause folgte, und dann sagte die Stimme leise und gedämpft zu einer anderen Person: »Er sagt, er schreibt manchmal für die Zeitung.«

Der Mann sprach wieder ins Telefon, laut und deutlich und etwas guttural: »Bleiben Sie diese Woche jeden Abend zu Hause. Bleiben Sie von sechs bis zwölf zu Hause. Sie werden einen Brief mit Anweisungen bekommen. Halten Sie sich daran, oder wir blasen alles ab.«

»Ich werde hier warten«, sagte Condon und legte eine Hand auf sein Herz.

»Statti citto!« sagte eine andere Stimme am anderen Ende der Leitung.

Fast eine halbe Minute kroch still vorbei. Dann sagte die scharfe, gutturale Stimme: »Na schön. Sie werden von uns hören.«

Er unterbrach die Verbindung – das heißt, er legte auf.

»Haben Sie alles mitbekommen?« fragte ich Breckinridge.

»Ja«, sagte der. »Was war das für eine fremdsprachige Redewendung?«

»Statti citto«, sagte ich. »Das heißt auf italienisch ›Halt die Klappe!‹. Ich vermute, daß sie von einem Münzfernsprecher aus angerufen haben, und jemand ging an dem Apparat vorbei.«

»Ich glaube«, sagte Condon mit tief gefurchter Denkerstirn, »daß er uns belogen hat, als er sagte, er riefe aus Westchester an.«

»Ach, wirklich?« sagte ich gehässig. »Das wäre mir nie in den Sinn gekommen.«

Breckinridge schritt nervös auf und ab. »Wir müssen das Geld schnell zusammenkriegen«, sagte er geistesabwesend.

»Der letzte Brief der Entführer war sehr eindeutig, was die Ausmaße des Geldbehälters betraf«, sagte Condon. »Dürfte ich Ihnen anbieten, morgen so eine Kiste zimmern zu lassen?«

Breckinridge sah mich an, und ich zuckte die Achseln.

»Oben in meinem Arbeitszimmer«, fuhr Condon fort, den Zeigefinger schulmeisterhaft gehoben, »habe ich eine Urne der Gouverneurswahlen des Staates New York aus dem Jahr achtzehnhundertachtundzwanzig.«

Heißa!

»Sie hat einen Deckel, zwei Scharniere und ein Flügelschloß. Ich werde ein Duplikat dieser uralten Urne anfertigen lassen.«

»Worauf wollen Sie hinaus?« fragte ich

Condons apfelrote Wangen waren zwei helle Bälle in seinem lächerlich grinsenden Gesicht. »Ich werde verlangen, daß die Kiste ein Furnier aus fünf verschiedenen Hölzern bekommt. Ahorn, Kiefer, Tulpenbaumholz und noch zwei andere . . . Insgesamt fünf.«

»Womit die Kiste dann leicht zu identifizieren wäre«, sagte ich.

Breckinridge betrachtete mich neugierig.

»Keine schlechte Idee«, sagte ich, womit ich uns alle überraschte.

»Herr Doktor«, sagte Breckinridge und legte dem alten Knaben eine Hand auf die Schulter. »Mir ist bewußt, welche Opfer Sie für uns bringen. Einige Angehörige Ihrer Familie sehen es nicht gern, daß Sie bei dieser Sache mitwirken. Aber ich hoffe, daß Sie eines Tages den angemessenen Lohn für alles, was Sie für uns tun, bekommen werden.«

»Ich erwarte keinen kleinen Lohn für das, was ich tue«, sagte Condon auf seine übliche großspurige Art. »Vielleicht ist die Belohnung, die ich erwarte, sogar viel zu groß.«

Ich erwartete keine Sekunde lang, daß Condon Geld verlangen würde. Dazu war er entweder ein zu seltsamer oder ein zu gerissener Vogel.

Er enttäuschte mich nicht. »Ich bitte nur darum«, sagte er, »daß ich derjenige sein darf, der das Baby, nachdem es gefunden wurde, der Mutter in die Arme geben darf.«

Breckinridge kaufte es ihm anscheinend ab. »Das haben Sie verdient«, sagte er ergriffen und schüttelte Condon die Hand. »Und ich werde dafür sorgen, daß Sie bekommen, was Sie verdient haben, Herr Doktor.«

Ganz meine Meinung.

13

Die bronzene Tiffanyuhr auf dem Kaminsims im Eßzimmer der Condons hatte sieben Mal geschlagen. Im Nebenzimmer, dem Wohnzimmer, saßen wir bei geschlossenen Schlagläden: Condon, seine Frau, Breckinridge und ich. Heute war die Tochter nach New Jersey zurückgefahren; sie hatte genug von diesem Spielchen.

»Mein Freund ist ein erstklassiger Schrankmacher«, sagte Condon, die Hände auf den Knien. »Ein Schrankmacher aus der *Bronx*«, fügte er dann hinzu, als würde das alles erklären.

»Wie lange wird es dauern«, fragte ich, bis Ihr Schrankmacher aus der Bronx die Wahlurne nachgebaut hat?«

»Er hat mir versprochen, sie innerhalb von vier Tagen zu liefern«, sagte Condon, als würde er uns ein Wunder offenbaren. »Sein Lohn wird drei Dollar betragen – einschließlich Material!«

»Das ist toll«, sagte ich, »aber angenommen, die Entführer verlangen, daß wir die Mäuse schon früher übergeben?«

»Das hoffe ich bei Gott«, sagte Breckinridge. »Wir haben das Geld am Montag nachmittag zusammen.«

»Vielleicht sollte ich meinen Freund, den Schreiner«, sagte Condon nachdenklich, »anrufen und ihn bitten, sich zu beeilen.«

»Falls sie uns heute abend anrufen«, sagte Breckinridge

zu mir, »dann bestimmt, um die Geldübergabe zu vereinbaren, nicht wahr?«

»Wahrscheinlich«, sagte ich. »Aber Sie haben die Anzeige ›Geld ist bereit‹ aufgegeben, und es steht noch gar nicht bereit.«

»Aber das war genau der Wortlaut«, sagte Condon abwehrend, »den die Entführer verlangt haben!«

»Ich weiß«, sagte ich. »Ich war dabei. Aber ihr hättet sie nicht aufgeben sollen, bevor das Geld bereitsteht.«

Das schreckte Condon auf; und Colonel Breckinridge verfiel in düsteres Schweigen.

Ich hatte wegen dieser Sache in Hopewell schon eine Auseinandersetzung mit Colonel Lindbergh gehabt.

»Ich dachte, Sie hätten das Geld zusammen«, hatte ich gesagt.

Wir gingen mit dem angeleinten Wahgoosh hinter dem öden Außenhof spazieren; es war nicht mehr ganz früh am Morgen, aber windig und kalt.

»Ehrlich gesagt, Nate«, meinte er, »ich bin derzeit etwas knapp an Bargeld.«

»Ach, zum Teufel, Sie kriegen doch jederzeit Kredit – war Ihr Schwiegervater nicht Mitbesitzer vom Bankhaus J. P. Morgan?«

Lindbergh nickte. »Meine Schwiegermutter hat mir das Geld angeboten, aber ich habe abgelehnt.«

»Slim! Gottverdammt, jetzt ist nicht die richtige Zeit für Förmlichkeiten ...«

Er hob eine Hand. »Ich habe Aktien flüssig gemacht. Ich habe das Lösegeld fast zusammen.«

»Das sind Aktien, die Sie vor dem Kurssturz gekauft haben, nicht wahr?«

»Ja.«

»Was haben sie gekostet?«

Es dauerte einen Augenblick, bis er antwortete. »Dreihundertundfünfzigtausend«, sagte er, ohne mich anzusehen.«

»Die Sie verkauft haben, um siebzigtausend aufzubringen.«

Er runzelte die Stirn. »Na ja – eigentlich fünfzigtausend. An den anderen zwanzig arbeite ich noch.«

Der Wind nagte an meinem Gesicht. »Ich hatte keine Ahnung... die haben Sie wirklich in die Klemme gebracht, was?«

»Ja. Ich hoffe, wir können Beweise dafür beschaffen, daß ich nicht reingelegt werde... Nate, ich habe Sie darüber im Dunkeln gelassen, und ich darf Sie auch noch nicht einweihen, aber Condon ist nicht die einzige Partei, die überzeugend behauptet hat, mit den Entführern in Verbindung zu stehen.«

»Was?«

»Ich kann im Augenblick nicht mehr sagen. Ich überprüfe diese andere Behauptung. Derzeit scheint Condon die zuverlässigste Möglichkeit zu sein.«

Meine Augen drehten sich wie Murmeln. »Wenn Condon die zuverlässigste Möglichkeit ist, stehe Gott Ihnen bei den anderen Möglichkeiten bei.«

Er sagte nichts. Wir blieben stehen, während Wahgoosh pinkelte.

Ich wandte das Gesicht vom Märzwind ab. »Ich habe aufgeschnappt, daß Schwarzkopf Condons Haus unter Beobachtung stellen und ihn bei der Geldübergabe beschatten will.«

»Ja.«

»Das freut mich zu hören. Es besteht noch Hoffnung für Schwarzkopf.«

»Vielleicht, aber ich habe es ihm verboten.«

»Sie haben was?«

»Als ich Einwände erhob, hat Colonel Schwarzkopf seinen Vorschlag zurückgezogen, Condons Haus beschatten zu lassen.«

»Und aus welchen gottverdammten Gründen haben Sie Einwände erhoben?«

»Daß so eine Überwachung die sichere Rückkehr meines Sohnes gefährden könnte.«

Was konnte ich dazu sagen? Nur, daß es absolut verrückt war. Ich konnte lediglich hoffen, daß Frank Wilson meinen Rat befolgt und Condon unter die Überwachung von Regierungsbeamten gestellt hatte. Wir gingen weiter. Der Hund kackte.

»Sie müssen Wilson hinzuziehen, Slim.«

»Wie bitte?«

»Agent Wilson von der Steuerfahndung. Und seinen Boß Irey. Besonders seinen Boß Irey.«

»Warum?«

»Sie müssen alle Seriennummern des Lösegelds notieren, bevor Sie es übergeben. Irey kann Ihnen dabei helfen, und er ist auch derjenige, der das Geld aufspüren kann, sobald es in Umlauf gekommen ist.«

Lindbergh schüttelte den Kopf. »Ich habe der Presse gegenüber erklärt, daß ich das Lösegeld nicht markieren werde. Ich werde mein Wort nicht brechen.«

»Um Gottes willen«, sagte ich und schüttelte den Kopf. »Mir reicht's jetzt.« Ich drehte mich um und ging zum Haus. Der Wind blies gegen meinen Rücken und ermutigte mich.

»Heller!« rief Lindbergh. »Wohin wollen Sie?«

»Nach Chicago«, sagte ich über die Schulter. »Da herrscht ein viel normalerer Wahnsinn vor.«

»Warten Sie! Warten Sie!«

Ich blieb stehen, und er schloß zu mir auf. Der Hund vollführte hinter ihm ausgelassene Luftsprünge.

»Ich werde mich mit Irey unterhalten«, sagte er. »Aber ich kann Ihnen keine Versprechungen machen.«

»Na schön.«

»Ich möchte, daß Sie noch eine Weile bleiben.« »Warum?«

»Offensichtlich sind Gangster in die Sache verwickelt. Vielleicht sind es Capones Leute.«

»Sie können Irey und Wilson auf den Fall ansetzen; die kennen Capone besser als ich.«

»Die beiden sind nicht aus Chicago. Und sie sind keine Bullen von der Straße. Sie kennen den Gangsterschlag nicht, den Capone für sich arbeiten läßt, nicht so gut wie Sie. Nate, wir brauchen Ihre Erfahrungen.«

Ich war geschmeichelt. Ich konnte nichts dafür. Lindy benahm sich in vielerlei Hinsicht dumm, aber er war noch immer Lindy. Es fiel mir leichter, Onkel Sam einen Wunsch abzuschlagen als ihm.

»Nein«, sagte ich.

Seine Wangen zuckten; sein Blick war verzweifelt. »Werden Sie wenigstens so lange bleiben, bis wir die Condon-Karte ausgespielt haben? Wenigstens so lange?«

Ich seufzte. »Klar. Warum nicht. Das ist besser, als auf dem Bahnhof LaSalle Street Taschendiebe zu verprügeln.«

Er reichte mir die Hand, und ich schüttelte sie. Wahgoosh knurrte mich an.

Die bronzene Tiffanyuhr schlug halb acht, und dreißig Sekunden später schlug die Türklingel an.

»Das sind sie«, sagte Breckinridge und stand auf. Seine Augen waren hart und verkniffen.

»Vielleicht sollte ich öffnen«, sagte Condon und erhob sich. Seine Augen waren weich und weit geöffnet.

»Keine schlechte Idee«, sagte ich.

Für sein Alter und seine Größe bewegte Condon sich flink, und ich war ihm auf den Fersen, und Breckinridge mir. Die Neun-Millimeter-Pistole unter meinem Arm leistete uns allen Gesellschaft.

Der alte Professor riß wie ein Schmierenkomödiant in einem schlechten Stück die Tür auf, und auf seiner Veranda standen zwei Statisten unseres kleinen Melodrams.

»Hallo, Doc«, sagte der ältere der beiden Männer. »Wir

dachten, wir kommen mal vorbei und lassen uns erzählen, was es Neues gibt.«

»Ja«, sagte der jüngere, kleinere. »Schon eine Nachricht?«

Es waren Max Rosenhain, der Restaurantbesitzer, und Milton Gaglio, der Kleiderfabrikant, die beiden Kumpel des Professors. »Ah, meine Freunde«, sagte Condon und breitete die Arme aus. »Wie schön, euch zu sehen. Bitte, tretet ein.«

Und sie traten ein, die Hüte in den Händen und ein nervöses Lächeln auf den Gesichtern, als sie mich sahen. Ich schloß die Tür, warf sie fast zu.

»Meine Herren«, sagte Breckinridge, »wir wissen Ihr Mitgefühl zu schätzen, aber . . .«

»Aber zum Teufel, ihr verschwindet augenblicklich«, sagte ich.

»Mr. Heller!« sagte Condon. »Ich werde Ihre ungehobelte Sprache und Ihr unhöfliches Benehmen in meinem Haus nicht dulden.«

»Halten Sie die Klappe«, sagte ich zu ihm. Und zu den beiden anderen sagte ich: »Wir warten auf Nachricht von den Entführern, ihr Trottel. Wofür haltet ihr das, für eine Radiosendung?«

Die beiden Männer schluckten und wechselten betroffene Blicke.

Condon funkelte mich an. »Wirklich, Detective Heller. Ihr Benehmen ist unverschämt.«

Wir waren in seinem Haus in seiner geliebten Bronx, also sagte ich ihm nicht klipp und klar, was ich von ihm hielt. Aber zu seinen beiden saublöden Freunden sagte ich: »Falls die Entführer dieses Haus beobachten, wie ich vermute, und auf den richtigen Augenblick warten, ihren nächsten Zug zu tun, habt ihr zwei Scherzkekse sie vielleicht gerade vertrieben.«

»Wir wollten doch nicht . . .«, setzte Gaglio an.

»Wir dachten doch nicht . . .«, sagte Rosenhain.

»Genau«, sagte ich, und es klingelte erneut.

Wir standen da und starrten uns mit wilden Blicken an, so eng zusammengedrängt wie Footballspieler, wenn sie sich auf den Ball warfen; nur der Quarterback fehlte.

Also riß ich das Spiel an mich. »Alle bis auf den Professor gehen ins Wohnzimmer«, flüsterte ich barsch. »Na los. Gehen Sie. Aber seien Sie leise.«

Ich muß ihnen zugute halten, daß sie genau das taten.

Condon sah mich an, und sein Blick war schärfer als üblich. Ich drückte den Rücken links neben der Tür gegen die Wand und nahm die Neun-Millimeter-Pistole in die Hand. Dann nickte ich ihm zu. Er erwiderte das Nicken, schluckte und machte die Tür auf.

»Sind Sie Dr. Condon?«

Ich spähte um die Ecke und sah einen Mann auf der Schwelle; einen kleinen Burschen mit einer runden Drahtgestellbrille und dem Gesicht eines Frettchens; er trug Mütze und Jacke eines Taxifahrers. »Ich bin Dr. Condon.«

»Das ist für Sie, Kumpel.«

Und der Taxifahrer, falls er einer war, gab dem Professor einen Umschlag, und dieser Umschlag war mit den kräftigen, ungelenken Blockbuchstaben beschriftet, die wir mehr als einmal gesehen hatten.

Der angebliche Taxifahrer stand noch immer da; ich vermutete, daß er auf ein Trinkgeld wartete.

Mit der linken Hand griff ich hinaus, packte ihn am Jackenkragen, zerrte ihn hinein und trat die Tür zu. Ich stieß ihn gegen die nächste Wand, so daß er mir den Rücken zudrehte, und tastete ihn mit einer Hand ab, während ich in der anderen die Pistole hielt.

»He!« sagte er. »He, verdammt, was soll das?«

»Sie sind nicht bewaffnet«, sagte ich. »Ein guter Anfang. Drehen Sie sich um und heben Sie die Hände. Colonel!«

Breckinridge kam herein, und seine Augen wurden

ziemlich groß, als er sah, daß ich die Pistole auf den Taxifahrer richtete.

»Bringen Sie unseren Gast ins Wohnzimmer«, sagte ich. »Er scheint sauber zu sein. Wie heißen Sie?« fragte ich den Taxifahrer.

»Perrone«, sagte er laut, beinahe stolz. Seine Stimme war ungehalten, doch in seinen Augen stand die nackte Angst.

»Nehmen Sie die Hände wieder runter, Mr. Perrone, aber seien Sie schön artig.«

Wortlos führte Breckinridge den Taxifahrer ins Wohnzimmer.

Condon stand dumm herum und schaute den Brief in seiner Hand an, als hätte er Angst vor ihm. Ich nahm ihm den Umschlag ab, riß ihn auf und las:

Mr. Condon.
Wir vertrauen Ihnen, aber wir werden nicht in Ihr Haus kommen das ist zu gefährlich. Selbst Sie können nicht wissen ob Plizai oder Geheimdiehnst Sie beobachtet. Befolgen Sie diese Anwaisung.
Nehmen Sie einen Wagen und fahren Sie zum letzten Ubahnhof der Linije Jerome Ave. 30 meter von dem letzten Bahnhof ist ein leerer Frankfurterstand mit einer großen offenen Weranda. Sie finden eine Nachricht in der Mitte der Weranda unter einem Stein. Diese Nachricht sacht Ihnen wo Sie uns finden.

An dieser Stelle tauchten rechts unten die mittlerweile vertrauten ineinandergreifenden Kreise auf; dann hieß es in der Nachricht weiter:

Tun Sie was hier steht. Sein Sie nach einer 3/4 Stunde da. Bringen Sie das Gelt mit.

»Darf ich das mal lesen?« fragte Condon, und ich gab ihm den Brief. Schließlich war es ja seine Post.

Er las ihn mehrmals und blickte mich dann mit Besorgnis in seinen wasserblauen Augen an. »Das Geld mitbringen?«

»Das steht hier.«

Wir gingen zu Breckinridge ins Wohnzimmer. Mrs. Condon hatte den Raum verlassen, und der Taxifahrer saß zwischen Gaglio und Rosenhain auf dem Sofa. Breckinridge schritt auf und ab. Er griff nach dem Brief wie ein Verhungernder nach einer Brotkruste.

»Bringen Sie das Geld mit!« las er vor. »Großer Gott! Wir *haben* das verdammte Geld nicht!«

»Was machen wir denn jetzt?« fragte Condon verzweifelt. »Ich dachte, wir würden die Einzelheiten der Lösegeldübergabe noch besprechen, aber jetzt . . .«

»Wichtig ist jetzt, den Kontakt herzustellen«, sagte ich. »Erklären Sie ihnen, daß das Geld bald bereitstehen wird. Machen Sie das Beste daraus.«

Condon schüttelte den Kopf; er wirkte verwirrt und völlig verstört.

Zum Teufel mit ihm. Ich drehte mich zu dem Taxifahrer um, der zwischen Condons Kumpeln auf dem Sofa saß.

»Wie hießen Sie gleich noch mal?« fragte ich ihn.

»Joe Perrone. Joseph.«

»Woher haben Sie diesen Brief?«

»Ein Bursche hat mich an der Gun Hill Road am Knox Place angehalten und ihn mir gegeben.«

»Wie weit ist das von hier?«

»Wissen Sie das nicht?« fragte der Taxifahrer.

»Nein«, sagte ich. »Ich bin nicht von hier. Ich bin ein Tourist. Mit einer Knarre.«

»Das ist ungefähr 'ne Meile entfernt.«

»Was hat der Bursche gesagt? Wie hat er ausgesehen?«

Der kleine Taxifahrer zuckte die Achseln. »Er hat mich gefragt, ob ich wüßte, wo die Decatur Avenue wäre, und zwar das Haus Neunundzwanzig-siebenundvierzig. Klar, sagte ich, ich kenne die Gegend. Dann hat er sich umgesehen, zuerst über die eine, dann über die andere Schulter, und die Hand in die Tasche gesteckt und mir den Brief und einen Dollar gegeben.«

»Wie sah er aus?«

»Keine Ahnung. Er trug einen braunen Übermantel und eine braune Pelzmütze.«

»Sind Ihnen irgendwelche körperlichen Besonderheiten an dem Mann aufgefallen?«

»Nee. Hab' nicht drauf geachtet.«

»Ihnen hat sich nichts eingeprägt?«

»Nein.«

»Würden Sie ihn wiedererkennen?«

»Nein. Ich hab' den Schein angesehen, den er mir gegeben hat. George Washington, den kann ich identifizieren. Was hat das alles überhaupt zu bedeuten?«

Breckinridge schaltete sich ein. »Ich fürchte, das können wir Ihnen im Augenblick noch nicht sagen, Mr. Perrone. Aber ich versichere Ihnen, daß es sehr wichtig ist.«

»Zeigen Sie mir mal Ihre Dienstmarke«, sagte ich.

»Klar.« Er machte sie von der Jacke ab.

Ich schrieb die Nummer in mein Notizbuch. Dann notierte ich sie noch mal auf eine andere Seite, die ich herausriß und Gaglio gab.

»Machen Sie sich nützlich«, sagte ich. »Gehen Sie zu dem Taxi, das vor dem Haus steht, und vergleichen Sie diese Nummer mit der im Heckfenster. Und dann schreiben Sie auch die Zulassungsnummer des Wagens vom Nummernschild auf.«

Gaglio nickte, froh, daß er helfen konnte, nahm den Zettel und eilte hinaus.

»Was nun?« fragte Breckinridge.

»Der Professor hält seine Verabredung ein«, sagte ich. »Ich werde fahren.«

»Die Polizei soll doch nicht beteiligt werden«, sagte Condon.

»Ich bin im Staat New York kein Polizeibeamter«, sagte ich. »Nur ein patriotischer, besorgter Bürger.«

»Mit einer Knarre«, sagte der Taxifahrer.

»Genau«, sagte ich. »Wir nehmen meine Karre.«

Mit ›meiner Karre‹ meinte ich natürlich den Wagen, den Lindy mir zur Verfügung gestellt hatte.

Gaglio kam wieder herein. »Die Nummer stimmt überein«, sagte er.

»Gut«, sagte ich und wandte mich an Perrone. »Sie gehen Ihrem Tagwerk nach. Wahrscheinlich werden Sie von den Bullen hören.«

»Was soll ich denen sagen?«

Condon legte wie ein Schuljunge, der einen hochheiligen Eid leistete, die Hand aufs Herz. »Sagen Sie die ganze Wahrheit und nichts als die Wahrheit.«

»Bis auf die Tatsache, daß ich eine Pistole auf Sie gerichtet habe«, sagte ich.

»Klar«, sagte er, stand auf und eilte von dannen.«

»Was ist mit unseren Freunden Max und Milton?« fragte Condon. »Sie bleiben hier«, sagte ich. »Und sie sind nicht meine Freunde.«

Die Nacht war niemandem ein Freund. Der Himmel war schwarz, und die Stadt war grau. Ein kalter Wind wehte Blätter, Müll und Papierfetzen über die völlig verlassenen Straßen des wunderschönsten Stadtteils der Welt.

»Ich bin ein Fremder in diesem Teil der Welt, Professor«, sagte ich, als ich hinter das Steuer rutschte. »Sie müssen mir den Weg erklären.«

»Das ist kein Problem für mich«, sagte er fröhlich. Doch dann wurde er plötzlich ernst. »Ich hoffe«, sagte er, »daß wir trotz unserer Differenzen in dieser gerechten Sache zusammenarbeiten können.«

»Wir werden schon miteinander klarkommen, Professor. Ich bin nur dabei, um Sie zu unterstützen.«

Besänftigt faltete Condon die Hände auf dem Schoß, und ich fuhr los, in westliche Richtung.

Acht Häuserblocks später sagte er: »Biegen Sie auf die Jerome Avenue ab – die nächste Straße rechts.«

Ich bog in die völlig leere Durchgangsstraße ein, die düster und grau unter dem dumpfen Licht der Straßenlampen lag. Condon deutete auf die letzte U-Bahnhaltestelle an der Jerome Avenue, und ich fuhr langsamer.

»Da ist der Hot-Dog-Stand«, sagte ich.

Auf der linken Straßenseite stand ein durchhängender Schuppen, eine Bude, die nur während der Sommermonate geöffnet, den letzten Sommer aber sichtlich verpaßt hatte. Vor dem traurigen, kleinen Ding befand sich eine ebenso traurige, durchsackende Veranda. Ich drehte auf der Straße um und hielt davor an.

»Darf ich?« sagte Condon und stieg aus.

Er stieg die paar Stufen zu der Veranda hinauf, die unter jedem seiner Schritte ächzten und stöhnten. Mitten auf der Veranda lag ein großer, flacher Stein, und Condon bückte sich und hob ihn hoch. Dann kam er schnell mit einem Umschlag in der Hand zurück.

Wir parkten direkt unter einer Straßenlampe. Condon riß den Umschlag auf und las den Brief laut vor: »›Fahren Sie weiter und folgen Sie dem Friedhofszaun in Richtung Zweihundertdreiunddreißigste Straße. Dort werde ich Sie treffen.‹«

»Wie weit ist das, Professor?«

»Etwa eine Meile. Der erwähnte Zaun umschließt im Norden den Friedhof Woodlawn – die Zweihundertdreiunddreißigste Straße verläuft von Osten nach Westen und schneidet die Jerome Avenue etwa eine Meile nördlich von hier. Sie bildet die nördliche Grenze des Friedhofs.«

»Und das bedeutet?«

»Sie müssen wieder umdrehen.«

Ich zog den Wagen noch einmal herum. Wäre gestern

die Welt untergegangen, hätte nicht weniger Verkehr herrschen können. Eine Straßenseite bildete nun die weitläufige, bewaldete Fläche eines Parks, die andere ein ebenso großer, von einem schmiedeeisernen Tor umsäumter Friedhof.

»Das ist Woodlawn«, erklärte Condon. »Und auf der anderen Seite der Van-Cortland-Park.«

»Sie wären besser dran, wenn dieser Taxifahrer Sie gefahren hätte.«

»Vielleicht, Detective Heller – aber ich muß eingestehen, daß ich es zu schätzen weiß, Sie – und Ihre Waffe – in der Nähe zu haben.«

Wir folgten der Jerome parallel zum Friedhof und hielten etwa zwanzig Meter vor der Kreuzung mit der 233rd Street. Vor uns lag ein dreieckiger Platz, der den Eingang zum Friedhof Woodlawn darstellte, mit schweren Eisentoren, die geschlossen und zweifellos auch verriegelt waren.

Ich drehte mich zu Condon um. »Gehen Sie raus und warten Sie am Tor.«

»Sie glauben, das ist der Ort, den die Entführer gemeint haben?«

»Ja. Gehen Sie schon. Ich behalte Sie im Auge.«

»Ja, das wäre wohl klüger. Wenn ich nicht allein bin, werden die Entführer keinen Kontakt mit mir aufnehmen.«

»Wenn Sie mich brauchen, ich bin hier.«

Er nickte, ging über den Platz und sah sich dabei unverschämt um. Er war nicht gerade unauffällig.

Aber das war schon in Ordnung so. Wir wollten ja, daß die Kidnapper ihn sahen.

Er schritt auf und ab. Er holte den Zettel aus der Tasche und las ihn – einmal, zweimal, dreimal – anscheinend, um einem Mitglied der Entführerbande, das ihn vielleicht beobachtete, zu erkennen zu geben, daß er der richtige Mann war. Nichts. Er ging noch ein bißchen auf und ab.

Zehn Minuten vergingen auf diese Weise; dann marschierte er zum Wagen zurück und stieg ein.

»Ich weiß nicht, was los ist«, sagte er. »Es ist niemand zu sehen. Wir waren doch pünktlich?«

»Es ist Viertel nach neun«, sagte ich. »Vielleicht sind wir zu früh. Hier drinnen ist es wärmer. Bleiben Sie einen Augenblick sitzen.«

Wir saßen da. Die Unterhaltung bestritt der Wind draußen.

Dann sagte Condon: »Da kommt jemand!«

Ein kleiner, fetter Mann mit einer Mütze und einem Taschentuch vor dem Gesicht kam auf der Jerome Avenue auf uns zu.

Condon stieg schnell aus dem Wagen. Er ging auf den Mann zu. Der Mann ging auf ihn zu.

Und an ihm vorbei.

Condon drehte sich um, blieb mitten auf dem Bürgersteig stehen, kratzte sich am Kopf und blickte dem weitergehenden Mann nach. Dann schaute der Professor zu mir hinüber, zuckte die Achseln und kehrte zu dem schmiedeeisernen Tor zurück, vor dem er wieder auf und ab ging.

Um halb zehn wurde ich allmählich unruhig. Ich hatte mich schon halbwegs damit abgefunden, daß nichts passieren würde – vielleicht, weil ich mitgekommen war. Ich fragte mich auch, wo sich Wilsons Mann versteckte; ich nahm an, daß Wilson einen oder mehrere Männer mit der Beschattung von Condons Haus beauftragt hatte und wir hierher verfolgt worden waren. Aber unser Beschatter mußte verdammt gut sein. Denn ich kam mir allein vor. Nur ich, Condon, die Nacht, der Wind und die Hälfte der Toten der Bronx.

Condon wippte auf den Absätzen und wandte dem schmiedeeisernen Tor den Rücken zu.

Und nun, wie in einem Film um ein Spukhaus, streckte sich eine Hand zwischen den Gitterstäben nach dem Professor aus.

Ich beugte mich vor und wollte ihm etwas zurufen, doch der Professor setzte sich wieder in Bewegung. Er entfernte sich ein gutes Stück von der geisterhaften Hand und schaute überall hin, nur nicht in deren Richtung.

Dann wurde die Hand zurückgezogen, um Sekunden später mit einem weißen Gegenstand darin wieder aufzutauchen. Das weiße Ding flatterte wie ein Vogel. Ein Taschentuch, mit dem gewunken wurde. Wer auch immer sich auf dem Friedhof befand, er versuchte verzweifelt, den Professor auf sich aufmerksam zu machen, ohne ihm etwas zuzurufen.

Schließlich bemerkte Condon das Taschentuch, lief schnell zum Tor und sprach mit jemandem auf der anderen Seite. Ich drehte die Fensterscheibe herunter, und auch die auf der Beifahrerseite, konnte aber nichts bis auf den Wind hören.

Sie sprachen vielleicht zwei Minuten miteinander; dann trat Condon plötzlich zurück. Ich hörte, wie er »Nein!« sagte.

Ich griff nach meiner Pistole.

Dann sah ich, daß eine Gestalt, ein Mann in einem dunklen Übermantel und mit Hut, den Zaun hinauf- und auf der anderen Seite wieder hinabkletterte und fast vor Condons Füßen zu stehen kam. Für einen Sekundenbruchteil standen sich die beiden Männer gegenüber, der, der über den Zaun geklettert war, geduckt wie eine Katze.

»Es ist zu gefährlich!« sagte der Mann und lief los.

Der Bursche – er war etwa einen Kopf kleiner als Condon – rannte quer über die Straße, direkt vor mir her, doch ich bekam ihn nicht genau zu sehen; er hatte den dunklen Hut so tief hinabgezogen, daß er sein Gesicht verdeckte.

Ein Friedhofswächter war am Tor erschienen – anscheinend hatte dessen Auftauchen den Mann im dunklen Mantel in Angst und Schrecken versetzt – und rief: »He! Was ist hier los?«

Doch Condon ignorierte ihn. Der alte Knabe trabte dem Mann quer über die Straße hinterher. Ich hatte sie beide vor mir. Und ich hätte mich an der Jagd beteiligen können. Doch der Professor kam im Augenblick ganz gut allein zurecht. Ich blieb lieber Zuschauer – vorerst.

Der Mann lief in den Park, und Condon folgte ihm und rief ihm nach: »He! Kommen Sie zurück! Seien Sie kein Feigling!«

Der Bursche wurde langsamer, drehte sich um und wartete auf Condon. Sie waren kaum hundert Meter weit in den Park eingedrungen. Der Friedhofswächter hatte sich gar nicht erst die Mühe gemacht, das Tor aufzuschließen; er blieb dahinter, um die Toten zu bewachen. Condon und der andere Mann standen neben einer kleinen Hütte des Parkgärtners mit einer Bank davor hinter ein paar Bäumen.

Condon deutete auf die Bank, und der Bursche dachte darüber nach und setzte sich dann. Condon setzte sich ebenfalls.

Sie saßen da und sprachen. Lange, lange Zeit.

Ich fragte mich, ob ich aus dem Wagen steigen, mich zu den Bäumen und Büschen schleichen und sie belauschen sollte. Aber die Gefährten des Burschen beobachteten mich vielleicht, und dann würde die ganze Sache platzen. Und ich konnte sowohl Condon als auch den Mann in dem dunklen Mantel genau ausmachen. Sollte es Schwierigkeiten geben, konnte ich in ein paar Sekunden bei ihnen sein.

Aber es gab keine Schwierigkeiten. Sie saßen einfach da und sprachen miteinander.

Währenddessen schmorte ich, die Pistole auf dem Schoß, im Wagen und sah mich nach irgend jemandem um, nach Entführern, T-Men, unbeteiligten Passanten, nach irgend jemandem. Aber heute abend war die Bronx so tot wie der Friedhof Woodlawn.

Schließlich, nach einer Ewigkeit, standen sie auf.

Und schüttelten sich die Hände.

Der Mann in dem dunklen Mantel drehte sich um, ging tiefer in den Park hinein und verschwand schließlich außer Sicht. Condon sah ihm nach und kam dann langsam auf meinen Wagen zu. Er lächelte.

»Ich glaube, das ist ganz gut gelaufen«, sagte er, als er einstieg.

»Ich hätte Ihnen ja die Tür geöffnet«, sagte ich, »aber meine Hände sind vor Kälte ganz taub. Sie haben über eine Stunde mit diesem Burschen gesprochen.«

»Es besteht nicht mehr der geringste Zweifel«, sagte er. »Wir stehen mit den richtigen Leuten in Verbindung. Sie haben das Baby. Jetzt ist es nur noch eine Frage der Zeit.«

»Und des Geldes. Sie können sich nicht vorstellen, wie nahe ich dran war, Ihnen zu folgen. Ich hätte mir dieses Arschloch schnappen sollen.«

»Was hätte das gebracht? Sie hätten alles verdorben!«

»Vielleicht«, sagte ich. »Aber ich glaube langsam, diese Mistkerle wollen uns zum Narren halten. Das Kind könnte schon längst tot sein.«

Condon erbleichte, erholte sich aber schnell, und unter dem Walroßschnurrbart spähte ein dummes Grinsen hervor. »Nein, nein. Es ist alles in Ordnung. Sie füttern das Kind nach dem Speiseplan, der in der Zeitung stand.«

Als wir zu seinem Haus zurückfuhren, erzählte er mir lebhaft von seinem Gespräch mit dem Mann, der seinen Namen mit ›John‹ angegeben hatte. Und dann erzählte er Breckinridge davon, und am nächsten Tag Lindbergh. Ich hörte es dreimal, und jedesmal war es eine andere Geschichte.

Der Mann in dem dunklen Übermantel und mit dem dunklen Hut hatte sich das weiße Taschentuch vor das Gesicht gehalten, als er durch die Gitterstäbe des Eisentors mit dem Professor sprach.

»Haben Sie es? Das Geld?« hatte der Mann gefragt.

»Nein«, sagte Condon. »Ich kann das Geld erst bringen, wenn ich das Päckchen gesehen habe.«

Mit ›Päckchen‹ meinte der Professor selbstverständlich das Kind.

In diesem Augenblick hatte in der Dunkelheit ein zerbrechender Zweig laut wie ein Pistolenschuß geknallt, und beide Männer waren zusammengefahren.

»Ein Bulle!« sagte der Mann. »Er gehört zu Ihnen!«

Dann war der Mann über das Tor geklettert und hatte einen Augenblick lang ohne seine ›Maske‹ Condon gegenüber gestanden.

»Sie haben die Bullen mitgebracht!«

»Nein! Das hätte ich doch nie getan!«

»Es ist zu gefährlich!«

Ich unterbrach Condons Geschichte, um ihn zu bitten, den Mann zu beschreiben.

»Ich habe sein Gesicht nur für einen flüchtigen Augenblick gesehen«, sagte Condon.

»He, Sie haben doch über eine Stunde mit dem Kerl dagesessen und sich mit ihm unterhalten!«

»In der Dunkelheit, während er den Hut hinabgezogen und den Mantelkragen hochgeschlagen hatte«, stellte Condon klar. »Aber ich kann immerhin sagen, daß er knapp unter einem Meter und achtzig groß war, etwa dreißig bis fünfunddreißig Jahre alt und schätzungsweise hundertsechzig Pfund wog. Helles bis kastanienbraunes Haar.«

»Sie haben doch gesagt, er hätte den Hut nicht abgenommen.«

»Ja, aber das ist trotzdem seine Haarfarbe. Ich schließe das aus der Farbe seiner Koteletten und dem Haar um seine Ohren. Er hatte fast mandelförmige Augen, wie ein Chinese.«

»Ein Akzent?«

»Ja. Er sprach das *T* wie *D* und das *C* wie *G* aus.«

»Ein Deutscher?«

»Aus Skandinavien, würde ich sagen.«

Nach ihrem kurzen Gespräch von Angesicht zu Angesicht war der Mann (vor dem geparkten Wagen mit mir darin) über die Straße in den Park gelaufen, und Condon war ihm – nachdem er dem sich nähernden Friedhofswärter versichert hatte, daß alles in Ordnung war – dorthin gefolgt, und sie hatten sich auf die Parkbank neben dem Schuppen gesetzt.

Condon behauptete, er habe den Mann gescholten und ihm aufgetragen, sich nicht so unhöflich zu benehmen: »Sie sind mein Gast!«

Nach dieser Lektion in gutem Benehmen hatten sie schweigend dagesessen, bis der ›Gast‹ schließlich das Wort ergriff. »Es ist zu gefährlich. Es würde dreißig Jahre Knast bedeuten. Oder ich könnte grillen. Und ich bin nur ein Vermittler.«

Condon hatte der Sinn dieser Worte nicht gefallen. »Was meinen Sie damit, Sie könnten ›grillen‹?«

»Wenn das Baby tot ist, würde ich grillen.«

»Tot! Was sitzen wir denn noch hier, wenn das Kind tot ist?«

»Das Baby ist nicht tot«, hatte der Mann mit beruhigender Nüchternheit gesagt. »Würde ich grillen, wenn das Kind *nicht* tot ist?«

»Ich bin Lehrer, Sir, kein Anwalt. Geht es dem Kind gut?«

»Dem Baby geht es besser als je zuvor. Wir geben ihm mehr zu essen, als wir in der Zeitung von Mrs. Lindbergh gelesen haben. Sagen Sie ihr, sie sich keine Sorgen machen. Sagen Sie auch dem Colonel, sich keine Sorgen machen. Baby ist wohlauf.«

»Woher weiß ich, daß ich mit dem richtigen Mann spreche?«

»Sie haben ihn bekommen, Brief mit meiner Signatur. Selbe Signatur wie auf Brief in Kinderbett.«

Hier unterbrach ich Condon erneut: »Aber er lag nicht in dem Bett, sondern auf dem Fensterbrett.«

Condon machte eine abfällige Geste. »Diesen kleinen Widerspruch können Sie im Vergleich mit den Informationen, die ich dann erhalten habe, vernachlässigen.« Als er mit seinem ›Gast‹ auf der Bank saß, hatte Condon einen kleinen Beutel aus Sackleinwand aus seiner Tasche geholt, ihn geöffnet und die Sicherheitsnadeln herausgefischt, die er aus dem Kinderzimmer der Lindberghs mitgenommen hatte.

»Erkennen Sie das?« fragte Condon.

»Sind Nadeln aus Bett des Kindes«, sagte der Mann.

Ich schüttelte den Kopf, als ich das hörte und Condon dann zu mir sagte: »Und damit habe ich über jeden Schatten eines Zweifels hinaus bewiesen, daß ich in der Tat mit dem Mann sprach, der im Kinderzimmer gestanden und das Kind aus seinem Bett gehoben hat!«

»Professor«, sagte ich, »man muß kein Genie sein, um darauf zu kommen, daß solche Sicherheitsnadeln aus einem Kinderbett stammen.«

»Aber er hat sie als die Nadeln aus dem Kinderbett der *Lindberghs* identifiziert!«

»Ja, genau. Stellen Sie sich mal vor, er hätte gesagt, sie stammten aus dem Bett des Enkels des Präsidenten. Fahren Sie fort, fahren Sie fort.«

Condon hatte den Mann nach seinem Namen gefragt.

»John«, hatte er gesagt.

»Ich heiße auch John. Woher kommen Sie, John?«

»Weiter weg als Boston.«

»Und was sind Sie von Beruf, John?«

»Matrose.«

»Sind Sie Deutscher?« hatte er ihn auf deutsch gefragt, doch der Mann hatte nur verwirrt dreingeschaut. Daraufhin wiederholte der Professor die Frage in englischer Sprache.

»Sind Sie Deutscher?«

»Nein«, sagte John, »ich komme aus Skandinavien.«

John nahm sich dann die Zeit, John zu erklären, daß

seine (also Johns) Mutter, falls sie noch lebte, diese schäbige Entführung zweifellos mißbilligen würde. Dann verschwendete John noch mehr Zeit damit, seinen ›Gast‹, der einen schlimmen Husten hatte, zu überzeugen, wegen der Kälte seinen (also Condons) Mantel überzuziehen.

Das Baby, erzählte John dem Professor, befände sich auf einem Boot (›Bood‹, sprach er es aus). Das Boot wäre sechs Stunden entfernt und könne anhand von zwei weißen Tüchern an seinen Masten identifiziert werden. Das Lösegeld sei auf siebzigtausend Dollar erhöht worden, weil Lindbergh sich den Anweisungen widersetzt und die Bullen hinzugezogen hatte; außerdem müßten die Entführer für den Fall, daß sie Anwälte bräuchten, Geld beiseite legen. Die Bande bestünde aus sechs Personen, von denen zwei ›Frauen‹ wären. Johns Boß sei ›Nummer Eins‹, ein ›kluger Mann‹, der für die Regierung arbeite. Nummer Eins würde zwanzig Riesen von den siebzig bekommen, und John und die beiden anderen Männer und die beiden Kindermädchen jeweils zehntausend.

»Anscheinend haben Sie den gefährlichsten Job«, sagte Condon mitfühlend.

»Ich weiß.«

»Sie bekommen nur zehntausend Dollar. Ich glaube nicht, daß Sie einen fairen Anteil bekommen.«

»Ich weiß.«

»Hören Sie, John – trennen Sie sich von den anderen. Kommen Sie mit mir in mein Haus. Ich werde Ihnen tausend Dollar von meinen Ersparnissen geben und Colonel Lindbergh fragen, ob er Ihnen noch mehr gibt. Auf diese Weise würden Sie auf der Seite des Gesetzes stehen.«

John schüttelte den Kopf. »Nein«, sagte er. »Das kann ich nicht machen. Der Boß würde mich abmurksen. Sie würden mich umnieten.«

»Man wird Sie schnappen, John! Denken Sie an Ihre Mutter!«

»Man wird uns nicht schnappen. Wir zu sorgfältig geplant – wir uns ein Jahr lang darauf vorbereitet.«

Condon bot ihm an, sich im Austausch gegen das Kind als Geisel zur Verfügung zu stellen, und als John dies ablehnte, bat Condon, das Kind zumindest sehen zu dürfen. Sicherlich rechne John nicht damit, daß Lindberghs Beauftragter ihm das Geld geben würde, ohne das Kind vorher zu sehen.

»Nein!« sagte John. »Nummer Eins würde uns beide umnieten, wenn ich Sie dorthin bringe. Aber ich werde bis zehn Uhr Montag morgen Beweis schicken, daß wir den Jungen haben.«

»Einen Beweis?«

»Seinen Schlafanzug.«

Dann, behauptete Condon, habe John ihn – der das Gespräch auf dieses Thema gebracht hatte – mehrere Minuten lang überzeugen wollen, daß Red Johnson und Betty Gow nichts mit der Entführung zu tun hatten, daß sie unschuldig waren.

»Das«, sagte Condon zu mir, »müßte für die Lindberghs wie auch für die Polizei eine große Erleichterung sein.«

Ich erwiderte nichts darauf. Meine Gedanken entsprachen nicht gerade denen des alten Ziegenbocks: Mir kam es verteufelt verdächtig vor, daß Condon sich bei diesem John nach Johnson und der Gow erkundigt hatte, und geradezu lächerlich, daß ein Entführer ›nachdrücklich‹ für diese Fremden eingetreten war ... außer natürlich, sie waren ihm gar nicht fremd.

Als John aufstand, hatte er eine letzte Frage gestellt. »Sie werden wieder Anzeige in *Bronx Home News* setzen?«

»Das werde ich«, sagte Condon.

»Schreiben Sie ›Geld ist bereit‹«, sagte John, trat zurück und hob warnend einen Finger. »Und diesmal muß es wirklich bereit sein.«

Und er drehte sich um und verschwand in der Dunkelheit.

»Sie haben ihm die Hand gegeben«, sagte ich, »bevor er in den Park lief.«

»Ja«, sagte Condon, »aber nicht als Freunde. Eher als Verhandlungspartner, die zu einer gewissen Übereinkunft gekommen sind.«

Jede Übereinkunft mit Dr. John F. Condon mußte eine schlechte Übereinkunft sein.

Doch der Professor war mit sich und seinem Abenteuer sehr zufrieden – und geradezu erfreut darüber, die Möglichkeit weiterer Verhandlungen offengehalten zu haben, die zu der sicheren Rückgabe des Jungen führen würde.

Ich hingegen konnte nur hoffen, daß Wilsons Leute uns dorthin gefolgt waren, uns beobachtet und ›John‹ weiterhin beschattet hatten.

Und doch wurde ich das Gefühl nicht los, Mist gebaut zu haben. Ich hätte aus dem Wagen steigen und sie belauschen und dann entweder diesem Arschloch ›John‹ folgen oder ihn mir schnappen und das Leben oder die Wahrheit aus ihm hinausprügeln sollen.

Was immer zuerst gekommen wäre.

14

Der Schlafanzug, den ›John‹ uns bis Montag morgen zehn Uhr versprochen hatte, traf erst am Mittwoch mit der Post ein.

Die Tage bis dahin waren langweilig und angespannt zugleich, wenngleich das Wetter schön geworden war. Über Nacht war der Winter dem Frühling gewichen, was nicht ausschließlich eine gute Nachricht war, da sie einen neuerlichen, in seinen Ausmaßen ungeahnten Ansturm von Touristen auf das Anwesen der Lindberghs mit sich brachte. Die Staatspolizei von New Jersey war zur Abwechslung einmal in ihrem Element und erfüllte endlich eine Aufgabe, für die sie qualifiziert war: sie regelte den Verkehr. Schwarzkopfs Jungs in ihren schicken Uniformen wehrten die Schaulustigen mannhaft ab, obwohl sie – die reinste Ironie, wenn man bedachte, um wessen Anwesen es sich handelte – machtlos gegen die Piloten waren, die für zweieinhalb Dollar pro Ticket ihre Maschinen mit Passagieren vollstopften und dann den lieben, sonnigen Tag lang über das Haus und die Umgebung flogen, zur Freude der Neugierigen, die ihre Hälse reckten, und zum Verdruß aller anderen auf dem Boden.

Am Dienstag, zwei Wochen nach der Entführung, gab Colonel Schwarzkopf eine Pressekonferenz, bei der es, unter anderem, auch um Henry ›Red‹ Johnson ging; anscheinend war der Matrose für unschuldig befunden worden, was den Fall Lindbergh betraf, doch er befand sich noch im Gewahrsam der Bundesregierung, und ihm drohte die Deportation, da er illegal in das Land eingewandert war. Dabei sagte Schwarzkopf den Reportern allerdings nicht – weil er es nicht wußte – daß ich Frank Wilson von der Steuerfahndung vorgeschlagen hatte, man solle den für Johnsons Abschiebung erforderlichen Papierkram im Schneckentempo erledigen, für den Fall, daß sich später herausstellen sollte, daß Johnson doch nicht so ganz ›unschuldig‹ sein sollte.

Wilson arbeitete weiterhin mit mir zusammen, und ich mit ihm, doch er hatte meinen Verdacht in bezug auf das nächtliche Friedhofstreffen mit ›John‹ bestätigt: niemand hatte Condon und mich beschattet, und demzufolge hatte auch niemand John verfolgen können.

»Die Befehle kommen von ganz oben«, hatte Wilson zu mir gesagt. »Sie wissen ja, Lindbergh und Mills sind alte Kumpel.«

Wilson meinte Ogden Mills, den Finanzminister.

»Das ist doch verrückt«, sagte ich.

»Man hat uns befohlen, die Finger davon zu lassen«, sagte Wilson verdrossen. »Keine Beschattung Condons, keinerlei Einmischung was die Vorgehensweise betrifft, wie Colonel Lindbergh den Fall bearbeitet haben will.«

Trotz ihrer beschränkten Möglichkeiten setzten Wilson und die Steuerfahndung ihre eigene Ermittlung fort, zu der auch die Suche nach Capones Soldat Bob Conroy gehörte; doch Jafsie, John und die ganze elende Mannschaft hatten einen Freifahrtschein bekommen.

Gegen halb elf am Mittwoch morgen erhielt Professor Condon in seinem Haus im wunderschönen Stadtteil Bronx ein biegsames, in braunem Papier verpacktes Päckchen, in dem sich offensichtlich der Schlafanzug befand. Doch der alte Knabe packte es nicht aus, sondern rief statt dessen Breckinridge in dessen Kanzlei an, damit dieser Lindbergh bat, ihn aufzusuchen und die ehrenvolle Aufgabe persönlich zu übernehmen. Condon behauptete, seine Gründe dafür zu haben, und einer davon war offensichtlich der Wunsch, Lucky Lindy als Hausgast bewirten zu können.

Doch es war schon dunkel geworden, als es Lindbergh und mir endlich gelang, uns vom Anwesen zu schleichen. Es wimmelte noch immer vor Reportern und Schaulustigen. Ich fuhr, und Lindy kauerte sich auf dem Rücksitz nieder. Er trug eine Mütze und eine Brille mit großen, undurchsichtigen Gläsern, ein Flanellhemd und abgescheuerte, verblichene Denimhosen. Die Nacht war kühl, doch er hatte auf einen Mantel verzichtet – er sah aus wie ein Lieferjunge. Er hatte auch das entsprechende jugendliche Gesicht.

Wir trafen um kurz nach ein Uhr morgens vor Condons Bungalow in der Bronx ein. Der Professor öffnete die Tür und schien einen Augenblick lang nicht zu wissen, wer Lindbergh war, bis dieser die bernsteinfarbige Brille abnahm. Nicht, daß Slims Verkleidung undurchdringlich gewesen wäre: ich vermutete, daß Condon sich jeden Morgen im Spiegel mit demselben verwirrten Gesichtsausdruck begrüßte.

»Ich habe etwas für Sie«, sagte Condon ernst zu Lindbergh, als wir ihm durch die Diele ins Wohnzimmer folgten, wo Colonel Breckinridge – noch immer Condons Hausgast – auf uns wartete.

Das Packpapierbündel lag auf dem Klavier, direkt neben dem Paisleyschal.

»Sind Sie ganz sicher«, sagte Condon und berührte Lindberghs Arm, »daß Sie sich den Inhalt dieses Päckchens anschauen möchten – daß Sie es *ertragen* können?«

Lindbergh sagte nichts; er griff einfach nach dem Päckchen und schickte sich an, es vorsichtig zu öffnen, wie eine sparsame Hausfrau, die das bunte Geschenkpapier fürs nächste Jahr retten wollte, ein Weihnachtsgeschenk auspackt. Ein Brief lag anbei, doch den schob er zunächst einmal beiseite. Er hob ein kleines, wollenes Kleidungsstück hoch – einen grauen Schlafanzug. Ein rotes Schild am Kragen verkündete die Marke – Dr. Denton's – und die Größe – zwei.

Lindbergh sah ihn verwundert an und roch daran. »Ich glaube, er ist gewaschen worden«, sagte er.

»Lassen Sie mich mal sehen«, sagte ich.

Er gab ihn mir zögernd, als wäre der schlaffe Schlafanzug das Kind persönlich. »Stimmt. Er könnte gewaschen worden sein«, sagte ich, nachdem ich ihn mir angesehen hatte. »Er könnte aber auch neu sein. Wer immer ihn geschickt hat, hat ihn vielleicht gerade erst gekauft.«

Lindbergh verzog das Gesicht. »Woher sollten die Entführer wissen, was für einen Schlafanzug sie kaufen müssen? Wir haben der Presse absichtlich eine falsche Beschreibung gegeben.«

Das stimmte: die Presse hatte erfahren – und gedruckt – daß der Schlafanzug aus ›feiner, weißer Baumwolle‹

bestand, mit Knöpfen auf der Brust. Der hier trug die Knöpfe auf dem Rücken, war grau und hatte eine Brusttasche.

»Jemand, der in Ihrem Haus arbeitet, könnte es wissen«, sagte ich.

Er verzog wütend das Gesicht. »Ich bin überzeugt, daß es sich um Charlies Schlafanzug handelt.«

»Na schön. Sie sind überzeugt. Dann sehen Sie sich lieber mal den Brief an.«

Er las ihn. Wir alle lasen ihn. Er war mit der mittlerweile vertrauten Signatur der ineinander übergreifenden Kreise gekennzeichnet und besagte:

Werter Herr,
unser Mann hat das Gelt nicht bekommen. Es gibt keine weiteren vatraulichen Träffen nach dem Träffen vom 12 März. Diese Vereinbarungen sind gefärlich für uns. Wir werden unserem Mann nicht erlauben das er sich noch mal mit Ihnen trifft. Die Umstände erlauben uns nich den Austausch so zu machen wie Sie wollen. Es ist unmöglich führ uns. Es kommt nich in Frage, das Baby an andern Ort zu bringen und jemand zu zeigen. Sie scheinen angst zu haben das wir die richtigen Leute sind und der Junge wolauf ist. Naja Sie haben unsere Singnatur. Es ist immer die gleiche wie beim ersten mahl besonders die drei Lochen.

Auf der Rückseite wurde der Brief fortgesetzt:

Jetzt schicken wir Ihnen Schlafanzug von Baby obwohl uns das 3 Dollar kostet weil wir neuen kaufen mühsen. Bitte sagen Sie Mrs. Lindbergh Sie soll sich nicht sorgen das Baby ist wolauf. Wir müssen ihm nun mehr zu esen geben als in der Zeitung stand.
Sind Sie bereit die 70000 Dollar nich 50000 zu bezalen ohne das Baby vorher zu sehen oder nich. Lassen Sie

uns das in New York-american wissen. Anders geht es nich. Weil wir nich unser sicher Versteck aufgeben oder das Baby transportieren wohlen. Wenn Sie bereit sind auf diesen Handel einzugehen setzen Sie das in die Zeitung.
Ich akzeptiere Gelt ist bereit. *Unser Vorschlag ist acht Stunden nach dem wir das Gelt bekommen haben werden wir Sie benachrichtigen wo Sie das Baby finden. Wenn Sie uns eine falle stellen müssen die die Verantwortung dafür tragen was dann passirt.*

»Was hat das zu bedeuten?« fragte Breckinridge, nachdem er die Mitteilung gelesen hatte. »Dieser Satz hier . . . ›Die Umstände erlauben uns nicht, den Austausch so zu machen, wie Sie wollen.‹«

»Ich habe den Mann gebeten«, sagte Condon, »daß er mich zu dem Ort bringt, an dem das Kind festgehalten wird, damit ich mich davon überzeugen kann, daß der Junge wohlauf ist.«

»Wenn er uns das Kind nicht sehen läßt, bevor wir bezahlt haben«, sagte Lindbergh verdrossen, »müssen wir eben wohl oder übel zahlen.«

»Na ja«, sagte Condon fröhlich, »immerhin hat der Bursche bis jetzt jedesmal Wort gehalten. Und wir haben ihm gegenüber Wort gehalten.«

»Ja«, sagte Lindbergh mit einem gleichzeitig gequälten wie auch lebhaften Blick. »Es besteht kein Grund zu der Annahme, daß die Entführer meinen Sohn nicht herausgeben werden, nachdem sie das Geld bekommen haben.«

Ich sagte nichts. Diese beiden würden wohl nur Vernunft annehmen, wenn man sie in Zwangsjacken steckte.

»Am besten entwerfen wir jetzt unsere Antwort für die Entführer«, sagte Condon und legte großväterlich eine Hand auf die Schulter seines berühmten Gasts. »Für die Zeitungsannonce.«

Wir saßen im Wohnzimmer, und Condon, Breckinridge und Lindbergh dachten über den Text nach. Ich beteiligte mich nicht an ihren Überlegungen. Ich dachte an Chicago, wo nun der Schnee schmelzen würde.

»Wir dürfen die Verhandlungen nicht zu sehr in die Länge ziehen«, sagte Lindbergh. »Wenn die Entführer ungeduldig werden oder die Zeitungen Wind davon bekommen, könnte das Leben meines Sohnes verwirkt sein.«

»Sir«, sagte Condon, »ich glaube, wir sollten zumindest versuchen, das Kind zu sehen zu bekommen, bevor wir das Lösegeld zahlen.«

Ich wäre fast von der Couch gefallen: der alte Knabe hatte tatsächlich mal was Vernünftiges gesagt.

»Nein«, sagte Lindbergh. »Wir sind nicht in der Position, Forderungen zu stellen. Es ist ihr Spiel; wir spielen nach ihren Regeln. Schalten Sie die Anzeige, die die Entführer sehen wollen.«

Kurz nach drei Uhr morgens kam Condons hübsche, verdrossene Tochter Myra herein und teilte uns mit, sie habe im Eßzimmer einen leichten Imbiß zubereitet. Ich hatte keine Ahnung, wieso sie hier war, und ich fragte auch nicht. Aber sie war diesmal eine Spur freundlicher als beim letzten Mal, wahrscheinlich wegen der Anwesenheit des berühmten Colonels Lindbergh; und ihre Sandwiches mit Geflügelsalat und ihre Limonade waren hervorragend. Eine halbe Stunde später brachen wir auf, und Lindbergh blieb neben dem Klavier im Wohnzimmer stehen, auf dem neben dem Paisleyschal das geöffnete Päckchen lag.

Lindbergh griff schnell und ungeduldig danach und gab es mir dann, als hätte er sich daran die Finger verbrannt.

»Wir fahren lieber zurück«, sagte er zu mir, »und zeigen Anne den Schlafanzug.«

Ich fuhr – mit dem berühmtesten Piloten der Welt als Passagier. Eine beträchtliche Weile schwiegen wir. Wir näherten uns der George-Washington-Brücke, deren silberfarbiger Bogen sich undeutlich vor der Nacht abhob, eine Parade flackernder Lichter, die sich darauf über den Hudson bewegten. Wir schlossen uns dieser Parade an, und als das städtische New Jersey dem ländlichen New Jersey wich, fing er zu sprechen an.

»Sie halten mich für töricht, nicht wahr, Nate?«

»Ich halte Sie für menschlich. Das Problem ist nur, daß die meisten Leute, die Ihnen Ratschläge geben, Sie nicht für menschlich halten.«

Er blickte geistesabwesend aus dem Fenster in die Dunkelheit. Er trug noch immer die bernsteinfarbige Brille und die Mütze; er behielt sie auf, bis wir zu Hause waren. »Ich kann es kaum erwarten, diese Sache hinter mich zu bringen.«

»Erwarten Sie nicht zu viel.«

Er sah mich an. »Vertrauen Sie Condon?«

»Nicht besonders.«

»Halten Sie ihn für einen Komplizen?«

»Vielleicht. Oder für einen Betrüger.«

»Oder genau für das, was er zu sein scheint?«

»Und das wäre, Slim?«

»Ein gutherziger, alter Patriot, der nur helfen will . . .« Und er hielt inne.

»Der dem ›Einsamen Adler‹ helfen will? Vielleicht. Eine wichtigere Frage ist, ob diese Erpresser die Leute sind, die Ihren Sohn haben.«

»Sie bezweifeln das?«

»Sie könnten aufgrund von Informationen von Dienstboten handeln, oder von Mickey Rosner. Sie wissen zum Beispiel nichts, was ich nicht auch weiß. Und was, zum Teufel, wissen Sie von mir?«

»Ich weiß, daß ich Ihnen vertrauen kann.«

»Tja, das sollten Sie aber nicht. Sie sollten verdammt noch mal niemandem trauen.«

»Ich vertraue meinen Instinkten.«

»Und Ihre Instinkte verraten Ihnen, daß ›John‹ einer der Kidnapper ist?«

Er legte den Kopf auf die Seite, aber es war kein verneinendes Kopfschütteln. »Ich breche keine Brücke hinter mir ab, über die ich zu meinem Sohn gelangen könnte. Und dieser Schlafanzug . . .«

»Dieser Schlafanzug ist Massenware, Slim. In einem Warenhaus gekauft, ohne Wäschereizettel oder andere Erkennungsmerkmale. Es gibt Tausende, Zehntausende davon.«

»Vergessen Sie dabei nicht, daß ich den Zeitungen eine falsche Beschreibung des Wäschestücks gegeben habe?«

»Doch, das weiß ich. Vielleicht haben die Erpresser einfach Glück gehabt, oder jemand aus Ihrem Haushalt hat ihnen einen Tip gegeben. Da fällt mir noch etwas ein – hat Ihr Sohn im Haus Ihrer Schwiegermutter in Englewood nicht ein eigenes Zimmer?«

»Ja. Warum?«

»Wie viele dieser Schlafanzüge, genau derselben Marke, liegen in einer Schublade im Kinderzimmer in Englewood?«

»Das weiß ich nicht. Ich glaube nicht, daß wir über solche Dinge Buch geführt haben.«

»Genau. Und wieviel Personal gibt es dort? Etwa dreißig Leute – und jeder davon hätte den Erpressern eine Beschreibung des Schlafanzugs geben oder so ein Ding aus der Schublade klauen können. Das würde auch erklären, wieso Friedhof-John und seine Kumpane mehrere Tage brauchten, um Ihnen den Schlafanzug zu schicken. Und wieso er frisch gewaschen ist.«

Er sagte nichts.

»Übrigens hätte auch Condon einen Schlafanzug aus der Truhe Ihres Sohnes stehlen können.«

»Ist das Ihr Ernst?«

»Und nicht nur er, auch ich. Wir haben beide in diesem Zimmer geschlafen. Ich habe Condon erwischt, wie er die Spielzeugtruhe Ihres Sohnes durchwühlt hat, oder?«

Er sagte nichts; er runzelte die Stirn.

Ich schüttelte den Kopf. Wir fuhren jetzt durch Farmland, das sich auch in Illinois hätte befinden können. Ich wünschte, es wäre wirklich so gewesen.

»Anne wird es wissen«, sagte er.

»Was?«

»Ob es Charlies Schlafanzug ist. Anne wird es wissen.«

Ich war so klug, nichts darauf zu erwidern.

Wir fuhren schweigend weiter. Ich dachte über ein paar Dinge nach, über die ich ihn nicht ins Licht setzen wollte. Wie falsch mir die deutschen Untertöne der Briefe vorkamen, besonders angesichts dieser italienischen Redewendung – *statti citto* – während des Anrufs, den Condon bekommen hatte, und Condons eigener Entdeckung, daß die ›Singnatur‹ auf den Briefen von der Schwarzen Hand stammte. Die neueste Mitteilung enthielt wiederum eine verdächtige Anzahl richtig geschriebener schwieriger Wörter neben den falsch geschriebenen leichteren. Und Friedhof-John hatte Redewendungen aus der Unterwelt benutzt – ›der Boß würde mich abmurksen‹, ›uns beide umnieten‹. Natürlich konnte ein Einwanderer aus Skandinavien solche Ausdrücke aufgeschnappt haben. Aber irgendwie klang es einfach nicht richtig.

»Neulich«, sagte ich und brach das Schweigen, während der schwarze Himmel allmählich grau wurde, »haben Sie angedeutet, es gäbe andere ›Parteien‹, vom Professor einmal abgesehen, die vielleicht mit den Kidnappern in Verbindung stünden. Sie wollen mich nicht zufällig darüber ins Vertrauen ziehen, oder?«

Er zögerte nicht mit seiner Antwort. »Doch, Sie sollten es wissen. Es geht um Ihre ›Spezialität‹: Gangster. Das ist einer der Gründe, weshalb ich Sie gebeten habe, noch zu bleiben.«

Anscheinend war ein gesellschaftlich recht hochstehender Bürger aus Norfolk, Virginia, ein gewisser Commodore John Hughes Curtis, von einem Alkoholschmuggler angesprochen worden, der behauptet hatte, einer Bande von sechs Personen anzugehören, die das Lindbergh-Baby entführt habe.

»Curtis ist der Präsident einer der größten Werften des Südens«, sagte Lindbergh. »Er hat einen makellosen Ruf – Admiral Burrage hat mich sogar persönlich angerufen, um ein Treffen zwischen Curtis und mir zu arrangieren.«

Nun hatten wir endlich die endlose Liste der Colonels hinter uns gelassen und waren bei einem Commodore und einem Admiral angelangt.

»Admiral Burrage«, erklärte Lindbergh beinahe verteidigend, nachdem er zweifellos meinen zynischen Gesichtsausdruck bemerkt hatte, »war Kapitän des Kreuzers *Memphis*, jenes Schiffes, das mich von Paris zurückgebracht hat.«

Von seinem legendären Soloflug über den Atlantik, meinte er.

»Außerdem«, fuhr er fort, »hat sich auch Seine Ehren Reverend H. Dobson-Peacock für Curtis verbürgt.«

Und jetzt hatten wir einen Reverend auf der Liste. Seine Ehren.

»Wer ist dieser Peacock überhaupt?«

»Reverend Dobson-Peacock ist ein alter Freund der Familie Morrow. Der Reverend hat eine Kirche in Mexico City geleitet.«

Der verstorbene Dwight Morrow war Botschafter in Mexiko gewesen; während dieser Zeit hatten sich Anne Morrow und Charles Lindbergh kennengelernt, ineinander verliebt und umeinander geworben.

»Ich habe mich bereit erklärt, mich morgen nachmittag mit dem Admiral, dem Reverend und dem Commodore zu treffen«, sagte er. Irgendwie klang es nach einem Abzählreim. »Ich hätte Sie gern dabei.«

Ich bog auf die elendige, unbefestigte Straße ab, die sich mit dem Namen Featherbed Lane schmückte. Auf beiden

Seiten von uns schlich sich die Dämmerung wie ein weiterer neugieriger Schaulustiger durch das Gebüsch.

Plötzlich rückte Lindbergh mit etwas heraus, das er mir wohl unbedingt sagen wollte, wenngleich es ihm sehr peinlich war. »Haben Sie je von einem Mann namens Gaston Bullock Means gehört?«

Ich lachte schnaubend. »Machen Sie Witze? Klar hab' ich von ihm gehört. Der größte Schwindler aller Zeiten, und ›groß‹ meine ich in mehr als nur einer Hinsicht. In Chicago macht dieses fette Arschloch besonders gern Geschäfte.«

Lindberghs leise Antwort klang leicht mißbilligend: »Wie ich gehört habe, hat er früher für das Justizministerium gearbeitet.«

»Ja, als Agent für Burns, bevor J. Edgar Hoover da ordentlich aufgeräumt hat. Hoover ist ein Mistkerl, aber kein Gangster wie Burns und seine Jungs. Gaston Means war zu Hardings Zeiten der Geldbote der Ohio Gang. Warum, zum Teufel, fragen Sie mich nach diesem Hurensohn?«

Lindbergh schwieg für einen Augenblick. »Means behauptet ebenfalls«, sagte er dann, »mit der Entführerbande in Verbindung zu stehen.«

»Gott im Himmel.«

»Admiral Land hat mich angerufen . . .«

Noch ein Admiral!

». . . ein Verwandter von mir. Der Vetter meiner Mutter. Auf jeden Fall hat sich Mrs. Evalyn Walsh McLean aus der High Society Washingtons an Admiral Land gewandt.«

»Die Dame mit dem Hope-Diamanten?«

»Genau die. Sie hat vor ein paar Jahren ihren Sohn verloren – es ist müßig, darüber zu spekulieren, ob das etwas mit dem Fluch des Hope-Diamanten zu tun hat oder nicht – und versteht daher Anne und meine Lage vollkommen. Means steht in ihren Diensten.«

»Wieso denn das?«

»Das weiß ich nicht genau. Er hat schon öfter als Privatdetektiv für sie gearbeitet. Aber über sie hat er mir zwei Informationen mitgeteilt, die mich zu dem Schluß kommen lassen, daß wir ihm Gehör schenken sollten.«

»Und was sind das für Informationen?«

»Er behauptet, die Kidnapper hätten ihre Lösegeldforderung von fünfzigtausend auf hunderttausend Dollar erhöht, was zumindest in etwa den Mitteilungen entspricht, die wir von Friedhof-John und seiner Gang bekommen haben.«

»Und die andere?« Lindbergh schien zu zögern, mir sie zu verraten. Doch als wir schließlich vor dem geschlossenen Tor hielten, sagte er: »Er hat Mrs. McLean gesagt, die Beschreibung des Schlafanzugs, die in den Zeitungen gestanden hat, sei eine falsche Spur.« Lindbergh deutete auf das locker zusammengelegte braune Packpapier neben ihm, berührte es aber nicht. »Und er hat den Schlafanzug beschrieben, den Charlie tatsächlich getragen hat.«

»Diese Beschreibung kommt ja ganz schön rum«, sagte ich, »meinen Sie nicht auch?«

Er runzelte die Stirn, aber nicht vor Wut, sondern vor Verzweiflung.

Als wir das Haus erreichten, war es hell. Anne Lindbergh erwartete uns in einem dünnen, blauen Bademantel an der Tür des Personalwohnzimmers; ihr Gesicht war bleich; sie trug nicht das geringste Make-up, und ihr Haar war glatt zurückgekämmt. Sie wirkte verhärmt, aber voller Hoffnung.

Ich trug das Päckchen. Lindbergh nickte mir zu, und ich gab es ihr.

Sie zog den Schlafanzug heraus und hielt ihn in den ausgestreckten Händen, wie etwas gleichzeitig sehr Wertvolles und Schreckliches. Dann drückte sie das Päckchen an ihren Busen, daß das Papier knisterte und ein Ärmel des Schlafanzugs über ihre Schulter fiel.

Ihre Augen funkelten, und ihr Lächeln war verdammt tragisch.

»Das ist seiner«, sagte sie. »Das ist Charlies Schlafanzug.«

»Ein gutes Zeichen«, sagte Lindy mit einem tödlichen Lächeln. »Das bedeutet, daß wir den Entführern vertrauen können. Das bedeutet, daß die Verhandlungen endlich, wahrhaftig und erfolgreich in vollem Gange sind.«

Sie drückte das braune Papier und den Schlafanzug an sich und sagte noch einmal: »Das ist seiner. Das ist Charlies Schlafanzug.«

Und danach bestand nicht mehr der geringste Zweifel daran.

Slim ließ keinen Zweifel mehr zu.

15

Am nächsten Spätnachmittag gingen Lindbergh, Schwarzkopf und ich zu einer schwarzen Limousine, die neben der Garagen-Kommandostelle ausrollte. Der Wagen hatte Nummernschilder des Staates Virginia und eine kleine amerikanische Flagge an der Antenne. Drei Männer stiegen aus.

Der Fahrer war ein hochgewachsener, schlanker Mann Ende Sechzig und trug unter einem braunen Kamelhaarmantel einen gutgeschnittenen, marineblauen Anzug; sein Gesicht erinnerte mich mit dem gestutzten, grauen Schnurrbart und dem steingrauen Haar mit ordentlichem Mittelscheitel an einen Raubvogel. Auf dem Rücksitz hatte ein stämmiger, allmählich erkahlender Bursche Mitte Fünfzig in einem schwarzen Anzug gesessen, mit kleinen, weit auseinanderstehenden Augen und einem

Mehrfachkinn über dem Priesterkragen. Vorn auf dem Beifahrersitz hatte das einnehmendste Mitglied dieses einzigartigen Trios gesessen, ein großer, sonnengebräunter, muskulös wirkender Bursche mit einem runden, sympathischen Gesicht unter einer flotten Melone; er trug einen grauen Mantel über seinem dunklen Anzug, unter dem eine rot, weiß und blau gestreifte Krawatte hervorspähte.

Lindbergh begrüßte sie und sprach zuerst mit dem hageren, schnurrbärtigen, falkengesichtigen Mann. »Admiral Burrage«, sagte er. »Schön, daß Sie hier sind.«

»Es ist mir ein Vergnügen, Sie wiederzusehen, Colonel«, sagte er mit ernstem Lächeln. »Es tut mir leid, daß es unter solchen Umständen geschehen muß. Wie geht es Ihrer Mutter?«

»Danke, gut.«

»Schön. Schön.« Burrage stellte den Geistlichen als den ehrenwerten Reverend Dobson-Peacock und den gebräunten, unverbindlichen Burschen als Commodore John Hughes Curtis vor.

»Das ist Colonel Schwarzkopf von der Staatspolizei von New Jersey«, sagte Lindbergh und deutete auf den Polizeibeamten in der beeindruckenden Uniform, und dieser gab allen drei Gästen die Hand. »Er wird unserem Gespräch beiwohnen, wie auch Detective Nathan Heller von der Polizei von Chicago.«

Sie betrachteten mich neugierig, was ich ihnen nicht verdenken konnte, und Curtis sagte mit einem koboldhaften Lächeln: »Sind Sie nicht ziemlich weit von Ihrem Revier entfernt, mein Sohn?«

»Eigentlich nicht«, sagte ich und schüttelte die Hand, die er mir reichte. »Vom ersten Tag dieser Entführung an gibt es Hinweise darauf, daß die Capone-Bande in die Sache verwickelt sein könnte. Ich bin hier, um diese Möglichkeit zu überprüfen.«

Curtis nickte ernst. »Das widerspricht keineswegs dem, was ich erfahren habe, Detective Heller.«

»Aus reiner Neugier, Commodore«, sagte ich, »bei wem oder was sind Sie Commodore?«

»Beim Jachtklub Norfolk.«

»Warum gehen wir nicht hinein«, sagte Lindbergh und deutete aufs Haus. »Wir haben viel zu besprechen.«

Elsie Whately brachte ein Tablett mit Tee und Kaffee ins Arbeitszimmer, und wir machten es uns mit den Tassen in den Händen auf den Stühlen bequem. Im Kamin brannte Feuer. Lindbergh, der Milch trank, nahm hinter dem unordentlichen Schreibtisch Platz. »Falls es Probleme gegeben haben sollte«, sagte er, »mich zu erreichen, tut es mir leid.«

Dobson-Peacock ergriff das Wort; seine Stimme klang so britisch wie sein Name.

»Ehrlich gesagt, Colonel«, sagte er, ohne seinen Zorn zu verbergen, »war es wirklich eine frustrierende Erfahrung, bis zu Ihnen vorzudringen. Ich habe eine Nachricht bei einem Herrn hinterlassen«, in das Wort ›Herr‹ hatte er beträchtlichen Sarkasmus gelegt – »der sich als Ihr ›Sekretär‹ ausgab – ein Mr. Rosner. Das war vor mehreren *Tagen*, Colonel.«

Lindbergh zog kurz eine Braue hoch und ließ sie wieder runter. »Das tut mir leid, Reverend. Aber die Dinge hier sind etwas aus den Fugen geraten. Es hat letzte Woche zwei Tage gedauert, bis ich das Weiße Haus zurückrufen konnte.«

»Charles«, sagte der Admiral sanft, »ich hoffe, Sie wissen, daß ich bis zum Ende der Welt gehen würde, um Ihnen zu helfen, Ihren Jungen zurückzubekommen.«

»Vielen Dank, Herr Admiral.«

»Dann verzeihen Sie mir die Frage, aber haben wir in letzter Zeit miteinander gesprochen?«

»Wie bitte? Nein . . . Ich bekam Ihren Brief und bat Colonel Breckinridge, sich bei Ihnen zu melden . . .«

»Nun ja, als ich hier anrief, sprach ich mit jemandem, der sich für Sie ausgab – es aber eindeutig nicht war.«

Ich hatte dieses Spielchen auch schon mal getrieben, war diesmal aber nicht der Schuldige.

»Zuerst habe ich mit diesem Rosner gesprochen«, sagte Burrage mit steifer Förmlichkeit, »der gesagt hat – und ich zitiere: ›Oh, noch ein Admiral, was?‹ Kurz darauf sprach ich mit jemandem, der sich als ›Colonel Lindbergh‹ ausgab und meine Informationen mit völliger Gleichgültigkeit behandelte. Ich bin nicht überzeugt, daß es sich dabei um ein- und denselben Mann gehandelt hat.«

»Meine Herren«, sagte Lindbergh, dem man seine Müdigkeit – und Verlegenheit – deutlich anmerkte, »es tut mir leid, daß Ihnen Unannehmlichkeiten bereitet wurden und man Sie ungebührlich behandelt hat . . .«

»Charles«, sagte Burrage, »bei Gott, niemand erwartet eine Entschuldigung, wirklich nicht. Wir wollten Ihnen lediglich klarmachen, weshalb es so lange gedauert hat, mit dieser möglicherweise lebenswichtigen Information bis zu Ihnen vorzudringen.«

»Wir könnten es nicht ertragen«, sagte Dobson-Peacock, die Teetasse geziert in der Hand haltend, »daß Sie uns für nachlässig halten, wo wir doch jede mögliche Anstrengung unternommen haben . . .«

Lindbergh hob eine Hand. »Sie sind hier. Die Verzögerung liegt hinter uns, wer immer die Schuld daran tragen mag. Commodore Curtis, ich würde gern Ihre Geschichte hören.«

Curtis strahlte. »Ich bin erleichtert, endlich hier zu sein, Colonel, wirklich erleichtert.« Er schluckte und begann: »Am Abend des neunten März nahm ich an einer Versammlung im Jachtklub Norfolk teil. Jeder Jachtbesitzer des Klubs war anwesend, eine dringende Angelegenheit – die Winterstürme haben einen höllischen Schaden an unseren Piers und Anlegestellen angerichtet. Sie wissen ja, wie das ist.«

Lindbergh nickte, die Hände wie zum Gebet vor sich gefaltet.

»Ich war einer der letzten, der die Versammlung verließ«, fuhr Curtis fort. »Und ich hatte, ehrlich gesagt, ein bißchen getrunken, aber was auf dem Parkplatz geschah, ernüchterte mich augenblicklich.«

Eine alte Hudson-Limousine hatte neben Curtis angehalten, oder besser gesagt, seinem grünen Hudson den Weg versperrt und ihn zum Anhalten gezwungen. Zuerst hatte er angenommen, es sei einer seiner Freunde aus dem Jachtklub, doch dann hatte er den Fahrer als Sam erkannt, einen Alkoholschmuggler, dem Curtis schon mehrmals behilflich gewesen war, sein Schiff reparieren zu lassen.

»Sam sprang aus dem Wagen«, erzählte Curtis, mit beiden Händen gestikulierend und mit eindringlichem Blick, »und sprang auf mein Trittbrett. ›Werden Sie nicht böse, Mr. Curtis!‹ sagte er. ›Ich muß mit Ihnen reden.‹«

Sam war auf den Beifahrersitz gerutscht und ›zitterte wie Espenlaub‹. Der normalerweise ›abgebrühte‹ Alkoholschmuggler brachte Curtis dazu, ihm zu versprechen, niemandem zu verraten, was er enthüllen würde. Curtis versprach es. Sam sagte, die Bande, die das Lindbergh-Baby entführt habe, habe ihn zu Curtis geschickt.

»Er hat gesagt, die Entführer wollten, daß er Kontakt mit mir aufnahm«, sagte Curtis und zeigte auf sich selbst, als könne er seinen eigenen Worten nicht glauben, »damit wir ein kleines, erhabenes Komitee von Bürgern Norfolks bildeten, die als Vermittler fungieren sollten ... um die Lösegeldzahlung und die Rückgabe des Kindes zu arrangieren.«

Warum ich? hatte Curtis gefragt. Und warum ausgerechnet Norfolk, Virginia? Sam hatte die zweite Frage beantwortet, indem er sagte, die Entführer befürchteten, Owney Maddens Mob aus New York könne verlangen, das Lösegeld zu teilen oder würde sie einfach übers Ohr hauen; und was die erste Frage betrifft ... nun ja, Curtis sei als ›ehrlicher Kerl‹ bekannt. Er habe – wie viele andere Dockbesitzer an der Küste – die Schiffe von Alkoholschmugglern repariert, sei aber gleichzeitig eine Stütze der Gesellschaft.

»Ich habe gefragt, warum die Entführer nicht mit den offiziellen Vermittlern der Unterwelt verhandelten, über die die Zeitungen schrieben«, sagte Curtis, »Spitale und Bitz. Und Sam sagte, die Bande habe sie als unbedeutsame Witzbolde abgetan.«

Ich unterbrach ihn mit einer Frage. »Wie zuverlässig ist dieser Bursche, dieser ›Sam‹?« Curtis zuckte die Achseln. »Ich habe ihn nie bei einer Lüge oder bei einem Betrugsversuch erwischt. Sagen wir mal so, für einen Mann in seiner zweifelhaften Branche ist er durchaus anständig. Ich habe sogar gelegentlich bei der Küstenwache ein gutes Wort für ihn eingelegt.«

»Wie lautete sein Nachname?«

»Das weiß ich nicht. Er verwendet viele falsche Namen.«

»Können Sie sich mit ihm in Verbindung setzen?« fragte Lindbergh.

Curtis nickte. »Ja. Aber ich bin der Ansicht, daß ich Sam in dieser Hinsicht schützen muß, um Ihren Sohn zu schützen. Es könnte riskant werden, wenn jemand außer mir Verbindung mit ihm aufnimmt.«

»Da stimme ich Ihnen zu«, sagte Lindbergh.

Und es ging wieder von vorn los. Wir nahmen an einem Spiel teil, dessen Regeln Betrüger bestimmten.

»Ich habe Sam nachdrücklich gesagt«, sagte Curtis nachdrücklich, »daß ich Sie unter keinen Umständen um Geld bitten würde, Colonel Lindbergh. Sam hat behauptet, dafür habe die Bande Verständnis, und die Entführer wollten, daß das Lösegeld auf einer Bank in Norfolk deponiert und erst freigegeben wird, *nachdem* das Kind sicher und wohlbehalten zurückgegeben wurde.«

Lindbergh kniff die Augen zusammen.

»Zumindest hat Sam das bei diesem ersten Gespräch

gesagt«, fuhr Curtis fort. Die nächsten Sätze flüsterte er beinahe, um das Melodram auf die Spitze zu treiben: »Sam hat vor vier Tagen angerufen. Er hat mir gesagt, die Entführer würden ›kribbelig‹ – aber dem Baby ginge es gut. Sie haben ein Kindermädchen angeheuert und befolgen die Ernährungshinweise, die Mrs. Lindbergh in den Zeitungen veröffentlicht hat. Sie haben auch gesagt, sie hätten einen neuen Strampler für das Kind gekauft.«

Die letzten Behauptungen stimmten mit dem überein, was Condons Kontaktmann auf dem Friedhof gesagt hatte; das Kindermädchen achte auf die richtige Ernährung; und sie hatten einen neuen Schlafanzug gekauft, nachdem sie Condon den alten geschickt hatten.

»Sam hat mir gesagt«, fuhr Curtis fort, »daß Sie bereits mit einem anderen Mitglied derselben Bande verhandeln. Sam hat gesagt, der Mann hier oben verlange zwischen fünfzigtausend und hunderttausend Dollar. Aber Sam sagt, er könne Ihnen Ihren Sohn für fünfundzwanzigtausend Dollar zurückgeben.«

Lindbergh und ich wechselten einen scharfen Blick. Die Presse hatte kein Wort von Condon erfahren – und doch schien die Bande aus Norfolk über Jafsies Verhandlungen und das erhöhte Lösegeld informiert zu sein.

»Wir betrachten es als Ausdruck des guten Willens der Entführer«, sagte Curtis, »daß sie nur fünfundzwanzigtausend Dollar verlangen, die auf den Namen von uns dreien – Reverend Dobson-Peacock, Admiral Burrage und mir – auf einer Bank in Norfolk deponiert werden sollen. Wir drei wurden als Verhandlungskomitee akzeptiert.«

Curtis hatte seine Geschichte beendet und setzte sich zurück, und auch Lindbergh setzte sich zurück und starrte seine gefalteten Hände an. Das Feuer knisterte und knackte. Die drei Herren aus Virginia wechselten unsichere Blicke. Stille hing wie Dampf im Zimmer.

Curtis brach unbeholfen das Schweigen. »Colonel –

wieviel Lösegeld sind Sie zu zahlen bereit? Ist diese Summe zu hoch . . .?«

»Ich kann keiner Summe zustimmen«, sagte Lindbergh, ohne aufzusehen, »bevor ich nicht einen eindeutigen Beweis habe, daß ich mit den richtigen Leuten verhandle.«

Natürlich konnte er diesem Trio nicht sagen, daß seine Verhandlungen mit Condons Friedhof-John bereits weit fortgeschritten waren. Selbst wenn ihr Kontaktmann, Sam, dies bereits zu wissen schien, war doch offensichtlich, daß Curtis, Dobson-Peacock und Burrage es nicht wußten.

»Wenn diese Leute mein Kind wirklich haben«, sagte Lindbergh, »können Sie es mir beweisen, indem sie mir eine gewisse körperliche Eigenart des Jungen beschreiben, die der Presse nicht mitgeteilt wurde.«

»Colonel«, sagte Curtis, der sich offensichtlich an Lindberghs Zögern rieb, »ich habe Sam wiederholt gesagt, daß das Geld unter keinen Umständen übergeben wird, bevor Sie nicht Ihren Jungen sicher in den Armen halten . . .«

Lindbergh erhob sich. »Meine Herren, ich hege nicht den geringsten Zweifel an Ihrer guten Absicht.« Er blickte Burrage an. »Admiral«, sagte er, »ich weiß, daß Sie nur das Beste für Anne, Charlie und mich wollen.«

Die drei Männer spürten, daß das Gespräch beendet war, und erhoben sich. »Aber ich bin im Augenblick nicht in der Lage, meine Herren, diese fünfundzwanzigtausend Dollar zu hinterlegen.«

»In diesem Fall, Colonel«, sagte Curtis, »könnte ich das Geld gemeinsam mit meinen Freunden aus dem Klub aufbringen . . .«

Lindbergh hob sanft die Hand. »Ich möchte keine Türen hinter mir zuschlagen, Commodore. Sagen Sie Ihrem Freund Sam, daß ich erst dann überzeugt sein werde, wenn er Ihnen – oder dem Admiral oder dem

Reverend – ein Foto von Charlie geben kann, das nach dem Abend seiner Entführung aufgenommen wurde.«

Curtis nickte, anscheinend besänftigend.

»Oder«, sagte Lindbergh, »bringen Sie diese Leute dazu, mir ein paar Zeilen zu schreiben und die Nachricht mit einem gewissen Symbol zu unterzeichnen.«

»Ein gewisses Symbol?« fragte Curtis.

»Sie werden es schon wissen«, sagte Lindbergh.

»Zumindest, wenn sie die richtigen Entführer sind. Ich möchte Ihnen für Ihre Bemühungen, Ihr Mitgefühl und Ihre lange Fahrt danken . . . könnte ich Sie dazu bewegen, zum Abendessen zu bleiben?«

»Es wäre uns eine Ehre«, sagte Curtis schnell.

Reverend Dobson-Peacock, der offensichtlich gern aß, nickte ebenfalls. Burrage schien leicht peinlich berührt zu sein, dankte Lindbergh jedoch und akzeptierte.

Lindbergh führte sie ins Wohnzimmer und bedeutete Schwarzkopf und mir, im Arbeitszimmer zu bleiben. Wir hörten, wie der Hund sie ankläffte. Lindy kehrte kurz darauf ohne sie zurück. »Nun?« sagte er.

»Ich kann mir keinen Reim darauf machen«, sagte ich.

Schwarzkopf lachte auf. »Das sieht Ihnen aber gar nicht ähnlich, Heller. Sonst haben Sie doch zu allem und jedem eine Meinung. Meistens eine negative.«

»Diesmal nicht. Der Admiral und der Reverend sind glaubwürdig – bei Curtis bin ich mir da nicht so sicher. Er scheint ziemlich von sich eingenommen zu sein.«

»Er ist ein erfolgreicher Schiffsbauer«, sagte Lindbergh.

»Wir haben schwere Zeiten«, sagte ich. »Eine Überprüfung seiner finanziellen Verhältnisse könnte nicht schaden.«

»Ich pflichte Heller bei«, sagte Schwarzkopf, selbst überrascht darüber, daß dies der Fall war.

Lindbergh nickte zustimmend. »Aber einiges von dem, was Curtis gesagt hat, stimmt mit den Informationen von Professor Condons Kontaktmann überein.«

»Bis auf die Tatsache, daß sein ›Sam‹ bereit ist, sich mit fünfundzwanzigtausend Dollar zufrieden zu geben«, merkte Schwarzkopf an. »›John‹ will siebzigtausend.«

Lindbergh seufzte und schüttelte den Kopf. »Ich weiß nicht, was ich glauben soll. Zum Teufel damit. Vielleicht ist es ein ermutigendes Zeichen, daß ein Bandenmitglied mir die Rückgabe meines Sohnes zum Sonderpreis anbietet.«

»Dieser Rabatt«, sagte ich, »muß nicht unbedingt ein gutes Zeichen sein.«

Beide sahen mich an.

»Es könnte bedeuten, daß es innerhalb der Gruppe Meinungsverschiedenheiten gibt. Wenn es sich um dieselbe Gruppe handelt, und verschiedene Mitglieder bieten uns das Kind zu verschiedenen Preisen an ... nun ja ...« Ich zuckte die Achseln.

Lindbergh ging zum Kamin und stocherte im Feuer. Es erstarb. Sein Mund war verkniffen.

»Übrigens, Colonel«, sagte Schwarzkopf, »ich möchte klarstellen, daß nicht ich Admiral Burrage am Telefon hereingelegt habe.«

»Das war Mickey«, sagte ich, »darauf wette ich zehn Dollar gegen zehn Doughnuts.«

»Zumindest steht fest«, sagte Schwarzkopf, »daß dieser kleine Gangster verdammt unverschämt zum Admiral war.«

Lindbergh sagte nichts. Stocherte nur im Feuer.

»Sie haben doch diesen Aufruhr neulich in den Zeitungen mitbekommen«, sagte ich, »als sich Rosner, Spitale und Bitz vor der Presse ausgekotzt haben? Tja, ganz so, wie es in den Zeitungen stand, war es nicht.«

»Was meinen Sie damit?« fragte Lindbergh.

Die Zeitungen hatten angedeutet, daß sie mit allen drei Männern jeweils zu Hause oder im Büro gesprochen hatten; ich erklärte ihm, daß sie in ihrer Flüsterkneipe eine Pressekonferenz gegeben und dabei die Reporter freigehalten hatten.

»Colonel«, sagte Lindbergh ziemlich geistesabwesend zu Schwarzkopf, »mir ist aufgefallen, daß Sie einige Ihrer Leute nach Hause geschickt haben.« Er fuchtelte in der glühenden Asche herum. »Wie habe ich das zu verstehen?«

Schwarzkopf nahm eine Hab-Acht-Stellung ein. »Eine reine Budgetmaßnahme. Ich fürchte, die fünftausend Dollar des Etats der Staatspolizei für Notfälle sind erschöpft.«

»Ah, ja.«

»Wir lassen uns nicht mehr aus New York versorgen, sondern bereiten die Mahlzeiten nun in der Kaserne Lambertville zu und bringen sie Tag für Tag mit dem Wagen hierher.«

Lindbergh nickte. Er blickte Schwarzkopf an; das Feuer leuchtete gelb auf dem ziemlich bleichen Gesicht des jungen Lindbergh. »Ich wünschte, ich könnte es mir leisten, Ihre Leute selbst zu verpflegen, Colonel. Ich weiß bei Gott zu schätzen, was sie – und auch Sie – für mich getan haben.«

»Und weiterhin tun werden. Ich habe einfach alle überflüssigen Kosten gestrichen. Ich habe nächste Woche einen Termin beim Haushaltsausschuß des Staates und werde um weitere Mittel bitten.«

»Es tut mir leid, daß Sie Ihren Notgroschen angreifen mußten.«

»Colonel, wir haben bereits . . . viel mehr ausgegeben.«

»Wieviel haben Ihre Unternehmungen bislang gekostet?«

Schwarzkopf schluckte. »Fünfzigtausend Dollar, Colonel.«

Lindbergh blickte starr ins Feuer. »Fünfzigtausend Dollar. Die Summe, die ursprünglich von den Entführern gefordert wurde. Darin liegt irgendwie die reinste Ironie.«

»Falls ja«, sagte Schwarzkopf, »wird Ihr Freund, Mr. Heller, sie bestimmt finden.«

Schwarzkopf nickte Lindbergh knapp zu und ging hinaus; dabei enthüllte er Mickey Rosner, der an der Wand gelehnt stand und die *Daily News* las.

»Kommen Sie herein, Mr. Rosner«, sagte Lindbergh.

»Aber sicher, Colonel.«

Mickey kam herein, ein gerissenes, leises Lächeln zur Schau stellend, und wippte auf den Fersen.

»Ich möchte, daß Sie etwas für mich tun.«

»Sie müssen es nur sagen, Colonel.«

»Ziehen Sie Spitale und Bitz von dem Fall ab.«

»Äh . . . sicher. Aber warum?«

»Sie sind keine zuverlässigen Vermittler.«

»Na ja . . . Sie sind der Boß. Sonst noch was?«

»Ja. Verschwinden Sie.«

»Verschwinden? Sie meinen . . . verschwinden?«

»Verschwinden Sie. Sie sind hiermit vom Fall abgezogen.« Rosner starrte mich an und schnaubte. »Vielen Dank, Heller.«

»Gern geschehen, Mickey«, sagte ich.

Rosner atmete durch die Nase aus, nickte Lindbergh zu und schloß die Tür hinter sich.

Lindbergh drehte sich zu mir um. »Keine Reaktion auf unsere Anzeige«, sagte er, als habe er das Zwischenspiel mit Rosner bereits vergessen oder zumindest zu den Akten gelegt.

»Lassen Sie ihnen Zeit«, sagte ich. »Diese Jungs haben bislang immer ziemlich langsam reagiert. Das muß nichts zu bedeuten haben.«

»Kann schon sein. Auf jeden Fall steht *diesmal* das Geld bereit. Fünfzigtausend zumindest. Heute nachmittag haben es bewaffnete Wachmänner vom Bankhaus J. P. Morgan zur Zweigstelle Fordham der Corn Exchange Bank gebracht, und ich habe dafür gesorgt, daß Professor Condon rund um die Uhr Zugang dazu hat.«

»Sie haben doch sicher die Seriennummern notieren lassen?«

»Nein.«

Ich wußte nicht, was ich darauf sagen sollte.

»Sie glauben, ich verpfusche die Sache, nicht wahr, Nate?«

»Was ich glaube, ist nicht wichtig.«

»Für mich schon.«

»Dann gestatten Sie Frank Wilson, Elmer Irey und dem Rest der T-Men, die Glacehandschuhe auszuziehen.«

Er sagte nichts. Dann legte er eine Hand auf meine Schulter. »Ich will einzig und allein Charlie zurückhaben«, sagte er. »Ich will, daß diese Sache endlich ein Ende nimmt und Charlie wieder bei seiner Mutter ist. Verstehen Sie?«

Ich verstand ihn. Man muß nicht Vater sein, um das zu verstehen.

Er zog die Hand zurück und lächelte unbeholfen. »Essen Sie mit uns zu Abend?«

»Danke. Ich möchte die Gelegenheit nutzen und diese drei Burschen aus Virginia noch etwas studieren.«

»Vielleicht könnten Sie Curtis überprüfen – aber diskret.«

»Es wäre mir ein Vergnügen.«

»Aber ich möchte Sie bitten, zuerst etwas anderes zu erledigen.«

»Ach?«

»Würden Sie für mich nach Washington fahren? Ich möchte, daß Sie diese Mrs. McLean kennenlernen.«

»Die Dame aus der ehrenwerten Gesellschaft, die Gaston Means als Privatdetektiv angeheuert hat?«

»Genau. Anscheinend hat Mrs. McLean hunderttausend Dollar in Fünfern, Zehnern und Zwanzigern bereitgestellt, damit Means sie den Entführern geben kann. Ich möchte, daß Sie herausfinden, ob das eine sinnvolle Ausgabe ist.«

16

Washington war kalt und grau wie seine Denkmäler aus Granit; was ich vom Aussehen unserer Hauptstadt und der Kirschblüte im Frühling gehört hatte, war wohl ein Gerücht. Ich hatte den Zug von Princeton zur Union Station genommen und mich von einem Taxi in den öden Winternachmittag befördern lassen. Es wäre sinnlos gewesen, selbst mit dem Wagen hierher zu fahren; ich hatte mir in Hopewell einen Stadtplan angesehen und wußte, daß es hoffnungslos war: hier gab es unzählige Straßen mit gelegentlichen Abzweigungen, die hierhin und dorthin führten.

Als das Taxi den Bahnhofsvorplatz hinter sich ließ, eine bescheidene, kleine Ansammlung an Brunnen und Monumenten und Statuen, von denen aus man einen Blick auf das Kapitol hatte, richtete ich meine Krawatte, zog die Socken hoch und dachte an die mehreren Millionen Dollar, die ich gleich mit meinem Besuch beehren würde.

So viele Millionen Dollar es auch sein mochten, die Fahrt über die Massachusetts Avenue zum Dupont Circle kostete mich nur, inklusive Trinkgeld, fünfzig Cent. Der Fahrer, ein rothaariger Bursche, der wie ein Ire aussah, aber mit einem Südstaatenakzent sprach, wies mich lethargisch auf die Sehenswürdigkeiten hin, als wir uns durch einen Verkehr quälten, der so dicht wie in Chicago oder New York war. Mich interessierte weniger die Druckanstalt der Regierung oder der Häuserblock aus roten Backsteingebäuden, die ›in den fünfziger Jahren des achtzehnten Jahrhunderts für Stephen Douglas erbaut worden waren‹, als der Strom der hübschen, jungen

Sekretärinnen, die gerade Feierabend hatten und aus den verschiedenen Regierungsgebäuden strömten wie Schülerinnen zum Abschlußball. Hier und da verkauften ein paar abgerissene, unrasierte Burschen Äpfel oder sahen sich nur nach jemandem um, den sie um einen Dime anhauen konnten; sie standen in den Schatten gewaltiger, unbeachteter Gebäude, deren Errichtung sie wahrscheinlich mitbezahlt hatten, damals, als sie noch für ihren Lebensunterhalt sorgen konnten. Dann wichen diese Gebäude anständigen Wohnhäusern, doch kurz darauf schlich sich wieder die Armut in den Schatten des Kalksteins und weißen Marmors. Nach so etwa der sechsten Statue irgendeines würdevollen Toten – ein Held des Bürgerkrieges oder Daniel Webster oder wer auch immer – informierte ich den Taxifahrer: »Die Kommentare werden Ihnen kein größeres Trinkgeld einbringen. Sehe ich etwa aus, als hätte ich Schotter?« Ehrlich gestanden, beinahe. Ich war manikürt, frisch gewaschen, gebügelt, pomadiert und vom Übermantel bis zu den Zehenspitzen vorzeigbar. Ich trug saubere Unterwäsche und alles andere. Lindbergh hatte mir zusätzliche fünfzig Dollar für meine Spesen rübergeschoben und mich gebeten, meinen Koffer so zu packen, daß ich so kurz oder lang bleiben konnte, wie diese Sache eben dauerte.

Der Taxifahrer hielt vor einem Gebäude, das nur unwesentlich kleiner war als das Rathaus Chicagos. Ich wußte, daß irgendwer einen Fehler gemacht haben mußte.

»Das ist es nicht«, sagte ich, halb im Taxi, halb draußen.

»Ist es doch«, sagte er gedehnt. »2020 Massachusetts.«

»Aber ich möchte zu einem Privathaus. Das hier ist eine verdammte Botschaft oder so was.«

Bei dem Gebäude vor mir handelte es sich um ein vierstöckiges Backsteinhaus, das auf eine verschwommene italienische Weise geradezu königlich wirkte mit seinen geschwungenen Mauern, schwarzen Gittern und weißen

Säulen vor den zahlreichen Fenstern; doch obwohl es sich um ein Knusperhaus zu handeln schien, wirkte das Ding irgendwie offiziell, wie eine Mischung aus einer Villa und einer Grundschule – aber aus einer verdammt großen.

»Zu wem wollen Sie denn?«

»Mrs. Evalyn Walsh McLean.«

»Da sind Sie richtig«, sagte er. »Glauben Sie etwa, Sie haust in einem kleinen Bungalow, Kumpel?«

Das schwarze Eisentor mit spitzen Dornen war nicht abgeschlossen. Als hervorragender Detective fand ich natürlich den gewundenen Weg, der durch einen Hof mit immergrünen Pflanzen zu einem Innenhof mit mehr Säulen führte, als ich zählen konnte. Auch die massiven Türen aus dunklem Holz und Milchglas waren von glatten, runden, mit grünen Rankenpflanzen bewachsenen Marmorsäulen umsäumt. Mir kam es plötzlich gar nicht mehr so beeindruckend vor, daß ich saubere Unterwäsche trug.

Der Butler, der auf mein Klingeln öffnete, war bestimmt nicht von mir beeindruckt, ob ich nun saubere Unterwäsche trug oder nicht. Er war groß, fleischig, bleich, kahl wie eine Billardkugel und vielleicht fünfzig Jahre alt, hatte ein knotiges, leeres Gesicht und Augen, in denen die nackte Verachtung stand. Ich wartete nicht darauf, daß er mich hereinbat. Ich war an Dienstboten gewöhnt, die mich nicht mochten, ging einfach an ihm vorbei und sagte: »Nathan Heller. Mrs. McLean erwartet mich.«

Diese Großspurigkeit verging mir wieder, als ich in einen Empfangsraum trat, der so groß war, daß man dort meine Pension an der Dearborn hätte unterbringen können und immer noch jede Menge Platz gehabt hätte.

»Ihr Mantel, Sir«, sagte der Butler. »Und ihr Gepäck?« Akzentuierte britische Klänge, aber dieser Kerl war kein Engländer.

Ich arbeitete mich aus dem Mantel, reichte ihn und die

Reisetasche weiter und versuchte, nicht mit dem Kinn über den Fußboden zu scharren, als ich den Anblick in mich aufnahm. Die Empfangshalle erhob sich volle vier Stockwerke bis zu einem halbdurchsichtigen Dachfenster, das den Raum mit reichlich dunklem Holz in ein scheckiges, goldenes Licht tauchte. Eine unmöglich breite Treppe hob sich unter dem goldenen Fenster zu einer Brüstung, auf der zwei klassische Marmorstatuen einen erstarrten Tanz aufführten; auf beiden Seiten der Statuen führten Treppen zu Galerien auf übereinander liegenden Stockwerken.

Da der Nachmittag schon ziemlich vorangeschritten und der Himmel ziemlich bewölkt war, kam es mir doch recht seltsam vor, daß durch die Milchglasscheiben noch genug Licht fiel, um den Raum in einen goldenen Schrein zu verwandeln. Dann kam ich endlich darauf: Evalyn Walsh McLeans Vater, Thomas F. Walsh, hatte seine Millionen gemacht, indem er Minen in Colorado ausgebeutet hatte. Ein Goldgräber, der tatsächlich auf eine Goldader gestoßen war.

Der Butler kehrte ohne meinen Mantel und ohne meine Tasche, aber mit demselben Hochmut wie zuvor zurück.

»War das hier mal das Haus der Familie Walsh?« fragte ich.

»Ja, Sir.«

Na bitte. Das erklärte den goldenen Glanz.

»Wer wohnt jetzt hier?«

»Mrs. McLean, Sir, und ihre drei Kinder, wenn sie nicht im Internat sind.«

»Und Mr. McLean?« Er spitzte die Lippen. »Mr. und Mrs. McLean wohnen nicht zusammen, Sir. Bitte, folgen Sie mir. Mrs. McLean erwartet Sie.«

Unsere Schritte hallten auf dem Eichenparkett, und der Hall warf noch ein zweites Echo. Die Tür, die der Butler auf der linken Seite des Raums öffnete, war klein; man hätte nicht erwartet, daß sie in einen großen Raum führte.

Man konnte sich täuschen.

Wir befanden uns nun anscheinend im Ballsaal: Wandgemälde engelhafter Kindchen – sowohl der vollbusigen als auch der cherubinischen Art – spielten auf einer gewölbten Stuckdecke ihre Instrumente; die Wände bestanden aus überraschend schlichtem Stuck, aber die Holzvertäfelung war vergoldet. Ein Kristallkronleuchter zierte die Decke, und hinter eine Bühne waren seltsam anmutende gelbe Fenster in die Wand eingelassen, die auch diesen Raum in einen goldenen Glanz tauchten.

»Was ist das?« fragte ich den Butler, bemüht, mit ihm Schritt zu halten, als wir quer über das glatte Holzparkett gingen. Wir schienen auf einen vergoldeten Marmorkamin zuzuhalten.

»Der Ballsaal Ludwig des Fünfzehnten, Sir.«

»Ich war noch nie in einem Haus mit einem Ballsaal.«

»Oben gibt es noch ein paar, Sir. Ganz zu schweigen vom Dachgarten.«

Er öffnete eine Tür direkt neben dem Kamin und bedeutete mir, daß ich hindurchgehen sollte.

Das halbkreisförmige, goldene Portal wirkte klein im Vergleich zu dem Raum, den ich gerade verlassen hatte, war in Wirklichkeit aber größer als eine Suite im Palmer House. Waagerecht angebrachte, vergoldete Glaspanele über den Fenstern verliehen dem weißen Raum einen gelben Glanz. Das ganze verdammte Haus hatte die Gelbsucht.

Das Zimmer war spärlich möbliert: nur ein paar plüschüberzogene Sessel mit geraden Lehnen hier und dort. Sie saß in keinem davon. Sie stand und schaute über den teilweise schneebedeckten und überraschend schmalen, braunen Rasen zur Straße hinaus. Sie war klein, und sie trug einen einfachen, braunen und gelben Morgenmantel von der Art, wie man ihn für unter einem Dollar bei Sears Roebuck bekommen konnte. Sie hatte mir den Rücken zugewandt, doch ich konnte ihre Hände sehen, Brillanten und Rubine an den Fingern; eine Zigarette schickte Rauch zu den Tauben auf den Milchglasscheiben über ihr hinauf.

Der Butler räusperte sich und sagte mit einem Gesichtsausdruck, den er auch aufsetzen mochte, wenn er eine tote Ratte mit zwei Fingern am Schwanz hochhob: »Mr. Heller ist da, Madam.«

Sie drehte sich nicht um, sagte aber: »Danke, Garboni.«

Jetzt wußte ich todsicher, daß er kein Engländer war.

»Lassen Sie die Tür auf, Garboni. Ich erwarte Mike jeden Augenblick.« Ihre Stimme war heiser; ein sinnliches, kehliges Geräusch, zwei Drittel Sex, ein Drittel Kettenrauchen.

Er ging, und ich blieb ein gutes Stückchen von ihr entfernt stehen und wartete darauf, daß sie meine Anwesenheit zur Kenntnis nahm.

Sie drehte sich langsam um, wie eine Ballerina auf einer Musicbox. Sie war eine auf mürrische Weise schöne Frau, mit traurigen, blauen, mandelförmigen Augen, einer sanften Adlernase, weder dünnen noch vollen Lippen, auf die sie einen blutroten Stift aufgelegt hatte. Ihr Haar war kurz und dunkelbraun, und mehrere Löckchen fielen gekonnt auf ihre glatte, bleiche Stirn. Der schlampige Bademantel fiel bis zu ihren Knöcheln, saß aber ziemlich eng um ihre schmale Taille; silberne Hausschuhe lugten darunter hervor. Sie war schlank, fast winzig, doch ihre Brüste waren groß und hoch, eine Figur wie ein Gibson-Girl, und sie hatte auch das dazu passende Gesicht. Sie sah aus wie vielleicht dreißig, obwohl sie eher vierzig Jahre alt sein mußte.

Sie lächelte, aber das ließ ihre Augen nur trauriger wirken. »Mr. Heller«, sagte sie, kam schnell auf mich zu und reichte mir eine Hand mit rot lackierten Nägeln und einer wahren Juwelenpracht. »Es ist so nett von Ihnen, daß Sie gekommen sind. So nett, daß Colonel Lindbergh Sie geschickt hat.«

Ich nahm ihre Hand und fragte mich, ob ich sie küssen sollte, wogegen ich nichts gehabt hätte – irgendwo muß man ja anfangen. Doch bevor ich einen Entschluß fassen konnte, zog sie mich zu einem von zwei Sesseln, zwischen denen ein kleiner Tisch mit einer gläsernen Platte stand, auf dem ein überquellender Aschenbecher neben einem eckigen, silbernen dekorativen Feuerzeug und einer flachen, eckigen, silbernen, dekorativen Zigarettenkiste stand, auf der in modernistischen Lettern ›EWM‹ eingraviert war. Sie nahm auf der Kante des Sessels mir gegenüber Platz und schlug die Beine übereinander, und der Bademantel öffnete sich weit genug, um zu enthüllen, daß ihre Beine glatt und weiß und wohlgeformt waren. Es stand ihr gut, reich zu sein.

»Entschuldigen Sie meinen Aufzug«, sagte sie und schüttelte mit einem reuigen Lächeln den Lockenkopf. »Hier zu Hause bin ich eine richtige Schlampe.«

»Für mich sehen Sie gut aus, Mrs. McLean.«

»Wenn ich gewußt hätte, daß Sie sich als ein so stattlicher junger Mann erweisen«, sagte sie, und ihr Lächeln wurde nun verderbt, »hätte ich vielleicht versucht, Sie zu betören. Aber ich habe einen Polizisten erwartet.«

»Ich bin auch einer.«

»Aber keiner von der zerknitterten, bierbäuchigen Sorte.« Sie schnippte Asche in den Aschenbecher. »Sie kommen aus Chicago?«

»Ja, Ma'am.«

»Wie ich gehört habe, ist Gaston Bullock Means dort sehr bekannt.«

»Ja, das ist er. Ich habe ihn nie persönlich kennengelernt, aber wir von der Abteilung Taschendiebstahl arbeiten häufig mit den Jungs vom Betrugsdezernat zusammen, und die kennen Means gut. Sehr gut.«

»Sie halten mich vielleicht für töricht«, sagte sie mit einem Grinsen, das ihr selbst galt, »weil ich mich an diesen Lumpen gewendet habe. Aber wie mir zu Ohren gekommen ist, soll Colonel Lindbergh ebenfalls die Hilfe der Unterwelt gesucht haben.«

Ihre geschwungene Redeweise hätte mir eigentlich lächerlich vorkommen müssen; doch aus irgendeinem Grund fand ich sie bezaubernd. Vielleicht fand ich aber auch nur ihre Beine bezaubernd. Oder ihre Brüste. Oder ihr Geld.

»Colonel Lindbergh«, sagte ich, »hat hauptsächlich versucht, die Möglichkeiten der Unterwelt auszuschöpfen – doch vor kurzem hat er diese Schnapsbrenner gefeuert, die sich angeboten haben, als Vermittler zu fungieren.«

»Aber Sie hat er nicht gefeuert.«

»Nein. Ich bin kein Gangster.«

»Sie sind Polizist aus Chicago.«

»Ja, aber das ist nicht unbedingt dasselbe. Ich gestehe ein, daß es manchmal ein schmaler Grat ist . . .«

Sie kniff die Augen zusammen; entweder entzog sie sich meinem Humor, oder sie war zu gedankenverloren, um ihn zu bemerken. »Ich war von Anfang an der Meinung, daß die Unterwelt ihre Hände im Spiel hat. Um genau zu sein, daß Ihr Mitbürger Chicagos, Al Capone, darin verwickelt ist.«

»Na ja, einige Leute würden Ihnen beipflichten. Oder zumindest diese Möglichkeit nicht ausschließen.«

»Und deshalb haben Sie sich so weit von der Heimat entfernt?«

»Ja, deshalb. Aber ich muß gestehen, weiter als bis zu Ihrer bescheidenen Hütte hier habe ich es noch nie geschafft.«

Ich hörte das Geräusch von Hundepfoten, die auf dem Parkett im Ballraum scharrten. Ein großer Hund. Ich drehte mich um und sah eine dänische Dogge in den Raum gerast kommen, Speichel an den rosa Unterkiefern. Hätte ich meine Pistole getragen, hätte ich das Mistvieh erschossen.

Aber der Hund trat auf die Bremse und kam schlitternd neben Mrs. McLean zum Stehen; er rollte sich neben ihrem Sessel zusammen, und sie ließ eine Hand hinab und kraulte ihn hinter den Ohren, unter einem Halsband, das vor Bergkristallen funkelte.

»Das ist Mike«, sagte sie. »Er ist eine dänische Dogge.«

»Ich habe ihn auch nicht für einen Pudel gehalten.«

»Mein Pudel ist vor einigen Jahren gestorben«, sagte sie geistesabwesend. Sie lächelte fahl. »Ich vermisse meine anderen Tiere. Mike ist das einzige Tier, das ich hier in der Stadt halte.«

»Ach was.«

»Der Affe und das Lama sind in Friendship. Auch der Papagei.«

»Friendship?«

»Das Familienanwesen der McLeans. Der Landsitz. Wo Ned derzeit wohnt.«

»Ihr Mann.«

»Ja.« Sie rang sich ein Lächeln ab, und es geriet fast zur Grimasse. »Wissen Sie, Friendship war früher mal ein Kloster, aber ich bezweifle, daß Ned ein keusches Leben führt.« Ein Seufzer. »Die Dinge stehen im Augenblick nicht so rosig, Mr. Heller. Wir leben getrennt, Ned und ich. Wir streiten uns nur noch darüber, wer sich von wem scheiden lassen wird. Er sich von mir ...«

»Oder Sie sich von ihm«, sagte ich.

»Mir wäre das eigentlich egal, wenn er nicht das Sorgerecht für unsere drei Kinder beanspruchen würde. Und er ist ein sehr kranker Mann, Mr. Heller. Geistig krank. Ein Alkoholiker. Na ja, sein kleines Flittchen kann ihn ruhig haben. Aber die Jungs und Evalyn darf er nicht behalten.«

»Evalyn? Ihre Tochter heißt auch Evalyn?«

Ihr Lächeln war schmal und stolz. »Das ist nicht der Name, den wir ihr gegeben haben – sie wurde Emily getauft. Doch als sich vor ein paar Jahren bei ihrem Vater und mir unsere kleinen Probleme einstellten, hat sie sich gegen diesen Namen gewehrt und gesagt, sie müsse einen anderen haben. Meinen.«

Sie tätschelte wieder den Hund. Das große braune Tier klebte auf dem Boden, und sein großes, juwelenbesetztes Halsband stand steil nach oben, wie ein Reifen, in dem sein Kopf steckte.

»Mrs. McLean, wieso wurden Sie in den Fall Lindbergh verwickelt? Ich weiß, Sie haben einen Ruf als Philanthrop, aber . . .«

Ihr Lächeln war schief und spöttisch, genau wie die Geste, die sie mit der Hand machte, in der sie die Zigarette hielt. »Aber ich bin auch eine dumme, oberflächliche, publicitysüchtige Frau aus der gehobenen Gesellschaft, nicht wahr, Mr. Heller? Beide Einschätzungen treffen zu. Doch meine Sorge um und mein Mitgefühl für die Lindberghs gehen tiefer als alle gesellschaftlichen Erwägungen, ob sie nun selbstlos oder selbstsüchtig sein mögen. Verstehen Sie, Mr. Heller? Das Lindbergh-Baby war zum Zeitpunkt des Verbrechens das berühmteste Baby der Welt. Ich war auch einmal eine Mutter des Kindes, das diese unglückliche Position einnahm. Sie sind zu jung, um sich daran zu erinnern.«

»Doch, ich glaube, ich erinnere mich daran. Man nannte ihren Sohn das ›Millionen-Dollar-Baby‹, nicht wahr?«

»Das ›Hundert-Millionen-Dollar-Baby‹, um genau zu sein. Aber ich habe ihn Vinson genannt.«

»Ein ungewöhnlicher Name.«

»Es war der Name meines Bruders. Damit fing eigentlich alles an, Mr. Heller. Mein Bruder starb jung. Er war gerade mal siebzehn.«

»Das tut mir leid.«

Eine Braue hob sich zu einem fatalistischen Stirnrunzeln. »Es war ein Autounfall. Eigentlich hatte niemand Schuld. Vinson fuhr gern schnell – ich glaube, in diesem

Jahr war sein Lieblingswagen ein Pope Toledo. Er hatte einen, den er im Handumdrehen umbauen konnte, von einem Sportwagen mit niedrigen Einzelsitzen zu einer gesetzten Familienlimousine mit einer ganz normalen Rückbank. Er kam einmal angerast« – sie deutete auf die Straße und die Auffahrt – »und klappte schnell die Rücksitze hoch, und als der Verkehrspolizist, der ihn verfolgt hatte, den Wagen sah und ebenfalls anhielt, kratzte der Beamte sich am Kopf und sagte, er könne schwören, das sei der Wagen, den er verfolgt habe, aber dieser hier hätte ein anderes Heck.«

Ich lächelte höflich.

Sie lachte leise und seufzte dann. »Vinson mochte meinen roten Mercedes fast genauso sehr. Er trug eine Rennfahrerbrille, wenn er ihn fuhr, damit er die Höchstgeschwindigkeit aus dem Wagen herausholen konnte. Ich war bei ihm, als ... als der Reifen platzte. Es klang wie ein Pistolenschuß. Wir fuhren die Steigung zum Honeyman's Hill hinab, zum Fluß, und brachen einfach durch die Brückenmauer. Ich wäre fast ertrunken. Ich bin noch immer so etwas wie ein Krüppel ... das eine Bein ist kürzer als das andere.« Sie schüttelte den Kopf. »Er ist gern so schnell gefahren.«

Ich wußte nicht, was ich sagen sollte; also sagte ich gar nichts.

Sie sah mich mit Augen an, die in mehrfacher Hinsicht tief und blau waren. »Also ... nannte ich meinen ersten Sohn nach Vinson. Es schien mir eine gute Methode zu sein, meinen Bruder in gewisser Hinsicht lebendig zu erhalten. Mein Vinson wurde in diesem Haus geboren. Die Zeitungen nannten ihn von Anfang an das ›Hundert-Millionen-Dollar-Baby‹. Sogar die *Post* – unsere eigene Zeitung.«

Das alles war mir irgendwie verschwommen bekannt. »Hatte er nicht ein Kinderbett aus reinem Gold?«

»Es war nicht aus reinem Gold«, sagte sie verdrossen.

»Es war ein Geschenk unseres guten Freundes König Leopold. Von Belgien.«

»Ach, *der* König Leopold.«

»Ein stattliches und großzügiges Geschenk. Aber das Bett war nur vergoldet . . . und doch machten die Reporter daraus das Bett des kleinen Midas. Dann kamen die Mitteilungen.«

»Mitteilungen?«

Sie machte mit der Zigarettenhand eine ungeduldige Bewegung, und Rauch kräuselte sich nach oben. »Briefe, Telegramme, sogar anonyme Anrufe, obwohl unsere Nummer gar nicht eingetragen war. Anrufe und Briefe von Verbrechern, die bereit waren,die ›goldene Krippe‹ als Entlohnung dafür zu akzeptieren, mein Baby nicht zu entführen.«

»Oh.« Sie schüttelte den Kopf. »Der kleine Vinson konnte kein normales Leben führen; er war praktisch ein Gefangener. Wir hatten einen elektrischen Zaun, und bewaffnete Wächter gingen auf unserem Anwesen Streife. Trotz all dieser Vorsichtsmaßnahmen gelang es einem Eindringling, sich an den Wächtern vorbeizuschleichen und eine Leiter an das Kinderzimmerfenster zu stellen – genau wie beim Haus der Lindberghs. Er versuchte gerade, das schwere, eiserne Fliegengitter durchzusägen, als Vinsons Kindermädchen ihn sah und schrie.«

»Haben Ihre Leute den Burschen erwischt?«

»Nein. Sie haben Warnschüsse in die Luft gefeuert, und er verschwand in der Nacht. Er ließ die Leiter und ein paar Fußabdrücke zurück, aber die Polizei konnte nichts damit anfangen. So ging es jahrelang weiter. Immer mehr Entführungsdrohungen, verstärkte Sicherheitsmaßnahmen unsererseits. Dann hörte es schließlich auf.«

»Wie?«

Sie blickte zur Straße. »Ned und ich waren nicht da. Wir waren bei Kentucky Derby, in Churchill Downes. Wissen Sie, ich hatte eine Vorahnung . . . oder zumindest ein schlechtes Gefühl. Es ist eine besondere Empfindsamkeit; ich kann sie wirklich nicht näher beschreiben. Aber von Zeit zu Zeit fühle ich, daß ein Todesfall bevorsteht. Ich dachte, *ich* würde sterben – und im Hotel schrieb ich Vinson einen langen Brief, in dem ich ihm sagte, wie sehr ich ihn liebte.«

»Was ist passiert?«

»Ein Bediensteter, ein Kammerdiener, hat an diesem Morgen auf Vinson aufgepaßt. Ein Sonntagmorgen. Vinson ging über die Straße, um mit einem Freund zu sprechen; sie spielten Fangen, die beiden Jungs, und Vinson jagte seinen Freund und lief vor eine Tin Lizzie. Das Komische daran war, die Lizzie fuhr ganz langsam, wie man mir später erzählt hat, streifte ihn kaum, aber er stürzte. Der Fahrer bremste. Er überfuhr ihn gar nicht. Vinson schien gar nicht verletzt zu sein.«

»Sie müssen nicht fortfahren, Mrs. McLean.«

Sie blickte noch immer zur Straße; eine einzelne Träne lief ihre gepuderte Wange hinab und funkelte wie ein Edelstein. »Sie haben ihn aufgehoben und ihm den Staub vom Anzug geklopft. Die Ärzte sagten, sie könnten nichts für ihn tun – da es ja keine inneren Verletzungen gäbe, müßten wir uns keine Sorgen machen. Aber ein paar Stunden später war mein Junge gelähmt. Und um sechs Uhr abends – ich war noch nicht zurück – starb er. Er war acht Jahre alt. Er hat den Brief, den ich geschrieben habe, nicht mehr gesehen.«

Ich versicherte sie nicht meines Mitgefühls; das war ein zu schwacher Trost für eine so tiefe und alte Wunde.

Sie wandte den Kopf von der Seite ab, blickte mich an und lächelte erkrampft und höflich. Sie wischte die Träne nicht fort – sie war stolz auf diese Träne, wie auf all ihren Schmuck. »Und deshalb, Mr. Heller, möchte ich den Lindberghs gern helfen. Welches Vergnügen es mir auch bereiten mag, Gesellschaften zu geben, Spielzeug für Kinderheime zu kaufen oder für Wohltätigkeitsveranstaltungen zu spenden, glauben Sie mir, das alles ist leer und bedeutungslos im Vergleich zu der inneren Befriedigung, die ich verspüren werde, wenn ich dazu beitragen kann, dieses Baby seiner Mutter zurückzugeben.«

Sie hörte sich fast so verdammt lächerlich wie Professor Condon an; aber irgendwann machten ihre Worte auf mich einen anderen Eindruck. Vielleicht war sie eine verdorbene, verzogene Frau aus der gehobenen Gesellschaft und in etwa so tiefgründig wie eine Teetasse; aber sie handelte aus eigenem Schmerz heraus, und das beeindruckte sogar einen alten Zyniker wie mich. Selbst wenn die Vorstellung, die sie hegte, dumm und lächerlich war – sie tauchte mit dem Baby in den Armen aus dem Nebel auf und gab es ihrer Mutter, wie eine Szene auf der letzten Rolle eines altes Stummfilms von D. W. Griffith –, hatte sie offensichtlich ein gutes Herz.

Sie zündete sich mit dem dekorativen silbernen Feuerzeug die nächste Zigarette an. »Glauben Sie an Flüche, Mr. Heller?«

»Ich glaube an greifbare Dinge, Mrs. McLean. Wenn Sie damit meinen, ob ich glaube, daß Ihr Sohn gestorben ist, weil Sie den Hope-Diamanten besitzen, nein. Jedenfalls nicht so, wie Sie es meinen.«

»Wie dann?«

»Nur jemand, der so reich ist wie Sie, könnte sich diesen Diamanten leisten und damit und mit anderen Dingen, goldenen Kinderbetten und so weiter, soviel Aufsehen erregen.«

»Die Aufmerksamkeit der Unterwelt?«

»So etwas in der Art.« Sie zuckte die Achseln. »Ich weiß nicht – vielleicht *ist* der Stein ›böse‹. Ich ließ ihn von einem Priester segnen, und ich würde gern glauben, daß er mir viel Glück gebracht hat. Wissen Sie, ich war gelegentlich auch glücklich.«

»Dann ist es Ihnen besser als manch anderen Menschen gegangen, die ich kenne.«

»Es heißt, der blaue Diamant wäre das Auge einer Götzenstatue in Indien gewesen und vor dreihundert Jahren gestohlen worden. Marie Antoinette trug ihn an einer Halskette . . . und er wurde in den Wirren der Revolution gestohlen.«

»Na ja, nachdem man sie geköpft hatte, hätte Marie sowieso verdammte Schwierigkeiten gehabt, das Ding umzubehalten.«

Sie lachte; das erste Mal. Ein gutes Lachen, aus vollem Hals und so reich wie sie selbst. »Die Legende besagt, daß man den Stein nicht mal berühren soll. Ich ermutige meine Freunde nicht, den Hope in die Hand zu nehmen, und jahrelang habe ich ihn von meinen Kindern ferngehalten.«

»Das hört sich so an, als würden Sie die Geschichte mit dem Fluch ernst nehmen.«

»Eigentlich nicht. Verdammt, ich habe mich an das dumme Ding gewöhnt. Ich liebe es geradezu. Ich trage es fast ständig.«

»Ich sehe es jetzt aber nicht.«

»Nicht? Haben Sie es nicht bemerkt? Heute trägt Mike es.«

Die dänische Dogge hob den Kopf, als ihr Name fiel, und glotzte mich an, als wäre ich der blödeste Hund auf der ganzen Welt. Und er hatte auch allen Grund dazu, wenn man bedachte, daß an dem schlichten Halsband mit ›Bergkristallen‹ der berühmteste Diamant der Welt befestigt war, ein indigoblauer Stein von der Größe eines Golfballs, der in weitere Diamanten gefaßt war. Er blinzelte mich an.

Wie auch Mrs. McLean.

Sie erhob sich. »Bleiben Sie zum Abendessen, Mr. Heller«, sagte sie, »wir trinken ein Glas und sprechen danach über Gaston Means und Entführer und Lösegeldforderungen.«

17

Der Butler, Garboni, führte mich auf mein Zimmer, damit ich mich vor dem Abendessen frischmachen konnte. Anscheinend blieb ich über Nacht.

»Die Leute könnten sich den Mund zerreißen«, hatte Mrs. McLean gesagt, als wir den sonnigen Wintergarten betraten. Sie hatte sich bei mir untergehakt, als trüge sie die neueste Kollektion von Hattie Carnegie und keinen Morgenmantel. »Aber, zum Teufel, sollen sie doch reden. Ich glaube kaum, daß ich mir bei zwanzig Bediensteten und sechzig Zimmern Sorgen darüber machen muß, daß Sie den spärlichen Rest Tugendhaftigkeit, der mir noch geblieben ist, kompromittieren könnten.«

»Wie der weiße Sklavenhändler zu dem Schulmädchen sagte: Sie können mir vertrauen, Mrs. McLean.«

Sie lächelte über die Bemerkung. »Sie wohnen in Vinsons Zimmer. Es ist nach seinem Tod nicht verändert worden.«

»Sie lassen mich im Zimmer Ihres Sohnes übernachten?«

»Nein. In dem meines Bruders. Das Zimmer meines Sohnes wurde auch nicht verändert. Das ist ein Luxus, den man sich bei einem Haus dieser Größe leisten kann. Aber ich erlaube nie jemandem, dort zu schlafen.«

Bruder Vinsons Zimmer, mein Zimmer, lag auf dem zweiten Stock – und wir, der Butler und ich, fuhren mit dem Fahrstuhl hinauf. Ich versuchte mich daran zu erinnern, wann ich je in einem Privathaus mit Fahrstuhl gewesen war, doch es fiel mir nicht ein. Der Gang, den Garboni mich entlangführte, war breit genug, um einen Waggon der Hochbahn von Chicago aufzunehmen, und auf beiden Seiten hätten die Passagiere noch Platz zum Ein- und Aussteigen gehabt. Als ich, umgeben von Brokatteppichen, über den Perserteppich schritt, gaffte ich wie ein Bauer die Öl- und Wasserfarbengemälde an, die in ihrem kunstvollen, vergoldeten Rahmen europäisch und ehrwürdig wirkten, bis ich dann in einem in dunkles Holz gefaßten und bis zur Absurdität polierten Spiegel mein Gesicht mit dem aufklaffenden Maul sah. Ich kam mir hier in etwa so zu Hause vor wie ein Erzbischof in einem Bordell; aber wie der Erzbischof auch konnte ich mich ja anpassen.

Garboni öffnete die Tür von Vinsons Zimmer – in Wahrheit war es eine ganze Zimmersuite –, und wir betraten ein Wohnzimmer, das nur geringfügig kleiner war als das Deck der *Titanic.* Der Butler ließ achtlos meine Reisetasche fallen.

»Vorsicht, Mann«, sagte ich wütend. »Da drin ist eine Knarre.«

Das warf ihn um; seine Augen weiteten sich leicht. »Tut mir leid, Sir.«

»Ich wollte Ihnen gerade einen Nickel Trinkgeld geben.«

Er nahm das für bare Münze; zumindest ließ er sich nichts anmerken. »Das ist nicht nötig, Sir.«

»Was Sie nicht sagen. Verziehen Sie sich.«

Er verzog sich, wortlos, sogar ohne einen häßlichen Blick. Für einen kräftigen Itaker war dieser Bursche ziemlich folgsam.

Ich war also allein in Vinsons Quartier. Gewissermaßen.

Nur ich und der ausgestopfte Alligator. Und die beiden Ritterrüstungen. Und der hüfthohe Elfenbeinelefant. Und das fast zwei Meter hohe Bronzepferd. Ich saß auf einer roten Plüschcouch mit einem halben Dutzend roter Kissen, wie man sie vielleicht in einem Hurenhaus in San Francisco findet, und nahm die gottverdammte, schrecklichste Ansammlung von nicht zueinander passendem Kitsch in mich auf, die ich je gesehen hatte. Eine Navajodecke auf einem Tisch; eine übergroße Pendeluhr an der Wand; ein Portrait einer Madonna und eines Kindes; eine Hindubüste; ein kombinierter Buch- und Gewehrschrank; sieben Teile einer alten Ritterrüstung an der Wand, und dazu noch ein Schild; ein Blasebalg; mehrere rote, geknüpfte Brücken; und ein sinnlich wirkendes Sofa, das aussah, als gehöre unbedingt ein Mädchen aus einem türkischen Harem darauf. Vinson mochte tot sein, aber sein schrecklicher Geschmack lebte weiter.

Das Schlafzimmer selbst war im Vergleich dazu beinahe spartanisch – ein Bücherregal, mit Horatio Alger gefüllt, ein Spiegelschrank, ein Einzelbett aus unbehauenem, groben Holz, bei dem es sich irgendwie um ein Erinnerungsstück aus Colorado zu handeln schien.

Ich benutzte das Badezimmer – ich hatte natürlich mein eigenes, und es war nur unwesentlich größer als eine durchschnittliche Wohnung in Chicago – und machte mich frisch, wie Mrs. McLean sich ausgebeten hatte. Als ich Wasser auf mein Gesicht spritzte, fragte ich mich, was ich davon halten sollte – besonders von ihr. Sie kam mir dumm, zugleich aber klug vor; in sich selbst vertieft, aber auch mitfühlend. Eine eitle, reiche Frau in einem Morgenmantel für 98 Cent.

Ich mochte sie nicht unbedingt – aber sie faszinierte mich. Und sie war attraktiv; wahrscheinlich zehn oder fünfzehn Jahre älter als ich, aber zum Teufel damit – ältere Frauen strengen sich viel mehr an. Sogar reiche. Besonders reiche.

Das Zimmer war auch mit einem Telefon ausgestattet, so daß ich mich ganz nach Belieben mit Lindbergh und Breckinridge beraten konnte. Andererseits konnte man mithören, so daß ich bei allem, was ich sagte, an Mrs. McLean denken mußte.

Ob ich mich nun frischgemacht hatte oder nicht, ich trug denselben Anzug zum Abendessen – ich hatte nur zwei mitgenommen; ehrlich gesagt, besaß ich überhaupt nur diese beiden – und saß vielleicht fünfzehn Minuten lang unter einem Kristallkronleuchter an einem Tisch für vierundzwanzig Personen, auf dem nur für zwei gedeckt war, so etwa in der Mitte und direkt gegenüber. Mir wurde ein dünner Weißwein gereicht, und der dünne, schwarze Kellner, der viel formeller gekleidet war als ich, verriet mir, daß es sich um einen Montrachet handelte, als hätte mich das beeindrucken sollen, was es allerdings nicht tat. Er hätte gar nicht erst versuchen sollen, einen Burschen zu beeindrucken, in dessen Zimmer ein ausgestopfter Alligator stand.

Mrs. McLeans Auftritt beeindruckte mich hingegen sehr. Sie hatte den schlampigen Morgenmantel gegen ein besticktes Kleid eingetauscht, dessen feine Spitze auf einem weichen Rosé lag, bei dem es sich zuerst um ihre Haut zu handeln schien; doch die war weißer, sahniger, wie der tiefe Ausschnitt des Kleides und die darunter schwellenden Brüste verrieten, und es waren tatsächlich *schwellende,* die ein Ruhekissen für eine Perlenkette ergaben, die so lang war, daß sie über die steile Erhebung ihrer Brüste bis auf ihren Schoß fiel. Es gab schlimmere Orte, über die und von denen die Kette hätte fallen können. Mrs. McLean hatte Mike vom Hope-Diamanten befreit, der jetzt um ihren eigenen Hals baumelte, genau über der Spalte ihres Busens. In ihrem Haar steckte eine gefederte Diamantentiara, und ihre Ohrringe waren Perlen, welche die kugellagergroßen Perlen der Halskette winzig erscheinen ließen.

Ihr Lächeln war amüsiert und zufrieden. »Ich habe Ihnen doch gesagt, daß ich einen Mann betören kann, wenn ich will.«

»Sie sehen toll aus«, sagte ich lahm und stand auf. Sie bedeutete mir, mich wieder zu setzen, und schon bald genossen wir das Seezungenfilet ihres Küchenchefs ›mit Sauce Marguery‹.

»Maurice«, sagte sie, sich auf ihren Küchenchef beziehend, »ist das kostbarste Schmuckstück dieses Hauses.«

»Hoffentlich ist er nicht mit einem Fluch belegt.«

»Nein«, sagte sie und lächelte zurückhaltend; trotz ihrer formellen Kleidung war sie nun wesentlich entspannter. »Nur mit den Zeugnissen der besten Restaurants in Paris und London. Er wurde als Proviantmeister ausgebildet. Man darf nur Küchenchefs mit solch einer Ausbildung einstellen.«

»Ich werde daran denken. Ich fürchte, Tatarsoße gibt's hier wohl nicht.«

Sie lachte; ich war froh, daß sie meine Witze endlich begriff – nur schade, daß ich eigentlich gar keinen gemacht hatte.

»Wissen Sie«, sagte sie, als wir eine Weile später an Maurice' ›patentiertem‹ Parfait naschten, »es ist schön, Geld zu haben, und ich habe wirklich gern Geld – aber es beschert einem nicht die wahrhaft großen Dinge des Lebens. Freunde, Gesundheit, Anerkennung. Und es läßt einen sehr schnell weich, selbstsüchtig und zügellos werden.«

»Sie meinen, während wir in diesem Palast ein Parfait essen, suchen Menschen dort draußen in Mülltonnen nach Abfällen und hausen in Hütten, die aus Pappkartons und Konservendosen bestehen.«

Sie nickte traurig, obwohl ihr gerade das Parfait auf der Zunge zerging. »Wenn ich nur vor vielen Jahren den Mut gehabt hätte, mein eigenes Leben zu führen ... von Ned und seiner Familie und meinen Eltern und meiner Familie getrennt ... ich hätte schon so vielen armen Seelen helfen können ... ich hätte vielleicht etwas unendlich Besseres mit meinem Leben angefangen.«

Sie leckte Eiscreme von den Lippen, während sie bedauernd den Kopf schüttelte.

»Na ja, Sie versuchen ja, etwas Gutes zu tun«, sagte ich. »Für die Lindberghs und ihren Jungen.«

»Ja. Im Rahmen meiner bescheidenen Möglichkeiten. Wenn Sie fertig sind, Mr. Heller, können wir ins Wohnzimmer gehen, und ich werde Ihnen alles erklären.« Ich nahm ihren Arm, und wir gingen durch dieses riesige, prachtvolle Haus zum Ballsaal Ludwigs des Fünfzehnten und dann nicht zum Wintergarten, sondern in ein Zimmer, das fast so groß wie der Ballsaal war und in dem sich behagliche Plüschmöbel im goldenen Schein eines Kamins aus massivem Marmor duckten.

»Ich habe bereits zwei Gläser Wein getrunken«, sagte Mrs. McLean und ging zu einem Barwagen von der Größe eines Straßenbahnwaggons, der allerdings lediglich aus Mahagoni und Goldintarsien bestand. »Das ist mein Limit. Aber wenn Sie gern noch etwas trinken möchten . . .«

»Nein, das muß nicht sein«, sagte ich und setzte mich auf ein übergroßes Sofa neben dem prasselnden Feuer. Dieser bescheidene kleine Salon war mit Mahagoni getäfelt, sechs Meter hoch, und schmückte sich mit einer riesigen Orgel, die in eine Wand eingebaut war, und einem Perserteppich, der allerdings etwas kleiner als der Michigansee war und einen Teil des Parkettbodens bedeckte.

Sie setzte sich neben mich, zog eine Ottomane heran, trat ihre Schuhe davon und legte die seidenbestrumpften Füße darauf. Aus dem rechten Schuh purzelte eine dicke Stützsohle. Sie bemerkte, daß ich dies bemerkt hatte, zog an meinem Arm, deutete auf ihre winzigen Füße und wackelte mit den Zehen des rechten Fußes.

»Sehen Sie«, sagte sie. »Kürzer. Von diesem Unfall, vor vielen Jahren. Ich habe es Ihnen doch erzählt.«

»Mir kommen sie völlig in Ordnung vor.«

»Mr. Heller, Sie sind ein charmanter Mann.«

»Das sagen alle. Warum brechen Sie nicht Ihre Regel, und ich hole uns etwas zu trinken?«

Ihr Lächeln war elfenhaft. »Warum eigentlich nicht?«

Ich goß mir einen Bacardi ohne Eis und ihr einen Sherry ein.

»Danke, Mr. Heller«, sagte sie und nippte an ihrem Glas.

»Warum nennen Sie mich nicht Nate?«

»Warum eigentlich nicht? Warum nennen Sie mich nicht Evalyn?«

»Warum eigentlich nicht? Und warum erzählen Sie mir nicht alles über Gaston Bullock Means?«

»Na schön.« Ihr hübsches Gesicht wirkte im Licht des Kamins ernst; sie blickte wie fasziniert in die Flammen, während sie sprach. »Wie ich schon sagte, ich hatte von Anfang an den Eindruck, daß die Unterwelt hinter der Lindbergh-Entführung steckt. Aber ich konnte mich ja kaum als Vermittlerin anbieten – welcher Verbrecher mit Selbstachtung würde schon mit einer launischen Frau aus der hohen Gesellschaft wie Evalyn Walsh McLean verhandeln! Außerdem kennen sie doch sicher den alten Spruch, der da lautet: Gauner gegen Gauner – und Gaston Bullock Means war für das, was ich im Sinn hatte, der perfekte Gauner.«

»Was macht Means zum ›perfekten Gauner‹ für den Job?«

Sie runzelte die Stirn und nippte an ihrem Sherry. »Ich weiß, daß er eine Menge schmutzige Arbeit für Harding erledigt hat – er kennt sich in der Hauptstadt genau aus, von den Hintergassen bis zu den protzigen Palästen.«

»Er hat doch auch mal gebrummt, oder?«

Sie nickte. »Bis vor kurzem saß er wegen Verstoßes gegen die Prohibitionsbestimmungen in der Bundesstrafanstalt von Atlanta. Die Sache beruht auf einem Dienstvergehen aus der Zeit, als er noch als Agent des Justizministeriums gearbeitet hat.«

»Er hat Bestechungsgelder von Alkoholschmugglern genommen?«

»Genau. Jedenfalls habe ich ihn schon vor ein paar Jahren kennengelernt, als einige Freunde von uns in der Regierung zögerten, bezüglich einiger Dokumente, die Means geklaut hatte, persönlich Kontakt mit ihm aufzunehmen. Sie schienen eine Todesangst vor dem bierbäuchigen Lumpen zu haben. Also habe ich ihn angerufen, ein Treffen vereinbart und die Papiere selbst bei ihm abgeholt – um ihnen einen Gefallen zu tun.«

Evalyn Walsh McLean kam mir nicht wie ein Laufbursche der Ohio Gang vor; aber da hatten wir's.

»Bei unserem Treffen«, sagte sie mit einem selbstzufriedenen Grinsen, »gab Means einige Drohungen gegen Freunde von Ned und mir von sich – Andrew Mellon, Harry Daughtery –, und ich habe ihn in seine Schranken verwiesen.«

Andrew Mellon war damals Staatssekretär im Finanzministerium gewesen, und Daughtery Hardings Generalstaatsanwalt.

»Wie haben Sie das denn angestellt, Evalyn?«

Sie zuckte die Achseln, doch ihre Nonchalance war nicht überzeugend. »Ich habe zu Means gesagt, ich hätte schon immer mal wissen wollen, wie es ist, wenn man einem Mörder begegnet. Und nun wüßte ich es.«

»Und was hat er daraufhin gesagt?«

»Er hat mich gefragt, was ich damit meinte, und ich habe gesagt: ›Ich glaube, das wissen Sie selbst‹, und er hat gesagt: ›Oh . . . Maude King.‹ Und dann stockte er – dieser unschuldig aussehende, mondgesichtige Gangster mit seinen Grübchen – und sagte dann: ›Unfälle kommen schon mal vor.‹«

Ich hatte von Maude King gehört – sie war eine exzentrische, wohlhabende Witwe aus Chicago gewesen, jene Art Frau, die von den Zeitungen gern als ›verrückte Erbin‹ bezeichnet wird, und Gaston Means hatte sich in ihr Vertrauen geschlichen, indem er ein paar Schläger verdroschen hatte, die ihr an einer Straßenecke auf dem

Loop aufgelauert hatten. Er wurde ihr Finanzberater und luchste ihr schätzungsweise 150 000 Dollar ab, bevor er sie auf einen Jagdausflug nach North Carolina mitnahm, wo Mrs. King dann – ein ›Unglücksfall‹ – erschossen wurde.

Anscheinend hatte Means das Jagdgewehr, das sie beide benutzten, in die Astgabel eines Baumes geklemmt und war dann zu einem Bach gegangen, um Wasser zu holen. Irgendwie war die Waffe während Means' Abwesenheit losgegangen und hatte Mrs. King zufällig eine Kugel in den Kopf geschossen, unmittelbar hinter dem linken Ohr. Das Geschworenengericht in North Carolina hatte Means verurteilt; die Presse von Chicago nicht.

»Means versteht es offensichtlich«, sagte ich, »attraktive, wohlhabende Frauen auszunutzen.«

Ihr Lächeln war so facettenreich wie der funkelnde Edelstein über ihrem sanft schaukelnden Busen. »Attraktive, wohlhabende *ältere* Frauen, meinen Sie, nicht wahr?«

»Eigentlich nicht. Ich erinnere mich, Fotos von Maude King gesehen zu haben – sie sah nicht älter aus als Sie. Was heißen soll, überhaupt nicht alt.«

»Das ist sehr diplomatisch, Nate. Aber ich bin mindestens zehn Jahre älter als Maude.«

»Des Pudels Kern ist«, sagte ich, »daß sich Means schon öfter an Frauen mit Geld herangemacht hat. Sind Sie sicher, daß er Sie nicht deshalb aufgesucht hat?«

»Auf keinen Fall. Ich habe ihn angerufen. Er kam hierher, in mein Haus.«

»Wann war das?«

»Am vierten März.«

Verdammt, da war ich noch gar nicht dem Fall zugeteilt gewesen.

Sie deutete auf einen Teil irgendwo im hinteren Teil des Hauses. »Auf dieser Etage befindet sich ein Salon mit einer Balustrade, von der aus man ihn einsehen kann. Ich habe mich dort mit Means getroffen, während sich eine Freundin von mir, Elizabeth Poe, eine Reporterin der *Post*, oben mit einem Revolver versteckt hat.«

Das Funkeln ihrer Augen verriet zweifelsfrei, daß sie solche Intrigen geradezu liebte.

»Ich habe ihn ganz offen gefragt, ob er etwas über die Lindbergh-Entführung wüßte. ›Zufälligerweise ja‹, sagte er ohne das geringste Zögern. ›Warum?‹ Ich hätte ihn auch fragen können, ist Blau Ihre Lieblingsfarbe?«

»Evalyn, ein guter Betrüger läßt sich niemals so eine Chance entgehen. Sie haben ihm einen Ball zugeworfen, und er hat ihn glatt aus dem Spielfeld geschlagen.«

»Vielleicht. Auf jeden Fall habe ich ihm von meiner Sorge und meinem Mitgefühl für die Lindberghs erzählt und ihm gesagt, ich wolle zur sicheren Rückkehr des Jungen beitragen. Dann habe ich ihn gefragt, was er über die Entführung wisse, und ihn gewarnt, keine Spielchen mit mir zu treiben, oder ich würde dafür sorgen, daß er ins Gefängnis kommt.«

Sie versuchte, streng und hart zu klingen, doch ihre Geschichte war in etwa so überzeugend wie Means' Story von dem Gewehr in der Astgabel.

»Er hat gesagt, er würde es mir nicht verdenken, daß ich skeptisch sei. Und er hat gesagt, er habe fast jede vorstellbare Sünde unter Gottes weitem Himmel begangen. Aber was er dann gesagt hat, hat mich überzeugt.«

»Und was war das?«

»Er hat gesagt: ›Ich habe mich wegen des Lügengewebes, das mein Leben bislang war, nicht mit dem, was ich über den Fall Lindbergh weiß, an die Polizei oder die Presse gewandt.‹ Diese Formulierung hat mich beeindruckt: ›Lügengewebe‹.«

»Betrüger können immer gut mit Worten umgehen, Evalyn.«

»Er hat behauptet, er wäre vor ungefähr zehn Tagen in einer Flüsterkneipe in New York gewesen, in der ihm ein alter Knastbruder aus Atlanta über den Weg gelaufen sei. Dieser alte Freund hat Means gefragt, behauptet Means jedenfalls, ob er Interesse habe, als Lösegeld-Vermittler bei einer großen Entführung mitzumachen, die so um den ersten März abgezogen werden sollte.«

»Hat Means gesagt, daß sein Freund den Namen Lindbergh erwähnt hat?«

»Means hat gesagt, er habe nur erfahren, daß es sich um ›eine sehr große Sache‹ handelte. Aber Means hat das Angebot ausgeschlagen, weil ›Napping‹ das einzige Verbrechen sei, mit dem er nichts zu tun haben wolle.«

Das Feuer knisterte. Ich rutschte zur Seite, blickte sie an und lenkte ihre Aufmerksamkeit von den Flammen ab. »Als die Entführung des Lindbergh-Babys dann im Radio und der Presse bekanntgegeben wurde, reimte sich Means dann zusammen, daß es sich um die ›sehr große Sache‹ handelte, die sein Kumpel erwähnt hatte.«

Sie nickte; sie richtete den Blick starr auf mich, und das Feuer spiegelte sich in ihren Augen und auch auf dem Stein an ihrer Brust. »Means behauptet, er habe mit mehreren prominenten Bürgern hier in Washington gesprochen, einschließlich Colonel Guggenheim, wäre aber nicht weitergekommen. Man hat Means für den kleinen Jungen gehalten, der ›Wolf!‹ ruft. Später haben mir Colonel Guggenheim und ein bekannter Richter aus Washington bestätigt, daß dies der Wahrheit entspricht.«

Ich hatte schon vor langem aufgehört, die Colonels zu zählen, die mit diesem Fall zu tun hatten.

»Means hat angeboten, sich mit seinem alten Zellengefährten in Verbindung zu setzen, und ich habe ihn dazu gedrängt. Am nächsten Morgen hat er mir gesagt – er habe sich mit seinem alten Freund getroffen, und der Mann sei in der Tat der ›Kopf der Lindbergh-Bande‹ und bereit, Verhandlungen über die Rückgabe des Kindes zu eröffnen. Dem schlossen sich mehrere Begegnungen an, bei denen zum Teil auch Jerry Land anwesend war, der mit Means als Vermittler für die Entführer agiert.«

Jerry Land war Admiral Emory S. Land, der Verwandte Lindberghs, der Slim darüber informiert hatte, was Mrs. McLean und Means in die Wege geleitet hatten.

»Wie stehen die Dinge nun?« fragte ich sie.

»Letzten Montag habe ich Means einen großen Pappkarton mit Fünf-, Zehn- und Zwanzigdollar-Scheinen darin gegeben.«

»Sie haben ihm das Geld schon gegeben?«

Sie nickte. »Einhunderttausend Dollar.«

Ich seufzte. »Haben Sie ihn seitdem noch einmal gesehen?«

»O ja. Er wohnt mit seiner Familie drüben in Chevy Chase. Wissen Sie, er ist verheiratet und hat einen Sohn – und er mache das hauptsächlich für seinen Jungen. Er wolle Buße für seine Vergangenheit leisten und dafür sorgen, daß sein Sohn stolz auf ihn sein kann.«

»Ja, das geht einem ja wirklich sehr nahe. Aber das war vor einigen Tagen. Hat er der ›Bande‹ das Lösegeld schon gebracht? Offensichtlich hat er Ihnen das Baby noch nicht übergeben.«

»Das wird wohl bald geschehen. Ich fahre morgen nach Far View – dort wollen die Entführer die Übergabe durchführen. Means trifft mich dort.«

»Wo und was ist Far View?«

»Mein Landsitz. In Maryland. Ich habe meinen Arzt, einen Freund von mir gebeten, jedem, der sich nach mir erkundigt, zu sagen, ich sei ein paar Tage, vielleicht auch eine Woche zu einer Erholungskur im Union Memorial in Baltimore.«

»Das sind aber jede Menge Heimlichtuereien, nicht wahr?« Sie schüttelte den Kopf und lachte leise. »Allerdings. Und Means besteht darauf, Kodenamen und -nummern zu benutzen . . . Sie wissen ja, er war früher mal Doppelagent.«

»Ja. Er hat unmittelbar vor dem Großen Krieg für die Deutschen gearbeitet.«

»Ich bin Nummer Elf. Das Baby wird immer als ›das Buch‹ bezeichnet. Means selbst ist ›Hogan‹. Admiral Land ist Nummer Vierzehn. Und so weiter.«

»Ich brauche noch einen Drink.« Ich stand auf. »Wie ist es mit Ihnen, Evalyn?«

»Ich sollte eigentlich nichts mehr trinken.«

»Jeder, der Gaston Means einen Karton mit einhundert Riesen darin geben kann, kann auch riskieren, ein zweites Glas Sherry zu trinken.«

»Das ist allerdings stichhaltig«, sagte sie und nahm den Sherry entgegen. »Ich fürchte, ich habe Sie ebenfalls in diese Heimlichtuereien hineingezogen.«

»Ach? Wieso denn das?«

»Na ja, ich weiß, Colonel Lindbergh wollte, daß ich mich mit Ihnen treffe, aber falls Gaston Means oder die Kidnapper herausfinden, daß ich mich mit einem Polizisten abgebe – selbst, wenn er so fern der Heimat agiert –, könnten die Auswirkungen verheerend sein. Meinem Personal kann ich vertrauen – sie sind alle schon jahrelang bei mir. Aber falls irgend jemand, insbesondere Gaston Means, sie fragen sollte – Sie sind heute zu einem Einstellungsgespräch gekommen.«

»Und in welcher Position soll ich für Sie arbeiten?«

»Als Chauffeur.«

Ich lachte schnaubend und trank meinen Bacardi aus. »Ist ja toll. Ich könnte in dieser Stadt noch nicht einmal den Weg auf die andere Straßenseite finden. Na ja, ich würde Means wirklich gern kennenlernen. Und vielleicht ist es tatsächlich am besten, dabei verdeckt vorzugehen.«

»Verdeckt?«

Ich deutete mit dem Daumen auf mich. »Darf ich Ihnen Ihren neuen Chauffeur vorstellen? Der Sie zu Ihrem Landsitz begleiten wird – wo ich Means und seine Geschichte selbst überprüfen werde.«

Ihr Lächeln war beinahe ernst. »Das wäre wunderbar, Nate. Sie... Sie halten mich für eine törichte, alte Frau, nicht wahr?«

»Sie sind überhaupt nicht alt.«

»Das Feuer geht aus. Legen Sie noch etwas Holz nach?«

»Sicher.«

Als ich zum Sofa zurückkam, hatte sie die Beine unter dem Gesäß verschränkt, und der Glanz des Feuers, das ich neu entfacht hatte, fiel auf sie. Ich setzte mich neben sie, und sie rutschte näher heran.

»Seit ich mich von meinem Gatten getrennt habe«, sagte sie, »war ich mit keinem Mann mehr zusammen.«

Das glaubte ich zwar nicht, doch ich sagte: »Ein hübsches Mädchen wie Sie?«

Sie zeigte Erheiterung. »Glauben Sie, Sie kriegen mich rum, wenn Sie mich Mädchen nennen?«

»Für mich sehen Sie wie ein Mädchen aus.«

Die Erleichterung fiel wie eine Maske von ihr ab; etwas in ihrem Gesichtsausdruck schwelte, und das Feuer hatte nichts damit zu tun. »Nate. Nate. Warum küssen Sie mich nicht einfach?«

»Wir haben uns gerade erst kennengelernt. Sie wissen nichts über mich, Evalyn.«

»Sie haben einen trockenen Humor. Sie haben eine Schußwaffe in Ihrem Koffer. Sie haben nette Augen, ein bißchen grausam, aber nett. Ihr Haar sieht im Licht des Feuers rot aus. Das alles weiß ich, und noch mehr.«

»Noch mehr? Was wissen Sie sonst noch?«

»Daß Sie auch in Ihrer Hosentasche einen Revolver haben.«

»Das ist kein Revolver.«

»Ich weiß.«

Ich küßte sie. Ihr Mund war feucht und warm und schmeckte nach Sherry. Ihre Zunge streifte meine Zunge.

»Mehr«, sagte sie.

Ich küßte sie noch einmal; es war schön und wurde

schöner. Es war heiß und wurde heißer. Ich ließ meine Hand die Neigung ihres Busens hinaufgleiten – und spürte den kalten Schliff des Hope-Diamanten und zog die Hand zurück, als hätte ich sie verbrannt. Ich zog auch den Rest von mir zurück; mir war ganz schummrig, vom Rum, und weil mir wieder einfiel, wo ich war.

»Ich lege das ab«, sagte sie schnell. Sie nahm das Halsband mit dem Diamanten und auch die Perlenkette ab und warf sie so beiläufig, als hätte sie sich nur die Schuhe ausgezogen, auf einen überpolsterten Sessel. Das Feuer fing sich auf dem Diamanten und ließ ihn aufblitzen.

»Helfen Sie mir bei dem Kleid«, sagte sie und griff sich auf den Rücken, und ich half ihr, und bald hing das Gewand um ihre schmale Taille, und ihre Brüste, perfekt, hoch, voll, riesig, badeten im goldenen Schein des Feuers. Ich legte die Hände darauf. Ich legte den Mund drauf. Sog an den Warzen, bis sie hart waren.

»Was ist mit deinen Dienstboten?« fragte ich nach Luft schnappend, das Gesicht tief in ihrer Schatztruhe verborgen.

»Die kommen nur, wenn ich sie dazu auffordere«, sagte sie.

»Genau wie ich«, sagte ich.

18

Wir trafen am nächsten Abend nach Anbruch der Dunkelheit in Far View ein. Ich saß hinter dem Lenkrad von Evalyn McLeans ultramarinblauem Lincoln Continental und war von Kopf bis Fuß der perfekte Chauffeur; ich trug eine schicke, graue Uniform aus Wolle mit leuchtenden, schwarzen Knöpfen und einer dazu passenden Mütze, die ein Fahrer zur Verfügung gestellt hatte, der vor kurzem nach dreißig Jahren treuer Dienste für die Familie Walsh in den Ruhestand getreten war. Er war schwerer als ich gewesen, doch Mrs. McLean hatte eine ihrer Bediensteten beauftragt, sich darum zu kümmern. Evalyn und Inga – ihr blondes Dienstmädchen von etwa vierzig Jahren, eine Frau von herber Schönheit, die schon seit über zwanzig Jahren bei ihrer ›Herrin‹ war und meine wahre Identität kannte – saßen auf dem Rücksitz und erklärten mir den Weg. Ich hatte nichts dagegen, zwei Passagiere zu befördern; schließlich bestand meine einzige Schwäche als Chauffeur darin, daß ich mich in Washington und Umgebung überhaupt nicht auskannte.

Von der Massachusetts Avenue fuhren wir in Richtung Baltimore und drehten dann um; wir verließen den großen Highway und erkundeten die Wildnis Marylands auf schmalen, ausgefahrenen Wegen, gelegentlich Schotterstraßen, hauptsächlich unbefestigten. Die Privatstraße nach Far View war eine Schotterstraße, aber eine ungepflegte, von Unkraut überwucherte; das traf auch auf das umliegende Gelände zu, auf dem zwischen gelegentlichen Schneeflecken Unkraut hochschoß. Nichtsdestotrotz war das Haus selbst – das ich mir törichterweise als das bescheidene ›Landhaus‹ vorgestellt hatte, das Evalyn so beiläufig erwähnt hatte – im Mondschein sehr beeindruckend: ein weitläufiges Gebäude im Plantagenstil der Südstaaten mit Säulen und allem Drum und Dran, das sich geisterhaft weiß zwischen den großen, skeletthaften Bäumen erhob.

Evalyn richtete sich auf dem Rücksitz auf. »Meine Mutter hat hier viel Zeit verbracht«, sagte sie. »Ich war seit ihrem Tod nicht mehr hier.«

»Wann ist sie gestorben?« fragte ich.

»Letzten Monat.«

Das war das erste Mal, daß sie es erwähnt hatte, doch mir kam es bezeichnend vor. Sie war ein paar Wochen nach dem Tod ihrer Mutter auf den Fall Lindbergh angesprungen. Evalyn – eine Frau in Trauer, deren Gefühle völlig durcheinandergeraten waren und die versuchte, mit ihrem reichen, leeren Leben etwas Sinnvolles anzufangen – war für einen Hai wie Gaston Means eine leichte Beute.

»Das mit Ihrer Mutter tut mir leid«, sagte ich.

»Ein weiteres Opfer des Fluchs des Hope-Diamanten?« fragte sie sich laut. »Sie war eine Szientistin, eine Anhängerin der Christlichen Wissenschaft ... sie hat keinerlei medizinische Hilfe geduldet. Gott sei Dank bin ich Heidin.«

»Sie haben dieses Haus sowieso noch nie gemocht«, sagte Inga.

»Stimmt«, sagte Evalyn, »mir gefällt seine Geschichte nicht.«

»Was für eine Geschichte?« fragte ich.

Evalyn lehnte sich wieder zurück. »Vor langer Zeit hat hier ein Ehepaar gewohnt. Die beiden haben unablässig gestritten – er hat sie wegen ihrer angeblichen Untreue verprügelt, und in Nächten, in denen der Wind aus einer bestimmten Richtung wehte, konnte man ihre Schreie meilenweit hören, hieß es. Schließlich schlug er ihr den Schädel ein und warf sie hier in einen Brunnen.«

»Ich frage mich, ob es ungefährlich ist«, sagte ich.

»Das Haus?« fragte Inga.

»Das Wasser zu trinken.«

Niemand auf dem Rücksitz lachte, doch im Rückspiegel sah ich Evalyns leises Lächeln. Wieder mein trockener Humor.

Als wir uns dem Haus näherten, bemerkte ich, daß die Fenster mit Brettern vernagelt waren.

»Sieht verlassen aus«, sagte ich und hielt vor den Garagen und Ställen hinter dem Haus. Das überraschte mich, denn sie hatte gesagt, daß das Telefon funktionierte.

»Praktisch ist es auch verlassen«, sagte sie. »Hier sieht nur ein älteres Hausmeisterpaar, dem ich nicht gekündigt habe, nach dem Rechten.«

»Züchtet der Hausmeister Unkraut?« fragte Inga sarkastisch.

»Das Haus sieht ein wenig heruntergekommen aus«, sagte Evalyn zu ihrem Dienstmädchen, »aber schließlich haben wir noch Winter. Ich bin sicher, daß Gus zu gebührender Zeit seinen Pflichten nachkommen wird.«

Inga grunzte. Sie war auf eine bäuerliche Art und Weise hübsch, aber stets verdrossen und unausstehlich; sie war eine jener Frauen, die den ganzen Monat über ihre Tage hatten.

Ich half der Herrin und ihrem Mädchen aus dem Wagen – Inga trug ihre schwarze und weiße Uniform unter einem einfachen Wollmantel, während Evalyn einen Nerzmantel über einem dunkelbraunen, weiß besetzten Angorakleid mit weißem Gürtel trug; auch ihre braune Fellmütze wurde von einem weißen Band geschmückt. Ich holte die Koffer sowie meine Reisetasche aus dem Kofferraum; es handelte sich insgesamt um vier Gepäckstücke, doch mir gelang es, sie alle gleichzeitig zu tragen. Keine der beiden Frauen machte Anstalten, mir zu helfen, und sie blieben vor der Hintertür stehen und warteten, daß ich die Koffer absetzte, um sie zu öffnen. Die Tür war nicht abgeschlossen; Evalyn hatte dem Hausmeister rechtzeitig angerufen.

Aber das bedeutete nicht, daß er es uns schön bequem gemacht hatte. Wir gingen durch eine ziemlich kleine Küche und dann durch das große, dunkle, kalte Haus, in dem nur noch wenige Möbelstücke verblieben waren, die allesamt mit Bettlaken bedeckt waren. Die Luft war abgestanden und feucht, aber das Haus war nicht schmutzig; Hausmeister Gus hatte anscheinend doch ein bißchen was getan. Der zweite Stock war zugesperrt.

Evalyn erlaubte mir nicht, das Licht einzuschalten.

»Auf Means' Anweisung«, sagte sie. »Die Entführer haben verboten, Licht zu machen. Far View soll weiterhin unbewohnt wirken.«

»Es ist kalt hier drinnen«, sagte Inga und schlug die Arme vor der Brust zusammen, obwohl sie noch ihren Mantel trug.

»Der Heizkessel ist kaputt«, sagte Evalyn.

»Die Kamine sind in Ordnung«, sagte ich.

Sie hob einen juwelenberingten Finger. »Kein einziges Licht, hat Means gesagt – und das gilt auch für die Kamine.«

»Wo *ist* Means?« fragte ich.

»Er hat gesagt, er würde kommen«, sagte Evalyn. »Gehen wir in die Küche. Inga, sehen Sie zu, ob Sie uns eine Kleinigkeit zubereiten können.«

Wir drängten uns um den Ofen – den wir mit Evalyns Erlaubnis anmachen durften –, und ich leuchtete Inga mit einer Taschenlampe. Verdrossen bereitete sie uns eine Mahlzeit zu, die sich allerdings nicht mit Maurice' Seezungenfilet mit Sauce Marguery oder seinem patentierten Parfait vergleichen ließ. Sie bestand hauptsächlich aus Dosenfleisch und Bohnen; dazu gab es Kaffee. Aber mir schmeckte es. Evalyn schien ebenfalls zufrieden zu sein – obwohl ich das Gefühl hatte, daß es ihr eigentlich nur auf das Hauptgericht des Abends ankam: Heimlichtuereien.

Wir saßen da, tranken Kaffee und zitterten trotz der Decken, die wir wie Indianer um uns geschlungen hatten, als das Licht der Scheinwerfer eines Wagens, der die Auffahrt hinauffuhr, durch die Ritzen zwischen den Brettern vor den Fenstern fiel.

Einige Minuten später trat ein Mann ein. Er war sowohl groß als auch fett, trug einen dunklen, schweren Übermantel, unter dem eine blaue Krawatte hervorlugte, und einen Homburg, den er augenblicklich abnahm, womit er einen fast kahlen Kopf enthüllte. In einer Hand hielt er eine Taschenlampe. Er schaltete sie ein und richtete den Lichtstrahl auf sein Gesicht.

»Ich bin's«, sagte er. »Hogan.«

Gaston Bullock Means hatte ein spitzes Lächeln und

ein tief zerfurchtes Babygesicht. Im Licht der Taschenlampe wirkte es düster und wohlwollend zugleich.

Dann fiel das Licht plötzlich auf mein Gesicht; ich blinzelte hinein und knirschte mit den Zähnen, blieb aber unterwürfig. »Wer ist das?« fragte Means.

»Mein Chauffeur«, sagte Evalyn. »Er heißt Smith. Ich habe ihn gerade erst eingestellt.«

»Niemand heißt Smith«, schnappte Means.

Ich drehte den Kopf aus dem Licht. »Sehen Sie mal in einem Telefonbuch nach«, sagte ich, »und Sie werden feststellen, daß Sie sich irren.«

Er senkte den Strahl zu Boden, wo er eine weiße Lichtpfütze bildete. »Ist er zuverlässig, Elf?«

»Allerdings«, sagte Evalyn alias Elf.

»Na schön«, sagte er großmütig zu mir, »von nun an sind Sie Nummer Fünfzehn.«

Inga ergriff verärgert das Wort. »Ich dachte, ich bin Nummer Fünfzehn.«

»Äh, ja . . . richtig. Smith – Sie sind Nummer *Sechzehn.*«

»Toll.«

Er ging zu Evalyn hinüber, setzte sich aber nicht, obwohl ein weiterer Stuhl bereit stand. »Kann ich vor diesen Leuten offen mit Ihnen sprechen?«

Klar konnte er das – wir hatten doch Nummern, oder?

»Ja«, sagte Evalyn. »Auf Ihren Wunsch habe ich nur dieses unumgängliche Personal mitgebracht.«

»Gut. Gut.« Er schaltete die Taschenlampe aus und setzte sich. Er war ein gewaltiger Mann, so groß wie der riesige Ofen. »Ich habe gute Nachrichten für Sie, Elf. Als ich gestern abend nach Hause kam, wartete der Fuchs dort auf mich.«

»Der Fuchs?« fragte sie.

»Mein alter Zellengefährte. Der Anführer der Kidnapperbande. Der Fuchs. Unter diesem Namen kennen ihn seine Leute.«

Anscheinend hatten auch die Bösewichter ihre Kodenamen.

Means beugte sich verschwörerisch vor. »Er hat mich gefragt, ob ich das Lösegeld habe. Ich habe bejaht. Ich habe ihm gesagt, er solle draußen warten, bis ich mich überzeugt hätte, daß meine Familie schlief, dann würde ich ihn hereinlassen, damit er sich das Geld ansehen könne.«

Ich hätte wahrscheinlich die Klappe halten sollen, tat es aber nicht. »War das nicht ziemlich töricht?« fragte ich.

»Töricht?« Means starrte mich an, wie man eine summende Fliege anstarrt.

»Töricht«, sagte ich. »Was hätte ihn davon abhalten können, das Geld zu stehlen?«

Er hob würdevoll das Kinn. »Ich habe mit dem Fuchs in einer Zelle gesessen. Es gibt noch so etwas wie Ehre unter Dieben!«

Nein, die gibt es nicht.

»Ach«, sagte ich.

»Ich führte ihn nach unten, in den Keller, holte den Karton mit dem Geld aus seinem Versteck und stapelte die Scheine auf einem Tisch auf. Ich ließ sie ihn selbst prüfen. Er war hocherfreut, daß es sich um kleine Nennwerte handelte und die Scheine alt und abgegriffen waren und nicht über aufeinandergestapelte Seriennummern verfügten. Mit anderen Worten, Elf, der Fuchs ist überzeugt, daß Sie ein faires Spiel treiben werden. Er hat das Geld zweimal gezählt und war sehr zufrieden, daß es sich um genau einhunderttausend Dollar handelte.«

»Wo ist das Geld jetzt?« fragte ich.

»Nicht mehr in meinem Haus«, sagte Means wütend. »In einem Safe, bis sich weitere Entwicklungen ergeben.«

»Inga«, sagte Evalyn, die Means' wachsenden Zorn auf mich spürte, »bringen Sie Mr. Means eine Tasse Kaffee.«

Inga tat wie geheißen.

»Das heißt ›Hogan‹, Elf. Immer nur ›Hogan‹.« Means nippte mit großer Zufriedenheit an seinem Kaffee. »Das Buch müßte jetzt jeden Tag geliefert werden. Solange der Fuchs und seine Leute überzeugt sind, daß die Polizei uns nicht beobachtet.«

»Das Buch?« fragte ich.

»Das Baby«, erinnerte Evalyn mich.

Means warf mir einen scharfen Blick zu. Seine Augen, die normalerweise wie die eines Nikolaus zwinkerten, wurden schmal und dann kälter als das Zimmer, und das Zimmer war schon der reinste Kühlschrank. »Für einen Chauffeur stellen Sie eine Menge Fragen«, sagte er.

»Ich war mal Bulle«, sagte ich.

Evalyn riß die Augen auf.

»Mrs. McLean dachte«, fuhr ich fort, »ihr neuer Chauffeur sollte unter den derzeitigen Umständen nicht nur ein Fahrer, sondern auch so was wie ein Leibwächter sein.«

»Ich verstehe«, sagte Means, und sein spitzes Grinsen kehrte zurück, doch sein Blick blieb eiskalt. »Und wo waren Sie früher Polizeibeamter?«

»Sie stellen aber auch eine Menge Fragen, Hogan«, sagte ich.

Means betrachtete mich mit offener Unschuld. »So erfährt man auch viel, Fünfzehn.«

»*Ich* bin Fünfzehn«, nörgelte Inga.

»Ich bin Sechzehn«, sagte ich. »Und noch ungeküßt.«

Er strahlte geradezu, als er das hörte. »Ich mag Sie, Sechzehn. Wirklich. Wir werden bestimmt dicke Freunde.«

»Na ja. Haben Sie das Kind gesehen?«

»Nein – aber morgen um diese Zeit werden wir alle es gesehen haben – mit Gottes Hilfe.«

Evalyn verschüttete Kaffee aus der Tasse in ihrer Hand.

»Oder übermorgen«, sagte Means achselzuckend. »Der Fuchs hat eine schnelle Lieferung versprochen.«

»Was ist mit dem Geld?« fragte ich.

»Welches Geld?«

»Das ist das Kodewort«, sagte ich, »für einhunderttausend Dollar Lösegeld in einem Pappkarton.«

»Oh, ja«, sagte Means. »Ich habe dem Fuchs gesagt, daß er seine Beute erst bekommt, wenn das Buch sicher in den Armen Elfs ist.«

»Und er akzeptiert diese Bedingungen?«

»Natürlich. Er vertraut mir völlig. Vergessen Sie nicht, ich war sein Zellengenosse.«

Means stand auf; er war so groß wie ein Grizzlybär und genauso zuverlässig. »Ich überlasse Sie Ihrer Nachtwache.«

Er stand auf, legte eine Fingerspitze an den Homburg, bevor er ihn dann auf seinen großen, kahlen Kopf setzte, und glitt in die kalte Nacht hinaus, wo der Wind heulte und die kahlen Bäume wie eine treulose Ehefrau schüttelte.

19

Die Einrichtung meines Eckzimmers war spärlich – ein Bett, ein Nachttisch, ein kleiner Tisch, eine Kommode. Die Tapete zierten mehrere hellere Stellen, an denen früher eingerahmte Fotos, Bilder, Spiegel oder was auch immer gehangen hatten. Der Wind klapperte an den vernagelten Scheiben und versuchte – gelegentlich erfolgreich – hereinzukommen. Es war nicht behaglich, aber das Bett hatte saubere Laken und genug Decken, und so dankte ich Gott und dem Hausmeister Gus für diese kleinen Gefälligkeiten. Ich zog mich bis auf die Unterwäsche aus – hätte ich doch nur lange Unterhosen angezogen! – und schlüpfte ins Bett. Ich mußte über einiges nachdenken; aber es war ein langer, seltsamer Tag gewesen, und ich schlief schnell ein.

Ich erwachte genauso schnell, als – ich war mir nicht sicher, wieviel später – meine Tür leise geöffnet wurde und eine kleine, weibliche Gestalt auf der Schwelle stand. Im Licht, das aus dem Korridor hereinfiel, machte ich eine wohlgeformte Silhouette unter einem hauchdünnen Nachthemd aus, eine angenehm toplastige Silhouette, die ich, so schlaftrunken ich auch war, sofort als die Evalyns erkannte.

»Nate«, flüsterte sie, »bist du wach?«

»Klar«, sagte ich und setzte mich auf. Ich war tatsächlich wach – so hellwach, wie man manchmal ist, wenn man plötzlich geweckt wird.

Sie schloß die Tür, und es wurde wieder finster im Raum. Ich konnte kaum ihre Gestalt in der Dunkelheit ausmachen; sie stand neben mir, neben dem Bett, und ich spürte sie mehr, als daß ich sie sah. Sie roch aber verdammt gut in ihrer Parfümwolke, die aus nachtblütigem Jasmin zu bestehen schien. Dann blitzte ein Licht auf – ein Streichholz, und sie zündete eine rote Kerze auf meinem Nachttisch an, auf dem keine Lampe stand.

Im flackernden Licht der Kerze stand sie vor mir; ihre wunderbaren Brüste zeichneten sich deutlich unter dem hauchdünnen, schwarzen Nachthemd ab, und die rosigen Warzen starrten mich an wie große Augen. Die richtigen waren übrigens auch rund und groß – in einem bleichen, erschreckten Gesicht.

»Nate«, sagte sie, »verzeih mir, daß ich hier eindringe.«

Ich warf die Bettdecke zurück. »Schon verziehen.«

Sie stieg ins Bett, und ich zog die Decke über sie und mich. Sie zitterte.

»Du hast dich erkältet«, sagte ich.

»Nein«, sagte sie.

»Was ist es dann?«

»Du wirst mich für töricht halten.«

»Nein, werde ich nicht.«

»Ich ... ich war im Bett, habe schon fast geschlafen.

Ich hörte Schritte auf der Treppe. Ich fragte mich, wer da hochkam. Zuerst dachte ich, es wäre Inga, doch die Geräusche gingen an Ingas Zimmer vorbei und näherten sich direkt meinem.«

Sie zog die Decke enger um sich. Ich legte einen Arm um sie; sie zitterte wie ein verängstigtes Reh.

»Als sie . . . als sie meine Tür erreichten, diese Schritte, hielten sie inne. Ich dachte, wer immer es auch war, er würde jeden Augenblick hereinkommen. Ich dachte, du wärest es vielleicht . . . ein verstohlenes Rendevouz um Mitternacht . . .«

»Ich habe mein Zimmer nicht verlassen, Evalyn.«

Sie nickte, als wüßte sie das bereits. »Gegenüber von meinem Zimmer befindet sich die Tür zur Treppe zum zweiten Stock – die abgeschlossen ist. Ich weiß nicht einmal, wo der Schlüssel ist. Ich hörte, wie die Schritte diese Treppe hinaufgingen. Dann hörte ich Schritte über mir. Über meiner Zimmerdecke.«

»Vielleicht war es Inga.«

»Das glaube ich nicht. Ich bin aufgestanden und auf den Korridor gegangen. Die Tür zum zweiten Stock war abgeschlossen.«

»Ich bin jedenfalls nicht herumgewandert. Glaubst du, daß Means aus irgendeinem Grund zurückgekommen ist?«

Sie schüttelte den Kopf. »Ich weiß es nicht. Der Hausmeister wohnt nicht auf dem Anwesen; er hat ein kleines Haus in Bradley Hills. Warum sollte er hier herumschleichen?«

»Wenn du dir Sorgen machst . . .«

»Es könnte einer der Kidnapper sein, der uns überprüft, oder?«

»Das wäre möglich.«

Sie drehte sich zu mir um; ihre Augen waren gleichermaßen verängstigt wie schön. »Kann ich heute nacht bei dir bleiben?«

»Du hast mich schon überredet. Was ist mit Inga? Machst du dir keine Sorgen, was sie vielleicht denkt . . .?«

»Ich habe keine Geheimnisse vor Inga. Können wir irgendwas von innen vor die Tür stellen?«

Ich erwiderte, das sei kein Problem; ich stand auf, schob die Kommode vor die Tür, holte meine Neun-Millimeter-Pistole aus der Reisetasche und legte sie auf den Nachttisch.

»Rutsch rüber«, sagte ich zu ihr. Ich wollte neben der Waffe liegen.

Sie rutschte auf die andere Seite. »Ich bin eine verdammte Närrin.«

»Bei dem Haus kriegt sogar Frankenstein 'ne Gänsehaut.« Ich stieg neben ihr ins Bett. »Hör mal, vielleicht hast du es dir nur eingebildet. Du hast vielleicht geträumt oder ein ganz normales Geräusch gehört . . .«

»Der Wind ist ziemlich laut.«

»Genau. Warum versuchst du nicht zu schlafen?«

»Nimm mich in die Arme, Nate. Nimm mich in die Arme.«

Ich nahm sie in die Arme.

»Blas die Kerze nicht aus«, sagte sie.

»Werde ich nicht.«

»Warum gibst du dich mit mir ab?«

»Ich mag Frauen mit viel Geld und viel Brust.«

»Du bist schrecklich.«

»Meinst du das ernst?«

»Nein.«

Der Wind schüttelte an den Fenstern, an den Brettern und den Scheiben gleichermaßen. Sie hatte Angst. Also küßte ich sie, nur, um sie zu beruhigen. Es blieb aber nicht dabei.

»Du mußt *mich* für schrecklich halten«, sagte sie danach.

»Überhaupt nicht.«

»Du hältst mich für oberflächlich. Für töricht.«

»Klar. Aber nicht für schrecklich.«

Sie lachte; es war ein heiseres Lachen. »Ich werde alt, Nate. Ich habe schon Hängebrüste.«

»Ist mir noch nicht aufgefallen. Außerdem würde ich sie gern wieder hochschieben – jederzeit.«

»Du bist unmöglich.«

Ich küßte sie erneut. Sie schien ihren Kidnapper oder Geist oder was auch immer auf dem Korridor und über ihrer Decke Geräusche machte, vergessen zu haben. Oder hatte sie sich das nur einfallen lassen, um zu mir zu können, ohne ›schrecklich‹ zu wirken?

»Dieses Ding sieht aber gefährlich aus.«

»Ich fasse das als Kompliment auf.«

»Ich meine die Pistole.«

»Ach so. Na ja, eine Pistole soll auch gefährlich aussehen.«

»Hast . . . hast du damit schon mal jemanden getötet?«

»Ja. Vor gar nicht so langer Zeit habe ich einen Kidnapper erschossen. Deshalb hält Lindy mich für einen so tollen Hecht.«

»Du sprichst so . . . beiläufig davon.«

»Ich meine es wirklich nicht beiläufig, Evalyn. Ich werde eine Pistole niemals beiläufig benutzen. Und diese schon gar nicht . . .«

»Was ist mit dieser Pistole?«

Ich sagte nichts.

»Was ist damit, Nate?«

»Evalyn, ich . . . nichts.«

»Was?«

»Na ja, weißt du, ich will ganz ehrlich sein. Vielleicht hätte ich dich als törichte, oberflächliche Frau abgetan, wenn du nicht schon so viel durchgemacht hättest. Falls ich das sagen darf.«

»Zum Beispiel?«

Ich schluckte. »Du hast deinen Sohn verloren.«

Sie berührte mein Gesicht.

Ich berührte ihr Gesicht.

»Du hast auch jemanden verloren, nicht wahr?« sagte sie.

Ich nickte.

»Nate . . . sind das etwa . . .?«

Ich fuhr mit der Hand über mein Gesicht; die Hand wurde naß. »Nein. Ich schwitze. Diese Decken.«

»Wen, Nate? Wen hast du verloren?«

Und ich erzählte es ihr. Ich erzählte ihr langsam, und in allen Einzelheiten, von meinem Vater. Was ich getan hatte, wieso er schließlich meine Waffe gegen sich selbst gerichtet hatte. Und daß ich diese Waffe trug, damit ich es niemals vergessen würde.

»Aber manchmal vergesse ich es«, gestand ich ein.

»Leben und Tod sind in dieser lausigen, gottverdammten Welt billig zu haben. Besonders während dieser lausigen, gottverdammten Depression.«

»Ich bin von Natur aus nicht nachdenklich«, sagte sie, drückte meinen Arm und starrte in die Dunkelheit. »Aber ich frage mich sehr oft, warum das Universum so grausam geschaffen wurde.« Ich küßte sie auf die Stirn.

Der Wind schwächte nun langsam ab; er erzeugte ein pfeifendes, fast beruhigendes Geräusch.

»Warum erzählst du mir nicht von deinem Sohn? Erzähle mir von deinem kleinen Jungen.«

Sie tat es. Vielleicht eine Stunde lang erzählte sie mir von ihrem ›süßen und vor der Zeit klugen‹ kleinen Jungen. Der kleine Vinson war der einzige Geist im Haus, als die Kerze niederbrannte und die Nacht sich in den Morgen verwandelte, und er war keine düstere Erscheinung.

Als wir ein paar Stunden später zum Frühstück hinabgingen, kamen uns die Schritte auf dem Gang und die Gedanken an Gespenster töricht vor. Evalyn trug ein schlichtes, schwarzes und weißes Kleid; ich hatte die

Chauffeuruniform aus- und einen meiner beiden Anzüge anziehen dürfen. Inga machte Eier und Schinken – der Hausmeister Gus hatte anscheinend ein paar frische Lebensmittel vorbeigebracht –, und die Gerüche des Essens und des Morgens waren erfrischend.

Aber Inga wirkte noch verdrossener als üblich.

Wir saßen an einem schlichten, eckigen Tisch in der Küche, und Inga brachte uns die Eier, den Schinken und Toast mit blutunterlaufenen, schwarzumrandeten Augen.

»Herrje«, sagte Evalyn zu dem Dienstmädchen, »Sie müssen ja eine schreckliche Nacht gehabt haben!«

Inga sagte nichts.

»Setzen Sie sich, meine Liebe«, sagte Evalyn, »und bedienen Sie sich.«

Verdrossen tat Inga wie geheißen. Ihr blondes Haar hing in Strähnen hinab, als sie auf ihrem Teller herumstocherte. Plötzlich sah sie auf, und ihre Augen waren so groß und verängstigt wie die Evalyns, als sie mitten in der Nacht mein Zimmer betreten hatte.

»Madam, könnte ich heute bitte ein anderes Zimmer haben, wenn es Ihnen nichts ausmacht?«

»Warum denn das?«

»Jedesmal, wenn ich gerade einschlief, hat mir jemand die Decke vom Bett gezogen.«

»Inga«, sagte ich, »ist ein Schloß an Ihrer Tür?«

»Ja – und ich hatte abgeschlossen.«

»Und ihre Fenster sind mit Brettern vernagelt, wie die meinen?«

»Ja.«

Evalyn beugte sich vor, und ihre blauen Augen hatten einen stechenden Blick. »Wollen Sie damit sagen, Inga, daß jemand die Decken von Ihrem Bett gezogen hat, obwohl Sie allein auf dem Zimmer waren und die Tür abgeschlossen hatten? Und das bei vernagelten Fenstern?«

»Ja. Es ist mehrmals passiert. Ich habe kaum geschlafen.«

»Sie glauben nicht, daß sich vielleicht jemand unter Ihrem Bett versteckt hat?« fragte ich.

»Ich habe eine Taschenlampe«, sagte sie. »Ich habe unter dem Bett nachgesehen und im Schrank. Ich war allein.«

»Ich werde heute nacht in diesem Zimmer schlafen«, sagte ich zu ihr.

Zum ersten Mal lächelte Inga mich an. »Vielen Dank, Mr. Heller.«

»Mit etwas Glück«, sagte Evalyn fröhlich, »wird es gar nicht dazu kommen. Means wird uns das ›Buch‹ bringen, und wir verschwinden schnell aus diesem Spukhaus.«

Aber Means kam nicht.

Wir, Evalyn und ich, verbrachten den größten Teil des Tages damit, auf dem unkrautübersäten, stellenweise noch schneebedeckten Anwesen spazierenzugehen, zwischen den großen, knochigen, nackten Bäumen, auf Pfaden, die Evalyns Mutter ausgetreten hatte. Oft hielten wir Händchen, wie junge Leute, die fest miteinander gehen; gewissermaßen war das auch bei uns der Fall.

An diesem Nachmittag schloß der alte, hagere, schnurrbärtige Gus – der eine Tabaksorte kaute, die nur leicht übler roch als der Mann selbst – die Tür zum schon seit langem nicht mehr benutzten zweiten Stockwerk auf. Gus behauptete, den einzigen Schlüssel zu haben, und die Tür schien seit einer Weile nicht mehr benutzt worden zu sein – der Hausmeister hatte gewaltige Probleme, den Schlüssel im verrosteten Schloß zu drehen.

Abgesehen von ein paar mit Tüchern verhängten Möbelstücken entdeckten wir auf dieser Etage keine Geister. Eine Staubschicht bedeckte den Boden, und es waren keine Fußabdrücke darauf zu sehen.

»Ich muß die Geräusche gehört haben«, sagte Evalyn,

die direkt hinter mir stand, ihre Finger auf meinem Arm, »die der Wind gemacht hat.«

»So muß es gewesen sein«, sagte ich.

Ich glaubte natürlich nicht an Spukhäuser; aber andererseits war ich in letzter Zeit mit Leuten wie Edgar Cayce, Schwester Sarah Sivella und Häuptling Gelbe Feder aneinandergeraten und glaubte allmählich, daß wir anfangen sollten, im Zylinder eines Zauberers nach Lindys Jungen zu suchen.

Dieser Abend war genauso kalt wie der vorhergehende, und wir rückten wieder in der Küche zusammen, tranken Kaffee, schlangen Decken um uns und warteten darauf, daß entweder Means auftauchte, das Telefon klingelte oder zumindest ein gottverdammter Geist erschien. Nichts von dem geschah.

Evalyn und ich verbrachten die Nacht in dem Zimmer, aus dem Inga ausgezogen war. Wir saßen praktisch die ganze Nacht auf der Bettkante, wenn wir nicht anderweitig beschäftigt waren; Evalyn rauchte eine Packung Zigaretten, und mir gingen die Pariser aus. Es war eine lange, ermüdende, denkwürdige Nacht, aber keine Geister erschienen, keine Schritte erklangen auf dem Gang oder der Treppe oder über uns, und niemand, ob nun aus Fleisch und Blut oder aus Dunst, zog die Bettdecken weg.

Sie war in meinen Armen eingeschlafen; wir saßen halb aufrecht, die Kissen hinter uns, in die Decken gehüllt. Licht sickerte durch die Ritzen der Bretter vor den Fenstern. Die lange Nacht war vorbei.

Als ich aufstand, hörte ich, daß etwas schwer zu Boden fiel; ich fuhr zusammen, und Evalyn wurde schlagartig wach.

»Was . . .?« setzte sie an.

Ich stand wie erstarrt da und sah zu einem kleinen Tisch an der gegenüberliegenden Wand, auf dem vier oder fünf Bücher, die fest eingeklemmt zwischen zwei bronzenen Buchstützen in Form von Pferdeköpfen gestanden hatten, nun langsam zu Boden fielen.

Ich sah sie an.

Sie sah mich an.

Unseren Blicken nach zu urteilen hätten wir uns genausogut in einem Varieté befinden können.

Ich ging langsam zum Tisch. Die Bücher lagen in einem unordentlichen Haufen auf dem Boden. Die Buchstützen standen allein auf dem Tisch, aber an der Wand, wie die Bücher, bevor sie hinuntergefallen waren. Es war, als habe jemand sie von der Wand quer über den Tisch zu Boden geschoben.

Ich zuckte die Achseln, sagte, das hätte nichts zu bedeuten, und zog mich an. Evalyn nickte, zuckte die Achseln und schlich den Gang zu ihrem eigenen Zimmer entlang, um sich anzuziehen. Wir sprachen nicht mehr darüber, jedenfalls nicht während des Frühstücks; wir sagten eigentlich so gut wie nichts, ließen uns nur zu einem Kommentar hinreißen, was für ein schöner, sonniger Tag es zur Abwechslung doch sei.

Kurz nach dem Frühstück klingelte das Telefon in der Diele und jagte uns allen einen fürchterlichen Schrecken ein. Das Klingeln echote durch das große, fast leere Haus, während Evalyn zu dem Apparat lief.

Sie hielt den Hörer weit von ihrem Ohr entfernt, so daß ich mich neben sie stellen und lauschen konnte.

»Hier Hogan«, sagte Gaston Means' Stimme. »Wer ist da?«

»Hier spricht Elf«, sagte Evalyn.

»Elf, wir kamen gestern abend mit dem Buch nicht durch. Es ist um Haaresbreite schiefgegangen.«

»Um Haaresbreite?«

»Hören Sie genau zu: Kommen Sie heute nachmittag zu meinem Haus in Chevy Chase. Seien Sie sehr, sehr vorsichtig und achten Sie darauf, daß Sie nicht verfolgt werden; ich erwarte Sie dort um halb zwei.«

Und wir hörten, wie es klickte, als er auflegte.

Sie sah mich an, das Telefon noch in der Hand. »Ich fahre natürlich hin.«

»Aber nicht allein.« Ich faßte sie fest an der Schulter. »Das könnte eine Neuausgabe des Maude-King-›Unglücks‹ sein.«

»Dann komm mit. Er hat mir nicht verboten, meinen Chauffeur mitzubringen.«

Also legte ich am Spätvormittag meine Chauffeursuniform an und fand mit Evalyns Richtungshinweisen den Weg nach Chevy Chase in Maryland, direkt hinter der Staatsgrenze zum Bezirk von Columbia. Means wohnte in einem wohlhabenden Wohnviertel, wenngleich es nicht das war, was Evalyn Walsh McLean als wohlhabend angesehen hätte. Das Haus an der Leland war ein großes, zweistöckiges Gebäude mit ein paar Säulen auf der Veranda und einem weiten, sanft geneigten Rasen hinter einem Maschendrahtzaun – ein behagliches Heim, das mit dem Zaun und den Scheinwerfern, die hier und da auf die Pfosten montiert waren, einen gefängnisartigen Eindruck machte. Ich vermutete, daß es auch eine scharfe Alarmanlage gab – Means hatte in ein beträchtliches Sicherheitssystem investiert.

Das Tor war jedoch offen, und wir wurden erwartet – zumindest Evalyn. Ich stand mit der Chauffeursmütze in den Händen hinter ihr, als sie auf den Klingelknopf drückte. Ein großer, schlanker Junge von vielleicht sechzehn Jahren, wie aus dem Ei gepellt in einem karierten Pullover und grauen Hosen, öffnete die Tür.

»Wir möchten Mr. Means sprechen«, sagte Evalyn lächelnd.

Der Junge nickte; seine Augen waren groß, braun und arglos.

»Bitte kommen Sie herein«, sagte er, und wir taten wie geheißen. Das Haus war so adrett und ordentlich wie die Kleidung des Jungen. Gut eingerichtet, im amerikanischen Kolonialstil. Die Leute, die hier wohnten, waren nicht unbedingt reich, aber auf jeden Fall erfolgreich.

»Ich glaube, mein Vater erwartet Sie«, sagte der Junge.

Means Stimme drang dröhnend hinab. »Hallo! Kommen Sie herauf!«

Wir gingen die Treppe hinauf – der Junge blieb unten –, und oben, auf der Brüstung, stand Means, so unordentlich, wie dieses Haus ordentlich war. Sein brauner Anzug war zerknittert, die Krawatte gelockert, die Augen blutunterlaufen, der Atem alkoholgeschwängert, das Gesicht feucht vor Schweiß. Means drängte uns in ein kleines Wohnzimmer, vorbei an einem Tisch mit einem seltsamen Apparat darauf, der aus einem langen Brett mit vier Trockenzellbatterien, einer großen Glühbirne und einem Reflektor bestand.

Der große, mondgesichtige Mistkerl sank schwer auf den Stuhl hinter seinem unordentlichen Schreibtisch. »Mein Gott, Elf! Wie knapp es diese Nacht doch war!«

»Was meinen Sie damit, Means?«

»Nennen Sie mich ›Hogan‹, Elf. Ich muß darauf bestehen. Sollen wir uns in Anwesenheit Ihres Chauffeurs unterhalten?«

»Ich bin Agent Sechzehn«, sagte ich, »oder haben Sie das schon wieder vergessen?«

»Wenn Sie ein Polizeispitzel sind«, sagte Means ominös, »wird der kleine Lindbergh die Last zu tragen haben.«

»Sprechen wir darüber, wie knapp es wieder war«, sagte ich. Ich räumte ein paar Briefe und alte Zeitungen von einem Stuhl, die Mütze in der Hand. Die Mütze tarnte die Neun-Millimeter-Pistole in meinem Gürtel.

Means beugte sich vor. »Ich begab mich zu dem Ort, an dem das Baby festgehalten wird«, sagte er düster, die Hände wie zum Gebet gefaltet.

»Wo ist das?«

»Das darf ich nicht verraten«, sagte Means mit einem

bedauerlichen Wackeln seines kahlen Kopfs. »Ich gab den Verbrechern mein Wort, daß ich ihr Versteck niemandem verrate. Aber ich kann sagen, daß es sich nicht weiter als hundertfünfzig Kilometer von Washington entfernt befindet.«

»Haben Sie ihn gesehen?« fragte Evalyn atemlos. »Haben Sie Charles Augustus Lindbergh jr. gesehen?«

»Ja«, sagte Means schlicht, und seine Grübchen waren dabei so rund wie ein Kinderpopo. »Ich habe den Jungen in meinen Armen gehalten. Er hat blaue Augen, blondes Haar, trug eine Strickmütze, einen braunen Strampler, braune Schuhe und weiße Strümpfe. In Alter und Aussehen entsprach er allem, was ich von dem Kind gesehen und gehört habe.«

Evalyn sah mich sehnsüchtig an; sie wollte es unbedingt glauben.

»Und wieso war es so knapp?« fragte ich.

Means kniff die Augen zusammen, neigte den Kopf und beugte sich vor. »Letzte Nacht, irgendwann nach Mitternacht, verließen wir das Hauptquartier der Bande in zwei Wagen. Ich fuhr im ersten mit. Der Fuchs befand sich mit dem Baby im zweiten. Ich hatte die Aufgabe, nach der Polizei Ausschau zu halten. Sollte ich bemerken, daß die Polizei Autos anhielt und durchsuchte, sollte ich meine Erfindung benutzen« – er deutete auf das Schaltbrett mit der Glühbirne – »und dem Wagen hinter mir, in dem der Fuchs und das Baby saßen, ein Zeichen geben. Ich sollte die Lampe dreimal aufblitzen lassen.«

Evalyn sah mich an. Sie wirkte aufgeregt und schien ihm die Geschichte abzukaufen.

»Gegen drei Uhr morgens«, fuhr Means fort, »hatten wir Far View fast erreicht, als ich vor mir einen Wagen sah, der von einem Polizisten angehalten worden war. Ich ließ die Lampe dreimal aufblitzen, und der Wagen hinter mir drehte um und fuhr zurück.«

»Zurück?« fragte ich.

»Zum Versteck«, sagte er melodramatisch.

Der Bursche hätte fürs Radio arbeiten sollen.

»Im Versteck«, fuhr er fort, »waren der Fuchs und die anderen Jungs dann so nervös wie die jungen Fohlen. Der Fuchs sagte, der Handel sei endgültig geplatzt, zumindest, was Far View als Übergangspunkt betrifft.« Evalyn sah mich ängstlich an und bemerkte meine Skepsis. Sie drehte sich wieder zu Means um. »Das kommt mir alles ziemlich an den Haaren herbeigezogen vor . . .«, sagte sie.

Means setzte einen verletzten Gesichtsausdruck auf. Mit einer großspurigen Geste öffnete er eine Schreibtischschublade und holte ein Päckchen hervor; das braune Packpapier war mit rotem Siegelwachs verschlossen.

»Da sind Ihre hunderttausend Dollar, Elf«, sagte er. »Nehmen Sie Ihr Geld zurück, wenn Sie aussteigen wollen.«

Evalyn schüttelte den Kopf. »Ich will nicht aussteigen – solange noch die geringste Chance besteht, daß wir das Baby bekommen, bin ich dabei.«

Er griff nach einem Brieföffner, der auf seinem unordentlichen Schreibtisch lag, und durchtrennte die Schnur um das Päckchen; das Papier klappte auf und enthüllte Geldscheine. Zumindest die obere Schicht bestand daraus. Dann holte er ein Schildchen aus dem Paket und gab es Evalyn. Sie nahm es. Las es. Gab es mir.

Darauf stand:

GASTON B. MEANS
Eigentum von Mrs. Evalyn Walsh McLean

»Ich habe dieses Schild zu Ihrem Schutz in das Paket gelegt«, sagte er und ließ es sich von mir zurückgeben. »Sollte ich dieses Unternehmen nicht überleben, werden Sie Ihr Geld zurückbekommen.«

Ein einziger Blick hatte genügt, um mir zu verraten, daß das Paket nicht groß genug war, um einhundert Riesen in kleinen Scheinen zu enthalten; aber das würde ich ihr später sagen müssen. Und war seine Schreibtischschublade der ›Safe‹, in den er das Geld schließen wollte?

»Wenn Sie wollen«, sagte er zu ihr, »nehme ich die Verhandlungen wieder auf.«

»Tun Sie das«, sagte sie barsch. »Ich verlasse Far View und kehre nach Washington zurück. Halten Sie mich auf dem laufenden – wir werden uns auf einen neuen Übergabeort einigen. Aber wenn Sie nicht ehrlich spielen, werden Sie den Rest Ihrer Tage hinter Gintern verbringen.« Sie klang so melodramatisch wie Means; aber sie log nicht.

»Elf«, sagte er ernst, »Sie haben unten doch meinen prachtvollen Jungen gesehen, oder? Allein der Gedanke an ihn hindert mich daran, daß ich ein Unrecht begehe – dieser Junge ist jetzt mein Leben.«

Wir ließen Means und sein unordentliches Zimmer und sein ordentliches Haus und seinen prachtvollen Jungen zurück und stiegen in den indigoblauen Lincoln.

»Du glaubst, daß er lügt, nicht wahr, Nate?«

»Ich weiß, daß er lügt. Das Problem ist nur, daß gerissene Schwindler wie er immer auf einem Körnchen Wahrheit aufbauen. Er hatte tatsächlich ein paar Insiderinformationen – die Frage ist nur, woher? Wie nahe steht er den Entführern wirklich?«

Ihr Mund war eine schmale, entschlossene Linie. »Ich muß diese Sache zum Abschluß bringen.«

»Warum setzen wir nicht die Jungs vom Schatzamt darauf an? Es wäre eine tolle Sache, wenn sie seinen Knastbruder, den ›Fuchs‹, aufspüren würden ... falls es ihn wirklich gibt.«

»Nein! Nein. Das könnte alles verderben ... und das Kind müßte es ausbaden ...«

Sie hörte sich jetzt an wie Lindbergh.

»Diese T-Men haben schon Capone erwischt«, sagte ich. »Sie könnten ...«

»Nein. Wenn du das tust, werde ich Ogden anrufen und es verbieten, Nate. Es ist mir ernst damit.«

»Ogden?«

»Ogden Mills. Den Finanzminister.«

Jetzt klang sie wirklich wie Lindbergh.

»Na schön, Evalyn. Na schön. Aber ich fürchte, ich muß jetzt aussteigen. Ich werde dich nach Far View zurückfahren, kann dir aber nur raten, Means den Behörden zu übergeben. Du bekommst dann vielleicht dein Geld zurück und obendrein noch ein paar Informationen über die Entführung.«

»Nein«, sagte sie fest.

Ich setzte ein gequältes Lächeln auf. »Weißt du, was für ein Datum wir heute haben, Evalyn? Den ersten April. Der Tag, an dem man andere Leute zum Narren hält.«

»Das ist grausam.«

»Du hast es selber gesagt: Das Universum ist grausam.«

»Versprich es mir, Nate. Versprich mir, daß du dich nicht einmischen wirst.«

»Evalyn . . .«

»Versprich es mir. Versprich es!«

Sie berührte meine Wange; in ihrem Blick mischte sich Hoffnung mit Verzweiflung.

»Na schön«, sagte ich seufzend. »Na schön.«

Dann fuhr ich sie nach Far View zurück. Wir sprachen nicht. Wir waren nicht unbedingt böse aufeinander, aber wir sprachen nicht.

In dem Zimmer im ersten Stock, in dem Evalyn und ich in der vergangenen Nacht auf die Geister gewartet hatten, packte ich meine Sachen zusammen, legte die Pistole in die Tasche und überließ den Raum den Poltergeistern. Als ich die Treppe hinunterging, kam Inga und sagte, sie habe eine telefonische Nachricht für mich entgegengenommen, als ich unterwegs war. Sie gab mir einen kleinen, zusammengefalteten Zettel, und da Evalyn kam, steckte ich ihn schnell ein, ohne ihn zu lesen.

»Warum fahre ich dich und Inga nicht nach Washington zurück?« sagte ich.

»Ich kann selbst fahren«, sagte Evalyn ohne Groll. »Weißt du, ich brauche wirklich keinen Chauffeur. Das ist nur so ein weiterer überflüssiger Luxus meines Lebens.«

»Evalyn – ich weiß, daß du es gut meinst. Aber die Sache ist dir über den Kopf gewachsen.«

»Es ist doch nur Geld, Nate. Wenn ich dieses Kind retten kann . . .«

»Evalyn . . .« Ich sah mich um; wir waren allein in der Küche und warteten darauf, daß Hausmeister Gus mich abholte und zum Bahnhof brachte. Ich gab ihr einen langen, sich hinziehenden Kuß.

»Ich werde zurückkommen«, sagte ich.

Sie berührte wieder mein Gesicht.

»Ich werde auf dich warten«, sagte sie.

Als ich hinaus zu Gus' Lieferwagen ging, beobachtete sie mich von der Schwelle der Hintertür aus, wie ein weiterer Geist dieses verdammten Spukhauses.

Im Wagen faltete ich Ingas Nachricht auseinander; sie stammte von Breckinridge.

Sie besagte: »Jafsie hat von John gehört.«

20

Ich saß auf einem bequemen Sessel neben einem knisternden Feuer in einem Marmorkamin, der sich in einer teuer eingerichteten Bibliothek mit hoher Decke befand, die Evalyn Walsh McLeans Haus an der Massachusetts Avenue würdig gewesen wäre; aber ich befand mich nicht in Washington, sondern in Manhattan, in einem erhabenen Backsteinhaus direkt am Central Park an der East 72nd

Street, dem New Yorker Wohnsitz des verstorbenen Senators Morrow, Lindys Schwiegervater.

Neben mir an dem langen Konferenztisch aus Mahagoni saßen Elmer Irey und Frank Wilson, die verdrossenen, identisch gekleideten Agenten des Schatzamtes, die von ihren Brillen mit den runden Gläsern, schwarzen Anzügen und dunklen Krawatten in humorlose Spiegelbilder verwandelt wurden. Wilson war eindeutig der nervösere der beiden; er trommelte mit den Fingern auf die Tischplatte und suchte auf seinem erkahlenden Kopf nach Spuren von Haaren. Irey war so regungslos wie das Gesicht auf einer Münze. Doch beide machten sich Sorgen.

Genau wie ich.

Wir warteten. Ich war den gesamten Nachmittag mit Lindbergh und Breckinridge in Professor Condons Bungalow gewesen; Irey und Wilson hatten sich für den Fall, daß das Haus beobachtet wurde, klugerweise ferngehalten. Bei Condon hatten wir die letzten Vorkehrungen getroffen, die beiden Geldbündel – das eine mit fünfzigtausend Dollar in verschiedenen Nennwerten, wie die Kidnapper es verlangt hatten, das andere mit den zusätzlichen zwanzigtausend, beide in braunes Packpapier gewickelt und mit Kordeln verschnürt – in den Nachbau von Dr. Condons antiker Wahlurne gepackt, ein längliches Holzding mit Messingscharnieren und -haken. Ob es nun von einem erstklassigen Schreiner aus der Bronx angefertigt worden war oder nicht, es hielt der Masse der Geldscheine nicht stand: eine Seite brach. Das Paket mit den zwanzig Riesen paßte nicht mehr hinein, und der Kasten mußte mit einer Kordel zugebunden werden.

Wir erfüllten die Bedingungen der Mitteilung, die am Morgen des 1. April, als ich unterwegs war, Jafsie mit der Post erreicht hatte. Es schien sich bei ihr um keinen Aprilscherz zu handeln, und sie lautete:

Werter Herr,
haben Sie das Gelt samstag Abend bereid, wir werden Sie informieren, wo und wie Sie es übergeben. halten Sie das Gelt in einem Bühndel bereid wir wollen das Sie es an einem sicheren Ord hinterlegen. Haben Sie keine angsd das ein anderer es nemen wird, wir beobachten es genau. Bitte laßen Sie uns wissen ob Sie einvastanden sint und das Gelt samstag Abend haben. Wenn ja setzen Sie in die Zeidung
— Ja alles klar —
Es ist eine ser einfache Übergabe aber wir finden ser schnell heraus ob es eine Falle ist. nach 8 Stunden bekommen Sie die Adr., von dem jungen. Dort finden Sie auch zwei Dahmen. sie sind unschuldig.

Die Nachricht war mit dem bekannten Symbol unterzeichnet.

»Wenn es morgen zur Übergabe kommt«, hatte ich zu Slim gesagt, »werde ich den Professor begleiten.«

Wir saßen in Condons Wohnzimmer und nippten Tee, den die unter Schock stehende Frau des Professors gereicht hatte. Die hübsche und hübsch unfreundliche Tochter hing auch irgendwo herum und machte sich um ihren Vater Sorgen. Im Augenblick half sie ihrem Papa und Breckinridge dabei, das Lösegeld zusammenzupacken. Die Anzeige mit dem Text ›JA. ALLES KLAR: JAFSIE.‹ war am Morgen im *New York American* erschienen.

»Ich will nicht, daß Sie mitgehen, Nate«, sagte Lindbergh. »Vielleicht erkennen die Entführer Sie vom letzten Mal. Sie könnten inzwischen wissen, daß Sie ein Cop sind.«

»Sie können die Sache doch nicht dem Professor allein überlassen.«

»Das werde ich auch nicht. Ich werde gehen.«

»Ist das klug? Sie wären auch ein erstklassiges Entführungsopfer.«

»Für diesen Fall könnten Sie mir einen Gefallen tun.«

»Ja?«

Er zuckte die Achseln. »Ich weiß, daß Anne sich Sorgen machen würde, wenn sie zufällig mitbekommen sollte, daß ich das Haus mit einer Schußwaffe verlasse.«

»Ja, das würde sie wohl.«

»Also habe ich keine mitgenommen. Kann ich mir Ihre Neun-Millimeter ausborgen?«

»Ja, klar.«

»Und das Schulterhalfter?«

»Natürlich.«

»Sie haben nichts dagegen?«

»Verdammt, Slim, es ist mir eine Ehre. Es ist fast so, als wäre ich dabei.«

Er nippte an seinem Tee, kniff die Augen zusammen und lächelte mich schüchtern und gerissen zugleich an. »Sagen Sie, Nate, haben Sie Irey bearbeitet? Und Wilson?«

»Was meinen Sie?«

Er nickte seitlich zum Nebenzimmer. Diese Scheine da. Das Geld. Wilson hat den ganzen Morgen damit verbracht, im Bankhaus J. P. Morgan and Company die Seriennummern zu notieren.«

Ich grinste. »Na, das ist doch toll. Wirklich. Sie werden es nicht bereuen.«

Er schüttelte den Kopf und nippte am Tee. »Ich glaube, über ein Dutzend Buchhalter mußten ihnen helfen, damit sie es rechtzeitig schafften. Über fünftausend Geldscheine, und keine zwei aufeinanderfolgenden Seriennummern.«

»Sehen Sie mich nicht so an, Slim – ich habe Irey nicht unter Druck gesetzt. Ich weiß durchaus selbst, daß diese Seriennummern notiert werden müssen. Aber wieso haben *Sie* es sich überlegt?«

Lindberghs Mund zuckte. »Irey«, sagte er und fügte dann bewundernd hinzu: »Er ist ein hartnäckiger Mistkerl.«

Ich bedrängte ihn nicht, und Slim ließ sich nicht weiter über dieses Thema aus, doch als ich am Abend mit den beiden Agenten des Finanzministeriums in Morrows gewaltiger Bibliothek wartete, fragte ich Irey, wie er Lindbergh überzeugt hatte. »Er hat ein dummes, edelmütiges Geschwätz von sich gegeben«, sagte Irey, »daß er den Entführern gegenüber sein Wort halten wolle, um sie zu ermutigen, daß auch sie ihre Versprechungen halten.«

»Ich fürchte, Slim weiß nicht viel über solche Schurken.«

»Wenn es um Detektivarbeit geht«, sagte Irey, »ist Lindbergh ein verdammt guter Luftpost-Pilot. Na ja, ich habe ihm einfach gesagt, das Schatzamt würde sich an der Aktion nicht beteiligen, falls er uns nicht erlaubt, die Seriennummern der Scheine zu notieren.«

»Aber er ist doch gut Freund mit Ihrem Boß, oder?«

Ireys Lächeln war so schmal wie die Klinge eines Stiletts. »Sogar der Finanzminister weiß, daß seine Behörde kein Kapitalverbrechen begehen darf. Und das würden wir begehen, wenn wir diese Scheinchen unregistriert aus dem Haus gehen ließen.«

»Und das hat Slim überzeugt?«

Irey schüttelte den Kopf. »Zuerst nicht. Wir zogen uns zurück – von seinem Haus und dem Fall – und haben erst heute morgen wieder von ihm gehört.«

»Dann wird er mit Minister Mills gesprochen haben.«

»Vielleicht. Aber das hat ihm nicht geholfen. Er hat uns grünes Licht gegeben.«

»Mills?«

»Lindbergh. Und dieses zweite Paket, das mit den zwanzigtausend Dollar drin, enthält lediglich Goldzertifikate.«

»Goldzertifikate?«

»Ja. Mit je fünfzig Dollar Nennwert. Vierhundert Stück. Die Banken werden sofort Bescheid wissen.«

»Gut gedacht, Elmer.«

»Danke, Mr. Heller – aber das mit den Goldzertifikaten war Franks Idee. In dem anderen Päckchen befinden sich übrigens auch einige Goldzertifikate.« Ich nickte und lächelte Wilson zu, der das Nicken und das Lächeln erwiderte. Wir waren eine große, glückliche Familie – drei Cops, die in einer piekfeinen Bibliothek saßen, während ein exzentrischer Professor und ein wagemutiger Flieger irgendwo draußen in der Nacht unterwegs waren, um ein paar selbsternannten Entführern siebzigtausend Dollar zu übergeben.

Als ich an diesem Nachmittag mit Lindbergh über die registrierten Scheine gesprochen hatte, hatte ich auch noch etwas anderes vorgeschlagen, allerdings mit beträchtlich weniger Erfolg.

»Irey und vielleicht noch ein paar Polizisten aus New York könnten Ihnen doch zum Übergabeort folgen«, hatte ich gesagt, »und dann die ganze Gegend von verdeckt arbeitenden Polizisten überwachen lassen.«

Er schüttelte streng den Kopf. »Das kommt nicht in Frage. Es wäre viel zu gefährlich ...«

»Nein, wäre es nicht. Die Cops würden sich als Taxifahrer, Betrunkene, Lastwagenfahrer, Waschfrauen und Priester ausgeben ... verdeckt arbeitende Polizisten gehen oft so vor und sind geübt darin.«

»Die Entführer werden sich nicht so leicht täuschen lassen, Nate. Sie werden verdammt argwöhnisch an die Sache herangehen.«

»Slim, es erweckt keinen Argwohn, wenn man auf der Straße einen Milchwagen oder ein paar grünen Jungs vom College begegnet ... es ist doch ganz natürlich, daß Leute auf der Straße sind, auch des Nachts, besonders des Nachts, und diese Übergabe wird wahrscheinlich des Nachts erfolgen.«

Aber er wollte nichts davon wissen.

Später bestätigte Irey mir, daß er ein ähnliches Ansinnen an Lindbergh gestellt hatte, und zwar genauso erfolglos; und diesmal kam von oben der Befehl, Lindy nicht in die Quere zu kommen.

Also hatten diejenigen von uns, die wie Bullen dachten, von zwei Forderungen eine durchgesetzt – und ein Erfolg von fünfzig Prozent war im Fall Lindbergh schon verdammt gut.

Ich hatte den größten Teil des Tages bei Condon verbracht und hielt mich auch noch des Abends dort auf, als um Viertel vor acht die Türglocke erklang; die Tochter, Myra, hatte geöffnet, und ein Taxifahrer – sie beschrieb ihn als jung, schmal, dunkel – hatte ihr einen Umschlag in die Hand gedrückt und war zu seinem Wagen zurückgelaufen und weggefahren, bevor einer von uns ihn aufhalten oder sich auch nur das Nummernschild notieren konnte.

Lindbergh riß den Umschlag auf, las die Nachricht und gab sie dann Condon und Breckinridge.

Als auch ich sie lesen wollte, war Slims jungenhaftes Gesicht eiskalt; er schüttelte den Kopf.

»Sie gehören nicht dazu, Nate«, sagte er. »Wir nehmen den Wagen des Professors. Sie fahren nach Manhattan und stoßen zu den Jungs vom Schatzamt. Und warten da.«

Ich seufzte wütend. »Normalerweise schubst man mich nicht herum, Slim. Ich weiß nicht, ob mir das gefällt.«

Er hob eine Hand, als wolle er sie auf meine Schulter legen, und entnahm dann meinem Gesichtsausdruck, daß er doch lieber davon absah.

»Ich weiß«, sagte er, »daß Sie nicht billigen, wie ich diese Sache handhabe. Aber Sie sind nur ein Berater – Sie gehören nicht der hiesigen Polizei an. Ich will nicht, daß Sie wissen, wohin wir fahren« – er drückte den Brief zusammen und zerknüllte ihn dabei etwas –, »und ich will nicht, daß Sie uns folgen.«

»Welchen Sinn sollte das haben? Sie haben doch meine Pistole.«

Er lächelte schüchtern und verlegen, faßte sich ein Herz, legte die Hand auf meine Schulter und drückte sie zusammen. »Versprechen Sie es, Nate.«

Die Leute baten mich ständig, Versprechungen zu machen, die ich nicht halten wollte. Aber ich nickte trotzdem.

»Danke.« Er sah Breckinridge an. »Würdest du hier bei der Familie des Professors bleiben, Henry?«

Breckinridge nickte auf seine traurige, würdevolle Weise.

Condons Tochter brachte ihrem Vater Hut und Mantel, half ihm hinein und sagte ihm, vorsichtig zu sein. »Darf ich das Päckchen nehmen?« sagte der Professor; seine Augen schienen hervorzuquellen, sein Gesicht war ganz rot, und er war so ruhig wie ein brünftiges Walroß. Er griff nach der kordelverschnürten, aufgeplatzten und prallvollen Wahlurne wie auch nach dem Päckchen mit den zwanzigtausend Dollar in Goldzertifikaten. Lindbergh, der das Geld mit Desinteresse, ja sogar Abscheu betrachtete, hatte nichts dagegen, und die beiden Männer eilten zu dem Ford Coupé hinaus. Lindbergh rutschte hinter das Steuer, Jafsie mit dem Lösegeld auf dem Schoß auf den Beifahrersitz, und der Wagen fuhr in südliche Richtung los und verschwand hinter der nächsten Kurve.

Jetzt war es vier Stunden später, fast Mitternacht, und in Morrows Bibliothek war noch nichts von Lindbergh oder dem Professor zu sehen.

»Sie könnten irgendwo tot in einem Graben liegen«, sagte ich.

»Wenn«, sagte Wilson, »ist es nicht unsere Schuld.«

»Erzählen Sie das mal der Presse«, sagte Irey verdrossen.

»Erfolg, meine Herren!«

Die dröhnende, übermäßig wohlmodulierte Stimme gehörte keinem anderen als Professor John F. Condon, der den Raum mit ausgestreckten Armen betrat, als wolle er jemanden umarmen. Ich bot mich als Freiwilliger an.

Lindbergh und Breckinridge folgten dem Professor auf den Fersen; alle drei Männer trugen noch ihre Mäntel und Hüte, bis auf Slim, der von Anfang an auf einen Hut verzichtet hatte. Zwei Butler der Morrows eilten den Männern, die beim Betreten des Hauses keinerlei Förmlichkeiten eingehalten hatten, hinterher und schickten sich an, die Mäntel und Hüte einzusammeln.

»Wir haben das Lösegeld übergeben«, sagte Lindbergh und wühlte in seiner Jackentasche, »und sie haben uns das Versteck verraten.« Er lächelte, und in dem Lächeln vermischte sich Freude mit Verzweiflung. »Wir werden Charlie finden, wenn wir diesen Hinweisen folgen.«

Er legte einen kleinen Zettel auf den Konferenztisch, und wir alle drängten uns darum. Die Nachricht lautete:

Der junge ist auf Bood Nellyy ein kleines Bood 28 Fuß lang zwei Personen sind an Bord. Sie sind unschuldig Sie finden das Bood zwischen Horseneck Beach und Head gucht bei Elizabeth Island.

Es waren keine Kreise und Löcher vorhanden, doch es handelte sich um dieselbe Handschrift wie zuvor.

»Ich habe schon ein Wasserflugzeug angefordert«, sagte Lindbergh, und seine Augen glühten wie Kohlen. »Sobald es hell wird, starten wir.«

»Meine Herren, bitte, setzen Sie sich«, sagte Irey und deutete auf den Tisch. Er sah zuerst Lindy, den Professor und Breckinridge an, aber auch Wilson und mich. Wir kehrten zu unseren Stühlen zurück und taten wie geheißen.

Lindbergh und Condon erzählten die Geschichte, wobei der erste den größten Teil übernahm, der zweite aber immer einfiel, wenn es melodramatisch wurde.

In dem Brief, den der Taxifarer abgeliefert hatte, wurden sie angewiesen, der Tretmont Avenue in östliche Richtung zu folgen, bis sie das Haus 3225 erreichten, eine

Baumschule, J. A. Bergen Greenhouse and Florist. Vor dem Blumenladen würden sie einen Tisch finden, und unter einem Stein unter dem Tisch einen Brief. Dieser Brief besagte, daß sie zur nächsten Ecke weiterfahren, dort abbiegen und der Whittemore Avenue in südliche Richtung folgen sollten. Dann sollte Condon allein aussteigen und das Geld mitbringen. Man würde ihn dort treffen.

Condon beugte sich vor; seine Augen waren feucht, blickten aber eindringlich. »Als wir uns der Whittemore Avenue näherten«, sagte er, »wurde mir klar, daß diese gerissenen Entführer die Vorsichtsmaßnahmen des ersten Treffens wiederholt hatten.«

»Wieso das?« fragte Irey.

Wilson machte sich Notizen.

»Die Whittemore Avenue«, sagte Lindbergh, »ist eine unbefestigte Straße, die parallel zum Friedhof St. Raymond verläuft.«

Noch ein Friedhof.

Der Professor hob wie ein Religionslehrer, der etwas Wichtiges über den Himmel – oder die Hölle – mitteilen wollte, einen Finger. »Zum zweiten Mal«, sagte er, »fand unser Treffen an einem Samstag abend statt. Und zum zweiten Mal«, – er sah jeden von uns eindringlich an; sein Gesichtsausdruck war im gelben Schein des nahen Kamins der eines senilen Pfadfinderführers, der an einem Lagerfeuer eine besonders unheimliche Geistergeschichte erzählt – »trafen wir uns in der Stadt der Toten.«

Und ich hatte nicht mal Marshmallows zum Rösten.

»Wie ich dem Colonel schon gesagt habe«, fuhr Condon fort und blinzelte Irey zu, der das Blinzeln überhaupt nicht zur Kenntnis nahm, »habe ich häufig gehört, daß italienische Gangster häufig Friedhöfe aufsuchen . . .«

Häufig gehört, häufig aufsuchen? Was für ein Professor war dieser Clown überhaupt? Professor der Redundanz?

»Und unsere beiden Friedhofskonferenzen«, sagte Condon, »bestätigen meine Vermutung, daß sich die Mitglieder dieser Bande aus der italienischen und der skandinavischen Mafia zusammensetzen.«

Zum Glück setzte Lindbergh jetzt den Bericht fort.

Condon war neben dem Wagen stehengeblieben und hatte die Mitteilung im Licht der Scheinwerfer gelesen, in der Hoffnung eines Beobachtungspostens, den die Bande vielleicht dort postiert hatte, auf sich zu ziehen. Ein Mann in einem braunen Anzug näherte sich entschlossenen Schrittes, die Krempe seines braunen Hutes tief ins Gesicht gezogen. Als er den Wagen erreicht hatte, bedeckte er die untere Hälfte seines Gesichts mit einem Taschentuch und musterte die beiden Männer genau.

Als der scheinbare Beobachter außer Sicht war, wollte Lindbergh aus dem Coupé steigen, doch Condon hielt ihn zurück: die Mitteilung hatte ausdrücklich besagt, daß er allein weitergehen müsse. Doch die weiteren Anweisungen der Mitteilung hielt Jafsie nicht so genau ein; er ließ mit den Worten »Ich will zuerst mit John sprechen!« sowohl die Wahlurne als auch das Päckchen mit dem Geld zurück. Und er war in östliche und nicht südliche Richtung weitergegangen: »Dadurch konnte ich hinter die meisten Grabsteine und Büsche am Straßenrand sehen.«

Als Condon jedoch in das ›unheimliche Halbdunkel‹ des Friedhofs sah, konnte er lediglich Schatten ausmachen.

Als er an den Friedhofstoren vorbeigegangen war, drehte er sich um und kehrte langsam zurück. »Es scheint niemand hier zu sein, Colonel!« rief er Lindbergh zu.

Dann hatte eine Stimme hinter einem Grabstein »He, Doktor!« gerufen.

Eine Gestalt erhob sich wie ein Geist.

»He, Doktor – hier drüben!«

Sowohl Condon als auch Lindbergh hörten die Stimme und beschrieben sie übereinstimmend als ›guttural‹.

Condon ging auf den Grabstein zu, doch die Gestalt wich zurück, und der Professor folgte ihr auf den Friedhof, wo sich die Gestalt, nachdem sie kreuz und quer zu einigen Gräbern gelaufen war, schließlich hinter eine Hecke duckte.

»Ich habe zu dem Mann gesagt: ›Was verstecken Sie sich da – stehen Sie auf, wenn Sie mit mir sprechen wollen!‹«

Condon machte theatralische Gesten; Lindbergh schien sich nicht daran zu stören, doch Wilson schaute von seinem Notizbuch auf, sah mich an und verdrehte diskret die Augen. »Er hat mich gefragt«, fuhr Condon fort, ob ich mich noch an ihn erinnere, vom letzten Samstag abend beim Friedhof Woodlawn. Natürlich, sagte ich. ›Haben Sie es?‹ fragte er, ›das Geld?‹ Und ich sagte, nein, ich hätte das Geld nicht mitgebracht, es sei noch im Wagen.«

Friedhof-John hatte ihn dann gefragt, ob Colonel Lindbergh bewaffnet sei, und der Professor verneinte (»Ich habe gelogen«, sagt er, ganz stolz auf sich), und dann verlangte John sein Geld.

»Ich habe mich geweigert«, fuhr Condon fort. »›Erst geben Sie mir eine Quittung!‹ habe ich gesagt.«

»Eine Quittung?« fragte ich. »Sie haben von einem Kidnapper eine *Quittung* verlangt?«

»Es war gewissermaßen eine geschäftliche Transaktion«, sagte Condon steif und abwehrend. »Bei solch einer Summe hat man durchaus das Recht, eine schriftliche Quittung zu verlangen.«

Irey schaute verblüfft drein; Wilson war beim Mitschreiben in der Bewegung erstarrt und hatte den Gesichtsausdruck eines Mannes, der gerade Hundescheiße auf seinem Schuh betrachtet.

»Des weiteren habe ich eine schriftliche Beschreibung des Ortes verlangt, an dem sich das Kind befindet – und das, meine Herren ist diese Beschreibung.« Er deutete auf den kleinen Zettel, der wie eine Cocktailserviette noch auf dem Tisch lag.

»Ja«, sagte ich sarkastisch, »aber wo ist die Quittung?«

Der Professor ignorierte das. John habe gesagt, fuhr er fort, er müsse mal kurz weg, um die Beschreibung anzufertigen, und in dieser Zeit könne Jafsie ja zum Wagen gehen und die siebzigtausend Dollar holen.

»Und jetzt«, sagte Condon mit königlicher Würde, »kommt mein Meisterstück – ich habe ihn um zwanzigtausend Dollar heruntergehandelt.«

»Sie haben *was?*« sagte Irey; seine Augen schienen hinter den schwarzumrandeten Brillengläsern hervorzuquellen.

Condon strahlte auf seine apfelwangige Art und Weise. »›John‹, habe ich zu ihm gesagt, ›Colonel Lindbergh ist gar nicht so reich. Wir leben in einer schweren wirtschaftlichen Krisenzeit – Lindbergh konnte die zusätzlichen zwanzigtausend Dollar nicht aufbringen. Aber ich kann jetzt sofort zu diesem Wagen gehen und Ihnen fünfzigtausend holen.‹«

Wilson war hinter seinem Notizbuch zusammengesackt und hielt eine Hand vor die Augen. Ireys Gesicht blieb steinern, doch eine rötliche Färbung hob sich von seinem Hals wie bei einem Feuerhaken, der immer heißer wurde. Slim, der zu spüren schien, daß hier ein gewaltiger Schnitzer passiert war, rutschte unbehaglich auf seinem Stuhl hin und her.

Condon bekam nichts davon mit; er war ganz hingerissen von seiner eigenen wunderbaren Erzählung. »Und John hat gesagt: ›Na schön – wenn wir keine Siebzig kriegen können, nehmen wir die Fünfzig.‹«

»Wissen Sie, was Sie getan haben?« fragte Irey.

»Ja, sicher. Ich habe Colonel Lindbergh zwanzigtausend Dollar gespart.«

»Ich könnte Ihnen den Kopf abreißen«, sagte Irey.

Condon blinzelte; sein Gesichtsausdruck war gleichermaßen unschuldig wie blöd. »Habe ich etwas falsch gemacht?«

»In dem kleinen Päckchen, das Sie zurückgelassen haben«, sagte ich, »waren Goldzertifikate im Wert von je fünfzig Dollar. Große Nennwerte – leicht aufzuspüren. Die größten Scheine in der Urne waren Zwanziger – und die sind nicht annähernd so verdächtig.«

Condon dachte darüber nach. Dann fand er seine Würde zurück. »Wenn sich die Gelegenheit böte, würde ich es wieder tun«, sagte er. »Ich würde Colonel Lindbergh jeden roten Heller sparen.« Und er lächelte Lindy an, der das Lächeln erwiderte.

Etwa fünfzehn Minuten nachdem Condon zum Wagen zurückgekehrt war, um das Geld zu holen, während Friedhof-John wohin auch immer geeilt war, um sich Papier und einen Bleistift (!) zu besorgen, hatten sich die beiden Männer wieder an derselben Stelle der ›Stadt der Toten‹ getroffen. Condon gab John die Urne mit dem Geld, und John gab dem Professor einen verschlossenen Umschlag und schärfte ihm ein, ihn erst in sechs Stunden zu öffnen. John sah sich das Geld an und befand es zufriedenstellend; Condon warnte John, daß, würde man ihn betrügen, er, Condon, die Bande wenn nötig bis ans Ende der Welt verfolgen würde!

Das mußte John fürchterliche Angst eingejagt haben.

»Während der Professor auf dem Friedhof war«, sagte Lindbergh zu uns, und Wilson machte schnell und wütend Notizen, »kam derselbe Bursche in dem braunen Anzug, den wir zuvor gesehen hatten, diesmal aus der anderen Richtung herangelaufen, also aus der Richtung Whittemore Avenue. Als er an dem Wagen vorbeiging, hielt er sich wieder das Taschentuch vors Gesicht – und putzte sich so laut die Nase, daß man es noch in einem Häuserblock Entfernung gehört haben mußte.«

»Haben Sie sein Gesicht gesehen?« fragte Irey.

»Nicht direkt«, sagte Lindbergh. »Er lief zu einer Stelle

ein Stück vom Wagen weg, aber ich sah, daß er das Taschentuch fallen ließ – als wolle er irgendein Zeichen geben.« Wilson blickte von seinem Notizbuch auf. »Colonel, Sie haben Friefhof-Johns Stimme gehört«, sagte er. »Glauben Sie, Sie würden sie wiedererkennen?«

Ohne das geringste Zögern schüttelte Slim verneinend den Kopf. »Klar, ich erinnere mich deutlich an die Stimme. Aber den Mann an seiner Stimme wiederzuerkennen – nein, das kann ich wirklich nicht.«

»Na ja, ich schon«, sagte Condon und schlug mit der Hand auf den Tisch. »Mein Gehör *als auch* meine Nachtsicht sind ausgezeichnet. Ich kann ihn auch haargenau beschreiben ... ein Mann mit scharfgeschnittener Nase und mandelförmigen Augen ...«

»Holen Sie einen Polizeizeichner her«, sagte Irey zu Wilson, der nickte, sein Notizbuch einsteckte und hinausging. Irey stellte Condon nun Fragen zu zahlreichen Einzelheiten; Slim stand auf, ging auf und ab und setzte sich dann neben mich.

»Nate«, sagte er, »kommen Sie mit?«

»Um nach diesem Boot zu suchen, der *Nelly?* Klar, wenn Sie mich dabeihaben wollen.«

»Ich will Sie dabeihaben. Vielleicht sollten Sie auf der Couch ein Nickerchen halten. Es ist schon ein Uhr durch. Wir starten im Morgengrauen.«

»Na schön«, sagte ich, erhob mich vom Tisch, gähnte und streckte mich. »Wissen Sie, eins überrascht mich.«

»Ach, ja?« sagte Lindbergh.

»Ja.« Ich grinste. »So, wie Sie sonst immer fair spielen, nach den Regeln, überrascht es mich tatsächlich, daß Sie nicht die sechs Stunden abgewartet haben, wie man es Ihnen aufgetragen hat, bevor Sie diesen Umschlag geöffnet haben.«

»Ach, das wollte ich eigentlich«, sagte Slim. »Aber Dr. Condon hat es mir ausgeredet.«

21

Es war noch dunkel, als wir die Start- und Landebahn erreichten. Wir hatten Manhattan gegen zwei Uhr morgens verlassen und waren nach Bridgeport in Connecticut gefahren, Lindbergh am Steuer, Breckinridge neben ihm und Condon, Irey und ich hinten. Wilson war zurückgeblieben, um die ›Koordination‹ zu übernehmen, was auch immer das heißen mochte. Ich lehnte mich gegen die verschlossene Tür und schlief schnell ein, während sich Jafsie, der wie ein übergroßes Kind mit leuchtenden Kuhaugen zwischen Irey und mir saß, abwechselnd seines Triumphs brüstete, den Entführern vierhundert Goldzertifikate zu je fünfzig Dollar vorenthalten zu haben, und Shakespeare zitierte.

Ich erwachte kurz, als der Wagen anhielt, sah, daß Lindy mit ein paar Beamten des Flughafens und einigen Männern von der Navy sprach, und kam schnell zu dem Schluß, daß unser Flugzeug noch nicht eingetroffen war. Ich sah, daß ein Bursche mittleren Alters in Zivilkleidung, anscheinend ein hoher Angestellter des Flughafens, Lindy ein kleines, aber prallvolles Bündel gab und Lindy ihn dankbar anlächelte, das Bündel nahm und dem Mann die Hand gab.

Ich schlief weiter, Condon neben mir auf dem Rücksitz des Wagens, so aufmerksam wie ein Wachhund, und fast auch so klug.

Ein brummendes Geräusch weckte mich; es war lauter als die Posaunen am Tag des jüngsten Gerichts. Ich setzte mich ruckartig auf; Condon war fort. Ich stieg aus und sah, daß die aufgehende Sonne hinter der Landebahn auf der blaugrauen Oberfläche der Meerenge von Long

Island funkelte. Über ihr schwenkte ein großes, silbernes Wasserflugzeug zum Landeanflug herum.

»Eine Sikorsky«, brüllte Irey über den Lärm hinweg. Er stand direkt hinter mir, und sein Mantel flatterte im Wind, während er sich mit einer Hand den Hut festhielt, einerseits wegen des Windes, hauptsächlich jedoch wegen der Maschine, die nun zur Landung ansetzte.

Irey trat näher an mich heran. »Das ist perfekt!« rief er mir fast direkt ins Ohr. »Wir können die *Nelly* aus der Luft sehen und direkt neben ihr landen.«

Ich nickte und fragte mich, wen er mit ›wir‹ meinte. Ich hatte noch nie in einem Flugzeug gesessen und hatte auch nicht vor, jetzt eins zu betreten.

Als der große, silberne Vogel langsamer wurde, tiefer ging, sanft herumschwenkte und man seine Propeller nicht mehr nur als verschwommene Kreise, sondern als einzelne Flügel ausmachen konnte, trat Lindbergh in den Wind, den die Propeller erzeugten, und schien ihn geradezu zu genießen. Ich hielt mich in sicherer Entfernung, während Lindbergh, Colonel Breckinridge und Irey sich dem Flugzeug näherten. Slim inspizierte es und sprach beiläufig, aber eindringlich mit dem Piloten, der es hergeflogen hatte. Condon stand neben mir und betrachtete den großen, silbernen Vogel ziemlich furchtsam.

Lindbergh öffnete die Kabinentür und legte das Bündel hinein, daß der Flughafenbeamte ihm gegeben hatte. Dann kam er zu uns hinüber und lächelte auf seine jungenhafte Weise. Heute lag ein Ausdruck auf seinem Gesicht, den ich noch nie gesehen hatte und nicht genau einordnen konnte.

»Also schön, meine Herren«, sagte er fröhlich.

Hoffnung. Das war es: es lag Hoffnung auf seinem Gesicht, in den Falten um seine Augen; in den Winkeln der lächelnden Lippen. »Ich würde Sie gern mitnehmen, Herr Doktor«, sagte Lindy zu Condon. »Sie haben doch keine Angst vor Flugzeugen, oder?«

Jafsie hob sein Kinn. »Sir«, sagte er, »ich werde Sie begleiten, wohin auch immer Sie gehen.«

»Und was ist mit Ihnen, Nate?« wandte Lindy sich an mich.

»Slim, wenn Gott gewollt hätte, daß ich fliege, wäre ich mit einem Fallschirm geboren worden ... und würde es trotzdem nicht tun.«

»Nun ja, nicht Gott bittet Sie, sondern ich.«

Ich schnappte nach Luft und blies sie wieder aus. »Weshalb wollen Sie mich dabeihaben? Jemand muß doch auf den Wagen aufpassen.«

»Wir können einen weiteren Beobachter gut brauchen. Außerdem waren Sie fast von Anfang an dabei. Sie haben es verdient, auch am Ende dabei zu sein.« Er drückte meinen Arm drückte ihn fest. »Wir werden Charlie zurückbringen, Nate. Kommen Sie mit.«

Ich ging mit.

Natürlich flog Lindy die Maschine, und Breckinridge – der ebenfalls Pilot war, wie so viele von Lindys Freunden – übernahm den Sitz des Kopiloten. Condon und Irey saß hinter ihnen, und ich saß hinter Condon und Irey. In einer Ecke der Kabine lag Lindberghs Bündel, das sich geöffnet hatte und seinen Inhalt enthüllte: eine Decke um einen Babystrampler und eine Flasche Milch.

Lindbergh legte die Hände auf den Steuerknüppel und seufzte zufrieden; dann schaltete er die Motoren der Sikorsky ein, und als wir starteten, fühlte ich, daß mein Magen auf meine Schuhe fiel. Im Nachhinein ist mir klar, daß wir ganz weich abhoben, aber damals hatte es den Anschein, daß jede Mutter, jeder Bolzen und jede Schraube, die dieses mechanische Ungetüm zusammenhielt, auseinanderbrach. Das Brüllen der beiden Motoren war ohrenbetäubend, und als Lindbergh das Flugzeug herumzog und langsam den Flughafen überflog, war ich dankbar, daß ich in letzter Zeit nichts gegessen hatte.

Lindbergh hielt die Maschine auf die aufgehende Morgensonne zu, und wir zogen am Ufer Connecticuts entlang. Ich saß da, die Augen geschlossen, während der Sitz unter mir zitterte. Bald hatten wir Martha's Vineyard am nördlichen Ende der Meerenge von Long Island erreicht, aber das wußte ich nicht.

Ich redete mir ein, wenn ich schon fliegen mußte – was für einen besseren Piloten konnte es für meine erste Luftreise geben als den berühmtesten der Welt? Gleichzeitig fiel mir ein, daß gerade dieser Pilot einer der unbekümmertsten Teufelskerle war, die je ein Flugzeug geflogen hatten.

Als das Dröhnen der Motoren und sogar das Vibrieren meines Sitzes mich schließlich einzulullen begannen, sah ich aus meinem Fenster auf die ruhige, blaue, funkelnde Oberfläche der Meerenge hinab. Auch sie lullte mich ein. Von hier oben wirkte die Welt irgendwie abstrakt – Farben, Formen, Muster. Der Tag hätte nicht klarer, nicht perfekter sein können. Es war in der Kabine sogar so kalt, daß diese verdammte Milch nicht sauer wurde.

Gerade als ich es mir bequem machte, fing Condon an, vor sich hin zu murmeln. Zuerst konnte ich ihn nicht verstehen, doch er klang ernst und eindringlich.

Nach einer Weile tippte ich Irey auf die Schulter, und er legte sich zurück, und ich fragte: »Was plappert der alte Furz da?«

»Auszüge«, sagte Irey. Er hatte einen ganz glasigen Blick.

»Auszüge?«

»Aus dem Lied der Lieder.«

Plötzlich kam mir das Grollen der Motoren der Sikorsky wie ein Segen vor.

Obwohl ich ganz hinten saß, konnte ich meine beiden Piloten deutlich sehen, und nach einer Weile bemerkte ich, daß Lindbergh Breckinridge die Kontrollen übergab. Das war beinahe eine Erleichterung, denn von den beiden Colonels war Breckinridge der gesetztere – von ihm waren keine waghalsigen Flugkunststücke zu erwarten.

Doch fast augenblicklich begannen wir, Höhe zu verlieren.

Das verdammte Flugzeug sackte wie ein Stein abwärts!

»Slim!« sagte Breckinridge, bemüht, keine Panik aufkommen zu lassen. »Ich versuch' das Ding hochzuziehen, aber . . .«

Lindbergh streckte die Hand aus, übernahm den Steuerknüppel, brachte die Maschine wieder auf Kurs und gab Breckinridge die Kontrollen zurück. Lindy lächelte schwach. Breckinridge schluckte; sein Gesicht war überaus verblüfft.

Ich war natürlich schon längst an einem Herzanfall gestorben.

Kurz darauf begann Breckinridge wieder zu brüllen. »Ich will sie nach rechts ziehen, und sie dreht nach links! Was, zum Teufel, ist hier los . . .«

Lindbergh übernahm erneut die Kontrollen und zog die Maschine problemlos nach rechts.

Breckinridge musterte seinen Freund bedächtig. Dann lächelte er leise. »Du Schuft!«

Schuft?

Und Lindbergh begann zu lachen. Ich hatte ihn nie zuvor lachen hören, jedenfalls nicht so.

Breckinridge grinste. »Du hast die Drähte vertauscht, als du die Kiste gecheckt hast . . .«

Lindberghs Gelächter erfüllte die Kabine und übertönte sogar das Dröhnen der beiden Maschinen. Er wirkte wie ein Junge vom College, der beobachtete, wie ein Kumpel aus seinem Schlafsaal eine Tür öffnete und von einem umkippenden Eimer Wasser überrascht wurde. Irey drehte sich zu mir um; sein Gesicht war weißer als sein Hemd. Condon schien zu beten.

Lindbergh griff unter das Kontrollpult auf Breckinridges Seite und lachte leise, während er dort hantierte. »Ich habe dich reingelegt, Henry«, sagte er leise. »Ich habe dich reingelegt.«

»Du Schuft! Du Schurke!«

»Sie Arschloch!« sagte ich.

Lindbergh warf mir einen Blick zu, zuerst verblüfft, dann peinlich berührt. »Ich wollte Ihnen keinen Schrecken einjagen, Nate. Ich führe Henry nur dann und wann mal gern hinters Licht.«

»Vergessen Sie bloß nicht, daß ich keine Unterwäsche zum Wechseln mitgebracht habe, klar?«

»Klar«, sagte Lindbergh zu mir und lächelte schüchtern. »Tut mir leid. Ich habe vergessen, daß Sie zum ersten Mal in der Luft sind.«

Ich hielt es für ein gutes Zeichen, daß Slim uns einen seiner gefürchteten Streiche gespielt hatte, war aber nicht begeistert darüber. Ich schloß die Augen. Schlief sogar ein wenig.

Ireys Stimme weckte mich, als er mir »Wir sind gleich da!« zurief.

Ich blickte aus dem Fenster auf den makellosen blauen Spiegel unter mir.

»Das ist Cuttyhunk Island«, sagte Irey, der sich zu mir umgedreht hatte. »Die erste Insel der Elizabeth-Gruppe.«

Das Flugzeug sank tiefer, und mein Magen rutschte hinauf. Nichtsdestotrotz schaute ich weiterhin aus dem Fenster und machte ein halbes Dutzend Flecke aus, die sich dann in Kutter der Küstenwache verwandelten; sogar ein Kriegsschiff der Navy dampfte in Sicht. Lindy nahm Gas weg, und wir sanken tiefer und flogen über ein paar Booten dahin, die sanft schaukelnd vor der Küste vor Anker lagen. Bald flogen wir so tief, daß wir beinahe das Wasser streiften; dann wurden die beiden Motoren wieder lauter, und Lindy zog die Maschine hoch, flog einen großen Kreis und ging wieder tiefer.

Ich gewöhnte mich daran; ich gewöhnte mich wirklich daran. Und mein Leben lang habe ich mich in einem Flugzeug nie wieder unbehaglich gefühlt – schließlich hatte ich ja, als wir Fangen mit den Spitzen der schaukelnden

Masten spielten, die ›Sturzflüge‹ eines wagemutigen und hervorragenden Piloten überlebt.

Fast sechs Stunden lang jagten wir über Dutzende von Booten hinweg und gingen neben ihnen tiefer, Fischerboote wie auch Vergnügungsjachten, ohne eine Spur von Friedhof-Johns ›kleinem Bood‹ zu finden.

Gegen Mittag verließ Lindbergh das Suchgebiet, und wir flogen eine Weile stetig geradeaus und gingen dann wieder tiefer, und durch das Fenster sah ich das Meer, das weiß wurde, als wir in der Buzzard's Bay wasserten. Wir schipperten zur Cuttyhunk Island, und ich war froh, die Füße auf den relativ festen, trockenen Boden eines schaukelnden Holzstegs setzen zu können.

Ein Schwarm Reporter erwartete uns. Sie riefen uns allen Fragen zu und folgten uns, als Lindbergh stoisch weiterging; sie bedrängten ihn, versuchten herauszufinden, wer Condon war, wer Irey und ich waren, doch Lindy nahm ihre Anwesenheit nicht einmal mit einem Blick zur Kenntnis.

»Aber, aber, Jungs«, sagte Breckinridge und scheuchte sie davon. »Bitte, laßt uns in Ruhe. Wir haben nichts zu sagen.«

Sie ließen erst von uns ab, als wir das Restaurant des alten Cuttyhunk Hotel betraten. Condon schaufelte sein Mittagessen in sich hinein, ich stocherte nur darin herum. Breckinridge und Irey hatten einen bescheidenen Appetit. Lindbergh aß nichts; sein Gesicht war bleich, seine Augen waren leblos, und wenn einer von uns ihm eine Frage stellte, rang er sich eine einsilbige, gleichgültige Antwort ab.

Nach dem Mittagessen gingen wir zu der Sikorsky zurück, und der Nachmittag war eine Wiederholung des Morgens, aber ohne die Scherze; schweigend flog Lindbergh die Küste des südlichen Massachusetts ab. Kein Schiff ähnelte dem ›Bood‹ *Nelly.* Wir blickten stumm aus den Fenstern, und unsere Augen brannten vom Schauen.

Allmählich zog der Abend auf.

»Etwas ist schiefgegangen«, gestand Lindbergh schließlich ein. »Vielleicht haben die Aktivitäten der Küstenwache sie verscheucht.«

Breckinridge, der auf dem Stuhl des Kopiloten saß, räusperte sich. »Es kommt mir wenig sinnvoll vor, die Suche zu dieser Tageszeit fortzusetzen.«

Lindbergh antwortete ihm, indem er einen letzten Bogen dicht über der Wasseroberfläche zog; dann gewann das Flugzeug an Höhe und wandte sich in südöstliche Richtung, der Heimat entgegen.

Wir landeten auf einem kleinen Flughafen in Long Island. Lindbergh hatte dafür gesorgt, daß am Aviation Country Club in Hicksville ein Wagen auf uns wartete. Wir stiegen ein und fuhren schweigend nach Manhattan. Das Bündel mit den Decken, dem Strampler und der Milch hatte Lindbergh im Flugzeug liegenlassen. Die Milch war mittlerweile wahrscheinlich sowieso sauer.

Lindbergh sagte zum ersten Mal etwas, als der Wagen auf der Third Avenue hielt. »Ich fahre Sie nach Hause, Herr Professor.«

»Bitte nicht, Colonel«, sagte Condon; er saß erneut zwischen Irey und mir auf dem Rücksitz. »Lassen Sie mich hier aussteigen – ich kann ganz bequem mit der U-Bahn nach Hause fahren.«

»Ich fahre Sie.« Slims Stimme war seltsam kalt.

»Das ist wirklich nicht nötig«, sagte Condon mit einer gewissen Verzweiflung in der Stimme.

»Na schön.« Lindbergh hielt an der Treppe einer U-Bahnstation. Er drehte sich um und sah uns an. Sein Gesicht war ausgemergelt und grimmig. »Wir sind hereingelegt worden.«

Condon sagte nichts. Seine Lippen zitterten unter dem Walroßschnurrbart.

Lindbergh stieg aus und öffnete die Tür, um den Professor hinauszulassen. Dabei mußte ich ebenfalls aussteigen, und ich hörte, wie Slim kalt zu dem Professor sagte: »Tja, Herr Doktor – wann bekomme ich die Rechnung für Ihre Dienste?«

Ich dachte, Condon würde in Tränen ausbrechen. Sein Kinn fiel weiter hinab als mein Magen beim Start. So unglaublich es erscheint, der alte Knabe tat mir leid.

»Ich ... ich habe keine Rechnung«, sagte er.

Lindbergh wirkte plötzlich leicht beschämt. »Ich würde mich besser fühlen, wenn ich Sie für Ihre Dienste ...«

»Nein«, sagte Condon und faßte alle Würde zusammen. »Ich nehme kein Geld von einem Mann, der ärmer ist als ich.«

Er nickte Lindbergh und mir zu und ging die Treppe hinab.

Nachdem Lindbergh Irey und Breckinridge jeweils in Manhattan abgesetzt hatte, rutschte ich nach vorn, und wir fuhren nach Hopewell zurück. Erneut schlief ich ein. Als ich erwachte, befanden wir uns in der Wildnis New Jerseys.

Lindbergh lächelte mir traurig zu. »Wieder unter den Lebenden, Nate?«

»So einigermaßen«, sagte ich. »Wie geht es Ihnen?«

»Ich habe nachgedacht. Glauben Sie, daß der alte Knabe uns verschaukelt hat?«

»Condon? Keine Ahnung. Ich muß immer wieder an diese Spiritisten aus Harlem denken, die ihn schon vor uns kannten.« Lindbergh nickte. »Ich habe ihn noch nicht abgeschrieben, und dieses Lösegeld auch nicht. Ich fliege morgen wieder los und suche weiter.«

Ich zuckte die Achseln. »Wie Sie gesagt haben, vielleicht hat die Aktivität der Marine die Entführer verscheucht. Vielleicht haben sie die *Nelly* getarnt und irgendwo in einer abgelegenen Bucht versteckt.«

»Das wäre möglich«, pflichtete er mir etwas zu eifrig bei. »Von zu Hause aus rufe ich den Flughafen Newark an – man soll mir dort eine Maschine bereitstellen.«

»Gut.«

Wir fuhren schweigend weiter, auf beiden Seiten von Wald umgeben.

»Würden Sie mich morgen wieder begleiten?« fragte er dann. »Nur wir beide.«

»Na ja . . . gut. Aber keine Streiche mehr, okay?«

Er brachte ein Lächeln zustande. »Okay.«

Er bog von der Amwell Road auf die unbefestigte Featherbed Lane ab. Bald kam das große Haus in Sicht; obwohl es kurz vor Mitternacht war, waren zahlreiche Fenster erleuchtet. Dort wartete man auf uns.

»O Gott«, sagte er. »Das wird schwer werden. Sehen Sie sich das an.«

»Was?«

»Das Kinderzimmer.«

In diesem Raum im ersten Stock brannten alle Lichter; sie strahlten wir ein Leuchtfeuer. Eine Mutter wartete darauf, ihr Baby begrüßen zu können.

22

Für das Herrenhaus an der Massachusetts Avenue war der Salon klein – beinahe intim. Ein paar Sofas scharten sich um einen der allgegenwärtigen goldbeschlagenen Marmorkamine, in dem ein gemütliches Feuer knisterte. Der Raum wirkte irgendwie versunken; eine offene Treppe an einer Wand führte hinauf zu einer Galerie, von der aus man von allen vier Seiten zu uns hinuntersehen konnte.

Evalyn saß auf einem Ende eines Sofas, als wolle sie für ein Porträt im klassischen Stil posieren, doch sie trug den einfachen, braunen und gelben Bademantel, den sie schon getragen hatte, als ich sie das erstemal zu sehen bekam. Der Hope-Diamant war nirgends zu erblicken. Vielleicht trug Mike, der Hund, ihn wieder; doch auch der Köter war nirgends zu sehen. In den Schatten des Kaminfeuers sah Evalyns Gesicht wunderschön aus, aber sie wirkte müde und traurig – zumindest melancholisch, denn das sind die Reichen ja, wenn sie traurig sind.

Ich saß neben ihr und genoß ihre Gesellschaft, auch wenn sie im Augenblick mürrisch war. Trotz ihrer exzentrischen Art mochte ich diese Frau. Sie war ein guter Mensch mit einem guten Herzen, und sie roch auch gut. Sie hatte große, feste Brüste und war sehr, sehr reich. Was an ihr sollte ich nicht mögen?

Doch ihre Melancholie war ansteckend. Ich hatte das bohrende Gefühl, daß wir alle – von Lindbergh über Breckinridge, Schwarzkopf, Condon, den Agenten Irey und Wilson bis hin zu Commodore Curtis, Evalyn Walsh McLean und Nathan Heller von der Polizei von Chicago – zum Narren gehalten worden waren. Ich konnte die Anwesenheit dieses Kindes dort draußen einfach nicht spüren. Nach fünf Wochen war die Vorstellung, dieses Kind gesund zurückzubekommen, genauso wahrscheinlich wie die, daß Charles Augustus Lindbergh Vernunft annehmen könnte.

Ich war mit Lindbergh wieder in die Lüfte gestiegen, am Montag bei Tagesanbruch, um die vergebliche Suche vom Sonntag fortzusetzen; der Einsame Adler hielt diesmal eine Lockheed-Vega ganz ruhig in der Luft und suchte die Küstengewässer des Atlantiks ab, und der Einsame Passagier – ich – half ihm beim Suchen. Das Fliegen machte mir nichts mehr aus, vielleicht lag es aber auch daran, daß Slim es jetzt viel ruhiger anging, nicht mehr zu so rasanten Sturzflügen ansetzte und auch nicht ständig die Wasseroberfläche zu streicheln schien. Er hatte erneut eine Decke und einen kleinen Koffer mit einigen Sachen Charlies mitgenommen, aber diesmal keine Milch. Wir flogen über die Elizabeth Islands und Martha's Vineyard, und auf der Meerenge, deren Oberfläche an diesem Tag so dunkelblau war wie Evalyns berühmtes Spielzeug, patrouillierten noch immer Kutter der Küstenwache.

Wir fanden jedoch kein Schiff, bei dem es sich um die *Nelly* handeln konnte, und am Nachmittag war Lindys Gesicht steinern geworden. Er sagte es zwar nicht, aber ich wußte, daß er an Commodore Curtis und das Norfolk-Komitee dachte, als er – der Nachmittag wich bereits dem Abend – schließlich sogar bis zur Küste Virginias flog.

In der Nacht zuvor war Slim mit leeren Händen nach Hopewell zurückgekehrt und hatte seine Frau auf der Schwelle trösten müssen; an diesem Abend war das Haus erneut hell erleuchtet, wartete das Kinderzimmer erneut auf seinen kleinen Schutzbefohlenen, wartete Anne erneut auf der Schwelle auf Lindbergh, und er fiel ihr in die Arme. Die kleine Frau tätschelte den Rücken des großen, gebückt dastehenden Mannes wie den eines kleinen Kindes, und ich kam mir wie ein Eindringling vor und schlich mich leise davon, zu dem Wagen, der mir zur Verfügung gestellt worden war, und fuhr zum Old Princeton Inn. Ich wußte, daß dies vorüber war, wußte aber auch, daß niemand bereit – oder imstande – war, es einzugestehen. Und ganz bestimmt nicht Slim Lindbergh.

In den folgenden Tagen erlaubte Lindbergh dem Professor, eine weitere Anzeige aufzugeben (›Was ist los? Haben Sie mich betrogen? Bitte genauere Angaben – Jafsie‹), auf die keinerlei Reaktion erfolgte. Ich verbrachte mit Breckinridge mehrere Abende in Condons Haus und wartete auf nichts. Die Stimmung des Professors war gedrückt.

Condon hatte jedoch anscheinend ein gutes Werk getan, indem er einen Bundesagenten zu einem Fußabdruck in der Erde eines frisch ausgehobenen Grabes auf dem Friedhof St. Raymond führte, wo ›John‹ an der

Zugangsstraße des Friedhofs über einen Zaun gesprungen war. Ein Gipsabdruck wurde gemacht, damit man ihn später mit den Abdrücken festgenommener Verdächtiger vergleichen konnte.

Im Verlauf dieser Woche erbat – und bekam – Elmer Irey Lindberghs Erlaubnis, ein siebenundfünfzig Seiten umfassendes Verzeichnis der Seriennummern der viertausendsiebenhundertfünfzig Geldscheine, die Jafsie John ausgehändigt hatte, an die Banken weiterzugeben. Das kam mir relativ sinnlos vor: Bankkassierer notieren normalerweise nicht die Nummern der Scheine, die sie entgegennehmen oder ausgeben, und das Verzeichnis erwähnte die Lindbergh-Entführung mit keinem Wort.

Ein paar Tage später kam jedoch ein Kassierer einer Bank in Newark hinter den Sinn dieses Verzeichnisses und informierte einen Reporter über seine Theorie, und kurz darauf wurde die Nachricht von sämtlichen Presseagenturen verbreitet. Nun, da die Liste der Seriennummern mit Lindbergh in Verbindung gebracht und von den Zeitungen veröffentlicht worden war, legten Ladenbesitzer sie neben ihre Registrierkassen. Der erste Schein, ein Zwanziger, tauchte in einer Konditorei in Greenwich, Connecticut, auf.

»Jetzt sind wir erledigt«, hatte Lindbergh verdrossen an dem Tag gesagt, da die Presseagenturen die Liste der Seriennummern veröffentlicht hatten. »Jetzt werden die Kidnapper keine Verhandlungen mehr aufnehmen.«

»Slim«, hatte ich gesagt, »die Burschen haben ihre Knete bekommen. Schon vor Tagen. Es wird keine Verhandlungen mehr geben.« Wir saßen in der Küche des Hauses, beide rußverschmiert und nach Rauch riechend. Meinen Morgen als Detective hatte ich damit verbracht, Lindbergh, ungefähr einem Dutzend Staatspolizisten und dem Butler Ollie Whately zu helfen, ein Buschfeuer auszuschlagen. Wir waren allein – der Rauch hatte bewirkt, daß die Damen des Hauses sich auf den Landsitz der

Morrows in Englewood zurückgezogen hatten. Ich trank eine kalte Flasche schwarz gebrauten Bieres. Slim trank Eiswasser.

»Außerdem«, fuhr ich fort, »müssen es nicht einmal die Kidnapper gewesen sein – vielleicht war es schlicht und einfach eine Erpressung von Trittbrettfahrern.«

»Sie haben den Schlafanzug doch selbst gesehen, Nate . . .«

»Genau! Man hat Ihnen einen ganz normalen Schlafanzug, wie man ihn überall kaufen kann, als Beweis für Charlies Identität geschickt. Warum nicht ein Foto? Oder eine Haarlocke? Oder irgend etwas mit den Fingerabdrücken Ihres Sohnes darauf?«

»Das haben wir doch alles schon einmal besprochen«, sagte er leise und unsicher.

Ich seufzte schwer und beugte mich vor; meine Handrücken waren schwarz. »Wissen Sie noch, weshalb ich hier bin? Klingelt beim Namen Al Capone etwas? Sie wollten Capones Spiel nicht mitspielen, oder? Und jetzt sitzt er wieder im Gefängnis des Bezirks Cook und wartet darauf, daß seine letzte Berufung zurückgewiesen wird.«

Das Gesicht rußverschmiert, blickte Lindbergh mich gereizt an. »Worauf wollen Sie hinaus?«

Ich breitete die Handflächen aus wie Al Jolson, wenn er ›Mammy‹ sang. »Falls Capone die Verbindungen seiner Schnapsbrennerbande an der Ostküste hat spielen lassen, um Ihren Jungen zu entführen, ist ihm schon vor *geraumer* Zeit klar geworden, daß er Scheiße gebaut hat.«

Seine Augen waren Schlitze. »Was meinen Sie damit?«

»Ich meine, falls seine ursprüngliche Idee war: ›Greif dir Lindys Kind und bring dich damit aus dem Knast raus!‹, weiß Capone schon seit *Wochen*, daß es nicht geklappt hat. Also hat vielleicht keine dieser sogenannten Entführerbanden – weder Jafsies noch die des Commodore noch die des gottverdammten Gaston Means – ihr Kind. Jafsies ›Entführer‹ haben höchstwahrscheinlich nur ein paar Insiderinformationen – irgend jemand vom Personal hat sie mit Informationen gefüttert, ihnen einen Schlafanzug gegeben, eine Kopie der ersten Mitteilung, die Capones Entführer zurückgelassen haben ... nach deren Vorbild sie dann die späteren Mitteilungen gestaltet haben und die ihnen fünfzig Riesen eingebracht hat. Und nun sind Jafsies ›Kidnapper‹ genauso verschwunden wie Ihr Geld.«

»Ich kann das einfach nicht glauben.«

Ich zuckte die Achseln. »Es ist nur eine Theorie. Aber sie ist so gut wie jede andere auch.«

»Falls Sie recht haben, ist Charlie ...« Er konnte es nicht aussprechen.

Ich hob besänftigend die Hand. »Vielleicht. Vielleicht. Andererseits ... nehmen wir mal an, Capone hätte Charlie entführen lassen. Seine Pläne, aus dem Knast zu kommen, sind den Bach runtergegangen. Er wird nicht ... verzeihen Sie mir, daß ich das auch nur zur Sprache bringe ... aber er wird Ihren Jungen nicht ermorden und sich damit für ein Kapitalverbrechen verantworten müssen.«

»Und wo ist Charlie denn jetzt?«

»Na ja, vielleicht bei den Leuten, die Capone mit der Entführung beauftragt hat. Vielleicht haben wirklich ein paar Alkoholschmuggler den Jungen. Vielleicht wollen sie ebenfalls das Lösegeld ergattern.«

»In diesem Fall«, sagte Lindbergh schon wesentlich munterer, »versuchen die echten Entführer vielleicht tatsächlich, Kontakt mit mir aufzunehmen ... über Commodore Curtis oder sogar über Means!«

Ich drehte die Bierflasche hin und her. »Bei dieser verrückten Sache ist alles möglich.«

Er nickte und runzelte die Stirn. »Tja, ich stehe mit Commodore Curtis in Verbindung. Und *er* behauptet, daß er mit seinem Freund, dem Alkoholschmuggler ›Sam‹, in Verbindung steht.«

»Soll ich Curtis überprüfen? Ganz zu schweigen von Sam.«

Er schüttelte den Kopf. »Nein. Diese Spur werde ich selbst verfolgen. Sie möchte ich bitten, diesen Hurensohn Means unter die Lupe zu nehmen. Was ist mit Mrs. McLean?«

»Ich habe bei ihr zu Hause angerufen. Sie ist verreist, wird aber heute abend oder morgen früh zurückerwartet. Der Butler wollte es mir natürlich nicht sagen, aber ich vermute, daß Means sie durch die Gegend hetzt.«

»Um ihre hunderttausend Dollar tut es mir schrecklich leid.«

»Und um Ihre fünfzigtausend?«

Er lächelte leicht, wie ein ungezogenes Kind. »Noch mehr als um ihre hunderttausend. Würden Sie Mrs. McLean noch einmal aufsuchen?«

Und so war ich wieder hier, in Washington, in der angenehmen, wenn auch launischen Gesellschaft Evalyn Walsh McLeans.

Sie setzte sich auf. »Ich weiß, ich sehe furchtbar aus«, sagte sie und zündete sich eine Zigarette aus einer goldenen Dose auf einem Beistelltisch aus Glas und Mahagoni neben ihr an; sie benutzte ein dazu passendes, dekoratives goldenes Tischfeuerzeug. »Verzeih mir den Bademantel«, sagte sie und atmete den Rauch tief ein. »Obwohl ich dich erwartet habe – und du *weißt*, wie sehr es mich freut, dich wiederzusehen –, konnte ich mich einfach nicht zurechtmachen. Nate, ich bin fix und fertig.«

»Wieso denn das?« Ich nippte an einem Bacardi, den ich mir selbst eingeschenkt hatte. »Wo bist du gewesen, Evalyn?«

Ihr Lächeln war selbstspöttisch schmal. »In der Hölle und in Texas und in verschiedenen Fegefeuern dazwischen. Nachdem die ›Entführerbande‹ mit Far View nicht mehr zufrieden war – wie du dich bestimmt noch erinnerst, Liebling – hat Means einen neuen ›Übergabeort‹ vereinbart, in Aiken.«

»Aiken?«

»Das ist kein Schimpfwort, Schatz. Es ist eine Stadt in South Carolina. Ich habe dort ein Haus – dort geht mein Sohn Ned auf ein Internat. Means hat mir gesagt, die Bande sei bereit, das ›Buch‹ dort zu übergeben, und so fuhr ich mit Inga hin. Da ich nicht wollte, daß mein Sohn etwas von dieser von Gaston Means inszenierten Tragikomödie mitbekommt, habe ich dort ein kleines Ferienhaus gemietet. Means kam vorbei, schaute sich alles an, schien zufrieden zu sein und teilte mir mit, er würde die Bande wissen lassen, wo ich sei. Am nächsten Morgen kam er zurück und informierte mich auf seine dramatische Art, ein Entführer wolle sich mit mir treffen – noch an diesem Nachmittag!«

Ich war aufgestanden, zu dem Barwagen gegangen und hatte ihr einen Sherry eingeschenkt. »Auge in Auge mit einem der Kidnapper, was?«

Sie runzelte ironisch die Stirn. »Nicht nur ein Kidnapper – der große Drahtzieher selbst: der ›Fuchs‹. Um zwei Uhr an diesem Nachmittag hielt ein Wagen vor dem Ferienhaus – und Means kam herein, über das ganze Gesicht lächelnd, gefolgt von einem Burschen direkt aus *Little Caesar.*«

Ich gab ihr den Sherry. »Wieso?«

Sie zeichnete sein Bild in die Luft. »Er war groß, schlank, hatte den Hut tief in die Stirn gezogen und trug einen teuer aussehenden Kamelhaarmantel. Den Mantel behielt er die ganze Zeit über an – und die Hände steckten in den Taschen, als habe er in jeder eine Waffe. Aber er *sprach* gut – es schien sich um einen durchaus gebildeten Menschen zu handeln.« Ihr Gesicht sah im flackernden Licht des Kamins knochig und wunderschön aus. »Der Fuchs sagte, er wolle sich das Haus ansehen und sich überzeugen, daß es keine versteckten Mikrofone gab.

Means und Inga blieben im Wohnzimmer, während ich unseren Gast herumführte. Er sah in Schränke und unter die Betten und wischte alles, was er berührt hatte, mit einem Taschentuch ab. Seltsam.«

»Wieso war das seltsam?«

»Weil er dicke, graue Wildlederhandschuhe getragen hat.«

»Oh.«

Sie atmete Rauch ein und wieder aus. »Nachdem der Fuchs das Haus durchsucht hatte, fragte er, ob er sich auf dem Anwesen umsehen könne; ich willigte ein und schickte ihn allein los. Als er zurückkam, sagte er zu Means, er sei überzeugt, ich wolle ein ehrliches Spiel mit der Gang treiben. Dann wandte sich der Fuchs an mich und versicherte mir, binnen achtundvierzig Stunden würde mir das ›Buch‹ persönlich übergeben werden, auf einer Nebenstraße nicht weit vom Ferienhaus entfernt.«

»Aber irgendwie ist es nicht dazu gekommen.«

Sie lächelte reuig. »Die Vorkehrungen waren geradezu typisch für Means – sehr kompliziert. Vier Autos würden auf der Straße parken, zwei auf jeder Seite, und das Kind sollte mir in der Mitte übergeben werden, und aus jedem Wagen würde man Maschinenpistolen auf mich richten.«

Ich mußte lächeln. »Means ist eben sehr melodramatisch.«

»Ich wünschte, du wärest dort gewesen, Nate. Ich wünschte, du hättest die Sache gemeinsam mit mir durchgestanden.«

»Das wünschte ich auch. Ich hätte mir diesen gottverdammten Fuchs geschnappt und ihm das Fell abgezogen. Dann wären wir ein Stück weiter.«

Sie nickte, drückte die Zigarette aus und zündete sich die nächste an. »Na ja, der Fuchs mag zwar wie ein gebildeter Mann gesprochen haben, aber er war ein genauso großer Schurke wie Means. Bevor er ging, hat er eine versteckte Drohung gegen meine Kinder ausgesprochen, für den Fall, daß ich ihn ›hereinlegen‹ sollte. Dann zog er mit Means ab.«

»Und wieso hat die ›Übergabe‹ trotz Maschinenpistolen und allen Vorsichtsmaßnahmen doch nicht geklappt?« »Means kam am nächsten Tag zurück und sagte, die Sache sei abgeblasen. Alles wäre ein schreckliches Durcheinander, sagte er. Die Bandenmitglieder wären untereinander zerstritten. Lindbergh hat über diesen anderen Unterhändler anscheinend ›fünfzig Riesen‹ bezahlt . . .«

Ich setzte mich auf. »Was? Was hast du gesagt?«

Sie runzelte mit beiläufiger Überraschung die Stirn. »Habe ich das nie erwähnt? Means hat . . . ach, schon vor Wochen . . . gesagt, Lindbergh habe noch einen anderen Unterhändler, obwohl Gaston Means der einzig richtige Gesprächspartner sei . . .«

Großer Gott. Hatte Means schon vor Wochen von Jafsie gewußt? Und hatte er auch von der Lösegeldzahlung auf dem Friedhof St. Raymond gewußt, noch bevor die Zeitungen darüber berichtet hatten?

Aufgrund meiner Reaktion wurde ihr Blick plötzlich scharf. »Demzufolge, was ich in der Presse gelesen habe«, sagte sie, »etwas über Listen mit markierten Scheinen, stimmt dieser Teil seiner Geschichte doch, oder? Es *hat* eine Lösegeldzahlung über einen anderen Unterhändler stattgefunden?«

Ich nickte.

»Means behauptet, die Bande hätte sich darüber gestritten, ob sie das Baby über diesen anderen Unterhändler oder über mich, also durch Means, zurückgeben sollten. Noch schlimmer war, daß sie sich auch darüber gestritten haben, wie die Beute verteilt werden sollte.«

»Wo soll das Baby denn zu diesem Zeitpunkt gewesen sein? In Aiken?«

»Nicht unbedingt. Means hat gesagt, daß man den Jungen jederzeit hätte dorthin bringen können. Er hat gesagt, das Kind würde jetzt auf einem Boot festgehalten, vor der Küste.«

»Auf einem Boot? Vor der Küste?«

»Ja. Means hat behauptet, die Bande würde mit Hilfe eines Schnellbootes erfahren, was auf dem Land vor sich ging. Ich glaube, er hat gesagt, das Boot befände sich in der Nähe von Norfolk. Nate – was ist los? Du bist so blaß wie ein Geist.«

Ich schüttelte den Kopf. »Means weiß zu viel. Er weiß Dinge, die er einfach nicht wissen dürfte.«

Hatte es wirklich ein ›Bood *Nelly*‹ gegeben? Stand Commodore Curtis aus Norfolk tatsächlich über den Alkoholschmuggler ›Sam‹ mit den Entführern in Verbindung?

»Ich weiß nur«, fuhr sie fort, »daß Means mir gesagt hat, die Übergabe in Aiken wäre abgeblasen – und das Kind würde auf dem See- und Landwege nach Juarez in Mexiko gebracht.«

»Mexiko?« Mir war ganz schummrig. »Er hat gesagt, die Bande fühle sich im Ausland sicherer. Sie glaubten, daß man ihnen hier jeden Knochen einzeln brechen würde, sollte man sie je schnappen.«

»Zumindest das entspricht der Wahrheit.« Ich stürzte den Rest des Rums hinunter. Ich hätte noch ein Glas vertragen können, holte mir aber keins; mein Kopf drehte sich aufgrund von Evalyns Bericht schon genug. »Und das hast du mit ›in der Hölle und in Texas‹ gemeint?«

Sie nickte. »Means hat gesagt, wenn ich nach El Paso führe, die Grenzstadt gegenüber von Juarez, könne er arrangieren, daß die Bande mir das Kind dorthin bringen würde.«

»Und du bist gefahren.«

»Ja, Inga und ich. Zum Hotel Paso Del Norte in El Paso. Dort hat Means uns um vier Uhr nachmittags getroffen. Er hat uns versichert, das ›Buch‹ sei ›auf dem anderen Flußufer‹, wie er Mexiko immer genannt hat. Er fuhr über die Grenze und kehrte am Abend mit schlechten Nachrichten zurück: die Bande streite sich noch immer über die Aufteilung der Beute. Das ging noch einen Tag so weiter; Means fuhr ›über den Fluß‹ und kam zurück, ohne daß sich etwas ergeben hatte. Er brachte sogar den Fuchs mit, der sehr nervös wirkte und sagte, er müsse seine Leute schützen und könne nicht riskieren, das Baby zurückzubringen, bevor sie ›in jeder Hinsicht‹ abgesichert wären. Ich ging an die Decke, stürmte hinaus und nahm den nächsten Zug nach Hause.«

»Hat Means versucht, dich zurückzuhalten?«

»Ja, allerdings, bis ich ihm sagte, eine längere, unerklärte Abwesenheit meinerseits würde meine Anwälte und Freunde argwöhnisch machen, und sie würden sich natürlich sofort an J. Edgar Hoover wenden.«

»Und du bist nach Hause zurückgefahren.«

»Ja. Ich kam vorgestern nacht ganz spät hier an.«

»Hast du seitdem von Means gehört?«

»O ja. Er hat heute nachmittag angerufen. Er hat behauptet, er wäre mit dem Fuchs von El Paso nach Chicago geflogen, kurz nachdem ich von dort aufgebrochen bin. Er wäre gerade erst vom Flughafen nach Hause gekommen und würde mich bald anrufen.«

Ich stand auf und schritt auf und ab. »Erwartest du ihn heute abend?«

»Vielleicht. Aber spielt das noch eine Rolle? Ich bin jetzt überzeugt, daß Means den größten Schwindel seiner Laufbahn durchziehen will. Du hast von Anfang an recht gehabt, Nate. Ich war eine Närrin.«

Plötzlich war ich mir gar nicht mehr so sicher, wer hier der Narr war. Wenn ich bei Evalyn geblieben und nicht zu Jafsies Spielchen zurückgekehrt wäre, stünde ich jetzt vielleicht ganz oben, anstatt die gesamte Last der Dinge zu spüren.

»Was ist los, Nate? Was ist los?«

»Ruf Means an. Er soll herkommen. Sofort.«

Ich kauerte außer Sicht auf der Galerie, von der aus ihre Freundin, die Reporterin, Evalyns erste Begegnung mit dem berüchtigten Gaston Bullock Means überwacht hatte. Und wie Evalyns Freundin war auch ich bewaffnet. Die Neun-Millimeter-Pistole steckte beruhigend unter meiner linken Schulter.

Und unter mir, in einem Raum, der nur vom Kamin erhellt wurde, schritt Evalyn auf und ab; sie trug noch den schäbigen Bademantel und rauchte schon wieder eine Zigarette. Es dauerte nicht lange, und Garboni verkündete das Eintreffen des erwarteten Gastes und führte ihn hinein.

Der riesige Gaston Means, der alles hatte stehen und liegen lassen, um Mrs. McLean behilflich sein zu können, stand vor ihr wie ein rasierter Bär in einem Anzug. Dieser Anzug war dunkelblau und wurde von einer blauen und roten Krawatte geschmückt; er sah aus wie ein Senator der Südstaaten, wie einer jener Senatoren, den ein Lobbyist für eine Zigarre, einen Drink und eine Hure kaufen konnte.

»Ich befürchtete schon, Elf«, sagte Means auf seine sanfte Art, »daß Sie das Vertrauen in mich verloren hatten.«

»Bitte setzen Sie sich, Means.«

»›Hogan‹, meine Liebe. Ich muß darauf bestehen.«

Ihre Stimmen trieben zu mir hinauf, dumpf und hallend, aber deutlich verständlich.

Sie setzte sich, die Arme unter der Brust verschränkt, den Kopf erhoben. »Können wir nicht einmal auf dieses Melodram verzichten? Sagen Sie mir die Wahrheit, Means. Sagen Sie mir, wieviel Geld Sie noch verlangen.«

»Ich verlange gar nichts«, sagte er und setzte sich auf

die gegenüberliegende Couch, den Homburg in der Hand. »Die viertausend Dollar Spesen, die Sie mir gegeben haben, reichen völlig aus.«

Evalyn hatte das nicht erwähnt, bestätigte mir es später aber: Zusätzlich zu den einhunderttausend Dollar, die Means ›verwahrte‹, hatte er sie um viertausend Dollar Spesen gebeten – und sie auch bekommen.

»Sie sehen müde aus, Elf. Geht es Ihnen gut?«

Sie zündete sich die nächste Zigarette an. »Wichtiger ist doch wohl, ob es ›dem Buch‹ gut geht. Welche Neuigkeiten haben Sie?«

Er machte eine weitausholende Geste. »Wie Sie wissen, war ich gerade in Chicago. Der Fuchs hat vor ein paar Tagen ein Mitglied der Bande dorthin geschickt, um die fünfzig Riesen einzutauschen, die Lindbergh dem anderen Unterhändler gezahlt hat. Aber der Mann hat noch keinen Erfolg gehabt – keine Käufer. Sie wissen ja, daß die Banken die Seriennummern haben.«

»Das habe ich in der Zeitung gelesen.«

»Die Bande ist ziemlich sauer auf Lindy, weil er die Scheine markiert hat. Ich versuche sie derzeit zu überzeugen, daß Ihre Einhunderttausend nicht markiert sind.«

»Danke. Wie sieht unser nächster Zug aus?«

Means beugte sich verschwörerisch vor und hielt seinen Homburg wie einen winzigen Schild. »Die Bande will sauberes Geld als Ersatz für die markierten Scheine, die sie von Lindbergh bekommen hat, und ist bereit, diese markierten fünfzigtausend für unmarkierte fünfunddreißigtausend Dollar zu verkaufen.«

»Und ich nehme an, diese Fünfunddreißigtausend sollen von meinen Hunderttausend genommen werden?«

Er lehnte sich zurück, überrascht, fast beleidigt. »O nein – diese hunderttausend Dollar werden unter keinen Umständen angerührt. Sobald die markierten Scheine verkauft worden sind, können die hunderttausend Dollar kurzfristig für die Rückgabe des Buches angefordert werden.«

Evalyn blies Rauch aus. »Means, haben Sie mein Geld noch?«

»Ihr Geld? Wieso? Natürlich!«

»Wo ist es?«

»Sicher im Haus eines Verwandten in Concord ... dort befindet es sich übrigens schon seit dem Tag, als Sie es in meinem Haus gesehen haben. Sie haben doch bestimmt nicht angenommen, Elf, ich hätte das Geld nach Aiken oder sogar nach Texas mitgenommen – und wäre das Risiko eingegangen, daß es mir gestohlen wird!« Lächelnd klopfte er sich auf die Brust. »Dann kennen Sie Gaston Means nicht.«

»Manchmal wünsche ich mir, ich hätte ihn nie kennengelernt. Diese fünfunddreißigtausend Dollar – wer soll die aufbringen? Ich habe nicht mehr soviel Bargeld flüssig.«

»Ich habe versucht, es selbst aufzubringen, meine Liebe, es bei einem befreundeten Buchmacher zu borgen. Aber leider ...«

Das reichte; mehr konnte ich nicht ertragen.

Ich stieg die Treppe hinunter. Meine Schritte hörten sich wie Schüsse an. Means fuhr verblüfft herum. Er erhob sich von der Couch und drehte sich um, das Mondgesicht angespannt. Seine Hand fuhr zu seiner Jackentasche.

Aber ich hatte die Neun-Millimeter-Pistole bereits in der Hand. »Nicht«, sagte ich ohne große Begeisterung.

Er griff nicht nach seiner Waffe. Sein Gesicht war eingefallen, die Grübchen hatten an Fülle verloren; seine winzigen Augen waren weit aufgerissen.

Evalyns Augen funkelten; mein Auftritt schien ihr ein wenig Angst gemacht, sie aber auch erregt zu haben. Sie wußte eben ein gutes Melodram zu schätzen.

»Ich möchte ein paar Minuten mit Mr. Means allein

sein«, sagte ich zu ihr. Ich hatte sie gewarnt, daß es vielleicht dazu kommen würde. Sie nickte und ging schnell hinaus.

»Elf!« rief er ihr hinterher und zerpflügte die Luft. Sie antwortete nicht. Eine Tür fiel schwer ins Schloß.

Ich ging zu ihm. »Hände hoch, Means.«

»Was hat das zu bedeuten, Sechzehn?«

»Oh! Sie erinnern sich an meine Kodenummer. Ich fühle mich geschmeichelt.« Ich tastete ihn ab und fand eine kleine Automatik, eine .25er. In seiner fetten Hand hätte sie wie ein Spielzeug ausgesehen. Ich warf sie sanft auf das Sofa.

»Wer *sind* Sie?« fragte er ungehalten.

»Nicht der Chauffeur. Was wissen Sie wirklich, Means?«

Er bedachte mich mit einem Blick, aus dem die personifizierte Unschuld sprach; er sah wie ein zerstreuter Engel aus. »Wissen?«

»Über den Fall Lindbergh«, sagte ich mit zurückhaltendem Sarkasmus.

Er schüttelte den Kopf, würdevoll, stur, idealistisch. »Ich habe Geheimhaltung geschworen.«

»Ich will Namen hören. Ich will wissen, wer die Sache geplant hat.«

»Welche Sache?«

»Die Entführung, Sie fettes Arschloch. Die Entführung.«

Er reckte das Kinn hoch; es war wie das Ende einer kleinen Gartenschaufel geformt. »Ich weiß nicht mehr, als ich Mrs. McLean erzählt habe.«

»Würden Sie sich einem Lügendetektor-Test unterziehen, Means?«

Er schnaubte. »Ich glaube nicht an so etwas. Drähte und Elektroden und Nadeln. Dummes Zeug.«

»So einen Lügendetektor meine ich nicht.«

Er schnaubte erneut und noch skeptischer. »Was für einen meinen Sie denn?«

»Einen, wie man ihn in Chicago benutzt.«

»Und wie benutzt man ihn in Chi . . .«

Er beendete den Satz nicht, denn ich rammte ihm den Lauf meiner Automatik in den Mund und beantwortete damit seine Frage.

Seine Augen waren so groß wie die von Micky Maus, und in etwa genauso lebhaft. Seine Grübchen waren zurückgekehrt, aber bei einem so vollen Mund lächelte er nicht.

Ich hingegen schon. »Runter auf die Knie, Means, aber schön langsam. Dieses Ding hat einen empfindlichen Abzug.«

Vorsichtig ging er auf die Knie hinab, ein kniender Buddha auf einem Orientteppich, und lutschte dabei die ganze Zeit über unfreiwillig an der Browning.

Nachdem er seine gebetsähnliche Position eingenommen hatte, gab er ein paar Geräusche von sich; er schien wissen zu wollen, was ich von ihm wissen wollte.

»Namen, Means. Ich will die Namen der Leute wissen, die den Job durchgezogen haben.«

Er gab um die Pistole herum weitere Geräusche von sich, anscheinend Beteuerungen der Unschuld oder der Unkenntnis. Ich schob den Arm hinauf, so daß die Mündung der Waffe gegen seinen Gaumen drückte. Er begann zu husten, was ziemlich gefährlich war. Sein Speichel färbte sich rot. Er fing an zu weinen. Ich hatte noch nie einen so großen Mann weinen sehen. Er hätte mir leid getan, wäre er nicht der Abschaum der Schöpfung gewesen.

»Nicken Sie«, sagte ich, »wenn Sie bereit sind, mir die Wahrheit zu sagen.«

Leicht wütend nickte er.

»Na schön«, sagte ich und zog die Waffe aus seinem Mund. Sie war naß von rötlichem Speichel, und ich wischte sie angewidert an seiner Anzugjacke ab.

»Max Hassel«, sagte er schwer atmend. »Und Max Greenberg.«

»Haben Sie sich das ausgedacht?«
»Nein! Nein.«
»Beide heißen Max?«
»Ja! Ja.«
»Was sind das für Leute?«
»Alkoholschmuggler.«
Das würde hinhauen.
»Wo finde ich sie?«
»In Elizabeth.«
»New Jersey?«
»New Jersey.«
»Wo in Elizabeth?«
»Im Hotel Carteret.«
»Genauer.«
»Achter Stock.«
»Gut. Weitere Namen.«
»Mehr weiß ich nicht. Ich schwöre bei Gott, das ist alles, was ich weiß.«
»Hassel und Greenberg sind die Kidnapper?«
»Sie haben es ausgeheckt. Sie haben es nicht selbst gemacht. Sie hatten ihre Leute. Leute, die Colonel Lindberghs Personal Bier verkauft haben, und Bedienstete im Hause Morrow.«
»Hat einer vom Personal mitgemacht?«
Er nickte. »Violet Sharpe – aber man hat sie nur benutzt. Die kleine Hure weiß gar nicht, was sie getan hat.«
Ich schlug ihn. Hart. Ich schlug ihn noch mal. Härter.
»Was . . . was wollen Sie sonst noch wissen?« fragte er verzweifelt.
»Nichts«, sagte ich. »Ich will dich nur noch ein bißchen verprügeln, du fettes Arschloch.«
Seine Wangen brannten und waren rot und naß vor Tränen; er sah bemitleidenswert aus, wie er dort vor mir kniete, der größte Meßdiener der Welt, den man mit der Hand in der Kollekte erwischt hatte.

»Wenn es keinen Hassel und keinen Greenberg gibt«, sagte ich, »wirst du den Lügendetektor-Test wiederholen, Means – und dann wirst du durchfallen.«

»Es ... es gibt sie wirklich«, sagte er heiser.

»Wenn du ihnen ein Wort von unserem Gespräch verrätst oder sonst jemandem, bringe ich dich um. Hast du verstanden?«

Er nickte.

»Sag es«, sagte ich.

»Wenn ich ein Wort zu jemandem sage, bringen Sie mich um.«

»Glaubst du mir?«

Er nickte; es war noch immer roter Speichel auf seinem Gesicht.

»Gut. Stehst du wirklich mit der Entführerbande in Kontakt?« Ohne das geringste Zögern nickte er.

»Lebt der Junge noch?«

Ohne das geringste Zögern nickte er.

»Weißt du, wo er ist?«

Nun zögerte er, doch dann schüttelte er den Kopf.

»Wer ist dieser Fuchs?«

Er schluckte. »Norman Whitaker. Ein Freund von mir. Alter Zellengenosse.«

»Er ist nicht an der Entführung beteiligt?«

»Nein. Er gehört zu mir.«

»Was für eine Funktion hat er?«

Means zuckte die Achseln. »Ablenkung.«

»Ablenkung. Was ist mit Evalyns Knete?«

»Ich habe das Geld noch.«

»Du hast es noch.«

»Ich schwöre es. Ich habe wirklich versucht, Verhandlungen über die Rückgabe des lieben Jungen zu führen.«

»Hör auf damit, oder du kriegst noch ein paar auf die Fresse. Wozu sind die zusätzlichen fünfunddreißig Riesen bestimmt?«

Er legte eine Hand auf sein Herz. »Das war die reine

Wahrheit, wirklich ... ich *bin* nach Chicago gefahren, und die Gang kann das markierte Geld nicht ausgeben ... Ich schwöre es bei Gott.«

Ich zog ihm die Neun-Millimeter-Pistole über den Kopf; er kippte schwer zur Seite, wie ein toter Gegenstand, und riß ein paar Möbelstücke mit.

Aber er war nicht ohnmächtig, und ich hatte ihn auch nicht umgebracht; er war nur leicht benommen.

»Na schön«, sagte ich und trat ihn in den Arsch. Er rollte sich auf die Seite und glotzte mit runden, hohlen Augen zu mir hoch. Sein Gesichtsausdruck hatte etwas Kindliches an sich. Ich winkte ihm ungeduldig mit der Pistole.

»Steh auf«, sagte ich. »Fahr nach Hause. Sprich mit niemandem, klar? Warte, bis Evalyn dich anruft.«

Er stand langsam auf. Sein Gesicht war weich und schwach, aber sein Blick war hart und gemein geworden. Falls er bei seinen endlosen Erdichtungen, zusammengesponnen aus Halbwahrheiten und Phantasien, wirklich wie ein Kind war, dann wie ein böses, habgieriges Kind, das Kind, das anderen die Murmeln klaut, das Kind, das Ameisenhaufen zertrampelt.

Ich hatte mir alle Mühe gegeben, ihm zu beweisen, daß ich gefährlich war; doch trotz all seiner Tränen und Feigheit blieb Means ebenfalls gottverdammt gefährlich.

Ich gab ihm seinen Hut und, nachdem ich die Munition entfernt hatte, seine Waffe.

»Wer *sind* Sie?« fragte Means heiser.

»Jemand, den kennenzulernen du nie erwartet hast.«

»Ach wirklich?« sagte er zynisch; er gewann seine Würde schnell zurück. »Und wer soll das sein?«

»Dein Gewissen«, sagte ich.

Er schnaubte, hustete und ging.

Ich setzte mich auf die Couch und wartete auf Evalyn. Ich mußte nicht lange warten; sie kam die Treppe hinab, als wolle sie trotz ihres schäbigen Bademantels einen großen Auftritt auf einem Ball machen. Sie hatte sich irgendwie auf die Galerie geschlichen und die ganze Szene verfolgt.

Sie kam langsam auf mich zu; die Schatten des Feuers tanzten auf ihr. Ihr Gesicht war ernst, ihre Augen funkelten.

»Du bist ein böser Mensch«, sagte sie.

»Ich kann ja gehen«, sagte ich peinlich berührt.

Sie ließ den Bademantel zu Boden sinken. Ihre Haut leuchtete im Schein des Feuers golden; ihre Brustwarzen waren ganz steif, feine blaue Adern durchzogen ihre vollen, elfenbeinfarbenen Brüste, eine Taille, die man mit beiden Händen problemlos umfassen konnte, schön geschwungene Hüften, schlanke wohlgeformte Beine.

»Wage das ja nicht«, sagte sie und streckte die Arme nach mir aus.

»Weißt du, Evalyn«, sagte ich bewundernd und nahm diesen glatten Körper in die Arme, »du bist ein böses Mädchen.«

23

Früh am nächsten Nachmittag hielt in der Innenstadt der Eisenbahn- und Hafenstadt Elizabeth in New Jersey ein indigoblauer Lincoln Continental am Bordstein vor dem piekfeinen Carteret Hotel. Der prachtvoll uniformierte Türsteher eilte im Schatten des Hotelbaldachins schnell den roten Teppich hinab, um der einzigen Passagierin des Lincoln die hintere Tür zu öffnen, wobei er dem Chauffeur knapp zuvorkam. Der Chauffeur in seiner adretten, grauen Wolluniform mit schwarzen Knöpfen war jedoch zur Stelle, um der würdevollen Dame, Mrs. Evalyn Walsh McLean, vom Rücksitz zu helfen. Sie trug ein schwarzes

Samtkleid mit einem großen, gesteppten, schwarzen und weißen Tuch um die Schultern, das sie am Hals zusammengebunden hatte, und einen schwarzen, kegelförmigen Samthut, eine Aufmachung, deren festlicher Stil in interessantem Gegensatz zu ihrer Trauerfarbe stand; und von Diamantohrringen und einem Diamantarmband über einem ihrer weißen Handschuhe abgesehen, trug Mrs. McLean seltsamerweise auch keinen Schmuck. Ihre dünnen, hübschen Lippen waren blutrot. Der Chauffeur, ein ziemlich stattlicher junger Mann in den Zwanzigern mit rötlich braunem Haar, gestattete dem Türsteher, die geschmeidige, schöne Mrs. McLean in die Hotellobby zu geleiten. Dieser Chauffeur war übrigens ich.

Ich holte unser Gepäck aus dem Kofferraum des Lincoln – meine einfache Reisetasche und einen großen, schweren Lederkoffer Evalyns; ich hatte ihr gesagt, wir blieben nur eine Nacht, und dachte schaudernd daran, was sie für ein Wochenende mitgenommen hätte. Ich gab unser Gepäck an der Rezeption ab, und der Portier sagte mir, ich könne für eine kleine Gebühr auf dem Privatgrundstück hinter einer nahe gelegenen Bank parken. Als ich zu Fuß zum Hotel zurückkehrte, sah ich mir dessen Äußeres mal etwas genauer an.

Das Elizabeth Carteret Hotel war ein neunstöckiges Backsteingebäude mit jeder Menge Gesimse zwischen einer großen presbyterianischen Kirche und einem Haus mit zahlreichen Geschäften; auf der anderen Straßenseite lag das Ritz Theater. Links und rechts vom Hotel verliefen schmale Gassen, die zu einem Personal- und Hintereingang auf der Rückseite des Gebäudes führten; auf die rechte Gasse mündete ein Nebeneingang, vor dem ebenfalls ein Türsteher postiert war; eine Feuertreppe konnte ich nicht ausmachen. Ein exklusives, teures Hotel mit relativ guten Sicherheitsvorkehrungen. Ich war froh, daß ich inkognito angereist war.

Evalyn wartete in der Lobby, die aus viel Marmor und

Mahagoni bestand und in der sich Geschäftsleute und Pagen zwischen überpolsterte Sofas und Topfpflanzen mischten.

»Wir haben getrennte Zimmer«, sagte sie leise und gab mir einen Schlüssel, »im neunten Stock.«

»Nebeneinander liegende?« fragte ich. »Nein. Das ist zu gefährlich, wenn wir beide allein reisen. Wenn mein Mann es herausfände, könnte er es vor Gericht gegen mich verwenden.«

»Verstehe.«

»Aber ich habe eine Suite.« Ihr Lächeln war winzig und verderbt. »Jede Menge Platz für Gesellschaft.«

Bald war ich in meinem kleinen, aber luxuriösen Zimmer im neunten Stock, stieg aus meiner Chauffeursuniform und in meinen braunen Anzug und schnallte mir das Schulterhalfter mit der Neun-Millimeter-Browning um. Ich hätte die Waffe eigentlich gründlich reinigen müssen, nachdem ich sie in Gaston Means' Maul gesteckt hatte, war aber irgendwie nicht dazu gekommen. Ich hatte alle Hände voll zu tun gehabt.

Zuerst einmal natürlich mit Evalyn in ihrem riesigen Himmelbett mit den rosa Satinlaken, die genau zu den rosa Satintapeten des riesigen Schlafzimmers paßten. Von der dänischen Dogge Mike, die ich anfangs nicht gesehen hatte, sah ich in dieser Nacht noch genug: der Hund schlief am Fuß ihres Bettes. Er schnarchte. Ich störte mich nicht daran.

Gewissermaßen auch deshalb nicht, weil ich nachdenken mußte. Ich mußte genau überlegen, was ich mit der Spur anfangen wollte, die Gaston Means buchstäblich ausgespuckt hatte.

Am nächsten Morgen frühstückten wir – ein Soufflé aus Eiern und Schinken – in einer Eßecke, in der eine sechsköpfige Familie bequem hätte wohnen können. Ich nippte an meinem frisch gepreßten Orangensaft und fragte: »Darf ich ein paar Ferngespräche führen?«

Sie blickte mich leicht überrascht über ihre Kaffeetasse hinweg an. »Ja, natürlich. Hat es etwas mit Means zu tun?«

»Ja.«

»Was soll ich mit diesem Schurken nur machen?«

»Spiel erst einmal sein Spielchen weiterhin mit. Aber gib ihm keinen roten Heller mehr! Ich werde dein Geld bald zurückfordern, und wenn er es dann nicht ausspuckt, rufst du die Bullen.«

»Glaubst du, daß mein Geld weg ist?«

»Ist Hitler ein Arschloch?«

Sie seufzte. »Es geht mir nicht um das Geld. Es geht mir um das Kind. Ich dachte, wir könnten es zurückbekommen.«

»Das können wir vielleicht auch noch. Bei Means weiß man nie, ob er die Wahrheit sagt oder nicht, selbst wenn er tatsächlich die Wahrheit sagt. Seine wildesten Geschichten beruhen zu zwanzig oder dreißig Prozent auf der Wahrheit. Ich habe ihm die Tünche abgeschmirgelt und bin dieser Wahrheit etwas näher gekommen.«

Sie nickte und grinste frustriert. »Er weiß also genug über die Entführung, daß du glaubst, er habe zumindest *irgendeinen* Kontakt mit den Kidnappern gehabt?«

»Davon gehe ich aus. Mit seinen Verbindungen zur Regierung, den gehobenen Kreisen Washingtons und zur Unterwelt wäre er der ideale Vermittler für so eine Sache. Doch wenn wir Gaston Means Geld anvertrauen, das er dann abliefern soll, könnten wir gleich den Fuchs im Hühnerstall einquartieren, wie wir im Mittelwesten sagen.«

Sie nickte müde. Dann schien sich ihre Stimmung wieder aufzuhellen, doch es war nur gespielt. »Willst du jetzt diese Anrufe tätigen? Ich kann dir den Apparat bringen lassen.«

»Warum nicht?«

Ich versuchte zuerst, Elmer Irey in seinem Behelfsbüro

in New York zu erreichen, bekam jedoch statt dessen Frank Wilson an die Strippe. Ich erklärte ihm kurz und bündig, daß Gaston Bullock Means als Vermittler für die Kidnapperbande fungiert hatte. Evalyns hundert Riesen erwähnte ich nicht. Es war jetzt nicht der richtige Augenblick, die Bullen – die des Staates oder des Bundes – auf Means zu hetzen.

»Verdammt noch mal«, sagte Wilson ruhig, »Means ist der größte Lügner auf dem Erdenrund.«

Ich pflichtete ihm bei. »Aber er *hat* Beziehungen zu der Hälfte aller Alkoholschmuggler in den USA.«

»Das stimmt allerdings«, sagte Wilson nachdenklich. »Damals in den Zwanzigern, als er noch für das Justizministerium gearbeitet hat, hat er Vierzehn-Zehn-As einfach in seinem Büro verkauft.«

Das Formular 1410-A war die Lizenz der Bundesregierung, Alkohol zu verkaufen, und für Drogisten, Apotheker und andere ehrbare Benutzer bestimmt.

»Tja«, sagte ich und legte die Tatsachen auf den Tisch, »Means behauptet, zwei Alkoholschmuggler hätten die Entführung abgezogen.«

»Ach was.« Wilsons Stimme war so schal wie das Bier von gestern abend geworden.

»Sie heißen beide Max. Max Greenberg und Max Hassel. Haben Sie schon mal von den Typen gehört?«

»Waxey Gordon's Stellvertreter?« Er seufzte gelangweilt und verwirrt zugleich. »Ich glaube kaum, daß sich zwei der größten Bierbarone der Ostküste damit abgeben, das gottverdammte Lindbergh-Baby zu entführen.«

»Warum nicht?«

Seiner Stimme merkte man sein Achselzucken geradezu an. »Sie sind nicht auf das Geld angewiesen, Heller. Das sind Geschäftsleute, und Entführung ist nicht ihr Metier. Außerdem stecken die beiden gerade bis zu den Hälsen in einem Bierkrieg.«

»Ja?«

»Ja. Dutch Schutz' und Waxey Gordons Leute knallen sich seit einigen Monaten mit schöner Regelmäßigkeit gegenseitig ab – wogegen ich überhaupt nichts habe, solange keine unschuldigen Passanten getötet werden.«

»Tja, ich glaube, man sollte Greenberg und Hassel mal überprüfen.«

»Sie sind bereits überprüft worden.«

»In bezug auf den Fall Lindbergh?«

»Verdammt, nein. Wegen Steuerhinterziehung. Und wir beschäftigen uns auch mit ihrem Boß Waxey.«

»Soll das heißen, Sie arbeiten persönlich an diesem Fall?«

»Nein. Ich meine die Ermittlungsabteilung der Steuerfahndung.«

Ich mußte es noch einmal versuchen. »Werden Sie die Agenten, die den Fall bearbeiten, darauf hinweisen, daß es eine Verbindung zur Lindbergh-Entführung geben könnte?«

Es folgte eine lange Pause. »Ich weiß Ihre Bemühungen zu schätzen, Heller«, sagte er schließlich. »Ich weiß, daß Sie stinksauer sind, und das gilt auch für mich und Chief Irey. Und Sie haben uns über Dinge informiert, die Colonel Lindbergh uns unklugerweise vorenthalten wollte. Das weiß ich zu schätzen. Das wissen wir wirklich zu schätzen.«

»Ich höre schon das ›Aber‹ kommen.«

»Aber ... ich werde mich nicht in den schwebenden Fall eines anderen Agenten einmischen. Nicht aufgrund eines Hinweises von Gaston Bullock Means, um Himmels willen! Heller, Sie sind der Verbindungsmann der Polizei von Chicago. Halten Sie sich aus Bundesangelegenheiten heraus.«

»Was ist mit New Jerseyer Angelegenheiten?«

»Wann wurde der Bezirk Cook nach New Jersey verlegt? Warum rufen Sie nicht Colonel Schwarzkopf an? Er wird sich sicher freuen, von Ihnen zu hören. Gibt es sonst noch etwas?«

Arschloch.

»Was ist mit Capones Jungen, diesem Bob Conroy? Sie wollten ihn doch aufspüren.«

»Haben wir aber noch nicht. Wenn er noch an der Ostküste ist, hat er ein gutes Versteck. Vielleicht ist er auch mit Zementschuhen schwimmen gegangen.«

Mit dieser Vermutung lag Wilson wahrscheinlich richtig. »Was ist mit der Spiritistenkirche? Mir scheint, die Marinellis – die von Jafsie zu wissen schienen, bevor Jafsie selbst von Jafsie wußte – sind eine verdammt gute Spur, nun, da der alte Knabe fünfzig Riesen an Gott weißwen gezahlt hat.«

»Heller, Pat O'Rourke ist der Kirche beigetreten, bewahrte seine Tarnung und hat ihren Hokuspokus drei Wochen lang mitgemacht, fand aber nicht die kleinste Kleinigkeit heraus.«

Ich wußte nicht, was ich sagen sollte. O'Rourke war ein guter Mann. Vielleicht gab es da wirklich nicht die kleinste Kleinigkeit zu finden.

»Was schlagen Sie denn vor?« fragte ich Wilson.

»Ich schlage vor, daß Sie so langsam wieder nach Chicago zurückkehren. Irgendwo sind fünfzig Riesen in markierten Scheinen im Umlauf, und die werden uns zu den Kidnappern führen.«

Ich dankte ihm sarkastisch, und er sagte auf dieselbe Weise »Gern geschehen!«, und wir legten auf. Evalyn hatte meiner Hälfte des Gesprächs zugehört und schien mitbekommen zu haben, worauf es hinauslief. Ihre Augen waren ganz groß und erstaunt, woraufhin ich mich noch niedergeschlagener fühlte.

Sie hielt ihre Tasse hoch, damit ein farbiges Dienstmädchen Kaffee nachschenken konnte. »Ich kann nicht glauben, daß die Regierung sich nicht diese beiden Maxen vorknöpfen will.«

»Ich schon. Wir haben auf der einen Seite die Bürokratie und auf der anderen das Wort Gaston Means', gegen den Baron Münchhausen so ehrlich und ehrbar ist wie Abraham Lincoln.«

»Was nun?«

Ich telefonierte noch einmal. Mit Colonel Schwarzkopf auf dem Anwesen der Lindberghs. Aber von den beiden Maxen sagte ich kein einziges Wort.

»Ich habe einen anonymen Tip bekommen«, verriet ich ihm. »Über Violet Sharpe.«

»Zuverlässig?« fragte Schwarzkopf skeptisch.

»Sehr«, sagte ich, und mir wurde klar, daß ich der erste sein mußte, der Gaston Means jemals als ›sehr zuverlässige‹ Quelle bezeichnet hatte.

»Ich setze Inspektor Welch darauf an.«

»Na schön, aber sagen Sie diesem Hurensohn, er soll etwas Fingerspitzengefühl walten lassen.«

Schwarzkopf erwiderte nichts darauf; keiner von uns hatte Lust, das Schweigen des anderen zu beenden, und so legten wir einfach auf. »Noch ein Anruf«, sagte ich zu Evalyn, die noch immer atemlos lauschte. Ich gab der Telefonistin wieder zu tun und erwischte Eliot Ness an seinem Schreibtisch zu Hause im Transportation Building.

»Was kannst du mir«, fragte ich, »über Max Greenberg und Max Hassel sagen?«

»Hassel heißt in Wirklichkeit Mendel Gassel und ist russischer Immigrant. Ein Alkoholschmuggler, der vor sechs oder sieben Jahren eine hohe Strafe wegen Steuerhinterziehung bezahlt hat«, sagte Eliot sachlich. »Greenberg ist ein Schläger aus St. Louis, der es weit gebracht hat. In den entsprechenden Kreisen natürlich. Beide sind gefährlich, aber den Grips hat Greenberg.«

»Sonst noch etwas anhängig?«

»Das Übliche«, sagte er sanft. »Unsere Rauschgift-Abteilung hat Greenberg '24 oder '25 festgenommen, weil er zwei Wagenladungen Heroin nach Duluth geschafft hat. Es kam aber zu keiner Verurteilung. Dann wurden noch ein paar Anklagen wegen Brandstiftung und tätlichen Angriffs niedergeschlagen. Bis der Alkoholschmuggel lockte, hat Big Maxie Prostituierte anschaffen lassen, in einem Hotel irgendwo in New York, das ihm gehörte.«

»Das hört sich ja ganz nach einem Kapitalisten an. Ihr beiden würdet wahrscheinlich prima miteinander auskommen – ihr seid beide Republikaner.«

»Dir muß es da draußen ja verdammt gut gehen, wenn du es dir leisten kannst, mich zu beleidigen, während du ein Ferngespräch führst.«

»Ist nicht mein Kleingeld. He, warum sind Waxey Gordon und Dutch Schultz aneinandergeraten? Ich dachte, sie wären Verbündete.«

»Irving Wexler und Arthur Flegenheimer«, sagte Eliot ernst und benutzte ihre richtigen Namen, »droht dieselbe relativ kurzfristig bevorstehende Arbeitslosigkeit wie mir selbst.«

»Was?«

»Beide wissen, daß Bier über kurz oder lang legalisiert werden wird, und haben die Blicke ihrer kleinen Knopfaugen auf einen großen, völlig gesetzlichen Markt mit wesentlich mehr Kunden gerichtet, als sie mit ihren derzeitigen Brauereien beliefern können. Schultz hat Brauereien in Yonkers und Manhattan, Waxey in Patterson, Union City und Elizabeth. Jeder will die Anlagen und das Territorium des anderen haben.«

»Und deshalb schießen sie sich Löcher in ihre jeweiligen Gangs.«

»Ja. Was kein Verlust für die Menschheit ist.«

»Frank Wilson würde dir zustimmen. Warum werden diese Brauereien, die du erwähnt hast, nicht geschlossen?«

Eliot legte den Sarkasmus mit der Maurerkelle auf. »Aber, Nate – weißt du denn nicht, daß sie dort nur *Ersatz*bier brauen? Ohne Alkohol. Sie brauen rund um die Uhr – und dennoch verlassen nur ein oder zwei Lastwagen pro Woche jede Brauerei.«

Zweifellos flossen Hunderte und Aberhunderte Liter echtes Bier durch unterirdische Rohre zu verborgenen Abfüllanlagen.

»Eliot, mit wem versteht Capone sich besser, mit Schultz oder Gordon?«

Es folgte eine Pause. »Komisch, daß du das fragst. Ich weiß ehrlich nicht, ob Snorkey irgendwelche Verbindungen mit Wexler hat, obwohl es mich überraschen würde, wenn das nicht der Fall wäre.« Dann fügte er mit einstudierter Ruhe hinzu: »Aber Flegenheimer war vor kurzem im Cook County Jail und hat Al besucht.«

Ich fuhr hoch. »Was?«

»Ja. Lucky Luciano hat den Holländer mitgebracht. Wie ich gehört habe, gab es ein ziemliches Gebrüll. Al diente als Vermittler in irgendeinem Ostküstenzwist – die Gefängniswärter lassen die Jungs im Hinrichtungsraum miteinander sprechen. Al saß auf dem heißen Stuhl wie ein König auf einem Thron.«

»Mein Gott.« Das war selbst für Chicago ein starkes Stück.

»Na ja, Snorkey wird seine Berufung nicht durchbringen«, sagte Eliot spitz, »und das Bundesgefängnis wird ihm diese Annehmlichkeiten nicht bieten. Warum stellst du diese Fragen?«

»Ich habe Grund zu der Annahme, daß Lindberghs Junge von Greenberg und Hassel entführt wurde.«

»Und du hast dich gefragt, ob es möglich ist, daß sich Capones Einfluß auf sie erstreckt?«

»Ja«, sagte ich.

»Ja«, sagte er.

Während einer kurzen Pause knisterte es leise in der Leitung.

»Na schön«, sagte ich dann. »Aber ich bin mir gar nicht so sicher, was ich jetzt tun soll.«

»Am besten sagst du es Irey und Wilson.«

»Genau. Vielen Dank, Eliot.«

»Kann ich sonst noch was tun?«

»Klar. Du kannst dich dafür entschuldigen, daß du mich in diese Scheiße hineingezogen hast.«

Er lachte, sagte aber: »Ich entschuldige mich. Du bist schon verdammt lange da draußen. Vielleicht ist es an der Zeit, nach Hause zu kommen.«

»Bald«, sagte ich, dankte ihm und legte auf.

Ich hatte mich entschlossen, selbst mit Greenberg und Hassel zu sprechen.

Evalyn wollte, daß ich mich an sie wandte und in ihrem Auftrag die sichere Rückgabe des Kindes arrangierte. Ich erwiderte, ich hätte dieselbe Idee, doch hätten die beiden die Entführung begangen, würde ich Bundesbeamte hinzuziehen, und wir würden die Mistkerle festnageln. »Wir werfen kein Geld mehr zum Fenster raus«, sagte ich. »Wir schnappen uns die verantwortlichen Dreckskerle und lassen sie wissen, daß es ihnen verdammt übel ergehen wird, wenn ihre Leute den Jungen nicht herausrücken.«

»Kann man solchen Männern denn überhaupt Angst einjagen?«

»Wenn man ihnen eine Pistole in den Mund steckt, schon.«

»Aber würde die Polizei denn so etwas tun?«

»Evalyn, ich bin die Polizei.«

Es war kurz vor vier, als ich die Treppe am Ende des Korridors zum achten Stock hinunterstieg, wo ich Means zufolge die beiden Maxen finden würde. Ich nahm an, daß dort Leibwächter postiert sein würden – besonders, da gerade ein Bierkrieg im Gange war –, die mich dann, so oder so, dorthin bringen würden, wohin ich wollte. Ich atmete tief durch, zog die Pistole und versteckte mich hinter ihr, bevor ich die Tür zum achten Stock aufstieß

– ich wußte, ich würde mich mit den Burschen auseinandersetzen müssen. Es führte kein Weg daran vorbei ...

Aber der Gang war leer.

Für einen Augenblick war ich verwirrt; dann breitete sich langsam, wie bei einem Hitzausschlag, Abscheu in mir aus.

Hatte Gaston Means es schon wieder geschafft? Hatte er mich auf eine sinnlose Schnitzeljagd geschickt, wie Evalyn nach El Paso? Ich steckte die Pistole ins Schulterhalfter und ging langsam den Korridor entlang, obwohl ich überzeugt war, daß es sinnlos war.

Dann fiel mir eine Tür auf – Zimmer 824 –, an der ein Schild mit der Aufschrift ›Old Heidelberg‹ hing. Es handelte sich um altdeutsche Buchstaben, und ich betrachtete eingehend dieses Logo einer Biermarke. Oder zumindest dieser ›Ersatzbier‹-Marke.

Doch auch hier standen keine Männer vor der Tür. Ich holte die Automatik wieder hervor, hielt sie im Rücken verborgen und klopfte. Keine Antwort, also klopfte ich noch mal, und schließlich wurde die Tür geöffnet, und ein rundes, pockennarbiges Gesicht musterte mich skeptisch an einer Vorhängekette vorbei. Die Augen waren schwärzer und toter als ein gut durchgebratenes Steak.

»Was?« fragte der Mann. In dem einzigen Wort schwang sowohl eine Drohung als auch Mißtrauen mit.

»Polizei«, sagte ich. »Ich habe einen Durchsuchungsbefehl.«

Die schwarzen, toten Augen wurden zusammengekniffen, und ich schob den Fuß in den Türspalt und drückte die Tür mit der Schulter auf, wobei die Kette aufsprang.

Mein Gastgeber trat zurück. Er war schwergewichtig und klein, hatte aber das Gesicht eines Riesen; seine Lippen besaßen die Farbe von roher Leber, und sein Haar war kurz geschnitten, weiß und nicht mit Pomade in Berührung gekommen. Er trug einen hellbraunen, teuren, maßgeschneiderten Anzug mit offener Jacke, weißem

Hemd und einer gelockerten dunklen Seidenkrawatte um den offenen Kragen. Er schien nicht bewaffnet zu sein.

»Lassen Sie den Durchsuchungsbefehl mal sehen«, sagte er zweifelnd – und laut, als wolle er jemanden im Nebenzimmer warnen.

»Hier ist er«, sagte ich und zeigte ihm die Neun-Millimeter-Automatik, die leicht in meiner Hand zitterte, aber nicht so sehr, daß man es bemerkt hätte.

Er verdrehte die toten, schwarzen Augen. »Scheiße«, sagte er und machte ein dreisilbiges Wort daraus. Langsam hob er die Hände.

Ich trat die Tür hinter mir mit dem Absatz zu und schaute mich in einem großen Wohnzimmer um, das üppig mit modernen Möbeln in verschiedenen Grüntönen eingerichtet war, vom zarten Pastell bis zur kräftigen Farbe des Geldes.

Der Bursche zitterte leicht, wirkte insgesamt jedoch kalt und ziemlich gelassen. »Wie sind Sie an Louie und Sal vorbeigekommen?« fragte er.

»Ich habe keinen Louie gesehen«, sagte ich und tastete ihn mit einer Hand ab, wobei sich herausstellte, daß er unbewaffnet war und ich beinahe an seinem stechenden Aftershave erstickt wäre, »und auch keinen Sal.«

Das brachte ihn leicht durcheinander. »Was ist mit Vinnie?«

»Ich habe auch keinen Vinnie gesehen.«

»Das ist unmöglich.«

»Das ist Amerika. Alles ist möglich. Sind Sie Hassel oder Greenberg?« Es klang wie ein jüdisches Märchen.

Er fuhr sich mit der Zunge über die Leberlippen. »Hassel. Maxie ist im Büro.«

»Dann begrüßen wir ihn doch mal.«

Er führte mich durch das endlose Wohnzimmer – eine Hausbar in einer Ecke war besser ausgestattet als eine Flüsterkneipe an der Rush Street, und an einer Wand standen mehrere piekfeine schweinslederne Taschen mit Golfschlägern. Wir gingen durch ein Schlafzimmer zu einer geschlossenen Tür, die Hassel knirschend öffnete. Dabei warf er mir einen unglücklichen Blick zu.

Er ging zuerst hinein, die Mündung meiner Automatik in seinem Rücken, und ich folgte ihm in das benachbarte, kleinere Schlafzimmer, das mittels mehrerer Schreibtische und Aktenschränke in ein Büro verwandelt worden war. Ein großer, fleischiger Mann in Hemdsärmeln und mit Hosenträgern, dessen Anzugjacke über der Lehne seines Drehstuhls hing, beugte sich gerade über ein Hauptbuch, das auf einem Rollpult an der linken Wand lag, die ein – nicht erleuchtetes – Old-Heidelberg-Neonschild und mehrere geschäftsbezogene Schwarz-weiß-Fotos zierten. Der Mann am Schreibtisch hatte glänzendes, schwarzes Haar und einen großen, flachen Kopf.

»Maxie«, sagte Hassel zögernd.

Maxie bedeutete ihm ungeduldig und ohne zurückzublicken, gefälligst still zu sein. »Augenblick noch, Augenblick noch . . .«

»Maxie . . .«

Maxie seufzte, trat vom Schreibtisch zurück und sagte, ohne uns anzusehen: »Wo ist das verdammte Geld nur geblieben?« Dann drehte er sich um und blinzelte zweimal, als könne er die Situation damit bereinigen: sein Partner stand mit erhobenen Händen da, und ein Fremder richtete eine Automatikwaffe auf sie beide. »Was, zum Teufel, hat das zu bedeuten?«

»Legen Sie die Hände auf die Knie«, sagte ich.

Maxies Augen waren dunkel und traurig, sein Mund eine schmale, kalte Linie in einem Gesicht, das wie aus Kitt geschaffen zu sein schien, ohne Falten, unbenutzt, als hätten keine Gefühle ihre Spuren hinterlassen. Als er langsam die Hände auf die Knie senkte, verweilte eine davon neben der rechten Seitentasche der über der Lehne hängenden Anzugjacke, eine Tasche mit einer revolvergroßen Beule darin.

»Sie könnten auf diesem Stuhl sterben«, machte ich ihm klar.

Maxie blinzelte noch mal, schluckte und legte die Hände auf die Knie.

Ich trat langsam zu ihm, den Rücken an der Wand, damit ich beide Maxen im Blick behalten konnte, und streifte die Anzugjacke von der Lehne; sie fiel mit einem schweren Poltern zu Boden. Zum Glück für uns alle ging seine Jacke nicht los.

»Ist das ein Überfall?« fragte Maxie, als erkundige er sich danach, wie spät es sei.

»Nicht unbedingt«, sagte ich und ging wieder zu der Tür zurück, neben der ich seinen Partner hatte stehen lassen. »Wir können uns auch einfach nur unterhalten.«

»Wenn der Holländer Sie geschickt hat«, sagte er ganz ruhig, »arbeiten Sie für die falsche Seite. Wir bezahlen *richtig* Knete. Und wir können Sie schützen.«

»Hören Sie auf Maxie«, riet Hassel mir mit einem nervösen Blick zur Seite.

Die beiden schienen nicht zu begreifen, daß es reichlich absurd war, einem Burschen, der eine Pistole auf sie richtete, zu sagen, daß sie ihn ›schützen‹ konnten. »Der Holländer hat mich nicht geschickt«, sagte ich, »sondern eine reiche Lady aus Washington. Namens McLean.«

Die beiden Männer wechselten Blicke. Ich konnte nichts darin lesen, obwohl ich es, bei Gott, versucht habe.

»Ihr seht doch nicht blöd aus«, sagte ich. »Ihr wißt, daß man Gaston Means nicht vertrauen kann.«

Maxie Greenberg nickte nachdenklich.

»Der Mistkerl lügt doch, wenn er betet«, bestätigte Hassel.

»Ihr braucht einen neuen Mann in der Mitte«, sagte ich. Genau da stand ich, die Waffe auf sie beide richtend, Hassel mit den Flossen in der Luft, Greenberg mit den Händen auf den Knien. »Ich gebe euch das Geld, ihr gebt mir das Kind.«

Hassel bedachte mich erneut mit einem nervösen Blick von der Seite.

Maxie schaute drein wie ein Heckenschütze, der sein Opfer erspäht hatte. »Wer sind Sie?« fragte er.

»Ein Bursche, der ein paar Mäuse machen und ein Kind in sein eigenes Bettchen zurückbringen will.«

»Wie kommen Sie darauf, daß wir Lindys Jungen haben?« fragte Hassel.

»Ich kann mich nicht erinnern, Lindys Jungen erwähnt zu haben«, sagte ich.

Ein lautes Klopfen im Nebenzimmer jagte mir einen höllischen Schrecken ein; fast hätte ich geschossen.

»Jemand ist an der Tür«, sagte Hassel. »An der, durch die Sie reingekommen sind.«

Das Klopfen hielt an, und eine Stimme sagte: »Boß, ich bin's, Vinnie! Hier ist Vinnie, Boß! Lassen Sie mich rein.«

Hassel lächelte selbstgefällig. »Tja, das ist unser Vinnie. Ich lasse ihn lieber rein, meinen Sie nicht auch?«

»Warum hat er keinen Schlüssel«, sagte ich, »wenn es Ihr Mann ist?«

»Jemand könnte ihm den Schlüssel abnehmen«, sagte Maxie.

»Man muß ›Max‹ heißen, um einen Schlüssel zu bekommen«, sagte Hassel.

Ein Privatklub.

»Boß!« brüllte die Stimme.

»Wenn wir nicht aufmachen«, sagte der fette Maxie mit dem schwächsten aller Lächeln auf den schmalen Lippen, »tritt er die Tür ein.« Ich packte Hassel am Arm; er war fleischig, doch darunter befanden sich Muskeln. »Wimmeln Sie ihn ab. Und keine dummen Tricks – wir unterhalten uns hier rein geschäftlich. Je weniger Gesichter mich sehen, um so besser.«

»Wenn es um ein Geschäft geht«, sagte Maxie, die Hände auf den Knien, den Kopf in einer Geste der Vernunft auf die Seite gelegt, »brauchen wir die Knarren doch gar nicht.«

»Ich verhandle gern aus einer starken Position heraus.«

Im Wohnzimmer erklangen gedämpfte Gesprächsgeräusche, dann die Geräusche von Schritten und Möbeln, die umgestoßen wurden. Maxie wollte sich bewegen, sich erheben, doch ich schlug ihm die Automatik in den Magen, was ihm die Puste nahm, schickte ihn in den Stuhl zurück und schob den Stuhl scheppernd gegen den Schreibtisch.

Und die Schüsse erklangen.

Es waren gedämpfte Schüsse, leise Schüsse, WHUPP! WHUPP! WHUPP!, aber trotzdem Schüsse. Einige davon wurden im Nachbarzimmer abgegeben, und Maxie, der noch immer vorgebeugt auf dem Stuhl saß, starrte mich mit runden, anklagenden Augen an, und ich ging in die Hocke und drückte den Rücken gegen die Wand, suchte hinter den hölzernen Aktenschränken Deckung und sah, daß Maxie die Hand nach der Jacke auf dem Boden ausstreckte, nach der Waffe in der Jackentasche tastete, sie in die Hand nahm, einen .38er Police Special, vorrutschte, bis er auf der Stuhlkante kauerte und zur Tür aufschaute, etwas oder jemanden sah, das ich nicht sehen konnte, und er machte den Eindruck, als wolle er seinen fetten Arsch von diesem Stuhl heben, doch er kam nicht mehr dazu.

Er rutschte auf dem Stuhl zurück und lehnte sich zurück wie ein Mann, der sich rasieren lassen wollte, aber das war keine Naßrasur: Kugeln wurden in ihn hineingepumpt, in seine Brust, in den Hals, das Gesicht, und die Wölbung seines Schädels brach auseinander und befleckte das Old-Heidelberg-Neonschild, und seine Beine und Füße führten einen Stepptanz auf, während die Kugeln leise pfiffen.

Dann hörten die Schüsse auf, und er saß da mit zurückgeworfenem und auslaufendem Kopf, und Blut tropfte wie roter Regen auf den Teppichboden. Der Geruch von Kordit versengte die Luft, und Pistolenrauch vermischte sich mit dem Dunst des Blutes.

Und ich kauerte an der Wand, in der Ecke, die die Wand mit dem hölzernen Aktenschrank bildete. Ungesehen, dachte ich. Sie wußten nicht, daß ich hier war – oder?

»Phil«, rief eine Stimme aus dem Nebenzimmer. Es war eine winselnde, hohe Stimme. Dann kam sie näher: »Ich habe meinen erledigt.«

»Ich meinen auch, Jimmy.« Diese Stimme war ein Bariton mit Grieß darin.

Die Automatik lag in meiner verkrampften Hand; ich atmete tief ein, das Herz pochte in meinen Ohren. Ich bewegte vorsichtig den Kopf und die Schultern vor, langsam, ganz langsam, bis ich einen Blick um den Rand des Aktenschranks werfen konnte.

Ich sah beide; der eine stand neben und der andere auf der Schwelle. Der im Zimmer mußte Greenberg getötet haben; er trug einen braunen Mantel und Hut, war von durchschnittlicher Größe und ebensolchem Körperbau, hatte jedoch ein auffälliges Gesicht – so flach wie der Arsch eines Jockeys, überhaupt keine Wangenknochen, mit winzigen, geschlitzten, asiatisch aussehenden Augen. Der andere Mann, der auf der Schwelle – Hassels Mörder – trug einen senffarbenen Tweedmantel und war klein; sein Gesicht war rund, und er hatte eine Stupsnase und runde, helle, fröhliche Augen.

Diese Gesichter würde ich nicht vergessen.

Und auch nicht ihre Pistolen, obwohl ich sie gar nicht richtig sehen konnte: es waren große Automatikwaffen, die zum größten Teil von flauschigen, weißen Handtüchern verborgen wurden, die sie turbanähnlich um die Läufe und über die Mündungen geschlungen hatten. Beide Handtücher brannten dort, wo sie die Mündungen verdeckt hatten; gelbe Flammen tanzten um den versengten Stoff, durch den die Männer geschossen hatten. Keiner der beiden schien darauf zu achten.

Sie sprachen leise miteinander und lachten gedämpft, als sie in die äußere Suite traten.

Ich wartete zehn Sekunden, trat dann vorsichtig an Maxie vorbei, der auf den Schreibtisch gerutscht war; ein blutiges und graues Gemisch tropfte aus seinem Schädel auf das Hauptbuch. Na ja, Eliot hatte ja gesagt, daß er derjenige mit dem Grips war.

Ich huschte schnell und leise durch das Zimmer, die Neun-Millimeter-Pistole in der Hand. Dann folgte ich den Killern langsam, doch als ich aus dem Büro in das benachbarte Schlafzimmer trat, wäre ich fast über Hassel gestolpert, der auf dem Boden lag, das Gesicht zur Seite gewandt, die toten Augen jetzt noch toter, der Kopf aufgebrochen wie eine Melone, aus der Kerne und Fruchtfleisch quollen.

Das hielt mich eine Sekunde lang auf. Und als ich im Wohnzimmer war, waren sie schon fast an der Tür.

»Polizei!« rief ich und schoß auf sie, genauer gesagt, auf ihre Rücken. Das ist schließlich die beste Stelle, um jemanden auch zu treffen.

Aber dieses verdammte Wohnzimmer war ellenlang, und ich verfehlte den einen und streifte den anderen nur, den Fröhlichen, aber jetzt war er nicht mehr so fröhlich, sondern jaulte wie ein Hund, dem man auf den Schwanz getreten hatte, und auf seinem senffarbigen Mantel erschien ein ketchuproter Fleck, und der andere, das Arschloch mit dem flachen Gesicht, drehte sich um und schoß auf mich, und weil die Waffe, ein großer, schwerer Army Colt, nicht mehr von dem Handtuch bedeckt war, knallte der Schuß laut im Zimmer. Ich warf mich zu Boden, und hinter mir fing die schweinslederne Golftasche tollkühn eine Kugel ab und kippte um und fiel auf mich, doch ich konnte trotzdem noch drei Schüsse abgeben, als sie zur Tür hinausliefen, und meine Kugeln zerfetzten Holz und Putz.

Und sie waren fort.

Vielleicht zwei Sekunden lang überlegte ich, ob ich sie verfolgen sollte.

Dann arbeitete ich mich unter den Golfschlägern hervor und lief an den noch immer schwelenden verbrannten Handtüchern vorbei, die sie achtlos weggeworfen hatten; die behelfsmäßigen Schalldämpfer hatten ihren Zweck erfüllt. Die Schüsse hatten außerhalb der Suite offensichtlich nicht die geringste Aufmerksamkeit erregt, was bei den letzteren, lauteren zweifellos anders sein würde. Ich mußte, verdammt noch mal, schleunigst verschwinden.

Auf dem Gang sah ich niemanden, und das war ganz gut so, da ich die Automatik noch in der Hand hielt. Später erfuhr ich, daß Hassel, Greenberg und Waxey Gordon die gesamte achte Etage gemietet hatten, was erklärte, wieso noch niemand auf die Schüsse reagiert hatte. Was Louie, Sal und Vinnie und die anderen Leibwächter betraf, so waren sie entweder umgepustet oder bestochen worden; vielleicht war es wirklich Vinnies Stimme gewesen, die wir gehört hatten, als er für eine unbekannte Summe von Silberlingen den Judas gespielt hatte.

Ich hätte bleiben und mit den örtlichen Bullen sprechen können. Schließlich konnte ich ja die Killer beschreiben, die Greenberg und Hassel erschossen hatten. Aber mir war scheißegal, wer Greenberg und Hassel umgelegt hatte, denn sie waren schließlich Opfer dieses gottverdammten Bierkriegs geworden, und vielleicht war Lindys Junge jetzt ein weiteres (unbeabsichtigtes) Opfer dieses Krieges geworden.

Und ich wollte nicht das nächste Opfer werden – wozu es zweifellos kommen würde, wenn ich Profikiller des Mobs identifizieren und gegen sie aussagen würde. Aber Mrs. Hellers Sohn war nicht aus Dummheit Cop geworden.

Ja, sie hatten mich zwar gesehen, aber ich stammte

nicht von der Ostküste, und sie würden mich nicht kennen und mir nie wieder begegnen.

Eliot hatte recht gehabt: es war an der Zeit, nach Hause zurückzukehren.

All diese Gedanken hatten so in etwa drei Sekunden in Anspruch genommen, während ich zur Tür zum Treppenhaus lief und die Stufen hinaufstürmte, immer zwei auf einmal, die Pistole noch in der Hand; ich schob sie erst ins Halfter zurück, als ich die Tür zum neunten Stock öffnete, in dem eine beinahe hysterische, verweinte Evalyn atemlos auf mich wartete.

»Ich habe Schüsse gehört! Nate, bist du . . .«

»Mir geht's prima«, sagte ich, nahm sie am Arm und ging mit einstudierter Ruhe einen Korridor entlang, auf den zahlreiche Gäste mit verwirrten und beunruhigten Gesichtern getreten waren. Wir gingen in ihre Suite, doch ich erzählte ihr nicht, was passiert war, jedenfalls nicht sofort. Ich legte mich einfach auf ihr Bett, und sie hielt mich und streichelte mir übers Haar, während ich wie ein verängstigtes Kind zitterte.

24

Am folgenden Montag spielte ich zum letzten Mal für Evalyn den Chauffeur. Ich fuhr den indigoblauen Lincoln die unbefestigte Featherbed Lane zu dem weißen Steinhaus hinauf, aus dem vor gar nicht so langer Zeit ein Kind entführt worden war. Evalyn saß diesmal vorn, und ich trug diesmal nicht die schmucke, graue Uniform mit den schwarzen Knöpfen. Evalyn war ziemlich niedergeschlagen. Ich auch, ehrlich gesagt.

»Kein Wort zu Colonel Lindbergh«, warnte ich sie, »über Hassel und Greenberg. Ich will nicht, daß im

Nachhinein noch mehr Leute von den Vorfällen erfahren, als es sowieso schon der Fall ist.«

Sie nickte. Mit verhaltenem Interesse betrachtete sie das öde, unkrautüberwucherte Gelände eines Anwesens, das ihr in der Tat bescheiden vorkommen mußte.

»Sieh dir mal die Hügel hinter dem Haus an«, sagte sie geistesabwesend im Bemühen, der kargen Landschaft ein bißchen Schönheit abzugewinnen. »Die weißen und rosa Hornsträucher vor den dunklen Zedern... wunderschön.«

Der Anblick schien sie jedoch nicht sonderlich aufzuheitern. Sie trug eine schwarze Fuchsstola und ein geschickt geschnittenes schwarzes Kostüm mit einer weißen Seidenbluse und einer Perlenkette, dunkle Seidenstrümpfe und einen pechschwarzen Hut ohne Schleier; sie sah aus wie eine wohlhabende, trauernde Witwe.

Ich parkte neben der Garage, in der noch einige wenige Polizisten ausgeharrt hatten; das Wetter war heute fast warm, und die Türen standen offen, und die Handvoll Staatspolizisten, die sich mit der Post und den Anrufen beschäftigten, schienen sich mit halber Geschwindigkeit zu bewegen, träge und wie in einem Traum. Schwarzkopf schien nicht in der Nähe zu sein.

Ich half Evalyn aus dem Lincoln, als gingen wir zu einer Beerdigung. Auf halber Strecke zum Nebeneingang kam Lindy aus dem Haus. Er trug einen dunkelblauen Pullover über einem Hemd mit offenem Kragen, und seine braune Hose steckte in hohen Lederstiefeln. Er begrüßte uns und lächelte uns an, schüchtern und freundlich, doch die dunklen Ringe um seine Augen hätten einem Waschbären zur Ehre gereicht.

»Mrs. McLean, es ist mir eine Ehre«, sagte er herzlich – in der Tat war seine Stimme in diesem Augenblick so herzlich, wie ich sie noch nie zuvor gehört hatte. »Ich freue mich sehr, daß Sie kommen.«

»Die Ehre und das Vergnügen sind ganz auf meiner

Seite«, erwiderte sie würdevoll und streckte ziemlich königlich eine behandschuhte Hand aus, die Lindy kurz ergriff. »Ich habe mich sehr über Ihre Einladung gefreut.« Das schien ihm ein bißchen peinlich zu sein.

»Nate«, sagte er und nahm mich mit einem Nicken und einem Lächeln zur Kenntnis. »Gehen wir hinein«, sagte er dann mit einer steifen Geste zu uns beiden.

Er nahm Evalyn am Arm, und ich trottete hinterher.

Wir gingen durch das Personalwohnzimmer; der Schreibtisch, mit dem Schwarzkopf den Raum in ein Behelfsbüro verwandelt hatte, war leer. Ich fragte Lindbergh, wo der Colonel der Staatspolizei sei, und erfuhr, daß er sich in Trenton aufhielt – Schwarzkopf ließ sich hier kaum noch blicken. In der Küche begegneten wir der stattlichen Elsie Whately, die mit einem scharfen Messer Gemüse hackte, erleichtert darüber, daß sie jetzt wieder für einen überschaubaren Haushalt kochte; sie rang sich ein knappes, höfliches Nicken zur Begrüßung ab, als wir an ihr vorbeigingen.

Im großen Wohnzimmer erhob sich Anne Lindbergh – die ein schlichtes, dunkelblaues Kleid mit Spitzenkragen trug und wie ein Schulmädchen aussah, wenn auch wie eins, das im fünften Monat schwanger war – vom Sofa, ging mit einem warmen, breiten Lächeln auf Evalyn zu und schüttelte ihr die Hand. Der braun-weiß-gemusterte Terrier, Wahgoosh, der auf dem Sofa geschlafen hatte, rollte sich wie eine Kobra auseinander und begann mit der für ihn typischen Hysterie zu kläffen.

Lindbergh rief dem Köter einen scharfen Befehl zu und brachte ihn zum Schweigen, doch Evalyn, die noch immer ihren Händedruck mit der dankbaren Anne wechselte, sagte bloß: »Ich mag Hunde – bitte schimpfen Sie ihn nicht meinetwegen aus.«

Wahrscheinlich hätte dieser verdammte Kläffer in Evalyns Haus den Stern von Indien getragen.

Anne hatte mittlerweile beide nackten Hände um Evalyns behandschuhte gelegt und hielt sie fest, als würde es sich dabei um einen unglaublich wertvollen Gegenstand handeln.

»Sie haben so viel getan«, sagte Anne. »Sie haben sich solche Mühe gegeben.«

Evalyn schluckte. »Und so wenig erreicht, fürchte ich.«

Annes Lächeln war verkniffen, aber weich; ihre Augen waren müde, aber sie schimmerten – vielleicht vor Tränen. »Sie sind ein wunderbarer Mensch, Mrs. McLean. Ich weiß, daß Sie . . . auch einen kleinen Jungen verloren haben. Und daher verstehe ich und weiß zu schätzen, was Sie für uns getan haben. Was Sie versucht haben.«

»Sie sind sehr freundlich.«

Anne ließ Evalyns Hand los, blieb aber neben ihr stehen. Dann sagte Lindberghs Frau leise etwas zu ihr, das nur für die Ohren ihres Gastes bestimmt war. Doch ein toller Bulle, wie ich nun mal einer war, hörte trotzdem jedes Wort.

»Ich glaube«, sagte Anne, »Frauen nehmen Trauer ganz anders hin . . . und überwinden sie ganz anders . . . als Männer. Meinen Sie nicht auch?«

Evalyn sagte nichts.

»Frauen nehmen sie bereitwillig hin, mit offenen Armen. Männer stürzen sich hinein und versuchen, sich darin zu verlieren. Gehen wir ein Stück spazieren? Die Hornsträucher blühen, und ich zeige Ihnen ein paar wilde Kirschbäume . . .«

Anne spielte die huldvolle Gastgeberin, und sie gingen Arm in Arm hinaus. »Sie sollten mit jemandem sprechen«, sagte Lindy zu mir.

»Ach?«

Er gab keine weiteren Erklärungen, ging einfach voraus.

In der Bibliothek saß Breckinridge vor dem Schreibtisch, und Commodore John Hughes Curtis stand kerzengerade wie ein Schiffsmast da, die Hände auf dem Rücken verschränkt. Seine beiden ehemaligen Begleiter – Reverend Dobson-Peacock und Admiral Burrage – waren verdächtigerweise nicht anwesend. Curtis war jedoch der eindrucksvolle, makellos gekleidete Gentleman aus den Südstaaten wie eh und je, über einen Meter und achtzig groß, das Haar eisengrau, die Gesichtszüge gleichmäßig und gebräunt.

»Commodore«, sagte Lindbergh, »Sie erinnern sich an Nate Heller von der Polizei von Chicago?«

»Ja«, sagte Curtis mit einem breiten, leutseligen Lächeln und reichte mir seine Bärentatze zum Gruß. »Der Experte für den Capone-Mob.«

»Das ist vielleicht leicht übertrieben«, sagte ich. »Aber niemand kann bestreiten, daß Alkoholschmuggler die Hände im Spiel zu haben scheinen.«

Curtis nickte, plötzlich ernst geworden, und Slim setzte sich hinter den Schreibtisch. »Seit Sie ihn zum letztenmal gesehen haben, Nate, hat der Commodore des öfteren Kontakt mit *seiner* Gruppe von Schwarzbrennern und Alkoholschmugglern gehabt. Commodore, hätten Sie etwas dagegen, Detective Heller Ihre Geschichte noch einmal zu erzählen?«

»Nicht das geringste«, sagte Curtis fügsam, und als ich mich setzte, nahm auch er Platz. Ich hatte Breckinridge bereits mit einem schwachen Lächeln und einem Nicken begrüßt; der graue, loyale Anwalt und ich respektierten einander mittlerweile und empfanden sogar so etwas wie Freundschaft.

»Vor mehreren Wochen«, sagte Curtis und richtete den Blick auf mich, »hat ›Sam‹ sich wieder an mich gewandt – mein flüchtiger Bekannter, der Alkoholschmuggler, dessen ›Fischerboot‹ ich ein oder zwei Mal repariert habe . . .«

»Ich kann mich nicht entsinnen, daß Sie ›Sam‹ genauer beschrieben haben«, sagte ich unverbindlich.

»Na ja, er ist ein großer, grobschlächtiger Bursche . . .

trägt normalerweise auffällige Kleidung, wie ein Gangster in einem Film. Er sieht ausgesprochen jüdisch aus und spricht gebrochenes Englisch.«

Da ich selbst Halbjude war, fragte ich mich, wie jemand ›ausgesprochen jüdisch‹ aussehen konnte, ließ es aber dabei bewenden.

»Auf jeden Fall«, fuhr Curtis fort, »hat er mich vor einigen Wochen angerufen und mich gefragt, ob ich mich am nächsten Tag in Manhattan mit ihm treffen könne. Mit einiger Dringlichkeit in der Stimme schlug er vor, wir sollten uns um ein Uhr morgens – es war ein Sonntag – in einer Cafeteria an der Forty-First Street treffen.«

Admiral Burrage ließ seine Verbindungen spielen und sorgte dafür, daß ein Pilot der Navy Curtis nach New York flog, wo er unter falschem Namen im Hotel Governor Clinton abstieg.

»Ich ging mitten in der Nacht zu Fuß in die Innenstadt, zu dieser Cafeteria. Nur eine Hälfte des Restaurants war noch geöffnet, die andere wurde bereits für den Frühstücksbetrieb vorbereitet. Das Personal hatte die Stühle auf die Tische gestellt und putzte den Boden.«

»Commodore«, sagte ich. Ich war der Leute überdrüssig geworden, die melodramatische Geschichten liebten. »Könnten Sie zur Sache kommen?«

»Detective Heller, ich fand nur einen Gast in der Cafeteria: Sam, der am allerletzten Tisch saß und ein paar Pfannkuchen mit irgendeiner Beilage aß.«

Vielleicht mit Mixed Pickles. Mein Gott, diese Leute.

»Sam hat behauptet, der Junge sei bei einem deutschen Kindermädchen – er selbst habe das Kind nie gesehen. Aber er könne sie, die junge Frau, dazu bringen, mir eine Beschreibung des Kindes zu geben, die ich dann dem Colonel geben könne. Ich erwiderte, das sei schon in Ordnung, aber ich verlangte einen eindeutigen Beweis, daß diese Bande wirklich das Kind geraubt hat.«

»Und was«, fragte ich, »hat Sam dazu gesagt?«

Curtis lächelte. »Er bot mir an, mich zu seiner Gang zu bringen – woraufhin ich augenblicklich sagte: ›Also los, gehen wir!‹ Aber er ließ mich noch zwei Tage warten – und am Abend des zweiten Tages trafen wir uns wieder. Ich sollte Sams Wagen durch den Holland Tunnel folgen, und dann zum Bahnhof Hudson-Manhattan in Newark. Und dort traf ich dann von Angesicht zu Angesicht die vier Männer, die diese Entführung geplant und durchgeführt haben, falls man ihnen glauben kann.«

Zugegeben, sein Melodram hatte sogar auf mich eine gewisse Wirkung. »Sie warteten dort auf dem Bahnsteig. Sonst war niemand in der Nähe; die Beleuchtung war spärlich. Einen der Männer hatte ich schon einmal gesehen, auf der Werft in Norfolk, doch jetzt hörte ich zum erstenmal seinen Namen: George Olaf Larson. Er ist Anfang Vierzig, mittelgroß und hat dunkles, glatt aus der Stirn zurückgekämmtes Haar. Sam hat ihn immer mit ›Boß‹ angeredet.«

Der zweite Mann, sagte Curtis, sei nur als Nils vorgestellt worden – ein Skandinavier Anfang Dreißig, blond, mit einem geröteten Gesicht. Der dritte wurde Eric genannt, ebenfalls blond, aber Mitte Vierzig.

Der vierte Mann hieß John.

»Er ist ziemlich stattlich«, sagte Curtis, »mit einem Körperbau, der darauf schließen läßt, daß er mit Hanteln und dergleichen trainiert. Seinem Akzent zufolge ist er entweder Norweger oder Holländer.«

Ich warf erst Lindbergh und dann Breckinridge einen bedeutsamen Blick zu. Lindy runzelte die Stirn, während Breckinridge das Pokergesicht eines Anwalts beibehielt.

Doch wir wußten alle dasselbe: obwohl ein Reporter der *New York Times* Professor Condon letzte Woche als ›Jafsie‹ und Jafsie als den Unterhändler im Entführungsfall Lindbergh identifiziert hatte, war die Geschichte mit ›Friedhof-John‹ noch nicht öffentlich bekannt.

Alle fünf Bandenmitglieder waren in Curtis' Wagen

gestiegen und mit ihm zu Larsons Haus in Cape May an der Südspitze New Jerseys gefahren.

»Unterwegs sagte John: ›Sam sagt, Sie wollen Beweis, daß wir Ding gedreht haben.‹« Curtis imitierte den norwegischen Dialekt des Mannes; er wirkte wie ein Schmierenkomödiant.

»›Angenommen, ich sag' Ihnen genau, wie wir gemacht haben. Ein Abend, ein Monat vor Entführung, ich auf ein Party mit eine Freundin von mir, ein deutsches Kindermädchen, in Hotel vor Trenton.‹«

Der Satzbau erinnerte mich ein wenig an die Lösegeldforderungen, die Lindbergh und Condon erhalten hatten.

»›In Hotel ich lernen kennen Mitglied des Haushalts der Lindberghs und Morrows‹,« fuhr Curtis fort und ahmte immer noch ›John‹ nach. Dann aber unterbrach er seine Schilderung: »John hat nicht gesagt, um wen es sich dabei handelt. Doch er hat behauptet, er habe die Person – er hat noch nicht einmal ihr Geschlecht genannt – rekrutiert und ihr ›viel gut Geld für Mühe‹ versprochen . . .«

»Mein Personal«, warf Lindy ziemlich frostig ein, »ist über jeden Verdacht erhaben.«

Ich verbiß mir eine Bemerkung; ich fragte mich beiläufig, was Schwarzkopf und Inspektor Welch wegen Means' Tip bezüglich Violet Sharpe unternommen hatten – den Curtis ja zu erhärten schien.

»Ich wiederhole hier nur, was ich erfahren habe«, sagte Curtis leicht verschnupft. »John mußte seine Geschichte unterbrechen, als wir das Haus in Cape May erreichten. Eine Frau namens Hilda – die mir als Larsons Frau vorgestellt wurde – machte uns auf und führte uns in ein hell erleuchtetes Wohnzimmer. Wir nahmen Platz, und John beendete seine Geschichte.«

Am Abend der Entführung waren Nils, Eric, das deutsche Kindermädchen und John in einer grünen

Hudson-Limousine zur Featherbed Lane gefahren und hatten den Wagen etwa hundert Meter vor der unbefestigten Straße abgestellt. Sam war ihnen mit einem zweiten Wagen gefolgt und hatte noch weiter entfernt geparkt, auf einer Anhöhe neben der Hauptstraße, von wo aus er ihnen ein Zeichen geben konnte, sollte ein anderer Wagen auf die unbefestigte Straße einbiegen. Nils und John waren mit einer dreiteiligen Leiter zum Fenster des Kinderzimmers gegangen. Sie waren mit einer Decke, einem Lappen und Chloroform durch das Fenster eingestiegen. Da die Leiter sehr wacklig war, hatten sie das Haus mit ihrem menschlichen Päckchen durch die Vordertür verlassen.

»Durch die Vordertür?« fragte ich.

»Sie kannten den Grundriß des Hauses«, erklärte Curtis. »Sie zeigten mir einen großen Bauplan, der, wie ich aufgrund meiner beiden Besuche hier bestätigen kann, mit den Gegebenheiten übereinstimmt. Sie wußten auch, daß sie die Tür zur Speisekammer abschließen mußten, damit niemand aus der Küche und dem Wohnzimmer der Dienstboten in die Diele gelangen konnte, falls jemand etwas hören sollte. Der Speisekammerschlüssel hängt an einem Nagel – derjenige vom Personal, den sie bestochen haben, hat ihnen gesagt, wo sie ihn finden können.« Ich sah Slim an.

»Diesen Schlüssel gibt es«, bestätigte Lindbergh.

»Sie hatten einen Brief für Colonel Lindbergh«, fuhr Curtis fort, »in dem sie das Kind beschrieben haben. Ich habe ihn nicht gelesen, aber gesehen – er schien zum Teil in Druckbuchstaben und zum Teil in normaler Handschrift verfaßt worden zu sein.«

Dies traf auch auf einige der Mitteilungen zu, die Lindbergh und Jafsie erhalten hatten.

»Ich war natürlich hellauf begeistert, daß sie endlich den Beweis liefern wollten, den der Colonel verlangt hatte. Ich schlug vor, daß einer von ihnen mich augenblicklich hierher nach Hopewell begleiten und Colonel Lindbergh den Brief zeigen sollte.«

»Aber sie haben sich geweigert«, sagte ich.

»Ganz im Gegenteil«, sagte Curtis. »Larson hat mich begleitet. Wir fuhren die gesamte Nacht durch. Am nächsten Morgen versuchte ich von Trenton aus, Colonel Lindbergh anzurufen, und kam schließlich zu ihm durch, doch der Colonel stand nicht zur Verfügung – er mußte sich um eine dringende Angelegenheit kümmern.«

Ich warf Lindbergh einen Blick zu. Ich konnte kaum glauben, daß er die Gelegenheit zu einem Treffen mit Curtis und jemandem, der behauptete, zu den Entführern zu gehören, hatte verstreichen lassen.

Lindbergh zuckte die Achseln. »Das war der Tag, an dem wir beide mit der Lockheed-Vega unterwegs waren, Nate.«

Der zweite Tag der Suche nach dem ›Bood‹ *Nelly*. Kein Wunder, daß Curtis und sein möglicher Kidnapper kein Glück gehabt hatten.

»Larson war ziemlich nervös«, sagte Curtis. »Er hat darauf bestanden, daß ich ihn zurückfuhr.«

»Was ist mit dem Brief?« fragte ich. »Mit der Beschreibung des Kindes?«

»Den wollte er mir nicht geben; er hat ihn behalten.«

»Warum denn das, zum Teufel?«

»Er war wütend auf Colonel Lindbergh und mißtrauisch.«

»Haben Sie seitdem noch einmal Kontakt mit Sam oder John und Konsorten gehabt?«

Er nickte. »Ja. Wir haben uns noch einmal getroffen.«

Nachdem die Zeitungen die Liste der Seriennummern und spekulative Artikel über ›Jafsie‹ gebracht hatten, war Curtis von Sam zu einem weiteren Treffen im Bahnhof von Newark gebeten worden. Er fand alle selbsternannten Kidnapper bis auf John in Sams Wagen vor, stieg zu ihnen ein und wurde zu einem dreistöckigen Haus im skandinavischen Viertel Newarks gefahren. In einem kleinen, schlampigen Raum, der gleichzeitig als Schlaf-, Eß- und Wohnzimmer benutzt wurde, nahmen die Männer Platz, und Curtis fragte John nach Jafsie.

Curtis gab sich erneut Mühe, Johns Akzent nachzuahmen. »›Klar‹, hat er gesagt, ›ich hab' das mit Condon geschaukelt. Das war Absicht von Anfang an – Lindbergh durch Condon ausnehmen und den Jung durch Sie zurückgeben. Deshalb wollten wir Ihnen das Kind billig überlassen.‹ Ich erwiderte, fünfundzwanzigtausend Dollar wären nicht gerade ›billig‹, aber John sagte, die Lindberghs ›schwämmen im Geld‹.«

Curtis wollte den Brief mit der Beschreibung des Jungen sehen, und John brüstete sich, er habe ihn zerrissen – ›Meinen Sie, wir sind so dumm, so was Heißes aufzubewahren?‹

»Ich wurde skeptisch«, gestand Curtis ein. »Also verlangte ich einen Beweis. Sie haben ihn mir gegeben.«

»Ja?«

»Sie haben mir einen Teil des Lösegelds gezeigt.«

Ich blickte Lindbergh und Breckinridge scharf an.

»Fünfzehnhundert in Fünfern, Zehnern und Zwanzigern«, fuhr Curtis fort. »Sie haben mir eine Liste der Scheine gegeben, die eine Zeitung veröffentlicht hatte, und ich habe mehrere verglichen.« Er atmete tief ein und nickte einmal. »Das sind die Männer, die das Geld des Colonels haben.«

Schweigen hing im Raum wie Feuchtigkeit.

Dann sagte Lindbergh sichtlich betroffen: »Wir können diese fünfundzwanzigtausend Dollar hinterlegen und die sichere Rückkehr meines Sohnes arrangieren.«

Curtis seufzte erleichtert. »Gott sei Dank, Colonel. Sie wissen natürlich, daß ich Ihnen zu Diensten stehe.«

Lindbergh erhob sich. »Ich möchte mich kurz mit meinem Anwalt und meinem Polizeiberater unterhalten. Wenn Sie nichts dagegen haben.«

»Überhaupt nichts«, sagte Curtis und stand auf.

»Bitte bleiben Sie zum Abendessen. Danach werden wir das Gespräch fortsetzen.« Lindy streckte die Hand über den Schreibtisch aus.

Curtis schüttelte sie strahlend und verfuhr dann genauso bei Breckinridge und mir, während wir uns höflich erhoben, bis er den Raum verlassen hatte.

Lindbergh setzte sich wieder. »Was halten Sie davon, Nate?« fragte er.

»Er hat einiges gesagt, was der Mann auf der Straße nicht wissen kann.«

»Und einiges stimmt auch mit Condons Angaben überein«, sagte Breckinridge, der bislang geschwiegen hatte.

»Und sogar mit denen Gaston Means«, sagte ich. »Und Curtis scheint ein zuverlässiger Unterhändler zu sein – wenngleich er auch einen Hang zur Theatralik hat, der dem des Großen Jafsie ähnelt. Haben Sie seine finanzielle Lage überprüft?«

Ich hatte Lindy gefragt, doch Breckinridge antwortete. »Seine Schiffswerft hat in diesen schweren Zeiten Höhen und Tiefen durchlaufen. Doch er scheint solvent zu sein, und seine gesellschaftliche Position ist makellos.«

Lindbergh nickte. »Und die beiden anderen Unterhändler, Dobson-Peacock und natürlich Admiral Burrage, sind über jeden Zweifel erhaben.«

»Na schön«, sagte ich, »spielen Sie Ihr Blatt aus – aber ziehen Sie Irey und Wilson hinzu.«

»Was meinen Sie damit?« fragte Lindbergh, als spräche ich in Rätseln.

»Slim – wenn wir aus der Sache mit Condon irgend etwas gelernt haben, ganz zu schweigen von Gaston Means, dann, daß wir nicht nach Regeln spielen können, die eine Bande von Betrügern aufgestellt hat. Curtis benimmt sich diesen ›Kidnappern‹ gegenüber wie ein Student im ersten Semester, der auf ein Bruderschaftstreffen geht. Sie müssen die Behörden hinzuziehen – vorsichtig, insgeheim, ohne Curtis' Wissen – aber Sie müssen sie hinzuziehen. Er muß beschattet werden, und nach der Lösegeldübergabe folgen die Beamten dem Dreckskerl, der das Geld holt, wohin er auch geht, und . . .«

»Nein«, sagte Lindbergh und schüttelte heftig den Kopf. »Nein, Nate. Wir spielen ehrlich.«

Ich blickte ihn an wie einen Fahrer, der den rechten Blinker gesetzt hat und nach links abbiegt. »Was meinen Sie mit ›ehrlich‹?«

»Curtis ist ehrlich und zuverlässig. Ich vertraue ihm. Ich bin überzeugt, daß er Charlie freibekommt!«

»Darum geht es doch nicht!« Ich war aufgesprungen und stützte mich mit den Händen auf dem Schreibtisch ab. »Wenn das wirklich dieselben Arschlöcher sind, die die fünfzig Riesen von Condon genommen haben, haben die Kerle Sie *schon einmal* reingelegt! Und wenn es nur ein paar Erpresser sind, die Sie ausnehmen wollen, werfen Sie noch mehr Geld aus dem Fenster, gottverdammt!« Ich nahm die Hände vom Schreibtisch und schüttelte den Kopf. »Das kann doch nicht Ihr Ernst sein, Slim – Sie *müssen* doch *etwas* von dem Versuch mit Condon gelernt haben . . .«

Sein Gesicht war steinern.

Breckinridge schien meiner Ansicht zuzustimmen; zumindest besagte das sein Gesichtsausdruck, wenngleich auch er schwieg.

Ich trat vom Schreibtisch zurück. Ich versuchte, den Zorn aus meiner Stimme zu halten. Nahm all meine Ruhe zusammen und kroch hinein. »Das war's dann, Slim. Hier steige ich aus.«

»Ich möchte, daß Sie bleiben.« Seine Stimme war ernst; sein Blick wirkte verletzt. »Wir haben es noch immer mit Schwarzbrennern und Alkoholschmugglern zu tun . . . wir können die Verbindung zu Capone nicht ausschließen.«

»Ich schließe sie auch nicht aus. Aber ich kann so nicht

weitermachen. Es verstößt gegen alles, was ich als Cop gelernt habe. Mit allem gebührenden Respekt.«

»Wenn Sie dieser Ansicht sind . . .«

»Dieser Ansicht bin ich.«

Er stand auf. »Ich verstehe, Nate.« Seine Worte waren herzlich, aber seine Stimme war verkniffen. »Ich . . . respektiere, was Sie sagen. Aber Sie wissen, daß es mir nur darum geht, meinen Sohn zurückzubekommen.«

»Das weiß ich«, sagte ich und versuchte, zumindest ein bißchen versöhnlich zu klingen. »Aber ich bin der Meinung, daß Sie es von Anfang an völlig falsch angefaßt haben.« Ein Stirnrunzeln legte sich auf sein Gesicht – so sprach niemand mit Lindy! –, doch es war schon wieder verschwunden, als er um den Schreibtisch kam. »Dann . . . äh . . . fahren Sie bald nach Chicago zurück?«

»Heute abend fahre ich Mrs. McLean nach Washington. Dort nehme ich morgen den Zug nach Chicago.«

»Gut.« Er grub in seiner Tasche. »Das ist für Ihre Unkosten.« Er zählte fünf Zwanziger ab.

Ich hatte so eine Ahnung, daß ich eigentlich beleidigt hätte sein sollen. Vielleicht war ich auch beleidigt. Aber ich steckte das Geld ein.

»Danke«, sagte ich.

»Sie bleiben doch zum Essen?« fragte er.

»Ja. Und wir müssen mit Evalyn noch über Means sprechen.«

»Means' Informationen waren eine Sackgasse?«

So konnte man es auch ausdrücken. »Slim, Means ist ein völlig unzuverlässiger Unterhändler. Fragen Sie mich nicht, woher ich es weiß, doch sämtliche Verbindungen, die er mit den Entführern gehabt haben mochte, sind durchtrennt worden.«

Er machte sich seine Gedanken darüber, doch ich hatte ihn gebeten, mich nicht zu fragen, woher ich es wußte, und er war daran gewöhnt, nach Regeln zu spielen, die irgendein anderes Arschloch ihm aufzwang.

»Ich möchte Sie bitten, mir den Gefallen zu tun«, sagte ich, »Mrs. McLean zu überzeugen, Means als Vermittler fallenzulassen. Sie zu überzeugen, diesen Drecksack verhaften zu lassen, wodurch sich vielleicht noch ein paar wichtige Informationen ergeben könnten. Sie ist schon drauf und dran, es selbst zu tun. Aber sie muß es von Ihnen hören.«

»Deshalb haben Sie vorgeschlagen, ich sollte sie hierher einladen?«

»Ja. Deshalb, und weil ich der Ansicht bin, daß sie es verdient hat, Sie und Ihre Frau kennenzulernen. Damit sie Ihren Dank entgegennehmen kann. Ich glaube, zumindest den hat sie für ihre hunderttausend Dollar verdient, so reich sie auch sein mag.«

Lindbergh nickte verärgert.

Während ich beim Abendessen den Gesprächen der besseren Gesellschaft über Politik, bevorstehende Parties und Jachten lauschte, fiel mir etwas Seltsames auf. Wir bekamen die übliche schreckliche englische Küche serviert – ein geheimnisvoller Eintopf, hartes Brot, schwarzen Kaffee und einen Kuchen, der wie Pappe schmeckte –, und Butler Ollie, Elsies bessere Hälfte, servierte. Aber ihm schien sehr unbehaglich zumute zu sein. Evalyns oder Curtis' Anwesenheit – oder beide zugleich – schien ihm auf die Nerven zu gehen. Ollie hatte den Tisch gedeckt, doch die Messer fehlten. Anne Lindbergh stand höchstselbst auf und holte sie.

Warum, zum Teufel, vergaß ein Bediensteter, der schon als Dreikäsehoch in Haushaltspflichten ausgebildet worden war, bei einer so gewöhnlichen Aufgabe wie dem Tischdecken die Messer?

Nach dem Essen bat Slim Evalyn tatsächlich, sich von Means zu trennen, ihn der Polizei auszuliefern und zu versuchen, ihr Geld zurückzubekommen.

Es war so gegen halb neun, als wir in einen kühlen, bewölkten Abend hinaustraten, Evalyn und ich, gefolgt von Slim und seiner hübschen Anne, die wie frisch Verliebte Händchen hielten. Sie sahen wie das perfekte amerikanische Ehepaar aus, das sie vor gar nicht mal so langer Zeit noch gewesen waren; die Ringe unter ihren Augen, die Rötung derselben, die Falten, die sich in ihre Gesichter gegraben hatten, wurden vom Halbdunkel des kühlen Abends gemildert.

So behielt ich sie in Erinnerung, mit einem strahlenden, aber schmalen Lächeln, das mich an eine Mondsichel erinnerte, Anne zierlich und mit einer Hand winkend, die andere sanft auf der Schwellung ihres Bauches ruhend, in dem ein neues Kind heranwuchs, Slim die Hand zum Gruß gehoben, schüchtern, bescheiden, ohne daß man ihm seine Starrköpfigkeit anmerkte.

Als wir davonfuhren und die tiefen Furchen der Featherbed Lane selbst die Aufhängung des Lincoln herausforderten, schien Evalyn zufrieden, ja, sogar glücklich zu sein.

»Es sind wunderbare Menschen«, sagte sie. »Einfach wunderbare Menschen.«

»Sie sind nett«, pflichtete ich ihr bei. »Es ist eine verdammte Schande.«

»So verliebt ineinander.«

»Ganz bestimmt.«

Wir fuhren durch die dunklen Wälder, und Mondlicht fiel durch die Baumkronen. »Halte an«, sagte Evalyn. »Halt an.«

»Warum?«

»Halt einfach an.«

Ich tat wie geheißen, und die Reifen des Lincoln knirschten auf Blättern und Zweigen, als der Wagen ausrollte. Ich stellte den Motor ab und blickte sie an; für eine Frau, die gerade gut gegessen hatte, wirkte sie sehr hungrig. Sie knöpfte sich schwer atmend die weiße Seidenbluse auf; ihre Brüste hoben sich. Die Fuchsstola lag zusammengerollt zwischen uns auf dem Sitz, als wäre sie eingeschlafen, und die schwarze Jacke ihres Kostüms lag darüber, als wolle sie die Stola zudecken und warmhalten.

»Fick mich«, sagte sie.

Ich mag es, wenn reiche Frauen schmutzig sprechen.

Dann waren wir auf dem Rücksitz, ihr schwarzer Rock hochgezogen, meine Hose um meine Knöchel, ihre Seidenstrümpfe sanft an meinen nackten Beinen reibend, und die Geräusche der Tiere außerhalb des Wagens bildeten einen Kontrapunkt zu denen der Tiere im Wagen.

Als ich später weiterfuhr, verschlief sie den größten Teil der Strecke, eng an mich gekuschelt. Sie roch gut; ihr Jasminparfum vermischte sich mit dem natürlichen Geruch unserer Vereinigung.

»Wie würde dir ein neuer Job gefallen?« sagte sie irgendwann im Halbschlaf.

»Was?«

»Ich könnte wirklich einen Leibwächter, Chauffeur, Sicherheitschef gebrauchen ... ich würde gut zahlen, Nate.«

»Na ja ...«

»Es gäbe auch noch Zusatzleistungen.«

»Also wirklich, Evalyn.«

»Ich verdopple dein Gehalt«, sagte sie und fing an zu schnarchen.

Ich dachte den gesamten Weg bis nach Washington darüber nach. Meinte sie es ernst? Schließlich hatte ich ja einen Beruf. Verdammt, ich war keine männliche Konkubine. Ich war Bulle, Detective, kein Gigolo, der sich aushalten ließ!

»Evalyn«, sagte ich am nächsten Morgen in ihrer riesigen Eßecke, an Kaffee aus einer Porzellantasse nippend, die wertvoller war als jeder Gegenstand, den ich besaß, »ich nehme an.«

»Du nimmst was an, Nate?«

»Dein Angebot. Ich würde gern für dich arbeiten.«

Sie lächelte traurig; sie sah an diesem Morgen älter aus – hübsch, aber man sah ihr jedes ihrer Jahre an. Sie trug einen rosa Bademantel aus Seide – nicht den schäbigen, einfachen. Und der Hope-Diamant hing um ihren Hals; er blinzelte mich spöttisch an. Sie trank Tee. »Ich fürchte, das war nur Wunschdenken meinerseits. Ich kann dich nicht in meiner Nähe haben. Du bist zu gefährlich.«

»Du solltest mich nicht nach diesem einen Tag neulich beurteilen«, sagte ich und biß ein Eckchen gebutterten Toast ab. »Ich werde so gut wie nie in Schießereien verwickelt.«

»Das ist es nicht.« Sie zeigte ein winziges, bittersüßes Lächeln. »So fürchterlich es auch war, ich werde die Erinnerung daran hochhalten. Die Furcht wird verblassen, die Romantik wird bleiben.«

»Evalyn, wenn du es mir sagst, fahre ich nach Chicago zurück.«

»Fahr nach Chicago zurück, Nate.«

»Oh. Na gut. Klar.«

Ihre Augen schimmerten feucht vor Bedauern. »Nate – mein Ehemann will meine Kinder. Und meine Kinder sind das Wichtigste in meinem Leben. Wenn Ned das über uns herausfindet, über dich und mich, könnte er es gegen mich benutzen, und dann würde er die Kinder vielleicht bekommen. Und das kann ich nicht zulassen.« Sie schüttelte mit unmißverständlicher Endgültigkeit den Kopf. »Wir dürfen uns nicht wiedersehen.«

Sie griff über den Tisch und berührte meine Wange.

»Es war wunderbar«, sagte sie. »Ein wirkliches Abenteuer. Aber es ist vorbei.«

Ich stand auf, ging zu ihr und gab ihr einen Kuß; einen schönen, sanften Schmatzer.

»Laß es mich wissen, wenn du mich brauchen solltest«, sagte ich.

Dann wischte ich mir mit einer schmucken Serviette das Gesicht ab, ging nach oben, holte meine Tasche, nahm mir ein Taxi und sprang in einen Zug nach Westen. Das einzige, was dieser Detective im Augenblick zu finden hoffte, war Chicago, Illinois.

ZWISCHENSPIEL

April 1932 – September 1934

25

Den Rest bekam ich aus der Ferne mit, aus den Zeitungen, und gelegentlichen Anrufen Colonel Henry Breckinridges, der mittlerweile mit mir darin übereinstimmte, daß Slims Beharren, die Bullen aus der Sache herauszuhalten, ›unproduktiv‹ war (wie Breckinridge es ausdrückte).

Der einzige Unterschied war diesmal, daß Colonel Schwarzkopf über die Lösegeldverhandlungen in Norfolk informiert war (die Behörden Virginias aber nicht). Nicht, daß es eine große Rolle gespielt hätte: Schwarzkopf und seine schnieken Staatspolizisten gehorchten wie eh und je den Befehlen des Einsamen Adlers und hielten sich von Curtis und der angeblichen Kidnapperbande, mit der er verhandelte, fern.

Den gesamten April über und bis in den Mai hinein folgte Lindbergh Commodore Curtis' Spur und bestieg zuerst ein kleines, gemietetes Schiff, dann die Jacht *Marcon,* die einem Freund Curtis', einem Hotelbesitzer, gehörte, und schließlich die Dreißig-Meter-Ketsch *Cachalot,* die einem anderen Kumpel Curtis' gehörte, und benutzte diese Schiffe zu verschiedenen geplanten Treffen mit den Entführern auf See. Tobende Stürme, rauhe See und dichter Nebel schienen sich mit dem dichten Schiffsverkehr verschworen zu haben, um all diese Treffen scheitern zu lassen. Zwischen diesen Ausflügen ging Curtis – stets allein – an Land, um mit Hilda, Larson und verschiedenen Mitgliedern der Kidnapperbande zu telefonieren oder sich mit ihnen zu treffen. Die Entführer schienen durchaus bereit, den Jungen seinen müden Eltern zurückzugeben. Curtis überbrachte genaue

Beschreibungen mehrerer Schiffe, die die Kidnapper benutzten, wie auch genaue Koordinaten mehrerer Treffpunkte.

Als am 5. Mai Lindy, Curtis und deren Crew vor der Küste Virginias nach den Entführern suchten, wurde Gaston Bullock Means von Hoovers Jungs aufgrund einer Anzeige wegen Unterschlagung verhaftet – genauer gesagt wegen ›Diebstahl eines Treuhandvermögens‹. Unmittelbar nachdem ich es vorgeschlagen und Lindbergh sein Okay gegeben hatte, hatte Evalyn Means zuerst gefeuert, die Rückkehr ihres Geldes verlangt und dann – nachdem Means eine für ihn so typische, wilde Ausrede aufgetischt hatte, wieso er dazu nicht imstande war – die Bundesbeamten auf ihn angesetzt.

Doch da das Verbrechen im Bezirk Columbia begangen worden war, mußte Means auch dort verhaftet werden. Und sein Haus in Chevy Chase befand sich knapp hinter der Staatsgrenze von Maryland. Die Bundesbeamten beschatteten ihn, bis er die paar Häuserblocks zum Bundesbezirk hinübergefahren war, drängten ihn unsanft ab und brachten ihn ins Büro des guten, alten J. Edgar persönlich, der den ehemaligen Agenten Means zutiefst verabscheute, da er das Büro in Mißkredit gebracht hatte.

Und Hoover erzählte Gaston Bullock Means dann eine Geschichte, die er bereits (ohne Erfolg) Evalyn und ihren Anwälten hatte verkaufen wollen.

Angeblich hatte Means, nachdem Mrs. McLean die Rückgabe ihrer einhunderttausend Dollar verlangt hatte, das Geld im Haus seines Bruders in Concord, North Carolina, abgeholt und war damit auf dem Weg nach Washington, als ihn vor Alexandria ein Mann, der eine rote Laterne schwenkte, angehalten hatte. Dieser Bursche (den Means natürlich nicht genau gesehen hatte) hatte einen Fuß auf das Trittbrett von Means' Wagen gesetzt und gesagt: ›Hallo, Hogan – Elf hat mich geschickt, das Päckchen hier von Ihnen zu übernehmen.‹

Und natürlich hatte Means das Geld diesem Fremden gegeben, da er ja schließlich Means' Kodenamen und Evalyns Kodenummer gekannt hatte.

Als Means später herausfand, daß dieser Fremde gar nicht von Mrs. McLean geschickt worden war und daß sie ihr Geld gar nicht zurückbekommen hatte, war es ein verheerender Schock für ihn gewesen. Leider wurde Means wegen dieser Geschichte nicht mit Hilfe eines Lügendetektor-Tests befragt, wie man ihn in Chicago vornahm.

Und so bekannte Means sich natürlich als nicht schuldig und saß sechs Tage im roten Backsteingefängnis des Bezirks Columbia, bis ein Kautionssteller die einhunderttausend Dollar Kaution aufbrachte – eine passende Summe, dachte ich.

Am Nachmittag des 12. Mai, des Tages, an dem Means aus dem Gefängnis kam, hielt ein farbiger Lastwagenfahrer, der eine Fuhre Holz geladen hatte, an einer schmalen, verschlammten Nebenstraße zwischen Princeton und Hopewell und schlug sich, gegen einen heftigen Regen ankämpfend, zum Pinkeln in die Büsche. Bevor er jedoch dazu kam, sah er einen unter Erde und Blättern halb vergrabenen Gegenstand.

Eine kleine, verfallene Leiche.

Colonel Lindbergh befand sich zu dieser Zeit auf der *Cachalot* vor der Küste New Jerseys und versuchte, Kontakt mit einem anderen Schiff namens (behauptete Curtis) *Mary B. Moss* herzustellen. Curtis war an Land und versuchte, die Entführer über ›Hilda‹ zu erreichen. Die Jacht fuhr nach einem weiteren Tag mit elendem Wetter in den Hafen von Cape May ein, wenngleich eine Wetterbesserung angekündigt wurde. Lindbergh blieb an Bord, um dort zu schlafen, wie er es in letzter Zeit stets getan hatte, in der Hoffnung, daß das Treffen morgen endlich zustande kommen würde.

Doch ein Offizier der Marine und ein Bekannter von

Curtis kamen an Bord und fanden heraus, daß die Nachricht, die bereits vom Radio und den Zeitungen verbreitet worden war, das sturmumtoste Schiff noch nicht erreicht hatte. Sie brachten es Lindbergh schonend bei, doch man hat mir erzählt, Lindbergh habe sofort an ihren Gesichtern erkannt, daß sein Sohn tot war.

Am nächsten Nachmittag, Freitag dem Dreizehnten, betrat Lindbergh für drei Minuten die Leichenhalle und identifizierte die bereits verweste Leiche als die seines Sohnes. Anne blieb zu Hause.

Ein paar Tage später gestand Commodore Curtis – der weder dem Agenten des Schatzamtes Frank Wilson noch Schwarzkopf und Inspektor Welch einen schlüssigen Beweis für die Existenz von Sam, John, Hilda, Larson und so weiter geben konnte –, daß alles ein Betrugsversuch gewesen war. Die Ermittler fanden heraus, daß Curtis in geschäftlichen Schwierigkeiten steckte und ein Jahr zuvor einen Nervenzusammenbruch erlitten hatte; und auf dem Höhepunkt seiner ›Verhandlungen‹ mit den ›Kidnappern‹ hatte er mit dem *Herald Tribune* in New York einen Exklusivvertrag über seine Geschichte abgeschlossen.

Der Jachtklub-Kommodore wurde wegen Behinderung der Justiz zu tausend Dollar Geldstrafe und einem Jahr Gefängnis verurteilt, wenngleich die Haftstrafe später zur Bewährung ausgesetzt wurde.

Gaston Means bekam fünfzehn Jahre. Evalyns hunderttausend Dollar (eigentlich einhundertundviertausend Dollar, Means' ›Spesen‹ einbezogen) wurden nie gefunden, obwohl Bundesbeamte sein Haus in Chevy Chase auf den Kopf stellten und mehrere Bankschließfächer überprüften.

Die Bundesbeamten überprüften auch die Schließfächer der verstorbenen Max Hassel und Max Greenberg, die Means vor Gericht als die wahren Kidnapper bezeichnete. In Hassels Schließfach fand man fast eine Viertelmillion Dollar in Scheinen, doch es handelte sich dabei um Nennwerte von fünfzig Dollar aufwärts, wohingegen sowohl Evalyn als auch Lindbergh in Fünfern, Zehnern und Zwanzigern bezahlt hatten.

Mittlerweile hatte sich der ›Fuchs‹ als der von der Anwaltskammer ausgeschlossene Winkeladvokat namens Norman Whitaker entpuppt, der tatsächlich mit Means in einer Zelle gesessen hatte; er behauptete, den Lindbergh-Jungen niemals gesehen und die Rolle des ›Drahtziehers‹ nur übernommen zu haben, um seinem alten Freund bei dessen Schwindel zu helfen. Zur Zeit der Entführung hatte er im Knast gesessen, und dorthin kehrte er jetzt wieder für zwei Jahre zurück.

Evalyn verschwendete keine Zeit damit, eine neue Aufgabe zu finden. Im Juni 1932 begann sie zum Entsetzen ihrer Freunde aus der High Society, die ›Bonus Army‹ zu unterstützen und zu finanzieren, die von der Depression arg gebeutelte Vereinigung von Veteranen des Großen Krieges, die Hilfe von der Regierung suchte; die Regierung reagierte natürlich mit Tränengas und Terror. Doch Gott segne Evalyn und ihr gutes Herz für ihre Hilfsbereitschaft. Und mir war tausendmal lieber, daß sie ihr Geld der ›Bonus Army‹ gab als Gaston Bullock Means.

Was Means' Tip bezüglich Violet Sharpe betraf, so ging Inspektor Welch ihm nach. Welch hatte bereits Verdacht gegen Violet geschöpft, da sie ihre Geschichte immer wieder abänderte – aus dem Kino, in dem sie am Abend des ersten März gewesen sein wollte, wurde schließlich ein Lokal namens Peanut Grill, und auch der Name des Freundes fiel ihr später wieder ein – Ernie –, doch sie identifizierte fälschlicherweise einen Taxifahrer namens Brinkert, wohingegen der echte ›Ernie‹ ihr Geliebter war und Miller hieß.

Da überraschte es nicht, daß Welch Violet wiederholt verhörte, besonders im Monat nach der Entdeckung einer Kinderleiche, und am 10. Juni – einen Tag nach einem besonders scharfen Verhör – reagierte Violet mit Panik und Zorn auf die Nachricht, daß Welch zu einer weiteren Runde zu ihr unterwegs war. Sie zog es anscheinend vor, in Englewood Selbstmord zu begehen – mit Cyanid – anstatt sich noch einmal von dem beharrlichen Welch durch die Mangel drehen zu lassen.

Das tat mir dennoch ein bißchen leid. Ich hatte Welch – einen starrköpfigen Künstler des dritten Grades, wenn ich je einen kennengelernt hatte – auf die Spur des Mädchens gebracht. Nicht, daß ich annahm, sie wäre unschuldig gewesen – aber mit ihr sind auch viele wichtige Informationen gestorben.

Professor Condon wurde ebenfalls verdächtigt, von den Bullen verhört, von der Öffentlichkeit erniedrigt (jemand schrieb ihm einen Brief, in dem er ihm versprach, ihm ein Bild des Entführers zu zeigen, und hatte einen kleinen Spiegel beigelegt): doch er hielt viel besser durch als Violet Sharpe. Und den Presserummel schien er zu genießen; er ging jedenfalls sehr würdevoll damit um.

Betty Gows Geliebter, Red Johnson, wurde ausgewiesen; Betty selbst kehrte nach Aufgabe des Hauses in Hopewell nach Schottland zurück. Die Whatelys hingegen blieben und hielten das Anwesen für die mögliche Rückkehr der Lindberghs in Ordnung, die kurz nach der Entdeckung der kleinen Leiche in nicht einmal drei Kilometern Entfernung von ihrem Haus in Hopewell ›für den Augenblick‹ nach Next Day Hill gezogen waren, dem Anwesen der Morrows in Englewood.

Doch Butler Ollie wurde krank – er wurde zunehmend nervöser und litt unter Leibschmerzen; er überlebte eine Notoperation wegen eines aufgebrochenen Magengeschwürs, starb jedoch vier Tage später. Seine Frau blieb in Diensten der Lindberghs, obwohl ihre Arbeitgeber das unglückselige Haus in Hopewell für immer aufgaben und es einer Wohlfahrtsorganisation als Waisenhaus stifteten.

Mitte August gebar Anne Lindbergh ihrem Mann einen zweiten Sohn. Lindy beschwor die Presse und die Öffentlichkeit, dem Jungen eine ›normale Kindheit‹ zu gestatten; im Anwesen in Englewood bekam der überdrehte Foxterrier Wahgoosh Gesellschaft in Gestalt eines bärbeißigen Polizeihundes namens Thor, der dafür bekannt war, die Kleidung und das Fleisch von Eindringlingen zu zerfetzen. Die Lindberghs erhielten zahlreiche Entführungsdrohungen gegen das Kind, wobei die meisten Briefeschreiber nun Geld verlangten, um einer Entführung vorzubeugen; in einem Fall führten die Drohbriefe und die Lösegeldübergabe zur Verhaftung von zwei Verdächtigen – die beide jedoch für die erste Entführung Alibis hatten.

Mir kam noch etwas sehr seltsam vor: als der Presse schließlich der Name des Jungen bekanntgegeben wurde, stellte sich heraus, daß Anne und Charles ihn ›Jon‹ getauft hatten. Auch ohne das ›h‹ schien mir das eine verdammt schlechte Wahl zu sein.

Ich kündigte bei der Polizei und machte mich im Dezember 1932 selbständig. Der Fall Lindbergh war schon seit langem zu einer Angelegenheit geworden, die ich, wie alle anderen auch, in den Zeitungen verfolgte. Ich fragte mich allmählich, ob man die Entführer jemals finden würde. Falls wirklich Capone dahinterstecken sollte – er saß jetzt, wie Eliot es vorausgesagt hatte, in der Strafanstalt Atlanta –, bezweifelte ich es ernsthaft.

Andererseits war das Lösegeld noch irgendwo dort draußen, und 1933 ging der Staat von der Goldwährung ab, was bedeutete, daß jeder, der Goldzertifikate besaß, sie bis zum 1. Mai einlösen oder die gesetzlichen Konsequenzen tragen mußte. Das sollte, dank Frank Wilsons und Elmer Ireys Beharren, das Lösegeld zum Teil mit Goldzertifikaten zu bezahlen, die Entführer eigentlich an die Oberfläche spülen.

Oder die Trittbrettfahrer.

Ich war weiterhin der Meinung, daß eine Gruppe mit Insiderinformationen Kontakt zu Jafsie aufgenommen hatte; da das Kind in solcher Nähe vom Anwesen so nachlässig verscharrt worden war, in einem Wald, der immer wieder durchsucht worden war, kam es mir sehr unwahrscheinlich vor, daß die Kidnapper das Risiko eingegangen waren, Lösegeld zu fordern. Sie hatten an diesem Abend Scheiße gebaut und das Kind vielleicht unabsichtlich getötet, als die Leiter zerbrochen war oder sie vom Haus geflohen waren, und dann waren sie einfach untergetaucht.

Das war zumindest meine Theorie. Und wenn die Goldzertifikate auftauchten, würde sie entweder bewiesen oder widerlegt werden.

Ein Bulle aus New York City namens James Finn, ein Lieutenant, bewahrte in seinem Büro in einer Wache in Manhattan einen großen Stadtplan auf, auf dem er seit über einem Jahr die Spur der vereinzelt auftauchenden Goldzertifikate markiert hatte. Und als die Abkehr von der Goldwährung bekanntgegeben wurde, wurde seine Karte mit Nadeln geradezu überschwemmt.

Ich hatte Finn nie kennengelernt, aber anscheinend hatte er schon von Anfang an mit Schwarzkopf und sogar Lindbergh in Kontakt gestanden – noch ein Bulle, der auf Armeslänge gehalten worden war.

Auf jeden Fall nahm Finn die Verhaftung vor. Am 19. September 1933.

Sie schnappten nur einen Verdächtigen: einen Schreiner deutscher Abstammung in der Bronx. Ich, der ich den Fall von Chicago aus in den Zeitungen verfolgte, nahm an, daß Finn und die Bundesbeamten bald die Namen der anderen Bandenmitglieder aus diesem Hauptmann herausschütteln würden.

Die Zeitungen behaupteten, daß er Jafsies ›Friedhof-John‹ war.

Ich hatte überlegt, ob ich Slim anrufen und ihm mein Beileid aussprechen sollte, als ich vom Leichnam dieses kleinen Jungen erfahren hatte, den man im Wald gefunden hatte; doch dann kam ich zu dem Schluß, daß ich wahrscheinlich der letzte Mensch war, von dem er jetzt hören wollte. Ich hatte mich fürchterlich betrunken, saß neben dem Telefon, überlegte hin und her und weinte ein wenig vor mich hin, was jedoch hauptsächlich am Rum lag.

Lindbergh rief mich an – mehr als zwei Jahre später. Kurz nachdem sie den Kraut gefaßt hatten. Ein Ferngespräch, bei dem es dermaßen in der Leitung knisterte, daß es von einem anderen Planeten und nicht von New Jersey kommen mochte. Andererseits hatten mich meine Erlebnisse in diesem Staat zu der Auffassung geführt, daß es sich bei New Jersey durchaus um einen anderen Planeten handeln könnte.

»Nate«, sagte Slim, »ich habe Ihnen noch gar nicht gedankt.«

»Machen Sie sich doch nicht lächerlich«, sagte ich. »Ich wünschte, ich hätte mehr tun können.«

»Sie wollten es ja. Manchmal ... frage ich mich, wie sich die Dinge entwickelt hätten, wenn ich auf Sie gehört hätte.«

»Nicht viel anders. Ehrlich gesagt ... wenn Sie mir meine Grobheit verzeihen, Colonel, offensichtlich ist Ihr Sohn in der Nacht der Entführung gestorben. Nichts, was wir hätten tun können, hätte was daran geändert.«

»Diese gemeinen Mistkerle wären jetzt im Knast.«

»Vielleicht. Aber dieser Clown Hauptmann wird seine Komplizen schon verraten. Warten Sie nur ab.«

Ich hörte ihn seufzen. »Darauf hoffen wir«, sagte er dann. »Wie ich gehört habe, arbeiten Sie jetzt auf eigene Faust.«

»Das stimmt. Die A-1-Detektei. Ich bin der Direktor. Und auch der Hausmeister.«

Er lachte. »Sie haben sich nicht geändert, Nate. Sollte ich je einen Detektiv brauchen, weiß ich, wen ich anrufen muß.«

»Genau«, sagte ich. »Frank Wilson.«

Er lachte erneut, wünschte mir alles Gute, und ich wünschte ihm und Anne und ihrem neuen Sohn dasselbe. Und das war's dann auch schon.

Ich kam mir ein wenig seltsam vor, so fernab vom Geschehen, nachdem ich ganz am Anfang unmittelbar an diesem berühmten Fall beteiligt gewesen war. Nicht, daß ich etwas dagegen gehabt hätte. Manchmal dachte ich an Lindbergh; viel häufiger jedoch an Evalyn. Bittersüße Erinnerungen.

Dennoch war es beruhigend zu wissen, daß dieser Fall hinter mir lag – daß er praktisch schon gelöst war.

II.

DER EINSAME WOLF

13. März–4. April 1936

26

Es war kurz nach neun Uhr morgens. Dem Ausschnitt nach zu urteilen, den ich durch mein Fenster über den Hochbahngleisen vom Himmel sehen konnte, war es bewölkt und alles andere als vielversprechend. Freitag der Dreizehnte – nicht, daß dies für mich ein Glücks- oder Unglückstag gewesen wäre. In der Rückschau muß ich noch sagen, daß dieser Freitag seinem Ruf gerecht wurde.

Doch als das Telefon auf meinem Schreibtisch klingelte, direkt neben meinen übereinandergeschlagenen Füßen in den Socken mit den Löchern darin, die man nur sah, wenn ich die Schuhe ausgezogen hatte, was im Augenblick der Fall war, wußte ich gnädigerweise noch nichts davon und interessierte mich lediglich für den Sportteil der *Trib* und den Pappbecher mit Kaffee, den ich aus dem Deli mit auf mein Büro gebracht hatte.

Ich hätte den Kaffee beinahe verschüttet und das Telefon mit den Füßen vom Schreibtisch gestoßen. So oft klingelte das unförmige schwarze Ding nun auch wieder nicht. Ich hatte ein großes Büro, doch es bestand nur aus diesem einen großen Zimmer, in dem ich auch wohnte. Es befand sich im dritten und letzten Stock eines Gebäudes an der Van Buren und Plymouth, in dem sich unter anderem ein Handleser, ein Abtreiber und zwei oder drei Winkeladvokaten sowie weitere Vertreter des freien Unternehmertums eingemietet hatten; direkt nebenan befand sich eine billige Absteige. Die meisten meiner Geschäfte waren dieser Tage recht geruhsam – hauptsächlich stellten Einzelkreditüberprüfungen für Vorstadtbanken das Rückgrat meines Bankkontos dar. Ich übernahm gelegentlich Scheidungsfälle, aber aus irgendeinem psychologischen Grund liefen die immer gleich ab: ein trauriger Mann – gelegentlich auch eine Frau, aber meistens Männer – stolperten mit verweinten Augen herein, mit einem Schuldgefühl wie Kain, und heuerten mich an, ihm seine schlimmsten Befürchtungen zu bestätigen. Mit Fotos.

Ich schob die Füße in die Schuhe – ich führte in Socken keine geschäftlichen Gespräche, nicht mal am Telefon – und sagte: »A-1-Detektei, Nathan Heller am Apparat.«

Noch bevor ich auch nur diese Worte gesprochen hatte, begriff ich, daß das Rauschen in meinem Ohr vom seltensten Fall aller seltenen Fälle kündigte: von einem Ferngespräch.

»Mr. Heller«, sagte eine weibliche Stimme, nüchtern wie die einer Telefonistin, »bitte bleiben Sie am Apparat. Wir haben einen Anruf vom Gouverneur für Sie.«

»Vom Gouverneur?« Ich setzte mich auf und zog die Krawatte gerade. Ich empfand für keinen Politiker Respekt, bekam Anrufe wie diesen aber nicht oft. Eigentlich niemals.

»Bitte bleiben Sie am Apparat«, wiederholte sie.

Und ich lauschte dem scharrenden Geräusch, mit dem das Geld der Steuerzahler achtlos vertickte. Was, zum Teufel, wollte Gouverneur Horner von mir?

»Mr. Heller«, sagte eine selbstbewußte Baritonstimme; selbst über die rauschende Verbindung klang sie beeindruckend. »Hier spricht Gouverneur Hoffman.«

Ich hatte ihn zwar verstanden, sagte aber trotzdem und dummerweise: »Gouverneur Horner?«

»Nein«, sagte er mit einem Hauch von Verwirrung. »Hoffman. Ich rufe aus Trenton an.«

»Oh! Gouverneur Hoffman!«

Ich sprach nicht mit dem Gouverneur von Illinois, sondern mit dem von New Jersey. Ich hatte seinen Namen nicht deshalb erkannt, weil ich politisch auf dem laufenden war, sondern weil ich ihn in letzter Zeit in den Zeitungen gelesen hatte.

»Wie Sie vielleicht wissen, Mr. Heller, habe ich in den vergangenen Monaten einen nicht unbeträchtlichen Teil meiner Zeit und Kraft für den Fall Lindbergh aufgebracht. Oder, um genau zu sein, für den Fall Hauptmann.«

»Ja, Sir.«

Gouverneur Hoffman stand im Mittelpunkt einer Kontroverse, die sich weit über die Staatsgrenzen New Jerseys erstreckte. Der Gouverneur hatte den verurteilten Kidnapper – eigentlich verurteilten Mörder – im Fall Lindbergh sozusagen unter seine Fittiche genommen. Vor etwa einem Monat hatte Hoffman Bruno Hauptmann einen Aufschub von dreißig Tagen gewährt.

»Der Aufschub des Gefangenen ist vor einigen Tagen abgelaufen«, sagte Hoffman; in seiner Stimme schwang Traurigkeit, aber auch Enttäuschung mit. »Und ich werde keinen weiteren gewähren.«

»Ich verstehe«, sagte ich, obwohl ich überhaupt nichts verstand.

»Als neuer Hinrichtungstermin wurde der dreißigste März festgesetzt. Ich beabsichtige, die verbleibende Zeit gut zu nutzen.«

»Äh . . . inwiefern, Herr Gouverneur?«

»Seit einigen Monaten arbeiten an diesem Fall schon mehrere unabhängige Ermittler für mich, und ich habe nicht vor, meine Bemühungen aufzugeben. Ich beabsichtige sogar, diese Bemühungen mit Ihrer Hilfe zu verstärken.«

»Mit meiner Hilfe?«

»Sie wurden mir wärmstens empfohlen, Mr. Heller.«

»Bestimmt gibt es an der Ostküste doch noch andere Ermittler, Gouverneur Hoffman. Außer natürlich, Sie müßten etwas in Chicago überprüfen . . .«

»Sie sind einer der wenigen Menschen, die überhaupt wissen, *daß* dieser Fall mit Chicago in Verbindung steht. Und ich bin genau über Ihre Rolle im Frühstadium der Ermittlungen informiert. Sie haben eine Menge mitbekommen. Sie haben Kontakt mit Curtis, Means, Jafsie, Marinelli, seiner Geliebten Sarah Sivella und sehr vielen anderen Personen gehabt. Sie sind der ideale Mann, um diese Ermittlungen gewissermaßen fünf Minuten vor zwölf durchzuführen.«

Eine Ermittlung um fünf Minuten vor zwölf!

»Herr Gouverneur ... darf ich ganz offen sprechen?«

»Natürlich.«

»Der Fall Lindbergh war einer der verwickeltsten und hoffnungslosesten, mit denen ich je zu tun hatte. Ich bin verdammt froh, nichts mehr damit am Hut zu haben.«

Es folgte eine Pause. In der Leitung rauschte es.

Dann ergriff die Baritonstimme wieder das Wort. Diesmal klang sie erregt. »Mr. Heller, es ist gut möglich, daß Bruno Richard Hauptmann unschuldig ist. Und es ist so gut wie sicher, daß er *kein* Einzeltäter war.«

»Vielleicht ... aber nach allem, was ich gelesen habe, hatte er wahrscheinlich mit der Sache zu tun. Vielleicht packt er ja noch aus, wenn ihm keine rechtlichen Mittel mehr offenstehen. Und verrät den Rest der Bande.«

Die Worte kamen jetzt schnell: »Mr. Heller, kommen Sie nach Trenton. Ermöglichen Sie es mir, mein Anliegen vorzubringen. Sie sind zu nichts verpflichtet. Ich werde Ihnen das Geld für die Zugfahrkarten kabeln. Sie können Ihre Angelegenheit in Chicago regeln und am Sonntag fahren. Wir treffen uns dann Montag morgen in meinem Büro.«

»Herr Gouverneur, der Fall Lindbergh ist das letzte, womit ich zu tun haben möchte.«

»Ich kann Ihnen einen Vorschuß von eintausend Dollar auf Ihr übliches Honorar bieten. Das beträgt?«

»Äh, fünfundzwanzig Dollar pro Tag«, sagte ich, wobei

ich es schnell verdoppelt hatte, und fügte noch hinzu: »Plus Spesen.«

»Gemacht«, sagte der Gouverneur.

»Gemacht«, sagte ich achselzuckend.

Wir legten beide auf.

Ich legte die Füße wieder auf den Schreibtisch, lockerte die Krawatte und sagte so vor mich hin: »Wer hätte das gedacht?«

Nachdem ich den Rest des Morgens telefonisch die Kreditwürdigkeit einiger dubioser Kunden überprüft hatte, gestattete ich mir eine Portion geräucherten Schellfisch im Binyon's um die Ecke. Ich ging um halb zwölf, um dem Hauptansturm zu entgehen. Dort traf ich dann Hal Davis von den *News*.

»He, Heller«, sagte Davis fröhlich. »Seit wann nehmen Sie regelmäßige Mahlzeiten ein?« Er war ein kleiner Mann mit einem großen Kopf und hellen Augen; er sah aus wie dreißig, obwohl er nie wieder vierzig werden würde. »Wer ist denn gestorben und hat *Ihnen* Geld hinterlassen?«

»Ich habe einen Klienten.«

»Ist ja ganz was Neues«, sagte Davis. Er nahm seinen Fedorahut ab und setzte sich zu mir, obwohl er schon den Regenmantel über dem Arm trug und eigentlich gerade gehen wollte. »Geben Sie mir einen Kaffee aus?«

»Klar«, sagte ich, »wenn Sie mir danach ein Bier ausgeben.«

»Ist gemacht.« Er winkte einen Kellner herbei. Binyon's bestand ganz aus dunklen Holztäfelungen, Holztischen und Geschäftsleuten. »Was haben Sie denn in letzter Zeit von Ihrem Kumpel Nitti gehört?«

Ich verzog das Gesicht; der süße Geschmack des Fischs wurde sauer. »Davis, ich habe es Ihnen hundert Millionen Mal gesagt, verdammt. Ich habe nichts mit ihm zu tun.«

Davis grinste. »Ja, sicher. Jeder weiß, daß Frank Nitti Sie mag, Nate. Sie haben ihm ein paar Gefallen getan.«

»Ich bin ehemaliger Bulle«, seufzte ich. »Ich kenne ein paar Jungs aus der Branche. Machen Sie keine große Sache daraus.«

»Seit Sie damals zugunsten von Nitti ausgesagt haben ...«

»Hören Sie auf damit, Hal.«

»Schon gut, schon gut! Was haben Sie von Barney gehört?«

Er meinte Barney Ross, den Boxer, ja, sogar *Meister* im Weltergewicht – ein Freund von mir, seit wir auf der West Side zusammen aufgewachsen waren, und der zufällig auch mein Vermieter war. Wir sprachen über Barneys Karriere – er hatte vor kurzem Lou Halper in Philadelphia in der achten Runde k. o. geschlagen – und waren eine halbe Stunde später im Shamrock, der Bar neben dem Dill Pickle. Barney gehörte der Schuppen, und Fotos aus der Box- und ganz allgemein der Sportwelt zierten die Holzwände.

Davis mußte eine Story gerochen haben, denn er gab mir insgesamt vier Bier aus. Und beim vierten machte etwas in meinem Hinterstübchen *klick* – oder vielleicht auch *schnapp*! –, und ich beschloß, ihm meinen neuen Klienten zu verraten. Der Gedanke an die Publicity und daran, was sie für mein Geschäft bedeuten könnte, schmeckte mir plötzlich genauso gut wie das hartgekochte Ei, das ich gerade aß.

»Gouverneur Hoffman, was?« sagte Davis mit funkelnden Augen. »Sie glauben doch nicht, daß dieser Kraut, dieser Hauptmann, unschuldig ist, oder?«

»Passen Sie auf, was Sie sagen«, sagte ich. »Ich bin auch deutscher Abstammung.«

»Sie sind heute aber schrecklich empfindlich für einen halben Katholiken und einen halben Juden.«

»Der Kraut ist wahrscheinlich nicht unschuldig«,

gestand ich ein, »aber ich will lieber mal nach allen Seiten offen bleiben. Außerdem gehört jeder, der glaubt, daß dieser Clown die Entführung *und* die Lösegeldsache ganz allein durchgezogen hat, in eine Gummizelle.«

Davis dachte darüber nach und verzog dann erheitert das Gesicht.

»Wissen Sie, was ich gehört habe?«

»Nee. Setzen Sie mich ins Bild.«

»Sie wissen doch, daß eins der großen Beweisstücke gegen Hauptmann die Telefonnummer dieses alten Einfaltspinsels war, die man an einer Wand in Hauptmanns Schrank gefunden hat?«

In der Tat hatte man Jafsies Telefonnummer an einer Wand in Hauptmanns Wohnung gefunden.

»Ja«, sagte ich. »Und?«

»Ich habe gehört, daß ein Reporter der New Yorker *Daily News*, Tim O'Neil, sie dahin geschrieben hat.«

»Was meinen Sie mit ›dahin geschrieben‹?«

Davis grinste und zuckte die Achseln. »Nachdem sie Hauptmann festgenommen hatten, haben die Bullen seine Wohnung durchsucht und gaben der Presse freien und leichten Zutritt. Es gab nicht viel zu berichten, deshalb schreibt O'Neil Jafsies Nummer auf die Schrankwand, ruft den wachhabenden Inspektor und sagt, he, gucken Sie mal, was ich gefunden habe. Bingo! Am Abend war's dann die Schlagzeile der *Daily News*! Ist das nicht clever?«

»Würden *Sie* das für eine Story tun?«

»Was spielt es schon für eine Rolle, wenn der Bursche sowieso schuldig ist?«

»Vielleicht keine«, sagte ich. »Aber das zeigt doch, daß vom ersten Tag an jedermann versessen darauf war, das arme Arschloch auf den elektrischen Stuhl zu bringen. Und doch scheint niemand auch nur einen Dreck um seine Komplizen zu geben.«

»Weil diese Geschichte ein Ende finden muß, Heller«,

sagte Davis ganz nüchtern. »Amerika hat langsam die Nase voll davon. Sogar Lindy hat die Kurve gekratzt.«

Charles und Anne Lindbergh hatten ihren jungen, von der Presse belagerten Sohn Jon letztes Jahr ins selbst auferlegte englische Exil gebracht.

»Den Staatsanwälten und Bullen von New Jersey«, sagte Davis, »ist es lieber, daß Hauptmann auf dem Stuhl gegrillt wird, auch wenn er dann die Namen seiner Komplizen mitnimmt, als daß ihm die Strafe erspart bleibt, die er verdient hat. Und viele Leute in diesem Land sind ebenfalls dieser Meinung.«

Der kleine Reporter, der nur zwei Bier getrunken hatte, verabschiedete sich, indem er mit der Fingerspitze seinen Fedora berührte und mit einem winzigen Auge blinzelte, und ich wußte, daß ich in der Abendausgabe erscheinen würde. Ich war schließlich nicht betrunken. Aber ich war vielleicht auch nicht mehr ganz nüchtern, und als ich die drei Treppenfluchten zu meinem Büro hinaufstieg, fragte ich mich, ob es mein nicht besonders gutgehendes Ein-Mann-Geschäft tatsächlich weiterbringen würde, wenn ich mich an etwas beteiligte, was die Öffentlichkeit vielleicht als Versuch betrachtete, Hauptmann reinzuwaschen.

Ich vereinbarte für den Samstag nachmittag ein paar Termine in Evanston – kleine Kreditüberprüfungen – und rief einige Leute an, für die ich regelmäßig arbeitete, um ihnen mitzuteilen, daß ich zwei oder drei Wochen nicht erreichbar sein würde. Niemand schien etwas dagegen zu haben, und irgendwann am Nachmittag klappte ich das Murphy-Bett auf und legte mich in Hemd und Hose zu einem Nickerchen hin. Die vier Bier hatten ihre Wirkung gehabt.

Ein scharfes Klopfen an der Tür weckte mich; ich war abrupt wach und setzte mich wie von der Tarantel gestochen auf, etwas überrascht, daß es im Zimmer schon so dunkel war und die Welt hinter meinem Fenster nur von Neon erhellt wurde. Der Tag war mir so davongeschlüpft. Ob nun Abend oder Morgen, ich hatte einen fürchterlichen Geschmack im Mund, und als das Klopfen erneut erklang, kroch ich aus dem Bett, rief: »Einen Augenblick, ja!« und schob das Bett wieder in den garderobenähnlichen Schrank.

Ich ging auf die Toilette, spülte mir den Mund aus, pinkelte endlos lange und zog meine Krawatte gerade, ließ die Jacke aber, wo sie war. Schließlich war es schon ziemlich spät für einen Klienten. Wer immer es war, er mußte mich so akzeptieren oder konnte wieder abhauen.

Ich öffnete die Tür einen Spaltbreit und sah einen schlanken, weißhaarigen, pockennarbigen Menschen, der ein bißchen wie ein Makler von der LaSalle Street und ein bißchen wie der Todesengel aussah.

»Ja?« sagte ich unbefangen, als hätte ich ihn nicht erkannt, aber ich hatte ihn erkannt.

»Mr. Heller«, sagte Paul Ricca höflich. Er war ein Mann von vierzig Jahren, der aber wesentlich älter aussah. »Kann ich hereinkommen.« Es war keine Frage.

»Ja, natürlich, Mr. Ricca.«

Er sprach mit einem leichten Akzent: »Kann isch ereeeinkommen.« Aber der Akzent war wirklich ganz schwach. Er sprach so leise wie ein Bestattungsunternehmer.

Paul ›der Kellner‹ Ricca hatte hohe Wangenknochen und dunkle, fast schwarze Brauen über sanften, dunklen Augen. Sein Mund war nicht viel breiter als seine Nase, und seine Nase war auch für einen Italiener verdammt schmal. Er trug ein hervorragend geschneidertes himmelblaues, zweireihiges Jackett, unter dem eine dunkelblaue Seidenkrawatte hervorlugte; sein marineblauer Homburg hatte wahrscheinlich mehr gekostet als mein Klappbett.

»Frank möchte Sie sprechen«, sagte er.

»Mich?« sagte ich.

In seinem Nicken lag ein Hauch von Verwirrung und auch in seinen Worten: »Holen Sie Ihre Jacke.«

Isch olte meine Dschaake.

Paul der Kellner Ricca alias Paul DeLucia alias Paul Maglio war Frank Nittis Stellvertreter. Nitti hatte natürlich die Geschäfte in Chicago übernommen, als Capone in den Knast kam; und es hieß, daß Ricca Nitti für Capone im Auge behielt. Des weiteren hieß es, daß Ricca als Halbwüchsiger auf Sizilien bei einer Familienfehde jemanden getötet und dafür zwei Jahre gesessen hatte, und daß er an dem Tag, als er aus dem Knast kam, den Augenzeugen erschossen hatte, der ihn identifiziert hatte. Er war nach Amerika geflohen, hatte als Platzanweiser in einem Kino und Kellner in New York gearbeitet und war danach zu einem von Snorkeys besten Leuten geworden. Capone war sogar Trauzeuge bei Riccas Hochzeit gewesen.

»Mr. Ricca«, sagte ich, den Hut in der Hand, »wäre es lästig, wenn ich frage würde, worum es geht?«

»Ja«, sagte er und deutete auf die Tür. Ich hielt sie ihm auf, und er ging zuerst hinaus. Man nannte ihn zwar den Kellner, aber er bediente niemanden mehr und war auch keinem mehr gefällig.

Ich wünschte, ich hätte meine Pistole dabei, doch wenn der Mob es auf mich abgesehen hatte, gab es wirklich keinen Ausweg. Ich folgte Ricca die Treppe des ziemlich schäbigen Hauses hinab; in seinem schmucken Anzug wirkte er hier völlig fehl am Platz. Er wirkte sogar in mehrfacher Hinsicht fehl am Platz. Warum war er allein? Wo waren die beiden Gorillas, die mit Bleiklumpen unter den Armen sonst immer so schön dekorativ hinter ihm standen? Ricca war ein hohes Tier, wahrscheinlich sogar der zweite in der Hackordnung – warum, zum Teufel, spielte er für Nitti den Laufburschen?

Eine schwarze Lincoln-Limousine parkte am Straßenrand. Und hinter dem Lenkrad saß niemand. Ricca war wirklich allein gekommen.

Ich stand unbeholfen neben dem Wagen auf dem Bürgersteig; die Neonschilder und Straßenlampen der Van Buren wurden vom glänzenden Dach des Wagens reflektiert. Ein Penner kam auf uns zu und bat um ein paar Cents; Ricca brachte ihn mit einem Blick zum Erstarren. Dann stolperte der Alki weiter, um nach grüneren Auen zu suchen.

Über uns rumpelte die Hochbahn vorbei. Ich hob die Stimme: »Wo soll ich einsteigen?«

Sein leerer Gesichtsausdruck kündete irgendwie von Verachtung; er wollte überhaupt nicht, daß ich einstieg. Aber er sagte: »Vorn. Ich bin nicht Ihr gottverdammter Chauffeur.«

Aber genau das war er – und das konnte bedeuten, daß jemand ihn absichtlich beleidigen wollte, indem er ihm eine so unwürdige Aufgabe erteilte. Und wenn ich irgendwo *nicht* sein wollte, dann mitten in einer politischen Geste des Mobs.

Ich sprach nicht mit Ricca, während er mich fuhr. Meine Gedanken kreisten weiter, und ich fragte mich, warum, zum Teufel, wir allein waren; es war nicht einmal ein verdammter Fahrer dabei! Doch Ricca war früher mal Fahrer für Capone gewesen, und die Fahrt verlief genauso glatt wie überraschend. Ich hatte erwartet, zum Restaurant Capri oder zu den Hotels Bismarck oder Congress gebracht zu werden, alles Orte, wo Nitti häufig Hof hielt. Statt dessen fuhren wir über die Monroe in die benachbarte West Side.

Zum Jefferson Park Hospital, in dem Nittis Schwiegervater, Dr. Gaetano Ronga, Chef der Chirurgie war.

War Nitti krank? Ich war schon einmal hierher gebracht worden, von zwei kleineren Mob-Lichtern als Ricca, im Dezember '32, nach einem Attentatsversuch von zwei Bullen auf Nitti in einem Büro im LaSalle-

Wacker Building, bei denen es sich um Bürgermeister Cermaks persönliche Killer gehandelt hatte. Diese Cops hatten mich mitgeschleppt, als sie Nitti erschießen wollten, ohne mir zu sagen, was auf dem Plan stand, und ich hatte sie schließlich reingelegt, indem ich im Zeugenstand die Wahrheit gesagt und Nittis Geschichte bestätigt hatte. Deshalb war Nitti der Ansicht, er sei mir was schuldig, und deshalb glaubten Reporter wie Davis und gewisse Bullen wie Captain John Stege, ich steckte in Nittis Tasche.

Meine erste Begegnung mit Nitti – die paar Minuten im LaSalle-Wacker nicht mitgezählt, als Cermaks Bullen Nitti voller Löcher geschossen hatten – hatte in diesem Krankenhaus stattgefunden, in Nittis Privatzimmer, in dem er Cermak, Cermaks Killerbullen und wahrscheinlich auch den Allmächtigen persönlich überrascht hatte, indem er mehrere aus nächster Nähe abgegebene Schüsse in Hals und Rücken überlebte. Nitti ließ sich nicht so leicht abmurksen. Cermak hatte sich nicht als so harte Nuß erwiesen, als Nittis Ein-Mann-Killer-Kommando, Giuseppe Zangara, Seine Ehren in Miami ausgeknipst hatte. Aber das war eine andere Geschichte.

Wir waren im dritten Stock. Die Besuchszeit war schon vorbei, und der Gang war dunkel; das spärliche Licht wurde von dem leuchtenden, gebohnerten Holzparkett reflektiert. Dann und wann kamen uns eine Krankenschwester oder ein Arzt entgegen, gesichtslos im Halbdunkel. Ricca schritt schnell aus, seine Schritte hallten, und Patienten in ihren weißen Betten und dunklen Zimmern sahen nach links und rechts und bildeten einen sich bewegenden und gelegentlich stöhnenden Hintergrund. Ich hielt mit Ricca Schritt, blieb aber hinter ihm, folgte ihm wie ein Kind, das von einem strengen und stinksauren Lehrer zum Büro des Direktors geführt wurde.

Dann bogen wir um eine Ecke, ließen die Krankenzimmer hinter uns und betraten anscheinend einen Verwaltungsflügel. Ricca klopfte an eine Tür mit der Aufschrift DR. GAETANO RONGA; seine Lippen waren in stiller Verärgerung gespitzt.

»Ja?« sagte eine selbstbewußte Männerstimme hinter der Tür.

»Ich bin's, Paul«, sagte er. »Dein Päckchen ist hier.«

»Schick ihn rein«, sagte die Stimme.

Und Ricca war mir tatsächlich einmal gefällig: er hielt mir die Tür auf. Sein Blick war starr und ziemlich verächtlich. Ich ging an ihm vorbei ins Zimmer, und hinter mir wurde die Tür geschlossen. Ricca war nicht mit hereingekommen. In einem mittelgroßen Büro, das mit dunklen Holzaktenschränken gefüllt war und an dessen Wänden Diplome, Familienfotos und Drucke hingen, die fliegende Vögel zeigten, saß hinter einem großen Schreibtisch, auf dem, ordentlich gestapelt, zahlreiche Aktenmappen lagen, Frank Nitti.

»Nate Heller«, sagte Nitti mit einer großzügigen Handbewegung und einem Lächeln, doch er stand nicht auf, »setzen Sie sich. Schön, Sie wiederzusehen. Danke, daß Sie gekommen sind.«

»Es ist mir ein Vergnügen, Mr. Nitti«, sagte ich und nahm auf einem Holzstuhl vor dem Schreibtisch Platz.

»Sie wissen es doch besser«, sagte er mit spöttischem Tadel. »Es heißt ›Frank‹ und ›Nate‹. Nicht wahr?«

»Genau«, sagte ich. Wir waren schließlich alte Freunde; da können Sie fragen, wen Sie wollen.

Nitti war ein kleiner, gepflegter Mann Anfang Fünfzig und verdammt stattlich; sein Gesicht war hier und da, besonders an der Unterlippe, mit Narbengewebe überzogen. Sein Haar war glatt zurückgekämmt, dunkel mit einer Spur von Grau, und sehr ordentlich; er war früher mal Frisör gewesen und legte Wert auf seine Erscheinung. Mit dem am Kragen offenen Hemd mit aufgerollten Ärmeln wirkte er heute abend ungewöhnlich nachlässig gekleidet.

»Ich hoffe, es geht Ihnen gut, Frank«, sagte ich.

»Ich bin nur zu einer Routineuntersuchung hier. Seit Cermaks Arschlöcher mich mit Blei vollgepumpt haben, muß ich ständig hier erscheinen und dies und das überprüfen lassen.« Er tat es mit einem Schulterzucken ab, doch ich hatte von seinen blutenden Magengeschwüren und den Problemen mit dem Rücken gehört. »Ich lasse diese Untersuchungen immer abends vornehmen. Auf diese Weise sind sie privater. So. Wie läuft das Geschäft, Heller?«

»Nicht schlecht. Ein paar kleine Scheidungsfälle und Kreditüberprüfungen.«

»Ich habe in der Zeitung gelesen, daß Sie jetzt einen Klienten an der Ostküste haben.«

Das war es also. Davis' Story darüber, daß ich für Gouverneur Hoffman den Fall Lindbergh bearbeitete, bildete zweifellos die Schlagzeile der Abendausgabe der *News*.

»Ja«, sagte ich. »Seltsame Sache. Kein Geringerer als der Gouverneur von New Jersey.«

»Sie haben doch auch als Bulle den Fall Lindbergh bearbeitet, nicht wahr? Damals, '32?«

»Ja, ich war der Verbindungsmann der Polizei von Chicago. Ich war aber nur am Rande beteiligt. Keine große Sache.«

»Damals hat Al gesagt, er könnte Little Lindy zurückbringen. Oder?«

»Äh, richtig, Frank.« Worauf lief das hinaus, zum Teufel?

Nitti faltete die Hände zusammen; er wirkte seltsam nachdenklich. »Ich möchte, daß Sie an der Ostküste einen kleinen Job für mich erledigen.«

»Einen Job?«

Er zuckte die Achseln. »Keine große Sache. Ich möchte nur, daß Sie mich wissen lassen, wenn Sie auf irgend etwas stoßen, das mich interessieren könnte.«

»Was Sie interessieren könnte ...?«

Er musterte mich nachdrücklich. »Heller, zwingen Sie mich nicht, es Ihnen zu sagen.«

Ich stellte fest, daß ich nicht mehr ›Nate‹ war.

»Okay«, sagte ich zögernd. »Aber ich kann Ihnen nicht ganz folgen.«

Er hob eine Hand und einen Finger derselben. »Wenn diese Sache auf Chicago zurückfällt . . . auf meine Organisation . . . möchte ich es als erster erfahren.«

Ich rutschte unbehaglich auf dem Stuhl hin und her. »Frank, vielleicht rufe ich lieber Gouverneur Hoffman an und ziehe mich aus dem Fall zurück. Ich möchte nicht plötzlich in einer Lage sein, in der ich für zwei Klienten mit gegensätzlichem Interesse arbeite.«

Nitti stand auf, und ich wäre fast vom Stuhl gesprungen. Er ging an mir vorbei zur Tür und öffnete sie. Ricca wartete dort draußen auf dem Gang, ein Laufbursche in einem maßgeschneiderten Anzug.

»Paul«, sagte Nitti leise. »Sieh doch mal zu, ob du ein Glas Milch für mich auftreiben kannst.«

Ricca nickte und zog ab, und Nitti schloß die Tür.

Er schritt auf und ab. »Wissen Sie, ich war der erste von den Jungs, die wegen einer Steuersache drankamen. Sie wissen ja, man hat mich erwischt, bevor man Al erwischt hat.«

Ich nickte.

»Ich war noch gar nicht lange draußen, als sie Al kassierten. Als ich im Knast saß, hatte Al den Kellner an meine Stelle gesetzt – befristet, natürlich.«

Ich sagte nichts.

Er blieb vor mir stehen. Er war kein großer Mann; und er war schlank. Aber er hatte eine gewaltige Ausstrahlung. »Al und der Kellner waren schon immer gute Freunde«, sagte er. »Sie wurden noch bessere, als ich im Knast saß. Ich weiß, daß sie manchmal . . . skrupellos sein können. Und Sie wissen ja von mir, Heller, daß mir daran liegt, kein großes Aufsehen zu erzeugen. Wenn irgend etwas erledigt werden muß, dann erledigen Sie es so, daß es nicht auf Ihre Heimat zurückfällt.«

Nitti bezog sich damit auf seine Meinungsverschiedenheiten mit Capone über solche PR-Katastrophen wie den Mord an Reporter Jake Lingle und das Massaker am Valentinstag. Nicht, daß Nitti ein gewaltloser Mensch wäre. Doch Nitti war ein hervorragender Manipulator, ein gerissener Impresario von Ereignissen. Als er Cermak beseitigte, sah es wie ein politisches Attentat aus; als er John Dillinger aus dem Weg räumte, überließ er den Ruhm den Bundesbeamten. Erst letzten Monat war ›Machine Gun‹ Jack McGurn – ein langjähriger Angehöriger der Organisation, der angeblich zum Verräter geworden war – am Valentinstag in einer Gasse hinter einer Bowlingbahn erschossen worden. Die Mörder hatten eine Valentinskarte auf die Leiche gelegt, was die Cops und die Presse zu der Annahme geführt hatte, es handele sich bei dieser Sache um eine lange überfällige Rache der Überlebenden der alten Bugs-Moran-Gang an McGurn, weil dieser vor sieben Jahren an dem berühmten Massaker in der Clark Street mitgewirkt hatte. Für mich war dieser Mord mit den Fingerabdrücken des Schachgroßmeisters Nitti übersät.

»Ich könnte mir vorstellen, daß Al und der Kellner diese Lindbergh-Sache abgezogen haben«, sagte er achselzuckend. »Das heißt, sie haben sie von ihren Kontakten an der Ostküste abziehen lassen. Ricca hat damals genauso viel Zeit dort verbracht wie in Chicago; er war Als Kontaktmann bei Luciano, Gordon, Schultz und all den anderen.«

Ich wußte nicht, ob mir gefiel, daß Nitti so offen darüber sprach. Aber ich schien keine andere Wahl zu haben, als ihm zuzuhören.

»Hätte man Sie nicht . . . konsultiert?«

»Mein Gott, Heller! Machen Sie Witze? Glauben Sie, ich hätte die Jungs so eine verrückte Sache durchziehen lassen? Es ist von Capones Lippen direkt in Riccas Ohr gegangen. Verstehen Sie mich nicht falsch – ich weiß nicht mit Sicherheit, ob es so war. Es ist ein Gerücht. Nur eine Vermutung.«

»Capone hat immer behauptet, einer seiner ehemaligen Angestellten, ein Mann namens Bob Conroy, habe die Sache durchgezogen.«

»Conroy war immer Als Mann. Nie sein ehemaliger.«

»Ich glaube, die Bundesbeamten haben Conroy nie gefunden.«

Nitti kniff amüsiert die Augen zu. »O doch. Frank Wilson persönlich hat Conroy gefunden, im August '32, mit Hilfe dieses New Yorker Bullen Finn.«

»Wirklich? Davon habe ich nie etwas erfahren.«

Nitti zuckte die Achseln. »Hat hier auch nicht in den Zeitungen gestanden. Niemand ist dahintergekommen, daß Chicago damit zu tun hatte. Conroy wurde in einer heruntergekommenen Bude an der West Hundred and Fourth in New York gefunden, in der er sich versteckt hatte. Er und seine hübsche blonde Frau. Doppelselbstmord hat man es genannt.«

»O Gott.«

»Damals war ein Bierkrieg im Gange. Er war ausgebrochen, als man die Leiche des kleinen Lindbergh gefunden hatte. Die Leute, die an der Ostküste im Schwarzbrenner-Geschäft tätig waren, starben wie die Fliegen. Waxey Gordon und Dutch Schultz waren aufeinander losgegangen. Haben Sie je von einem Pärchen namens Max Hassel und Max Greenberg gehört?«

»Ich glaube nicht«, sagte ich.

»Das waren sogenannte Opfer dieses Krieges, wie auch ein halbes Dutzend ihrer Geschäftspartner im Verlauf von vielleicht sechs Monaten. Könnte Al mit Hilfe des Kellners versucht haben, an der Ostküste ein bißchen aufzuräumen? Es ergäbe durchaus Sinn, wenn man Alkoholschmuggler oder Schwarzbrenner rekrutiert hätte, um den Jungen zu entführen.«

Ich konnte nur nicken.

Ein weiteres scharfes Klopfen ließ mich auf meinem Stuhl zusammenzucken.

»›'cusa‹«, sagte Nitti. Er ging zur Tür, wo Ricca mit einem Glas Milch in der Hand stand. Ricca so zu sehen, das Gesicht weiß wie die Milch, wenn auch keineswegs so gesund, war ganz amüsant, wäre es nicht so furchterregend gewesen.

»Paul«, sagte Nitti, lächelte und nahm die Milch, »vielen Dank. Würdest du bitte meinen Schwiegervater suchen und ihm sagen, daß ich soweit bin?«

Und Ricca zog mit einem kaum wahrzunehmenden Seufzen erneut ab. Nitti schloß die Tür und lächelte mich an wie ein freundlicher Priester.

»Der Kellner ist sehr gehorsam«, sagte er und stellte die Milch auf den Schreibtisch. »Und sehr loyal . . . Al gegenüber. In zwei, drei Jahren wird Al aus dem Knast kommen. Bis dahin wird Ricca unter meinen Fittichen groß geworden sein und mit kleinen Nadelstichen meine Autorität untergraben haben. Er wird mich in Versammlungen herausfordern . . .«

Er hielt inne. Er wußte sehr wohl, daß er über dieses Thema nichts mehr sagen sollte. Er ging zum Schreibtisch, nippte an der Milch und stellte das Glas hin.

Aber einige Dinge mußte ich unbedingt wissen. »Frank, wie paßt der Lindbergh-Fall in diese Sache.«

Er saß auf der Schreibtischkante, gleichzeitig bequem und straff gespannt. »In vielerlei Hinsicht, Nate.«

Jetzt hieß es wieder ›Nate‹.

»Wenn ich genau wüßte, daß der Kellner und Al die Sache durchgezogen haben«, sagte er, »könnte ich damit etwas anfangen. Ich wäre ihnen um eine wertvolle Information voraus.«

»Erwarten Sie, daß ich . . . irgend etwas vertusche oder Informationen oder Beweise vor den Behörden zurückhalte?«

»Würden Sie das tun«, sagte er, »wenn ich Sie darum bitten würde?«

Ich seufzte. »Ich würde den Auftrag dann lieber ausschlagen. Man sagt mir schon nach, ich hätte so meine Verbindungen. Das ist nicht unbedingt gut für mein Geschäft.«

Er zuckte die Achseln. »Ich könnte Ihnen mehr Arbeit besorgen. Ihnen jährlich ein hübsches Sümmchen zukommen lassen.«

»Verstehen Sie mich nicht falsch, Frank, aber ich bin noch so sehr Ex-Bulle, daß ich gern einen *gewissen* Abstand von Ihrer Branche halten möchte.«

Er machte mit beiden Händen eine Geste, die ›Kann ich verstehen!‹ bedeuten mochte. »Dann bitte ich Sie nur darum, mir mitzuteilen, was Sie herausfinden. Dann liegt es an mir, diese Informationen entweder zurückzuhalten oder einzusetzen, so gut es mir möglich ist. Mehr erwarte ich nicht von Ihnen; aber arbeiten Sie einerseits für Ihren Klienten, Gouverneur Wer-war's, und halten Sie mich andererseits auf dem laufenden.«

Er glitt vom Schreibtisch. Er steckte eine Hand in die Tasche und zog eine dicke Geldklammer hervor; oben befand sich ein Fünfziger. Er faltete die Scheine auseinander und zählte zehn Stück ab.

»Fünfhundert Dollar Vorschuß«, sagte er. »Und wenn Sie mir etwas Nützliches mitteilen können, gibt es noch einen Bonus.«

»Okay, Frank«, sagte ich und steckte das Geld ein.

»Bei Gott, mein Junge«, sagte er, »ich weiß nicht, ob Al so verrückt war, diese Sache durchzuziehen. Aber ich weiß, daß der Kellner skrupellos genug ist. Er hat schon eine ganze Menge Leute verschwinden lassen.«

Ich konnte den Zorn nicht mehr zurückhalten. »Warum, zum Teufel, haben Sie mich dann ausgerechnet von ihm hierher bringen lassen. *Wollen* Sie, daß er dahinterkommt, wozu Sie mich angeheuert haben?«

Nitti legte väterlich eine Hand auf meine Schulter und bedachte mich mit einem zurückhaltenden Lächeln. »Wenn Sie im Osten auf etwas stoßen, womit der Kellner zu tun hatte, wird er es sowieso erfahren. Er wird es augenblicklich wissen.«

»Genau!«

»Also ließ ich Sie von ihm zu mir bringen. Um ihm etwas mitzuteilen.«

»Und was?«

»Daß er Sie nicht töten darf, Nate.«

Ich sah ihn nur an.

»Paul soll wissen, daß Sie unter meinem Schutz stehen. Wenn er sie anrührt, muß er sich mir gegenüber verantworten. *Capisce?*«

Ich schluckte und nickte.

Es klopfte erneut an der Tür.

»Ah«, sagte Nitti fröhlich. »Da ist Paul mit meinem Schwiegervater. Zeit für meine Untersuchung ... und Ihre Heimfahrt.«

27

Mein neuer Klient, Gouverneur Hoffman – oder genauer gesagt der Staat New Jersey – schickte mir genug Geld für ein Schlafabteil im Pullman; aber ich buchte statt dessen eine einfache Koje und steckte zusätzliche zwanzig Dollar und etwas Kleingeld ein. Der Twentieth Century Limited, dieser berühmte, schmucke Stromlinienzug, würde mich über Nacht nonstop nach New York bringen, wo ich kurz nach einem Frühstück an Bord einen nicht ganz so schlanken Zug besteigen und das kurze Stück nach Trenton zurückfahren würde.

Bevor ich mich zurückzog, stattete ich jedoch dem

Speisewagen einen Besuch ab – die Rippchen waren nicht so gut wie das Roastbeef im Stockyard's Inn, doch die Mahlzeit ging auf den Staat New Jersey, also zum Teufel damit. Später lungerte ich noch etwas im Barwagen herum, in dem es jede Menge Chrom, Spiegel, schummriges Licht und – Gott sei Dank – Schnaps gab. Es wäre ganz nett gewesen, einer wunderschönen, alleinreisenden, einsamen Frau über den Weg zu laufen, aber dieses Glück hatte ich nicht. Ich nahm an, ein paar Bacardi-Cocktails würden mir helfen, darüber hinwegzukommen oder zumindest besser zu schlafen, aber auch das blieb mir versagt.

Selbst das einlullende Rattern des Limited und die beruhigende Dunkelheit in der Kabine verhalfen mir nicht zum Schlaf. Meine Gedanken bewegten sich schneller als der Zug. Zum Teil machte ich mir Sorgen – ich dachte über Nitti und Ricca nach, und darüber, wo ich enden könnte, wenn Ricca Nitti irgendwann beseitigen ließ – zum Beispiel morgen.

Doch hauptsächlich dachte ich über eine ähnliche Fahrt nach, die ich auch auf Kosten der Steuerzahler New Jerseys vor gut einem Jahr gemacht hatte, im Januar '35. Auch damals hatte ich ein Viererabteil genommen, was bedeutete, daß ich allein mit meinen Zugfahrten den Staat New Jersey schon um mehr als vierzig Mäuse geschröpft hatte. Und sie bezahlten mir eine Übernachtung – im Union Hotel in Flemington, wo der Prozeß stattfand – und fünfunddreißig Dollar Spesen pro Tag, was sich ganz schön zusammenläpperte.

Eine gewisse Ironie blieb mir nicht verborgen. Letztes Jahr hatte der Staat New Jersey mich großzügig entlohnt, damit ich dazu beitrug, Hauptmann auf den elektrischen Stuhl zu bringen. Dieses Jahr entlohnte der Staat New Jersey mich großzügig, dafür zu sorgen, daß Bruno nicht darauf Platz nehmen mußte.

Und der Staat hatte beim Prozeß gegen Bruno Richard

Hauptmann bestimmt keine Unkosten gescheut, nicht einmal, wenn es darum ging, unwichtige Zeugen wie mich von Chicago herzuschaffen. Und warum auch nicht? Es war eine verdammt tolle Show gewesen – einer Broadway-Produktion würdig, auch wenn sie in einer Kleinstadt aufgeführt wurde.

Flemington, ungefähr hundert Kilometer von New York entfernt, war ein reines Bauernkaff, in dem hauptsächlich Geflügelzüchter wohnten, in den rollenden Hügeln der Hunterdon County, in der auch das Lindbergh-Anwesen lag. Die kleine Kreisstadt war plötzlich Schauplatz eines großen Prozesses und beherbergte am Neujahrstag über 60 000 ›Ausländer‹ – Schaulustige, Reporter, Telefon- und Telegrafentechniker, die die Main Street bevölkerten und alle Straßen bis nach New York und Philadelphia verstopften.

Das Gericht war ein stattliches, dreistöckiges Gebäude mit jeder Menge Stuck, vier großen Säulen vorn und einem kleinen, modernen Gefängnis hinten. In diesem kleineren Gebäude war der illegale Einwanderer Bruno Richard Hauptmann untergebracht. Zum Fest hatten ihm ein paar mitfühlende Einheimische vor den vergitterten Fenstern Weihnachstlieder gesungen; in letzter Zeit riefen Touristen weniger anheimelnde Sprechchöre, zum Beispiel »Verbrennt den Kraut!« und »Grillt Hauptmann!«

Hauptmann, den man in der Bronx verhaftet hatte, war an New Jersey ausgeliefert worden, weil man ihn im Staat New York nur wegen Erpressung vor Gericht bringen konnte; in Jersey konnte man ihm wegen Entführung und Mord den Prozeß machen. Generalstaatsanwalt David Wilentz hatte die Entführung als ›Einbruch‹ hingestellt – war der Entführer nicht in das Haus eingebrochen, und hatte er das Kind nicht ›gestohlen‹? In Jersey aber konnte man Hauptmann aufgrund dieser etwas verdrehten Sichtweise wegen Mordes anklagen. Einbruch war ein Kapitalverbrechen, und jede Tötung, die während eines Kapitalverbrechens begangen wurde – ob es sich nun um einen Unfall oder eine absichtliche Tötung handelte –, war natürlich Mord. Für die Entführung hätte der Angeklagte mit einer Haftstrafe von fünf Jahren davonkommen können. Wilentz und die Welt wollten jedoch das Todesurteil für Hauptmann.

Nach allem, was ich in den Zeitungen gelesen hatte, hatte Hauptmann es wahrscheinlich verdient, obwohl mir die Story, der Entführer sei ein ›Einsamer Wolf‹ gewesen, niemals glaubwürdig erschienen war. Das hatte ich auch zu Colonel Henry Breckinridge gesagt, der mich früh an diesem Morgen an der Grand Central Station abgeholt und mit mir die unglaublich lange Fahrt (über verschneite und verstopfte Straßen, auf denen wir mitunter in einer Stunde ganze fünf Kilometer schafften) zum Gericht in Flemington gemacht hatte.

»Ich kann nicht behaupten, daß mir diese Theorie glaubhaft erscheint«, sagte Breckinridge vorsichtig und betrachtete die Stoßstange des Lieferwagens vor ihm wie eine schriftliche Instruktion, die er studierte. »Aber wie ich gehört habe, hat Wilentz nicht die nötigen Beweise, um eine Anklage wegen Verschwörung durchzubringen, und so ...«

»Man schießt sich auf den einzigen Burschen ein, den man geschnappt hat«, sagte ich achselzuckend, »und benutzt gegen ihn alle Beweise, die man hat. Haben Sie bereits ausgesagt?«

»Nein, das kommt noch. Heute ist erst der fünfte Verhandlungstag.«

»Ich habe in den Zeitungen gelesen, daß Wilentz zuallererst die Lindberghs in den Zeugenstand gerufen hat.«

»Ja.«

Breckinridge machte einen etwas bekümmerten Eindruck.

»Für Anne wird es nicht leicht gewesen sein«, sagte ich.

Er nickte ernst. »Sie hat sich aber gut gehalten. Als der

Ankläger ihr die Babysachen zur Identifizierung gab... eine verdammt tragische Angelegenheit, Heller. Seien Sie froh, daß Sie es nicht miterleben mußten.«

Ich nickte unverbindlich. »Wie hat Slim sich geschlagen?«

»Gut.« Er wandte die Augen kurz von der Straße ab. »Warum fragen Sie?«

»Es kam mir nur so in den Sinn«, sagte ich. »Wie ich gehört habe, ist er jeden Tag im Gerichtssaal.«

»Ja, das stimmt.«

»Wohnt er in Englewood?«

»Genau. Er und Anne, obwohl sie ihn bislang nicht begleitet hat und vernünftig genug ist, das auch in Zukunft zu unterlassen.«

»Colonel, was stört Sie daran?«

»Was? Nichts.«

»Sie glauben doch nicht etwa, daß es dem Angeklagten gegenüber unfair ist, wenn ein gequälter, berühmter Mensch wie Lindy im Gerichtssaal sitzt? Wo die Geschworenen ihn die ganze Zeit über sehen können?«

Breckinridge schüttelte den Kopf, doch die Geste war nicht sehr überzeugend. Er war Slims Freund, aber er war auch ein fairer Mensch und Anwalt. Und ich wußte aus den Zeitungsberichten, daß auch andere Aspekte von Slims Verhalten im Zeugenstand Breckinridge stören könnten.

Zum einen hatte Slim abgestritten, seinen politischen Einfluß benutzt zu haben, Bundesbeamte anzuhalten, gewisse Aspekte des Falles ›zu vernachlässigen‹, zum anderen hatte er bestritten, jemals die Meinung geäußert zu haben, eine ›Gang‹ – im Gegensatz zu einem Einzeltäter wie Hauptmann – habe seinen Sohn entführt.

Das waren kleine Lügen, könnte man sagen, winzige Korrekturen der Wahrheit; keine große Sache. Andererseits...

Lindbergh hatte im Zeugenstand auch ohne das geringste Zögern Hauptmann eindeutig als den Mann auf dem Friedhof St. Raymond identifiziert. Lediglich auf der Grundlage, seine Stimme erkannt zu haben. Er hatte ›Friedhof-John‹ ja schließlich »He, Doktor!« rufen hören.

Die Annahme, man könne einen Menschen eindeutig an seiner Stimme identifizieren, weil man gehört hatte, wie er vor vier Jahren zwei Worte rief, war schon bedenklich. Aber ich erinnerte mich daran, was Slim am Abend der Geldübergabe gesagt hatte, als Elmer Irey ihn im Haus der Morrows in Manhattan gefragt hatte, ob er ›Friedhof-John‹ an der Stimme identifizieren könne.

»Aber ob ich den Mann an seiner Stimme wiedererkennen würde«, hatte er gesagt, »nein, das kann ich wirklich nicht.«

Und doch wußte Breckinridge – wie auch ich und Slim –, daß allein das Gewicht von Lucky Lindys ›Augenzeugen-Identifizierung‹ (auch wenn er nur Ohrenzeuge war) wahrscheinlich ausreichte, den Deutschen auf den Stuhl zu bringen. Ich hegte kaum einen Zweifel daran, daß dieser Prozeß bereits gelaufen war.

Flemington war, auch wenn es jetzt hier vor Fremden nur so wimmelte, ein Dorf mit einem gewissen Charme und im Winter besonders reizvoll: weiße Holzhäuser mit grünen Schlagläden hinter ordentlichen Holzzäunen, bescheidene, schneebedeckte Gärten, schattenspendende, nun jedoch graue und entlaubte Bäume, an denen Eiszapfen hingen; eine bescheidene Innenstadt, in der die Flachdächer der zwei- und dreistöckigen Backsteingebäude weiße Mäntel trugen. Auf den Straßen war der Schnee jedoch schwarz und matschig geworden und auf den Bürgersteigen unter den Schritten tausender Fremder verharscht.

Breckinridge setzte mich ab, während wir über die Main Street krochen, um zu irgendeinem ziemlich weit entfernt liegenden, ausgeschilderten Parkplatz zu fahren. Ich drängte mich durch die Menschenmenge der Schaulustigen und Andenkenverkäufer auf der Treppe des Gerichtsgebäudes. Hier wurden einige ziemlich seltsame Souvenirs feilgeboten – Miniatur-Entführungsleitern, zehn Cent das Stück, in verschiedenen Größen und als Anstecker für den Jackenaufschlag, signierte Fotos von Charles und Anne Lindbergh mit zittrigen, verdächtigen Unterschriften und kleinen Beutelchen mit Locken des verstorbenen Kindes, die von einem Händler verkauft wurden, dessen Kopf auf seltsame Weise vorzeitig, aber nur stellenweise kahl geworden zu sein schien.

Kameramänner von Wochenschauen, die mit ihren spinnenähnlichen Geräten auf Wagen kauerten, nahmen mich ins Visier; Reporter fielen wie Bienen über mich her, einige mit Notizblöcken, andere mit Mikrofonen, und fragten mich, ob ich jemand sei. Ich sagte ihnen, ich sei niemand, und bahnte mir den Weg ins Gebäude. Ich zeigte einem von mehreren New Jerseyer Staatspolizisten meinen bunten Passierschein, hing meinen Mantel auf und nahm den Hut die gewundene Treppe mit hinauf. Ich kam in einen großen, eckigen Gerichtssaal mit hoher Decke, blaßgelb angestrichenen Wänden und zahlreichen feuchtigkeitsbeschlagenen Fenstern; rechts war die Bank der Geschworenen, an der Wand dahinter eine amerikanische Flagge, und zwischen dem Podest des Richters und der Geschworenenbank stand ein einfacher Holzstuhl für Zeugen. Hinter dem Richterpodest, hoch oben unter dem griechischen Stuck, befand sich das Bezirkssiegel, ein goldener Maishalm.

Im Augenblick war es in diesem spartanischen Saal so laut wie in einem Stadion vor dem großen Spiel. Hunderte Zuschauer saßen auf kirchenähnlichen Bänken und ebenso viele auf Klappstühlen. Auf dem hinteren Balkon drängten sich die Reporter, vielleicht 150 der besten Vertreter dieser Zunft, die an kleinen, notdürftig zusammengehauenen Kieferschreibtischen arbeiteten.

Unter den Zuschauern befand sich jede Menge Prominenz: Clifton Webb, Jack Benny, Lyne Fontanne und der fette, kraftlose Alexander Woollcott, der allerdings geradezu schlank wirkte im Vergleich zu der abgerissenen, schnurrbärtigen Elsa Maxwell, dieser birnenförmigen Matrone der Café-Gesellschaft, die ein Rudel Damen in Nerzmänteln anführte und mir in Erinnerung zurückrief, daß der Nerz zur Familie der Wiesel gehört und die Weibchen dieser Gattung besonders blutrünstig sind.

Unter den Pressevertretern befanden sich ebenfalls vertraute Namen und Gesichter: Walter Winchell, der in seiner vom Syndikat vertriebenen Kolumne Hauptmann schon längst schuldig gesprochen hatte; die Autorin Fannie Hurst; der Kolumnist Arthur Brisbane, der am Anfang des Falls Capone so viel Publicity verschafft hatte; Damon Runyon; Adela Rogers St. John und so weiter und so fort ...

Ich nahm das alles in mich auf, während mich ein weiterer Staatspolizist zu den Tischen der Anklage führte, wobei er ausgiebig von seinen Armen und Schultern Gebrauch machen mußte; ein Zettel mit dem Wort HELLER klebte an einem leeren Klappstuhl dahinter. Auf dem Klappstuhl neben dem meinen saß Slim Lindbergh. Sein Babygesicht war gealtert, aber er sah noch immer knabenhaft aus; er trug einen ordentlichen, dreiteiligen Anzug – aber ohne eine Leiter am Revers.

Ich nickte ihm zu und lächelte, und er erwiderte das Nicken und das Lächeln; er stand nicht auf, doch als ich mich setzte, gab er mir die Hand, und ich schüttelte sie.

»Schön, Sie wiederzusehen, Nate«, sagte er über das Getöse hinweg. »Tut mir leid, daß ich mich nur einmal gemeldet habe.«

»Hallo, Slim. Warum muten Sie sich das zu? Sie haben doch schon ausgesagt.«

»Ich muß hier sein«, sagte er ernst.

Er deutete mit dem Kopf auf den Tisch der Anklage;

ich weiß nicht, ob er damit sagen wollte, daß die Staatsanwaltschaft auf seiner Anwesenheit bestand.

David Wilentz, der Generalstaatsanwalt, der sich entschlossen hatte, persönlich die Anklage vorzubringen – wegen seiner politischen Ambitionen, sagten die Zyniker, darunter auch ich – drehte sich um, um mich mit einem schnurrenden Lächeln und einer ausgestreckten Hand zu begrüßen. Sein Händedruck war fest, aber seine dunklen, klugen Augen bedachten mich mit einem ebensolchen Blick.

»Mr. Heller«, sagte er, »danke, daß Sie gekommen sind. Tut mir leid, daß wir uns noch nicht unterhalten konnten.«

»Ich freue mich, Ihnen helfen zu können«, sagte ich, als er meine Hand wieder losließ.

Er war ein kleiner, dunkler Mann mit einem schmalen Gesicht, einer langen, schmalen, scharfgeschnittenen Nase und glatt zurückgekämmtem, schwarzem Haar; er war um die vierzig Jahre alt und erinnerte mich ein wenig an George Raft, sah aber intelligenter und gerissener aus. Er trug einen dunkelblauen, maßgeschneiderten Anzug mit einem Seidentuch in der Brusttasche. Das war ein Mann, der sich niemals mit etwas zufriedengeben würde.

»Bleiben Sie einfach bei den Tatsachen«, sagte er. »Beantworten Sie nur meine Fragen.«

Ich nickte. Ich hatte mehrere Ferngespräche mit einem Staatsanwalt namens Hauck geführt, so daß sie wußten, was sie von mir zu erwarten hatten. Wilentz wandte mir wieder den Rücken zu und flüsterte mit seinem Assistenten.

Von meinem Platz aus konnte ich den Tisch der Verteidigung genau sehen. Die größte Aufmerksamkeit erregte zweifellos der oberste Verteidiger; Edward J. Reilly. Er trug eine schwarze Jacke mit abgerundeten Vorderschößen und einer weißen Nelke in einem Knopfloch, grau gestreifte Hosen und Gamaschen, die den großen, fleischigen Anwalt ungewollt in eine Witzfigur verwandelten; in seiner Vorstellung war er Adolphe Menjou, aber in Wirklichkeit war er W. C. Fields, bis hin zu dem dünnen, braunen Haar und dem alkoholgeröteten Gesicht. Seine runde Brille mit dicken Gläsern und schwarzem Rand ließ ihn noch mehr wie ein Komiker aus dem Varieté wirken.

Von den Zeitungen wurde Reilly durchweg mit zwei Spitznamen bedacht: der ›Bulle von Brooklyn‹, eine Anspielung auf vergangene Zeiten, als er einer der erfolgreichsten Prozeßanwälte New Yorks gewesen war; die jüngere Schöpfung lautete ›Todeszellen-Reilly‹, weil die wegen Mordes angeklagten Klienten, die er in letzter Zeit verteidigt hatte, durchweg dort geendet waren. Mit zweiundfünfzig Jahren (er sah zwanzig Jahre älter aus) hatte Reilly den Höhepunkt seines Ruhms längst überschritten, und ich fragte mich, wie der Angeklagte mit ihm zurechtkam.

Direkt hinter Reilly saß sein Klient. Bruno Richard Hauptmann war überraschend unauffällig, ein hagerer Mann mit breiten Schultern in einem graubraunen Anzug, der ihm viel zu groß war. Seine Augen waren hellblau und leer; er schien selten zu blinzeln und sich selten zu bewegen; er saß aufrecht und mit starrem Blick da, weniger mürrisch als gleichgültig. Sein Haar war blond, die Wangenknochen hoch und breit, die Wangen selbst eingefallen, das Gesicht oval, die Züge eher stattlich und entschieden teutonisch.

Zu seinen weiteren Anwälten (deren Namen ich erst später erfahren sollte) gehörten der stämmige, junge C. Lloyd Fisher, der in diesem Gerichtssaal (erfolglos) Commodore Curtis verteidigt hatte; der kleine, bebrillte Frederick Pope; und der gekrümmte Egbert Rosecrans mit seiner Adlernase. Der adrette Staatsanwalt Wilentz und seine Kollegen wirkten bei weitem schärfer und beschlagener.

Im Turm über dem Gerichtssaal schlug eine Glocke die Stunde an – zehn Uhr –, und der weißhaarige Gerichtsdiener rief: »So hört! So hört! So hört! Jeder, der an diesem achten Tage des Januar im Jahre unseres Herrn Neunzehnhundertfünfunddreißig mit diesem Gericht zu schaffen hat, soll vortreten, aufmerksam sein und gehört werden.«

Der Richter – Seine Ehren Thomas Whitaker Trenchard – tauchte mit wehender, schwarzer Robe durch eine Tür hinter seinem Podest auf; sein einst dunkles Haar war weiß geworden, was auch für den kleinen Schnurrbart galt, und er wirkte würdevoll, wenn auch leicht zerzaust, wie ein überarbeiteter Landarzt.

Kurz darauf ließ er eine Reihe von Zeugen auftreten, anfangs ausschließlich Polizisten, doch sie hatten keine besonderen Enthüllungen vorzubringen. Elsa Maxwell plauderte mit ihren Nerzen, und gelegentlich ermahnte der Richter die Anwesenden streng, Ruhe zu bewahren.

Wilentz war so glatt wie ein geschliffener Stein, doch Reilly – der versuchte, die Polizei von New Jersey als einen Haufen Trottel darzustellen, was ihm wirklich nicht schwerfallen sollte – war ein Schmierenkomödiant, dessen dröhnende Stimme von den Dachsparren zurückgeworfen wurde.

Der Verteidiger mit der Schnapsnase konnte tatsächlich ein paar Punkte für sich verbuchen: er brachte einen Experten für Fingerabdrücke zu dem Eingeständnis, noch nie vom Bertillon-System gehört zu haben, und führte vor, welch lächerlich schludrige Arbeit die Polizei am Anfang der Ermittlungen geleistet hatte, indem er zwei Cops zu der Aussage brachte, jeder glaubte, der *andere* habe einen Gipsabdruck von der Fußsspur unter dem Fenster des Kinderzimmers gemacht.

Dann ließ Wilentz von den Polizeizeugen ab und rief einen gebrechlichen, bärtigen, siebenundachtzigjährigen Knaben namens Amandus Hochmuth in den Zeugenstand. Hochmuth, der an der Ecke Mercer County Highway und Featherbed Lane wohnte, behauptete, er habe Hauptmann am Morgen des 1. März 1932 in einem ›schmutzigen, grünen Wagen‹ gesehen. Er erinnerte sich daran, weil Hauptmann ihn ›angestarrt‹ habe.

»Und der junge Mann, den Sie in diesem Automobil gesehen haben und der Sie angestarrt hat«, sagte Wilentz, »befindet sich in diesem Saal?«

»Ja!«

»Wo ist er?«

»Neben diesem Staatspolizisten dort«, sagte Hochmuth, und als er mit einem zittrigen Finger auf Hauptmann deutete, erlosch das Licht im Gerichtssaal.

»Das ist des Herrn Zorn auf einen lügenden Zeugen!« brüllte Reilly in das Halbdunkel.

Dröhnendes Gelächter erklang im Gerichtssaal. Slim neben mir lächelte nicht und ich auch nicht, weil Reillys Stil mich langweilte; und Richter Trenchard setzte seinen Hammer in Betrieb und drohte erneut, den Saal räumen zu lassen.

Das Licht ging nach ein paar Minuten wieder an, und Wilentz bat Hochmuth, den Zeugenstand zu verlassen und zu dem Mann zu gehen, den er gesehen hatte. Langsam und wacklig kam der Alte der Bitte nach, deutete mit einem zitternden Finger auf Hauptmann und legte dann ängstlich, als befürchte er, sich zu verbrennen, eine Hand auf Hauptmanns Knie.

Der Angeklagte schüttelte dreimal den Kopf und sagte mit einem bitteren Lächeln zu der Frau hinter ihm (seine Frau Anna? fragte ich mich). *»Der Alte ist verrückt.«*

»Was hat er gesagt?« fragte Slim neben mir leise.

Ich wiederholte den Satz flüsternd auf englisch.

Dann machte sich der rotgesichtige Reilly über den Alten her und brachte ihn zu dem Eingeständnis, daß seine Augen nicht mehr besonders gut waren; er konnte Hochmuths Aussage ansonsten jedoch nicht erschüttern.

Danach traten mehrere Zeugen auf, darunter ein Techniker der Forstbehörde, die Aussagen über die Leiter machen sollten, die bei der Entführung benutzt worden war. Doch Reilly und seinem Kollegen Pope gelang es, die Zeugen abzuschmettern; die Leiter sei ›verändert‹ worden und ›durch die Hände mehrerer Personen gegangen, die die Anklage nicht identifiziert‹ habe.

Daraufhin trat ein bekanntes Gesicht auf, wenngleich ich eingestehen muß, daß ich den Mann zuerst nicht erkannte. Perrone, der Taxifahrer mit dem Frettchen-Gesicht, der am Abend des ersten Friedhof-Rendezvous' den Umschlag bei Jafsie abgeliefert hatte, identifizierte Hauptmann als den Mann, der ihm den Umschlag gegeben hatte. Er erhob sich vom Zeugenstand, legte eine Hand auf Hauptmanns Schulter und sagte: »Das ist der Mann.«

Hauptmann verzog das Gesicht und sagte: »Sie lügen.«

Reilly fuhr schweres Kaliber gegen Perrone auf. Er warf dem Taxifahrer vor, daß er von der Wohlfahrt lebte; er erkundigte sich nach anderen Fahrgästen, die er an diesem Abend gehabt hatte; er implizierte, Perrone sei von der Staatsanwaltschaft gekauft und instruiert worden. Die Salven gingen nach hinten los: als Reilly das Kreuzverhör beendete, haßte das Publikum ihn geradezu.

Dann war ich an der Reihe. Wilentz fragte mich, ob ich Condon zu der ersten der beiden Begegnungen mit ›Friedhof-John‹ zum Friedhof Woodlawn gefahren habe. Ich erzählte, was ich gesehen hatte, auch, daß der Bursche über das Friedhofstor geklettert und in den Van-Courtlandt-Park gelaufen und Condon ihm zu einer Bank neben dem Schuppen gefolgt war, auf der sie dann Platz genommen und sich unterhalten hatten. Ich erzählte alles.

Fast alles. Eine Frage, eine ziemlich wichtige, stellte der gerissene Wilentz mir nicht.

»Kann ich Sie zum Mittagessen einladen, Nate?« fragte Slim, und ich sagte, klar doch, als wir den Gerichtssaal zu Beginn der Mittagspause verließen. Wir mußten fast schreien, weil immer noch ein schier unglaublicher Tumult herrschte.

»Sind Sie mit dem Restaurant des Union Hotels einverstanden?« fragte Lindy, und sein Atem kondensierte in der eiskalten Luft, als wir uns durch eine Menschenmenge drängten, die den Anblick des Einsamen Adlers mit Jubelrufen und Applaus zur Kenntnis nahm; die Kameras der Wochenschauen surrten, und Reporter riefen Fragen, doch Slim schritt schweigend durch das Zentrum des Sturms.

»Aber sicher«, sagte ich. »Wo ist das Hotel?«

»Da vorn«, sagte er und nickte in die Richtung. »Da wohnen Sie auch.«

Die Straße war völlig mit Wagen verstopft; immer wieder riefen Passanten Lindy etwas zu, der gelegentlich mit einem verkniffenen Lächeln und noch seltener mit einem Nicken reagierte. Er schien die gräßlichen Souvenirs, die hier feilgeboten wurden, die kleinen Leitern und so weiter, nicht zu bemerken, wenngleich ich es mir nicht vorstellen konnte.

Das Union Hotel war ein häßliches Backsteingebäude mit rötlichbraunem Putz und einer weitläufigen, auf beiden Seiten überbauten Veranda. Eine Schiefertafel neben der Eingangstür des Speisesaals verkündete, welche Gerichte es gab: unter anderem Lammkoteletts Jafsie, gebackene Bohnen Wilentz, Eiscreme Lindbergh.

Der Speisesaal war rammelvoll, doch ein paar Tische waren für die Prominenz wie Slim und die Ankläger und Verteidiger reserviert. Colonel Breckinridge, der es nicht in den Gerichtssaal geschafft hatte, wartete an einem abseits stehenden Tisch auf uns.

Als wir uns setzten, fragte Breckinridge Lindbergh, wie der Prozeß heute verlief, und Lindy sagte: »Gut.«

»Reilly scheint mir der größte Aktivposten der Anklage zu sein«, sagte ich.

»Wieso?« fragte Breckinridge.

»Na ja, die Jacke mit den Rockschößen und die Gamaschen kommen bei diesen konservativen Geschworenen nicht besonders gut an. Und sein lauter, bedrohlich wirkender Stil auch nicht. Er geht so subtil vor wie John Barrymore in einem seiner Filme.«

Ein Kellner gab uns Speisekarten, und Lindbergh betrachtete die seine mit starrem Blick und einem Gesichtsausdruck, der dem nicht unähnlich war, den der Angeklagte im Gerichtssaal aufgesetzt hatte.

Der Kellner, ein dickbäuchiger Mann mittleren Alters, wartete geduldig, obwohl viel zu tun war, während wir die Speisekarte lasen und dann in aller Ruhe bestellten; Lindbergh war schließlich kein x-beliebiger Gast.

»Was sind die ›Hauptmann-Pommes‹?« fragte ich ihn.

»Deutsche Bratkartoffeln«, sagte er geradeheraus.

Lindbergh bestellte eine Gemüsesuppe mit Brot; Breckinridge entschied sich für die Lammkoteletts Jafsie; und ich nahm das Gow-Gulasch (benannt nach Betty, dem Kindermädchen, das vor ein paar Tagen aus Schottland herübergekommen war, um ihre Aussage zu machen).

»Mir ist aufgefallen«, sagte ich, während wir auf das Essen warteten, »daß Wilentz mich nicht nach dem verdächtigen Burschen gefragt hat, der vor dem Friedhof an Jafsie und mir vorbeiging.«

»Ach?« sagte Breckinrigde.

Lindy sagte nichts.

»Das paßt wohl nicht zu seiner Einzeltäter-Theorie«, sagte ich. »Slim, hat er Sie nach dem Burschen gefragt, den *Sie* gesehen haben?«

»Was für einen Burschen?« fragte Slim.

»Na, nach dem Burschen, den sie während *Ihres* Friedhofbesuchs gesehen haben. Das könnte doch derselbe gewesen sein, den ich gesehen habe.«

Lindbergh zuckte die Achseln.

»Kommen Sie schon, Slim – wahrscheinlich *war* es

derselbe. Er ging ziemlich krumm und hielt sich ein Taschentuch vors Gesicht.«

»Irgendein Spaziergänger«, sagte er.

»Ach. Es ist also nur ein Zufall, daß wir beide, auf unseren jeweiligen Friedhofsbesuchen, einen gebückt gehenden Mann gesehen haben, der sein Gesicht mit einem Taschentuch bedeckte, während er uns überprüfte? Slim. Bitte.«

»Lassen Sie Wilentz seinen Job machen«, sagte Lindbergh ziemlich verschnupft.

Ich beugte mich vor; Silberbesteck klapperte. »Warum hat Wilentz mich nicht nach meiner *wirklichen* Rolle bei dieser Sache gefragt: Ich habe nichts von Capone gehört oder davon, daß Marinelli und die Sivella den Namen ›Jafsie‹ erwähnt haben, *bevor* Condon überhaupt aktuell war, oder von Curtis oder Means oder . . .«

»Das ist nicht die Stoßrichtung des Prozesses«, sagte er scharf. »Lassen Sie es dabei bewenden.«

»Es dabei bewenden lassen? Vielleicht läßt *Reilly* es aber nicht darauf beruhen, Slim.«

Sein Mund zuckte wütend. »Benutzen Sie im Zeugenstand einfach Ihren gesunden Menschenverstand, Nate. Klar?«

»Meinen gesunden Menschenverstand?«

Unser Essen kam; ich wartete, bis der Kellner es verteilt hatte und wieder gegangen war. Das Gow-Gulasch sah gut aus, war dampfend heiß und roch hervorragend.

»Gesunder Menschenverstand«, wiederholte ich. »Sie meinen, ich soll im Zeugenstand lügen?«

Lindbergh funkelte mich wütend an, sagte aber nichts.

»Das verlangt niemand, Heller«, sagte Breckinridge.

Ich nahm eine Gabel voll Gulasch; es schmeckte so gut, wie es aussah. Und es sah fast so gut aus wie Betty Gow, was das betraf.

»Wissen Sie, meine Herren«, sagte ich nachdenklich, »ich bin aus Chicago und in vielfacher Hinsicht der typisch verkommene, gierige Bulle aus Chicago. Natürlich bin ich jetzt selbständig, und ich habe die Truppe auch deshalb verlassen, weil einige Leute glaubten, ich sei billig zu haben. Das bin ich aber nicht.«

»Niemand verlangt . . .«, begann Breckinridge nervös.

»Ich tue so einiges für Geld, das streite ich nicht ab. Aber ich lüge nicht im Zeugenstand.«

Lindbergh sah von der Suppe auf, die er löffelte; für seine Verhältnisse aß er ziemlich schnell.

»Erinnern Sie sich an die Pistole, die ich Ihnen geliehen habe, Slim? Diejenige, die Sie an diesem Abend zum Friedhof mitgenommen haben?«

Er nickte, sah mich aber nicht an.

»Ich habe einmal im Zeugenstand gelogen. Die Cops und der Mob hatten sich auf einen Sündenbock geeinigt. Der Sündenbock war sogar damit einverstanden – er spielte freiwillig mit. Ich habe also nicht eingesehen, warum ich nicht auch mitmachen sollte. Also habe ich im Zeugenstand gelogen.«

Lindbergh tupfte sich die Lippen mit einer Serviette ab.

»Das brachte mich ein gutes Stück voran«, sagte ich achselzuckend. »So wurde ich zum jüngsten Beamten in Zivil der gottverdammten Polizei von Chicago. Aber meinem Vater ist es sauer aufgestoßen. Er war ein alter Gewerkschaftsmann und sehr empfindlich, was solche Dinge wie eine Aussage unter Eid betraf. Komisch – er hat nicht mal an Gott geglaubt, doch hätte man ihm den Eid abgenommen, hätte er nichts anderes als die Wahrheit sagen können. Auf jeden Fall hat er sich mit der Waffe erschossen, die ich Ihnen geliehen habe. Mit meiner Waffe. Seitdem bin ich ziemlich empfindlich, wenn es um Aussagen im Zeugenstand geht.«

»Das mit Ihrem Vater tut mir leid«, sagte Slim.

»Darauf wollte ich nicht hinaus.«

»Ich weiß, worauf Sie hinauswollten. Ich schätze es bloß nicht, Lügner genannt zu werden.«

»Habe ich das getan?«

Er musterte mich eindringlich; dann seufzte er. »Nate, dieser Mann ist schuldig.«

»Ich habe selbst gehört, daß Sie gesagt haben, Sie könnten diesen ›Friedhof-John‹ nicht anhand seiner Stimme identifizieren. Dasselbe haben Sie vor noch gar nicht so langer Zeit vor einem Schwurgericht in der Bronx gesagt. Was hat sich geändert?«

Er deutete mit dem Zeigefinger auf mich. »Die höchsten Polizeibeamten, die diesen Fall bearbeitet haben, haben mir versichert, daß nicht der *geringste* Zweifel an Hauptmanns Schuld besteht. Ich habe das von Schwarzkopf gehört, von Frank J. Wilson, von Lieutenant Finn, von . . .« Er schüttelte den Kopf, als wolle er wieder nüchtern werden. »Wenn Sie Tag für Tag in diesem Gerichtssaal sitzen würden, wie ich es getan habe und auch weiterhin tun werde, würden Sie es selbst wissen.«

»Slim, ich war Polizist. Bin es noch immer. Und ich kann Ihnen eins über Polizisten verraten: wenn ein Bulle zu dem Schluß kommt, daß jemand schuldig ist, dann ist er auch schuldig. Und ein Bulle wird dann ziemlich einfallsreich. Was glauben Sie denn, wie viele gefälschte Beweise und gekaufte und instruierte Zeugen schon in amerikanischen Gerichtssälen vorgeführt wurden? Vertrauen Sie mir.«

»Ich wünschte, *Sie* würden das, Nate.«

»Was?«

»Mir vertrauen.«

»Na ja.« Ich lächelte und tupfte mir ebenfalls die Lippen mit der Serviette ab. »Ich lasse mich von Ihnen zum Mittagessen einladen. So stolz bin ich nun auch wieder nicht.«

Wir lächelten einander vorsichtig an, Slim und ich, doch Breckinridge schien die Sache sehr peinlich zu sein.

Nach dem Mittagessen wurde ich wieder in den Zeugenstand gerufen, und Reilly nahm mich ins Kreuzverhör. Einen Augenblick lang dachte ich, er würde endlich zur Sache kommen. Er befragte mich mit seinem Schmierenkomödiantengehabe über den Abend, an dem wir die nachgebaute Wahlurne mit dem Lösegeld gefüllt hatten, damit Jafsie und Slim es Friedhof-John überbringen konnten.

»Sind Sie nicht auf die Idee gekommen, mitzugehen und diese Person *festzunehmen*?« fragte er.

»Doch«, sagte ich.

»Haben die Polizei der Stadt New York und das Justizministerium *gewußt*, daß in dieser Nacht eine Lösegeldzahlung stattfinden wird?«

»Ich glaube schon. Zumindest das Schatzamt hat davon gewußt.«

»Haben diese Leute gewußt, *wo* die Lösegeldübergabe stattfinden sollte?«

»Nein. Das hat niemand gewußt. Auch Colonel Lindbergh und Professor Condon nicht, bis sie dann diesen Blumenladen erreicht hatten, der in dem Brief genannt wurde.«

»Sie beziehen sich auf den Brief, den der Taxifahrer abgegeben hat?«

»Ja.«

»Wurde die Polizei benachrichtigt, daß der Brief eingetroffen war und Dr. Condon und Colonel Lindbergh zur Lösegeldübergabe unterwegs waren?«

»Nein.«

»Warum nicht?«

»Das weiß ich nicht.«

»Das wissen Sie nicht? Mr. Heller, waren Sie damals nicht selbst Polizeibeamter?«

»Ja. Aber bei der Polizei von Chicago. Ich war bei diesem Fall nur ein Verbindungsmann, ein Berater.«

»Und Sie wissen nicht, warum weder die Polizei noch das Justizministerium oder das Schatzamt benachrichtigt wurden, daß die Lösegeldübergabe stattfinden sollte?«

»Nein, Sir, das weiß ich nicht. Ich war keins der hohen Tiere des Falles. Ich war nur ein Pünktchen auf dem ›i‹.«

Das brachte mir einen Lacher ein; seltsamerweise lächelten sowohl Lindbergh als auch Hauptmann, wenn auch nicht Richter Trenchard. Er setzte seinen Hammer in Bewegung, verlangte Ruhe und drohte, den Saal räumen zu lassen.

»Mr. Heller«, sagte Reilly, eine Hand auf seine üppige Hüfte gestützt, »haben Sie als Polizeibeamter den Versuch unternommen, an diesem Abend Dr. Condon und dem Colonel zu folgen und sie zu schützen?«

»Nein.«

Reilly lächelte und blickte die Geschworenen vielsagend an. Er hatte Punkte gemacht, wenn auch nicht sehr viele; aber dann entließ er mich!

Ich schlurfte zu meinem Stuhl zurück, und Lindbergh tätschelte anerkennend meinen Arm. In meinem Kopf drehte es sich. Scheiße, Reilly hatte mich weder nach dem gebückten Burschen mit dem Taschentuch vor dem Gesicht gefragt, den ich gesehen hatte oder nach der Capone-Verbindung oder nach den Spiritisten oder nach Means oder Curtis oder nach *irgend etwas*! Einiges davon mochte er vielleicht nicht gewußt haben. Aber ein Großteil davon hatte in den Polizeiberichten und den Zeitungen gestanden, nach der erfolglosen Lösegeldübergabe und den aufgeflogenen Betrugsversuchen von Means und Curtis.

Der nächste Zeuge wurde aufgerufen: »Dr. John F. Condon.«

Der hochgewachsene Mann war anscheinend gerade erst eingetroffen, denn er hatte einen großen Auftritt, als er von der Tür des Gerichtssaals zum Zeugenstand schritt.

Und der alte Jafsie schritt tatsächlich, ging langsam und ernst; eine große, stämmige Gestalt in einem predigerschwarzen Anzug mit einem scharf gefalteten, weißen

Tuch in der Brusttasche und einer altmodischen, goldenen Uhr an einer Kette an der Brust.

Wilentz fragte den Zeugen nach seinem Alter und Wohnort, und Jafsie antwortete mit zitternder, aber trotzdem bebender Stimme: »Ich bin vierundsiebzig Jahre alt und Bürger des wunderschönsten Stadtteils der Welt, der Bronx.«

Ich stöhnte auf, und Lindbergh warf mir einen scharfen Blick zu.

Wilentz erkundigte sich nach weiteren Einzelheiten, und Jafsie erzählte die Geschichte seines Lebens, die die meisten Anwesenden zum Gähnen brachte; ich drohte gerade einzuschlafen, als Wilentz ihn nach den Umständen fragte, unter denen er und Colonel Lindbergh am Abend des 2. April 1932 einen Mann am Friedhof St. Raymond getroffen hatten.

»Und hatten Sie«, bohrte Wilentz weiter, »eine Kiste mit Geld dabei?«

»Jawohl, Sir.«

»Haben Sie dieses Geld an diesem Abend jemandem gegeben?«

»Jawohl, Sir.«

»Wem haben Sie das Geld gegeben?«

»John.«

Wilentz drehte sich, um Aufmerksamkeit heischend, zu den Geschworenen um. »Und wer ist John?«

Condon drehte sich leicht auf seinem Stuhl und blickte den Angeklagten an. Er richtete einen Finger wie eine Pistole auf Hauptmann und sagte so laut, daß seine Stimme im Gerichtssaal dröhnte: »John ist *Bru*-no . . . *Ri*-chard . . . *Haupt*-mann!«

Im Saal war der Teufel los. Die Frau, die ich für Mrs. Hauptmann hielt, sah ihren Gatten mit ernster Besorgnis an. Hauptmann selbst schaute ganz benommen drein; der Verteidiger Fisher legte ihm tröstend eine Hand auf die Schulter; auf der Galerie erklang ein kollektives Keuchen und dann das Scharren von Stühlen, als die Reporter mit der neuen Information hinausstürmten.

Ich stand ebenfalls auf.

Lindberg berührte meinen Arm. »Nate?« sagte er. »Alles in Ordnung?«

»Ich habe genug gehört, Slim«, sagte ich nicht unfreundlich und ging hinaus.

An diesem Abend saß ich im Union Hotel, betrank mich und beobachtete, wie der Hauptverteidiger Reilly mit Reportern Witze riß, an jedem Arm eine vollbusige, blonde ›Sekretärin‹, und sein ohnehin schon rotes Gesicht noch roter trank. Am nächsten Morgen fuhr Breckinridge mich zur Grand Central Station zurück, wo ich in den Limited stieg. Breckinridge und ich hatten auf der Fahrt nicht viel miteinander gesprochen. Ein wenig Geplauder – es war neblig geworden und regnete, und wir sprachen hauptsächlich darüber.

Einmal sagte er jedoch: »Beurteilen Sie Slim nicht zu hart.«

Es war eine vernünftige Bitte, und ich nickte, doch ich erinnere mich noch, daß ich mich gefragt habe, ob irgend jemand auf dieser Erde, von Hauptmanns Frau Anna einmal abgesehen, dem Angeklagten dieselbe einfache Bitte ebenfalls gewährt hätte. Jetzt, mehr als ein Jahr später, fuhr ich im Limited erneut gen Osten, lag behaglich in meiner Koje und fragte mich, ob vielleicht endlich jemand dieser Bitte tatsächlich nachgekommen war.

28

Das Parlamentsgebäude in Trenton war an diesem kalten, verregneten Märzmorgen (und auch an jedem anderen) ein plumpes Gebäude zwischen der State Street und dem

Delaware River. Das vierstöckige Ding sah aus wie eine riesige Hochzeitstorte und schien zu dem Zweck entworfen worden zu sein, den Verdacht des Rests der Nation zu bestätigen, daß New Jersey ein Staat zweiter Klasse war; betreten konnte man das Gebäude über einen protzigen, zweistöckigen Hof, dessen obere Etage von winzigen Granitsäulen getragen wurde.

Ich ging durch den Hauptkorridor und schüttelte den Regen vom Hut, und mein Mantel hinterließ eine feuchte Spur. Dabei betrachtete ich die strengen Porträts früher Patrioten und Staatsmänner New Jerseys und wurde dafür mit schmutzigen Blicken abgespeist. Ich ging durch die überfüllte Rundhalle mit Kuppeldach, die festlich mit muffigen, verblichenen Regimentsflaggen aus dem Bürgerkrieg geschmückt war, und suchte mir den Weg zu den beiden oberen Stockwerken, ein düsteres Labyrinth, in dem Beamte ziellos hin und her wanderten.

Irgendwie gelang es mir, das Vorzimmer des Gouverneurs zu finden, in dem ein Sekretär mir Hut und Mantel abnahm und mich dann zu Hoffman führte.

Der Gouverneur telefonierte gerade, lächelte jedoch breit und bedeutete mir, auf einem überpolsterten Stuhl vor seinem gewaltigen Mahagonischreibtisch Platz zu nehmen, auf dem sich Dokumente und Akten stapelten. Er war ein stämmiger, fröhlich wirkender Mann von vielleicht vierzig Jahren mit einem runden, stattlichen Gesicht; sein blauer Anzug und die blau und grau gestreifte Krawatte sahen ordentlich und frisch aus, und das galt auch für ihn.

Hoffman war der jüngste Gouverneur der Nation und an dem Tag, da der Prozeß gegen Hauptmann begonnen hatte, vereidigt worden; er war Berufspolitiker und einer der wenigen Republikaner, die in einem Jahr des demokratischen Erdrutsches gesiegt hatten.

»Ich bin froh, daß Sie gut angekommen sind«, sagte er,

aber nicht zu mir, und lächelte das Telefon an. »Kommen Sie sofort rüber. Ja, er ist gerade gekommen.«

Das Büro war ein aufwendiges, mit dunklem Holz getäfeltes Amtszimmer mit einem riesigen Perserteppich und einem Kamin, in dem die Flammen leise an großen Scheiten leckten. Ein großes, warmes Zimmer, das von formellen, strengen Ölbildern, die mir unbekannte Würdenträger New Jerseys zeigten, etwas abgekühlt wurde; nichtsdestotrotz erweckte es den unbewohnten, vorübergehenden Eindruck, den alle Zimmer oder Amtssitze von Politikern machten, die früher oder später aus ihrem Amt scheiden mußten. Der große, gelbe Globus neben dem Schreibtisch schien nie gedreht worden zu sein; die ledergebundenen Bücher in dem Regal hinter dem Gouverneur schienen nie geöffnet worden zu sein; die Fahnen – links die der USA, rechts die des Staates – hingen schlaff an ihren Masten und schienen niemals aufgerollt worden zu sein. Der einzige Daseinszweck des hölzernen Aktenschranks in drei Metern Entfernung schien darin zu bestehen, einer silbernen Blumenvase einen Ruheplatz zu bieten.

»Das war eine alte Freundin von Ihnen«, sagte der Gouverneur lächelnd, als er auflegte, bot aber keine weiteren Erklärungen an. Er stand auf und streckte die Hand aus, und ich stand auf und streckte meine ebenfalls aus; wir wechselten einen angemessen maskulinen und festen Händedruck. Dann setzten wir uns wieder.

»Es freut mich sehr, daß Sie gekommen sind, Mr. Heller«, sagte er und lehnte sich in seinem Sessel zurück. »Sie sind genau der richtige Mann für diesen Job.«

»Worum genau handelt es sich dabei?«

Seine Lippen zuckten, und seine Augen funkelten; sein Lächeln hatte etwas Koboldhaftes an sich, den Hauch eines unerwarteten Übermuts.

Dann wurde sein Gesichtsausdruck ernst. »Mr. Heller, ich habe mehrere andere Privatdetektive mit Ermittlungen beauftragt, und wir sind auf zahlreiche Beweise gestoßen ... die leider alle nicht so zwingend sind, als daß wir damit einen neuen Prozeß gegen Richard Hauptmann durchsetzen könnten. Und es ist mir auch nicht möglich, ihm eine Begnadigung zu gewähren oder seine Strafe in eine Haftstrafe umzuwandeln.«

»Ach?«

Er schüttelte den Kopf. »Ich bin nur *ein* Mitglied des Begnadigungskomitees. In New Jersey hat der Gouverneur nicht die Befugnis, die Todesstrafe für ein Kapitalverbrechen aufzuheben. Und ich kann ihm keinen weiteren Aufschub gewähren, wenn Sie nicht so handfeste Beweise auftreiben, daß mein demokratischer Bundesstaatsanwalt sie nicht ignorieren kann.«

»Wilentz, meinen Sie.«

»Genau. Wir sind alte Schulfreunde, Dave und ich. Sie haben ihn doch kennengelernt, oder?«

»Kurz. Ich habe ihn während des Prozesses gesehen. Ich war nur einen Tag dort, aber es hat sich gelohnt. Ein gerissener Ankläger.«

Er nickte und griff nach einem Humidor auf dem Schreibtisch. »Das ist er. Eine Zigarre?«

»Nein, danke.«

Er zündete sich eine an; eine große, fette Havanna. »Das Seltsame daran ist, daß Dave gegen die Todesstrafe ist. Ich hingegen habe keine Bedenken, einem Mörder die Tür zur Hölle zu zeigen.«

Ja, ich steckte wieder mitten im Fall Lindbergh, in der Abteilung Melodramatik.

»Warum«, fragte ich, »braucht der Staat New Jersey private Ermittler?«

»Ich bin überrascht, daß Sie das fragen, Mr. Heller, vor allem, da Sie vor einiger Zeit beträchtlichen Kontakt mit unserer Staatspolizei hatten, vor allem mit Colonel Norman Schwarzkopf.«

Ich zuckte die Achseln und nickte.

Er kniff die Augen zusammen und musterte mich nachdrücklich. »Verstehen Sie, Mr. Heller, ich habe Bruno Richard Hauptmann in der Todeszelle aufgesucht . . . ich hatte gehört, daß er eine ›Audienz‹ bei mir wünsche, und ich habe ihn heimlich dort aufgesucht, in der Hoffnung, ich würde vielleicht ein Geständnis hören. Statt dessen mußte ich einen Mann anhören, der auf stille Weise empört war, einen Mann von beträchtlicher Würde und Intelligenz, der eine Menge Fragen aufwarf, die in der Tat beantwortet werden müssen.«

»Ah«, sagte ich lächelnd; plötzlich war mir der Zusammenhang klar. »Und so haben Sie sich an den Chef der Staatspolizei gewandt, um Antworten auf diese Fragen zu bekommen.«

»Genau. Und unser gemeinsamer Freund Colonel Schwarzkopf ignorierte meinen offiziellen Befehl, die Ermittlungen wieder aufzunehmen, und schickte mir statt dessen jeden Monat eine vorgedruckte Mitteilung, es hätten sich keine neuen Entwicklungen ergeben. Als ich Hauptmann den Aufschub von dreißig Tagen gewährte, heuerte ich selbst Ermittler an und nahm Schwarzkopf im Prinzip den Fall Lindbergh weg. Wie Sie sich vorstellen können, besteht nicht die geringste Zuneigung zwischen uns.«

»War Hauptmann persönlich der Grund, daß Sie sich für den Fall interessieren?« fragte ich, da ich wußte, daß man dem Gouverneur vorwarf, ein politisches Ränkespiel zu betreiben. »Hat er seine Sache so überzeugend vertreten?«

»Ja, er war überzeugend. Aber es gab noch weitere Faktoren. Ich glaube, Sie haben New Jerseys Antwort auf Sherlock Holmes kennengelernt – Ellis Parker?«

Ich nickte. »Auf dem Anwesen der Lindberghs, im frühen Stadium des Falls.«

»Parker hat seine eigenen Ermittlungen durchgeführt«, sagte Hoffman, »wenngleich er mich noch nicht in die

Ergebnisse eingeweiht hat. Er ist einer der Leute, die Sie überprüfen sollen; für meinen Geschmack läßt er sich zu wenig in die Karten sehen.«

»Der alte Knabe zieht jeden Vorteil aus seiner Stellung«, sagte ich. »Aber lassen Sie sich nicht von seiner Fassade als Kleinstadtpolizist täuschen.«

»Oh, ich lasse mich schon nicht hinter's Licht führen. Und ich nehme seine Meinung ziemlich ernst. Er hält Hauptmann für unschuldig, oder höchstens für eine Randfigur, die jetzt für die echten Entführer die Suppe auslöffelt.«

»Haben Sie die Möglichkeit in Betracht gezogen, daß die Entführerbande dieses ›Friedhof-Johns‹ das Kind niemals gehabt hat?«

Er nickte heftig, atmete Rauch aus und gestikulierte wild mit der Zigarette. »Ja. Und ziehen Sie bitte auch in Betracht, Mr. Heller – Ellis Parker vertritt die Auffassung, daß das Baby, das man in diesem flachen Grab in den Wäldern der Sourlands gefunden hat, *nicht* Charles Lindbergh jr. war.«

»Na ja, ich habe gehört, daß Slim Lindberghs Identifizierung der Leiche *ziemlich* oberflächlich war.«

»Oberflächlich! Wissen Sie, wer die Leiche in der Leichenhalle obduziert hat? Das war . . . warten Sie mal, ich habe es gleich.« Er durchstöberte einige der zahlreichen Dokumente und Akten auf seinem Schreibtisch, fand die richtige ziemlich schnell und las mit einer triumphierenden Geste vor: »Der Kinderarzt des Jungen persönlich, Dr. Phillip Van Ingen, der die Überreste untersuchte. Der Bestattungsunternehmer behauptet, daß Dr. Van Ingen gesagt hat, und ich zitiere wörtlich: ›Und wenn Sie mir zehn Millionen Dollar auf den Tisch legen würden, damit ich das Skelett zweifelsfrei identifiziere, könnte ich trotzdem nicht sagen, daß es sich um den Sohn des Colonels handelt.‹«

»Skelett? Ich weiß zwar, daß die Leiche schon ziemlich

verwest war, habe aber gehört, die Gesichtszüge wären noch intakt gewesen ...«

»Haben Sie jemals *gesehen*, wie die ›Leiche‹ aussah?«

Ich schüttelte den Kopf.

Er zog ein Hochglanzfoto aus einer Aktenmappe. »Sie konnten nicht mal das Geschlecht des Kindes feststellen«, sagte er und gab mir das Foto.

»Großer Gott«, sagte ich.

Ich betrachtete einen winzigen, schwarzen Knochenhaufen; man konnte mehr oder weniger einen Schädel und eine oder zwei Rippen ausmachen; das linke Bein fehlte.

Mein Mund war plötzlich ganz trocken. »Ich habe gehört, das Kind sei identifiziert worden, weil seine Zehen übereinander standen ...«

»Na ja, das hat man nur an einem Fuß feststellen können«, sagte Hoffman. »Aber bei Dr. Van Ingens Untersuchung des Kindes am achtzehnten Februar, zehn Tage vor der Entführung, hat sich herausgestellt, daß jeweils die beiden kleinen Zehen über dem vierten lagen. Bei der Leiche ... bei dem, was davon noch übrig war ... wurde ebenfalls so ein überstehender Zeh festgestellt, aber es war der *große* Zeh, der über dem zweiten lag.«

»Und es dürfte nicht leicht gewesen sein, auch nur das festzustellen«, sagte ich und gab ihm das verdammte Foto zurück.

»Eins steht zweifelsfrei fest – der Gerichtsmediziner hat die Leiche gemessen und festgestellt, daß sie sechsundachtzig Zentimeter groß war. Van Ingen hat am achtzehnten Februar vierundsiebzig Zentimeter gemessen.«

»Einen Teil davon könnte man dem Wachstum der Knochen nach dem Tod zuschreiben«, sagte ich nachdenklich. »Aber zum Teufel – keine zwölf Zentimeter.«

»Natürlich deutet das alles auf einen der großen Patzer beim Prozeß hin«, sagte Hoffman.

Ich nickte. »Sie meinen, daß Hauptmanns Verteidiger

eingestanden hat, daß es sich bei der Leiche, die auf dem Mount Rose gefunden wurde, um Charles Lindbergh jr. gehandelt hat.«

Die Presse hatte ausführlich darüber berichtet. Wilentz hatte die Leiterin des Waisenhauses St. Michael, das sich keine zwei Kilometer von der Stelle entfernt befand, wo man die kleine Leiche gefunden hatte, in den Zeugenstand gerufen, um gegen das Gerücht vorzugehen, bei der Leiche in den Wäldern könne es sich um die eines Schutzbefohlenen dieses Heims handeln.

Doch Reilly hatte die Befragung schon ganz am Anfang mit den Worten unterbrochen: »Wir haben nie bestritten, daß es sich bei dieser Leiche um Colonel Lindberghs Kind handelt.«

Sogar die Anklage war von diesem ungeheuerlichen Patzer verblüfft gewesen. Es hatte nicht der geringste Grund für Reilly bestanden, Wilentz den *corpus delicti* einfach auf einem Silbertablett zu präsentieren. Angeblich war der Ko-Verteidiger Fisher – lange Zeit Hauptmanns zuverlässigste Stütze – aufgesprungen und hatte Reilly angebrüllt: »Sie bringen unseren Klienten auf den elektrischen Stuhl!« und war hinausgestürmt.

»Wer, zum Teufel, hat Reilly überhaupt angeheuert?« fragte ich.

»Hearst«, sagte der Gouverneur mit einem leisen, ironischen Lächeln.

»Hearst! Großer Gott, Hearsts Zeitungen haben Hauptmann doch ans Kreuz genagelt! Um Himmels willen, Hearst ist ein alter Freund Lindberghs...«

»Na ja«, sagte Hoffman mit einem kleinen Achselzucken und setzte die Rolle des Teufels Advokaten fort, »Reilly war früher einmal einer der besten Prozeßanwälte. Sie wissen ja, daß er in seiner Glanzzeit eine Menge große Prohibitions-Gangster freibekommen hat.«

Ich setzte mich auf. »Ach, wirklich? Wen denn, zum Beispiel?«

Hoffman zuckte die Achseln. »Ich glaube, einer seiner berüchtigsten Klienten war Frankie Yale.«

Bis zu seinem Ableben im Jahr 1927 war Frankie Yale Al Capones Mann an der Ostküste gewesen. Capone hatte Yale '27 umgebracht und ihn durch einen gewissen Paul Ricca ersetzt.

Hatte Reilly vielleicht in Capones Tasche gesteckt? Hatte der rotnasige Rechtsverdreher den Fall vielleicht absichtlich verloren?

»Wissen Sie, Mr. Heller«, sagte Hoffman, »einige Bürger dieses Staates glauben, daß ich mich nur meines eigenen Ruhms, meines eigenen Vorteils willen auf diese Sache eingelassen habe ... angesichts der Tatsache, daß ich Morddrohungen erhalte, daß mein Haus und meine Frau und meine drei kleinen Töchter dementsprechend rund um die Uhr überwacht werden, und daß die Presse meine Absetzung verlangt, bezweifle ich, daß es ein ›guter politischer Schachzug‹ von mir war, mich ›auf die Seite Hauptmanns‹ zu stellen.«

»Was wollen Sie denn wirklich, Herr Gouverneur?«

Seine fröhliche Maske brach zusammen. »Hören Sie – ich will lediglich die Wahrheit herausbekommen. Die Bürger dieses Staates haben ein Anrecht auf diese Wahrheit, und Hauptmann hat ein Anrecht auf sein Leben, wenn er das Lindbergh-Baby nicht ermordet hat. Das war ein schockierendes Verbrechen – und im Interesse der Gesellschaft *muß* es völlig aufgeklärt werden.«

»Sie lassen sich diese Sache zu nahe gehen, Herr Gouverneur. Das ist gefährlich.«

Mit dem Daumen deutete er über seine Schulter auf die Staatsflagge. »Mr. Heller, als Gouverneur dieses Staates muß ich meine *Pflicht* erfüllen.«

»Kein Politiker wurde dadurch reich, indem er seine Pflicht erfüllt hat.«

Er zuckte zusammen; es war kaum wahrnehmbar, aber er zuckte. »Ich habe mich nicht darüber geäußert, ob ich

Hauptmann für schuldig oder unschuldig halte. Aber ich teile mit Hunderttausenden anderen Menschen Zweifel über den Wert der Beweise, die ihn am Abend des Verbrechens in das Kinderzimmer der Lindberghs gebracht haben.«

»Ich bin nicht vertraut mit diesen Beweisen.«

»Nun, ich werde Sie damit vertraut machen. Aber Sie sind vertraut mit der Rolle, die Gefühle und Vorurteile bei der Verurteilung eines Mannes spielen, der von den Zeitungen bereits verurteilt wurde.« Er schlug sanft auf die Akten auf seinem Schreibtisch. »Ich bezweifle die Ehrlichkeit und die Kompetenz einiger der wichtigsten Zeugen der Anklage. Und ich bezweifle, daß dieses Verbrechen von *einem einzigen* Menschen begangen worden sein kann. Schwarzkopf und die anderen, vielleicht auch Lindbergh selbst, wollen den Tod dieses Mannes, damit sie den Fall abschließen und vorgeben können, ein weiteres großes Verbrechen sei erfolgreich aufgeklärt worden.«

Ich nickte lediglich. Er lächelte, plötzlich peinlich berührt. »Ich nehme an, ich bin zu sehr Politiker, um der Versuchung widerstehen zu können, auf eine Apfelsinenkiste zu steigen – selbst, wenn ich sitze. Ich will Ihnen etwas über diese ›Zeugen‹ erzählen . . .«

Hoffman wandte sich seinen Akten, Dokumenten und einigen Notizen zu und ging die bunte Gruppe einen nach dem anderen durch.

»Fangen wir mit dem bemerkenswerten Mr. Amandus Hochmuth an«, sagte Hoffman, und natürlich erkannte ich diesen Namen als den des alten Knackers aus den Sourlands, der behauptet hatte, Hauptmann habe ihn am Tag der Entführung aus einem Wagen ›angestarrt‹. »Zuerst einmal wartet Hochmuth bis zwei Monate nach Hauptmanns Verhaftung, bis er mit seiner Beobachtung herausrückt. Zweitens hat mir ein befreundeter Staatspolizist den Bericht über ein Gespräch mit Hochmuth kurz nach der Entführung zugespielt, bei dem Hochmuth ausgesagt hat, er habe in der Umgebung nichts Verdächtiges gesehen. Hier ...«

»Was ist das?« fragte ich, als der Gouverneur mir ein Dokument über den Schreibtisch schob.

»Eine Fotokopie von Hochmuths Antrag auf Unterstützung durch die Wohlfahrt aus dem Jahr 1932«, sagte Hoffman. »Sehen Sie sich den Eintrag zu ›gesundheitlicher Zustand‹ an.«

»›Teilweise blind,‹« las ich. »Nachlassende Sehkraft wegen grauen Stars. In der Tat ein ausgezeichneter Augenzeuge.« Der Kopie des Formulars konnte man außerdem entnehmen, daß der Antragsteller Nr. 14106 der Abteilung Altersversorgung des Wohlfahrtsamtes New York City war. »Er hat hier eine Adresse in der Bronx angegeben!«

»Eine falsche Adresse«, sagte Hoffman nüchtern, »damit er von New York öffentliche Gelder beantragen kann, obwohl er in New Jersey wohnt.«

»Na ja, die Zeiten sind hart.«

»Ich habe Mr. Hochmuth vor kurzem in mein Büro gebeten. Und nicht zuletzt, weil ich alle Spesen übernahm, hat er meinem Wunsch Folge geleistet. Er saß genau dort, wo Sie jetzt sitzen, Mr. Heller.« Hoffman deutete auf den Aktenschrank mit der silbernen Blumenvase. »Ich habe ihn gebeten, mir zu sagen, was das ist.«

»Und? Hat er es Ihnen gesagt?«

»Natürlich. Ein Bild, hat er gesagt. Das Bild einer Frau.«

Ich lachte.

»Aufgrund ähnlicher Reaktionen wie der Ihren meinerseits, eines Sekretärs und eines anwesenden Kriminologen«, sagte Hoffman, »hat Mr. Hochmuth begriffen, daß er falsch geraten hat. Also hat er es noch mal versucht – und identifizierte diese fünfundvierzig Zentimeter große Silbervase gefüllt mit Blumen, als einen Damenhut.«

»Er hat es nicht richtig hinbekommen?«

»Sein dritter Versuch war nah dran: eine Schüssel mit Obst.«

»Na ja, irgendwann muß es ja mal klappen. Wenigstens hat die Vase ihn nicht angestarrt.«

Er schlug eine andere Akte auf. »Und jetzt kommen wir zu Millard Whited, einem Hinterwäldler aus den Sourlands, der behauptet hat, er habe Hauptmann in der Nähe des Lindbergh-Anwesens herumlungern sehen. Mr. Whited ist anscheinend einerseits verarmt und andererseits verlogen; das behaupten zumindest seine Nachbarn.«

»Wurde Hauptmann nicht wegen Whiteds Aussage von New York an New Jersey ausgeliefert?«

Hoffman nickte. »Whited wurde von einem Gericht in der Bronx zu einer Identifizierung geladen, die er dann auch vorgenommen hat. Aber mir liegt hier eine Aussage vor« – er schlug mit der Handfläche auf den Dokumentenstapel vor ihm –, »die Whited zwei Monate nach der Entführung vor der Staatspolizei gemacht hat ... und derzufolge er keinerlei verdächtige Personen in der Nähe des Lindbergh-Anwesens gesehen hat. Also lud ich Mr. Whited – auf meine Kosten – zu einem Gespräch ein.«

»Hat er Ihren Blumentopf für einen Hut gehalten?«

»Nein. Aber er hat eingestanden, daß er ein Honorar von einhundertfünfzig Dollar und fünfunddreißig Dollar Spesen pro Tag erhalten und daß man ihm einen Teil der Belohnung in Aussicht gestellt hat. Besonders interessant ist in diesem Zusammenhang, daß er im Zeugenstand in Flemington abgestritten hat, außer den Spesen irgend etwas bekommen zu haben.«

»Die fünfunddreißig Mäuse pro Tag decken sich mit dem, was ich bekommen habe.« Anscheinend war ich aber nicht wichtig genug gewesen, um ein anständiges Honorar zu bekommen.

»Die anderen Augenzeugen sind ähnlich verdächtig. Wie sich herausgestellt hat, hat der Taxifahrer, Perrone, vor Hauptmanns Verhaftung mehrere *andere* Verdächtige eindeutig als ›John‹ identifiziert. Der Handlungsreisende Rossiter, der behauptet hat, beobachtet zu haben, daß Hauptmann drei Tage vor der Entführung in der Nähe von Princeton einen Reifen gewechselt hat, ist ein bekannter Betrüger und Dieb. Diese Kino-Kassiererin, Mrs. Barr, hat am Abend des sechsundzwanzigsten November 1933 Eintrittskarten an über fünfzehnhundert Personen verkauft, konnte sich aber ein Jahr später noch genau daran erinnern, daß Hauptmann ihr einen zusammengefalteten Fünf-Dollar-Schein gegeben hat, von dem sich später herausstellte, daß er aus dem Lösegeld stammte. Ganz zu schweigen davon, daß der sechsundzwanzigste November Hauptmanns Geburtstag ist und er an diesem Abend mit seiner Frau und Freunden zu Hause gefeiert hat.«

»Ganz schön beeindruckend, diese Zeugen.«

»Ja, aber wir dürfen die Prominenz nicht vergessen. Den Mann, der eine eindeutige Identifizierung Hauptmanns anhand von zwei Worten vorgenommen hat, die er aus einem Häuserblock Entfernung gehört hat – und vier Jahre zuvor.«

Charles A. Lindbergh.

»Und dann«, fuhr er fort und schnippte Zigarrenasche in einen silbernen Aschenbecher, »haben wir natürlich noch Jafsie. Dieser wundervolle Amerikaner – der, als ich die Ermittlungen wieder aufnehmen ließ und ihm mitteilte, ich wolle ihn verhören, augenblicklich einen langen Urlaub in Panama antrat.«

Ich mußte lachen. »Ist er noch dort?«

»Zufällig wollte er heute zurückkommen. Er gehört auch zu den Leuten, die Sie verhören sollen.«

»Na schön, aber nur, weil Sie mich bezahlen. Wie ich gehört habe, ist der alte Jafsie mittlerweile zum Varieté gegangen – mit einer Vorlesungsreihe über Lindbergh.«

»Na ja«, sagte Hoffman, »ich kann Ihnen sagen, worüber er *keine* Vorlesung halten wird: über die Zeit, als er der *Hauptverdächtige* des Falls war. Mir liegt eine eidesstattliche Erklärung vor, daß Condon bei einer Gegenüberstellung in der Polizeiwache Greenwich Street in der Bronx Hauptmann ursprünglich *nicht* als John identifizieren konnte . . . und dort hat er sich beharrlich geweigert, Hauptmann zu identifizieren! Jafsie wurde von der Polizei eingeschüchtert und bedroht.«

»Es würde mich überraschen, wenn das nicht der Fall wäre.«

»Das war in New York. Zwei Staatspolizisten aus Jersey haben durchblicken lassen, daß Schwarzkopf und sein Schläger Welch dem Professor mit einer Klage wegen Behinderung der Justiz bedroht haben – Commodore Curtis hat man deshalb ja verurteilt, wie Sie sich vielleicht entsinnen . . . falls der alte Knabe keinen Rückzieher mache und Hauptmann als ›Friedhof-John‹ identifiziere.«

»Kein Wunder, daß Jafsie es sich anders überlegt hat.«

»Er soll zu einem Staatspolizisten gesagt haben: ›Ich möchte lieber nicht in New Jersey angeklagt werden, denn in New Jersey kann es einem passieren, daß man wegen Diebstahls einer Kirsche an den Galgen kommt.‹«

Ich lachte. »Eine von Jafsies wenigen witzigen Bemerkungen«, sagte ich. »Klar, ich rede mit ihm. Wen soll ich sonst noch aufsuchen?«

»Na ja, unter anderem Gaston Means.«

»Means? Sitzt der nicht in Leavenworth?«

»Das ist seine offizielle Bundesstrafanstalt. Zur Zeit befindet er sich aber im Krankenhaus St. Elizabeth in Washington zur Beobachtung. Wegen ›hohen Blutdrucks im Gehirn‹, wie er selbst es bezeichnet. Gleichzeitig bombardiert er mich mit Geständnissen; er behauptet, er habe die Entführung persönlich inszeniert.«

Ich seufzte. »Es ist Zeitverschwendung, aber ich spreche mit ihm.«

»Ich weiß. Aber diese Schwindler scheinen alle irgendeine Wahrheit oder Halbwahrheit in ihren Geschichten zu haben.«

»Auf diese Weise zieht man einen guten Schwindel eben ab, Herr Gouverneur. Lassen Sie mich den nächsten Namen auf Ihrer Liste erraten: Commodore John Hughes Curtis.«

»Nicht unbedingt der nächste, aber ja, überprüfen Sie ihn. Sie wissen ja, Mr. Heller, daß der Staat New Jersey Curtis wegen Behinderung der Justiz verurteilt hat, mit der Begründung, er habe Kontakt mit der tatsächlichen Kidnapperbande gehabt?«

»Er kam mit einer Geldbuße und Bewährung davon, nicht wahr?«

»Ja, aber ich will darauf hinaus, daß er im selben Gerichtssaal wie Hauptmann verurteilt wurde, vom selben Richter, und einer der Staatsanwälte des Hauptmann-Prozesses hat die Anklage vorgebracht. In der Urteilsbegründung stand, er habe mit sechs Personen verhandelt, die das Lindbergh-Baby entführt hatten; indem er die Staatspolizei nicht über seine Unternehmungen informiert habe, habe Curtis die Festnahme der Entführer verhindert.«

»Also nimmt die Gerichtsbarkeit es so, wie es ihr gerade in den Kram paßt: eine Kidnapperbande, um Curtis zu verurteilen, und einen einsamen Wolf, um Hauptmann zu verurteilen.«

»Genau. Aber dabei mache ich nicht mit. Und da ist noch mehr, viel mehr . . .« Er blätterte die Papiere durch und rasselte die Ungerechtigkeiten nur so herunter.

Eine Kopie einer ärztlichen Untersuchung durch Dr. Thurston H. Dexter am 25. September 1934, ein paar Tage nach Hauptmanns Verhaftung, hielt fest, daß der Häftling ›vor kurzem schweren Schlägen ausgesetzt gewesen war, alle oder die meisten mit stumpfen Gegenständen ausgeführt.«

Die Unterlagen der Majestic Apartments, in denen Hauptmann zum Zeitpunkt der Entführung gearbeitet haben wollte, waren manipuliert und teilweise gestohlen oder zurückgehalten worden.

Eine Aussage des Fingerabdruck-Experten Erasmus Hudson, der auf der Leiter, die die Entführer benutzt hatten, etwa fünfhundert Abdrücke gefunden hatte, von denen keiner mit denen Hauptmanns übereinstimmte, und in der er versicherte, Inspektor Welch habe ihn gefragt, ob es möglich sei, einen Fingerabdruck zu fälschen. (Hudson hatte verneint, sehr zu Welchs offensichtlichem Verdruß.)

Richter Trenchard hatte Hauptmanns Antrag abgelehnt, sich einem Lügendetektor-Test zu unterziehen.

Und es gab auch neue Beweise: Samuel Small, ein Experte für Handschriften, hatte bewiesen, daß Hauptmann im Palmer-Zaner-System schrieb und nicht in der vertikalen Rundschrift, in der die Lösegeld-Forderungen gehalten waren. In seiner eidesstattlichen Aussage schrieb Small: »Die Frage lautet nicht, *ob* Hauptmann diese Briefe geschrieben hat. Die Frage lautet, ob er sie hätte schreiben *können*. Gehen Sie zu Hauptmann ins Gefängnis und sagen Sie zu ihm: ›Ich lasse Sie frei, wenn Sie einen einzigen Satz so schreiben, wie er in den Lösegeldbriefen geschrieben ist!‹, und Hauptmann müßte den Rest seines Lebens im Gefängnis verbringen.«

Natürlich wußte ich – wie jeder Bulle, der schon mal mit großen Strafprozessen zu tun gehabt hatte, daß Experten für Handschriften – wie auch Psychiater – als typische Gutachter angesehen wurden, die von beiden Seiten als Zeugen aufgerufen werden konnten. Beide Seiten hatten ihre jeweiligen Experten gekauft und bezahlt.

»Sie wissen vielleicht«, sagte Hoffman, »daß der Staat allein für seine Handschrift-Experten mehr Geld aufgebracht hat als für die gesamte Verteidigung.«

»Obwohl Hearst einen Teil der Rechnung bezahlt hat?«

»Genau. Es hat über eine Million Dollar gekostet, Hauptmann in die Todeszelle zu bringen ... aber im Augenblick steht mir kein einziger Dollar aus staatlichen Mitteln zur Verfügung, um ihn wieder herauszuholen.«

»Wie bitte?« fragte ich. Mir gefiel gar nicht, was ich da hörte.

»Mr. Heller, die Ermittler, die ich erwähnt habe, habe ich aus eigener Tasche bezahlt – kleine Summen, die kaum ihre Spesen abgedeckt haben, aus meinen eigenen bescheidenen Mitteln.«

»Herr Gouverneur, nicht, daß Sie mich falsch verstehen – aber wir hatten telefonisch ein festes Honorar vereinbart.«

»Dieses Honorar bezahle nicht ich, Mr. Heller.«

»Ach – nein?«

»Nein. Ich habe doch eine alte Freundin von Ihnen erwähnt ... entschuldigen Sie bitte.« Die Gegensprechanlage auf dem Schreibtisch summte. Eine verzerrte Stimme sagte etwas zum Gouverneur, und er erwiderte: »Sehr schön. Schicken Sie sie herein.« Er blickte mit seinem allzeit bereiten Lächeln zu mir auf und drückte seine Zigarre aus. »Die Partei, die Sie *empfohlen* hat, bezahlt Sie auch für Ihre Dienste.«

Die Tür hinter mir wurde geöffnet, und eine kleine, stattliche Frau in einem schwarzen Kleid, einem schwarzen Pelzmantel und einem schwarzen Hut mit schwarzem Schleier trat ein; zwischen ihrer ernsten Aufmachung funkelten Juwelen. Ich wußte nicht, um wen sie im Augenblick trauerte; jedenfalls trat Evalyn Walsh McLean in das Zimmer und damit auch wieder in mein Leben.

»Gouverneur«, sagte sie mit einem traurigen Lächeln und reichte ihm eine schwarz behandschuhte Hand; er erhob sich hinter dem Schreibtisch und schüttelte sie kurz. Sie drehte sich zu mir um. Hinter dem Schleier wirkte ihr Blick voller Tragik und gleichzeitig erfreut. »Nathan. Es ist schön, Sie zu sehen.«

»Gleichfalls, Mrs. McLean«, sagte ich und gab ihr kurz die Hand. Ich bot ihr meinen Stuhl an und holte mir einen neuen. Ich war plötzlich nervös. »Mrs. McLean hat ihr Interesse am Fall Lindbergh nie verloren«, sagte der Gouverneur.

»Die öffentliche Aufklärung dieses Falles«, sagte sie königlich, »ist nicht zufriedenstellend. Es sind noch zahlreiche Fragen ungeklärt. Und ich bin der Ansicht, daß Nathan Heller genau der richtige Mann ist, diese Fragen zu klären.«

Sie sah natürlich älter aus, aber noch immer sehr gut; ihre Figur war schlank und vollbusig geblieben, ihr Gesicht hatte mit dem Lauf der Jahre an Charakter gewonnen, ohne an Schönheit zu verlieren.

»Mrs. McLean hat Hauptmanns Wohnung gemietet«, sagte Hoffman. »Sie können sich also dort umsehen. Wir haben die Wohnung bereits von einem Kriminologen untersuchen lassen, und ein Holzexperte hat sich den Dachboden angesehen.«

Ein Hauptzeuge der Anklage war ein Holzexperte namens Koehler gewesen – der an dem Tag aussagen sollte, als ich ebenfalls vor Gericht erschienen war. Doch Koehler war von der Verteidigung abgewürgt worden.

»Es kommt mir sehr seltsam, wenn nicht sogar lächerlich vor«, sagte Evalyn, »daß ein Mann, der angeblich so brillant war – ein so genialer Verbrecher, daß er die Entführung des Jahrhunderts ganz allein durchziehen konnte –, gleichzeitig so *dumm* ist, auch nur eine einzige Sprosse der Leiter, die er bei der Entführung benutzt hat, aus einem Bodenbrett seines eigenen Dachbodens zu zimmern.«

»Wirklich lächerlich«, sagte ich, »ist eigentlich die Annahme, daß er das Holz so dringend brauchte. Hauptmann war Schreiner. Er hatte in seiner Garage eine kleine Werkstatt, nicht wahr? Dort müssen doch jede Menge Holzreste herumgelegen haben.«

»Und ein Holzlager war ganz in der Nähe«, fügte Hoffman nickend hinzu.

»Auf keinen Fall hätte er die Leiter zurückgelassen«, sagte ich. »Nicht als Schreiner, der sie selbst gezimmert hat – besonders, wenn eine Sprosse aus einem Brett aus seinem Haus gefertigt war. Da hätte er ja gleich einen Zettel mit seinem Namen und seiner Anschrift zurücklassen können.«

»Dieser Meinung sind auch unsere Kriminologen und ein Holztechniker der WPA«, sagte Hoffmann ziemlich stolz. »Die Leitersprosse war 0,2 Zentimeter dicker als die Bretter des Dachbodens. Und die Nagellöcher waren zu kurz für die Nägel, die beim Dachboden verwendet wurden.«

»Mit dieser Leiter«, sagte Evalyn verbittert, »wollte Ankläger Wilentz ›die Schlinge um Hauptmanns Hals zuziehen‹, wie er so schön gesagt hat.«

»Und das hat er ja auch getan«, sagte Hoffman. »Die Frage ist nur, Mr. Heller, ob Sie uns etwas so Bedeutsames wie diese Leiter geben können – aber einen Beweis zu unseren Gunsten und einen, der nicht manipuliert wurde. Einen so eindeutigen Beweis, daß niemand ihn bestreiten kann, ganz gleich, wie voreingenommen er ist?«

»Ich weiß nicht«, sagte ich. »Ich habe nicht mehr viel Zeit, oder?«

»Bis zum Ende des Monats.« Er zuckte die Achseln. »Vierzehn Tage.«

»Verdammt«, sagte ich mit lächerlich falschem Optimismus, »vielleicht hat Ellis Parker recht, und der Junge lebt noch. Vielleicht kann ich den Jungen aufspüren und ihn auf Ihren Schreibtisch setzen, und während er ein Eis schleckt, können Sie seine Eltern anrufen.«

Hoffman lächelte, aber ziemlich traurig.

Evalyn schüttelte seufzend den Kopf. »Wir haben alles versucht«, sagte sie. »Ich habe sogar den besten Strafverteidiger des Landes anheuern wollen, aber es hat nicht geklappt.«

»Wen denn?« fragte ich.

»Sam Leibowitz natürlich«, sagte sie. »Aber es war einfach furchtbar, wie Sam den Fall angegangen ist.«

»Wieso denn das?« fragte ich.

Hoffman seufzte. »Er war der Überzeugung, daß Hauptmann schuldig ist. Bei seinen wenigen Gesprächen mit Hauptmann hat er versucht, ihm ein Geständnis zu entlocken. Er war der Auffassung, würde es ihm gelingen, Hauptmann dazu zu bringen, die Namen seiner Komplizen zu verraten, würde man Hauptmanns Leben schonen.«

»Und wie hat Hauptmann reagiert?«

»Mit seiner üblichen stillen Empörung«, sagte Hoffman. »Er ist nicht weich geworden – und Leibowitz hat den Fall genauso schnell wieder aufgegeben, wie er ihn übernommen hat.«

»Wissen Sie nicht«, fragte ich Evalyn, »wer Leibowitz ist?«

»Natürlich weiß ich das«, sagte sie steif und verschnupft. »Er ist der beste Strafverteidiger des Landes.« Dann musterte sie mich und wurde etwas freundlicher. »Warum, Nathan? Was meinen Sie?«

Ich sah Hoffman an. »Sie haben mir etwas über Reilly erzählt. Jetzt erzähle ich Ihnen etwas über Leibowitz: Er ist ebenfalls ein Anwalt des Mobs. Zumindest hat er in der Vergangenheit Burschen wie ›Mad Dog‹ Coll und einen gewissen prominenten Bürger Chicagos mit einem vernarbten Gesicht verteidigt.«

»Er hat Al Capone verteidigt?« fragte Evalyn atemlos.

»Ja. Bei einer Anklage wegen dreifachen Mordes. Und er hat ihn freibekommen.«

»Ich bin sicher, daß Sam Leibowitz . . .«, begann Hoffman.

Doch ich unterbrach ihn. »Ich will Ihnen eines über

diesen Fall sagen, etwas, das ich schon vor einigen Jahren begriffen habe – Sie können sich bei dieser Sache in keinerlei Hinsicht sicher sein. Nun ja. Wo fange ich an?«

Der Gouverneur zuckte die Achseln. »Wo ich angefangen habe, würde ich sagen. Bei Hauptmann. Überzeugen Sie sich selbst. Sprechen Sie mit Hauptmann.«

29

Es war schon dunkel, als ich dazu kam, Bruno Richard Hauptmann zu besuchen. Ich hatte den Nachmittag in einem Büro im Parlamentsgebäude verbracht und das Material studiert, das Gouverneur Hoffman über den Fall zusammengetragen hatte. Evalyn hatte darauf bestanden, mich zu begleiten, obwohl der Gouverneur nur mich angekündigt hatte.

»Sag Ihnen, ich bin deine Sekretärin«, sagte sie.

»Selbst Rockefeller hat keine Sekretärin, die aussieht wie du«, sagte ich. »Du mußt alle Klunker in deiner Handtasche verstauen.«

Das tat sie, doch es paßten nicht alle hinein; sie mußte ein paar Steinchen ins Handschuhfach legen. Ich fuhr ihren Wagen, ein schwarzes Packard-Deluxe-Eight-Kabriolett, dessen weißes Dach zum Schutz gegen den Regen hochgeklappt war. Sie war von Washington allein hergefahren. Sie beschäftigte keinen Chauffeur mehr.

»Eine Todeszelle ist kein Ort für eine Dame«, sagte ich.

»Meines Erachtens«, sagte sie, »auch keiner für einen Mann.«

Das Staatsgefängnis nahm einen vollständigen Häuserblock zwischen der Federal und der Cass Street ein. Seine dicken Rotsteinmauern waren mit Schlangen, Widdern, Adlern und ein paar knienden Nackten geschmückt und mit Wachtürmen und Kuppeldächern im anheimelnden New-England-Stil versehen. Die Festung war in einen elektrischen Lichtschein gehüllt, zu dem auch Scheinwerfer gehörten, deren Strahlen sich durch den schwarzen Himmel bewegten. Das Bauwerk hob sich bedrohlich vor der schwarzen, regennassen Nacht ab.

»Mein Gott, was für ein Anblick!« sagte Evalyn.

»Fast so verdammt groß wie dein Häuschen an der Massachusetts Avenue«, versetzte ich und bog in die Third Street ein. Wir stellten den Wagen ab und gingen zum Tor, wobei Evalyn meinen Arm nahm und auf ihren hohen Absätzen schwankte, als wir schlammgefüllten Schlaglöchern auswichen.

Am Tor erwartete uns Gefängnisdirektor Kimberling persönlich, ein stämmiger Mann in einem schwarzen Regenmantel, einem ovalen, fleischigen Gesicht und einer Brille mit schmalem Gestell, auf deren Gläsern Regentropfen perlten. Ein Gefängniswärter, ebenfalls regennaß – die Dienstmarke auf seiner Mütze glänzte vor Feuchtigkeit – bedeutete uns mit einer Taschenlampe in der einen und einem Schlagstock in der anderen Hand hinein. Ein ziemlich einschüchternder Pförtner, muß ich sagen. Der Regen fiel so heftig, daß wir unser Gespräch auf ein paar kurze, gerufene Vorstellungen beschränkten, und der Gefängnisdirektor und sein Mitarbeiter führten uns schnell über einen Hof zu einem klotzigen, zweistöckigen Backsteingebäude in der Nähe, wobei es sich, wie ich schnell merkte, um das Gebäude mit den Todeszellen handelte.

Wir traten in einen dunklen Raum, und der Strahl der Taschenlampe des Wärters fiel auf etwas, das ich zuerst für einen Geist hielt. Doch als helle Lampen unter der Decke eingeschaltet wurden, entpuppte es sich als Stuhl. Als elektrischer Stuhl oder, um genau zu sein, *der* elektrische Stuhl. Der Raum war überraschend klein, mit schmutzigen, weiß getünchten Wänden und drei Reihen einfacher Klappstühle vor dem mit einem Tuch bedeckten heißen Stuhl. Ich kam mir vor wie bei einer kleinen Gewerkschaftsversammlung. Allerdings hätte ich mich, wenn ich der Gastredner gewesen wäre, nach meiner Rede nicht gesetzt.

»Ich bin nicht befugt, Ihrer Sekretärin zu gestatten, Sie zu begleiten«, sagte Kimberling. »Aber die Zelle des Gefangenen befindet sich direkt gegenüber. Wenn wir die Tür auflassen, kann Sie Ihr Gespräch mithören und sich Notizen machen oder was auch immer.«

Ich half Evalyn aus ihrem pelzbesetzten Samtmantel, der durchnäßt wie ein gerade benutztes Badetuch war, und legte ihn und meinen Regenmantel über zwei Klappstühle. Meinen Hut legte ich auf den Sitz eines dritten, und dann zog ich mein Notizbuch und einen Bleistift hervor und führte die ziemlich schockierte Evalyn Walsh McLean zu einer kleinen Holzbank zwischen der Tür und dem abgedeckten elektrischen Stuhl.

»Ich nehme nicht an, daß du Steno beherrschst«, flüsterte ich ihr zu.

Sie rang sich ein kleines, gequältes Lächeln ab. »Nein, aber ich habe eine schöne Handschrift.«

»Praktisch alles an dir ist schön«, sagte ich, und es gefiel ihr auch nach all den Jahren, dies von mir zu hören. »Aber sei vorsichtig, wem du Proben deiner Handschrift zeigst . . . sonst beschuldigen sie dich noch, die Lösegeldforderungen geschrieben zu haben.«

Direktor Kimberling befahl dem Wärter, die stählerne Gittertür zu öffnen, und führte mich hindurch. Ein paar Schritte, und wir standen vor dem Gitter der Zelle Nr. 9. Die einzige belegte Zelle dieses Trakts.

Hauptmann trug ein blaugraues, am Hals offenes Hemd und dunkelblaue Hosen. Er stand vor dem Gitter, die Hände um die Stäbe geschlossen wie ein Todeskandidat in einem schlechten Film, er war eindeutig erschöpft, sein bleiches, eckiges Gesicht war verzerrt, sein Blick gequält. Das war nicht der kühle Bursche, von dem ich so viel gehört hatte.

»Herr Direktor«, sagte er, die Stimme fast unkenntlich vor Verzweiflung, die Tonlage überraschend hoch. »Sie müssen etwas unternehmen.«

»Richard«, sagte Kimberling nicht unfreundlich, »Sie haben Besuch.« Hauptmann hatte mich nicht einmal angesehen. Er streckte einen Arm aus und zeigte hinter den Gitterstäben in die Luft.

»Da«, sagte er, »da!«

Wir sahen in die Richtung, in die er zeigte; auf einem großen, schrägen Dachfenster, das sich über einen Zellentrakt im ersten Stock hob, prasselten Regentropfen und erzeugten ein Geräusch, das leise, aber deutlich hörbar durch den Gang hallte. Eine der Scheiben mit Metallrahmen des Fensters stand einen Spalt offen, in einem Winkel, der verhinderte, daß es hineinregnete, doch dadurch hatte sich ein anderes Problem ergeben: Ein Spatz hatte sich zwischen der Scheibe und den darunter befindlichen, mit Maschendraht umwickelten, eisernen Gitterstäben verfangen. Der Vogel flatterte in seinem zellenähnlichen Gefängnis mit den Flügeln und versuchte hektisch und ziellos, sich zu befreien, warf sich jedoch vergeblich gegen den Maschendraht.

»Unternehmen Sie etwas, Herr Direktor!« sagte Hauptmann. Er war mindestens genauso aufgeregt wie der Vogel.

»Schon gut, Richard«, sagte Kimberling und machte eine hilflose Geste. »Ein Wärter wird sich darum kümmern. Jetzt beruhigen Sie sich. Sie haben Besuch.«

Kimberling und der Wärter gingen weiter, und Kimberling deutete auf das Dachfenster und den vergebens dagegen ankämpfenden Vogel. Vielleicht würde er wirklich einen Wärter beauftragen, das Tier zu befreien.

Mittlerweile betrachtete Hauptmann mich genau und argwöhnisch, wie einen Verdächtigen bei einer Gegenüberstellung; seine Besorgnis um den Vogel wurde plötzlich von einer gewissen Härte verdrängt. »Ich kenne Sie.«

»Na ja«, sagte ich, »wir sind uns nie vorgestellt worden, aber . . .«

»Sie haben gegen mich ausgesagt.«

»Nicht gegen Sie. Ich habe nur ausgesagt.«

»Sie sind Jafsies Freund und Leibwächter.«

»Jafsie ist nicht mein Freund. Das versichere ich Ihnen.« Ich streckte die Hand aus. »Mein Name ist Heller. Nathan Heller. Ich bin Privatdetektiv. Gouverneur Hoffman hat mich beauftragt, bei der Ermittlung zu helfen. Wir wollen die Wahrheit über das Verbrechen herausfinden, das man Ihnen vorwirft.«

Seine Lippen bildeten ein schwaches, verzerrtes Lächeln. »Vorwerfen ist falscher Ausdruck, Mr. Heller . . . aber freundlicher.«

»Warum nennen Sie mich nicht Nate?«

»Na schön.« Er streckte die Hand zwischen den Gitterstäben hindurch. »Ich heiße Richard. Einige Freunde nennen mich Dick. Warum sagen Sie nicht auch zu mir?«

»Na schön, Dick«, sagte ich.

Die Presse und die Anklagevertreter nannten ihn gern Bruno; das machte ein deutsches Ungeheuer aus ihm.

Als wir uns die Hände schüttelten, kam der Direktor zurück. »Wir kümmern uns darum«, sagte er zu Hauptmann; er meinte den Vogel. Dann blickte er mich an. »Wenn Sie etwas brauchen . . . mindestens ein Wärter wird die ganze Zeit über hier sein.«

»Könnten Sie mich da reinlassen?« fragte ich. »Mir gefällt es nicht, daß die Gitterstäbe zwischen uns sind.«

Kimberling dachte einen Augenblick nach, nickte dann und nickte erneut, diesmal in Richtung des Wärters, der einen Schlüssel in der Zellentür drehte und mich hereinließ.

Dann quietschte die Tür metallen und schlug hinter mir zu, und der Schlüssel wurde knirschend gedreht, und ich war mit Bruno Richard Hauptmann in eine Zelle gesperrt.

»Setzen Sie sich, bitte«, sagte Hauptmann und deutete auf seine Pritsche. Ich nahm Platz und er ebenfalls. Neben der Pritsche stand ein Tisch, auf dem Zeitungen, Zeitschriften, mehrere Bücher, darunter die Bibel und dicke, gebundene Abschriften seines Prozesses lagen; auf der Wand hinter der Pritsche waren mehrere Fotos seiner Frau und seines kleinen Sohnes befestigt. Es gab ein Waschbecken und eine Toilette; die Zelle war nicht unbedingt klein, wenn auch winzig im Vergleich mit der, in der ich vor einigen Jahren in der Cook County Capone gesehen hatte.

»Ich sollte vielleicht erklären, wozu ich angeheuert wurde«, sagte ich.

»Das weiß ich«, sagte er.

»Hat Gouverneur Hoffman mit Ihnen über mich gesprochen . . .?«

»Nein. Aber Sie waren Polizeibeamter aus Chicago, der am Anfang Kidnapping bearbeitet hat.«

»Ja, das stimmt. Sie haben ein gutes Gedächtnis.«

Er deutete mit dem Kopf auf die Prozeß-Abschriften. »Ich habe Zeit zu lesen. Ich weiß viel über jeden Zeugen, der für mich und gegen mich aussagt. Ich nach Ihnen gefragt. Sie waren in einige Dinge verwickelt, die Zeitungen berichtet haben. In Chicago.«

»Glauben Sie nicht alles, was Sie in den Zeitungen lesen.«

»Das ist guter Rat, Nate. Sie glauben, Gangster aus Chicago mir das angetan?«

Das überraschte mich völlig. »Dick . . . es sind schon seltsamere Dinge passiert.« Er lächelte. »Seltsame Dinge mir oft passieren.« Das Geräusch des mit den Flügeln schlagenden Vogels erregte seine Aufmerksamkeit. »Entschuldigung«, sagte er, stand auf, ging zu den Gitterstäben und blickte hinaus. »Sie unternehmen nichts«, sagte er angewidert und setzte sich wieder.

»Ich möchte gern Ihre Seite der Geschichte hören, Dick. Deshalb bin ich hier.«

Hauptmann seufzte. »Weshalb bin *ich* hier? Das ist die Frage, die ich mir stelle. Warum tut der Staat mir das an? Warum wollen Leute mein Leben haben für etwas, das andere getan haben?«

»Das Gericht hat Sie schuldig gesprochen . . .«

»Lügen! Lügen!« Feuer brannte in den blaugrauen Augen, wenngleich das Gesicht seltsam ruhig blieb. »Alles Lügen. Würde ich kleines Kind töten?« Er deutete auf das Foto seines Sohnes; der Junge schien etwa drei Jahre alt zu sein. »Ich bin Mann! Vater! Und Schreiner! Sogar in Gewerkschaft. Würde ich so eine Leiter bauen?« Er lachte; das Geräusch hallte hohl in der Zelle.

»Ich will Ihnen eins sagen, Dick«, sagte ich. »Sie hatten einen schlechten Anwalt. Dieser Reilly . . .«

»Reilly! Könnte ein Mann für eine Million Dollar tun, was Reilly für mich für Gott weiß wen getan hat? Nur einmal hat er mit mir über den Fall gesprochen . . . keine fünf Minuten.«

»Dick, Reilly war nicht Ihr Anwalt – er war Hearsts Anwalt.« Und vielleicht Al Capones.

Er schüttelte nachdrücklich den Kopf. »Ich nicht wollte auf Handel mit Hearst eingehen – ihnen ›Exklusivberichte‹ über Anne und mich geben. Aber was sollte ich machen? Ich habe kein Geld. Der Staat bezahlt vierzigtausend Dollar für diese Experten für Handschriften, die ausgesagt haben.«

»Was *ist* mit dieser Handschrift? Die Lösegeldbriefe weisen einige Ähnlichkeit mit Ihrer Handschrift auf . . .«

»Mr. Heller . . . Nate . . . wenn Sie Mann gewesen wären, den man mit Lindbergh-Geld erwischt hat . . . auch wenn dieses Geld vielleicht gegangen ist durch zehn Hände, bevor Sie es bekamen . . . ich glaube, diese Männer würden beweisen, daß *Sie* auch haben geschrieben diese Lösegeldbriefe.«

Ich nickte; er hatte recht – Experten für Handschriften konnten alles oder nichts beweisen. »Aber, Dick ... ich habe einige Ihrer Handschriftenproben gesehen, und sie *haben* einige Wörter genauso falsch geschrieben, wie es bei den Lösegeldforderungen der Fall war – ›Bood‹ mit ›d‹ und ›Singnatur‹ ...«

»Leute haben mir gesagt, genau zu schreiben, wie sie diktieren«, sagte er ziemlich ungehalten. »Sie haben mir gesagt, wie ich einige Wörter buchstabieren soll.«

Typisch.

»Das war direkt nach Ihrer Verhaftung?«

»Ja. Ich damals nicht wußte, was sie mit meinen Handschriftproben machen wollen. Wenn ich Ahnung gehabt hätte, ich hätte mir nicht diktieren lassen, damit ich *falsch* schreibe.«

»Sie schreiben ziemlich gut Englisch, nicht wahr?«

Er zuckte die Achseln. »Natürlich ich mache beim Schreiben Fehler. Ich bin Einwanderer. Aber nicht solche Patzer, wie sie mir diktiert haben. Dann nahmen sie von dem, was ich geschrieben habe, nur das, was so aussieht wie auf Lösegfeldforderungen. In dem Brief, in dem ganzen verdammten Brief, der in Kinderzimmer zurückgelassen wurde, fanden sie nur ein kleines Wort – ›ist‹ –, das so aussieht, als hätte ich es geschrieben.«

»Haben Sie diese Handschriftenproben freiwillig geleistet?«

»Zuerst. Aber dann werde ich müde. Ich kann kaum noch Augen offen halten – aber sie wecken mich, schlagen mich in die Rippen, sagen: ›Du schreibst lieber, es ist schlecht für dich, wenn du nicht schreibst! Schreiben, schreiben ...‹« Seine Augen waren trüb.

Das war durchaus glaubwürdig. So gingen die Bullen im ganzen Land vor.

»Aber warum haben Sie eingestanden«, sagte ich und wandte mich einem Leckerbissen zu, der mir an diesem Nachmittag beim Studium der Akten aufgefallen war,

»daß diese Telefonnummer im Schrank von Ihnen stammt?«

Damit bezog ich mich auf die berüchtigte Telefonnummer von Jafsie, die man in einem begehbaren Schrank in Hauptmanns Wohnung auf einer Wandtäfelung gefunden hatte.

»Da haben sie mich auch reingelegt!« Er schüttelte mit benommenem Zorn den Kopf. »Ein paar Tage nach meiner Verhaftung, meine Annie und Manfred – mein Kind, mein kleiner Junge – konnten es nicht mehr ertragen. Der Junge konnte nicht mehr schlafen wegen Polizei und Reporter und all den Leuten, die kamen und gingen. Also sind Annie und Manfred zu Verwandten gezogen. Jetzt weiß ich, daß das Fehler war.«

»Weil die Bullen damit freien Zutritt zu Ihrer Wohnung hatten?«

»Genau. Einige Tage nach meiner Verhaftung, als alles so verworren war, Polizei kommt mit Brett, auf dem etwas geschrieben steht. Sie behaupten, Brett ist aus einem Schrank in meiner Wohnung.«

»War es das?«

»Scheint so. Sie sagen, das ist deine Handschrift. Ich sage, kann schon sein, weil ich als Schreiner oft Sachen auf Holz schreibe. Aber dann sie mir sagen, daß es Dr. Condons Telefonnummer ist! Lieber Gott! Wenn ich die Nummer aufgeschrieben und gewußt hätte, was für eine Nummer es ist, hätte ich es der Polizei sofort gesagt?«

»Vielleicht nicht«, sagte ich mit leisem Sarkasmus.

»Mit meinem letzten Atemzug ich hätte gesagt, daß ich diese Nummer noch nie gesehen habe! Außerdem ... wenn ich dieses Verbrechen begangen hätte, hätte ich diese Nummer in eigener Wohnung aufgeschrieben?«

»Na ja, ich war dabei, als Condon Anrufe von den angeblichen Entführern bekam.«

»Aber in meinem Haus in der Bronx ich habe kein Telefon!«

»Was?«

»Nächstes Telefon gutes Stück entfernt. Welchen Sinn hätte es, Nummer in diesen Schrank zu schreiben, sehr klein und sehr dunkel, wenn ich doch hineingehen müßte, um Nummer zu sehen!«

»Aber diese Nummer war nicht eingetragen ...«

»Das ist falsch! Sie Leute glauben machen wollen, daß es Geheimnummer ist. Aber das stimmt nicht. Die Nummer stand in allen Telefonbüchern. Erst viel später hat Dr. Condon eine nicht eingetragene Nummer bekommen. Ich bin sicher, daß die Nummer auf Wandtäfelung im Schrank entweder von Polizisten oder Reportern gemacht wurde, die so versucht haben zu schreiben wie ich.«

Als ich an diesem Nachmittag die Unterlagen durchgelesen hatte, war mir ein sehr interessantes Detail aufgefallen: der hochbezahlte Handschriftenexperte des Staates war bei dem Prozeß nicht in den Zeugenstand gerufen worden, um die Handschrift aus dem Schrank als die Hauptmanns zu identifizieren.

»Ich habe ein Gerücht gehört, ein Reporter hätte die Nummer dort hingeschrieben«, sagte ich. »Ich kenne seinen Namen und werde es überprüfen.«

»Gut!« sagte Hauptmann, und ich dachte, er hätte mit mir gesprochen, aber das war anscheinend nicht der Fall. Er sah an mir vorbei nach oben und trat dann zur Gittertür der Zelle.

Ein Wärter machte sich mit einer langen Stange an der Dachluke zu schaffen und versuchte, das Fenster zu öffnen, damit der Vogel hinauskonnte.

Hauptmann kam zurück und setzte sich wieder; er wirkte erleichtert. »Er hat ihn noch nicht befreit, aber er versucht es. Jemand versucht es. Das ist wichtig. Wo waren wir noch gleich?«

»Sie haben mir erklärt, daß die Polizei Zugang zu Ihrer Wohnung hatte, weil Ihre Frau und Ihr Sohn ausgezogen sind. Glauben Sie, daß auf diese Weise auch das Beweisstück sechzehn zustande gekommen ist, die Sprosse der Leiter, die angeblich von Ihrem Dachboden stammen soll?«

Er lächelte freudlos und schüttelte den Kopf. »Zuerst einmal hat diese ›Sprosse Sechzehn‹ ein paar ziemlich große Astknorren. Kein Schreiner würde Leiter daraus machen. Und es ist auch keine Leiter – es ist ein schlechtes Stück Holz. Man sieht doch sofort, daß kein Schreiner sie gemacht hat, nicht mal ein schlechter. Wilentz sagt, ich bin kein guter Schreiner. Ich war selbständig und habe als Vormann gearbeitet. Fragen Sie die Leute, ob ich ein guter Schreiner bin.«

»Stammt das Holz von Ihrem Dachboden?«

Er zuckte die Achseln. »Wenn ja, haben sie es da weggenommen, nicht ich.«

Die bei der Entführung benutzte Leiter war zu Testzwecken unzählige Male auseinandergenommen und wieder zusammengesetzt worden.

»Wilentz sagt, ich bin kluger Verbrecher«, sagte Hauptmann mit einem schwachen Schnauben. »Er sagt, an diesen Händen ich muß Handschuhe getragen haben, weil es keine Fingerabdrücke gibt. An diesen Füßen muß ich Säcke getragen haben, weil es keine Fußabdrücke gibt. Wenn ich so kluger Verbrecher bin und all das getan habe, warum ich dann nehmen halbes Brett aus Dachboden meines eigenen Hauses und mache ein Stück dieser ›Leiter‹ daraus – obwohl das immer Beweis gegen mich ist?

Wenn ich Leiter machen wollte, ich finde doch in meiner Werkstatt und meiner Garage alle Holzstücke, die ich brauche. Außerdem ist nur ein Block von meinem Haus entfernt Holzhandlung. Hören Sie, ich bin Schreiner – kaufe ich Holz nur für fünf Leitern und weiß nicht, daß ich Holz für sechste brauche?«

»Dieser Holzexperte, Koehler«, sagte ich, »behauptet, seine Ermittlungen hätten ergeben, daß das Holz, aus dem die anderen Sprossen bestanden, aus dieser Holzhandlung in Ihrer Nähe stammen.«

Hauptmann machte eine fahrige Handbewegung, als wolle er einen Fleck aus der Luft reiben. »Koehler hat selbst gesagt, er hat herausgefunden, daß Lieferungen dieses Holzes in dreißig Städte gingen. Wenn man dieses Holz in Koehlers Nachbarschaft in Koehlers Stadt zurückverfolgt, ist dann Koehler der Entführer?«

»Ich frage mich, wo er am ersten März 1932 war«, sagte ich. »Aber Sie haben recht: sobald die Cops einen Verdächtigen haben, können sie die Beweise hinbiegen.«

»Und wenn sie Beweise haben, die *nicht* passen«, sagte er, »diese Beweise verschwinden. Als ich verhaftet wurde, sie nahmen vieles mit, darunter auch meine Schuhe. Ich zuerst nicht wissen, warum; aber dann denke ich: sie haben Fußabdruck!«

»Das stimmt«, sagte ich. »›Friedhof-John‹ hat einen am St. Raymond's zurückgelassen.«

»Warum sie dann nicht Gipsabdruck zeigen, der gemacht wurde?« Mit beißendem Sarkasmus fuhr er fort: »Vielleicht sie diesen verdammten Beweis aus Mitleid mit mir zurückgehalten.« Reilly hätte verlangen sollen, daß dieser Gipsabdruck als Beweismittel aufgenommen wird; aber andererseits hätte Reilly so vieles anders machen müssen.

»Wissen Sie, daß Leute meine Fingerabdrücke nicht nur einmal genommen haben, sondern immer wieder? Auch Abdrücke meiner Handseiten und der hohlen Hände. Als mein Anwalt dann bei Prozeß nach Fingerabdrücken fragt, Wilentz sagt: ›Es gibt keine Fingerabdrücke.‹«

»Auf der Leiter waren sehr viele«, sagte ich. »Mit denen hat man sie verglichen.«

»Und meine nicht gefunden! Im Kinderzimmer waren gar keine Fingerabdrücke! Nicht die der Eltern, nicht die des Kindermädchens oder des anderes Personals! Sie sagen, ich Handschuhe getragen. Haben auch die Eltern

Handschuhe getragen, wenn sie in Kinderzimmer gehen, um mit Jungen zu spielen, und alle Dienstboten auch?«

»Es hört sich ganz danach an, als hätte jemand den Raum abgewischt.« Jemand aus dem Haus. Nach der Tat.

»Sie haben bei Leiter Meißel gefunden. Sie ihn mit meinem Schreinerwerkzeug vergleichen. Mein Werkzeug Firma Stanley; sie haben Meißel von Bucks Brothers gefunden. Sie den Geschworenen sagen: ›Das ist Hauptmanns Meißel!‹, und Geschworene es glauben.«

»Aber Ihren Augenzeugen haben sie nicht geglaubt, was?«

»Meine Augenzeugen waren gut, aber Reilly *mehr* Zeugen angeheuert hat, *schlechte* Zeugen! Sie mich umgebracht! Verrückte Leute aus Anstalten, Leute mit Vorstrafen ... und Wilentz sie zum Narren hält! Denn deshalb man den guten Leuten nicht glaubt, den Zeugen, die für mich die Wahrheit sagen. Die fünf Leute, die mich mit Annie zur Zeit des Verbrechens in New York in der Bäckerei gesehen haben, *gute* Leute, man hinstellt als Lügner. Einer von ihnen, Manley, ein alter Herr, vom Krankenbett aufgestanden und geschworen, daß er mich am Abend des ersten März 1932 um neun Uhr in seiner Bäckerei gesehen hat.«

Ich lachte schnaubend. »Und doch hat man dem alten Hochmuth mit seinem grauen Star und der Kartenverkäuferin des Kinos und dem Taxifahrer geglaubt, obwohl sie bestenfalls fragwürdige Augenzeugen sind.«

»Warum, Nate? Warum?«

»Na ja ... Sie haben Zeugen mit Vorstrafen aufgerufen. Sie sind selbst vorbestraft, Dick.«

»Ja, in Deutschland – nach dem Krieg. In Amerika nie.« Er lehnte eine Hand auf seine Brust und spreizte die Finger. »Ich komme in Lumpen aus Krieg nach Hause, krank vor Hunger. Ich dann sehen, daß auch meine Mutter und meine Brüder und Schwestern verhungern. Ich stehle einen Mantel und Nahrung. Ich war noch ein

Junge. Das war falsch, ja, aber viele Menschen viele Male nach dem Krieg in meinem Land das getan. Und ich habe nie einen Menschen auch nur verletzt.«

»Sie sind einmal durch ein Fenster im ersten Stock eines Hauses eingebrochen. Und Sie haben zwei Frauen mit Kinderwagen mit einem Revolver bedroht. Nehmen Sie diese beiden Verbrechen zusammen, und . . .«

»Es waren keine Kinder in den Kinderwagen! Damals in Deutschland hat man Kinderwagen als Schubkarren benutzt. Wissen Sie, was ich gestohlen habe? Neun Laiber Brot und ein paar Essensmarken. Ich habe keinen Kindern angst gemacht.«

»Und dieser Einbruch?«

Er zuckte die Achseln. »Es war das Büro des Bürgermeisters, eher ein Streich als ein Raub. Ich habe gestohlen eine silberne Taschenuhr und ein paar hundert Mark. Ich bin nicht stolz darauf – ich weiß, ich Unrecht getan. Ich mein Gewissen beruhigt mit: ›Ach was, andere machen das auch.‹«

Reilly hätte das beim Prozeß aufklären müssen; Wilentz hatte mit dieser Sache mit dem Kinderwagen Hauptmann den Strick um den Hals gelegt, obwohl der Vorfall eigentlich gar nicht als Beweismittel zugelassen war!

»Das alles verstehe ich, Dick«, sagte ich, »aber *Sie* müssen auch verstehen, daß man es zu Ihrem Nachteil benutzt hat. Es gerät Ihnen ehrlich gesagt schon zum Nachteil, daß Sie Deutscher sind. Und, verdammt noch mal . . . im Krieg waren Sie Maschinengewehrschütze – und damit sind Sie ein Killer.«

Er schnaubte leise, und seine Antwort war gerechtfertigt sarkastisch: »Ach – also es gab im Krieg keine amerikanischen Maschinengewehrschützen?«

Ich schüttelte den Kopf. »Das zählt nicht, wenn es die eigenen Leute sind – und erst recht nicht, wenn man den Krieg gewonnen hat. Und ich glaube nicht, daß es Ihrer

Beliebtheit geholfen hat, daß diese Leute vom Nazi-Bund Geld für Ihre Verteidigung gesammelt haben.«

Der Sarkasmus verpuffte. »Welche Wahl hatte ich? Der Staat hat unser Geld beschlagnahmt, Annies und meins. Sind Sie Jude, Nate?«

»Mein Vater war einer. Ich bin nicht sehr religiös.«

»Ich doch.« Er lächelte nervös. »Religiös, meine ich. Hassen Sie mich, weil ich Deutscher bin? Glauben Sie, ich bin die ›Herrenrasse‹? Glauben Sie, daß ich Juden hasse?«

Wilentz vielleicht.

»Ich bin Amerikaner«, sagte ich, »dessen Vorfahren aus Deutschland kommen. Warum sollte ich Sie hassen oder solche Vorurteile haben?«

Ziemlich schüchtern berührte er meine Schulter. »Mr. Heller – warum waren Sie kein Geschworener?«

»Dick«, sagte ich, »Sie müssen mich nicht überzeugen, daß ein Großteil der Beweise zurechtgebogen oder gefälscht war. Sie müssen mir nicht sagen, daß Hochmuth blind war oder diese Kinokassiererin, die sich angeblich an Sie erinnert hat, nicht mehr alle Tassen im Schrank hat. Ich war früher mal Bulle. Ich weiß das selbst.«

»Was *soll* ich Ihnen denn sagen?«

»Erzählen Sie mir von Isidor Fisch.« Ich lächelte sanft. »Von Ihrem jüdischen Freund.«

Er lachte lautlos. »Die ›Fisch-Story‹, so nennen man sie. Hier in diesem Land das heißt doch Lügengeschichte.«

»Leider stimmt das. Man hat gesagt, daß sie stinkt.«

»Sie hört sich schlimm an. Aber sie ist wahr.«

»Erzählen Sie sie mir. Lassen Sie sich Zeit.«

Er atmete tief ein und langsam wieder aus. »Ich lernte Isidor Fisch auf Hunter's Island in Pelham Park kennen. Annie und ich und unsere Freunde gehen dort viele Wochenenden hin, in Sommer wie in Winter. Wir dort wunderbares Leben unter freiem Himmel genießen, mit Boot fahren, schwimmen, fischen . . .« Ein leises Lächeln erschien, und ein abwesender Blick trat in seine Augen. »Über Lagerfeuer kochen, Musik machen und singen . . . Annie mir Feldstecher gekauft. Ich gern Vögel beobachten.« Das brachte ihn in die Wirklichkeit zurück. Er stand von der Pritsche auf, ging schnell zu den Gitterstäben und sah hindurch.

»Er noch immer gefangen«, sagte er und schüttelte den Kopf. »Sie geben auf. Verdammt. Ein freies Tier sollte nie so gefangen sein.«

»Richard«, sagte ich. »Dick. Erzählen Sie mir von Izzy Fisch.«

Er kam zurückgeschlurft und setzte sich auf die Pritsche. »Fisch und ich«, sagte er, »wir trafen uns drei oder vier Mal auf Hunter's Island. Einmal er erwähnen, daß er an Börse und Aktien interessiert ist, genau wie ich. Aber er sagt mir, er ist in Pelzgeschäft, und da ist gutes Geld zu machen. Er weiß, wovon er spricht, in alter Heimat er war Kürschner. Ich kaufe ein paar Aktien und Obligationen für ihn, er kauft ein paar Pelze für mich . . . Ich gebe ihm fünfhundert Dollar, um Pelze zu kaufen, und investiere immer mehr, bis ich schließlich siebentausend Dollar in Pelzen habe.«

»Wo waren diese Pelze gelagert?«

»In Pelzbezirk in New York, Fisch sagt, aber wir waren nie in Lagerhaus, in dem sie waren. Fisch war krank, hatte schlimmen Husten.«

Wie auch Jafsies Friedhof-John, wie mir einfiel.

»Eines Tages er sagt, er fährt nach Deutschland, um Eltern zu besuchen. Er bittet mich, vierhundert Robbenfelle bei mir zu Hause aufzubewahren, während er weg ist. Später er fragt mich, ob er mir ein paar Sachen bringen kann, während er in Deutschland ist, und er bringt zwei Taschen in mein Haus, eine große und eine kleine.«

»Was ist mit dem Geld?«

Hauptmann bedeutete mir, mich in Geduld zu üben. »An dem Samstag, bevor Isidor nach Deutschland fährt, meine Frau und ich geben ihm Abschiedsfeier. Er bringt unter Arm Kiste mit, mit Schnur zusammengebunden, und bittet mich, sie in Schrank zu stellen und für ihn aufzubewahren, bis er zurückkommt. Ich denke, in Kiste sind vielleicht Dinge, die er vergessen hat, in Taschen zu tun, vielleicht Papiere und Briefe. Ich stellte Kiste in oberstes Regal vom Besenschrank. Das war zu hoch für meine Frau, sie nicht herankonnte, obwohl sie versucht haben, sie vor Gericht schlechtzumachen, weil sie behauptet haben, Regal ist niedrig, und sie dort saubergemacht hat und hätte sehen müssen. Aber sie Kiste nie gesehen hat. Na ja. Schließlich lagen Lappen und andere Sachen auf Kiste, und ich sie ganz vergessen haben. Fisch hat mir gesagt, er ist in zwei Monaten wieder zurück.«

»Aber Sie haben nie wieder von ihm gehört.«

»O doch. Er schrieb mir ein paarmal . . . und dann, im März oder April, ich bekomme Brief von seinem Bruder Pincus, in dem steht, daß Isidor gestorben ist. Pincus hat mich in seinem Brief gebeten – da er wußte, ich war Freund von Isidor –, die finanziellen Angelegenheiten seines Bruders in diesem Land zu regeln. Also ich schrieb Pincus und erklärte ihm, wie wir in Aktien- und Pelzgeschäft stehen.«

Hauptmanns Gesichtsausdruck entnahm ich, daß es Unregelmäßigkeiten gegeben hatte.

»Fisch hat mir gesagt, er hat Sparbücher und Schließfach und auch zehntausend Dollar in eine Firma investiert, die Kuchen backt. Und viele Pelze. Und ein Freund schuldet ihm zweitausend Dollar. Aber als ich nach Isidors Tod Sache auf den Grund gehe, finde ich heraus, daß die Kuchenfabrik Schwindel ist und Fisch Freund achthundert Dollar schuldet und anderem Freund viertausend. Ich kann keine Pelze finden, bis auf die vierhundert in meinem Haus, und die sind nicht mal die Hälfte von dem wert, was er behauptet hat. Also ich ganz durcheinander.«

»Und da haben Sie die kleine Kiste in Ihrem Schrank geöffnet und...«

»Nein! Diese Kiste ich völlig vergessen haben. Ich gehe zu Fischs Anwalt, der mir sagt, daß kein Geld da ist, nichts von Wert im Schließfach. Und ich gebe auf.«

»Sie gaben auf?«

»Ja. Aber drei oder vier Wochen, bevor ich verhaftet werde, es hat geregnet, wie heute... und das Wasser läuft in Besenschrank, und als ich Besenschrank ausräume, finde ich Kiste wieder, die ganz naß ist. Ich sehe nach und finde, sie ist voller Geld! Aha, sage ich mir, hier ist also Izzys Geld. Was er gespart hat, hat er in Goldzertifikaten angelegt. Ich tue Geld in Eimer und bringe es in Garage, wo ich es trockne und da verstecke, wo Polizei es gefunden hat, bis auf die paar Scheine, die ich schon ausgegeben habe. Ich bringe es nicht zur Bank, weil ich glaube, mit Goldzertifikaten kriege ich Schwierigkeiten.«

»Sie haben sich also selbst bedient, weil Izzy Ihnen Geld geschuldet hat, nicht wahr? Sieben Riesen?«

Er nickte. »Weil er mir Geld geschuldet hat und versucht hat, mich zu betrügen, denke ich, als ich Geld sehe, es gehört zum größten Teil mir.« Er schüttelte den Kopf und seufzte schwer. »Hätte ich wissen können, daß das Geld von Entführung des Lindbergh-Babys war? Nein! Der Tankwart, dem ich Schein gab, hat ausgesagt, daß ich, als ich ihm den Schein gab, gesagt habe: ›Ich habe davon noch hundert Stück zu Hause.‹ Hätte ich das gesagt, wenn ich gewußt hätte, daß diese Scheine mich eines Tages vielleicht das Leben kosten werden?«

»Aber Sie haben die Cops belogen, was das Geld betrifft.«

»Weil ich Goldzertifikate habe, und das ist illegal! Ich wußte, ich würde Ärger kriegen, wenn sie herausfinden, daß ich so viel Goldgeld habe, und außerdem habe ich in Garage, in der Geld war, auch eine Pistole versteckt, die ich nicht haben darf.«

»Glauben Sie, daß Isidor Fisch an der Entführung oder zumindest an der Erpressung beteiligt war?«

Er schüttelte langsam und hoffnungslos den Kopf. »Ich weiß nicht, Nate. Ich wünschte, ich wüßte es. Ich weiß nur, als ich Fragen über ihn stelle, ich herausfinde, daß er nicht Mann war, für den ich ihn gehalten habe. Er war Schurke. Vielleicht hat er gehandelt damit, was man ›heißes Geld‹ nennt.«

Auf dem Gang erklangen Schritte.

»Pincus, Izzys Bruder, schrieb mir, kurz bevor Isidor starb, auf seinem Totenbett, er hat nach mir gerufen – er schien mir etwas sagen zu wollen. Aber er war zu schwach. Er nahm mit ins Grab, was jetzt wäre große Hilfe für mich.«

Direktor Kimberlings stämmige Gestalt erschien – nun in einem grauen Anzug, den schwarzen Regenmantel hatte er ausgezogen – hinter den Eisenstäben. »Mr. Heller, nur noch ein paar Minuten.«

»Würden Sie bitte mal nach meiner Sekretärin sehen, Herr Direktor? Wie es ihr geht?«

Er nickte.

Als er durch die Tür ging, sah ich, daß sich Hauptmann, wann immer diese Tür geöffnet wurde, ein schöner Blick auf den mit dem weißen Tuch abgedeckten elektrischen Stuhl bot.

»Seit ich hier bin«, sagte er anscheinend ohne jede Regung, »sind sechs Männer an mir vorbeigegangen, in diesen Raum. Einige stumm, einige weinend, einige sogar schreiend.«

Ich wußte nicht, was ich darauf sagen sollte.

Die Tür wurde geschlossen, und der Direktor hielt wahrscheinlich ein kleines Pläuschchen mit Evalyn.

Hauptmann legte die Hand erneut auf meine Schulter,

diesmal nicht so zögernd. »Nate, ich bin froh, daß Sie nicht Jafsies Freund sind.«

Ich lachte. »Dieser alte Mistkerl treibt mich noch in den Wahnsinn.«

»Wissen Sie, er hat mich besucht.«

Das warf mich um. »Hier?«

»Nein. Im Gefängnis von Hunterdon County. Er hat mich gefragt, ob ich Sportler gewesen bin. Ich sage ja. Er fragt mich, ob ich Preise bekommen habe, und ich sage ihm, sechzehn oder siebzehn in Deutschland, für Laufen. Dann sah es aus, als wollte er weinen.«

»Er hat nicht behauptet, Sie zu kennen?«

»Er hat mich oft ›John‹ genannt, obwohl ich ihn verbessert habe. Er hat gesagt, wenn ich etwas weiß, soll ich es sagen, denn wenn es keine Verbindung zwischen Geld und Entführung gibt, würde ich mich und ihn entlasten. Er sagt, die Polizei hat ihn grob angefaßt. Aber er hat nie gesagt, daß ich derjenige bin. Und als er ging, fragte er mich, ob er mich wieder besuchen darf, und ich sagte ja. Aber er ist nicht mehr gekommen.« Die Tür der Todeskammer wurde geöffnet, und wir konnten einen weiteren Blick auf den musselinbedeckten Stuhl werfen. Direktor Kimberling kam herein. »Es wird Zeit, Mr. Heller«, sagte er.

Ich stand auf. Hauptmann und ich gaben uns erneut die Hände. Seine Augen, die so kalt gewesen waren, waren nun warm. Sein Lächeln war warm.

»Ich glaube, Sie mir helfen können«, sagte er.

»Ich werde es versuchen«, erwiderte ich.

»Sie sollten an Gott glauben, Nate. Ich weiß, er wird nie zulassen, daß einige Menschen einen Mord an mir begehen.«

»Morde kommen vor, Dick.«

Er lachte, und etwas Verbitterung kroch wieder herein. »Ja – das arme Kind wurde entführt und ermordet, und deshalb muß jemand dafür sterben. Denn ist der Vater nicht der große Pilot? Und wenn niemand für den Tod des Kindes stirbt, dann die Polizei immer wird Esel sein.« Er zuckte die Achseln, und sein Lächeln war ein humorloses, fatalistisches Grinsen. »Also bin ich der, den sie zum Sterben ausgesucht haben.«

Darauf konnte ich nichts sagen. Ich lächelte verkniffen, schlug ihm leicht auf die Schulter und machte verdammt noch mal, daß ich aus der Zelle kam. Die Tür wurde hinter mir scheppernd zugezogen.

Evalyn saß noch immer auf der Bank, ganz in Schwarz, und schien nun wirklich in Trauer zu sein; sie hatte Notizen gemacht, meine, reiche, kleine Sekretärin, den Bleistift bis auf einen Stummel abgeschrieben, und ihr Gesicht war tränennaß.

Sie stand schwankend auf und kam in meine Arme. »Dieser arme Mann«, sagte sie. »Dieser arme Mann.«

Der Wärter betrachtete sie unbehaglich von der Schwelle aus.

»Holen wir unsere Mäntel«, sagte ich zu ihr.

Ich hörte, wie im Zellenblock jemand »Mist!« sagte.

Ich ließ Evalyn los, ging zum Wärter, trat auf die Schwelle und sah ein letztes Mal zu Hauptmann hinüber, zu einem weißen Gesicht hinter grauen Gitterstäben.

»Wenigstens er nicht lange leidet«, sagte er und sah auf.

Ich trat in den Gang und blickte nach oben; sah den kleinen, grauen Körper des Vogels leblos vor dem Maschendraht liegen.

30

Diese Gegend am Rande der Bronx wirkte, wie so viele Außenbezirke einer riesigen Metropole, wie eine Kleinstadt aus dem Bilderbuch. Bei den Gebäuden handelte es sich zumeist um zweistöckige Zweifamilienhäuser aus Holz und Stuck und mit ordentlichen, kleinen Gärten, neben denen oftmals unkrautüberwucherte, unbebaute Grundstücke lagen. Hauptmanns Haus – 1279 East 222nd – war keine Ausnahme: ein zweistöckiges Gebäude mit Keller, unter dem Dach ein nicht vollständig ausgebauter Speicher, mit einer Steinmauer am Grundstücksrand, von der ein paar Stufen sanft zu einem winterbraunen Rasen mit ein paar Büschen hinaufführten, eine Schlingpflanze, die wie ein Einbrecher den braunen Stuck der Fassade zum Fenster im Obergeschoß hinaufkletterte. Rechts vom Haus lag ein unbebautes Grundstück, von Unkraut und Sträuchern überwuchert, daneben eine schmale Straße, und direkt hinter dieser Straße befanden sich die Reste der Trümmer, die einmal Hauptmanns Garage gewesen waren. Hinter dem Haus standen Bäume, nah genug, um dem Haus Schatten zu spenden, zumindest, wenn wieder Blätter sprossen.

Ich stellte den Packard vor dem Haus ab; Evalyn war bei mir. Sie trug ein dreiteiliges, schwarzes und graues Kostüm mit Übermantel und eine schwarze und graue Mütze. Sie trug nur ein paar Juwelen – auf meine Bitte hatte sie auf den Großteil verzichtet, genauer gesagt auf mein Verlangen, wenn sie schon darauf bestand, mit mir ›Dünner Mann‹ zu spielen. Zumindest hatte sie den gottverdammten Hund nicht mitgenommen.

Wir hatten die Nacht in getrennten Suiten im Hotel Sterling verbracht, wo Hoffman für uns in dem Teil des Hotels reserviert hatte, das als das Government House bekannt war; er handelte sich dabei um den ehemaligen Wohnsitz des Gouverneurs, also irgendwie schon eine passende Unterkunft. Eine schmuckere als nötig, aber ich mußte sie ja nicht bezahlen.

Wir hatten uns bei ein paar Cocktails in Evalyns Suite bis spät in die Nacht unterhalten, wobei das Gespräch mit Hauptmann in der Todeszelle schwer auf uns beiden lastete. Falls wieder etwas Romantisches oder Sexuelles zwischen uns aufblühen sollte, war dies weder die richtige Stimmung oder Zeit noch der richtige Ort. Ich war jedoch neugierig, warum Evalyn sich noch immer, nach vier langen Jahren, mit diesem verdammten, abscheulichen Fall beschäftigte. Hatte sie sich an Gaston Means nicht schon schlimm genug die Finger verbrannt?

»Nate«, sagte sie, »es tut mir leid, daß es mir nicht gelungen ist, das Kind zurückzuholen. Es tut mir leid, daß ich hereingelegt wurde, es tut mir leid, daß ich betrogen wurde. Aber ich werde in meinem Herzen immer froh darüber sein, daß es irgend etwas gab, das mich dazu getrieben hat.«

»Na schön«, sagte ich; ich war nur leicht betrunken. »Klasse. Aber das war nicht meine Frage. Warum beschäftigst du dich noch immer damit?« Sie zuckte die Achseln und holte zu einer Erklärung aus, die mir zuerst sehr ausweichend vorkam. »Weißt du, ich mußte das Haus in Washington aufgeben – ich konnte mir so ein großes Anwesen einfach nicht mehr leisten. Und eine Weile habe ich eine ganz normale Wohnung gehabt. Kannst du dir mich in einer Wohnung vorstellen, Nate? Na ja, auf jeden Fall hat sich vor einer Weile bei Ned – mein Mann, weißt du noch? – eine Verschlimmerung ergeben, während wir uns vor Gericht immer heftigere Schlachten um die Kinder lieferten. Eine gesundheitliche Verschlechterung.«

»Ach? Das tut mir leid.«

»Eigentlich betrifft sie seinen Geisteszustand. Ich werde mich nicht von Ned scheiden lassen – das ist nicht mehr nötig. Es wird keine Kämpfe um das Sorgerecht mehr geben – die Kinder sind jetzt schon fast erwachsen, verdammt, und... nun ja... gelegentlich bekomme ich Berichte eines Krankenhauses in Maryland über einen Patienten dort, der morbide Wahnvorstellungen hat und in einem Zustand geistiger Verbannung lebt. Er hat sich sogar von sich selbst zurückgezogen. Wenn man ihn mit seinem richtigen Namen anspricht, wird er wütend – und schwört, er sei kein McLean.«

»Es tut mir leid, Evalyn.«

Sie tat es mit einem Lächeln ab, das ihr allerdings so überzeugend geriet wie eine Wachsfrucht. »Auf jeden Fall hat das Gericht mir Friendship zugesprochen, das McLean-Anwesen, und dort habe ich gewohnt, als der Prozeß gegen Hauptmann eröffnet wurde. Ich habe ihn aus der Ferne verfolgt, mit einiger Skepsis, wie es wohl bei jedem der Fall sein wird, der die Fakten kennt. Und um danach mein reiches, untätiges Leben auszufüllen, habe ich mir die zahlreichen Bände der Prozeßabschriften besorgt. Falls man es Prozeß nennen kann. Für mich war es ein abscheulicher Zirkus.«

»Und das hat dein Interesse an dem Fall wieder geweckt?«

»Ich habe mein Interesse an dem Fall nie verloren«, sagte sie und lachte leise. »Ich glaube, ich habe für das Recht bezahlt, mich dafür zu interessieren, meinst du nicht auch? Und ich glaube, ich habe das Recht, betroffen zu sein, wenn man jemandem auf so abscheuliche Weise Unrecht tut. Und gegen das Unrecht, das man Mr. Hauptmann antut, ist das, was man mir angetan hat, geradezu bescheiden.«

»Deine Besorgnis um Hauptmann ist bewundernswert«, gestand ich ihr ein.

»Aber die Möglichkeit bleibt bestehen, daß er in irgendeiner Hinsicht zumindest an dem Betrug mit ›Friedhof-John‹ beteiligt war. Er war heute abend überzeugend, aber das sind viele schuldige Menschen, wenn sie ihre Unschuld beteuern.«

»Ich mache mir um mehr als nur um Hauptmanns Unschuld Sorgen«, sagte sie. Ihr Blick glitt zu ihrem Cocktailglas. »Ich habe Zweifel wegen dieses kleinen Skeletts, das man im Wald gefunden hat.«

»Na ja«, gestand ich ein, »nach dem Foto, das Hoffman mir gezeigt hat, kann ich mir auch vorstellen, warum.«

»Nate, Tausende und Abertausende von Menschen haben diese Wälder durckkämmt, auch dort, wo der kleine Leichnam gefunden wurde. Verdammt, sogar das Unterholz *unter* der Leiche war zertrampelt.«

»Darunter?«

»Nur ein paar Meter weiter haben Arbeiter der Telefongesellschaft einen Mast aufgestellt und Kabel verlegt, weil man in jenen ersten, hektischen Tagen mit den vorhandenen Leitungen nicht auskam.« Ihr Sarkasmus wurde von ihrer Aufrichtigkeit ausgeglichen. »Diese winzigen Gebeine, wem auch immer sie gehört haben mögen, müssen danach dorthin gelegt worden sein, also lange nach der Entführung.«

»Slims Identifizierung der Leiche *war* ziemlich hastig«, gestand ich ein.

Sie betrachtete ihren Drink und machte dann ein Geständnis: »Na ja, die Leiche wurde noch von einer zweiten Person identifiziert.«

Davon hatte ich noch nicht gehört. »Von wem denn, zum Teufel?«

»Von Betty Gow«, sagte sie. »Dem Kindermädchen. Sie hat die kleine Leiche ebenfalls gesehen und sie als die von Charles Lindbergh jr. identifiziert.«

»Wie denn das? Da war nichts zu identifizieren. Ich habe das Foto gesehen ...«

»Unter den Knochen lag ein kleines Kleidungsstück. Betty Gow hat behauptet, es als Hemdchen oder Jäckchen zu erkennen, das sie am Abend der Entführung genäht hat, weil der Junge eine Erkältung hatte. Sie behauptet, sie würde es anhand des Zwirns erkennen, eines ganz bestimmten blauen Fadens, den sie benutzt hat.«

»Ich verstehe. Hört sich aber trotzdem etwas dünn an. Aber das ist tatsächlich das bislang überzeugendste Indiz, daß es sich bei diesen Knochen um die des Kindes handelt.«

»Ja – aber könnte dieses Jäckchen nicht ebenfalls untergeschoben worden sein?«

»Durchaus möglich ... aber jetzt werden wir ziemlich melodramatisch, nicht wahr, Evalyn?«

»Wirklich? Hast du nicht immer angenommen, daß jemand aus dem Haushalt der Lindberghs oder der Familie Morrow irgendwie in das Verbrechen verwickelt sein könnte?«

»Ja. Aber was hilft uns das? Behauptest du, daß Betty Gow gelogen oder geholfen hat, dieses Hemdchen unterzuschieben?«

»Nicht unbedingt. Den Stoff und das Garn hat Betty Gow am Abend der Entführung von der Frau des Butlers bekommen – von Elsie Whately.«

Die Wohnung der Hauptmanns bestand aus dem Obergeschoß des Hauses, fünf mittlerweile größtenteils leergeräumte Zimmer, für die Evalyn seit Dezember der siebzigjährigen Witwe, die unten wohnte, fünfzig Dollar Miete den Monat zahlte.

Als ich durch die leeren Räume ging, erinnerte ich mich daran, von neuen, ziemlich teuren Möbeln der Hauptmanns gelesen zu haben, was den Cops und der Presse sehr verdächtig vorgekommen war. Ein Nußbaumschlafzimmer, ein Elfenbeinnuß-Kinderbett, ein Radio in einer schönen Truhe mit Nußbaumfurnier – alles verkauft, um Geld für die Anwälte hereinzubekommen. In dieser Wohnung gab es jetzt nur noch die kahlen Bodenbretter, verblichene Tapeten und die Echos unserer Schritte.

»Ich weiß nicht, was ich hier noch finden soll«, sagte ich, »nachdem schon so viele Leute hier waren.«

Evalyn war mir pflichtschuldig wie ein Hündchen in das kleine Wohnzimmer, das Schlafzimmer, das Kinderzimmer, die Küche und das Bad gefolgt. »Ich habe nicht den Eindruck«, sagte sie, »daß die Hauptmanns im Luxus geschwelgt haben.«

»Ich auch nicht«, sagte ich. »Genau die richtige Wohnung für einen selbständigen Bauschreiner, der ziemlich amateurhaft mit ein paar Aktien spekuliert hat . . . und dessen Frau Kellnerin in einer Backstube war. Genau richtig. Sehen wir uns mal diese berühmten Wandschränke an.«

Im ehemaligen Kinderzimmer fand ich den Schrank, aus dem die Täfelung entfernt worden war, damit man den Geschworenen den ›Beweis‹ zeigen konnte, daß Jafsies Telefonnummer dort hingekritzelt worden war. Gestern abend hatte ich Evalyn erzählt, was ich über den Reporter der *Daily News* namens Tim O'Neil gehört hatte, der dieses Beweismittel angeblich getürkt hatte, um eine Schlagzeile zu bekommen. Sie war angemessen wütend geworden und hatte mich gefragt, ob wir »diesen Burschen nicht in die Mangel nehmen« sollten. Wir sollten, hatte ich gesagt.

In der Decke der früheren Wäschekammer, die man von der Diele aus betreten konnte, fand ich die Luke, die zum Dachboden führte.

»Ich sehe lieber mal allein nach«, sagte ich zu Evalyn, die einen Blick hinauf warf und mir dann zustimmte. Ich gab ihr meine Anzugjacke.

Um an die Luke heranzukommen, mußte ich die Regalbretter herausnehmen, sie in die Diele legen und wie ein verrückter Bergsteiger die Kreuzhölzer hinaufklettern.

»Vorsichtig!« sagte sie.

»Hauptmann muß dieses Brett aber ziemlich dringend gebraucht haben«, sagte ich schwer atmend, »wenn er hier hinaufgeklettert ist, um es sich zu holen.« Ich klebte wie ein Käfer an der Wand. Ich versuchte unbeholfen, das Gleichgewicht zu bewahren, hielt mich mit einer Hand an dem Querholz fest, schob mit der anderen die falltürähnliche Luke auf und zog mich dann durch die winzige Öffnung von vielleicht vierzig mal vierzig Zentimetern hoch. Der Dachboden war ein dunkles, muffiges, staubiges umgekehrtes V, in dem ein Zwerg klaustrophobische Anfälle bekommen würde.

Ich steckte den Kopf durch die Luke, und Evalyn sah mit eifrigen Blicken vom Wäscheschrank zu mir hoch. »Frag die Vermieterin mal, ob sie eine Taschenlampe hat.«

»Es ist eine im Wagen.«

»Hol sie.«

Ich wartete, noch immer über der Öffnung hängend – da war die Luft besser – und stellte mir vor, wie sich der unbeholfene Gouverneur Hoffman durch diese Öffnung zwängte, was er mindestens einmal getan hatte. Das war ein Lächeln wert.

Kurz darauf reichte sie mir die Taschenlampe hinauf, wozu sie sich auf die Zehenspitzen stellen mußte, und ich konnte mir den nicht ausgebauten Dachboden genauer ansehen. Die Bodenbretter erstreckten sich nur bis zur Mitte, und auf beiden Seiten konnte man unter der Dachschräge die Querbalken, Latten und den Putz sehen.

Mit Hilfe der Taschenlampe dauerte es nicht lange, bis ich ein Bodenbrett gefunden hatte, das nur halb so lang wie die anderen war – die andere Hälfte hatte Hauptmann angeblich abgesägt, um daraus eine Sprosse für die bei der Entführung benutzte Leiter zu zimmern. Genauso leicht ließ sich feststellen, wieso dieses Beweisstück stank: vom Scheitelpunkt des Daches aus gesehen waren auf der einen Seite dreizehn und auf der anderen vierzehn Bretter verlegt. Mit dem vierzehnten hatte es eine merkwürdige Bewandtnis, und nicht nur, weil es in der Mitte durchgesägt war: ohne dieses Brett wäre der begehbare Teil des Dachbodens symmetrisch gewesen, einfach eine bessere, fachmännischere Arbeit. Die anderen Bretter waren mit jeweils sieben Nägeln auf den Querbalken befestigt, das durchgesägte mit fünfundzwanzig.

Ich reichte Evalyn die Taschenlampe herunter, ließ mich dann hinab und sprang das letzte Stück; der Boden unter mir zitterte heftig. Ich erzählte Evalyn, was ich gesehen hatte.

»Ich glaube, es waren etwa fünfunddreißig Bullen da oben«, sagte sie mit einem empörten Lächeln, »bevor einem das zusätzliche, durchgesägte Brett ›aufgefallen‹ ist.«

Ich zog die Anzugjacke wieder an. »Wir haben noch einen Schrank«, sagte ich. »Ich möchte den berühmtesten aller Schränke Hauptmanns sehen: den, in dem Fischs Schuhkarton verstaut war.«

Das einzige Regalbrett des Schranks in der Küche kam mir gar nicht so schrecklich hoch vor. Das war der Besenschrank gewesen; der Haken an der Wand, an dem Mrs. Hauptmann ihre Kittel aufgehängt hatte, war noch vorhanden. So klein Evalyn auch war, sie konnte das Regalbrett, auf dem Fischs Karton angeblich vor Anna Hauptmanns Blicken verborgen gewesen war, fast erreichen.

»Das kapiere ich nicht«, sagte ich und betrachtete nachdenklich das tiefe Regalbrett. »Wilentz hat Hauptmanns Frau im Zeugenstand ganz schön fertiggemacht, weil sie eingestanden hat, daß auf der Kante des Regals eine Prinz-Albert-Tabakdose stand . . . sie hat Rabattmarken und so weiter darin aufbewahrt und behauptet, sie hätte die Dose kaum erreichen können.«

»Und dann hat Wilentz Fotos gezeigt und Zeugen aussagen lassen und bewiesen, daß das Regal tiefer angebracht war, als Anna behauptet hat«, sagte Evalyn.

Das war ein schlimmer Augenblick für Mrs. Hauptmann gewesen.

»Warum sollte sie wegen einer Sache lügen, die man so einfach beweisen kann? Sehen wir uns das Ding mal näher an . . .«

Ich nahm das Regalbrett heraus und leuchtete mit der Taschenlampe an der Wand entlang.

»Das ist aber komisch«, sagte ich. »Der Schrank ist vor kurzem neu gestrichen worden.«

»Ach was?«

»Die anderen nicht.« Wir sahen uns die anderen ein zweites Mal an, und die Farbe, mit denen sie gestrichen waren, war tatsächlich schon so alt, daß sie an manchen Stellen bereits abblätterte.

Ich ging zu dem Schrank in der Küche zurück und fuhr mit der Hand über die Wand wie ein Blinder, der ein Buch in Braille lesen will.

»Mein Gott!« sagte ich. »Gib mir noch mal die Taschenlampe!«

Sie tat wie geheißen.

»Dieser Schrank ist tatsächlich vor kurzem gestrichen worden – aber hier oben ...« Und ich richtete den Lichtstrahl der Taschenlampe auf eine Stelle etwa fünfzehn Zentimeter über den Stützleisten des Regalbretts. »Hier ist eine viel flachere Stelle.«

»Eine flachere?«

»Ja. Auf diesen Wänden liegt eine Farbschicht auf der anderen. Als dieser Schrank neu gestrichen wurde, hat sich niemand die Mühe gemacht, das Regalbrett herauszunehmen. Er hat einfach die Wände und das Brett gleichzeitig gestrichen.«

»Ja. Aber ... was ...?«

»Hier oben«, sagte ich, griff hinauf und ließ meinen Finger von links nach rechts über die Regalbreite der Wand gleiten, »liegen nur eine oder zwei Schichten Farbe auf. Komm, ich zeig's dir.«

Ich hob sie an der winzigen Taille hoch, damit sie selbst den Finger über die betreffende Stelle gleiten lassen konnte. »Du hast recht! Nathan, du hast recht ...«

Ich setzte sie wieder ab. »Laß deinen Kriminologen noch mal kommen«, sagte ich. »Mit den richtigen Chemikalien kann er beweisen, daß das Brett tiefergelegt wurde. Er wird wohl auch die Stelle finden, an der sich die Stützleisten ursprünglich befunden haben. Man hat sie mit Kitt zugeschmiert und überstrichen. Ursprünglich war das Regal genau dort, wo Anna Hauptmann es behauptet hat.«

»Dann hat sie den Schuhkarton wirklich nicht sehen können!«

»Nein, konnte sie nicht. Die Bullen haben das Brett tiefergelegt, um sie als Lügnerin hinzustellen.«

Evalyns freudige Miene löste sich in einem Stirnrunzeln auf. »Diese Mistkerle. Diese Mistkerle!«

Ich zuckte die Achseln. »Polizeiarbeit«, sagte ich.

»Hallo!« rief eine Männerstimme aus dem Nebenzimmer. »Hallo!«

»Hier!« rief Evalyn.

»Erwartest du jemanden?« fragte ich.

Sie nickte und lächelte spröde; sie sah aus wie die Katze, die den Kanarienvogel im Käfig musterte.

Ein großer, hagerer, bebrillter Bursche von vielleicht dreißig Jahren mit angenehmen, eckigen Gesichtszügen kam herein. Er trug einen zerknüllten Hut und einen zerknitterten Regenmantel, unter dem eine blaue Krawatte hervorlugte, war blond, hatte einen strähnigen Schnurrbart und ein schiefes Grinsen.

»Sind Sie Mrs. McLean?« fragte er und nahm den Hut ab.

»Jawohl«, sagte sie und reichte ihm ihre behandschuhte Hand. »Danke, daß Sie gekommen sind, Mr. O'Neil.«

»O'Neil?« sagte ich.

Sie nickte und lächelte mich an. »Ich habe mir die Freiheit erlaubt, Mr. O'Neil zu bitten, hier vorbeizuschauen. Ich habe ihn heute morgen aus dem Hotel angerufen. Ich habe ihm gesagt, wir hätten eine exklusive Nachricht über den Fall Hauptmann für ihn.«

»Sie sind Tim O'Neil von der *Daily News*?« fragte ich.

»Genau«, sagte er und streckte die Hand aus.

Ich gab ihm einen Kinnhaken.

Er ging zu Boden, setzte sich wieder auf und rieb sich das Kinn. Seine Arme und Beine deuteten in alle möglichen Richtungen, und sein Blick war so verwirrt wie der eines ertrinkenden Kätzchens. »Wofür, zum Teufel, war denn das?«

Ich beugte mich über ihn, beide Hände zu Fäusten geballt. »Das war dafür, daß Sie diese verdammte Telefonnummer in den Schrank ins Nebenzimmer geschrieben haben.«

»O Gott«, sagte er. »Wer sind Sie?«

»Der Bursche, der Ihnen die Scheiße aus dem Leib prügeln wird, wenn Sie nicht gestehen.«

Auf dem Arsch rutschte er in die Ecke zwischen Küchenschränken und dem Herd zurück. Er sah aus wie die größte, magere Ratte der Welt. »Hören Sie . . . ich will keinen Ärger . . . das wird uns allen nur Schwierigkeiten bereiten . . .«

Ich ging zu ihm, packte ihn am Regenmantel, zog ihn hoch und versetzte ihm ein paar Ohrfeigen. Seine Brille flog zu Boden. Evalyn beobachtete uns und zuckte jedesmal zusammen, wenn ich ihn schlug. Aber es gefiel ihr.

»Hören Sie auf!« sagte er. »Hören Sie auf!«

Ich hörte auf. Mir war die Sache allmählich peinlich. Der Bursche wehrte sich überhaupt nicht.

»Hören Sie auf«, sagte er.

Er weinte.

»Mein Gott«, sagte ich leise und ließ ihn los.

Er setzte sich auf den Boden und heulte.

»So hart habe ich ihn nun auch wieder nicht geschlagen«, sagte ich zu Evalyn.

Sie wirkte ebenfalls peinlich berührt. »Daran liegt es nicht . . . ich glaube, es ist etwas anderes.«

Ich ging in die Hocke. »Wollen Sie es uns erzählen, Tim?« fragte ich.

Jetzt waren wir alle drei peinlich berührt.

»Scheiße«, sagte er und wischte sich mit großen, flachen Händen Tränen und Schnodder aus dem Gesicht. »Verzeihung, Ma'am«, sagte er dann zu Evalyn.

Ich gab ihm mein Taschentuch. Er wischte sich das Gesicht ab und putzte sich die Nase. Mit einer unbeholfenen Geste wollte er mir das Taschentuch zurückgeben.

»Ich schenke es Ihnen«, sagte ich und half ihm auf die Füße. Evalyn gab ihm seine Brille; sie war nicht zerbrochen.

»Sie ... Sie haben recht«, sagte er und setzte sich das Nasenfahrrad wieder auf. »Sie haben mich gar nicht so hart geschlagen. Wie heißen Sie überhaupt?«

»Mein Name ist Heller. Ich bin Detektiv aus Chicago.«

»Was haben die Bullen aus Chicago denn jetzt noch mit diesem Fall zu schaffen?«

»Ich bin Privatdetektiv. Arbeite für Gouverneur Hoffman und Mrs. McLean hier. Sie haben Jafsies Nummer auf die Wandtäfelung geschrieben, nicht wahr?«

Er nickte. Seufzte schwer. »Ich bin damit auf die Titelseite gekommen. Habe mir selbst eine schöne, fette Schlagzeile geschaffen. Aber ich hätte nicht im Traum gedacht, daß sie das als einen der Schlüsselbeweise verwenden würden, um dieses arme Arschloch festzunageln.«

»Ich habe noch nie einen Reporter mit einem Gewissen getroffen.«

»Ich wußte nicht, daß ich ein Gewissen habe, bis Sie mir ein paar geknallt haben.«

»Also stört es Sie.«

»Anscheinend mehr, als ich selbst gewußt habe. Es tut mir leid ... So wie ein Baby zu heulen ... das ist wirklich erniedrigend ...«

»Werden Sie auspacken?«

»Nein«, sagte er.

»Nein!« sagte Evalyn verblüfft. Das Blut – und das

Mitgefühl – wich aus ihrem Gesicht. Sie ergriff meinen Arm. »Unterziehen Sie ihn dem Lügendetektor-Test, Nate! Dem aus Chicago.«

»Was?« sagte O'Neil. Seine Augen waren groß und rund vor Angst.

»Immer mit der Ruhe, Evalyn«, sagte ich. »Ich bin nicht mehr so jung und skrupellos.«

Außerdem war meine Pistole in meinem Koffer.

Ich legte eine feste Hand auf O'Neils Schulter; er war größer als ich, vielleicht um fünf Zentimeter, aber auch um mindestens fünfundzwanzig Pfund leichter. »Soll ich Ihnen noch eine Abreibung verpassen?«

»Ich werde nicht auspacken«, sagte er. »Ich kann es nicht.« Er streckte mir wie ein Bettler die offenen Handflächen entgegen. »Gerade weil sie es im Prozeß als Beweismittel verwendet haben. Ich würde ins Gefängnis kommen. Ich würde meinen Job verlieren. Ich würde tief in der Scheiße stecken.«

»Sie stecken jetzt schon tief in der Scheiße«, sagte ich.

»Nein«, sagte er. »Sie können mich zusammenschlagen ... übrigens bin ich jetzt vorbereitet und werde mich wehren ... aber das wird nichts ändern. Sie kämen wegen Körperverletzung in den Knast. Und Mrs. McLean würde ich verklagen. Offensichtlich hat sie ja ziemlich viel Geld zu verteilen.«

Er hatte recht. Ich konnte wirklich nicht viel tun.

»Aber wenn Sie in Brunos Fall ermitteln«, sagte er, »und versuchen wollen, dem Henker in letzter Minute den Spaß zu verderben ... könnte ich Ihnen vielleicht helfen.«

»Ach?«

Er nickte heftig. Sein Gesicht war hager, und er hatte dunkle Ringe unter den Augen. »Lesen Sie doch in der Zeitung nach. Seit dem Schwindel mit Jafsies Telefonnummer habe ich jede Menge Geschichten ausgegraben und Hauptmanns Position gestärkt.«

»Sie meinen, Sie versuchen, seine Unschuld zu beweisen?«

»Das nicht gerade. Ich bin Reporter und tue meine Arbeit . . . aber ich arbeite darauf hin, ja.« Er deutete mit einem Daumen auf seine Brust. »Ich bin der Bursche, der die Unterlagen der Arbeitsvermittlung aufgetrieben hat, die beweisen, daß Hauptmann am ersten März 1932 in den Majestic Apartments gearbeitet hat, genau, wie er es behauptet hat . . . und danach haben die Bullen dann die Unterlagen dieser Woche dummerweise verlegt.«

»Sie versuchen, die Sache wieder gutzumachen, nicht wahr, Tim? Was können Sie mir geben?«

»Wie wäre es denn mit der Wahrheit über Izzy Fisch?« fragte er mit einem verderbten leisen Lächeln, wie ein Juwelier, der Evalyn einen wirklich großen Klunker zeigen wollte.

»Was haben Sie herausgefunden, Tim?« fragte ich.

»Jede Menge. Wissen Sie, ich habe eine große Story über Fisch in der Mache. Eine tolle Geschichte. Aber der Öffentlichkeit ist noch nichts davon bekannt – zum Beispiel weiß ich, daß die Bullen ein Hauptbuch und Briefe haben, die sie in seiner Wohnung beschlagnahmt haben und die die sogenannte ›Fisch-Story‹ bestätigen – aber nichts von dem Material kam beim Prozeß zur Sprache. Ich weiß, daß Labortests Hauptmanns Behauptung bestätigen, das Geld wäre naß geworden. Und ich weiß, daß Fisch ein Betrüger war, der sich von Freunden Geld geliehen hat, um es in gar nicht existente Firmen zu investieren. Ich kann Ihnen Dutzende von Fällen nachweisen, die ich überprüft habe . . . Isidor Fisch hat niemals ein Darlehen zurückgezahlt.«

»Also war er ein kleiner Betrüger. Aber war er auch ein Schwerverbrecher?«

O'Neil schüttelte den Kopf und schnalzte mit der Zunge. »Das weiß ich nicht. Könnte er an der Entführung beteiligt gewesen sein? Klar. Sie geplant haben? Keine

Ahnung. Ich weiß nur eins: die Pension, in der er gewohnt hat, lag mitten im Revier des italienischen Mobs.«

»Im Territorium von Luciano?«

»Allerdings.« Er schien amüsiert zu sein, als er fragte. »Weiß ein aufgeschlossener Junge aus Chicago wie Sie, womit Luciano seit der Aufhebung der Prohibition das meiste Geld verdient?«

Ich nickte. »Drogen?«

»Geben Sie dem Mann 'ne Zigarre. Und jetzt kommt Izzy Fisch ins Spiel. Er importiert Pelze und reist oft nach Europa. Vielleicht importiert er ja mehr als nur Robbenfelle. Und ich konnte Fisch mit mindestens einem Ganoven von Luciano in Verbindung bringen, mit einem Burschen namens Charley DeGrasie, der mittlerweile allerdings leider tot ist. Da wurde mir die Geschichte etwas zu heiß, und ich habe erst mal die Finger davon gelassen.«

Ich machte mir mittlerweile Notizen. »Das ist alles, was Sie über Fisch haben?«

»Keineswegs. Ich habe mit einem Burschen namens Arthur Trost gesprochen. Er ist ein Farbengroßhändler. Er behauptet, daß er Fisch seit dem Sommer '32 kennt, daß er ihm in einem Billardschuppen in Yorkville über den Weg gelaufen ist, dem deutschen Viertel von Manhattan. Etwa seit der Lindbergh-Entführung hat Fisch sich dort nicht mehr blicken lassen.«

»Und?«

»Und im Sommer '32 fragt ein Anstreicher, den Trost kennt, ob er von einem Freund von ihm vielleicht heißes Geld für fünfzig Cent den Dollar kaufen will. Trost sagt dem Burschen, er will die Person kennenlernen, die das Geld verkauft, und der Anstreicher nimmt ihn in genau diesen Billardschuppen mit. Und raten Sie mal, wer dort auf die beiden wartet? Isidor Fisch. Trost sagt seinem Kumpel, daß er Fisch bereits kennt und Fisch ihm noch Geld schuldet und er Fisch selbst dann nicht glauben würde, wenn er aus dem Fenster eines brennenden Hauses um Hilfe riefe.«

»Also hat Trost dieses ›heiße Geld‹ nie gesehen.«

»Nein. Aber er bringt Fisch damit zumindest mit heißem Geld in Verbindung, nicht wahr? Und wenn man den Zeitpunkt berücksichtigt, könnte es durchaus Lindberghs Geld gewesen sein. Dann habe ich noch mit einem Burschen namens Gustav Mancke gesprochen, dem ein Eissalon in New Rochelle gehört. Er und seine Frau Sophie schwören, daß Izzy Fisch im Januar und Februar '32, bis zu dem Sonntag vor der Entführung, jeden Sonntag abend in ihrem Salon Eis gegessen hat.«

»Das klingt ja nicht gerade nach einer tollen Enthüllung.«

»Doch, wenn man weiß, daß Mancke behauptet, daß Fisch sich dort immer mit denselben beiden Personen getroffen hat.«

»Ach? Und mit wem hat er sich dort getroffen?«

»Mit Violett Sharpe«, sagte er, »und Ollie Whately.«

31

Wir aßen auf dem Markt von Italienisch-Harlem – an der First Avenue, in einem bescheidenen Restaurant namens Guido's – Spaghetti und tranken danach Espresso. Von unserem Tisch am Fenster aus konnten wir die überfüllten Bürgersteige sehen, auf denen Hausfrauen mit Straßenverkäufern über Gemüse, Oliven, Käse, Muscheln und alle möglichen anderen Nahrungsmittel feilschten; es war eine italienische Version der Maxwell Street, hier ein Karton mit Arbeitshandschuhen, dort ein Behälter mit Broten, alles, was man brauchte, von Granatäpfeln bis hin zu Unterwäsche.

»Ich dachte immer, in Harlem würden nur Neger wohnen«, gestand Evalyn ein, als wir uns über den Nachtisch hermachten, Kuchen mit buntem Zuckerguß.

»In Ost-Harlem nicht«, sagte ich und trennte mein mit Rosinen gespicktes Stück mit dem Messer. »Lucky Luciano beherrscht diesen Stadtteil. Lucky und die Jungs haben schon vor langer Zeit begriffen, daß im Harlem der Neger Geld zu machen ist.«

»Geld?«

»Klar. Die meisten großen Nachtklubs in Harlem gehören Italienern oder zumindest Burschen vom Mob wie Owney Madden – hast du schon mal vom Cotton Club gehört, Evalyn? Und vor ein paar Jahren hat Luciano von hier aus seinen Feldzug gegen die Banden der Farbigen begonnen.«

»In diesem Haus, zu dem wir gleich fahren«, sagte sie, »scheinen hauptsächlich Deutsche zu wohnen.«

»Das überrascht mich nicht.«

»In einem italienischen Viertel?«

»Die deutschen Einwanderer können auf einer Ebene anfangen, auf die sich die Italiener erst hocharbeiten müssen«, sagte ich. »Vergiß nicht, Itaker sind so schwarz, wie Weiße es nur sein können.«

Meine Bemerkung schien sie zu stören. »Ist das dein Ernst?«

»Was meinst du damit, ob das mein Ernst ist?«

»Bislang habe ich diese Vorurteile noch nicht bei dir festgestellt.«

»He, ich bin Halbjude. Ich säße im gleichen Boot, hätte ich nicht die Gesichtszüge von meiner Mutter geerbt. Glaube aber nicht, das wäre mir zu Kopf gestiegen, Evalyn – die meisten deiner Dienstboten sind Farbige, aber kaum ein Gast auf einer deiner Soireen in Washington – wenn es nicht gerade der König von Sansibar oder so ist.«

»Manchmal weiß ich einfach nicht, ob du einen Witz machst oder nicht.«

»Das ist doch ganz einfach – wenn es danach klingt, als würde ich einen Witz machen, mache ich keinen. Und wenn es todernst klingt, mache ich einen.« Ich sah auf meine Uhr. »Ich glaube, wir haben genug Zeit totgeschlagen – wir können uns jetzt auf den Weg zu Mrs. Henkel machen.«

Wir hatten Gerta Henkel, eine Freundin der Hauptmanns, angerufen und gefragt, ob sie bereit sei, mit uns zu sprechen, und sie hatte gesagt, wir sollten am Nachmittag vorbeikommen; sie und ihr Mann Carl wohnten in Kohl's Pension an der 149 East 127th, wo auch Isidor Fisch gewohnt hatte. Wie auch zahlreiche weitere gute Freunde der Hauptmanns aus der Clique der deutschen Einwanderer, die auf Hunter's Island das Leben unter freiem Himmel genossen hatten.

Ich lenkte den Packard auf das Gelände der Warner-Quinlan-Tankstelle an der Ecke East 127th und Lexington, eine große, moderne Anlage mit einer Werkstatt und Reklametafeln, die sich gegenseitig das Licht nahmen.

»Weißt du, was das hier ist?« fragte ich Evalyn.

»Eine Tankstelle, Nate. Gibt's so was in Chicago nicht?«

»Das ist *die* Tankstelle: Hier hat Hauptmann mit dem Goldzertifikat bezahlt, das ihn dann in den Knast gebracht hat. Und keine drei Häuser weiter ist die Pension, in der Fisch gewohnt hat.«

Sie kniff die Augen zusammen. »Hat das etwas zu bedeuten?«

»Keine Ahnung.«

Ich stieg aus, und als der Tankwart sich an die Arbeit machte, fragte ich ihn, ob der Geschäftsführer zu sprechen sei.

»Walter?« fragte der schnurrbärtige, schmutzige Mann. »Klar. Soll ich ihn holen?«

»Bitte.«

Walter Lyle, der Geschäftsführer, kam aus der Werkstatt und rieb sich an einem Lappen die Hände ab; er war ein leicht untersetzter, gutaussehender Bursche Ende Dreißig und trug einen Overall und eine Kappe.

»Kann ich Ihnen helfen?« fragte er mit einem neutralen Lächeln.

»Mein Name ist Heller«, sagte ich und ließ meine Marke aufblitzen. »Wir führen eine Abschlußuntersuchung im Fall Hauptmann durch.«

Er lächelte. Man konnte an seinen Augen erkennen, daß es sich um *das* große Ereignis seines Lebens handelte; er war der Leute noch nicht überdrüssig geworden, die ihn danach fragten, wie er geholfen hatte, Hauptmann festzunageln.

»Ich freue mich, Ihnen helfen zu können, Officer«, sagte er.

Ich hatte nicht behauptet, ein Cop zu sein, und natürlich verlangt kein Gesetz, ihn zu korrigieren.

»Wir haben gehört«, sagte ich, »daß Hauptmann hier in der Gegend ein paar Freunde hatte.«

»Hat er noch immer – einige davon wohnen nur ein paar Häuser weiter.«

»Haben Sie das damals auch schon gewußt?«

Die Frage schien ihn zu irritieren. »Was meinen Sie damit?«

»War Hauptmann ein Stammkunde? Man könnte ja vermuten, daß er immer hier getankt hat, weil seine Freunde ganz in der Nähe wohnten.«

»Ein Stammkunde nicht gerade, nein. Vielleicht habe ich ihn ein paarmal hier gesehen.«

»Vielleicht?«

Er zuckte die Achseln. »Er war wohl nicht zum erstenmal hier. Ich glaube, ich habe diese blaue Limousine schon öfter hier gesehen. Aber er hat zum erstenmal mit einem Goldzertifikat bezahlt.«

Das an sich war schon ziemlich interessant.

»Was ist mit diesem Isidor Fisch?«

»Sie meinen die ›Fisch-Story‹, was? Ja, ich glaube, der hat auch hier in der Gegend gewohnt.«

»Nur ein paar Häuser weiter.«

»Kann schon sein, aber ich habe ihn nicht gekannt. Er war arm wie eine Kirchenmaus, habe ich gehört, und da wird er wahrscheinlich gar keinen Wagen gehabt haben.«

»Das wird wohl stimmen«, sagte ich. »Na ja, vielen Dank.«

»Keine Ursache, Officer. Soll ich Ihnen nicht erzählen, wieso mir das Goldzertifikat aufgefallen ist? Es hieß, wir sollten auf Fälschungen achten, und da habe ich . . .«

»Nein, schon in Ordnung, Mr. Lyle.«

»Oh. Na schön.« Er konnte seine Enttäuschung nicht verbergen. »Einen schönen Tag noch, Officer.«

Das betreffende Gebäude war ein fünfstöckiges Backsteinhaus; es lag an einer ziemlich verkehrsreichen Durchgangsstraße, und bei vielen anderen Gebäuden bestand das Erdgeschoß aus Ladenlokalen, aber bei diesem nicht. Offensichtlich war es früher einmal ein Wohnhaus gewesen, doch nachdem die Gegend immer schlechter geworden war, war es zu einer Pension umgebaut worden, und die großen Wohnungen hatte man in kleine Ein- und Zweizimmerapartments umgebaut.

Gerta Henkel war eine rotwangige Deutsche in einem cremefarbigen Pullover, der zwei ihrer größten Vorzüge zur Geltung brachte. Um den Hals trug sie eine billige Perlenkette, mit der sie spielte, als sie uns die Tür öffnete. Ihre Augen waren klein und dunkel und standen weit auseinander, und ihr Mund war groß, wenn auch ziemlich schmallippig. Sie lächelte oft. Als sie uns hereinbat, reichte sie mir die Hand, und ihr Griff war warm und weich.

»Danke, daß Sie uns empfangen, Mrs. Henkel.«

Sie schloß die Tür hinter uns. »Mr. Heller«, sagte sie, »wenn ich Richard irgendwie helfen kann . . .«

Sie hatte einen netten, leichten Akzent und besondere Schwierigkeiten mit dem englischen ›th‹.

»Das ist Mrs. McLean«, stellte ich Evalyn vor, und die beiden Frauen begrüßten sich ziemlich kühl. Sie mochten sich auf Anhieb nicht leiden, was nicht ungewöhnlich bei zwei Frauen war, die auf verschiedene Art und Weise sehr attraktiv waren, wechselten jedoch einen Händedruck und lächelten mit einer schwachen Vortäuschung von Herzlichkeit.

Sie führte uns zu einem kleinen Tisch neben einem Fenster mit einer hellen Gardine, von dem aus man auf die Straße blicken konnte. Ihre Hüften wurden von einem schwarzen Rock umschmiegt, und sie bewegte sich mit einem Wiegeschritt, der so zwingend war wie das Pendeln der Uhr eines Hypnotiseurs.

»Ich hole Kaffee«, sagte sie. »Möchte jemand Milch oder Zucker?«

»Ich trinke ihn schwarz«, sagte ich, und Evalyn bat um Milch.

»Glaubst du«, flüsterte Evalyn mir zu, »daß Hauptmann ... na ja, du weißt schon.«

Sie meinte, ob Hauptmann ein Verhältnis mit Gerta gehabt hatte, wie Staatsanwalt Wilentz es bei dem Prozeß mehrfach angedeutet hatte.

»Wenn nicht«, sagte ich, »ist er blöd.«

Sie verzog das Gesicht und boxte mir gegen den Arm.

Gerta kam mit einem Tablett mit kleinen, randvollen Kaffeetassen und ein paar winzigen, knusprigen Keksen zurück.

»Ich würde auch gern mit Ihrem Mann sprechen, Mrs. Henkel.«

»Er kommt frühestens um sechs Uhr zurück«, sagte sie. »Er arbeitet in der Bronx.« Henkel war Anstreicher. Die meisten Freunde Hauptmanns schienen Handwerker zu sein.

»Dieser Wilentz«, sagte Gerty und nagte mit winzigen,

weißen Zähnen an einem Keks, »hat versucht, Richard und mich in ein schlechtes Licht zu stellen. Da war nichts Böses zwischen uns, Mr. Heller. Richard war immer ein Gentleman.«

»Sie haben ihn auf Hunter's Island kennengelernt?«

»Ja. Wir waren früher oft da.«

»Aber Mrs. Hauptmann war doch nicht dabei, als Sie Dick kennengelernt haben?«

»Nein, ich glaube nicht. Aber Anna und ich wurden gute Freundinnen. Wir sind wirklich gute Freundinnen. Ich bin oft mit ihr zusammen. Ich war auch in Trenton bei ihr; wir haben in einem Hotel gewohnt, damit sie Richard manchmal besuchen konnte.«

»Gerta . . . darf ich Gerta zu Ihnen sagen?«

»Klar? Darf ich Sie mit Ihrem Vornamen ansprechen?« Evalyn trank einen Schluck Kaffee; es war zwar Milch darin, aber ihr Gesichtsausdruck war pechschwarz.

»Ja, bitte . . . sagen Sie Nate zu mir.«

»Sie sehen aus wie ein Ire, Nate – aber Sie haben doch einen deutschen Namen, oder?«

»Meine Familie kommt aus Halle.«

»Ich bin in Leipzig großgeworden. Bin dort mit Fisch zur Schule gegangen. So etwas wollen Sie doch wissen, oder?«

»Ja. Er hat in diesem Gebäude gewohnt?«

»Er hatte ein möbliertes Zimmer – dreizehn Dollar die Woche; hier auf dieser Etage. Aber er ist im Frühjahr '33 umgezogen, in eine größere Wohnung in Yorkville, in der Nähe des Maklerbüros, mit dem er und Richard Geschäfte gemacht haben.«

Sie sprach das englische ›th‹ jedesmal wie ›d‹ aus.

»Bevor Fisch umgezogen ist, hat Richard ihn aber hier, in diesem Haus, besucht?«

»Ja. Deshalb ist Wilentz ja auch auf die Idee gekommen, daß zwischen Richard und mir etwas war.« Sie verzog das Gesicht; was für ein Schätzchen – ich konnte

Wilentz keine Vorwürfe machen, daß er auf dumme Gedanken gekommen war. »Richard schaute herein und trank eine Tasse Kaffee mit mir, wenn er Fisch abholte. Aber wir waren nie allein zusammen; Fisch war dabei oder Carl oder manchmal meine Schwester.«

»Gerta, ehrlich gesagt interessiert es mich nicht, was zwischen Ihnen und Dick gewesen ist.«

Plötzlich funkelten ihre Augen. Sie lächelte. »Ach ja?« fragte sie und knabberte an dem Keks.

»Was für ein Mann«, sagte Evalyn verkrampft, um uns wieder auf den richtigen Weg zurückzubringen, »war dieser Isidor Fisch?«

Sie zuckte die Achseln; ihre Brüste unter dem cremefarbigen Pullover hatten ein Eigenleben. »Er war ein Lügner. Ein schleimiger, kleiner Betrüger. Er hat nur einmal die Wahrheit gesagt ... als es um seine Gesundheit ging. Er war immer schnell erschöpft. Er hat gesagt, seine Lungen wären nicht mehr in Ordnung, weil er lange Jahre in Kühlräumen Pelze zuschneiden mußte.«

»Sie konnten ihn nicht ausstehen?« fragte ich.

»Er ging mir auf die Nerven. Er machte mich immer nervös, wenn er unentwegt auf und ab schritt und aus dem Fenster sah, ob Richard kam. Er wartete immer auf Richard, aber wenn Richard einmal nicht kam, ging er auch allein. ›Wohin gehst du, Izzy, zur Arbeit oder was?‹ habe ich ihn mal gefragt, und er hat gesagt, er ginge zur Börse.«

»Sie haben nicht zufällig ein Foto von ihm, oder?«

»Doch«, sagte sie. »Ein Schnappschuß von der Hunter's Island. Sie können ihn mitnehmen. Aber ich sehe darauf nicht allzu gut aus.«

»Das macht doch nichts«, sagte Evalyn und lächelte zuckersüß.

Gerta stand auf, und ich beobachtete ihre Pobacken, die sich wie Kolben unter dem schwarzen Rock bewegten, als sie durch das kleine, aber behaglich eingerichtete

Wohnzimmer ging, und Evalyn trat mir unter dem Tisch gegen das Schienbein.

»Glaubst du ihr?« flüsterte Evalyn.

»Daß sie nichts mit Hauptmann gehabt hat?«

»Ja.«

»Das spielt doch keine Rolle. Wenn jeder Mann, der mit Gerta schlafen will, ein Kidnapper wäre, wäre kein Kind in diesem Land mehr sicher.«

Gerta kam bald zurück, und das Foto von Fisch enthüllte einen dunkelhaarigen, pickligen, grinsenden Juden mit abstehenden Ohren von vielleicht achtundzwanzig oder dreißig Jahren; er trug eine Sportjacke aus Tweed mit Krawatte. Selbst auf einem Foto sah er noch aus wie ein verschlagener, kleiner Klugscheißer. Auf dem Foto saß Gerta, süß wie ein Zuckerstückstückchen, aber nicht annähernd so süß wie in Wirklichkeit, hinter ihm und beugte sich vor, die Hände auf seine Schultern gestützt.

Evalyn betrachtete die Aufnahme. »Hier scheinen Sie aber auf gutem Fuß mit ihm zu stehen«, sagte Evalyn.

»Am Anfang war er ja auch richtig nett. Er sprach das beste Englisch von uns allen. Wußte über alles Bescheid. Aber schon in der alten Heimat, als Teenager, hat er auf dem Schwarzmarkt Geld verdient. Und hier hat er der Mutter meines Carls fünfzehnhundert Dollar für diese Kuchenfabrik abgeschwindelt, die es gar nicht gab, und sie überredet, weitere dreitausend in Pelze zu investieren.«

»Eine schöne Stange Geld«, sagte ich.

»Die Ersparnisse eines ganzen Lebens«, sagte sie verbittert. »Und von meiner Mutter hat er viertausend Dollar bekommen. Und er hat sich auch von Erica Geld erschwindelt, aber ich weiß nicht, wieviel.«

»Erica?« fragte Evalyn.

»Meine Schwester«, sagte sie. »Und all unsere Freunde – ein paar hundert Dollar hier, ein paar tausend Dollar da. Aber wissen Sie was? Wir glaubten, er wäre reich –

er hat immer gesagt, er hätte mindestens dreißigtausend Dollar auf der Bank. Aber andere Freunde von uns haben ihn für bettelarm gehalten! Als er hier auszog, hat er diesen Freunden gesagt, er müsse raus, weil er die Miete nicht mehr zahlen könne! Er müsse irgendwo unter freiem Himmel schlafen, in Hooverville und auf Bänken im Bahnhof Grand Central. Auf diese Weise konnte er sie um Geld anbetteln.«

»Was für ein Schleimer«, sagte ich.

»Ich will Ihnen erzählen, wieso ich darauf gekommen bin, daß er die eine Gruppe seiner Freunde von der anderen fernhalten wollte. Als Izzy auf das Dampfschiff ging, um nach Deutschland zu fahren, wollten Erica und ich ihn überraschen und uns von ihm verabschieden. Wir gehen an Bord und sehen, wie Izzy mit vier oder fünf Männern spricht, die wir nicht kennen, aber man sieht, daß es Freunde von ihm waren. Izzy sah uns und wurde kreidebleich; er kam zu uns und sagte ganz wütend: ›Was macht ihr hier, Mädchen?‹ Und ich sagte zu ihm: ›Zum Teufel mit dir, Izzy – wir wollten dich nur überraschen und uns von dir verabschieden, du ungezogener kleiner Mistkerl!‹ So eine Unverschämtheit von ihm! Er entschuldigt sich, zeigt uns seine Kabine und sagt dann, er hätte viel zu tun und wimmelt uns ab, so schnell er kann.«

»Er hat alle hereingelegt«, sagte ich. »Von Ihren Bekannten hat er Geld bekommen, indem er den großen Anleger spielte, und von den anderen, indem er ihnen vorgewinselt hat, wie schlecht es ihm geht.«

»Es hat funktioniert«, sagte Gerta achselzuckend. »Aber er war ein seltsamer Vogel.«

»Inwiefern?« fragte Evalyn. »Na ja, ich habe ihn nie mit einer Frau gesehen. Als ich ihn kennenlernte, hielt ich ihn für ziemlich ... nun ja ... süß, wie einen kleinen Jungen. Aber ... äh ... er schien sich einfach nicht für mich zu interessieren. Die meisten Männer mögen mich. Ich will ja nicht prahlen, aber ...«

»Ich glaube Ihnen«, sagte ich.

»Und da war noch seine verrückte Religion.«

»Das Judentum?«

»Nein!« Sie grinste. »Gespenster und so.«

»Gespenster und so?«

»Wie nennt man das gleich? Spiritismus?«

Ich fuhr hoch und stieß mit dem Knie gegen den Tisch; Kaffee schwappte über. Ich entschuldigte mich und sagte: »Erzählen Sie mir mehr darüber.«

Sie zuckte die Achseln. »Er gehörte dieser kleinen Kirche an. Eigentlich keine Kirche – nur ein Ladenlokal, aber leergeräumt, nur mit ein paar Bänken darin. Die sollen da ziemlich komische Sachen machen.«

»Was denn, zum Beispiel?«

»Wie nennt man das noch – Séancen? Wußten Sie, daß Izzy Fisch diese Violet Sharpe kannte?«

Evalyn und ich wechselten einen schnellen Blick miteinander.

»Dieses Dienstmädchen, Violet Sharpe, das sich umgebracht hat«, fuhr Gerta fort, »und dieser alte Mann, der bei den Lindberghs Butler gewesen sein soll, sind oft in der Kirche gewesen. Ich glaube, sie waren Mitglieder.«

»Einer der Butler hieß Septimus Banks«, sagte ich. Ich war plötzlich ganz nervös.

»Nein, so hieß er nicht.«

»Dann vielleicht Oliver Whately?«

»Das war der Name, ja.«

Evalyn setzte mit einem klirrenden Geräusch ihre Kaffeetasse ab.

»Das ist sehr wichtig, Gerta!« sagte ich. »Warum haben Sie das nicht früher erzählt?«

Sie zuckte die Achseln. »Es hat mich niemand danach gefragt.« Sie schaute peinlich berührt zu Boden. »Ich wollte Richard nicht in Schwierigkeiten bringen.«

»In Schwierigkeiten?«

»Wenn man herausgefunden hätte, daß sein Freund

Fisch Lindberghs Angestellte kennt ... nun ja ... Carl war der Meinung, wir sollten lieber nichts sagen.«

»Aber Ihre Aussage hätte doch Hauptmanns Geschichte über Fisch bestätigt.«

Sie schüttelte traurig den Kopf. »Diese ›Fisch-Story‹ hat doch sowieso niemand geglaubt. Wie hätte ich ihm damit helfen können? Ich hätte ihm nur geschadet.«

Meine Gedanken rasten. »Wo war diese Kirche?«

Sie zog die Gardine zurück und zeigte hinaus. »Direkt auf der anderen Straßenseite.«

»Auf der anderen Straßenseite?«

»Izzy hat immer gesagt, das sei sehr interessant. Sie nannten sie die Spiritistische Kirche der Hundertsiebenundzwanzigsten Straße ... Mr. Heller? Nate?«

Ich stand auf und sah zum Fenster hinaus. Mein Herz hämmerte. »Ist sie noch da?«

»Ich glaube nicht. Ich glaube, sie sind umgezogen ...«

»Danke, Gerta, Sie waren sehr hilfsbereit.« Ich nickte Evalyn zu, die sofort begriff und aufstand. »Vielleicht werden wir Sie noch einmal besuchen ...«

»Ich bin sicher, Carl würde auch gern mit Ihnen sprechen«, sagte sie und folgte uns zur Tür. »Wenn Sie jedoch nur mit mir sprechen wollen, Nate, ich bin den ganzen Tag über allein zu Haus ... wenn ich nicht gerade Anna helfe.«

An der Tür nahm ich Gertas Hand und drückte sie, und kurz darauf waren wir auf dem Bürgersteig, und Evalyn sagte: »Was soll die Eile? Was ist los?«

»Ich könnte mich irgendwo hintreten«, sagte ich. »Wieso habe ich den Zusammenhang nicht gesehen?«

»Was für einen Zusammenhang?«

Ich öffnete den Kofferraum des Packard, öffnete meine Reisetasche und suchte nach dem Notizbuch mit den Aufzeichnungen, die ich 1932 gemacht hatte. Ich blätterte die Seiten schnell durch, konnte es kaum erwarten, mir Gewißheit zu verschaffen.

»Hier«, sagte ich und legte den Finger auf die Zelle. »Die Adresse lautet 164 East 127th. Verdammt! Wieso bin ich nur nicht darauf gekommen?«

»Worauf gekommen?«

Ich holte die Neun-Millimeter-Pistole aus dem Koffer, steckte sie in die Manteltasche und schlug den Kofferraum wieder zu.

»Komm mit«, sagte ich. Ich ging quer über die Straße und wurde von einem Taxifahrer angehupt, dem ich den Mittelfinger zeigte, und Evalyn eilte in ihren hochhackigen Schuhen hinter mir her, so schnell sie konnte.

Dann standen wir vor dem Laden; ein Schuster hatte ihn gemietet. Die Hausnummer war 164.

»Das war früher mal eine Spritistenkirche«, sagte ich, »die von einem Pärchen namens Martin Marinelli und Sarah Sivella geführt wurde. Das waren die Spiritisten, die ein paar Tage nach der Entführung ein paar verblüffende ›Prophezeiungen‹ über den Fall gemacht haben.«

»O je. Ich glaube, du hast mir mal davon erzählt . . .«

»Sie haben den Namen ›Jafsie‹ heraufbeschworen, lange bevor Condon mit dem Fall zu tun hatte, ja bevor er sich diese Abkürzung angeblich gerade erst ausgedacht hatte. Sie haben vorhergesagt, daß Colonel Breckinridges Kanzlei eine Lösegeldforderung erhalten würde. Sie haben sogar prophezeit, daß man in den Sourland-Bergen die Leiche eines Kindes finden würde.«

»Großer Gott! Und Isidor Fisch war in ihrer Gemeinde? Und Violet Sharpe? Und Whately?«

Ich nickte und legte eine Hand auf ihre Schulter. »Wir müssen diese Betrüger aufspüren, Evalyn. Heute noch.«

Und wir hatten Glück: der Bursche, der das Geschäft neben dem Schuster betrieb, wußte, wohin die Kirche umgezogen war. Sie nannte sich jetzt Tempel der Göttlichen Macht.

»Drüben an der 114ten«, sagte der Mann. »Am East River.«

»Das ist nicht weit von hier, oder?«
»Zum Teufel nein. Sie können zu Fuß gehen.«
Wir fuhren.

32

Der Tempel der Göttlichen Macht machte mit weißen Buchstaben auf einer großen, in hellem Blau gestrichenen Fensterscheibe auf sich aufmerksam; Gottesdienste fanden um ›14–16–20–22 Uhr, Freitag bis Sonntag‹ statt. Das Schild, das im Fenster hing, besagte GESCHLOSSEN, und darunter standen eine Telefonnummer für ›Persönliche Beratungen‹ und der Name ›Rev. M. J. Marinelli‹. Drei Treppenstufen führten zu einer in ähnlichem Blau gestrichenen Tür mit den weißen Buchstaben EINGANG. Der Tempel beanspruchte nur eine Hälfte des Gebäudes; die andere beherbergte einen kleinen italienischen Delikatessenladen.

Hinter ein paar Mülltonnen entdeckte ich einen schmalen Weg, der zu einer Parterrewohnung führte; ich ging zu der Tür und klopfte, doch niemand rührte sich.

Ich kehrte zu Evalyn auf den Bürgersteig zurück.

»Wir könnten es mit der Telefonnummer probieren«, schlug Evalyn vor. »Oder du könntest in dem kleinen Lebensmittelgeschäft nebenan Erkundigungen über sie einholen.«

»Vielleicht sind sie doch in der Kirche, ob sie nun geschlossen haben oder nicht«, sagte ich achselzuckend, ging die Stufen hinauf und klopfte an die schmale Eingangstür. Nichts. Ich hörte dahinter jedoch etwas, das wie das Geräusch eines Motors klang. Ich drückte ein Ohr gegen die Tür und konnte nun eindeutig ausmachen, daß dahinter etwas vor sich ging. Ich versuchte es erneut und klopfte so heftig, daß die Glasscheibe der Tür klapperte. Dann hörte ich, daß das Motorengeräusch verstummte.

Und die Tür wurde geöffnet.

»Ja?« sagte die Frau.

Sie war noch immer sehr hübsch, wenngleich sie jetzt ein Doppelkinn hatte; ihre Augen waren noch genauso braun und goldgefleckt wie damals, das Gesicht weiß wie Sahne, die Lippen voll und sinnlich, obwohl im Augenblick unberührt von Rouge.

»Hallo, Sarah«, sagte ich.

»Kenne ich Sie?«

»Ja. Einen Augenblick, bitte.« Ich ging die Treppe zu Evalyn hinab und sagte: »Siehst du dieses kleine Café auf der anderen Straßenseite? Trink dort eine Tasse Espresso.«

»Aber Nate – Nathan!«

»Ich muß das allein machen.«

Evalyn drückte die Lippen zu einer schmalen, dünnen Linie zusammen; sie war es nicht gewohnt, daß man ihr sagte, was sie zu tun hatte. Aber sie nickte, und ich sah ihr nach, wie sie mit klappernden Absätzen über die Straße ging. Ein Autofahrer hupte sie an, und sie tat es mir gleich und zeigte ihm einen Finger. Allerdings einen behandschuhten.

»Braves Mädchen«, flüsterte ich leise.

Ich kehrte zu Schwester Sarah Sivella zurück, die mich aus der spaltbreit geöffneten Tür des Ladenlokal-Tempels beobachtete.

»Ich erinnere mich an dich«, sagte sie und lächelte schwach. »Ich erinnere mich an die Nacht mit dir.«

Ich grinste sie an. »Das habe ich mir gedacht. Ist dein Mann da?«

»Nein.«

»Gut. Möchtest du in eurer Wohnung unten oder in der Kirche mit mir sprechen?«

Sie kniff die Augen zusammen. »Woher weißt du, daß das unsere Wohnung ist?«

»Tja, vielleicht bin ich Hellseher«, sagte ich. »Oder nur ein Detektiv.«

Sie ließ mich herein. Sie war jetzt angenehm wohlgerundet und trug einen einfachen, schwarzen Morgenmantel, so ein Ding, wie Evalyn es trug, wenn sie nur einen Dollar und achtundneunzig Cent ausgeben wollte. Juwelen sah ich allerdings keine. An eine Wand gelehnt stand ein Hoover-Staubsauger – das war das Geräusch gewesen, das ich durch die Tür gehört hatte. Die Wände waren kahl und bis zur Höhe der Stuhllehnen so blau wie das angestrichene Fenster, darüber dann schneeweiß. Ich sah ein halbes Dutzend Reihen harter, geradlehniger Stühle, die vor einer Kanzel standen, und dahinter einen blauen Vorhang. Ich fühlte mich mehr als nur ein wenig an die Todeskammer im Staatsgefängnis von New Jersey erinnert.

Sie drückte die Tür zu und schloß ab. »Ich habe nicht erwartet, dich jemals wiederzusehen.«

»Und ich arbeite noch immer an demselben alten Fall«, sagte ich, den Hut in den Händen.

Sie runzelte die Stirn, und ihre ungezupften Brauen vereinigten sich über der Nase. »Der Lindbergh-Entführung . . .?«

»Genau. Können wir uns setzen?«

Ziemlich zögernd nahm sie auf einem Stuhl Platz. Ich drehte meinen um, damit ich sie ansehen konnte.

»Aber der Mann, der das Kind entführt hat, ist doch im Gefängnis«, sagte sie.

»Ist er das?« Sie drehte den Kopf zur Seite, um meinem Blick auszuweichen. »Eigentlich . . . Martin behauptet, wenn ich in Trance bin, würde ich etwas anderes sagen.«

»Ach was?«

»Ja. Ich habe in einer Trance gesagt, daß dieser Deutsche nicht der Entführer ist. Daß viele Personen damit zu tun haben. Vier haben das Kind entführt. Eine davon eine Frau. Eine davon tot.«

»Die Frau ist jetzt tot?«

Sie zuckte schüchtern die Achseln; ihr langes, braunes Haar hüpfte auf ihren Schultern auf und ab. »Mehr weiß ich nicht. Ich weiß nur, was Martin mir sagt. Ich kann mich nicht daran erinnern, was ich in diesem Zustand sage.«

»Na ja, du hättest ja Violet Sharpe meinen können.«

Ihr Blick flackerte. Sie sagte nichts.

»Violet war doch in eurer Gemeinde, oder?«

Sie schluckte.

Ich griff nach ihr und drückte ihren Arm; nicht so fest, daß es weh tat, aber fest genug, um meine Absicht zu bekräftigen. »War sie in eurer Gemeinde?«

Sie nickte.

»Manchmal kam sie zu unseren Gottesdiensten«, sagte sie. »Ich weiß nicht genau, ob sie Mitglied war.«

»Wer sonst noch?«

»Es waren so viele . . .«

Ich stampfte mit dem Fuß auf den Boden. Die Stühle wackelten. Sarah ebenfalls.

»Wer noch, Sarah?«

Sie schluckte erneut und schüttelte den Kopf. »Dieser komisch aussehende kleine Wicht, Fisch. Er war Mitglied.«

»Hör jetzt nicht auf, Sarah. Du kommst gerade gut in Fahrt.«

»Ein Mann namens Whately. Ein Butler, glaube ich.«

»Ein Butler, glaubst du. Sonst noch jemand? Denke genau nach.«

Sie schüttelte wieder den Kopf. »Nein, ich glaube nicht.«

»Erinnerst du dich an dieses Hotelzimmer in Princeton? Dort hast du einen Namen erwähnt.«

»Ich erinnere mich nicht daran, was ich im Stadium der Trance sage . . .«

»Du hast ›Jafsie‹ gesagt. Du hast den Namen sogar buchstabiert: J–A–F–S–I–E.«

»Ich erinnere mich, daß Martin mir das gesagt hat.«

»War Professor John Condon Mitglied der Kirche von der Einhundertsiebenundzwanzigsten Straße?«

»Nein . . . nein.«

»Nein?«

»Aber . . .«

»Aber was, Sarah?«

»Aber . . . er war ein paarmal bei uns.«

Ich spürte, daß ich zitterte. Ich lächelte sie an – es muß ein schreckliches Lächeln gewesen sein. »Erzähl mir darüber, Sarah. Erzähl mit über Jafsie . . .«

Eine vollklingende Männerstimme hinter mir sagte: »Er war nur ein gelegentlicher Besucher.«

Ich drehte mich um. Martin Marinelli, der einen schwarzen Rollkragenpullover und schwarze Hosen trug und aussah wie ein Priester, der zwar seinen Kragen, aber nicht seine Berufung verloren hatte, war durch den Vorhang hinter der Kanzel hereingekommen. Sein Kopf war kahl wie eh und je, doch seine Brauen waren dichter und buschiger geworden; um der besseren Wirkung willen hatte er sie nicht gezupft. Das Teufelsbärtchen trug er noch immer. Er hielt eine kleine Papiertüte unter dem Arm.

Er kam langsam auf uns zu und gab die Papiertüte Sarah, die einem Tränenausbruch nahe zu sein schien. »Hier sind die Sachen, die ich kaufen sollte, Schatz.«

Ich sah von meinem Stuhl aus, daß sich in der Tüte verschiedene Reinigungs- und Desinfektionsmittel sowie Seifenflocken befanden.

Marinelli zog einen Stuhl heran und setzte sich zu uns. »Wir sind die Hausmeister dieses Gebäudes, Mr. Heller. Damit wir einen Mietnachlaß bekommen.«

»Sie erinnern sich an meinen Namen«, sagte ich. »Ich bin beeindruckt, Reverend.«

»Ich mußte mich über den Fall Lindbergh auf dem laufenden halten«, sagte er und machte den Ansatz einer Handbewegung. »Wir sind so oft belästigt worden, daß es einfach unumgänglich war, gut informiert zu sein.«

»Ich selbst bin auch gern gut informiert. Erzählen Sie mir mehr über Ihre tolle Gemeinde.«

»Da gibt's nichts zu erzählen. Was Dr. Condon betrifft – er ist Philosophiedozent mit einem lebhaften Interesse an Spiritismus. Ich bin sicher, daß wir nicht die einzige spiritistische Kirche waren, die er besucht hat.«

»Condon hat in Harlem unterrichtet«, sagte ich. »War einer von Ihnen zufällig auf der Alten Öffentlichen Schule Nummer Achtunddreißig?«

Sarah schloß die Augen und schaukelte leicht vor und zurück.

Marinelli legte die Hände auf die Knie; es waren starke Hände. »Ich wüßte nicht, was unsere Schulbildung mit dem Fall zu tun haben sollte, Mr. Heller.«

»Dann wechseln wir das Thema. Erzählen Sie mir von Isidor Fisch, Violet Sharpe und Ollie Whately. Sie waren in Ihrer Gemeinde, Reverend. Sie werden sie doch sicher persönlich gekannt haben.«

»Wir hatten zu jener Zeit an der Hundertsiebenundzwanzigsten Straße eine große Gemeinde. Die Kirche dort war größer. Tag für Tag kamen Leute von der Straße herein. Einmal war sogar ein Chinese da.«

»Der Chinese interessiert mich nicht, Rev. Wie sind Violet Sharpe und Whately in Ihrer Kirche gelandet?«

Er zuckte die Achseln. »Sie haben den Weg zu mir gefunden. Ich frage meine Schäfchen niemals nach ihrer Vergangenheit, außer, sie möchten gern darüber erzählen. Aber einer von ihnen, wenn nicht sogar beide, interessierten sich schon für Spiritismus, bevor sie in dieses Land gekommen sind.«

»Mindestens einer von ihnen war schon in England in einer Spiritistenkirche?«

»Ja. Ich glaube, es war Whately. Violet hatte, glaube ich, ihre Eltern verloren, und versuchte, durch die Geisterwelt Kontakt mit ihnen aufzunehmen. Wir haben ihr dabei geholfen.«

»Ach was. Sie und Sarah und der alte . . . wie hieß die Rothaut noch gleich? Häuptling Gelbe Feder?«

Sarah zuckte zusammen, die Augen fest geschlossen.

Marinelli ignorierte die Frage. »Was Fisch betrifft«, sagte er, »so wohnte er in der Pension auf der anderen Straßenseite. Er wurde eines Abends mal neugierig, kam zu uns herein und interessierte sich für das, was wir tun.«

»Und was genau tun Sie? Mir ist das nie so ganz klar geworden.«

»Wir haben uns der Sache des Spiritismus gewidmet, Mr. Heller, ob Sie das nun glauben oder nicht. Wie Sie sehen, hat uns das keine Reichtümer eingebracht.«

»Sie kommen aber ganz gut zurecht. Besser als die meisten in diesen harten Zeiten, würde ich sagen.«

»Nun, da ich Ihre Fragen beantwortet habe, Mr. Heller«, sagte Marinelli und verschränkte die Arme vor der Brust, »möchte ich Sie bitten, endlich zu gehen.«

»Was ist mit Bruno Richard Hauptmann? War er auch in Ihrer Kirche?«

»Nein. Er hat nie einen Fuß hineingesetzt.«

»Trotzdem, Rev – ich glaube, die Bullen würde es sehr interessieren, daß Ihre Kirche an der Hundertsiebenundzwanzigsten 1932 ein Versammlungsort für zahlreiche Leute war, die mit dem Fall Lindbergh zu tun hatten.«

Marinelli zuckte die Achseln. »Das wissen sie schon«, sagte er.

»Was?«

»Wir wurden im Januar 1934 verhaftet, Mr. Heller. Aufgrund einer Anklage wegen Wahrsagerei. Aber wir wurden ausführlich über den Fall Lindbergh verhört, und wir haben nichts verschwiegen. Während wir indisponiert waren, wurden unsere Unterkünfte durchsucht, ein

Adreßbuch wurde gestohlen und so weiter. Typisches Polizeiverhalten.«

Schwester Sarah saß stocksteif und totenstill da, die Augen hatte sie fest geschlossen.

»Was ist mit ihr?« fragte ich.

»Man hat ihr Angst eingejagt«, sagte er nüchtern. »Sie hat sich in das Trancestadium zurückgezogen.«

»Ach, so ein Unfug.«

»Mr. Heller, meine Frau ist wirklich übersinnlich begabt.« Ich holte die Neun-Millimeter-Pistole aus der Manteltasche.

Er stand auf, trat zurück und stieß dabei mehrere Stühle um; sie blieb reglos sitzen.

»Izzy Fisch, Violet Sharpe und Ollie Whately«, sagte ich, »haben eine Menge gemeinsam, nicht wahr? Sie alle waren Mitglieder Ihrer Kirche – und alle sind tot. Vielleicht können wir eine kleine Séance abhalten, ganz unter uns, und sie beschwören.«

»Was ... was wollen Sie von mir, Heller? Was soll ich tun?«

Ich stand auf, die Pistole in der Hand. »Packen Sie aus, Sie Mistkerl. Packen Sie aus, oder ich mache Sie fertig ...«

Er trat zurück, zu der Kanzel. »Ich weiß nichts!«

»Howgh«, sagte jemand.

Ich drehte mich um und blickte Sarah an.

»Wer will mit Gelber Feder sprechen?« sagte sie.

»Ach, zum Teufel«, sagte ich. »Ich versetze ihr ein paar Ohrfeigen, bis sie mit dem Unsinn aufhört ...«

»Nein!« sagte er und trat vor. Er berührte meinen Arm. »Nein. Was auch immer ich sein mag, Mr. Heller, Sarah ist unschuldig. Und sie ist wirklich eine Hellseherin ...«

»Ich kann ein Kind sehen«, sagte sie mit viel tieferer Stimme als zuvor. »An einem hohen Ort. Ich sehe ein kleines, flaches Haus mit einer hohen Scheune dahinter. Der Junge ist in dem Haus. Im ersten Stock. Da ist ein kahlköpfiger Mann mit Säcken unter den Augen. Er sieht zu dem Kind hinab. In dem Haus ist auch eine Frau. Das Haus steht auf einem Hügel.«

Sie erschauerte und riß die Augen auf. Ich fuhr zusammen.

»Es tut mir leid«, sagte sie leise. »Bin ich eingeschlafen?«

Er ging zu ihr und berührte sanft ihre Schulter. »Du bist in Trance gefallen, Schatz.« Er berichtete ihr, was sie gesagt hatte.

»Wie können Sie das Kind sehen«, sagte ich, und der Sarkasmus tropfte von meinen Worten hinab wie Wasser von nasser Wäsche, »wenn Sie doch schon die Leiche in den Hügeln über Hopewell ›vorausgesagt‹ haben?«

»Sie hat nie gesagt, daß es die Leiche des Lindbergh-Jungen ist«, sagte Marinelli und legte den Arm um die Schultern seiner Frau.

»Zuerst sieht sie vor vier Jahren ein totes Baby in den Hügeln. Und jetzt sieht sie ein lebendiges, nur daß es ein ›Kind‹ ist und kein Baby mehr, und sie sieht es in irgendeinem Farmgebäude?«

»Es muß nicht dasselbe Kind sein«, sagte Marinelli. »Wir kennen nicht immer die Bedeutung dessen, was ein Medium unter Trance sagt – wir müssen die Aussage stets interpretieren, Mr. Heller. Würden Sie jetzt bitte die Waffe einstecken?«

Er stand da und schützte seine Frau, die klein und jämmerlich wirkte, und verdammt noch mal, ich hatte mal mit ihr gevögelt, und vielleicht war ich es ihnen schuldig.

»Na schön«, sagte ich. Und steckte die Pistole ein. »Sind Sie bereit, mit jemandem darüber zu sprechen?«

»Natürlich«, sagte Marinelli und gewann einen Teil seiner Würde zurück. »Mit wem?«

»Mit dem Gouverneur von New Jersey«, sagte ich.

Er nickte ernst.

Ich ging zur Tür.

»Auf Wiedersehen, Nate«, sagte sie leise.

»Auf Wiedersehen, Sarah«, sagte ich, schüttelte den Kopf, ging auf den Bürgersteig hinab, blieb dort stehen, schüttelte noch mal den Kopf und seufzte. Evalyn kam zu mir; sie hatte aus dem Café auf der anderen Straßenseite die Kirche im Auge behalten.

»Was hast du herausgefunden?«

»Ich erzähle es dir«, sagte ich, »unterwegs.«

»Unterwegs wohin?«

»Wir müssen heute nachmittag noch jemandem einen Besuch abstatten.«

Das gepflegte, ordentliche, zweistöckige Schindelhaus in der Bronx hatte sich nicht verändert, genauso wenig wie die Straße in der ruhigen Wohngegend, an der es lag. Der Rasen war braun, doch die Veranda schmückten immergrüne Pflanzen.

Ich bat Evalyn, im Wagen zu bleiben; es gefiel ihr nicht, doch ich erklärte es ihr.

»Wenn eine Zeugin dabei ist«, sagte ich, »wird der Bursche wahrscheinlich gar nichts sagen.«

Die attraktive, dunkelhaarige Frau, die die Tür öffnete, erkannte mich zuerst nicht.

»Ja?« sagte sie vorsichtig; sie hatte die Tür nur einen Spaltbreit geöffnet.

»Ist Professor Condon da? Sagen Sie ihm, ein alter Freund wäre vorbeigekommen.«

Sie hatte das Gesicht verzogen. »Detective Heller«, sagte sie.

»Hallo, Myra.«

Sie schloß die Tür schnell; warf sie nicht gerade zu, aber schloß sie.

Ich warf Evalyn, die im Packard saß, einen Blick zu, lächelte und zuckte die Achseln.

Sie sah mich neugierig an und fragte sich wohl, ob dieses Gespräch schon vorbei war, bevor es überhaupt begonnen hatte.

Die Tür wurde wieder geöffnet, und da stand er, in Hemdsärmeln mit Weste und Taschenuhr, in seiner ganzen walroßschnurrbärtigen Pracht.

»Lange nicht gesehen, Herr Professor.«

»Detective Heller«, sagte Dr. John F. Condon steif. Er gab mir die Hand, und ich schüttelte sie; er drückte sie wie üblich fest zusammen, um mich mit seiner Kraft zu beeindrucken. »Ich hoffe, es geht Ihnen gut.«

»Ja, allerdings. Und Sie sehen hervorragend und sonnengebräunt aus.«

»Ich bin gerade aus Panama zurückgekehrt.«

»Das habe ich gehört. Sie sind an dem Tag aufgebrochen, bevor Hauptmanns Fall vor dem Gnadengericht verhandelt wurde.«

Er schnaubte. »Das stimmt. Obwohl da kein bestimmter Zusammenhang besteht.«

»Ach nein? Hat der Gouverneur von New Jersey Sie nicht gebeten, in der Nähe zu bleiben? Und ein paar Unstimmigkeiten Ihrer zahlreichen Versionen der zahlreichen Geschehnisse aufzuklären?«

Er hob den Kopf. Musterte mich die Nase entlang mit seinen wäßrigen, blauen Augen. »Ich hatte die schriftliche Genehmigung von Generalstaatsanwalt Wilentz, meinen Urlaub anzutreten.«

»Davon bin ich überzeugt.« Ich lächelte ihn geradeheraus an. »Vielleicht fragen Sie sich, wieso ich mich nach all diesen Jahren noch immer für den Fall interessiere.«

»Ehrlich gesagt, Sir, das stimmt.«

»Na ja, ich arbeite jetzt für Gouverneur Hoffman.«

Er trat zurück, in die Diele, und ich rechnete halbwegs damit, daß er ein Kreuz hochhielt, als sei ich ein Vampir.

»Sir«, sagte er verschnupft, »während meines Aufenthalts in Panama habe ich mich über die Entwicklungen im Fall Lindbergh auf dem laufenden gehalten, und dieser

Hoffman scheint entschlossen zu sein, meinem Ruf, meinen Motiven und meinem Verhalten böswillig Schaden zuzufügen.«

»Ach was«, sagte ich.

Er trat einen Schritt vor, hob einen Arm und ballte die Hand zur Faust. »Ich würde diesem Gouverneur Hoffman gern gegenübertreten! Ich würde ihm die Lügen gern aus dem Leib prügeln. Ich weiß, daß er von mehreren Männern beschützt wird, die alle jünger sind als ich – aber selbst in meinem Alter bringe ich noch einen guten Kampf zustande, Detective Heller. Ich kann mich noch behaupten.«

»Dann kommen Sie mit. Ich fahre Sie hin.«

Seine Faust löste sich zu einer Hand auf, mit der er mein Angebot abtat. »Ich habe gesagt, daß ich ihm gern gegenübertreten *würde*. Aber meine Frauen erlauben es mir nicht.«

»Warum bitten Sie mich dann nicht herein, und ich stelle Ihnen die Fragen, die der Gouverneur hat?«

»Detective Heller, ich fürchte, ich muß ablehnen, wenngleich ich bereit bin, die Fragen des Gouverneurs zu beantworten.«

»Das sind Sie?«

»Natürlich. Wenn er sie mir schriftlich vorlegt.«

»Schriftlich?«

»Ja – und ich werde sie natürlich auf dieselbe Weise beantworten.«

»Ich verstehe. Wie wäre es denn, wenn Sie mir ein paar kleine Fragen beantworten, aber mündlich? Der alten Zeiten willen?«

Er lächelte auf eine, wie er sich bestimmt einbildete, teuflische Weise. »Vielleicht beantworte ich sie. Na los, stellen Sie Ihre Fragen, junger Mann.«

»Haben Sie, als Sie in der Spiritistenkirche an der Hundertsiebenundzwanzigsten Straße in Harlem herumhingen, jemals Isidor Fisch kennengelernt?«

Seine Augen wölbten sich vor. Er trat einen Schritt zurück.

»Oder vielleicht Violet Sharpe oder Ollie Whately? Vielleicht haben ja Sie alle vier an einem Abend mal an einem Séancetisch gesessen. Übrigens, die Marinellis waren nicht zufälligerweise Schüler oder Studenten von Ihnen?«

Er schlug mir die Tür vor der Nase zu.

»Ja, Jafsie«, sagte ich, »du kannst dich noch behaupten.« Und ich kehrte zu Evalyn zum Wagen zurück.

33

Ghent war ein Wohnviertel von Norfolk, direkt hinter der Innenstadt, mit schmalen, kopfsteingepflasterten Straßen, denen Bäume Schatten spendeten und die von alten, zwei- und dreistöckigen Backsteingebäuden umsäumt waren, einige Seite an Seite und fast am Bürgersteig klebend, andere mit kleeblattgrünen Rasenflächen, die noch feucht waren, da Kornelkirschbäume, Magnolien und winterkahler Indischer Flieder ihnen Schutz gaben. Durchstochen wurde Ghent von Hague, dem Haag, einer kleinen, hufeisenförmigen Wasserfläche, auf der Skiffe und Ruderboote ankerten. Größere Schiffe konnte der teichähnliche Hafen nicht aufnehmen. Wahrscheinlich war er mit dem nahe gelegenen Elizabeth River verbunden, doch von dem kleinen Dock aus, auf dem Evalyn und ich standen, konnte man dies nicht ausmachen; die Schornsteine und Masten der Bucht, auf der reger Schiffsverkehr herrschte, wurden von zahlreichen Gebäuden verdeckt. Der Tag war kühl, der Himmel bewölkt und das Wasser, ja die ganze Welt, ein friedliches, aber kaltes Graublau.

Das Schild auf dem größten einiger wild durcheinander stehender, weiß getünchter Dockgebäude mit grünen Dächern besagte: ›J. H. Curtis Boat and Engine Corporation‹. Kein kleiner Betrieb, aber auch kein großer, und ganz offensichtlich ein Rückschritt von der ehemaligen Werft des Besitzers, zu deren zahlreichen Kunden auch die deutsche Regierung gehört hatte. In einem bescheidenen, verglasten Büro (keine Sekretärin, keine Empfangsdame) in diesem größten Gebäude, von dem aus man auf einen großen, zementierten Hof schauen konnte, auf dem mehrere Arbeiter gerade die Hülle eines kleinen Rennboots abschmirgelten, wurden wir von Commodore John H. Curtis empfangen.

»Mrs. McLean«, sagte Curtis, erhob sich von einem Drehstuhl neben einem schon peinlich ordentlichen Rollpult und schüttelte die Hand, die sie ausgestreckt hatte, »es ist mir ein großes Vergnügen, Sie endlich kennenzulernen.«

»Danke, Commodore«, sage Evalyn. Sie trug ein anderes, diesmal in Grau und Weiß besetztes Kostüm mit einem weißen und grauen, flachen, runden Hut ohne Krempe; sie sah so adrett aus, als wäre sie gerade dem Schaufenster eines Damenausstatters entstiegen. »Sie sehen gut aus.«

»Ich fühle mich auch gut«, sagte er mit einem Nicken seines großen Kopfes, »alles in allem.« Und überdies sah er auch noch gut aus: groß, gebräunt, ziemlich stämmig; in seinem hellbraunen Anzug mit braun und gelb gestreifter Krawatte hätte er sich neben Evalyn in das Schaufenster stellen können. Nur die Linien um seine Augen verrieten, unter welcher Beanspruchung er stand.

»Danke, daß Sie uns so kurzfristig empfangen haben«, sagte ich und gab dem Commodore die Hand. Er hatte in Erwartung unseres Besuchs zwei Stühle mit gepolsterten Sitzen vor den Schreibtisch gestellt, auf die er nun deutete, und wir setzten uns, und dann nahm er ebenfalls

Platz. »Wir scheinen gemeinsame Interessen zu haben, Mr. Heller«, sagte er mit einem freundlichen, aber ernsten Lächeln. Er sah Evalyn an und fuhr fort: »Ich glaube, wir haben viel gemeinsam, Mrs. McLean.«

»Das glaube ich auch, Commodore«, sagte sie. »Uns beiden wurde für unsere aufrichtigen Bemühungen, in der Lindbergh-Tragödie etwas Gutes zu tun, eine gewisse ... öffentliche Erniedrigung zuteil.«

»Ich habe das Glück gehabt«, sagte er und drehte sich leicht mit dem Stuhl, »daß meine Familie hinter mir stand. Meine Frau ... nun ja, vielleicht wäre ich ohne sie verloren gewesen. Aber mein Geschäft läuft gut, und mein persönlicher Ruf ist hier in Norfolk und im Schiffsbau im allgemeinen unberührt geblieben.«

»Das soll wohl bedeuten, Commodore«, sagte ich, »daß Sie diese Sache gern hinter sich lassen und Ihr Leben in Ordnung bringen würden.«

»Mein Leben ist durchaus in Ordnung«, sagte er, beugte sich vor und kniff die Lippen zusammen, »aber ich habe nicht vor, daß die Schändlichkeiten, die man mir zugefügt hat, ungesühnt bleiben.«

»Man hat Ihnen zuerst vorgeworfen, ein Betrüger zu sein«, sagte ich, »doch dann hat man Sie wegen Behinderung der Justiz angeklagt und verurteilt – die Anklage hat behauptet, daß Sie die Entführerbande unterstützt und begünstigt haben.«

»Ja«, sagte Curtis mit einem freudlosen Lächeln, »weil ich den Behörden keine ›genauen Informationen‹ über sie gegeben habe.«

»Also hat der Staat New Jersey«, sagte Evalyn und kniff die Augen zusammen, »eingestanden, daß Sie in der Tat Kontakt mit den Entführern gehabt haben.«

Curtis nickte. »Das Gericht hat von ›den tatsächlichen sieben oder acht Entführern des Lindbergh-Jungen, darunter ein Mitglied des Haushalts der Lindberghs‹ gesprochen.«

Zuvor hatten Schwarzkopf, Inspektor Welch und andere Violet Sharpes Selbstmord als Schuldeingeständnis betrachtet; beim Prozeß gegen Hauptmann hatte man diese Auffassung bequemerweise einfach vergessen.

»Ich habe den Eindruck«, sagte Evalyn und faltete die behandschuhten Hände auf dem Schoß zusammen, »daß Ihre Verurteilung aufgehoben werden sollte, falls Hauptmann zu Recht verurteilt wurde, Mr. Curtis . . . und man Ihnen die Geldstrafe, die Sie bezahlt haben, zurückerstatten sollte.«

»Und *falls* Sie zu Recht verurteilt wurden«, sagte ich zu Curtis, »müßte Hauptmanns Urteil aufgehoben und er wieder auf freien Fuß gesetzt werden.«

»Das sollte man meinen«, sagte Curtis mit einem trockenen, müden Lächeln. »Es war dasselbe Gericht und einer derselben Ankläger . . . Wissen Sie, daß ich angeboten habe, gegen Hauptmann auszusagen?«

»Das habe ich gehört«, sagte ich. Mein Gott, war ich froh, daß *er* das Thema zur Sprache gebracht hatte. »Auch darüber wollte ich mit Ihnen sprechen.«

Das immer wieder einsetzende Jaulen eines elektrischen Bohrers auf dem Arbeitshof störte das Gespräch beträchtlich.

»Ich habe Ihnen gesagt, daß ich Hauptmann eindeutig als den ›John‹ identifizieren kann, mit dem ich verhandelt habe«, sagte er geradeheraus. »Es hat zahlreiche Spekulationen darüber gegeben, daß ›Friedhof-John‹ und der Alkoholschmuggler John, mit dem ich zu tun hatte, ein und dieselbe Person sein könnten.«

»Haben Sie Hauptmann erkannt?« fragte ich. »*War* er Ihr ›John‹?«

»Den Bildern in den Zeitungen und den Wochenschauen zufolge, die ich gesehen habe«, sagte Curtis, »könnte er es gewesen sein. Ich habe Wilentz und seinen Leuten gesagt, daß ich gegen Hauptmann aussagen würde, wenn er mich voll rehabilitiert und mir die Geldstrafe von eintausend Dollar zurückerstattet. Schwarzkopf hielt das für eine ausgezeichnete Idee, und ihm war es völlig egal, ob ich dabei die Wahrheit sagte oder nicht. Aber Wilentz war nicht wohl bei dem Gedanken, mich als Zeugen aufzurufen.«

»Warum nicht?« fragte Evalyn.

»Weil meine Geschichte, die Geschichte, die ich die ganze Zeit über erzählt habe, nicht zu der Geschichte paßt, die *sie* sich ausgedacht haben . . . dieser Spinnerei, daß Hauptmann ein ›einsamer Wolf‹ war, und so weiter . . .«

Ich entsann mich, daß zu Curtis' Geschichte eine Menge Leute gehörten, Sam und Hilda und Nils und Eric und zahlreiche Alkoholschmuggler.

»Hätten Sie gegen Hauptmann ausgesagt?« fragte ich.

»Ja«, sagte Curtis.

»Auch, wenn Sie ihn gar nicht wiedererkannt hätten?« fragte Evalyn verblüfft.

»Wahrscheinlich«, sagte er. »Ich gestehe es nicht gern ein, Mrs. McLean. Aber damals sah es so aus, als hätte man jede Menge Beweise gegen Hauptmann. Wenn man die Zeitungen las, schien er ohne jeden Zweifel schuldig zu sein. Ich habe nicht eingesehen, welchen Schaden ich damit anrichten könnte.«

Evalyn fiel in ein düsteres Schweigen.

»Ich war in diesen Monaten mit den Nerven am Ende«, sagte er. »Mehrere Jahre zuvor, bevor ich in den Fall Lindbergh verwickelt wurde, hatte ich aufgrund geschäftlicher Schwierigkeiten einen Nervenzusammenbruch. Und ich stand ganz kurz vor einem weiteren.«

»Es gibt noch einen Grund, weshalb man Sie nicht als Zeuge aufgerufen hat«, sagte ich grob.

»Vielleicht. Und vielleicht haben sie gewußt, daß die Chance bestand, daß ich, wenn ich Hauptmann im Gerichtssaal unter Eid von Angesicht zu Angesicht gegenüberstand, vielleicht nicht mit dem anklagenden Finger auf ihn gezeigt hätte. Vielleicht hätte ich einfach die Wahrheit erzählt. Und an *meiner* Wahrheit war der Staat New Jersey nie interessiert.«

»Sie haben gesagt, wenn Sie Hauptmann identifiziert hätten«, fuhr ich fort, »hätten Sie diese Identifizierung höchstwahrscheinlich noch rechtzeitig widerrufen.«

»Vielleicht«, sagte er nickend. Dann zuckte er die Achseln. »Aber vielleicht auch nicht – ich mußte dafür sorgen, daß mein guter Name wiederhergestellt wurde und ich meine tausend Dollar zurückbekam. Wahrscheinlich wäre es klüger gewesen, keinen Mut zu beweisen, sondern darauf zu hoffen, daß die Öffentlichkeit mich schnell vergißt. Ich kann Ihnen jedoch wahrheitsgemäß sagen, daß ich heute, wo ich wieder im Vollbesitz meiner geistigen Kräfte bin, keine falsche Aussage gegen diesen Mann machen würde. Oder gegen irgendeinen anderen. Und nachdem ich den Fall ziemlich gründlich studiert – und eigene Erfahrungen mit den Gerichten New Jerseys gemacht habe –, bin ich nun der Überzeugung, daß man den armen Schweinehund aufgrund falscher Beweise und ohne fairen Prozeß auf den heißen Stuhl bringen will. Verzeihen Sie bitte meine Ausdrucksweise, Mrs. McLean.«

»Einen Augenblick mal«, sagte ich. »Habe ich Sie da richtig verstanden? Sie behaupten nun, daß Sie ›wieder im Vollbesitz Ihrer geistigen Kräfte sind‹, daß die Geschichte, die Sie Lindbergh erzählt haben – und ich habe sie ja selbst gehört – den Tatsachen entspricht? Daß Sie tatsächlich Kontakt mit den Entführern hatten oder zumindest mit einer Gruppe, die Insider-Informationen über die Entführung hatte?«

Er hob warnend den Finger. »In einem Punkt habe ich gelogen«, sagte er. »Ich habe das Lösegeld niemals gesehen und konnte daher auch nicht die Seriennummern vergleichen. Ich habe die Wahrheit etwas verschönert, weil ich befürchtete, daß Colonel Lindbergh mir ansonsten nicht glauben würde, wenn ich behauptete, ich stünde mit den Entführern in Verbindung.«

Dieser Teil von Curtis' Geschichte hatte Lindbergh in der Tat am meisten beeindruckt.

»Er schien mir nicht ganz zu glauben«, fuhr Curtis fort. »Sie waren dabei, Mr. Heller, Sie müßten sich noch daran erinnern. Ich habe es zu seinem Besten getan. Er sollte keine Zeit mehr vergeuden.«

»Ansonsten war Ihre Geschichte wahr.«

»Hundertprozentig«, sagte Curtis. Sein Blick war hart und klar, und seine Stimme genauso. »Ich bin kein Lügner. Ich bin ein ehrlicher Mann.«

»Aber was Hauptmann betrifft, wären Sie zu einer Lüge bereit gewesen«, sagte Evalyn. Ihr Blick war auch hart, aber auf andere Weise.

»Und ich habe gelogen, was das Lösegeld betrifft«, gestand er ein, zuckte erneut die Achseln und seufzte. Dann lächelte er traurig. »Aber nun habe ich Ihnen ja die Wahrheit über diese beiden Punkte gesagt. Und ich habe auch bezüglich meines Geisteszustands, meiner Anspannung, die Wahrheit gesagt.«

»Haben Sie deshalb gestanden?« fragte sie. »Haben Sie deshalb ›eingestanden‹, alles wäre nur ein Scherz gewesen, obwohl es doch der Wahrheit entsprach?«

»Aber nicht *alles*, was ich gesagt habe, hat der Wahrheit entsprochen. Ich wurde tagelang wachgehalten, wurde von der Polizei hierhin und dorthin geschleppt, durfte mich nicht umziehen, bekam kaum etwas zu essen und wurde, ja, unter großen geistigen Druck gesetzt. Nach einer Weile gestand ich diese eine Lüge ein: daß ich das Lösegeld nicht gesehen hatte. Und dann, Mrs. McLean, ging der Tanz erst richtig los.«

»Würden Sie uns das bitte erzählen?« sagte ich. »Aber von Anfang an.«

Curtis berichtete uns, daß er, als er sich in Cape May mit ›Hilda‹, seiner Kontaktperson der Kidnapper-Bande, treffen wollte, telefonisch von der Entdeckung der Leiche Charles Augustus Lindberghs in einem flachen Grab in den Sourland-Bergen erfahren hatte. Er war mit einem halsbrecherischen Tempo durch einen Regensturm gefahren und gegen vierzehn Uhr in Hopewell eingetroffen. Hier wurde er höflich, aber auf eine Weise, aus der man schließen konnte, daß er als Verdächtiger angesehen wurde, von Schwarzkopf, Inspektor Welch und Frank J. Wilson verhört.

Curtis hatte vorgeschlagen, sie sollten auf die Ankunft Colonel Lindberghs warten, doch man hatte das Verhör fortgesetzt; außerdem bat er um die Erlaubnis, seine ›Unterlagen‹ zu besorgen, die sich zum Teil in einem Schließfach eines New Yorker Hotels, aber auch in seiner Tasche auf seiner Ketsch, der *Cachalot*, und in seinem Büro in Norfolk befanden, doch diese Bitte wurde ihm verwehrt.

Er beantwortete die Fragen, so gut er konnte, obwohl er müde und gefühlsmäßig sehr aufgewühlt war; und sie erkundigten sich unentwegt nach Nummernschildern, Hausnummern und Telefonnummern, doch ohne seine Unterlagen konnte er keine genauen Auskünfte geben. »Als Colonel Lindbergh schließlich kam«, sagte Curtis, »schien er sich zu freuen, mich zu sehen. Sie können sich meine Erleichterung vorstellen, ein vertrautes, freundliches Gesicht zu sehen. Er fragte mich, was ich davon hielt . . . damit meinte er den Fund der Leiche des Kindes, während wir doch mitten in Verhandlungen über seine Rückgabe mit Hilda, Sam und den anderen steckten. Ich erwiderte, ich könne mir keinen Reim darauf machen, und bot ihm an, alles in meiner Macht Stehende zu tun, um ihm zu helfen. Und ich schlug vor, wir sollten schnell handeln, denn solange sich Hilda und Sam noch an Land befanden, könnten wir sie festnageln.«

»Wie hat Slim darauf reagiert?« fragte ich.

»Äußerst positiv«, sagte Curtis. »Doch dann ging er

mit Schwarzkopf und Wilson in die Bibliothek und kam vorerst nicht mehr zurück.«

Inspektor Welch, verschiedene Staatspolizisten und einige Beamte in Zivil, darunter auch Wilson, hatten ihn die ganze Nacht über verhört und nahmen schließlich trotz seiner Forderung, man möge ihm seine Unterlagen bringen, damit er genauere Ausagen machen könne, ein ziemlich langes Protokoll auf. Die Verhöre waren beharrlich und mit argwöhnischen Untertönen geführt worden, und Curtis wurde klar, daß er bis zum Hals in Schwierigkeiten steckte.

Schließlich gelang es ihm, die Beamten zu überreden, ihn nach Cape May zu bringen, wo er sie zu den verschiedenen Orten führen konnte, an denen er sich mit den Kidnappern getroffen hatte. Bei Anbruch der Dämmerung fuhren Inspektor Welch und ein Staatspolizist mit Curtis in einem Streifenwagen los. Curtis führte sie zu drei Häusern, zwei davon leerstehende Ferienhäuser, das dritte von einer Familie namens Larsen bewohnt; ein Mitglied der Bande hatte diesen Namen getragen. Doch die Mrs. Larsen, die ihnen die Tür öffnete, sagte, sie kenne keinen ›Georg Olaf Larsen‹, und Welch ließ es dabei bewenden.

Um neun Uhr abends waren sie wieder in Lindberghs Haus in Hopewell, und Welch informierte die Anwesenden, daß die Fahrt eine gottverdammte Zeitverschwendung gewesen und Curtis ein gottverdammter Lügner war. Während Curtis weiterhin darauf beharrte, er müsse in seinen Unterlagen nachschlagen, zwang man ihm unter zunehmend feindseligeren Umständen eine weitere Aussage ab.

Danach wurde Curtis zum Hildebrecht Hotel in Trenton gefahren, wo man unter falschem Namen ein Zimmer für ihn mietete und ihn praktisch wie einen Gefangenen festhielt; er schlief drei Stunden lang, und am nächsten Tag führte er zwei Polizisten aus Newark zu dem skandinavischen Viertel, in dem eins der Treffen stattgefunden hatte. Doch er konnte sie nicht zu dem betreffenden Haus führen; er bat sie, ihn des Abends noch einmal hinzufahren, da man ihn auch in der Dunkelheit hergefahren habe. In der Polizeiwache von Newark sah er sich Verbrecherfotos an und fand tatsächlich eins, bei dem es sich um Nils handeln könnte. Der Verdächtige war wegen einer anderen Sache in Morrisville in Gewahrsam, und Curtis sollte ihm am nächsten Tag gegenübergestellt werden.

Am Abend kehrten sie in das skandinavische Viertel zurück, doch Curtis konnte das betreffende Haus noch immer nicht finden und schlug vor, ein Haus nach dem anderen abzuklappern. Man kehrte ins Hotel zurück, und Curtis durfte sich um halb drei morgens schlafen legen und wurde um sieben Uhr wieder geweckt. Sein Verlangen, ihm frische Wäsche aus New York zu besorgen, wurde abgelehnt, wie auch das, seine Familie anzurufen, doch er durfte sich wenigstens rasieren.

Bei Tagesanbruch begann man – ohne jeden Erfolg – mit den Hausdurchsuchungen, und dann sah man sich den Verdächtigen in Morrisville an; doch der Mann sah Nils zwar sehr ähnlich, war aber wesentlich kleiner. Auch dieser Tag endete gegen halb drei nachts, und um sieben Uhr morgens schleppte man Curtis nach Hopewell zurück.

»Ich wanderte den gesamten Morgen auf dem Grundstück herum«, sagte er. »Niemand sprach mit mir, abgesehen von ein paar Staatspolizisten, die mir heimlich ihr Mitgefühl ausdrückten. Einige schienen sauer zu sein, weil Lindbergh die Ermittlungen persönlich leiten wollte. Einer sagte, sie sollten im ›Hauptquartier‹ sein und nicht an diesem ›gottverlassenen Ort‹. Ich bekam nichts zu essen. Schließlich verriet mir ein Staatspolizist, daß Schwarzkopf und Welch mich verhaften lassen wollten. Ich bat darum, Lindbergh sprechen zu dürfen. Kurz darauf kam er hinaus.«

Curtis hatte Lindbergh gefragt: »Was hat das zu bedeuten? Wieso soll ich wegen ›Behinderung der Justiz‹ verhaftet werden?«

»Darüber weiß ich nichts«, hatte Lindbergh gesagt. »Ich weiß nur, daß eine Telefonnummer, die Sie angeblich in Freeport, Long Island, angerufen haben, nicht gestimmt hat.«

»Was für eine Nummer?«

»Fünf-sechs-drei-null.«

»Fünf-sechs-*vier*-null, habe ich gesagt. Colonel, ich habe von Anfang an darum gebeten, in meinen Unterlagen nachsehen zu dürfen! Ich bin seit zehn Tagen praktisch ununterbrochen auf den Beinen und kann mich nicht mehr an solche Nummern erinnern – ich bin mir nicht mal sicher, daß ich mich daran erinnern könnte, wenn ich ausgeruht wäre!«

Lindbergh nickte, ging ins Haus und ward nicht mehr gesehen.

»Ich ging herum und wartete, setzte mich auf das Trittbrett von Colonel Lindberghs Wagen und kam mir verdammt gedemütigt und mutlos vor. Dann passierte etwas, das mich hätte warnen sollen, aber ich habe es nicht begriffen: Inspektor Welch kam und war nett zu mir. Es war schwer zu glauben, daß ein so grausamer Mensch so freundlich war, doch ich griff danach wie nach einem Rettungsring. Er fragte mich, ob ich eine Partie Dame mit ihm spielen wolle. Ich willigte ein, und wir spielten und unterhielten uns darüber, was für eine große Last doch auf meinen Schultern liegen müsse.«

»Und Sie haben gestanden, bezüglich des Lösegelds gelogen zu haben«, sagte ich.

»Ja«, sagte Curtis, nickte und preßte die Lippen zusammen. »Er führte mich hinein, und ich mußte mein Geständnis in Gegenwart des Colonels wiederholen. Lindbergh sah mich eiskalt an, mit einem mörderischen Blick, den ich nie vergessen werde. Er nickte Welch zu, und der führte mich wieder hinaus, in Schwarzkopfs Büro, wo ich eine Aussage über diesen neuen Tatbestand machte. Dann wurde ich in den Keller des Anwesens der Lindberghs geführt, und sie fingen an, mich zu verprügeln.«

Sie fingen um zehn Uhr abends damit an und hörten um halb fünf morgens auf, nachdem er seine letzte – und vollständigste – Aussage unterschrieben hatte. Dann wurde er gefesselt im dunklen Trockenraum des Kellers zurückgelassen. Er war weder formell verhaftet noch angeklagt worden.

»Am nächsten Morgen«, sagte er mit zitternden Lippen, »wurde ich ungewaschen und in völlig verdreckter Kleidung in Colonel Lindberghs Bibliothek geführt. Dort wurde eine Voruntersuchung abgehalten – der Friedensrichter war dabei und Breckinridge, Lindbergh, Wilson und Staatsanwalt Hauck. Ich wurde wegen Behinderung der Justiz angeklagt und ins Gefängnis gebracht. Dort blieb ich bis zum Prozeß. Ich konnte die Kaution nicht aufbringen. Meine Frau kam und brachte mir frische Wäsche.«

Evalyn glaubte ihm. Die Tränen in ihren Augen besagten es eindeutig.

Ich glaubte ihm auch. Ich wußte, daß die Bullen Geständnisse aus Verdächtigen herausprügelten – ich war selbst Bulle und oft genug ein Verdächtiger gewesen.

Doch wichtiger war, daß ich ihm glaubte, von Anfang bis Ende die Wahrheit gesagt zu haben: ich wußte zwar nicht, wer genau Sam, Hilda, Nils und die anderen waren, und auch nicht, ob sie sich der Entführung oder nur einer anschließenden Erpressung schuldig gemacht hatten.

Aber ich war davon überzeugt, daß es sie gab.

»Eins verstehe ich nicht«, sagte Evalyn ernst. »Warum wurden nicht auch Admiral Burrage und Reverend Dobson-Peacock angeklagt und vor Gericht gebracht?«

»Admiral Burrage hatte nie direkten Kontakt mit der Bande gehabt«, sagte Curtis. Er hatte sich beruhigt, aber nur oberflächlich. »Außerdem hat ihn seine Freundschaft mit Colonel Lindbergh geschützt. Sein einziger öffentlicher Kommentar zu der Sache lautete übrigens ›Kein Kommentar!‹ – und er hat nie auf meine Anrufe oder Briefe reagiert.«

»Und Dobson-Peacock?« fragte ich.

»Der Reverend weigerte sich, zu einer Befragung nach New Jersey zu kommen«, sagte Curtis, »was zweifellos ziemlich klug von ihm war. Er hat sich öffentlich geäußert, ich hätte ihn hereingelegt – obwohl er mehrmals Kontakt mit den Kidnappern gehabt hat.«

»Mit ihm würde ich mich auch gern unterhalten.«

»Hoffentlich scheuen Sie sich nicht davor, eine weite Reise anzutreten, Mr. Heller«, sagte Curtis. Er lächelte, aber sehr freudlos. »Wie Colonel Lindbergh wohnt der Reverend jetzt in England.«

Evalyn und ich wechselten einen Blick der stummen Frustration.

»Wie kann ich Ihnen sonst noch helfen?« fragte Curtis.

»Was ist mit den Behauptungen«, sagte Evalyn sanft, »das alles hätten Sie sich nur einfallen lassen, um Ihre Geschichte an die Zeitungen verkaufen zu können?«

»Ich hatte eine Abmachung mit der *Herald Tribune*«, sagte er geradeheraus. »Aber sie war abhängig von der Rückgabe des Kindes. Ich habe kein Geld bekommen.«

Es war an der Zeit, eine andere Spur zu verfolgen.

»Haben Sie je von Max Greenberg gehört?« fragte ich, »oder von Max Hassel?«

»Ja«, sagte Curtis, sah, wie ich die Ohren spitzte, und schwächte sofort ab: »Ich habe nur in den Zeitungen über sie gelesen. Wie ich gehört habe, hat Gaston Means sie als Alkoholschmuggler identifiziert, die an der Entführung mitgewirkt haben.«

»Haben Sie damals ihre Fotos in der Zeitung gesehen?«

»Ja. Und, nein, ich habe sie nie zuvor gesehen.«

»Was ist mit diesem Burschen?« Ich zeigte ihm das Foto von Fisch, das Gerta Henkel, die ebenfalls auf dem Bild war, mir gegeben hatte.

»Nein«, sagte er und schüttelte den Kopf. »Tut mir leid. Wer ist das?«

»Der berühmte Isidor Fisch«, sagte ich.

»Ich gönne Ihnen wirklich, einen schönen Fisch an Land zu ziehen«, sagte Curtis mit seinem trockenen Lächeln. »Aber den Mann habe ich noch nie gesehen.«

Ich stand auf. »Commodore«, sagte ich und gab ihm die Hand, »vielen Dank.«

»Ich weiß nicht, ob ich Ihnen helfen konnte«, sagte er bedauernd. »Anscheinend haben der Fall Hauptmann und meiner nichts miteinander zu tun.«

»Commodore«, sagte Evalyn und zog sich den Rock zurecht, als sie aufstand, »in einer Hinsicht hängen sie zusammen: wenn wir Richard Hauptmanns Unschuld beweisen können, stellt sich dabei vielleicht auch die Ihre heraus.«

»Das würde ich zu schätzen wissen«, sagte er aufrichtig. »Aber wenn Sie nichts dagegen haben, werde ich mich weiterhin selbst darum bemühen, diese Verurteilung aufzuheben. Und wenn es den Rest meines Lebens dauern sollte, ich werde meinen Namen vor Gericht reinwaschen.«

»Hauptmann denkt bestimmt genauso«, sagte ich. »Nur wird der Rest seines Lebens wahrscheinlich nur noch ein paar Wochen betragen.«

Und wir gingen hinaus in die graublaue Welt, in der Boote über das Wasser glitten wie Enten über einen Teich, und fuhren mit dem Packard gen Norden.

Ich mußte jemanden in einem Irrenhaus besuchen.

34

»Nathan Heller«, sagte Gaston Means und richtete sich mit seinem üblichen koboldhaften Lächeln in seinem Bett auf, obwohl seine Augen nicht funkelten, sondern nur verstört und verwirrt blickten und die Grübchen sich in den Senken seiner Wangen verloren. Er hatte beträchtlich abgenommen, und seine Haut, die aufgrund seiner zahlreichen Gallenstein-Koliken einen gelblichen Farbton angenommen hatte, erinnerte an einen zu großen Anzug. Er trug ein Krankenhausnachthemd und lag unter den Roßhaardecken eines Bettes im Gefangenenflügel der medizinischen und chirurgischen Abteilung des St. Elizabeth's, einer staatlichen Nervenklinik in Congress Heights, Maryland, in der Nähe von Washington. Das Fenster neben ihm war sowohl mit Gitterstäben als auch einem Maschendraht gesichert, wie die Dachluke neben Hauptmanns Todeszelle.

Evalyn und ich standen neben seinem Bett. Evalyn trug zur Abwechslung einmal Weiß, obwohl das Kleid schwarz besetzt war; auch ihr weißer Hut hatte einen schwarzen Rand. Sie sah aus wie eine wohlhabende Krankenschwester.

»Ich habe Ihnen nie meinen Namen genannt, Means«, sagte ich.

»Aber Sie haben einen bleibenden Eindruck auf mich gemacht, Heller«, sagte er, und fast hätte ein Funkeln den stumpfen Schleier auf seinen Augen durchbrochen. »Jeder, der mir einen Pistolenlauf in den Mund steckt, hinterläßt seinen Stempel auf meiner Psyche. Psychologisch sehr wirksam – ich muß Ihnen gratulieren.«

»Danke.«

»Ich habe mich bemüht, Erkundigungen über Sie einzuziehen. Wie auch ich haben Sie sich auf dem Gebiet der privaten Ermittlungen einen Namen gemacht. Wie auch ich haben Sie ein paar einflußreiche Bekannte in der Unterwelt. Sie haben, um es gelinde auszudrücken, eine beträchtliche Reputation, junger Mann.«

»Aus Ihrem Mund«, sagte ich, »ist das wohl ein Kompliment.«

Er sah Evalyn freundlich an und legte eine Hand auf sein Herz, als wolle er im Zeugenstand einen Eid leisten, obwohl er sich dort natürlich die Gallensteine aus dem Körper lügen würde.

»Meine liebe Elf«, sagte er, sich auf Evalyns Kodenummer von anno dazumal beziehend, »Sie sehen bezaubernd aus. Sind Sie so schön, weil Sie so reich sind, oder sind Sie so reich, weil Sie so schön sind? Aber diese Frage überlasse ich lieber den Philosophen. Auf jeden Fall möchte ich Ihnen sagen, daß ich Ihnen nichts nachtrage.«

»*Sie* tragen *mir* nichts nach?« sagte Evalyn mit weit aufgerissenen Augen und legte ihre weiß behandschuhte Hand auf ihren üppigen Busen.

»Weil Sie gegen mich ausgesagt haben«, sagte er, anscheinend erstaunt darüber, daß sie nicht gewußt hatte, was er meinte.

»Sie wollen uns nicht zufällig Ihren guten Willen beweisen«, sagte ich, »indem Sie uns sagen, wo Mrs. McLeans hunderttausend Dollar sind, oder?«

Er hob den Kopf und wie ein Oberlehrer einen Finger. »Einhundertundviertausend Dollar, meinen Sie«, sagte er. »Äh, nein – dieser Punkt ist leider etwas verschwommen. Ich kann mich nur noch undeutlich daran erinnern, das Geld in ein Stück Ofenrohr gestopft und in den Potomac geworfen zu haben. Aber von welchem Pier aus – das kann ich leider nicht mehr genau sagen.«

»Klar«, sagte ich.

Er begann zu husten; es klang nicht vorgetäuscht – das

Stahlbett rüttelte, und sein gelbes Gesicht lief purpurrot an.

»Wie krank sind Sie, Means?« fragte Evalyn ihn, als das Husten nachließ und seine Farbe (so es eine war) zurückkehrte.

Er gab sich würdevoll und strich die Bettdecke glatt. »Diese Gallensteine sind ein verdammtes Ärgernis, meine Liebe. Doch deshalb bin ich nicht ins St. Elizabeth eingeliefert worden. Ich bin zu einer ernsthaften psychiatrischen Untersuchung hier. Gelegentlich neige ich dazu, mir Märchen auszudenken, und ich habe Schwierigkeiten, die Illusion von der Wirklichkeit zu unterscheiden.«

»So 'ne Scheiße«, sagte ich.

»Bitte, Heller«, sagte Means und warf mir einen strengen Blick zu. »Es ist eine Dame anwesend.« Er lächelte Evalyn schelmisch an. »Meine gesamten Schwierigkeiten beruhen auf diesem schicksalsträchtigen Abend des achten Dezembers 1911, als ich aus der oberen Schlafkoje eines Pullman-Waggons fiel und mit dem Kopf auf den Boden schlug.«

»Ihr erster großer Versicherungsbetrug«, sagte ich.

»Vierzehntausend Dollar«, sagte er mit einem nostalgischen Seufzer. »Und damals waren vierzehntausend Dollar noch richtig *Geld*.«

Ein Arzt unterbrach uns, um sich Means' Krankenblatt anzusehen, und wir gingen ein Stück zur Seite und warteten; eine nicht unattraktive Schwester brachte ihm ein paar Pillen und ein Glas Wasser, und er lächelte sie an, nannte sie ›mein Schatz‹ und flirtete harmlos mit ihr.

»Wissen Sie«, sagte er zu uns, als sie wieder weg waren, »ich leide unter hohem Blutdruck im Gehirn. Das ist eine direkte Folge dieses Sturzes aus der Koje im Eisenbahnwaggon. Er hat dazu geführt, daß ich diese fantastische Phantasie entwickelt habe, die mich in solche Schwierigkeiten gebracht hat. Ich habe an meinen Erpressungen und anderen Unternehmungen nie auch nur einen roten

Heller verdient« – er sah mich an – »und das soll keine Anspielung sein, weil ich das Geld immer zurückgegeben habe . . . außer in Ihrem Fall, Evalyn, und das auch nur, weil ich mich einfach nicht mehr daran erinnern kann, wo es ist.«

»Deshalb sind wir nicht hier«, sagte ich.

»Ach?« sagte er. Interessiert. »Und weshalb sind Sie hier, Heller?«

»Ich arbeite für Gouverneur Hoffman.«

Er strahlte wie ein Kürbis zu Halloween; die Grübchen in den eingefallenen Wangen setzten sich wieder durch. »Ausgezeichnet! Ich habe Gouverneur Hoffman mehrmals geschrieben. Ich freue mich ja so, daß er sich endlich entschlossen hat, mich bei meiner Mission zu unterstützen.«

Evalyn kniff die Augen zusammen. »Bei Ihrer ›Mission‹?«

Means nickte ernst; er faltete die Hände wie zum Gebet auf dem zusammen, was ihm von seinem einst gewaltigen Bauch geblieben war. »Ich habe mich entschlossen, all meine Kraft einzusetzen, um dieser armen Menschenseele zu helfen, die man so unfair bösartig behandelt hat . . . Bruno Hauptmann.«

Ich setzte mich auf die Bettkante. »Ich verstehe. Das verstößt gegen Ihr Gerechtigkeitsempfinden, nicht wahr?«

»Das können Sie laut sagen. Ich habe nicht nur Gouverneur Hoffman, Staatsanwalt Wilentz und Colonel Lindbergh nach England geschrieben, sondern auch vielen anderen Personen, die mit diesem Fall zu tun hatten. Ich setze trotz meiner Krankheit alles daran, um für Mr. Hauptmann einen Hinrichtungsaufschub zu erwirken.«

»Sie sind schon ein toller Kerl, Means. Warum tun Sie das?«

»Weil«, sagte er mit einem schlichten Achselzucken, »*ich* die Lindbergh-Entführung geplant habe.«

Weder Evalyn noch ich reagierten.

Das enttäuschte ihn; er wirkte beinahe verletzt. »Haben Sie mich nicht verstanden? Ich habe gesagt, *ich* bin derjenige. Hauptmann verdient weder den elektrischen Stuhl noch den Ruhm für dieses ausgeklügelte Verbrechen. Ein einfacher, ungebildeter Schreiner. Lächerlich. Das Verbrechen des Jahrhunderts wurde vom größten verbrecherischen Genie des Jahrhunderts geplant: von Gaston Bullock Means!«

»Vor ein paar Jahren haben Sie uns aber etwas anderes erzählt«, erinnerte ich ihn.

Er wackelte mit einem Finger in der Luft. »Ja, aber damals habe ich gelogen, zumindest teilweise. Warum nehmen Sie beide mein Geständnis einfach so hin? Das ist das wichtigste Geständnis, das in der Geschichte der amerikanischen Jurisprudenz jemals gemacht wurde.«

»Means«, sagte ich, »ich habe Ihnen doch erklärt, daß ich für Hoffman arbeite. Er hat mir einige Ihrer Briefe gezeigt. Ich weiß also, daß Sie behauptet haben, dieses Ding geplant zu haben. Evalyn weiß es auch – und *deshalb* sind wir hier.«

»Oh. Ich vermute, dann hoffen Sie, ein paar Einzelheiten zu erfahren.«

»Das könnte man sagen. Sie behaupten, die Leiter selbst gebaut zu haben?«

»Genau. In der Garage meines Hauses in Chevy Chase. Hauptmann hätte eine viel bessere gebaut; schließlich ist er ja Schreiner. Diese Leiter wurde übrigens nur benutzt, um durch das Fenster zu schauen und sich zu überzeugen, daß sich das Kind in dem Zimmer befand – und nicht, um es aus dem Haus zu holen. Der Butler hat das Kind zur Haustür gebracht und dort meinen Männern übergeben. Deshalb hat man die Leiter auch etwa zwanzig Meter neben dem Haus einfach liegen lassen.«

»Was ist mit Max Greenberg und Max Hassel? Ich dachte, *sie* wären die genialen Planer gewesen.«

»Sie haben für mich gearbeitet. Ich steckte mit all diesen Alkoholschmugglern und Schwarzbrennern zusammen. Auch die Bande, die mit Curtis Kontakt aufgenommen hat, hat für mich gearbeitet. Es war von Anfang an mein Plan gewesen.«

Evalyn trat näher ans Bett. »In einem Brief an Gouverneur Hoffman haben Sie behauptet, Sie wären von Verwandten von Mrs. Lindbergh angeheuert worden, das Kind zu entführen.«

»Ach ja . . . weil der Junge zurückgeblieben war. Und ich wurde von Greenberg und Hassel unterstützt, und von diesem Pärchen aus dem Haus, Violet Sharpe und Ollie Whately.«

»Behaupten Sie, daß das *wahr* ist?« fragte Evalyn.

»Was davon?« fragte er unschuldig.

»Was davon ist *nicht* wahr?« fragte ich.

»Die Sache mit dem zurückgebliebenen Kind. Das ist ein Gerücht, das ich aufgeschnappt habe, und es gefiel mir.«

Ich fragte mich allmählich, ob sie in diesem Irrenhaus noch ein Bett frei hatten.

»Wissen Sie«, sagte ich, »Ihre Freunde Greenberg und Hassel wurden ermordet.«

Er nickte langsam und ernst. »Das Leben kann so unfreundlich sein.«

»Der Tod auch«, sagte ich. »Das Komische daran ist nur . . . sie wurden ermordet, kurz nachdem Sie mir ihre Namen genannt haben. Nachdem Sie sie als die echten Kidnapper bezeichnet haben.«

»Der Zufall hat einen langen Arm.«

»Sie vielleicht auch, Means. Oder Leute, mit denen Sie sich zusammengetan haben.«

»Means«, sagte Evalyn barsch, »lebt das Baby noch?«

Sein Lächeln war engelhaft. »Lassen Sie mich zuerst sagen, daß die Leiche des Kindes, die man in New Jersey gefunden hat, eine ›falsche Spur‹ war – dabei hat es sich keineswegs um das Lindbergh-Baby gehandelt.«

»Warum hat man diese falsche Spur gelegt?« fragte ich.

»Um gewissen Dingen Einhalt zu gebieten«, sagte er. »Zum Beispiel fühlten sich die Schwarzbrenner in den Hügeln des Sourlands arg belästigt. Zu viele Staatspolizisten, zu viel Aufregung, zu viel Verkehr. Nach der Entdeckung des Kindes ist wieder Ruhe eingekehrt, und man konnte die Geschäfte wie gewohnt weiterbetreiben.«

»Lebt das Baby noch?« wiederholte Evalyn.

»Meine Liebe«, sagte er, »meines Wissens ja. Ich habe das Kind nach Mexiko gebracht und es dort unverletzt zurückgelassen. Gott ist mein Zeuge.«

Ich erhob mich von der Bettkante, für den Fall, daß das Arschloch von einem Blitz getroffen wurde.

»Wo ist das Kind jetzt?« fragte sie.

»Ich habe keine Ahnung«, sagte er mit einem bedeutungsschweren Achselzucken. »Ich weiß nur, daß der Junge sicher untergebracht ist. Solange er lebt, kann man einige mächtige Leute nicht wegen Mordes belangen.«

»Niemand glaubt Ihnen, Means«, sagte ich.

»Bitte?«

»Daß Sie die Lindbergh-Entführung geplant haben. Sie sind der Wolf, der ›Kleiner Junge!‹ gerufen hat.«

Er lachte stumm. »Gut ausgedrückt, Heller. Gut ausgedrückt. Und was glauben *Sie*?«

»Ich glaube, Sie könnten die Wahrheit sagen, zum erstenmal in Ihrem Leben, oder zumindest mehr Wahrheit als üblich. Wobei ich allerdings die Frage, ob Sie wirklich wollen, daß man Ihnen glaubt oder nicht, nicht einmal annäherungsweise beantworten kann. Man kann nur vermuten, was in den verbogenen Windungen Ihres Gehirns vor sich geht.«

Er nickte und lächelte sein koboldhaftes Lächeln.

»Wenn ich Al Capone wäre«, sagte ich, und sein Lächeln verschwand augenblicklich, als hätte der bloße Name ihm einen Schrecken eingejagt, »würde ich Sie als den perfekten Mittelsmann wählen . . . ein Mann mit Verbindungen in Schwarzbrennerkreisen, politischen Kreisen, der High Society – Sie sind geradezu ideal, abgesehen davon natürlich, daß Sie völlig vertrauensunwürdig sind.«

»Ah«, sagte Means und drohte mir mit dem Zeigefinger, »aber wenn ich *Angst* vor meinem Auftraggeber hätte . . .«

»Wenn es Capone wäre oder sein Vertreter an der Ostküste wie Luciano oder Schultz, würden Sie ehrlicher als sonst spielen. Um Ihren fetten Arsch zu schützen.«

»Heller, das ist unanständig. Solche Ausdrücke in Mrs. McLeans Gegenwart sind wirklich unangemessen.«

»Fahren Sie zur Hölle, Sir«, sagte sie zu ihm.

Er wirkte niedergeschlagen. »Vielleicht habe ich Ihnen Unrecht zugefügt, meine Liebe, doch solch eine Feindseligkeit ist zwischen alten Freunden ebenfalls unangemessen.«

»Sie hat sich ein Anrecht darauf verdient«, sagte ich, »mit einhundert Riesen.«

»Mit einhundertundvier«, erinnerte er mich.

Ich schüttelte den Kopf und lächelte. »Sie kennen wirklich keine Scham, nicht wahr, Means?«

»Ich habe keine Kontrolle darüber«, sagte er ernst. »Meine Phantasie ist ein Nebenprodukt der Geisteskrankheit. Deshalb, meine Freunde, habe ich auch darum gebeten, nach St. Elizabeth gebracht zu werden.«

»Es hat nichts damit zu tun«, sagte ich, »daß Sie hier ein viel besseres Leben haben als in Leavenworth?«

»Hier ist es angenehmer, das gestehe ich ein«, sagte er fröhlich. Dann wurde sein Gesicht wieder ernst: »Wissen Sie, ich hoffe auf eine Gehirnoperation, damit ich danach, wenn ich wieder ein anständiges Mitglied der Gesellschaft bin, begnadigt werden kann.«

Gaston Means zog seinen letzten, größten Schwindel durch: er redete sich selbst ein, daß er noch einmal freigelassen werden würde – obwohl der trübe Blick seiner

Augen andeutete, daß er selbst nicht so ganz daran glaubte.

»Sagen Sie mir eins, Means«, sagte ich. »Seien Sie nur einmal ehrlich. Es ist im großen Plan der Dinge eigentlich völlig unwichtig. Ich möchte es nur wissen.«

»Heller, wir sind doch schon seit so vielen Jahren Freunde. Würde ich Ihnen einen so kleinen Gefallen ausschlagen?«

»Sind Sie damals, 1932, als Evalyn und ich und ihre Zofe Inga auf ihrem Landsitz Far View waren, des Nachts zurückgekommen, haben herumgeschnüffelt, die Decken von den Betten gezogen und sind im abgeschlossenen Obergeschoß herumgetrampelt, nur um uns einen Schrecken einzujagen?«

»Ah, Far View«, sagte Means sehnsüchtig. »Wissen Sie, es heißt, dort soll es spuken. Da geschehen des Nachts ganz schön seltsame Dinge, nicht wahr?«

»Ich glaube, das wissen Sie selbst am besten.«

Das gefiel ihm. »So viele Jahre später geht Ihnen diese kleine Begegnung mit dem Übernatürlichen noch immer nicht aus dem Kopf, Heller? Und das, obwohl Sie ein harter Realist mit klarem Blick für die Dinge sind?«

»Sie wollen nicht ehrlich zu mir sein, nicht wahr, Means?«

»Heller, Sie sind ein Mann, der nicht mal das Licht ausmacht, bevor er mit einer Frau schläft.« Er wandte sich entschuldigend an Evalyn. »Bitte verzeihen Sie mir diese kleine Unhöflichkeit, Elf.« Dann sah er mich wieder an, und sein Blick war zugleich tadelnd als auch amüsiert. »Wissen Sie nicht, daß es im Leben einige Dinge gibt, an denen man besser nicht rührt?«

»Bis dann, Means«, seufzte ich.

Evalyn sagte nichts zu ihm. »Danke für Ihren Besuch, meine Freunde«, sagte er fröhlich. »Und, Elf – falls mir wieder einfällt, von welchem Pier ich Ihr Geld in den Fluß geworfen habe, werde ich Sie sofort informieren.«

Wir ließen ihn in seinem Bett sitzen, das Gesicht zu einem dummen Lächeln erstarrt, aber gleichzeitig auch etwas traurig, als würde Zwiddeldum den Tod seines Zwiddeldeis beklagen.

Friendship, das Anwesen der McLeans hinter einer hohen Mauer am Stadtrand von Washington, war kleiner als das Weiße Haus. Aber nicht viel. Ihr Haus an der Massachusetts Avenue – das damals größte Privatgebäude, das ich je betreten hatte – hätte hier als Vorhalle durchgehen können.

»Es war einmal ein Kloster«, sagte sie, als ich die Auffahrt durch einen verschwenderisch ausgestatteten Garten hinauffuhr. »Kannst du dir vorstellen, daß die Mönche in ihren braunen Kutten den Garten und die Sträucher gepflegt haben? Wie ein Dutzend stumme, gehorsame Gärtner.«

»So ein Personal findet man heute kaum noch«, sagte ich.

Es dämmerte schon und war bewölkt und kalt, und das riesige Haus – aus dem frühen neunzehnten Jahrhundert, aber restauriert und zu einem modern aussehenden, weitläufigen, nur noch entfernt an den Kolonialstil erinnernden Gebäude umgebaut – wurde undeutlich, wie eine Luftspiegelung, vor mir sichtbar. Ich lenkte den Packard um den großen Springbrunnen vor dem Haus und stellte ihn – mit ihrer Erlaubnis – dort ab.

Ich hatte mich an Evalyns Gegenwart gewöhnt; trotz ihrer Melodramatik und Erhabenheit war sie eine ziemlich bodenständige Frau. Wir hatten sogar mal zum Mittagessen an einer Imbißbude gehalten, wo sie mit buchstäblichem und bildlichem Genuß einen fettigen Hamburger mit noch fettigeren Pommes frites gegessen hatte. Aber ich hatte nicht vergessen, daß ich mich in Begleitung einer Frau befand, die in ihrem Anwesen mit Staatsoberhäuptern und der Creme der Washingtoner Gesellschaft speiste – ein Anwesen, das, wie ich herausgefunden hatte, über einen privaten Golfplatz, ein Gewächshaus und einen Ententeich verfügte.

Heute war Donnerstag, meine zweite Nacht in Friendship. Der Besuch in Norfolk hatte den gesamten Mittwoch beansprucht; wir waren am Morgen von New York aus aufgebrochen, hatten am Nachmittag mit Curtis gesprochen und waren noch am Abend nach Washington gefahren, damit wir heute im Krankenhaus St. Elizabeth mit Means sprechen konnten. Ich hatte in Friendship ein Zimmer für mich, und das galt auch für die Nacht, die wir in New York verbracht hatten, im St. Moritz. Evalyn und ich kamen hervorragend miteinander aus, waren aber nicht intim geworden.

Wir machten es uns in überpolsterten Sesseln bequem, die um einen Kamin standen, über dem ein gerahmtes Ölgemälde ihres Schwiegervaters hing und in dem gemächlich ein Feuer knisterte und einen gelben Schimmer ins große Zimmer warf. Der Raum war bei dem kürzlich erfolgten Umbau weiß getüncht und mit neuen, teuren Möbeln ausgestattet worden, die aus dunklem Holz mit Polstern mit Blumenmustern bestanden, und mit Tischchen mit üppigen Lampen und gerahmten Familienfotos gespickt; trotz eines riesigen, eindeutig antiken Orientteppichs wirkte er entschieden moderner als jeder Raum im Haus an der Massachusetts Avenue.

Wir hatten Gouverneur Hoffman telefonisch über alles informiert, was wir herausgefunden hatten, zumindest über das, was ich für wichtig hielt. Heute hatten wir vom Gouverneur erfahren, daß Robert Hicks, sein Kriminologe (eigentlich Evalyns, da sie ihn bezahlte) durch chemische Analysen von Farbproben meine Vermutung bezüglich des Regals in Hauptmanns Küchenschrank bestätigt hatte.

»Das hast du gut gemacht, Nathan«, sagte Evalyn und

nippte an einem Glas Wein. Sie trug einen schwarzen Pyjama und hochhackige, schwarze Slipper.

Ich arbeitete gerade an einem Bacardi-Cocktail, meinem zweiten. »Wir haben ein paar Fortschritte erzielt, aber keine so bedeutenden, daß Hauptmann deshalb ein neuer Aufschub gewährt wird, geschweige denn ein neuer Prozeß.«

Sie lächelte und schüttelte abwägend den Kopf. »Du hast Fisch mit diesen Spiritisten aus Harlem in Verbindung gebracht und auch Ollie Whately und Violet Sharpe. Ganz zu schweigen von Jafsie.«

»Das ist zu dünn«, sagte ich und schüttelte ebenfalls den Kopf. »Gerta Henkel wird man als Hauptmanns verlogene Kraut-Freundin abtun. Wer weiß, was die Marinellis aussagen werden, wenn sie nicht schon längst aus der Stadt verschwunden sind. Whately und die Sharpe sind tot, und Jafsie hat nicht mehr alle Tassen im Schrank. Als ich mit Curtis sprach, kam ich zur Ansicht, daß der größte Teil seiner Geschichte, wenn nicht sogar die ganze, wahr ist – aber wir können sie nicht beweisen. Und einiges von dem, was Means uns heute erzählt hat, stimmt mit Curtis' Geschichte und anderen Fakten überein, die wir kennen. Aber, wie gesagt, was nützt uns das? Means ist ein pathologischer Lügner in einer Klapsmühle. Am einfachsten könnten wir noch beweisen, daß die Polizei Beweise manipuliert oder sogar fabriziert hat – und das wird uns in New Jersey nicht gerade beliebt machen.«

»Was könnte uns denn weiterhelfen?«

Ich lachte, und das Geräusch wurde von den getünchten Wänden zurückgeworfen. »Vielleicht das, was ich zum Gouverneur gesagt habe: wenn wir Lindys Jungen auf Hoffmans Schreibtisch setzen.«

»Glaubst du wirklich, das Kind lebt noch?«

»Ich halte es für möglich.«

»Warum suchen wir dann nicht nach ihm?«

»Und wie genau sollen wir das anstellen, Evalyn?«

Sie schüttelte den Kopf und grinste humorlos. »Ich weiß es nicht. Keine Ahnung. Vielleicht sollten wir einen dieser verdammten Hellseher fragen.«

Ich lachte erneut. »Vielleicht hätten wir in Virginia Beach bei Edgar Cayce hereinschauen sollen, als wir gestern in seiner Gegend waren.«

»Edgar Cayce?«

»Ja. Er ist dieser Kleinstadt-Wahrsager, der damals, in der ersten Woche des Falles, eine ›Lesung‹ über die Entführung abgehalten hat.«

Sie setzte sich auf. »Nate, Edgar Cayce ist ein sehr *berühmter* Wahrsager. Ich habe viel über ihn gelesen. Er ist kein Scharlatan wie diese Marinellis.«

Ich machte eine abfällige Geste. »Evalyn, ich bestreite nicht, daß einige Leute gute Absichten haben. Ich glaube nicht, daß Schwester Sarah Sivella Marinelli Indianerprinzessin Beschissene Feder weiß, daß sie eine Betrügerin ist. Aber ihr Mann ist einer, und er redet ihr diese Sachen ein, hypnotisiert sie vielleicht sogar, und sie glaubt schließlich wirklich, daß sie einen heißen Draht zur Vergangenheit, Zukunft und zum lieben Gott hat.«

Sie schien meiner Schmährede nur halb zugehört zu haben. »Du kennst Cayce persönlich?«

»Ja, ich war bei ihm.«

»Während der Lesung?«

»Ja, ja.«

»Was ist passiert?«

Ich zuckte die Achseln. »Er hat mir seine Version mitgeteilt, wohin man den Knaben gebracht hat, einschließlich einiger Straßennamen. Angeblich sollte er in irgendeinem Stadtteil von New Haven, Connecticut, sein, aber die Bullen haben es überprüft, und es gab diese Straßen gar nicht, nicht einmal den Stadtteil.«

Sie hatte die Augen zusammengekniffen. »Hast du dir damals Notizen gemacht?«

»Klar. Sie sind oben in meinem Zimmer, in meiner Tasche.«

»Kann ich sie sehen?«

»Klar. Ich bringe sie morgen früh mit runter; wir können sie uns dann beim Frühstück vornehmen.«

»Nein, Nate – ich meine, jetzt sofort.«

»Evalyn, ich bin müde, und ich versuche gerade, mich zu betrinken. Kann das nicht warten?«

»Hauptmann läuft die Zeit davon.«

»Ach, verdammt, erspare mir dieses Gesäusel. Ich habe die Nase von dieser verrückten Tragödie für heute voll, vielleicht sogar für mein ganzes Leben. Es kann warten, verdammt noch mal.«

Sie schwieg eine Weile, was mir ganz recht war.

»Weißt du«, sagte sie dann, »einige Leute, die mir nahe stehen, sind der Ansicht, daß ich entrückt bin.«

»Entrückt? Was soll das bedeuten? Daß du jetzt mit Frauen schläfst?«

»Nein, du blöder Mistkerl. Es heißt ... visionär. Im übersinnlichen Sinn.«

»Oh. Dann glaubst du an diese Wahrsagerei, was?«

»Du hast Means nach diesen übersinnlichen Ereignissen in Far View gefragt, oder? Das ist schon lange her, aber trotzdem denkst du noch daran.«

»Das war nichts Übersinnliches. Means ist auf seinen Socken herumgeschlichen, um uns ordentlich angst zu machen. Das hat er heute nachmittag praktisch eingestanden.«

»So sehe ich es aber nicht. Nate, in diesem Fall gibt es von Anfang an übersinnliche Elemente.«

»Ein so großer Fall wie die Lindbergh-Entführung zieht Spinner an wie Scheiße Fliegen.«

»Wie elegant ausgedrückt.« Sie beugte sich vor, die Hände im Schoß gefaltet; eine prüde Geste für eine Frau in einem schwarzen Pyjama. »Ich habe schon oft in meinem Leben Vorahnungen gehabt, Nate, die dann auch eingetreten sind. Von Zeit zu Zeit weiß ich einfach, ohne sagen zu können, warum dem so ist, daß einer meiner Bekannten sterben wird ...«

»Das ist doch Quatsch, Evalyn.«

»Ich hatte dieses Gefühl an dem Wochenende, als mein Sohn starb. Ich habe die innere Stimme gehört, ihr aber keine Beachtung geschenkt, und bin verreist, und mein lieber Junge ist gestorben, während ich weg war ... ich war mit Ned in Churchill Downs. Wir sollten uns das Kentucky-Derby ansehen. Das werde ich mir nie verzeihen.«

Sie hielt sich eine Hand vors Gesicht.

Ich ging zu ihr, kniete neben ihr nieder, gab ihr mein Taschentuch, tätschelte ihr Knie. »Es tut mir leid, Evalyn. Es tut weh. Ich weiß, daß es weh tut.«

»Falls dieses Kind noch lebt«, und für einen Augenblick dachte ich, sie meinte ihren Sohn, doch in Wirklichkeit meinte sie den Lindbergh-Jungen, »sollten wir versuchen, es zu finden.«

»Du willst meine Unterlagen durchgehen? Ich hole sie. Wenn du dich dann besser fühlst, Baby.«

Sie nickte.

Ich ging nach oben und holte meine Notizen.

Als ich wieder herunterkam, stand sie in einer schwarzen Pfütze, die aus dem abgelegten Pyjama bestand; sie trug lediglich ihre hochhackigen Slipper. Der gelbe Schein des Feuers ließ ihren Körper wie irgend etwas auf einem Gemälde aussehen. Ein sehr sinnliches Gemälde von einem Künstler, der nicht entrückt war, wenn Sie wissen, was ich meine.

Sie mußte jetzt Mitte Vierzig sein, doch sie hatte den Körper einer zehn Jahre jüngeren Frau, glatt und weich, mit riesigen Brüsten, die leicht herabhingen, aber wunderschön waren und darauf warteten, von mir hochgeschoben zu werden.

»Komm her, großer Junge«, sagte sie und streckte sanft die Arme aus. »Komm zu Mama.«

Ich vögelte sie mit heruntergelassenen Hosen auf dem Perserteppich, sie splitternackt, ich halb bekleidet; es war etwas sehr Unanständiges daran, und es war gleichzeitig wunderschön. Sie stöhnte ziemlich laut. Ich nicht ganz so laut.

Dann war ich eine Fleischpfütze auf ihrem Pyjama, halb bewußtlos, so erschöpft, als hätte ich einen Langlauf hinter mir, während sie, noch immer splitternackt, in ihrem überpolsterten Sessel saß, sich eine Zigarette anzündete und meine Notizen über Cayce im Licht des Kamins las.

Nach einer Weile begann ich, mich wieder anzuziehen. Sie sah von ihrer Lektüre auf. »Zieh dich nicht an«, sagte sie ziemlich sachlich. »Was soll das? Warum ziehst du dich nicht ganz aus?«

»Du meinst, ich soll hier nackt auf dem Boden sitzen . . .«

»Das Personal hat sich in seine Räume zurückgezogen. Niemand wird uns stören. Jetzt zieh dich schon aus.« Sie wandte sich wieder ihrer Lektüre zu.

Ich mußte kurz eingeschlafen sein.

Dann – ich hatte mich auf den Rücken gerollt – sah ich auf, und sie stand über mir. Aufgrund des extremen Blickwinkels wirkte sie nackter als nackt; sie sah aus wie eine lebendige Statue, die all das darstellte, weshalb ein Mann eine Frau begehrte; ich wollte sie anbeten und beherrschen und gleichzeitig angebetet und beherrscht werden. Sie lächelte über ihren riesigen Brüsten zu mir hinab; ihre Figur wurde scharf vom Licht des Kamins hinter ihr umrissen. Mein Schwanz stand wieder bereit, und sie setzte sich auf mich, ließ sich mit einer sanften, gleitenden Bewegung auf mich hinab.

Diesmal *liebten* wir uns; das Vögeln gehörte auch dazu, aber diesmal war es nicht so dringlich, viel schöner und überhaupt nicht unanständig; es führte zu einer langsamen, allmählichen, gegenseitigen Befreiung, die ewig währte, aber nicht annähernd lange genug.

»Hätte ich nicht etwas überstreifen sollen?« keuchte ich nach einer Weile, als wir nackt und ineinander verschlungen dalagen.

»Ich bin noch nicht in den Wechseljahren, Nathan Heller.«

»Dann hätte ich vielleicht etwas benutzen sollen.«

»Nate, wenn du heute abend ein Baby gemacht hast, wird es ein kleiner, reicher Bastard. Also mach dir darüber keine Sorgen.«

»Mache ich mir nicht«, sagte ich und lächelte. »Ist dieser Job als Leibwächter, Chauffeur und Sicherheitschef noch frei?«

Ein Lächeln zog sich kräuselnd über ihren Mund. »Es ist nicht fair, mich ausgerechnet jetzt danach zu fragen.«

»Wenn er noch frei ist, nehme ich ihn.«

»Kann ich darauf zurückkommen?«

»Klar.«

Ich zog meine Hosen an und sie ihren Pyjama, und ich trank noch einen Cocktail und sie ein Glas Wein, und sie setzte sich auf einem der großen, überpolsterten Sessel auf meinen Schoß, und wir stießen an.

»Diese Aufzeichnungen«, sagte sie.

»Hmmm?« sagte ich.

»Deine Unterlagen über Edgar Cayce. Ich glaube, wir sollten nach New Haven fahren. Ich glaube, wir sollten uns dort selbst umsehen. Seinen Hinweisen nachgehen.«

»Das sind keine Hinweise, das ist abschweifendes Gefasel, ein gottverdammter Blödsinn.«

»Cayce ist kein Scharlatan. Er ist ein echter Wahrsager.«

»So etwas gibt es nicht, Baby, und außerdem haben die Bundesbeamten alles überprüft und nichts gefunden.«

»Wieviel Vertrauen setzt du in ›Bundesbeamte‹?«

»Na ja . . .«

Ein Punkt für sie. Irey hatte damals einen Mitarbeiter beauftragt, die Kirche der Marinellis zu infiltrieren, und dieses verdeckt arbeitende As hatte entweder die Verbindung Fisch/Whately/Sharpe/Jafsie übersehen oder nichts darüber gemeldet.

»Sehen wir uns dort mal um«, sagte sie.

Ich schüttelte ablehnend den Kopf. »Ich muß morgen mit Ellis Parker sprechen. Das ist eine echte Spur. Hoffman meint, Parker habe einen wirklichen Verdächtigen.«

»Es würde nur einen Tag in Anspruch nehmen.«

»Hauptmann bleiben nicht mehr besonders viele Tage. Außerdem habe ich mir damals selbst einen Stadtplan von New Haven angesehen. Diese Straßen gibt es nicht. Keine Adams Street, keine Scharten Street. Wie hieß der Stadtteil noch gleich?«

»Cordova.«

»Es gibt auch keinen Stadtteil Cordova in New Haven.«

Sie zuckte die Achseln und schüttelte den Kopf. »Vielleicht stimmen einige dieser Straßennamen nicht. Vielleicht wurden sie phonetisch wiedergegeben. Vielleicht sind das phonetische und etwas verzerrte Namen, und wir müssen sie nur richtig interpretieren.«

»Was hast du gesagt?«

Sie zuckte die Achseln. »Vielleicht müssen wir sie nur richtig interpretieren.«

Was hatte Marinelli neulich zu mir gesagt? Als ich seine Frau fragte, wieso sie in einer Vision ein totes Baby auf einem Hügel und in einer anderen ein Kind auf einer Farm gesehen hatte? *Wir kennen nicht immer die Bedeutung dessen, was ein Medium unter Trance sagt – wir müssen die Aussage stets interpretieren.*

»Weißt du was, Evalyn?« sagte ich und streichelte ihren glatten Rücken. »Du kannst diese Spur – diese schale, unwahrscheinliche Spur – ja selbst verfolgen. Hast du mehrere Autos?«

»Natürlich«, sagte sie, als habe jeder ein paar.

»Kennst du jemanden, den du mitnehmen kannst? Einen großen Burschen, der einen Teil der Strecke fahren und auf dich aufpassen kann? Ist dieser Butler, Garboni, zuverlässig?«

»Ja, natürlich.« Ich berührte ihren Arm. »Dann überprüfe es selbst. Nimm meine Aufzeichnungen mit. Wie du selbst gesagt hast, es dürfte nur einen Tag in Anspruch nehmen. Versuche es. Und wir treffen uns entweder am Freitag abend oder am Samstag hier, sobald wir beide fertig sind.«

Sie lächelte. Ich habe sie nie glücklicher gesehen.

»Danke, Nathan. Wie kann ich das je wieder gutmachen?«

Ich nippte an meinem Bacardi. »Ich bin sicher, dir fällt schon etwas ein.«

35

Mount Holly in New Jersey war ein verschlafenes, kleines Dorf am Fuß des mit Stechpalmen bewachsenen Hügels, nach dem es benannt worden war. Trotz der modernen Geschäfte erweckte es den Eindruck, als wäre die Zeit hier irgendwann um die Mitte des vergangenen Jahrhunderts stehengeblieben; an der breiten, von Bäumen umsäumten Straße lagen die einfachen, kantigen, zwei- und dreistöckigen Backsteinhäuser, die die frühen Bewohner des Dorfes, allesamt Quäker, errichtet hatten – Häuser mit soliden Holzschlagläden und gußeisernen Zäunen und Treppengeländern. An diesem freudlosen, kühlen Nachmittag im März lag beißend der Geruch von Rauch aus altmodischen, holzverbrennenden Öfen in der Luft.

Ich stellte den Packard an der Main Street ab, direkt vor dem alten Gerichtsgebäude, in dem Ellis Parker seit über vierzig Jahren sein Büro hatte. Dieses Gerichtsgebäude war ein zweistöckiges Haus aus gelben Ziegeln mit grünen Schlagläden, weißen Holzbalken und einem stattlichen Glockenturm – es trug ein Schild mit dem Baujahr wie einen Orden: 1796. Ich ging über einen mitgenommenen, gepflasterten Bürgersteig und dann über einen kleinen, flachen Rasen zur Eingangstür – einer gewaltigen Eichentür mit einer Laterne aus der Kolonialzeit daneben und dem Wappen New Jerseys in Granit darüber – und kam mir vor, als wäre ich in ein anderes Zeitalter geraten.

Parker hielt sich in seinem Büro im ersten Stock auf, hinter einem Empfangsbereich, in dem sich die Schreibtische seiner Deputies und Sekretärin befanden. Die Sekretärin, eine dunkelhaarige, bebrillte Matrone, brachte mich sofort zu ihm.

Der alte Fuchs saß in Hemdsärmeln und Hosenträgern und mit einer locker um den nicht zugeknöpften Kragen gebundenen Krawatte mit diversen Essensflecken hinter einem unordentlichen Schreibtisch auf einem Drehstuhl. Er sah genauso aus, wie ich mich an ihn erinnerte: dickbäuchig, fast kahlköpfig, der spärliche Rest seines Haars weiß, Schnurrbart und Augenbrauen schon weiß gesprenkelt. Seine Augen standen weit auseinander und machten irgendwie einen schläfrigen Eindruck. Er paffte an einer Maiskolbenpfeife und sah aus wie ein Farmer, der sich halbherzig zu einem Kirchgang angekleidet hatte.

Das Büro war so wunderlich wie eins auf einem Currier-und-Ives-Druck, nur nicht ganz so ordentlich: auf dem Schreibtisch stapelten sich Korrespondenz, Berichte, Akten und Kurzmitteilungen; auf einem Fensterbrett lagen, unsicher ausbalanciert, zahlreiche Telefon- und Adreßbücher; Körbe und Kisten in den Ecken des Raumes quollen über vor Büchern, Fotos und Karten, die als Beweismittel vor Gericht vorgesehen waren; an Schwarzen Brettern hingen Steckbriefe, von denen einige mit schwarzem Fettstift und in kühner Schrift mit den Worten ›GEFASST‹ und ›VERURTEILT‹ gekennzeichnet waren; und auf einem Stuhl in einer Ecke saß, einen Hut tragend, ein menschliches Skelett. »Der Bursche aus Chicago«, sagte er und lächelte mit der natürlichen Herablassung, die Landbewohner den Städtern entgegenbringen. »Setzen Sie sich, junger Mann.«

Ich zog einen harten Stuhl heran. »Es überrascht mich, daß Sie sich an mich erinnern«, sagte ich, als wir uns die Hände schüttelten.

Er schnaubte und nahm die Maiskolbenpfeife in die andere Hand; der Tabak roch wie feuchte, schwelende Blätter. »Ich werd' doch den Jungen nicht vergessen, der sich für mich stark gemacht hat – der mich zu Colonel Lindbergh brachte, als dieses Arschloch von Schwarzkopf versuchte, mich draußen zu halten.

»Wie ich mich entsinne«, sagte ich, »hat es aber nicht viel gebracht, daß Sie mit Lindbergh sprechen konnten.«

Er schüttelte den Kopf. »Man hat ihn gegen mich aufgehetzt. Politik. Das ist alles Politik.« Er lächelte vertraulich. »Aber jetzt wird er mir zuhören.«

»Da müßten Sie aber schon ein Funkgespräch führen«, sagte ich. »Er wohnt zur Zeit in England.«

»Wenn er das hört, wird er zurückkommen«, sagte Parker zuversichtlich. »Wenn diese Sache erst bekannt wird, wird eine ganz neue Runde eingeleitet.«

»Was für eine Sache?«

Er ignorierte die Frage. »Sie haben am Telefon gesagt, daß Sie für den Gouverneur arbeiten.«

Ich nickte. »Sie wissen natürlich, daß Gouverneur Hoffman sich wegen Ihrer Ermittlung Sorgen macht.«

»Und ich dachte, ich hätte seinen Segen.«

»Den haben Sie auch, wie ich es verstanden habe, aber er möchte verdammt gern wissen, was Sie vorhaben. Richard Hauptmann läuft die Zeit davon.«

Das Lächeln um die Maiskolbenpfeife verschwand. »Dieses arme, unglückselige Arschloch. Sitzt in der

Todeszelle und wartet darauf, wegen eines Verbrechens hingerichtet zu werden, an dem er völlig unschuldig ist.«

»Ich glaube auch, daß er unschuldig ist«, sagte ich. »Und wieso sind Sie dieser Ansicht?«

»Nathan... haben Sie etwas dagegen, wenn ich Sie Nathan nenne? Nathan, wenn Sie der Entführer dieses Kindes wären, wären Sie der Verbrecher dieses Jahrhunderts und hätten das Verbrechen des Jahrhunderts geplant und ausgeführt. Würden Sie ein Stück Holz aus Ihrem eigenen Dachboden nehmen, wenn Sie solch ein Genie wären, daraus eine Leiter machen und sie dann als Spur zurücklassen?«

»Wahrscheinlich nicht.

»Niemals. Und ganz besonders nicht, wenn Sie Hauptmann sind, der in seiner Garage und seiner Werkstatt jede Menge Holz hat. Diese Beweise wurden zurechtgeschustert, das weiß ich von meinen Freunden der Staatspolizei.«

»Tja, da haben Sie recht.«

»Ich möchte Sie etwas fragen, Nathan. Wenn Sie den Grips hätten, dieses Lösegeld abzukassieren... würden Sie dann mit Ihrem eigenen Wagen, Ihrem eigenen Gesicht, Ihrem eigenen Nummernschild zu einer Tankstelle fahren, dem Tankwart ein Goldzertifikat geben und ihm obendrein noch sagen, daß Sie zu Hause davon noch mehr haben?«

»Wohl kaum.« Ich verlagerte auf dem harten Stuhl mein Gewicht. »Verstehen Sie mich richtig, Ellis – ich darf sie doch Ellis nennen? Ellis, das alles ist mir schon längst bekannt. Ich bin nicht extra von Washington hierher gefahren, um über alte Zeiten zu tratschen.«

Der Mund mit der Pfeife zuckte. »Wissen Sie, daß die kleine Leiche, die man in den Bergen gefunden hat, wahrscheinlich nicht die des Lindbergh-Kindes ist?«

»Ich vermute es.«

Er beugte sich vor, und sein Kinn ragte hervor wie der

Bug eines Schiffes. »Ja, aber *wissen* Sie es auch? Ich rede nicht davon, wie unwahrscheinlich es ist, daß man diese Knochen nicht gefunden hat, als so ziemlich jeder Staatspolizist von New Jersey bis hin zu den Pfadfindern die Wälder durchsucht hat. Ich rede davon, daß ich mit Pathologen über das Stadium des Verfalls gesprochen habe. Ich rede davon, daß ich mir die Wetteraufzeichnungen dieses Bezirks über die betreffenden drei Monate angesehen habe.«

»Wetteraufzeichnungen?«

Er lehnte sich wieder zurück und lächelte wie ein Angler, der gerade einen großen, leichten Fang gemacht hatte. »Haben Sie schon mal einen Komposthaufen errichtet, Nathan?«

»Ich bin ein Junge aus der Stadt, Ellis. Ich habe nicht die geringste Ahnung von Kompost.«

Er lachte. »In einem Komposthaufen brauchen selbst winzige Blätter länger als drei Monate, um zu zerfallen, und man tut alles Menschenmögliche, damit sie schneller verfaulen. Man fügt Dünger und so weiter hinzu, damit sich das Zeug so schnell wie möglich zersetzt. Und es dauert trotzdem noch monatelang. Es ist unmöglich, daß diese Leiche, die man uns als die des Lindbergh-Kindes unterschieben will, drei Monate lang dort draußen in dieser Kälte gelegen hat. Dafür hat sie sich viel zu sehr zersetzt.«

»Das ist interessant«, gestand ich ein, und das war es auch. Ich schrieb sogar mit. »Sonst noch etwas?«

Die schläfrigen, blauen Augen wachten auf. »Sie sind nicht beeindruckt, Stadtjunge? Sie wollen wissen, was *ich* weiß und *Sie* nicht?«

»Natürlich.«

»Na ja«, sagte er, und ich will verdammt sein, wenn er nicht einen Daumen unter seinen Hosenträger schob, »ich weiß, wer der wirklich Kidnapper ist.«

»Ach was? Wer denn?« Ich deutete auf das Skelett mit Hut auf dem Stuhl. »Er?«

»Nein. Das ist der Täter.« Er wühlte in den Papieren auf seinem Schreibtisch, zog schließlich ein Verbrecherfoto hervor und gab es mir.

Ich betrachtete die Porträt- und Profilaufnahmen eines Mannes mit einem eimerförmigen Kopf, ungeschickt zurückgekämmtem grauem Haar und einer klumpigen, vom Suff aufgeschwemmten Nase, ein fleischiges Gesicht, das selbst auf einem Schwarzweiß-Foto teigig wirkte. Sein Mund war eine sich kräuselnde Linie, der Krawattenknoten stieß gegen ein herabhängendes Doppelkinn. Er hätte fünfzig, aber auch siebzig Jahre alt sein können. Seine Augen hatten den stumpfen, verdrossenen Blick eines Mannes, dem alles egal war, außer vielleicht er selbst. Ich hätte ihm für keinen roten Heller über den Weg getraut.

»Er heißt Paul H. Wendel«, sagte Parker. »Ich kenne ihn schon sein Leben lang.«

Das kam mir unmöglich vor. »Wie alt ist er?«

»Etwa zweiundvierzig, dreiundvierzig, würde ich sagen.«

Mein Gott. Dieser Bursche verfiel schneller als die kleine Leiche im Sourland.

»Ich kannte schon den Vater«, sagte Parker, »und ihn selbst von Geburt an. Sein Daddy war ein lutheranischer Priester, und der Junge sollte in seine Fußstapfen treten. Hat er aber nicht getan.«

»Sieht so aus, als wäre er ziemlich herumgekommen.«

»Er hat mal als Apotheker gearbeitet, doch dann hat er einen Raubüberfall gegen sich vorgetäuscht, um die Versicherungssumme zu kassieren. Er sparte für die Abendschule. Wollte Jura studieren.«

»Jura?«

Parker nickte und grinste um die Maiskolbenpfeife herum. »Bevor ich es überhaupt richtig mitbekam, war er Anwalt. Und als junger Rechtsverdreher hat er Geld seiner Klienten unterschlagen, wurde verurteilt und kam in den Knast. Ich selbst habe als Freund seines bibelfesten Daddys dafür gesorgt, daß er Bewährung kriegte. Ich habe auch versucht, seinen Ausschluß aus der Anwaltskammer aufzuheben, doch das hat nicht geklappt.«

Ich betrachtete Wendels mitgenommenes Gesicht. »Und Sie halten diesen Burschen für den Lindbergh-Entführer?«

»Ich *weiß*, daß er es ist. Der Mann hat einen brillanten Verstand – er hat auch für 'ne Weile mal Medizin studiert. Medizin, Jura, Theologie, Pharmazie – das ist Paul Wendel.«

»Hört sich so an, als wären Sie ... Freunde.«

»Sind wir auch, oder waren wir mal, bevor er dieses Verbrechen begangen hat. Der klügste Mensch, der mir je begegnet ist, dieser Paul Wendel, aber in vielerlei Hinsicht ein Versager, und das hat ihn verbittert werden lassen. Er ist der Ansicht, daß alles, was er versucht hat, zu nichts geführt hat, daß ihm nie etwas Gutes widerfahren ist, daß er nie eine Chance bekommen hat.«

»Trat dieses Selbstmitleid nur gelegentlich auf? Wenn er besoffen war, zum Beispiel, oder ...«

»Nein, er litt ständig darunter. Er hat einmal gesagt: ›Die Welt hat mich immer schlecht behandelt, Ellis, aber eines Tages werde ich etwas tun, das die Welt aufhorchen und von mir Notiz nehmen lassen wird.‹«

»Und Sie glauben, dazu ist es jetzt gekommen.«

Parkers Mund war verkniffen, doch seine Augen lächelten, als er nickte. »Kurz vor der Entführung hat Paul sich wieder in Schwierigkeiten gebracht, indem er ungedeckte Schecks ausgestellt hat. In New Jersey war ein Haftbefehl gegen ihn ausgestellt. Er kam zu mir und bat mich, ihm zu helfen, und ich habe gesagt, ich würde es versuchen, aber er sollte erst einmal untertauchen.«

»Wann genau war das?«

»Einige Monate vor der Entführung. Er wohnte dann in New York in mehreren billigen Hotels, doch seine Frau und sein Sohn blieben in Trenton zurück – er schlich sich gelegentlich nach Hause und besuchte sie, wenn die Luft rein war.«

»Scheint nicht so, als hätte man ernsthaft nach ihm gesucht.«

»Keineswegs. Es lief nur wegen dieser ungedeckten Schecks ein Haftbefehl gegen ihn. Na ja, nach der Entführung erklärte ich in der Presse und im Radio, wenn sich der Kidnapper mit mir in Verbindung setzen würde, würde ich alles in meiner Kraft Stehende dafür tun, daß er nicht bestraft wird. Ich wolle nur das Baby unbeschadet zurückbekommen.«

»Bei Ihrer Reputation hätte das den Entführer durchaus hervorlocken können.«

»Ja, das habe ich auch gedacht. Verdammt, kurz darauf traf waschkörbeweise Post bei mir ein, und ich wurde von Gott und aller Welt angerufen. Meine Sekretärin nahm diese Anrufe entgegen und stellte mir nur die vielversprechendsten durch. Und einer dieser Anrufe kam von Wendel – er hat versucht, seine Stimme zu verstellen.«

»Sie sind sicher, daß er es war?«

»Hundertprozentig. Um Gottes willen, ich kenne Paul Wendels Stimme, kenne sie schon seit über vierzig Jahren. Er ruft mit verstellter Stimme an, doch selbst meine Sekretärin erkennt sie und stellt den Anruf deshalb an mich durch, und er sagt, er wisse, wer das Baby hat, und würde gern mit mir darüber sprechen. Ich habe so getan, als würde ich ihn nicht erkennen, und ihn zu mir gebeten.«

»Ist er gekommen?«

»Jau. Aber er hat den Anruf nicht einmal erwähnt. Er hat nur gesagt, er habe Kontakt mit den Lindbergh-Entführern, und er wolle gemeinsam mit mir versuchen, das Kind zurückzuholen. Sicher, hab' ich gesagt, sieh zu, was du machen kannst. Aber es ist nichts daraus geworden.«

»Hört sich so an, als hätte er nur aufgeschnitten. Vielleicht hat er Sie dazu bewegen wollen, den Haftbfehl wegen der ungedeckten Schecks aufzuheben.«

»Das hätte ich auch gedacht, aber dann fiel mir etwas ein, was er kurz vor der Entführung zu mir gesagt hat. Er saß in diesem Büro, auf dem Stuhl, auf dem Sie jetzt auch sitzen, und trank einen Kaffee ... oh, möchten Sie auch einen Kaffee, Nathan?«

»Nein, ich würde lieber den Rest der Geschichte hören ... schwarz, bitte.«

»Na schön. Auf jeden Fall hat er damals gesagt: ›Weißt du, Ellis, ich bin es verdammt leid, mir etwas Geld zusammenzusparen, fünf Dollar hier, zehn Dollar da. Ich möchte gern richtig Geld machen.‹ Und ich habe ihn gefragt: ›Was verstehst du unter ›richtig Geld‹, Paul?‹ Und Wendel meinte: ›Ich will fünfzigtausend Dollar auf einmal machen. Fünfzigtausend, fünfzigtausend.‹ Dann wechselte er das Thema.«

»Und als Sie von dem Lösegeld von fünfzigtausend Dollar hörten, fiel Ihnen Wendel wieder ein?«

»Als ich das mit seiner Geschichte in Verbindung brachte, er habe ›Freunde‹, die das Baby hätten. Da wurde ich argwöhnisch.«

Ich seufzte. »Das ist die dünnste Schlußfolgerung, die mir – außer im Radio – je untergekommen ist.«

Das gefiel ihm nicht. Er deutete mit der Pfeife auf mich. »Mein Instinkt hat mich noch nie getrogen, nicht einmal in den über vierzig Jahren, die ich schon meinen Beruf ausübe, Sie junger Spund.«

»Ach was? Ich bin seit ... mal nachdenken ... 1931 Detektiv, erst bei der Polizei und dann privat, und das ist das erste Mal, daß mich jemand ›junger Spund‹ genannt hat.«

»Sie wissen nicht, wovon Sie sprechen! Und Sie kennen Paul Wendel nicht! Vergessen Sie nicht, er glaubt, die Welt habe ihn ungerecht behandelt.« Er krümmte die

Schultern und gestikulierte mit beiden Händen. »Dieser Mann ist verrückt, ein brillanter Mensch mit einer kriminellen Veranlagung. Die Welt war immer gegen ihn. Was tut er also dagegen? Er geht gegen den größten Helden der Welt vor. Entführt das Baby dieses internationalen Helden, dieses Lucky Lindy. Auf diese Weise kann er berühmter als Lindy werden und trotzdem gleichzeitig anonym bleiben. Er hat immer geglaubt, besser als Lindbergh zu sein; in seiner Phantasie war er ein größerer Held.«

»Warum kommt er dann mit dieser verrückten Geschichte von ›Freunden‹, die das Baby hätten, zu Ihnen? Sie sind ein Bulle, und zwar ein sehr berühmter. Damit fordert er das Schicksal doch geradezu heraus . . .«

Er warf die Hände in die Höhe. »Das ist der Schlüssel, Nathan! Wendel hat etwas getan, das seiner Auffassung zufolge beweist, daß er größer als Lindbergh ist! Aber er kann kein ›Held‹ sein, wenn niemand davon erfährt! Er kann einfach nicht das Verbrechen des Jahrhunderts planen und durchführen und dann darüber *schweigen.*«

»Und er kennt Sie ziemlich gut, den ›Sherlock Holmes vom Lande‹, einen weltberühmten Detektiv, der seine Leistung zu würdigen wissen wird.«

»Jetzt kapieren Sie endlich.«

Ich schüttelte den Kopf. »Nein, ich kapiere noch nicht. Und wenn das alles ist, was Sie vorweisen können, bezweifle ich, daß Sie überhaupt einen Verdächtigen haben.«

Er schnaubte. »Sie glauben, das wäre alles, was ich habe? Wenn mein Instinkt einsetzt, fange ich an zu wühlen. Bei diesem und bei jedem anderen Fall. Also habe ich Ermittlungen über meinen lieben, alten Freund betrieben. Möchten Sie gern hören, was ich herausgefunden habe?«

»Warum nicht?« Der Tag war sowieso zum Teufel.

»Zuerst einmal hat Wendel in den Wochen vor der Entführung häufig in einem Geschäft in Hopewell Süßigkeiten und Zigaretten gekauft; ich habe von der Besitzerin des Ladens eine eidesstattliche Erklärung darüber.«

»Jetzt werden Sir mir noch sagen, daß auch Hochmuth und Whited ihn in Hopewell gesehen haben.«

»Nathan, diese Frau hat keinen grauen Star und wohnt auch nicht in einer Hütte in den Wäldern. Dann habe ich noch eine kleine Tatsache ausgegraben, die Sie vielleicht interessiert ... Wendels Schwester wohnt hinter dem Friedhof St. Raymond in der Bronx.«

Ich blinzelte. »Was?«

»Seine Schwester.« Er grinste, aber seine Augen blickten todernst. »St. Raymond ist der Friedhof, wo dieser verlogene, blöde Condon die fünfzigtausend Dollar abgegeben hat – und Wendel hätte es danach nicht weit bis zu seinem Versteck gehabt, was?«

Auch das schrieb ich auf. Allmählich wurde es interessant.

»Jetzt muß ich ein paar Sprünge machen, Nathan – hoffentlich können Sie mir folgen. Als dieser Wendel noch in Trenton als Anwalt praktiziert hat, hat er für einen seiner Klienten bei einer Anklage wegen Drogenmißbrauchs einen Freispruch erzielt. Wissen Sie, wie dieser Klient hieß, Nathan?«

»Warum sagen sie es mir nicht einfach, Ellis?«

»Aber sicher, Nathan. Es war Isidor Fisch.«

Ich sah ihn nur an; in diesem Augenblick hatte ich in etwa genauso viel zu sagen wie das Skelett.

»Da sie sich ja als Anwalt und Klient kannten«, sagte Parker beiläufig, »könnte ich mir vorstellen, daß Wendel die fünfzigtausend Dollar in markierten Scheinen Fisch gegeben hat, von dem einige Leute behaupten, er sei ein Hehler für ›heißes Geld‹.«

Ich beugte mich vor. »Ellis, das könnte wichtig sein. Verzeihen Sie mir, daß ich an Ihnen gezweifelt habe.«

»Vielen Dank, junger Mann.« Er zündete die Maiskolbenpfeife wieder an und schüttelte das Streichholz aus.

»Und jetzt will ich Ihnen von Paul Wendel und Al Capone erzählen.«

Er spielte sich auf, doch es funktionierte. Ich kam mir vor, als hätte man mir eins mit der Axt übergezogen.

»Al Capone?« fragte ich. Denn es war klar, daß er nicht fortfahren würde, bevor ich nicht gefragt hatte.

Er nickte grinsend. »Paul Wendel hat vor ein par Jahren, so um 1929 oder '30, mal versucht, Al Capone reinzulegen. Ich habe eine diesbezügliche eidesstattliche Aussage von einem gewissen Frank Cristano, der gelegentlich Kontakt mit einigen Unterwelt-Figuren gehabt hat. Kurz gesagt, Wendel überzeugte sowohl Cristano als auch Capone, daß er für vier Cents die Gallone gewöhnlichen Teer in Alkohol verwandeln konnte. Irgendwann flog der Schwindel jedoch auf, und Capone hat Wendel – der Capone gerade in Ihrer schönen Stadt im Lexington Hotel besuchte – gewarnt, wenn er sich noch mal in der Stadt blicken ließe, würden seine Jungs eine, wie es bei Ihnen in Chicago so schön heißt, kleine ›Spazierfahrt‹ mit ihm unternehmen.«

»Ich glaube, dieser Begriff ist auch an der Ostküste nicht unbekannt, Ellis.«

»Wirklich interessant, Nathan, ist jedoch, daß Wendel sich Anfang 1932 erneut an Cristano wandte – mit einem Plan, Al Capone mit Hilfe einer Entführung von seinen Problemen wegen Einkommensteuerhinterziehung zu befreien. Danach solle Capone dann zum Helden werden – indem er das Lindbergh-Baby zurückholte.«

Da war es.

»Hat dieser Cristano gesagt«, fragte ich, »ob er die Nachricht weitergeleitet hat?«

»Nein. Er hat Paul Wendel auf der Stelle rausgeworfen. Aber glauben Sie nicht auch, daß Wendel eine Möglichkeit gefunden haben könnte, Capone von seinem Plan zu informieren?«

Ich nickte. »Vielleicht haben Sie in Wendel doch einen hervorragenden Verdächtigen.«

»Das glaube ich auch.«

»Aber uns bleibt nicht viel Zeit, die Sache aufzuklären. Ich nehme an, Sie lassen Wendel überwachen?«

»Aber, Nathan«, sagte Ellis Parker ganz unschuldig und nahm die Maiskolbenpfeife aus dem Mund. »Ich habe ihn in die öffentliche Irrenanstalt einweisen lassen. Möchten Sie ihn gern kennenlernen?«

36

Ellis Parker saß neben mir, als ich mit Hilfe seiner Richtungshinweise den Packard über dreißig Kilometer friedliche Landstraße zur New Lisbon Colony steuerte, einer staatlichen Anstalt für Geisteskranke. Es schien in letzter Zeit zur Gewohnheit zu werden, daß ich in Klapsmühlen vorbeischaute; aber nichts hätte mich auf den Wahnsinn vorbereiten können, den ich unterwegs vernahm.

Der Maisfeld-Sherlock, der einen schweren, braunen Übermantel und einen formlosen, grauen Hut trug, hatte die Maiskolbenpfeife im Büro gelassen. Er rutschte auf den Beifahrersitz und begann die Fahrt, indem er mit einem Taschenmesser die Spitze einer Zigarre abschnitt. Er zündete sich das Ding an, und ich drehte die Fensterscheibe einen Spaltbreit herunter; ob der Wagen nun eine Lüftung hatte oder nicht, angesichts des Gestanks sehnte ich mich geradezu nach dem Maiskolben.

»Ich hab' noch eine, wenn Sie wollen, Nathan«, sagte er und machte mit der Zigarre eine Geste, daß die Funken stoben. Ich wischte sie schnell von Evalyns Polstern.

»Nein, danke. Können Sie mir sagen, warum Ihr Verdächtiger in einem Irrenhaus in Gewahrsam ist?«

»Ich habe nicht gesagt, daß er in Gewahrsam ist. Ich

habe gesagt, daß wir ihn haben einweisen lassen. Man könnte es eine Art Schutzhaft nennen.«

»Sie haben noch nicht genug Beweise, um ihn offiziell zu verhaften?«

»Wir brauchen ein Geständnis«, bestätigte Parker. »Natürlich haben wir schon mehrere von ihm bekommen – nur noch nicht das richtige.«

»Er hat schon gestanden? Mehr als einmal?«

»Achten Sie lieber auf die Straße, mein Sohn. Sie kennen diese Gegend nicht.« Er blies einen ansehnlichen Rauchring aus, der sich um seinen Kopf wand. Er lächelte – wie ein schlecht rasierter, nicht unbedingt wohlwollender Nikolaus. »Anfang des Jahres habe ich ein paar meiner Deputies nach New York geschickt, damit sie Wendel im Auge halten. Er wohnte damals im Stanford Hotel. Sie mieteten sich nebenan im Martinique ein und beobachteten ihn mit einem Fernglas und so weiter. Mein Sohn Ellis jr. hatte das Kommando.«

»Ich wußte gar nicht, daß Ihr Sohn auch Polizist ist.«

»Tja, er ist einer, und ich bin verdammt stolz auf ihn. Er sollte die Jungs im Griff halten. Die anderen Deputies waren keine Polizisten oder so, sondern nur . . . Kontaktmänner von mir.«

»Kontaktmänner?«

Er zuckte die Achseln. »Ich habe in New Jersey und auch New York ein Netz von Spitzeln aufgebaut.«

Das bedeutete wahrscheinlich, daß es sich um Betrüger und kleine Diebe handelte. Schöne ›Hilfssheriffs‹.

»Wie ist die Überwachung gelaufen?« fragte ich.

»Nicht besonders gut. Als Mitte Februar die Zeit für Richard Hauptmann knapp wurde, kam ich zur Ansicht, daß wir zuschlagen mußten.«

»Zuschlagen?«

Er nickte, kniff die Augen zusammen, schob das Kinn vor und die Zigarre in einen Mundwinkel. »Ich beorderte Ellis jr. ab, weil Wendel ihn kannte, und die anderen drei warteten, bis Wendel aus dem Hotel kam, sagten ihm, sie wären Cops, stießen ihm eine Knarre in die Rippen und fuhren ihn nach Brooklyn.«

Ich hätte fast auf die Bremse getreten. »Das ist Kidnapping, Ellis.«

»Scheißdreck, mein Sohn. Haben Sie noch nie gegen 'ne Vorschrift verstoßen, um einen Fall zu knacken? Haben Sie noch nie 'ne Fensterscheibe eingeschlagen, um sich mal bei einem Verdächtigen umsehen zu können? Auf jeden Fall haben die Jungs Wendel in ein Haus gebracht, das dem Vater von einem von ihnen gehörte; wir hatten alles genau vorbereitet. Sie hielten ihn im Keller gefangen, zuerst mit verbundenen Augen.«

»Wie lange?« brachte ich heraus.

»Acht Tage«, sagte er achselzuckend.

Ich wußte nicht, was ich sagen sollte. Ich konnte mich kaum aufs Fahren konzentrieren. Parker saß einfach da, paffte an seiner Zigarre und erzählte stolz auf sich selbst seine Geschichte.

»Ich hab' meinen Deputies befohlen, sagt Wendel, daß ihr gar keine Cops seid, sondern zum Mob gehört. Sagt ihm, ihr hättet von Insidern erfahren, daß er das Lindbergh-Baby entführt hat und die ›Jungs‹ deshalb ganz schön Druck kriegen. Ich hab' gesagt, erzählt ihm, daß die Polizei weiß, daß Hauptmann es nicht war, und die Bullen die ›Jungs‹ erst in Ruhe lassen werden, wenn sie die wahren Täter geschnappt haben.«

»Ihre Deputies«, sagte ich sanft, »haben Gangster gespielt und Wendel gefangengehalten?«

Parker nickte lächelnd. »Sie haben sich mit italienischen Namen angesprochen und waren ziemlich grob, haben gedroht, ihm Zementschuhe zu verpassen und ihn in den Fluß zu werfen.«

»Haben sie ihn geschlagen?«

»Zum Teufel, nein! Wofür halten Sie mich, Nathan? Für einen verdammten Folterknecht? Meine Deputies ließen ihn baden, gaben ihm zu essen, und er hatte eine Pritsche, auf der er schlafen konnte, und sogar ein Radio, damit er Musik hören konnte.«

»Sie haben ihn gefesselt?«

»Nichts da. Die Jungs haben abwechselnd rund um die Uhr auf ihn aufgepaßt; er war unten im Keller, und das Haus war verrammelt und verriegelt. Er konnte nicht abhauen. Jemand war immer bei ihm, und wir haben darauf gewartet, daß er endlich zusammenbricht.«

»Wie soll er denn zusammenbrechen, Ellis, wenn er keine Bekanntschaft mit dem Gummiknüppel macht?«

Er lachte schnaubend. »Das haben sich meine Deputies auch gefragt. Ellis, haben sie gesagt, der Mann sitzt da und ißt und schläft, er badet jeden Tag und rasiert sich, aber er packt nicht aus. Und ich habe gesagt, keine Angst, eines Tages, wenn ihr am wenigsten damit rechnet, wird er zusammenbrechen und die ganze Geschichte erzählen. Zum einen ist der Mann ganz versessen darauf, jemandem die Geschichte zu erzählen, und ich hab' mir ausgerechnet, daß er sie ihnen erzählen würde, weil er sie für Gangster hält und sie wissen sollen, daß er der geniale Verbrecher war, der dieses Ding gedreht hat.«

»Und zum anderen?« fragte ich.

»Wendel ist ein Säufer«, sagte Ellis mit einem leichten Achselzucken. »Sie sollten Wendel klarmachen, daß er seinen Fusel nur bekommt, wenn er ein umfassendes Geständnis ablegt.«

»Mein Gott, Ellis«, sagte ich und verriet ihm damit endlich, was ich von der Sache hielt. »Ein Geständnis, das ein Säufer für einen Drink ablegt, ist nicht mal das leere Glas wert. Und den Burschen acht Tage lang in einen dunklen Keller zu sperren . . . da kommt mir die Behandlung mit dem Gummischlauch ja noch richtig harmlos vor.«

Parkers Lächeln war verschwunden. Er bedachte mich mit einem harten Blick. »Wir haben keine Zeit für Nettigkeiten, Nathan. Die Bullen aus New York haben Hauptmann doch auch verprügelt, oder? Dieses Arschloch Welch hat Violet Sharpe mit seinem dritten Grad in den Selbstmord getrieben. Diesem Curtis aus Norfolk haben sie die Scheiße aus dem Leib gedroschen. Wenn das die Spielregeln sind und wir bei dem Spiel mitmachen, es vielleicht sogar *gewinnen* wollen, na ja, mein Gott, dann müssen wir eben nach diesen Regeln spielen.«

Ich schüttelte den Kopf. »Gegen so eine Logik kann ich nichts vorbringen.«

»Auf jeden Fall ist Wendel am sechsten Tag zusammengebrochen«, sagte Parker verschnupft. »Hat wie ein Baby gebrüllt und seine Geschichte vom Anfang bis zum Ende erzählt.«

»Wie sah sein Geständnis aus?«

»Er hat diese dreiteilige Leiter aus Holz gemacht, das er aus einer Kirche gestohlen hat, die gerade in Trenton gebaut wurde. Hat Strümpfe über seine Schuhe gezogen und sich einen Wäschesack umgehängt. Er hatte Handschuhe an. Als er die Leiter hinaufstieg, hat er eine Sprosse durchgebrochen – er ist ein ziemlich schwerer Bursche – und begriffen, daß er mit dem Kind im Wäschesack die Leiter nicht runterkommt. Das Baby hat in seinem Bettchen fest geschlafen, und er hat ihm eine Opiumtinktur auf die Lippen gerieben, damit es nicht aufwacht. Dann hat er das Baby in den Wäschesack gesteckt und hat sich ins Erdgeschoß und zur Vordertür hinaus geschlichen.«

»Keine Hilfe von innen? Was ist mit Violet Sharpe oder dem Butler Whately?«

»Hat nichts davon gesagt. Ich glaube, die Sharpe war in die Sache verwickelt, aber gestanden hat er es noch nicht. Auf jeden Fall hat er das Kind in sein Haus in Trenton gebracht, wo sich seine Frau und seine beiden Kinder um den Jungen gekümmert haben. Doch eine Woche später ist das Kind aus dem Bett gefallen und hat sich den Schädel gebrochen. Also hat er das Baby in den Wald zurückgebracht und nur ein paar Kilometer vom Elternhaus entfernt begraben.«

»Das war's? Das ist das Geständnis?«

»Na ja, er ging natürlich viel mehr in die Einzelheiten.«

»Das ist doch Scheiße, Ellis!«

»Die Augen auf die Straße, mein Sohn.«

»Die Augen auf die Straße, so ein Blödsinn. Wendel hat damit die lächerliche Einzeltätertheorie der Staatspolizei bestätigt – eine Theorie, an die sie am Anfang selbst nicht geglaubt hat. Und was ist mit Ihrer Theorie, daß das Kind in den Wäldern nicht der kleine Lindbergh war?«

»Ich weiß«, gestand Parker ein. »Ich weiß. Deshalb arbeiten wir ja noch an einem besseren Geständnis.«

»Großer Gott! Ellis, Sie haben sich selbst überlistet. Setzen wir mal voraus, einfach nur mal so, daß Wendel wirklich schuldig ist. Wirklich die Entführung geplant und entweder Capone auf die Idee gebracht hat oder von Capone darauf gebracht worden ist. Wendel mußte doch glauben, daß Ihre Deputies Mobster waren, die nach einem Sündenbock suchen, der ein falsches Geständnis ablegt! Ein Sündenbock, der bereit ist, den Schwindel mitzumachen, damit man ihm keine Zementschuhe überstülpt.«

Parker blickte aus dem Fenster auf das Farmland hinaus. »Wissen Sie, Wendels Vater war Deutscher.«

»Ach, wirklich? Das ist aber gottverdammt belastend. Mein Vater auch. Wo war ich denn am ersten März 1932?«

»Er behauptet in seinem Geständnis, die Lösegeldforderung so abgefaßt zu haben, daß man ihn für einen ungebildeten Menschen oder für einen Ausländer hält. Bei seiner deutschen Herkunft hörten sie sich schließlich natürlich ziemlich deutsch an. Dieses Symbol, mit dem er die Briefe gekennzeichnet hat, stammt übrigens von dem Umschlag eines Buchs über Jura.«

Wir näherten uns dem weitläufigen Gelände der Heilanstalt. Ich war drauf und dran, gleich dort zu bleiben.

Wir parkten vor einem von mehreren frei stehenden Bungalows, die sich ein Stück von den Haupthäusern entfernt befanden. Ein kühler Wind pfiff durch kahle Bäume. Einsame Gestalten in Hosen und Parkas schlenderten ziellos herum; Wärter, die ebenfalls Parkas trugen, hielten die Patienten im Auge. Wir gingen einen sanften Hang hinauf.

»Ellis, seit wann halten Sie Wendel hier fest?«

Er blieb stehen, um seine Zigarre wieder anzuzünden. »Seit fast drei Wochen. Er ist aus freiem Willen hier. Er hat ein Formular unterschrieben, um dies zu bestätigen.«

»Klar. Wie ist er hierhergekommen, Ellis?«

Er setzte sich wieder in Bewegung; es war so kalt, daß sein Atem sich deutlich sichtbar mit dem Rauch der Zigarre vermischte. »Na ja . . . nachdem er sein Geständnis unterschrieben hatte – das erste – haben meine Deputies ihn gefragt, ob es jemanden gäbe, dem er vertrauen, dem er das Geständnis schicken könnte. Und natürlich hat Wendel meinen Namen genannt.«

»Sie kannten ihn gut genug, um das von vornherein zu wissen?«

»Ich habe Schritt für Schritt vorausgesagt, wie er reagieren würde. Dann haben meine Männer ein paar Tage gewartet und ihn schließlich in Mount Holly abgesetzt, und er kam zu meinem Haus und hat geklingelt. Er hat mir von den Gangstern erzählt, die ihn entführt haben, und ich habe ihm geraten, erst einmal unterzutauchen. Ich schlug New Lisbon als gutes, sicheres Versteck vor. Wie ich schon sagte, er ist aus freien Stücken hier.«

»Na ja, vielleicht irre ich mich«, sagte ich und deutete auf einen uniformierten Wachtposten vor dem kleinen Bungalow, »aber ist das kein bewaffneter Deputy?«

»Klar«, sagte Parker. »Wendel steht seit dem ersten Abend unter Bewachung. Wissen Sie, nachdem ich das

Geständnis gelesen hatte, das die ›Gangster‹ aus ihm herausgeholt haben, habe ich ihm sofort gesagt, daß ich ihn tatsächlich für den Täter halte.«

»Aber daß Sie ihm als sein Freund nach besten Kräften helfen wollen.«

»Bei Gott, das ist die Wahrheit«, sagte er ohne jede Ironie und ohne jede Andeutung, daß er meinen Sarkasmus mitbekommen hatte. »Sollen wir jetzt reingehen und mit ihm sprechen?«

Ich hielt Parker am Arm fest. »Ich bin nur als Beobachter hier. Sie können sagen, daß ich von Gouverneur Hoffman komme, aber wenn Sie meinen Namen erwähnen, drücke ich Ihnen die Zigarre auf einem Körperteil aus, der noch nie die Sonne gesehen hat.«

Er lächelte mich an, doch das Lächeln verschwand wieder, als er sah, daß ich nicht scherzte.

Vor dem Bungalow grinste der bewaffnete Deputy uns an und enthüllte dabei eine Lücke zwischen seinen Schneidezähnen; er war ein apfelwangiger Bauerntölpel.

»Na so was! Nate Heller«, sagte er.

»Wie bitte?«

Der Deputy streckte eine Hand aus und deutete mit dem Daumen der anderen auf seine Brust. »Willis Dixon! Erinnern Sie sich nicht an mich? Ich war früher mal bei der Polizei von Hopewell . . . falls man überhaupt Polizei dazu sagen kann.«

»Ach ja, Willis«, sagte ich, als ich ihn endlich erkannte, und gab ihm die Hand. »Schön, Sie zu sehen.«

»Wissen Sie noch, ich hab' Ihnen damals erzählt, daß ich mich bei Chief Parkers Truppe in Mount Holly beworben habe.« Er deutete auf die Dienstmarke an seiner Brust. »Ich hab's geschafft.«

»Ja, das sehe ich.«

»Ich gehe schon mal rein«, sagte Parker, »und bereite Paul darauf vor, daß er Besuch bekommt.«

Dixon schloß die Tür auf, und Parker ging hinein.

Der Deputy schüttelte strahlend den Kopf. »Der alte Knabe ist doch toll, oder?«

»Äh ... ja, er ist toll.«

»Können Sie sich vorstellen, daß wir nach all den Jahren noch immer am Fall Lindbergh arbeiten? Und ihn schließlich sogar geknackt haben, bei Gott.«

»Sie glauben, daß der Bursche der echte Kidnapper ist?«

»Klar. Ellis Parker ist der beste Detektiv auf der ganzen Welt. Es ist eine Ehre, für ihn zu arbeiten.«

»Wie wurde Wendel behandelt?«

»Gut. Er ist unser Gast ... bis auf die Tatsache, daß wir ihn hinter Schloß und Riegel halten.«

Ein unwichtiges Detail.

Parker steckte den Kopf aus der Tür. »Kommen Sie rein, Nathan.«

Ich ging zu ihm und nahm ihm die Zigarre aus dem Mund. Ich hielt sie hoch. »Mein Name wird hier rausgehalten, Ellis. Haben Sie das schon vergessen?«

Er runzelte die Stirn, nickte dann jedoch, und ich ließ die Zigarre fallen und folgte ihm hinein.

Paul Wendel war ein großer, grauer, jammervoller Mann in einem viel zu großen Anzug ohne Krawatte. Seine Augen waren tot. Seine Nase war ein klumpiges, von zahlreichen Adern durchzogenes Ding, die der Nase W. C. Fields' ähnelte. Er saß in dem kleinen, sparsam möblierten Raum auf einem Sofa; die Wände waren in einem hellen Krankenhausgrün gestrichen. Der Bungalow verfügte über ein Schlafzimmer und eine Küche, aber kein Bad.

»Das ist der Beamte, von dem ich dir erzählt habe, Paul«, sagte Parker und deutete mit dem Daumen auf mich.

»Ellis sagt, daß der Gouverneur mich anständig behandeln wird«, sagte Wendel zu mir. Er hatte einen Bariton, auf den jeder Anwalt stolz sein konnte, hätte man nicht das schreckliche Selbstmitleid herausgehört.

»Davon bin ich überzeugt«, sagte ich.

Parker setzte sich neben Wendel auf das Sofa; Wendel betrachtete ihn mit dem klagenden Blick eines Bassets.

»Weißt du, Paul«, sagte der alte Chief of Detectives, »du könntest mit deinem Geständnis eine Menge Geld machen. Schreibe einfach ein umfassendes und ehrliches Geständnis – ohne die kleinen Lügen, die du dir wegen der Mobster ausgedacht hast – und behaupte, du wärst zur Tatzeit nicht bei Verstand gewesen, wüßtest aber jetzt, da du wieder bei Sinnen bist, daß du etwas Schreckliches getan hast, und wolltest dein Gewissen erleichtern.«

»Zeitweilige Unzurechnungsfähigkeit als Verteidigung«, sagte Wendel nachdenklich.

»Du könntest mit der wahren Geschichte, was damals passiert ist, eine Million Dollar machen. Du und deine Familie, ihr müßtet euch nie wieder Sorgen machen. Und du wärst berühmt.«

»Eine Anklage wegen Entführung könnte ich damit hinbiegen«, sagte Wendel. »Aber keine wegen Mordes.«

Parker legte eine Hand auf Wendels Schulter. »Paul, ich weiß, was du durchgemacht hast. Ich werde deine Familie beschützen und alles tun, was in meiner Kraft steht, durch meine Freunde und Beziehungen, um dafür zu sorgen, daß deine Frau, dein Sohn und deine Tochter aus der Sache herausgehalten werden . . . obwohl sie ja mitschuldig sind.«

»Mitschuldig? Wieso?«

»Weil sie sich um das Kind gekümmert haben.«

»Ich brauche Gesetzesbücher. Ich muß mich informieren.«

»Na schön, wir werden sie dir besorgen, Paul. Aber du weißt, daß die Zeit knapp wird. Du willst doch nicht das Leben dieses Richard Hauptmann auf dem Gewissen haben.«

Wendel sah mich an. Er war ein großer, trauriger

Mann mit einem Blick, der an einem klebte wie Kaugummi an einem Schuh.

»Wie heißen Sie?« fragte er mich.

»Das ist nicht wichtig«, sagte ich.

Er riß die Augen auf und kniff sie dann wieder zusammen. »Sie kommen aus Chicago.«

Der Akzent.

Er wandte sich wütend an Parker. »Er ist aus Chicago!«

Ich trat einen Schritt an ihn heran. »Wieso macht Chicago Sie so nervös, Mr. Wendel? Al Capone ist nicht mehr in Chicago.«

Wendel hob eine Hand, als wolle er mir seinen Segen erteilen – oder mir Einhalt gebieten »Ich will, daß er geht, Ellis.«

»Natürlich ist Frank Nitti noch da«, sagte ich. »Und Paul Ricca.«

»Ich will, daß er geht!«

Parker stand verwirrt auf und begleitete mich hinaus. Wendel hatte sich nicht einmal vom Sofa erhoben.

»Sie haben ihm einen fürchterlichen Schrecken eingejagt«, sagte Parker draußen in der kalten Luft. »Nitti ist doch Capones Mann, oder?«

»Das ist richtig, Ellis. Ich werde Sie jetzt zurückfahren. Steigen Sie in den Wagen.«

»Zum Teufel, glauben Sie, Sie könnten mir Befehle erteilen?«

»Ja. Steigen Sie in den gottverdammten Wagen.«

Er zog leise vor sich hin murmelnd von dannen.

Ich drehte mich zu Deputy Dixon um, der die Szene mit weit aufgerissenen, verwirrten Augen verfolgt hatte. »Ich war nie hier.«

»Wie bitte?«

»Sie haben mich heute nicht gesehen, Willis. Verstanden?«

»Klar, Nate.« Er hatte es eigentlich nicht verstanden, doch ich wußte, daß ich mich auf ihn verlassen konnte.

»Sie haben die Sache verpatzt, Ellis«, fuhr ich Parker in dem Packard an, ohne vom Gas zu gehen. »Sie haben sie gewaltig verpatzt.«

»Ach ja? Ich werde Paul H. Wendel ein wasserdichtes Geständnis entlockt haben, bevor Sie sich auch nur im Schlaf umdrehen können.«

»Sie haben überhaupt nichts in der Hand. Haben Sie schon mal vom sogenannten Lindbergh-Gesetz gehört? Sie stehen mit einem Fuß schon in einer Bundesstrafanstalt, Ellis. Sie haben dieses Arschloch entführt; Sie waren sogar so blöd, ihn über eine Staatsgrenze zu bringen.«

»Ich habe nichts dergleichen getan.«

»Aber Ihre Freunde. Ihre ›Deputies‹. Das Elend daran ist nur, daß dieser Irre in dem Bungalow da tatsächlich an dem Verbrechen mitgewirkt haben könnte. Aber jetzt werden Sie es nie mehr beweisen können.«

»Ich werde es beweisen.«

»Ellis, ich werde Gouverneur Hoffman nicht über diese Sache informieren.«

»Nein?«

»Nein. Erzählen Sie ihm, was Sie wollen, und wann Sie es wollen. Ich bin bei Ihnen im Büro vorbeigekommen, aber Wendel habe ich nie gesehen. Sie haben mir nicht mal erzählt, daß Sie ihn ›eingewiesen‹ haben.«

»Was, zum Teufel, haben Sie vor?«

»Ich will nichts damit zu tun haben. Wenn Hoffman Ihr verrücktes Spiel mitspielen will, ist das seine Sache. Ich habe kein Interesse daran, Ihr Komplize oder Mitwisser zu sein. Wenn Sie meinen Namen erwähnen, werde ich gegen Sie aussagen. Gottverdammte Scheiße! Mir steht Ihre ›Jersey-Gerechtigkeit‹ bis hier oben! Sie und Schwarzkopf und Wilentz und all die anderen . . . Folter und Entführung und Manipulation von Beweisen . . .«

Er runzelte die Stirn und bedachte mich mit dem so ziemlich häßlichsten Blick, den ich je gesehen hatte, und ich hatte schon einige gesehen. »Warum fahren Sie dann nicht nach Chicago zurück, Sie gottverdammte Heulsuse?«

»Das ist keine schlechte Idee«, sagte ich. »Da lassen wir es wenigstens bei Gummischläuchen bewenden. Steigen Sie aus.«

Wir hatten das Gerichtsgebäude von Mount Holly erreicht, und die zahlreichen amerikanischen Symbole des Gebäudes riefen einen leichten Ekel in mir hervor.

Er stieg aus, bückte sich und steckte den Kopf durchs Fenster. »Sie werden noch mal ganz anders reden, Junge«, sagte er zu mir. »Sie werden Ihren Enkelkindern erzählen, daß Sie Ellis Parker gekannt haben.«

»Vielleicht«, sagte ich. »Und Sie waren wahrscheinlich mal ein verteufelt guter Polizist, doch dann ist Ihnen der Ruhm zu Kopf gestiegen. Und wenn Sie nicht noch gerissener sind, als ich glaube, alter Mann, werden Sie wohl im Gefängnis sterben.«

Er dachte darüber nach, als ich losfuhr.

37

Für ein Anwesen wie Friendship war das Arbeitszimmer fast behaglich; jede Menge Bücher, ein Kamin, Drucke und Gemälde von Rennpferden. Ein dunkler, maskuliner Raum, der nicht oft benutzt worden war, oder überhaupt nicht, seit Evalyns Mann ausgezogen war. Ich saß an einem Mahagonischreibtisch, der etwa so groß war wie der Packard, und telefonierte. Es war ein Ferngespräch, doch ich vermutete, daß Evalyn es sich leisten konnte.

Natürlich bekam ich Frank Nitti nicht direkt an den Apparat. Die Nummer, die auf einem kleinen Zettel in meiner Brieftasche stand, war die von Louis Campagna, dem kaltäugigen, kittgesichtigen Schläger Capones, der nach der Inhaftierung seines Mentors Nittis rechte Hand geworden war. Eigentlich hatte ich auch ihn nicht direkt erreicht, sondern jemanden, der mir eine Nummer gab, unter der ich Campagna erreichte, dem ich meine Nummer nannte, und fünf Minuten später rief mich Nitti dann zurück.

»Was haben Sie herausgefunden, Nate?«

»Nicht viel«, sagte ich. Mir war unbehaglich zumute. Mir war immer unbehaglich zumute, wenn ich mit Nitti sprach. »Ich dachte nur, ich melde mich lieber mal.«

»Ich kenne Sie, Nate. Sie würden nicht anrufen, wenn Sie nicht etwas hätten.«

»Na ja, Frank«, sagte ich, und mir war unbehaglich zumute, weil ich ihn so genannt hatte, »ich habe mich umgehört, mit ein paar Leuten gesprochen, und es ist ziemlich klar, daß dieser Hauptmann ein Sündenbock ist. Zum einen war der Anwalt, den Hearst ihm besorgt hat, ein Bursche namens Reilly, der . . .«

»Ja, ja, der Bulle von Brooklyn, Frankie Yales altes Sprachrohr. ›Todeszellen-Reilly‹. Das weiß ich.«

»Tja, das stinkt zum Himmel, meinen Sie nicht auch? Und kein anderer als Capones alter Anwalt Sam Leibowitz hat Hauptmann ebenfalls seine Dienste angeboten; er hielt es dann für angemessen, lauthals zu erklären, daß er seinen Klienten für schuldig hielt . . .«

»Klar, klar. Das weiß ich auch. Nate, sagen Sie mir etwas, daß ich *nicht* weiß.«

Ein hervorragender Anfang: Nitti war schon auf mich sauer.

»Na ja«, fuhr ich fort, »der verstorbene Isidor Fisch war eindeutig ein kleiner Gangster; er hat für Luciano Pelze und wahrscheinlich auch Drogen eingeschmuggelt. Er hat in East Harlem gewohnt, in Lucianos Revier. Und er war ein kleiner Betrüger und wahrscheinlich auch ein Geldwäscher. Hauptmann war sein Kumpel, vielleicht auch sein Komplize beim Pelz- und Drogenschmuggel – *vielleicht* – aber er war nicht an der Entführung oder Erpressung oder so beteiligt.«

»Also war Fisch nur ein Hehler, der ein paar markierte Scheine gekauft hat?«

»Nein, das will ich damit nicht sagen. Ich glaube, Fisch hat bei dieser Sache eine größere Rolle gespielt. Fisch scheint in die Erpressung und vielleicht auch die Entführung verwickelt zu sein. Er und zwei Bedienstete der Lindberghs, darunter die Dame, die angeblich Selbstmord begangen hat, gehörten einer Spiritistenkirche an, die sich direkt gegenüber von Fischs Pension befand.«

Nitti schwieg einen Augenblick lang. »Ich kann mir nicht vorstellen«, sagte er dann, »daß Al Luciano oder Madden oder Costello oder irgendeinen anderen Burschen von der Ostküste in die Sache hineingezogen hat. Dafür sind die Jungs zu clever. Dutch Schultz vielleicht. Wenn dieser kleine Fisch die einzige Verbindung zu den Leuten ist, mit denen wir Geschäfte treiben . . .«

»Nein. Da ist auch ein Bursche namens Wendel.«

»Wendel?«

»Ein von der Standeskammer ausgeschlossener Rechtsanwalt. Ein verrückter Schwindler, der vor ein paar Jahren versucht hat, Capone reinzulegen.«

»*Paul* Wendel?«

Daß Nitti den Namen kannte, rief bei mir eine Gänsehaut hervor.

»Genau der. Es heißt, daß Wendel Capone die Entführung vorgeschlagen hat, aber diese Geschichte muß ich noch überprüfen. Im Augenblick halten ein paar Bullen aus dem tiefsten Hinterwald Wendel hinter Schloß und Riegel. Sie haben ihn in eine Klapsmühle gesperrt und pressen mit einem Tempo, wie sich junge Mädchen Pickel ausdrücken, wertlose Geständnisse aus ihm heraus.«

Seine Stimme klang plötzlich dringlich; ob diese Neuigkeit ihn glücklich, wütend, besorgt oder was auch immer machte, konnte ich nicht sagen. »Wird diese Sache auf Al zurückfallen? Oder auf den Kellner?«

»Riccas Name ist noch nicht gefallen«, sagte ich. »Wendel und der unvergleichliche Gaston Means, mit dem ich auch gesprochen habe, sind schlechte Zeugen. Beide sind so gottverdammte Lügner und Schwindler, daß niemand ihnen glauben wird, auch wenn sie die Wahrheit sagen. Und beide werden übrigens in der Klapsmühle festgehalten. Na ja, in zwei verschiedenen Klapsmühlen.«

»Ihre Aussagen wären wertlos?«

»Außer, jemand überprüft ihre Geschichten und könnte mit besseren Zeugen auftrumpfen. Und die Zeit dafür ist verdammt knapp; Sie wissen ja, Hauptmann kommt in ein paar Wochen auf den Stuhl. Wie gut kennen Sie Gaston Means?«

»Ich habe von ihm gehört, mehr nicht.«

»Na ja, ich meine nur, sich der Hilfe von Leuten wie Wendel und Means zu versichern, so unzuverlässig sie auch sind, wäre einfach ein Geniestreich – ob nun Capone oder Ricca darauf gekommen ist.«

»Worauf, zum Teufel, wollen Sie hinaus?«

»Tja, selbst Verrückte wie Wendel oder Means würden sich hüten, sich mit Capone oder Ricca anzulegen. Means ist seine Haut zu wertvoll, und Wendel hatte Anfang der dreißiger Jahre mal eine lehrreiche Begegnung mit Capone. Doch auf ihre Art sind diese Burschen gerissene Schurken, die Kontakte in der Unterwelt und auch sonstwo haben. Und beide haben mehr Mut als Verstand. Also hätten sie die Sache durchziehen können. Capone und Ricca müssen gewußt haben, daß diese Sache auf jeden Fall riskant war und leicht zum Rohrkrepierer werden konnte.«

»Ich würde Spinner wie Wendel oder Means nicht mal meinen Abfall anvertrauen.«

»Aber, Frank, das ist doch das Schöne daran. Selbst wenn Means oder Wendel auspacken würden und dumm genug wären, Capone oder Ricca zu belasten – wer würde ihnen glauben? Mit ihren Vorstrafen und ihren jeweiligen Eigenheiten ergeben sie doch die schönsten Sündenböcke.«

Erneut eine Pause; ich ließ ihn nachdenken. »Und wie geht es nun weiter?« fragte er dann.

»Ich versuche, Hauptmanns Unschuld zu beweisen. Dafür bezahlt mich Gouverneur Hoffman. Ich habe schon eine Menge herausgefunden, aber bislang sehe ich noch nicht, daß es reichen könnte.«

»Sie sehen aber auch nicht, daß diese Sache auf Chicago zurückfallen könnte. Sie sehen nicht, daß unsere Organisation sich damit befassen müßte?«

»Nein. Jedenfalls noch nicht.« Verdammte Scheiße, ich wußte nicht, ob Nitti wollte, daß es auf Capone zurückfiel oder nicht. »Na schön«, sagte Nitti. »Na schön. Ich weiß zu schätzen, daß Sie sich gemeldet haben, Nate. Sie sind ein braver Junge.«

Es klickte in der Leitung.

Ich legte auf.

»Mit wem hast du gesprochen, Nate?«

Ich drehte mich auf dem Stuhl um und sah Evalyn, die auf der Schwelle des Arbeitszimmers stand. Ich wußte nicht, wie lange sie schon dort stand. Sie wirkte leicht verwirrt. Sie trug weite, schwarze Hosen und einen schwarzen Kaschmirpullover mit einer Perlenkette; sie sah sportlich und elegant, aber auch etwas mitgenommen aus. Auch sie hatte einen langen Tag gehabt.

Ich stand auf, lächelte und ging zu ihr, legte meine Hände auf ihre schmale Taille. »Ein Bekannter von mir in Chicago«, sagte ich. »Wir haben ein paar Möglichkeiten durchgesprochen.«

»Oh«, sagte sie leicht besorgt. Dann verwandelte sich dieser Ausdruck in ein mädchenhaftes Lächeln. »Nate, ich habe aufregende Neuigkeiten. Die Fahrt nach New Haven war ein Erfolg!«

»Was?« Ich hatte fast schon vergessen, was sie heute unternommen hatte: sie wollte der ›Spur‹ der Lesung Edgar Cayces von anno dazumal folgen. Das würde ja eine tolle Sache werden.

»Du wirst stolz auf mich sein. Ich will mich noch nicht einmal frischmachen. Gehen wir ins Kaminzimmer, und unterhalten wir uns.«

Erneut spendete lediglich der Kamin in einem ansonsten dunklen Zimmer Licht, und sie führte mich vor ihn, wo sie sich auf dem Perserteppich wie eine Katze zusammenrollte, um in der Wärme des Feuers zu baden. Es tauchte sie in ein üppiges Orange. Ich blieb neben ihr stehen und schlug vor, uns vom Barwagen neben dem Kamin ein paar Drinks zu holen; sie willigte ein, verlangte Champagner (›Zur Feier des Tages!‹), blickte ins Feuer, lächelte rätselhaft und sah gleichzeitig so blasiert wie ein Titelmädchen vom *Vogue* und so naiv wie eine Pfadfinderin aus, die sich fragte, warum sie kein Würstchen zum Grillen hatte.

Sie nippte an ihrem Prickelwasser, und ich setzte mich im Schneidersitz neben sie und nippte an meinem Bacardi.

»War dein Tag ereignisreich?« fragte sie.

Ich hatte mich entschlossen, ihr nichts von Wendels Entführung zu erzählen; das konnte sie nur in Schwierigkeiten bringen. Ich faßte kurz zusammen, was Parker mir über seinen Verdächtigen erzählt hatte, und ließ es dabei bewenden.

»Glaubst du, daß dieser Wendel der Entführer oder zumindest irgendwie in die Entführung verwickelt sein könnte?«

»Es wäre möglich. Aber dieser Spur geht Parker nach. Wir müssen anderswo suchen. Evalyn, ich weiß, daß du es kaum erwarten kannst, mir zu erzählen, was du herausgefunden hast. Und ich«, log ich, »kann kaum erwarten, es zu erfahren.«

Sie setzte sich auf und nahm eine ernsthaftere Haltung ein. »In deinen Unterlagen stand, Nate, daß Edgar Cayce von einem Haus im Osten New Havens gesprochen hat. Im Stadtteil ›Cordova‹, hat er gesagt.«

»Aber es gibt dort kein Cordova.«

Sie lächelte; ihre Augen funkelten wie der Champagner in ihrem Glas. »Aber einen Stadtteil namens *Dover*. Wir müssen nur richtig interpretieren, weißt du noch? Ein Mensch in Trance spricht undeutlich; schließlich liegen seine Informationen irgendwie hinter einem Schleier.«

»Na ja«, sagte ich, leicht beeindruckt, aber keineswegs aus den Schuhen gekippt von der Ähnlichkeit zwischen Cordova und Dover.

»Garboni und ich«, sagte sie, »stießen in East New Haven auf ein Industriegebiet. Wir haben an einer Tankstelle gehalten und uns nach einem Viertel namens ›Cordova‹ erkundigt, und man hat uns gesagt, daß direkt auf der anderen Seite des Quinnipiac River der Stadtteil *Dover* liegt.«

»Weiter«, sagte ich.

»Dann habe ich den Mann gefragt, ob er eine Adams Street kennt. Das ist ja die Straße, von der Cayce behauptet hat, daß sie zur Scharten Street führt.«

»Genau.« Das war völlig verrückt. Das Gespräch wurde mir jetzt schon peinlich. Ich nippte an meinem Bacardi. Vielleicht würde ich sie später vögeln können, wenn es mir jetzt gelang, bei diesem Quatsch ernst zu bleiben.

Sie hingegen war so ernst wie das Porträt ihres Schwiegervaters über dem Kamin. »Der Tankwart kannte keine Adams Street, und da habe ich ihn gefragt, ob er eine Straße kennt, die so *ähnlich* wie Adams Street klingt, und er hat die Chatham Street genannt.«

Na ja, das klang ziemlich ähnlich.

»Wir fuhren zur Chatham Street, Garboni und ich, und folgten Cayces Richtungshinweisen. Er hat in seiner

Trance ja gesagt, daß das Kind zuerst in ein zweistöckiges Schieferhaus und dann in ein Haus ganz in der Nähe gebracht worden sein soll – ein braunes Haus – das sich dreihundert Meter vom Ende der ›Adams Street‹ entfernt befinden sollte.«

»Genau. Ich erinnere mich, mehr oder weniger jedenfalls.«

Sie grinste. »Cayce hat die Hausnummer Dreiundsiebzig genannt. Und rate mal, was wir an der Chatham Street dreiundsiebzig gefunden haben? Ein zweistöckiges Schieferhaus.«

»Ehrlich?« Die gab es dort wahrscheinlich wie Sand am Meer. »Dann wandten wir uns dreihundert Meter vom Ufer des Flusses entfernt nach rechts und fanden ein braunes Haus. Das Erdgeschoß bestand aus einem Ladenlokal.«

»Wie hieß die Straße?«

»Nicht Scharten«, gestand sie ein. »Maltby.«

»Evalyn, das klingt nicht mal ähnlich, weder phonetisch noch rückwärts noch seitwärts.«

»Ich weiß. Vielleicht hieß sie früher mal Scharten Street oder so ähnlich. Jedenfalls war das braune Gebäude da: unten ein Gemüseladen, und darüber eine Wohnung. Wir gingen in den Laden, aber der Geschäftsführer war nicht da, und da haben wir in der Nachbarschaft herumgefragt, ob jemand wüßte, wer 1932 in der Wohnung über dem Laden gewohnt hat. Man verwies uns an einen Zeitschriftenladen ein paar Blocks entfernt, in dem sich die ganzen Klatschtanten des Viertels regelmäßig treffen.«

Nach allem, was ich hörte, war ich froh, daß ich auf die Fahrt verzichtet hatte.

»Wir gingen also in diesen Laden, und die Besitzerin war in der Tat eine sehr gesprächige alte Dame. Wir haben sie gefragt, ob sie jemals Gerüchte darüber gehört hätte, daß das Lindbergh-Baby in dieser Gegend versteckt worden wäre.«

»Mein Gott, das war aber eine sehr feinsinnige Frage, Evalyn.«

Sie runzelte beleidigt die Stirn. »Aber die Frau hat solche Gerüchte aufgeschnappt! Und, Nate, ich habe die Wohnung über dem Gemüseladen mit keiner Silbe erwähnt. Aber sie sagte wie aus der Pistole geschossen, es ginge das Gerücht, daß sich genau in dieser Wohnung ein paar Tage lang ein Ehepaar um das Lindbergh-Baby gekümmert hätte. Daß in den ersten Wochen oder sogar Tagen nach der Entführung jedes Haus in der Gegend durchsucht worden und das Ehepaar abgehauen war. Diese Hausdurchsuchungen haben sie und alle anderen Leute in der Nachbarschaft ganz schön beeindruckt. ›König Herodes' Rückkehr‹, hat es damals dort geheißen.«

»Warum?«

Evalyn zuckte lächelnd die Achseln. »Anscheinend hat die Polizei jedem Baby, das sie fand, die Windeln ausgezogen, um das Geschlecht zu überprüfen.«

Ich versuchte, meine Skepsis sanft auszudrücken. »Weißt du, Evalyn, ich erinnere mich, von einer Suche in New Haven gehört zu haben, weil ein paar Maurer, die Lindberghs Haus gebaut haben, von dort kamen und am Anfang verdächtigt worden waren – da verwundert es natürlich nicht, daß so ein Gerücht aufgekommen ist. Das heißt aber noch lange nicht . . .«

»Nate, da ist noch etwas. In deinen Notizen stand ein Name. Cayce hat einen italienischen Namen genannt. Erinnerst du dich? Der Mann, bei dem es sich um den Boß der Kidnapper-Bande gehandelt haben soll.«

»Ja . . .«

»Dieser Name lautete Maglio, nicht wahr? Es muß wichtig gewesen sein – du hast den Namen in deinen Notizen dreimal unterstrichen.«

»Äh, ja, richtig.« Jetzt stellte sich bei mir ein unangenehmes Prickeln ein.

»Na ja, wir haben die alten Damen in dem Geschäft und auch noch ein paar andere Leute gefragt, ob sie wüßten, wer 1932 in dem zweistöckigen Schieferhaus an der Chatham Street Dreiundsiebzig gewohnt hat, als Eigentümer, Mieter oder Untermieter.«

»Ja? Und?«

»Es gibt zwei Wohnungen in dem Haus. Und der Mann, der in der oberen wohnte, hieß Maglio. Maglio, Nate! Kann *das* ein Zufall sein?«

Mein Mund war trocken. Ich nippte an dem Bacardi. Es half nicht.

Paul Ricca, der Kellner, auch bekannt als Paul DeLucia, hatte häufig den Namen Paul Maglio benutzt, besonders an der Ostküste.

Natürlich wußte Evalyn nicht einmal, wer Paul Ricca war, und ich würde es ihr auch nicht sagen. Und ich würde auch nicht Frank Nitti anrufen und ihm berichten, daß vor vier Jahren ein Wahrsager mit dem Finger auf den Kellner gezeigt hatte.

»Na, wie habe ich das gemacht?« fragte sie.

»Gut. Das ist vielleicht sehr interessant.«

»Und was unternehmen wir jetzt?«

»Ich bin mir noch nicht sicher. Ich muß die richtige Person finden, die uns in dieser Sache weiterhelfen kann.«

»Jemand muß nach New Haven fahren und sich damit beschäftigen, gründliche Ermittlungen betreiben, nicht wahr? Sollten wir das nicht übernehmen?«

»Ich glaube, da brauchen wir ein größeres Kaliber«, sagte ich.

»Ich dachte, du würdest immer eine großkalibrige Pistole tragen, Nate«, sagte sie und lächelte jetzt auf ganz andere Weise. Sie legte die Hand auf meinen Schenkel und kroch auf mich. Wir liebten uns wieder vor dem Kamin, und sie schien es zu genießen, doch ich war verdammt noch mal nicht bei der Sache.

Diese Nacht schliefen wir in einem Bett, in einem üppigen Schlafzimmer, auf Seidenlaken, und sie schlief zufrieden und lächelte die ganze Nacht über, doch ich saß mit offenen Augen da, konnte nicht einschlafen und setzte die einzelnen Teile zusammen.

38

Das Schatzamt lag an der Ecke Pennsylvania Avenue und Fifteenth Street. Keine schlechte Gegend; das Weiße Haus befand sich direkt gegenüber. Das Gebäude mit seinen zahlreichen Säulen aus Granit und Sandstein ragte an diesem kalten, regnerischen Montag morgen eindrucksvoll vor mir in die Höhe und bot die Illusion einer perfekten Regierung, eines Athens in Amerika. Wenn der Dollar so stark gewesen wäre, wie das Schatzamt aussah, hätte ich vielleicht nicht in meinem Büro schlafen müssen.

Ich nahm den Eingang Fifteenth Street, wo ich im geschäftigen Treiben der Beamten schnell den richtigen Korridor und das Büro fand, das ich suchte. Am Ende eines Großraumbüros saß Frank J. Wilson hinter einem mit Akten überladenen Schreibtisch in einem gläsernen Käfig.

Ich konnte keine Sekretärin ausmachen. Ich klopfte, und Wilson sah auf, lächelte gleichgültig und winkte mich hinein. Er hämmerte gerade auf einer Schreibmaschine herum. Wie die Armee der Buchhalter in dem großen Raum hinter ihm trug er einen Anzug mit Krawatte; die Krawatte hatte er nicht einmal gelockert.

Frank Wilson hatte sich seit 1932 nur unwesentlich verändert – er trug jetzt eine Brille mit hellem, dünnem und nicht schwarzem Gestell, und sein Gesicht war fülliger, sein dünnes Haar grauer geworden. Ich hatte Wilson seit der frühen Phase des Lindbergh-Falls des öfteren gesehen. Erst letztes Jahr waren wir uns in Louisiana über den Weg gelaufen. Wir waren unverbindlich freundlich zueinander gewesen und empfanden Respekt voreinander, waren jedoch stets auf der Hut.

»Danke, daß Sie mich empfangen, Frank«, sagte ich und hing meinen Regenmantel neben den seinen an die Garderobe.

»Es freut mich, Sie zu sehen, Heller«, sagte er. Er hatte nicht zu tippen aufgehört. »Ich bin gleich fertig.«

Ich setzte mich.

Das kleine Büro barg zahlreiche Aktenschränke; an der Wand hinter ihm hingen zahlreiche Fotos von ihm und verschiedenen Würdenträgern, darunter Präsident Roosevelt, Finanzminister Morgenthau und Charles Lindbergh.

»Tut mir leid«, sagte er mit einem verkniffenen Lächeln, als er schließlich aufblickte und mich über den Schreibtisch hinweg musterte; neben der Schreibtischunterlage lagen auf beiden Seiten hohe Aktenstapel. »Ich stecke bis zum Hals in Verfahrensvorschlägen.«

»Ach was«, sagte ich, nicht besonders interessiert.

»Die Zufuhr von Falschgeld hat beträchtlich zugenommen«, sagte er, »und Minister Morgenthau hat mich gebeten, ihm Vorschläge zu machen, wie wir die Sache unter Kontrolle bringen können.«

»Wäre das nicht eigentlich Aufgabe des Secret Service?«

»Ja, schon, aber der Minister hat mich gebeten, ihm den persönlichen Gefallen zu tun und die Ermittlungs- und Verwaltungsarbeit des Secret Service unter die Lupe zu nehmen.« Er sagte das ziemlich beiläufig, aber ich wußte, daß er Eindruck schinden wollte.

»Deshalb ist Ihr Büro auch nicht mehr in dem Flügel, in dem die Geheimdienst- und Ermittlungsabteilungen untergebracht sind.«

»Genau. Man hat mir zeitweilig ein anderes Büro gegeben. Wissen Sie, Moran wird bald in den Ruhestand treten, und da wird sich hier einiges ändern. Ich arbeite nur schon ein wenig vor.«

William H. Moran war der langjährige Chef des Secret Service; Wilson wollte mir damit sagen, daß er für den Job in Betracht gezogen wurde.

»Na ja, Frank, es hat den Anschein, als hätten Sie wahnsinnig viel zu tun. Anscheinend läuft es mit Ihrer Karriere hervorragend.«

»Ja. Aber ich habe natürlich nicht so viel zu tun, daß ich keine Zeit für Sie hätte. Sie haben angedeutet, Sie hätten neue Informationen über den Fall Lindbergh?« Er lächelte zweifelnd. »In diesem späten Stadium, Nate? Wenn nicht gerade Sie es gewesen wären, hätte ich den Anruf als den eines Spinners abgetan.«

»Ich weiß nicht, an wen sonst ich mich wenden könnte – Sie und Irey sind die einzigen Möglichkeiten, die sich mir bieten, und Irey ist mittlerweile die Karriereleiter so hoch hinaufgestolpert, daß ich bezweifle, bei ihm vorgelassen zu werden.«

Er runzelte die Stirn und kniff die Augen hinter der Brille zusammen. »Nate, ich kenne Sie gut genug, um zu wissen, daß Sie in dieser Sache nicht uneigennützig ermitteln. Verstehen Sie mich bitte nicht falsch, aber ich bin überzeugt, daß Sie einen Klienten haben.«

»Richtig. Ich arbeite für Gouverneur Harold Hoffman.«

Er fuhr hoch. Er beugte sich auf dem Stuhl vor und preßte die Lippen zusammen. »Es enttäuscht mich, das zu hören, Nate«, sagte er. »Hoffman ist nur auf Publicity aus; er benutzt den Fall Lindbergh als politisches Sprungbrett.«

»Frank, verstehen *Sie* mich bitte nicht falsch – aber das ist Unsinn. Ich begreife nicht, wie er einen politischen Vorteil daraus ziehen könnte, indem er sich auf Hauptmanns Seite stellt.«

Wilson wand sich etwas. »Hoffman hat ein Auge darauf geworfen, von den Republikanern als Kandidat für das Amt des Vizepräsidenten nominiert zu werden«, sagte er. »Wenn er den Demokraten in diesem Staat eins auswischen könnte, indem er den Fall Lindbergh knackt ... nun ja ...«

»Wenn er den Fall Lindbergh aufklärt«, sagte ich, »würde *Ihnen* das vielleicht gar nicht passen.«

»Verdammt, Heller, der Fall *wurde* aufgeklärt!«

»Dann verschwende ich hier meine Zeit, Frank, ganz zu schweigen von der Ihren. Vielleicht interessiert es Sie ja gar nicht, was ich herausgefunden habe ...«

Er verzog ungeduldig das Gesicht – ob nun wegen mir oder ihm selbst, war mir nicht klar. Dann lächelte er höflich. »Unsinn«, sagte er. »Wenn Sie etwas Neues ausgegraben haben, möchte ich es erfahren.«

»Das dachte ich mir. Schließlich waren Sie ja von der Theorie, daß es sich bei dem Täter um einen ›einsamen Wolf‹ handelt, nie besonders überzeugt.«

»Nein. Aber von der, daß Hauptmann auspacken wird, bevor er auf den Stuhl kommt. Aber solange mitfühlende Menschen wie Hoffman weiterhin ermitteln und bei Bruno falsche Hoffnungen wecken, wird er seine Komplizen nicht auffliegen lassen.«

»Na ja, vielleicht können wir diese ›Komplizen‹ ohne seine Hilfe finden. Aber ich bin der Meinung, Frank, daß Hauptmann in dieser Sache bestenfalls eine Randfigur und wahrscheinlich sogar nur ein Sündenbock ist.«

Wilson seufzte und schüttelte müde den Kopf. »Weil ich Respekt vor Ihnen habe, Nate, werde ich Sie anhören.«

»Na schön. Aber in einigen Fällen kann ich Ihnen nicht sagen, wie ich an die jeweiligen Informationen herangekommen bin. Sie werden zumindest einen Teil dessen, was ich Ihnen nun sage, als einen Tip von einem vertrauenswürdigen Informanten betrachten müssen.«

Er akzeptierte es mit einem Nicken.

»Ich würde Ihnen gern erläutern, wie sich die Entführung und die Erpressung nach meinen Informationen abgespielt haben könnten. Es muß nicht haargenau so gelaufen sein; die Dinge, die ich erfahren habe, lassen ein paar Varianten zu, aber ich glaube, ich habe das Puzzle zusammengesetzt. Ich habe das Wochenende damit verbracht, meine Notizen durchzugehen und mir einen Reim darauf zu machen.«

Er mußte lächeln. »Nate Heller widmet ein ganzes Wochenende der Aufgabe, einen Fall zu lösen, der die Welt seit vier Jahren vor Rätsel stellt. Das ist aber verdammt anständig von Ihnen.«

Ich grinste. »Na schön – das habe ich verdient. Auf jeden Fall ist meine Erklärung – oder Theorie, wenn Sie so wollen – wesentlich wahrscheinlicher als die, mit der Wilentz Hauptmanns Verurteilung erwirkt hat.«

Wilson nickte erneut. »Eins gestehe ich Ihnen zu – es hat mich immer gestört, daß Wilentz in seinem Eröffnungsplädoyer vor den Geschworenen behauptet hat, er würde beweisen, das Kind sei zu Boden gefallen und habe sich den Schädel gebrochen, als die Leitersprosse brach. In seinem Schlußplädoyer behauptete Wilentz dann glattweg, Hauptmann habe dem Jungen in seinem Bett mit dem Meißel den Schädel eingeschlagen. Wilentz kann von Glück sagen, daß dieser Patzer die Verurteilung nicht gekippt hat.«

»Besonders«, sagte ich, »da er für keine der beiden Versionen über den Tod des Kindes irgendwelche Beweise hatte. Kein Abdruck des Körpers des Kindes in dem weichen Boden unter der Leiter, kein Blut und keine Gehirnmasse in dem Bett des Jungen.«

Wilson nickte erneut, und ich fühlte mich etwas besser.

Ich begann meine Zusammenfassung, indem ich ihm von Paul Wendel erzählte. Er hatte noch nie von Wendel gehört und notierte sich den Namen. Natürlich erwähnte ich nicht, daß Wendel sich illegal in Ellis Parkers Obhut befand – nur, daß Parker Ermittlungen über Wendel betrieb.

»Paul Wendel heckt sich den Plan zur Entführung des Kindes aus«, sagte ich, »und spitzt Capone darauf an. Der Plan ist zu gefährlich und verrückt, als daß Capone Frank Nitti ins Vertrauen ziehen würde, der in solchen Dingen verhältnismäßig konservativ ist; und es ist unwahrscheinlich, daß sich Luciano, Madden oder irgendeiner der anderen für diese aberwitzige Sache interessiert haben.«

»Dutch Schultz wäre vielleicht so verrückt gewesen«, sagte Wilson.

Ich mußte mir auf die Zunge beißen, um ihm nicht zu sagen, daß Nitti dasselbe vermutet hatte.

»Aber das ist ein einschlägiges Beispiel«, sagte ich. »Vor gar nicht so langer Zeit hatte Schultz selbst eine verrückte Idee – er wollte Tom Dewey töten. Und wir beide wissen ja, wie das ausgegangen ist.«

Als Dutch Schultz den Starankläger Dewey beseitigen lassen wollte, erhoben Luciano, Meyer Lansky und die anderen Einspruch; als Schultz sich sträubte, zog er sich in einem Restaurant in Newark eine Bleivergiftung zu.

»Ich weiß nicht genau, ob Capone oder Wendel sie angesprochen hat«, sagte ich, »aber Max Hassel und Max Greenberg wurden beauftragt, die Entführung durchzuziehen. Warum sie bei so einer Sache mitgemacht haben? Wahrscheinlich, weil sie sich – und vielleicht auch ihr Boß Waxey Gordon – gut mit Capone stellen wollten. Ein Bierkrieg schien sich zusammenzubrauen – ja, ja, ein dummes Wortspiel – und die mächtigeren Elemente der Ostküste, Luciano, Schultz und so weiter, wären durchaus imstande gewesen, Hassel und Greenberg auszumerzen. Es tat ihnen nicht weh, Capone einen kleinen Gefallen zu tun und gleichzeitig noch ein paar Kröten zu verdienen. Außerdem mußten sich Hassel und Greenberg ja nicht die Hände schmutzig machen – sie konnten ein paar kleine, unbedeutende Schnapsbrenner und Alkoholschmuggler dafür abstellen, die das Risiko trugen und notfalls die Suppe ausgelöffelt hätten.«

Wilson hörte mir konzentriert zu.

»Bevor ich fortfahre, möchte ich Ihnen gern eine Frage stellen, Frank – mit wem hatte Capone 1932 an der Ostküste am häufigsten Kontakt?«

»Tja, Frankie Yale war da schon tot«, sagte Wilson nachdenklich. »Unsere Ermittlungsabteilung ist damals davon ausgegangen, daß Ricca der Kurier der Chicagoer Gruppe und Capones allgemeiner Kontaktmann für die Mobster der Ostküste war. Paul Ricca – der Kellner.«

»Ein Volltreffer, Mr. Wilson«, sagte ich lächelnd. »Ricca ist Capone treu ergeben. Wenn Capone eine Sache durchziehen wollte, die Frank Nitti, Jake Guzik und die anderen der Chicago-Hierarchie abgelehnt hätten – und nach den Debakeln wie dem Mord an Jake Lingle und dem Massaker am Valentinstag hätten diese geschäftorientierten Typen kaum eingewilligt, das gottverdammte Lindbergh-Baby zu entführen – an wen hätte Capone sich da gewandt? Wer war skrupellos und loyal genug?«

»Ricca, natürlich«, sagte Wilson. Und nickte. Noch kaufte er mir meine Geschichte ab.

»Ricca hat Gaston Means als Vermittler zwischen der Unterwelt und der Oberwelt herangezogen. Als ausgekochter Schwindler und ehemaliger Agent der Regierung kennt Means von Alkoholschmugglern über Kongreßabgeordnete bis hin zu Mitgliedern der High Society praktisch jeden.«

»Warum, zum Teufel, sollte Capone sich auf so unzuverlässigen Abschaum wie diesen Wendel und ausgerechnet Gaston Means verlassen?«

Ich gab ihm dieselbe Erklärung, die ich Nitti gegeben hatte: Es waren clevere, verschlagene Gangster, die wahrscheinlich so klug waren, Capone nicht zu hintergehen, und die perfekte Sündenböcke ergaben. Sie hätten Capones Namen vor Gericht laut hinausbrüllen können, und alle Welt hätte nur gelacht.

»Wissen Sie, Means hat nicht sofort Kontakt mit Evalyn McLean aufgenommen«, sagte ich. »Zuerst hat er sich an Colonel M. Robert Guggenheimer und an einen bekannten Richter gewandt – im frühesten Stadium des Falls. Er scheint wirklich versucht zu haben, in Capones Auftrag die Vermittlerrolle zu übernehmen, und die steht ihm auch um einiges besser als Jafsie Condon, verdammt noch mal!«

Wilson lächelte.

»Was die Entführung selbst betrifft, so hatte der von der Kammer ausgeschlossene Anwalt Wendel, wie ich erwähnt habe, einen Klienten namens Isidor Fisch. Fisch ist ein Betrüger, Hehler und wahrscheinlich auch Drogenschmuggler ...«

»Verzeihen Sie bitte, Nate, aber wir haben Fisch hundertmal überprüft. Er war ein harmloser, kleiner Jude, der an Tuberkulose litt.«

»Frank, vielleicht hätten Sie ihn hundertundeinmal überprüfen sollen.« Es war an der Zeit, rüde zu werden. »Ich weiß, daß Sie einen Mann in Marinellis Spiritistenkirche eingeschleust haben ...«

»Einen unserer besten verdeckt arbeitenden Ermittler. Pat O'Rourke.«

»Ich kenne O'Rourke, und er ist ein guter Mann. Aber diesmal hat er keine gute Arbeit geleistet. Wissen Sie, daß Fisch gegenüber von dieser Spiritistenkirche gewohnt hat?«

»Natürlich«, sagte er und zuckte beiläufig die Achseln.

Das überraschte mich. »Sie haben es gewußt? Hielten Sie es denn nicht für wichtig?«

»Nicht besonders«, sagte er. »Fisch hat Hauptmann erst zwei Jahre nach der Entführung kennengelernt. Das war nur eine der zahlreichen falschen Spuren, auf die wir bei diesem Fall ständig gestoßen sind.«

Ich wußte kaum, was ich zu dieser brillanten Deduktion sagen sollte.

»Frank, Sie gehen von der Prämisse aus, daß Hauptmann schuldig ist«, sagte ich und versuchte, ruhig und vernünftig zu bleiben. »Angenommen, Hauptmann wäre *nicht* schuldig, dann spricht die Tatsache, daß er Fisch erst zwei Jahre nach der Entführung kennengelernt hat, doch nur für seine *Unschuld*.«

Er tat den Einwand mit einer kleinen Handbewegung ab. »Na ja, wenn man es so sieht... aber das ändert nichts an der Tatsache, daß Pat O'Rourke mit seinen verdeckten Ermittlungen ausgezeichnete Arbeit geleistet hat.«

»Ach, wirklich? Dann haben Sie sicher gewußt, daß Isidor Fisch dieser Spiritistenkirche *angehört* hat?«

Sein Gesicht blieb ausdruckslos, doch in seinen Augen zuckte es.

»Genau wie Oliver Whately. Und Violet Sharpe.«

Er beugte sich vor. »Sind Sie sicher?«

»Ich habe Zeugen, die es bestätigen. Und wenn Sie ein paar dieser berühmten G-Men oder T-Men, die Sie hier in Washington haben, Erkundigungen einziehen lassen, werden Sie noch eine Menge weiterer Zeugen dafür auftreiben. Kann ich jetzt mit meinem Szenario fortfahren?«

Er nickte; sein Gesicht war ernst geworden. »Paul Wendel versicherte sich über seinen Klienten Fisch der Hilfe Violet Sharpes und Ollie Whatelys. Ich glaube, Violet wurde reingelegt; sie hat ihre Insiderinformationen wahrscheinlich an einen Freund oder Geliebten oder so weitergegeben. Ollie hingegen war an dem Plan aktiv beteiligt. Er ist der wichtigste Komplize im Haus der Lindberghs. Am Abend der Entführung hat er das Baby wahrscheinlich einem von Hassels und Greenbergs Leuten zum Fenster hinausgereicht oder zur Vordertür herausgebracht. Es besteht die Möglichkeit, die Verbindung zwischen dem Personal und den Schwarzbrennern auch heute noch zu beweisen, nach all diesen Jahren, denn Whately und die anderen haben regelmäßig Bier- und Schnapslieferungen in Empfang genommen.«

Wilson lächelte schwach und freudlos. »Whatelys Beteiligung erklärt wohl auch, wieso der Hund nicht gebellt hat.«

»Allerdings. Verstehen Sie, Whately hat sich um Wahgoosh gekümmert. Er hat den Hund sogar ins Haus gebracht, ihn großgezogen und dressiert. Es führt kein Weg daran vorbei, Frank, ich muß es einfach sagen . . .«

»O nein, Heller, bitte nicht.«

Ich zuckte die Achseln und lächelte. »Der Mörder . . . na ja, der Täter . . . ist immer der Butler.«

»Sie mußten es unbedingt sagen.«

»Ich habe mein Leben lang darauf gewartet, das mal sagen zu können. Frank, das Kind wurde von diesen Schwarzbrennern verschleppt, von Hassels und Greenbergs Leuten, und wahrscheinlich war auch noch ein Vertrauter Capones dabei.«

»Bestimmt nicht Ricca.«

»Nein. Aber ich habe so eine Ahnung, daß jetzt dieser Bob Conroy ins Spiel kommt; Capone war sauer auf ihn, und er hätte fast alles getan, um sich wieder im Wohlwollen seines großen Bosses sonnen zu können . . . wobei er sich, natürlich unwissend, geradezu als Sündenbock anbot.«

»Ich erinnere mich. Conroy ist der Bursche, den Capone als Täter genannt hat«, gestand Wilson ein. »Fahren Sie fort.«

»Den ersten Brief, der im Kinderzimmer zurückgelassen wurde, hat Wendel geschrieben. Wendel ist zufällig deutscher Abstammung, wenn auch anscheinend mindestens in der zweiten Generation. Dabei handelt es sich eigentlich gar nicht um eine Lösegeldforderung; er sollte Lindbergh und die Behörden nur überzeugen, daß es sich tatsächlich um eine Entführung handelte.«

»Damit Capone dann auf seinem hohen Roß heranreiten«, führte Wilson den Gedanken fort, »und uns den Kidnapper – Conroy – und den Jungen geben konnte.«

»Und dafür freigelassen wurde. Genau. Mittlerweile hängt dieses Wiesel Fisch sich in die Sache; er weiß, daß eigentlich niemand auf Lösegeld aus ist, und faßt den Entschluß, es selbst einzustreichen. Er schickt einen zweiten Brief, der nach dem Original gestaltet wurde.«

Wilsons Gesichtsausdruck zeugte von offener Skepsis. »Wie ist er denn daran herangekommen?«

»Es gibt drei Möglichkeiten, Frank. Vielleicht war er dabei, als Wendel den ersten Brief schrieb, und hat eine Kopie oder einen früheren Entwurf geklaut. Vielleicht hat er ihn durch Unterweltkreise bekommen – Rosner und Spitale haben ja eine Kopie herumgezeigt, wissen Sie noch? Oder Violet Sharpe oder Whately haben eine Pauszeichnung angefertigt – der Brief lag einfach in Slims Schreibtischschublade und war für das Personal jederzeit zugänglich.«

Er nickte verdrossen.

»Es ist auch möglich, daß Wendel und Fisch bei diesem Lösegeldschwindel zusammengearbeitet haben. Da Wendel schon einmal versucht hatte, Capone hereinzulegen, hat Wendel vielleicht umsonst gearbeitet, um sich bei Snorkey wieder beliebt zu machen. Und da er doch noch ein paar Mäuse machen wollte, hat er vielleicht mit Fisch die Erpressung durchgezogen. Schwer zu sagen. Auf jeden Fall sind etwa zu dieser Zeit Sie und Irey ins Spiel gekommen und haben Lindbergh überzeugt, daß Capone blufft, und Slim sagt, wie dem auch sei, mit Abschaum wie Scarface Al wird er nicht verhandeln – selbst, wenn es den kleinen Jungen das Leben kosten würde. So wird ihnen ziemlich bald klar, daß Lindbergh nicht mitspielt – und die Entführung umsonst gewesen ist. Capone schreibt seine Verluste ab und steigt aus.«

»Wo ist das Kind?«

»Darauf komme ich noch. Aber ich kann jetzt schon soviel sagen: das Kind ist nicht tot. Es lebt noch.«

Wilsons Blick bewölkte sich. Das kaufte er mir nicht ab.

»Aber vergessen Sie das für den Augenblick. Hören Sie mir einfach zu.«

Zögernd nickte Wilson.

»Da Capone also nicht mehr im Spiel ist, hat Fisch freie Bahn, seine Verhandlungen jetzt mit voller Pulle voranzutreiben. Er schickte weitere Briefe. Die Spiritistengruppe, bei der Marinelli wahrscheinlich eingeweiht ist, seine Frau aber nicht, kennt zufällig diesen alten Trottel, Professor John Condon. Sie bringen ihn dazu, sich als Vermittler anzubieten.«

»Und woher kennen sie Condon?«

»Aber, Frank – hat Pat O'Rourke das nicht erwähnt? Jafsie hat diese Spiritistenkirche ebenfalls besucht!«

Sein Mund klappte ein Stück auf. Er schluckte und kritzelte etwas auf seinen Notizblock.

Ich zuckte die Achseln. »Ich glaube nicht, daß Jafsie durchtrieben oder auch nur klug genug ist, um aktiv an der Erpressung teilgenommen zu haben, aber er war gerade zur Stelle – ein leicht zu beeinflussender Prahlhans. Ich glaube, er war damals in der Grundschule in Harlem der Lehrer von Marinelli und der Sivella – und ein erstklassiger Kandidat, um Informationen an Lindbergh weiterzugeben und im Gegenzug das Geld einzutreiben. Die Marinellis haben in dem Hotelzimmer in Princeton sogar die Séance abgehalten, bei der ich mitgemacht habe, um der Sache Nachdruck zu verleihen. Deshalb haben sie Jafsie namentlich erwähnt und Breckinridge auf den Brief angespitzt, den er bald erhalten würde. Wahrscheinlich lag ihnen auch daran, Schwester Sarahs hellseherische Fähigkeiten kräftig von der Presse würdigen zu lassen. Das war ein dummes, überflüssiges Risiko, an dem der ganze Plan hätte scheitern können. Aber dann hat es doch geklappt.«

»Sie behaupten, diese Spiritistengruppe, die von Fisch angeführt wurde, habe das Lösegeld bekommen. Aber das Kind hat sie nie gehabt?«

»Genau.«

»Was ist mit dem Schlafanzug, den man an Jafsie geschickt hat?«

»Da gibt es ebenfalls mehrere Möglichkeiten. An dem Abend, an dem Jafsie mit einem Brief von den ›Kidnappern‹ zu Lindbergh kam, hat er in dem Kinderzimmer geschlafen. Ich habe ihn auf frischer Tat ertappt, als er eine Truhe durchsuchte. Er hat ein paar Sachen mitgenommen, mit deren Hilfe er das Kind identifizieren wollte, darunter auch ein paar Spielzeuge . . . Sie erinnern sich vielleicht an die Sicherheitsnadeln, die er mitgenommen und Friedhof-John gezeigt hat, damit der sie identifiziert?«

Wilson nickte.

»Na ja, vielleicht hat er bei dieser Gelegenheit auch den Schlafanzug mitgenommen, als Souvenir, oder zu Identifizierungszwecken. Aber ich halte es für wahrscheinlicher, daß Violet Sharpe ihnen den Schlafanzug besorgt hat.«

»Violet Sharpe?«

»Ja. Das Kind hatte eine ganze Reihe von identischen Schlafanzügen; die genaue Anzahl ließ sich nicht ermitteln. Mehrere davon befanden sich in dem *anderen* Kinderzimmer, in dem Anwesen der Morrows in Englewood, wo Violet wohnte und arbeitete. Damals haben sich alle gefragt, warum der Schlafanzug frisch gewaschen zu sein schien und warum die ›Entführer‹ zwei Tage gebraucht haben, um Jafsie den Beweis zu schicken.«

»Na, das ist doch offensichtlich«, sagte Wilson fast schon gereizt. »Sie mußten in den Wald zurückfahren, in dem sie das Kind begraben hatten, und ihm den Schlafanzug ausziehen.«

»Halten Sie das *wirklich* für wahrscheinlich? Außerdem sind das Erpresser und keine Kidnapper – sie haben das Kind gar nicht, hatten es nie. Haben Sie sich nicht gefragt, warum sie nicht einen besseren Beweis als einen Schlafanzug geliefert haben? Ein Foto zum Beispiel, oder einen Anruf von dem kleinen Knirps – er konnte ja schon ein bißchen sprechen.«

»Wenn er schon tot war, konnte er nicht sprechen.«

»Wenn er noch lebte, sie ihn aber gar nicht hatten, konnte er auch nicht sprechen, zumindest nicht in ihrem Auftrag. Aber einer ihrer Helfershelfer vor Ort – entweder Violet in Englewood oder Ollie in Hopewell – konnte in einem der beiden Kinderzimmer einen Schlafanzug aus einer Schublade nehmen. *Natürlich* wirkte er dann wie frisch gewaschen – er war ja nicht mehr getragen worden, seitdem er zum letzten Mal gewaschen worden war!«

Wilson dachte nach. Ich wußte, daß ich einige Pluspunkte erzielt hatte, und ließ ihm genügend Zeit zum Nachdenken.

»Nun wissen die echten Kidnapper«, fuhr ich dann fort, »die Schwarzbrenner, die für Hassel und Greenberg gearbeitet haben, ebenfalls, daß Capone die Flagge gestrichen hatte und ausgestiegen war. Also kamen auch sie auf die Idee, ein paar Mäuse abzusahnen. Sie nahmen Kontakt mit diesem ehrenwerten Burschen in Norfolk auf, der über einige gemeinsame Bekannte an Lindbergh herankommen konnte, einen Schiffsbauer, den sie kannten, weil er ein paar Jungs in ihrer Branche schon mal die Schiffe repariert hatte.«

»John Curtis?« sagte Wilson verblüfft. »Dieser Betrüger?«

»Er war kein Betrüger, Frank. Er hat die Wahrheit gesagt. Curtis nimmt also ebenfalls Kontakt mit Lindbergh auf, und jetzt haben wir zwei Erpressergruppen – die beide Insiderinformationen über die Entführung haben, aber nicht das Kind.«

»Heller, wird das allmählich nicht sehr verwickelt?«

»Dieser Fall ist seit dem Tag verwickelt, seitdem ich im März 1932 zum ersten Mal mit ihm zu tun hatte. Wenn ich Ihnen auch nur einen einzigen Aspekt dieses Falls nennen soll, der jemals Sinn ergeben hat, kann ich mir gleich den Mantel anziehen und nach Hause gehen.«

»Fahren Sie fort. Fahren Sie fort.«

»Jetzt kommen wir zu Gaston Means. Er hat ebenfalls erfahren – von Ricca wahrscheinlich oder auch von Hassel und Greenberg – daß Capone seine Verluste einstreicht und aussteigt; man hat Means mitgeteilt, es sei überflüssig geworden, durch Leute wie Guggenheim und so weiter Kontakt mit Lindbergh aufzunehmen. Was macht Means also? Er benutzt *seine* Insiderinformationen. Aber nicht, um Lindbergh zu betrügen, was Capone vielleicht spitzgekriegt hätte ... statt dessen macht er sich an eine weichherzige Dame der Gesellschaft mit einer prallen Brieftasche heran, an Mrs. Evalyn Walsh McLean.«

Wilson schrieb den Namen auf.

»Jetzt findet die Geldübergabe am Friedhof statt«, fuhr ich fort, »und das Kind wird nicht zurückgegeben, und plötzlich steht alles in den Zeitungen; also weiß Capone nun offensichtlich, daß jemand als Trittbrettfahrer kassiert hat. Capone weiß aus den Zeitungen ebenfalls, daß Lindbergh und Jafsie versuchen, sich wieder mit den ›Entführern‹ in Verbindung zu setzen, und daß Lindbergh offensichtlich bereit ist, noch mehr Geld zu zahlen. Damit ist die Sache, die Capone in die Welt gesetzt hat und die sowieso schon kein Ende nehmen wollte, vollends außer Kontrolle geraten. Capone und Ricca wissen nicht unbedingt, daß es sich bei diesen Erpressern um Leute handelt, die tatsächlich an der Entführung mitgewirkt haben – es könnten auch völlig Außenstehende sein. Wie dem auch sei, Capone entschließt sich, diese Farce zu beenden. Er läßt nicht weit vom Anwesen der Lindberghs entfernt ein Baby in den Wald legen ...«

»Augenblick mal, Heller! Um Gottes willen, dieses Kind wurde von seinem Vater identifiziert!«

»Dieses Kind war ein Haufen verfallener Knochen, bei dem man nicht mal das Geschlecht feststellen konnte; der Kinderarzt der Familie hat gesagt, er könnte dieses Kind nicht mal als den Kleinen Adler identifizieren, wenn man ihm zehn Millionen Dollar dafür gäbe! Diese Wälder sind immer wieder durchsucht worden! Die Leute von der Telefongesellschaft sind dort herumgetrampelt, und darüber hinaus war die Leiche schon viel schlimmer verfallen, als es in diesem Zeitraum bei so kalten Wetter eigentlich hätte der Fall sein dürfen.«

»Man hat ein Kleidungsstück identifiziert...«

»Ja, einen Stoffetzen mit einem blauen Faden. Diesen blauen Faden hat Betty Gow erkannt, weil sie damit am Abend der Entführung ein Jäckchen oder so genäht hatte... und bekommen hat sie ihn von Elsie Whately, der Frau des Butlers. Capone hätte sich jederzeit über seine zahlreichen Mittelsmänner und seine Komplizen im Haushalt der Lindberghs ein Stück dieses blauen Fadens beschaffen können. Oder es handelt sich um das echte Jäckchen, das ja im Besitz von Capones Leuten war.«

»Sie behaupten also, man hat das Kleidungsstück untergeschoben.«

»Genau, wie man die kleine Leiche untergeschoben hat. Ricca und Capone wollten damit einen Riegel vorschieben und den Erpressern das Wasser abgraben. Sie wollten diesen gottverdammten Fall zum Abschluß bringen.«

Wilson dachte nach. »Capone war zu diesem Zeitpunkt in Atlanta.«

»Genau. Um ganz optimistisch, auf konventionelle Art und Weise freizukommen, mit Hilfe seiner Anwälte und von Bestechung, und nicht mit irrwitzigen Plänen wie dieser völlig schiefgelaufenen Lindbergh-Entführung. Und Ricca hat draußen mit eisernem Besen gekehrt; er hat den Bierkrieg zwischen Waxey Gordon und dem New

Yorker Mob als bequeme Gelegenheit benutzt, Hassel und Greenberg und vielleicht auch noch ein paar andere, die in die Verschwörung verwickelt waren, aus dem Weg zu räumen. Bob Conroy und seine Frau wurden zu dieser Zeit ebenfalls umgebracht.«

»Nein«, sagte Wilson entschieden. »Conroy und seine Frau . . . das war ein Doppelselbstmord.«

»Mein Gott! Und warum, zum Teufel, haben Sie mir nie gesagt, daß Sie Conroy endlich aufgespürt haben? Ich muß mich doch ein halbes Dutzend Mal bei Ihnen nach Conroy erkundigt haben.«

»Zu diesem Zeitpunkt hatten Sie nichts mehr mit dem Fall zu schaffen«, sagte er ziemlich sanftmütig. »Es ist mir ehrlich gesagt nie in den Sinn gekommen. Aber wenn Sie mit diesem Großreinemachen recht haben . . . warum durfte Gaston Means dann unter den Lebenden bleiben?«

»Warum sollten sie Means umbringen? Ihm hätte doch sowieso niemand geglaubt. Außerdem war ich Hassel und Greenberg auf der Spur, unmittelbar bevor sie umgebracht wurden. Ich habe von ihnen erfahren, indem ich ihre Namen aus Means herausgeprügelt habe . . . noch bevor ich von *ihnen* etwas herausbekommen konnte, wurden sie im ›Bierkrieg‹ ausgeknipst.«

»Sie glauben, Means hat die beiden an Ricca verraten?«

»Ganz bestimmt. Damit konnte Means vor Gericht gehen und alles auf Hassel und Greenberg abwälzen, die ja tot waren, sich nicht mehr wehren konnten und wunderschöne Sündenböcke abgaben. Mittlerweile hat man im Wald die kleine Leiche gefunden, und Violet Sharpe wurde ziemlich nervös. Wie sie nun in die Sache verwickelt war und in welchem Ausmaß, sei dahingestellt – vergessen Sie nicht, daß sie zwei Riesen auf ihrem Bankkonto hatte, für deren Herkunft es keine Erklärung gibt. Auf jeden Fall hat sie nicht damit gerechnet, daß das Baby umgebracht wird, und sie konnte natürlich nicht wissen, daß die Leiche, die man gefunden hat, nicht die von Lindy jr. war.«

»Also nimmt sie Gift«, sagte Wilson.

»Oder wird umgebracht. Niemand hat gesehen, daß sie Gift nimmt. Sie war nervenkrank und nahm regelmäßig Medikamente; vielleicht hat Whately sie vergiftet.«

»Er hat nicht auf dem Anwesen Englewood gearbeitet.«

»Aber er war häufig dort. Die Bediensteten der beiden Anwesen kannten sich und standen sich recht nahe. Auf jeden Fall war damit eine weitere mögliche Spur aus dem Weg geräumt. Whatelys Tod kommt mir genauso verdächtig vor. Es würde sich vielleicht lohnen, ein paar Steuergelder für eine genauere Untersuchung zur Verfügung zu stellen. Es ist doch nicht normal, daß ein Bursche, der sein Leben lang gesund war, plötzlich an einem Magengeschwür stirbt. Wurde eine Autopsie durchgeführt?«

»Keine Ahnung«, gestand er ein.

»Selbst wenn er eines natürlichen Todes starb . . . durch welche Einflüsse ist dieses blutende Magengeschwür entstanden? Da wird man doch stutzig, oder? Und kam Fischs Tod nicht genauso gelegen? Ach ja, was Wendel und Fisch betrifft, so weiß ich noch nicht, welche Verbindung es zwischen ihnen gab. Wendel könnte vielleicht bei der Geldübergabe am Friedhof beteiligt gewesen sein; Wendels Schwester wohnte hinter dem St. Raymond.«

»Was?«

»Sie haben schon richtig gehört. Prüfen Sie das auch nach. Auf jeden Fall hat Fisch zumindest einen Teil des Geldes bekommen, und entweder wegen seiner Krankheit oder aus Angst vor Capone oder Ricca oder sogar den Bullen ist er dann Hals über Kopf nach Deutschland gefahren und hat sein Geld bei seinem Kumpel Hauptmann hinterlegt.«

»Also sind Sie der Ansicht, daß Hauptmann gar nicht an der Entführung beteiligt war«, sagte Wilson mit einem spöttischen Grinsen.

»Er hat sich höchstens einer Mitwirkung an Fischs Drogenschmuggel schuldig gemacht, bei der sie die Pelze als Tarnung benutzt haben. Aber ich bezweifle sogar das.« Ich ließ meine Knöchel knacken. »Zumindest ist das meine Meinung. Was Charles Lindbergh jr. betrifft, so wurde er irgendwo versteckt. Ich glaube sogar zu wissen, wo man ihn unmittelbar nach der Entführung untergebracht hat – in New Haven, Connecticut. Allerdings habe ich nicht die leiseste Ahnung, wo er jetzt ist. Aber Capone und Ricca werden ihn nicht umbringen – für Mord gibt's die Höchststrafe.«

Wilson runzelte die Stirn, lächelte verkniffen und legte den Bleistift auf den Schreibtisch. »Nate, das ist eine interessante Theorie, und Sie haben einige Dinge erwähnt, von denen ich eingestehe, sie nicht gewußt zu haben – aber Sie ignorieren völlig die überwältigenden Beweise, die man gegen Bruno Hauptmann zusammengetragen hat.«

Ich lachte. »Mein Gott, Frank, ich sollte mir eine Antwort darauf verkneifen. Ich habe noch nie so eine schamlose Erfindung und Verdrehung von Beweisen gesehen ... oder so viele lügenhafte Zeugen, von Condon über Whited und Hochmuth bis hin zu Slim Lindbergh persönlich.«

»Sie nennen Charles Lindbergh einen Lügner?«

»Ja. Ich glaube, die Polizei hat ihn dazu überredet, nachdem sie ihm versichert hatte, den richtigen Mann geschnappt zu haben. Haben Sie Slim das jemals bestätigt, Wilson?«

Wilson sagte nichts.

»Ich behaupte nicht, daß es eine große Polizeiverschwörung gegeben hat, um Hauptmann reinzulegen, oder auch nur, daß der Chicago-Mob das versucht hat. Hauptmann hat sich selbst die Schlinge um den Hals gelegt, indem er Fischs Freund und Geschäftspartner wurde. Und dann haben unabhängige Kräfte sich zusammengetan und dafür gesorgt, daß diese Rolle ihm auch genau paßte. Sie wissen doch, wie schlampig Cops wie Schwarzkopf und Welch sind, Frank – sie konzentrieren sich auf ihren Verdächtigen, auf den sie wegen einiger weniger, aber einigermaßen überzeugender Verdachtsmomente gekommen sind, und pfuschen dann das zurecht, lügen hier, unterdrücken dies, fälschen jenes. Zeugen redet man ein, sie würden mit absoluter Sicherheit gegen den Schuldigen aussagen – die Cops haben es ihnen oft genug versichert. Und um das ›Richtige‹ zu tun, damit die Gesellschaft Vergeltung nehmen kann, oder um kurz im Mittelpunkt des öffentlichen Interesses zu stehen oder, verdammt noch mal, einen Teil der Belohnung zu bekommen, erzählt ein ansonsten ehrlicher Zeuge eine kleine Lüge. Schildert eine kleine Begebenheit leicht verzerrt. Was kann eine kleine Ausschmückung in einem so großen und ansonsten wasserdichten Fall denn schon schaden? Also manipuliert ein Bulle an einer Leiter herum, und eine Kinokartenverkäuferin nimmt eine falsche Identifizierung vor, und ein Staatsanwalt hält Briefe und Hauptbücher zurück, die Hauptmanns ›Fisch-Story‹ bestätigen, und so weiter und so fort.«

Er runzelte die Stirn. »Sie ziehen das Ansehen zahlreicher anständiger öffentlicher Beamter und guter Bürger in Frage.«

»Nein, tue ich nicht. Denn es besteht gar kein ›Zweifel‹. Hauptmann wurde reingelegt; er war ein deutscher Schreiner, auf den das psychologische Profil und die wenigen vorhandenen Beweise paßten. Der perfekte Sündenbock. Ich glaube allerdings, daß der Chicago-Mob das seine dazu beigetragen hat. ›Todeszellen-Reilly‹ und Sam Leibowitz zum Beispiel, die ihre Dienste als Strafverteidiger zur Verfügung gestellt haben, hatten enge Verbindungen zu Capone. Das gilt auch für eine Menge Bullen aus New Jersey und New York City, ob Sie das nun gern hören oder nicht.«

»Sie ziehen auch«, sagte er steif, »die Arbeit der Ermittlungsabteilungen des Schatzamtes in Zweifel. Mein Gott, Heller, wir sind die Leute, die Capone hinter Gitter brachten. Sie können doch nicht annehmen, daß sich Capones Einfluß bis ...«

»Nein«, unterbrach ich ihn. »Deshalb bin ich ja auch zu Ihnen gekommen. Das war zumindest einer der Gründe. Sie haben das Personal und die Erfahrung, um meinen Spuren nachzugehen und mein Szenario zu überprüfen. Sie können es verhältnismäßig kurzfristig machen, was ja auch geschehen muß, falls wir Hauptmanns Arsch vor dem elektrischen Stuhl bewahren wollen. Und jetzt kommt das wirklich Schöne daran, Frank – Sie können Capone noch mal erwischen, diesmal aber richtig.«

Er hob den Kopf; sein Blick wurde schärfer.

»Sie haben ihn zwar festgenagelt, aber nicht auf Dauer. Er wird in ein paar Jahren wieder draußen sein. Stellen Sie sich vor, Sie könnten ihn wegen Entführung und Mordes festnageln. Stellen Sie sich vor, Sie könnten ihm die *Lindbergh*-Entführung beweisen. Sie wären berühmter als J. Edgar Hoover.«

»Ruhm bedeutet mir nicht besonders viel, Heller.«

Vielleicht, aber ich war überzeugt davon, daß er sein Bestes gab, um die Karriereleiter zu erklimmen.

»Wie wäre es denn einfach mit der Befriedigung, diesen verdammten Fall endlich gelöst zu haben?«

»Heller, dieser Fall *ist* gelöst.«

»Frank, nach allem, was ich Ihnen vorgelegt habe, können Sie doch nicht ...«

»Hören Sie«, sagte er gereizt, »die meisten Leute, von denen Sie sprechen, sind tot: Fisch, Hassel, Greenberg, Violet Sharpe, Ollie Whately ...«

»Whatelys Frau Elsie ist in England; sie muß zumindest am Rande in die Sache verwickelt sein. Schaffen Sie sie her!«

»Sie ist auch tot.«

»Was ... Aber ... Unter welchen Umständen ist sie gestorben?«

»Das weiß ich nicht genau.« Er zuckte die Achseln. »Sie ist eines natürlichen Todes gestorben, wie ich gehört habe.«

»Mein Gott! Finden Sie es heraus! All diese Todesfälle können doch kein Zufall sein, meinen Sie nicht auch?«

Er schüttelte langsam den Kopf. »Wir haben wohl kaum eine Chance, hier noch etwas aufzuklären, wenn es überhaupt noch etwas aufzuklären gibt ... außer, Hauptmann nennt uns in letzter Minute seine Komplizen. Zu viele Tote. Die anderen, Means, Wendel, Jafsie, die Marinellis, sind Randfiguren. Sackgassen. Falsche Spuren.«

Ich beugte mich vor und legte die Hände auf den Schreibtisch. »Sie sind einer der wenigen Menschen auf Erden, Frank, die zum Telefonhörer greifen, den Fall neu aufrollen und Hauptmann das Leben retten können.«

Er zuckte die Achseln. »Ich will Hauptmanns Leben nicht retten. Selbst wenn Ihr Szenario zutrifft, und es kommt mir ziemlich weit hergeholt und phantastisch vor, sehe ich Hauptmann noch immer als Hauptbeteiligten – als Fischs Komplizen. Ich habe nicht den geringsten Zweifel daran, Heller: Hauptmann ist schuldig, hundertprozentig. Er war in Deutschland vorbestraft und ist zweifellos der kälteste, härteste und verschlagenste Verbrecher, der mir je untergekommen ist.«

Ich sah ihn nur an.

»Ich will Ihnen etwas vorlesen«, sagte er, drehte sich um und nahm das Foto von Lindbergh von der Wand. Mit einem traurigen, stolzen Lächeln las er vor: »›Für Frank J. Wilson – hätten Sie und Ihre Jungs nicht mitgemischt, wäre Hauptmann nie vor Gericht gekommen. Ohne Ihre Abteilung wäre er niemals festgenommen worden.‹«

Ich stand auf. »Tja, Frank, es tut mir leid, daß ich Ihre schöne Widmung mit der Wahrheit versaut habe.«

Er bedachte mich mit einem scharfen Blick; er hing das Foto schnell wieder an die Wand und bemerkte nicht, daß es schief am Nagel schaukelte. »Heller, ich habe Sie angehört. Wenn Sie mich jetzt bitte entschuldigen ... ich habe viel zu tun.«

Ich lehnte mich auf seinen Schreibtisch. »Nur noch eine Frage. Sie haben doch den Fall Bob Conroy bearbeitet, oder? Sie und Lieutenant Finn aus Manhattan. Haben Sie den Tatort dieses ›Doppelselbstmords‹ gesehen?«

Er nickte.

»Kommen Sie schon, Frank – was hat Ihre Nase Ihnen verraten? Ich weiß nichts über den Fall, aber dieser Selbstmord mußte einfach zum Himmel stinken. Capone und Ricca haben ein paar lose Fäden verknüpft.«

»Wollen Sie sich die Akten ansehen?« fragte er und wühlte in einem Stapel Aktenordner. »Sie können sich die verdammte Akte ansehen.«

»Was hat sie auf Ihrem Schreibtisch zu suchen?«

»Der Fall hängt mit einer Falschgeld-Ermittlung zusammen, die ich gerade durchführe. Ich habe Ihnen doch gesagt, daß ich jetzt auf diesem Gebiet arbeite.«

»Wieso hängt der Fall mit Falschgeld zusammen?«

»Sie haben in Armut gelebt, Conroy und seine Frau ...«

»Sie waren doch untergetaucht, oder?«

Er tat diese Bemerkung mit einem Achselzucken ab. »Na ja, sie haben sich anscheinend etwas Neues ausgedacht. Sie hatten eine hübsche, kleine Druckerpresse in ihrer billigen Absteige und ein paar Platten, mit denen man verdammt gutes Falschgeld drucken konnte.«

»Das hört sich nicht so an, als wären sie drauf und dran, Selbstmord zu begehen.«

»Wer weiß denn schon, weshalb jemand sich umbringt? Hier. Hier ist die Akte. Setzen Sie sich, und lesen Sie sie durch, wenn Sie wollen, aber ich muß wieder an die Arbeit.«

Ich blätterte die Akte durch und stieß auf das Fahndungsfoto einer Frau, einer attraktiven, wenn auch pockennarbigen Brünetten mit hartem Gesicht.

»Heller? Nate? Was ist los mit Ihnen? Sie sehen aus, als hätten Sie einen Geist gesehen.«

»Äh, nein, schon gut«, sagte ich, setzte mich, las die Akte, legte sie dann auf Wilsons Schreibtisch und dankte ihm, daß er mich empfangen hatte.

»Sie sehen so komisch aus«, sagte er. »Fühlen Sie sich nicht gut?«

»Bis dann, Frank«, sagte ich und ging.

Auf dem Korridor lehnte ich mich an die Wand; Beamte der Regierung gingen schnell an mir vorbei. Hatte ich einen Geist gesehen? Gewissermaßen.

Die bessere Hälfte des Doppelselbstmords der Conroys, Bobs Frau Bernice, war mir nicht unbekannt. Ich hatte sie schon einmal kurz gesehen. Sie war damals blond gewesen. Es war schon Jahre her – gut vier Jahre, aber die Erinnerung war noch frisch.

Ich hatte sie in Chicago gesehen, im Bahnhof LaSalle Street, in dem sie den Twentieth Century Unlimited verlassen hatte. Mit einem Baby in den Armen.

39

Das mehrstöckige, mit Terrakottaziegeln verkleidete Wohnhaus an der Sheridan sah noch genauso aus wie damals; es hätte auch erst einen Tag und keine vier Jahre her sein können, daß ich davor gestanden hatte. Sogar das Wetter war ähnlich: ein grauer, kalter Tag, die Luft mit eisigen Schneeflocken durchsetzt. Ich stand auf dem Bürgersteig und betrachtete das Gebäude wie einen Hinweis, auf den ich mir keinen Reim machen konnte.

Doch endlich hatte ich ihn entschlüsselt.

Es war Dienstag, später Dienstag vormittag – fast auf die Minute vierundzwanzig Stunden nach dem Augenblick, da ich in Washington in Frank Wilsons Büro Bernice Conroys Verbrecherfoto gesehen hatte. Ich hatte den Nachmittagszug genommen, war mitten in der Nacht in Chicago angekommen und hatte bis vor einer Stunde wie ein Baby im ausklappbaren Bett in meinem Büro geschlafen.

Im Zug hatte ich kein Auge zubekommen. Ich hatte in der oberen Koje des Pullman-Waggons gelegen und in die Dunkelheit gestarrt, langsam dieses und augenblicklich jenes Teil des Puzzles zusammengesetzt, bis ich es wußte. Ich wußte genau, was geschehen war.

Evalyn hatte ich nichts verraten. Ich hatte ihr nur gesagt, daß ich eine weit hergeholte Spur hatte, etwas, das ich in Wilsons Büro gesehen hatte, und unbedingt nach Chicago zurückkehren mußte, um der Spur nachgehen zu können. Sie wollte mitkommen, aber ich hatte abgelehnt. Sie wollte mit mir darüber streiten, aber ich hatte mich auf nichts eingelassen.

Das mußte ich allein durchführen.

»Ich komme so schnell wie möglich zurück«, hatte ich zu ihr gesagt.

»Und was soll ich bis dahin tun?«

»Dasselbe wie Hauptmann«, erwiderte ich und streichelte ihr Gesicht. »Warten und beten.«

Wir müssen die Aussage stets interpretieren: das hatte Marinelli gesagt. Vor kurzem hatte ich diese Wahrsager noch für Spinner gehalten, und ich war noch immer der Ansicht, daß die meisten von ihnen, darunter auch Marinelli, Betrüger waren. »Das ›wahr‹ bei den ›Wahrsagern‹ bezog sich auf das wahre, unverfälschte Knistern der Dollarscheinchen, die diese Schwindler ihren leichtgläubigen Kunden aus der Tasche zogen.

Aber einige dieser Wirrköpfe waren aufrichtig – Edgar

Cayce war das beste Beispiel dafür. Schon 1932 hatte ich gespürt, daß er zumindest *glaubte*, tatsächlich übersinnliche Begabungen zu besitzen; er, seine nette kleine Frau und sein zurückgezogenes, bescheidenes Leben hatten mich damals beeindruckt, obwohl ich selbst es mir nicht hatte eingestehen wollen.

Als ich nun vor dem Ziegelgebäude an der Sheridan Road stand, wußte ich, daß ich irgendwie eine sehr echte Spur verfolgte. Aber Interpretationen waren nötig: Cayce hatte schon so viel richtig ›gesehen‹ – das Industriegebiet von New Haven, das zweistöckige Schifferhaus an der ›Adams‹ (Chatham) Street mit der Hausnummer dreiundsiebzig; der Name des Mannes, der dort gewohnt hatte, Paul Maglio alias Paul Ricca; das braune Gebäude dreihundert Meter vom Ende der Chatham Street entfernt, von dem die Leute aus der Gegend behaupteten, dort wäre Little Lindy versteckt worden . . .

Aber das Kind war in der Scharten Street, hatte Cayce gesagt. Und das braune Gebäude lag an der Maltby.

Interpretation: Scharten. Klingt wie Scharten, klingt wie Scharten . . .

Sheridan?

Nur, daß das Baby nie in dem Mietshaus an der Sheridan gewesen war. Ich war Bernice Rogers alias Bernice Conroy von Bahnhof LaSalle Street bis zu diesem Wohnhaus gefolgt, und sie hatte ein zwanzig Monate altes Baby in den Armen getragen. Aber wie sich herausgestellt hatte, war es das Kind von Hymie Goldberg gewesen.

Sie wissen ja noch – es hatte alles in den Zeitungen gestanden.

Das war die süßeste Ironie überhaupt: Ich war von der Polizei von Chicago als Verbindungsmann ausgewählt worden, weil ich die Hymie-Goldberg-Entführung geknackt hatte. Das hatte sogar Lindbergh beeindruckt und mich augenblicklich in den inneren Kreis der diversen Colonels und Unterweltgrößen gebracht.

Aber hatte ich wirklich die Goldberg-Entführung geknackt? Schließlich hatte man gegen Bernice Rogers keine Anklage erhoben – Hymie Goldberg hatte nach der Rückgabe seines Kindes behauptet, daß Bernice als seine Jafsie gehandelt hatte. Die Goldberg-Entführung war vielleicht von Anfang an eine Täuschung, eine Tarnung gewesen.

Ich hatte an diesem vierten Tag des März 1932, als ich in einem Bahnhof in Chicago auf eine verdächtig aussehende Blondine und ein unschuldig aussehendes Kind aufmerksam geworden war, wahrscheinlich den Fall Lindbergh gründlichst verpatzt.

Mir war komisch zumute, als ich mich erinnerte, daß ich damals darauf spekuliert hatte, meine Karriere würde einen ungeahnten Aufschwung nehmen, wenn ich das Verbrechen des Jahrhunderts aufklärte. Aber ich war noch ein grüner Junge gewesen. Was hatte ich damals schon gewußt? Bestimmt nicht, was ich getan hatte.

Doch dieser große, alte Detective, mein Chief of Detectives, ›Old Shoes‹ Schoemaker, hatte von Anfang an richtig gelegen. Wir hatten damals gewußt, daß Bernice Roger von einer Agentur in Evanston einen Jungen adoptiert hatte, der damals ein ganz bestimmtes Alter haben mußte. Old Shoes hatte vermutet, daß sie mit dem Jungen dann an die Ostküste gezogen war, in irgendeinem ruhigen Viertel einen Hausstand gegründet und sich mit ihrem ›Sohn‹ gezeigt hatte – aber stets aus einer gewissen Entfernung. Nach der Entführung war Charles Lindbergh jr. dann gegen das Kind von der Adoptionsvermittlung ausgetauscht worden, das man irgendwie beseitigt hatte.

Ich wußte nun, daß dieses ›ruhige Viertel‹ im Osten New Haven gewesen war, ›in Dover‹, in einer Wohnung über einem Gemüseladen in einem braunen Haus an der Maltby Street. Auf Geheiß von ›Paul Maglio‹, dessen zweistöckiges Haus an der Chatham Street kurz als Schutzversteck benutzt worden war. Das adoptierte Kind war wahrscheinlich erstickt und im Keller dieses Hauses oder sonstwo begraben worden – und möglicherweise Monate später in einem flachen Grab in den Bergen der Sourlands wieder aufgetaucht.

Doch Paul Ricca hatte nicht damit gerechnet, daß die Bundespolizei schon ein paar Tage nach der Entführung New Haven auf den Kopf stellen und nach Verdächtigen und Kleinkindern suchen würde; Ricca konnte nicht wissen, daß die Bauarbeiter, die am Lindbergh-Anwesen gearbeitet hatten, größtenteils aus New Haven stammten und direkt unter Verdacht geraten waren.

Also wurde der Plan schnell geändert, und Ricca hatte Bernice Rogers und ihr heißes kleines Paket (dem man das Haar schwarz gefärbt hatte) nach Chicago zurückgeschickt, wo Bernice das Kind einer anderen Person übergeben sollte, damit es dann in ein neues, sicheres Versteck gebracht werden konnte.

Und da und dort hatte Nathan Heller, Polizeibeamter in Zivil von der Abteilung für Taschendiebstahl, Scheiße gebaut.

Gestern abend war ich auf die Wahrheit gekommen, kurz bevor der Zug – ausgerechnet – in den Bahnhof LaSalle Street eingefahren war – aber leider vier Jahre und einige Tage zu spät.

Man hatte einen Austausch vollzogen.

Bernice Rogers hatte ihren hübschen Arsch aus dem Zug und in den Bahnhof und direkt in die Damentoilette geschafft. Sie war keine zwei Minuten darin geblieben. Nicht lange genug, um Windeln zu wechseln, nicht einmal, um anständig zu pinkeln.

Aber lange genug, um mit einer anderen Ersatzmutter, die in diesem Klo auf sie wartete, die Kinder zu tauschen.

Bernice Rogers hatte Charles Lindbergh jr. einer wartenden Komplizin übergeben, die ihr dafür den Sohn eines jüdischen Schnapsbrenners namens Goldberg gegeben hatte.

Indem sie nicht nur ein anderes Kind, sondern ein anderes *entführtes* Kind übergab, war es möglich geworden, Bernices zahlreiche ausgeklügelte Vorsichtsmaßnahmen – die Adoption eines anderen Kindes, der Umzug zur Ostküste, die Rückkehr nach Hause – der *Goldberg*-Entführung zuzuschreiben. Die wahrscheinlich nicht einmal eine Entführung gewesen war. Alles lief darauf hinaus, daß der junge Detective Heller allergrößte Scheiße gebaut hatte. Ich hätte dieser Schlampe auf die Damentoilette folgen und sie und das Kind festnehmen sollen. Aber ich war zu schüchtern gewesen – verdammt noch mal, ich hatte nicht die Gefühle irgendwelcher Damen verletzen wollen, die gerade ihre Hintern auf den Pott drückten.

Dabei war ich es, der nun in den Hintern gekniffen war. Verdammte Scheiße! Der Kummer, den ich mir, Lindbergh, Hauptmann, der ganzen Welt hätte ersparen können, wenn ich nur den Mumm gehabt hätte, auf eine gottverdammte Damentoilette zu gehen!

Derart triviale Begebenheiten können Auswirkungen auf die Geschichte haben – ganz zu schweigen von meiner geistigen Gesundheit.

Na ja, das war schon lange her, und jetzt war ich wieder in Chicago, wieder auf der Sheridan, wieder vor dem Gebäude, bis zu dem ich Bernice Rogers damals, vor vier Jahren, verfolgt hatte. Ich war älter und klüger, und das galt wohl auch für Bernice Rogers – wenngleich man bei ihr noch ›tot‹ auf die Liste hinzufügen mußte.

Der Hausmeister hatte eine kleine Wohnung im Erdgeschoß, durch das zahlreiche Rohre verliefen und das mit schrecklichen Möbeln aus zweiter Hand, Stapeln schlüpfriger Magazine und weiterem häßlichem Schnickschnack vollgestopft war. An den verputzten Betonwänden hingen zahlreiche Pin-up-Kalender, aber keiner aus diesem Jahr. Der Bursche war ein Freund von Schmutz und Schund und ein Dieb. Für meine Zwecke war das hervorragend.

»Klar erinnere ich mich an Mrs. Rogers«, krächzte er. Er war jünger als dreißig und älter als die Zeit – ein gebeugter Tuberkulosekranker mit vier Tage alten Stoppeln. Er trug ein verschwitztes, blaues T-Shirt und weite blaue Hosen mit Hosenträgern. Seine oben vorstehenden Zähne waren pißgelb; zum Ausgleich hatte er so gut wie kein Kinn und Augen, die so klar und blau wie ein Sommerhimmel waren.

»Die war toll gebaut, oder?« sagte ich und grinste.

»Allerdings! Aber die war nicht ganz astrein.« Er kniff seine unerklärlich schönen blauen Augen zusammen und beugte sich vertraulich vor; sein Atem roch nach Sen-Sen. »In ihrer Wohnung hat es '32 'ne Schießerei gegeben. Ich hab' spitzgekriegt, daß sie in 'ne Entführung verwickelt war. Aber sie ist noch mal davongekommen . . .«

»Wie lange hat sie danach noch hier gewohnt?«

»Nicht lange. 'ne Weile, vielleicht einen Monat. Dann ist sie eines Abends ganz plötzlich abgehauen, ohne jemandem Bescheid zu sagen. Sie hat ihre Kleider mitgenommen, die Möbel aber stehen lassen, obwohl sie gar nicht möbliert gewohnt hat.«

Ich konnte mir vorstellen, daß sich ein Teil dieser Möbel in diesem Zimmer befanden. »Hat sie sonst noch was zurückgelassen? Außer den Möbeln, meine ich. Persönliche Gegenstände? Briefe, zum Beispiel?«

Er hustete eine Weile; ich wartete. »Nein, Sir«, sagte er dann. »Aber ich weiß noch, daß, vielleicht eine Woche nachdem sie ausgezogen ist, ein Brief für sie gekommen ist. Sie hat keine Nachsendeadresse hinterlassen. Wissen Sie, manchmal machen die Leute so was. Auszuziehen, ohne eine Nachsendeadresse zu hinterlassen.«

»Was haben Sie mit ihrer Post gemacht? Sie als unzustellbar zurückgehen lassen?«

Er schüttelte den Kopf. »Ich habe sie in eine Zigarrenkiste gelegt und aufbewahrt. Für den Fall, daß die Frau jemals zurückkommen und sich danach erkundigen sollte.«

»Ich würde diesen Brief gern sehen.«

»Mister, verstehen Sie mich nicht falsch, aber die Marke, die Sie mir gezeigt haben ... das war doch 'ne private, oder?«

»Richtig. Würden Sie gern noch ein paar Ausweise sehen?«

Und ich zeigte ihm eine Fünf-Dollar-Note.

»Das sieht sehr offiziell aus«, sagte er, nahm sie und steckte sie mit einem wölfischen Grinsen tief in die Tasche. »Warten Sie hier.«

Er öffnete eine Tür, und ich erhaschte einen Blick auf den Trockenraum und die Kellerverschläge der einzelnen Wohnungen. Die Tür stand offen, aber ich konnte den Kerl nicht sehen. Aber dafür hören, wie er wie eine Ratte dort herumstöberte.

Kurz darauf kehrte er zurück und entblößte seine vorstehenden gelben Zähne zu einem Grinsen. In einer Hand hielt er – wie ein Pfarrer die Kollekte – eine Zigarrenkiste, in der anderen einen Brief, den er geöffnet hatte. Aber das galt auch für die Dutzende von Briefen, die sich noch in der Kiste befanden.

Ich griff nach dem Brief.

Er zog die Hand zurück; sein Mund war verkniffen und vorwurfsvoll. »Ich will noch ein paar Ausweise. Ich könnte deshalb Ärger mit dem Hausbesitzer kriegen.«

»Ich habe Ihnen schon fünf Mäuse gegeben, Kumpel.« Ich grinste ihn wieder an, diesmal aber gar nicht freundlich. »Und der Hausbesitzer wird Ihnen den Ärger nicht machen, den *ich* Ihnen mache, wenn Sie mir das Scheißding nicht geben.«

»Nein«, sagte er, schüttelte den Kopf und hustete noch etwas. »Ich mein's ernst. Ich gehe ein großes Risiko ein, schon allein, indem ich mit einem wie Ihnen spreche. Mr. Ricca hat da strikte Regeln.«

Das ließ mich zögern. »Mr. Ricca? So heißt der Hausbesitzer?«

»Ihm gehört die Bude«, sagte er mit einem ernsten Nicken. »Und ich habe gehört, daß er so seine Verbindungen hat.«

Das hatte ich auch gehört.

Ich gab ihm weitere fünf Dollar.

Ich sah mir den Brief erst an, als ich in meinem Wagen saß. Meine Hände zitterten, als ich das einzelne Blatt herauszog; ich schäme mich nicht, das einzugestehen.

Er war von einer Frau namens Madge. Kein Nachname, doch auf dem Umschlag war ein Absender angegeben: M. Belliance, Three Oaks, Michigan, eine ländliche Gemeinde.

Cayce hatte behauptet, eine Frau namens ›Belliance‹ passe auf das Kind auf. Jetzt glaubte ich dem Mistkerl endlich. Meine Hand zitterte noch immer, doch es gelang mir, den Brief zu lesen.

Liebe B.,
dem Jungen geht es gut. Er ist über seine Erkältung weg. Er und Carl kommen prima miteinander aus. Carl wird ein guter Daddy sein. Wir haben keinen Kummer, keine Sorgen mehr. Das Leben auf der Farm ist wirklich schön.
Es ist nett von Dir, daß Du Dich nach dem Jungen erkundigt hast. Es fällt schwer, ihn nicht gern zu haben. Jetzt begreife ich, wieso Du Dich so schnell an ihn gewöhnt hast.
Wenn Du klug bist, zerreißt Du diesen Brief. Das Bild auch, aber ich mußte Dir einfach eins schicken.
Madge

Das Foto lag anbei. Ein Schnappschuß.

Cayce hatte gewissermaßen erneut recht behalten. Ich hatte das Kind in der ›Scharten Street‹ gefunden. Zumindest dieses Foto eines Kindes.

Ein Kind von vielleicht einundzwanzig Monaten, ein

wunderschöner Prachtkerl in einem kleinen Strampler mit Hosenträgern über einem T-Shirt; er hatte leicht gelocktes Haar und ein Grübchen auf dem Kinn. Er stand zwischen einem Mann mit schmalem Gesicht, einer Mütze und einem Overall, wie Farmer ihn trugen, und einer apfelwangigen Frau in einem bedruckten Hauskleid; die beiden Erwachsenen hielten ihn an je einer Hand. Hinter ihnen schien sich ein Farmhaus zu befinden. Der Mann und die Frau lächelten, der kleine Junge kniff die Augen zusammen, als müsse er in die Sonne sehen.

Es war Charles Lindbergh jr.

Und ich war unterwegs nach Three Oaks in Michigan.

40

Ich fuhr über den Lake Shore Drive zur South Side, vorbei am Industriegebiet im Südosten der Stadt, bis die Stahlwerke Chicagos denen von Gary, Indiana, wichen. Bald wurde der rußige Gestank des freien Unternehmertums von klarer, frischer Landluft verdrängt, und ich bog mit meinem sportlichen '32er Auburn auf die Uferstraße, die sich um den Lake Michigan wand, und kurz darauf erhoben sich um mich herum Sanddünen wie Wüstenspiegelungen. Ich fuhr schnell, raste aber nicht, kämpfte mich mit der Entschlossenheit eines hungrigen Tiers voran. Das Dorf New Buffalo im südwestlichen Michigan, im Herzen eines Erholungsgebiets mit zahlreichen Sommerlagern und Hotelanlagen, war als Tor zu dieser Stadt bekannt. In diesem Dorf hielt ich vor einem Eisenwarenladen an und kaufte ein Jagdmesser, ein Seil und eine breite Rolle Klebeband. Dort war auch Munition zu haben, aber ich hatte welche von zu Hause mitgebracht.

Es war nicht weit bis nach Three Oaks, einem weiteren

anheimelnden Dörfchen, wo ein Tankwart mir erklärte, wie ich zur Farm der Belliances kam. Ich bog an der Ampel an der North Elm Street rechts und an einer Kreuzung mit einer Schotterdecke links ab und fuhr am Warren Woods vorbei, einem gewaltigen Gelände mit jungfräulichen Birken und Ahornbäumen, einem staatlichen Vogel- und Schwarzwild-Park. Dann wieder links, wieder rechts, über eine unbefestigte Straße, vorbei an Obstgärten und unbebauten Feldern, und da war sie auch schon.

Die Farm der Belliances lag, ins Licht der Nachmittagssonne getaucht und so idyllisch wie auf einem Gemälde an der Wohnzimmerwand, auf einem sanft ansteigenden Hügel, auf dem sogar etwas grünes Gras zu sehen war – ich war zu sehr Städter, um sagen zu können, ob es daran lag, daß der Frühling kam oder der See sich ganz in der Nähe befand. Das Farmhaus war ein kleines, weißes, zweistöckiges Gebäude mit einer großen, roten Scheune dahinter. Sarah Sivella hatte letzte Woche solch einen Ort gesehen, als sie im Tempel der Göttlichen Macht in Trance gefallen war. Ich bog auf die Einfahrt; es war eine Schotterstraße, doch der Erdboden, der auf beiden Seiten in dicken Klumpen lag, schimmerte rötlich. Edgar Cayce hatte gesagt, in der Nähe des Hauses, in dem das Kind gefangengehalten werde, sei ›rote Erde auf der Straße‹. Ich fragte mich allmählich, ob ich meine Pistole nicht gegen eine Kristallkugel eintauschen sollte.

Doch im Augenblick verließ ich mich lieber auf die Neun-Millimeter-Automatik, die ich bereits in die Tasche meines Regenmantels gesteckt hatte. Die breite Rolle Klebeband war in der anderen Tasche. Das Seil hatte ich um meinen Gürtel geschlungen, und das Jagdmesser steckte in seiner Lederscheide ebenfalls an meinem Gürtel; unter dem weiten, Falten werfenden Regenmantel konnte man nichts von alledem sehen.

Ich war bereit, der Familie Belliance einen Besuch abzustatten.

Hühner wichen mir lautstark aus, als ich den Auburn hinter das Haus lenkte, wo auf einem eingezäunten Schotterplatz schon ein Kleinlieferwagen, ein ziemlich neuer Chevy und ein grüner, neu aussehender Traktor standen. Neben der gerade frisch gestrichenen, hellroten Scheune verfügte die Farm über einige weitere Gebäude, darunter einen Werkzeugschuppen und eine Windmühle.

Die Sonne glitt hinter eine Wolke und erinnerte mich daran, wie kalt es noch war, doch es lag kein Schnee auf dem gefrorenen Boden. Ich ging zur Veranda und klopfte; irgendwo schlug eine Tür, die der Wind hin und her schwang.

Eine Frau öffnete die Tür – die Frau, die ich auf dem Foto gesehen hatte, das dem Brief an Bernice Rogers Conroy beigefügt gewesen war; sie war Anfang Vierzig, trug ein frisch gebügeltes, rosa und weiß gemustertes Hauskleid und eine weiße Schürze, an der sie gerade ihre Hände abtrocknete. Sie war dunkelblond, apfelwangig und hatte blaue Augen, die fast so schön waren wie die des Hausmeisters des Gebäudes an der Sheridan Street.

»Kann ich Ihnen helfen, junger Mann?« Ihr Lächeln war freundlich, ihr Tonfall aufrichtig.

»Entschuldigen Sie, daß ich Sie störe, aber ich habe Probleme mit dem Wagen. Ist Ihr Mann zu Hause?«

»Ja, sicher. Er ist hinter dem Haus. Soll ich ihn holen . . .?«

»Ja, bitte. Es tut mir leid, daß ich Sie belästige . . .«

»Kommen Sie rein, kommen Sie rein.«

Ich tat wie geheißen. Sie drehte sich um und ging, sich noch immer die Hände an der Schürze abtrocknend; ich hörte, wie die Hintertür geöffnet wurde. Ich steckte die Hand in die Tasche des Regenmantels und ergriff die Neun-Millimeter-Pistole. Ich lehnte mich direkt hinter der Tür mit dem Rücken gegen die Wand, so daß ich sowohl die Haustür als auch die, durch die die Frau in die Küche gegangen war, im Blick hatte. Vor mir führte eine

Treppe zum Obergeschoß. Das Haus war schlicht und ordentlich, Holzböden, eine Tapete mit Blumenmuster. Die Möbel waren nicht teuer, aber verhältnismäßig neu; im Wohnzimmer stand ein Klavier. Mitten in der Depression hatten diese Leute ihr Farmhaus mit schönen, neuen Sachen eingerichtet.

Eine Vogelscheuche von Mann in einem Overall kam durch die Küchentür herein, seine Frau pflichtschuldig einen Schritt hinter ihm; er wischte sich mit einem Lappen Schmieröl von den Händen. Er war Mitte Vierzig, kahlköpfig und hatte Säcke unter den Augen – wie Sarah Sivella behauptet hatte. Sein irgendwie verwittertes Gesicht war das des Mannes, den ich auf dem Foto gesehen hatte.

Er streckte die gerade gesäuberte Hand aus und lächelte. »Ich bin Carl Belliance. Wie ich gehört habe, haben Sie ein kleines Problem.«

»Nein«, sagte ich und zeigte ihm die Neun-Millimeter-Pistole. »Sie haben das Problem.« Sein Gesicht verzog sich, und ich dachte schon, er wollte sich auf mich stürzen, doch ich sah ihm in die Augen und schüttelte den Kopf. Er seufzte, entspannte sich und wurde dann ganz schlaff, ließ die Arme baumeln und den Kopf hängen. Er trat einen Schritt zurück. Seine Frau hatte eine Hand vor den Mund gehoben.

»Was wollen Sie, Mister?« sagte er. »Wir haben kein Geld im Haus.«

»Hören Sie schon auf. Ich will den Jungen holen.«

Sie sahen einander an; sie schienen den Tränen nahe zu sein. Er schüttelte den Kopf, als wolle er sagen: *Es ist sinnlos.*

»Ich habe mir schon gedacht, daß uns eines Tages jemand finden würde«, sagte Belliance leise.

»Wieso? Für wen halten Sie mich denn?«

Er lächelte mit einer Seite des Gesichts, und es war eigentlich gar kein Lächeln. »Spielt das eine Rolle? Sie sind entweder ein Cop, oder Sie sind kein Cop. Und wenn Sie kein Cop sind, hat jemand den Entschluß gefaßt, uns alles zu nehmen.« Sein Gesichtsausdruck wurde verbittert. »Wir haben getan, was man uns aufgetragen hat. Wir haben nie auch nur einen Mukser von uns gegeben. Aber ich glaube, es war wohl zu viel erwartet, unser verdammtes Leben in Frieden verbringen zu können.«

»Wer *sind* Sie, Carl?«

Seine Augen zuckten. »Ich bin niemand. Nur ein Farmer.«

»Tja, wenn Sie es mir nicht sagen wollen, sage ich es Ihnen. Sie waren mal Alkoholschmuggler für den Mob. Die Aufhebung der Prohibition stand bevor, und Sie wären arbeitslos geworden. Aber Sie waren ein guter Mann. Vertrauenswürdig. Also hat ein hohes Tier – jemand namens Capone vielleicht oder jemand namens Ricca – Sie gefragt, ob Sie ehrlich werden wollten. Eine Farm aufbauen und ein neues Leben anfangen.«

Er sah mich nichtssagend an, doch in seinem Blick lag Respekt. »Sie sind ziemlich gut, Mister. *Sind* Sie ein Bulle?«

»Gewissermaßen. Lassen Sie mich noch ein paar Vermutungen anstellen, wenn ich schon mal dabei bin. Sie sind ein kinderloses Ehepaar. Sie sind seit zwanzig Jahren verheiratet oder seit fünfundzwanzig, doch es hat sich nie Nachwuchs eingestellt. Sie wollten Kinder haben. Mit Ihrer Vergangenheit war eine Adoption nicht so einfach. Aber dann stellte sich das Wunder plötzlich ein – jemand gab Ihnen einen Sohn.«

Er trat einen Schritt zurück und legte einen Arm um die Schulter seiner Frau; leise weinend drückte sie sich an ihn. »Das stimmt«, sagte er. »Und wir lieben unseren Sohn, Mister. Und er liebt uns.«

»Ist ja toll. Wissen Sie, wer der Junge ist?«

»Ja, das wissen wir. Er ist Carl Belliance jr.«

»Wenigstens das ›junior‹ stimmt.«

»Wir haben diesen Namen nie...«, sagte Madge Belliance mit zitternden Lippen, »nie gesagt. Ihn nie ausgesprochen.«

Ich runzelte die Stirn; ich richtete noch immer die Waffe auf sie. »Charles Lindbergh jr., meinen Sie? Wo ist er?«

»In der Schule«, sagte sie. Sie gab sich Mühe, trotzig zu klingen, aber es funktionierte nicht.

»Wann kommt er nach Hause?«

»Sie werden ihm doch nichts tun...«, sagte sie und krallte die Hand um das Hemd ihres Mannes zusammen; er tätschelte sie.

»Verdammt noch mal, nein, Lady. Ich werde ihn zu seinen richtigen Eltern bringen. Wann kommt er nach Hause?«

»Es ist ein weiter Weg«, sagte sie und fuhr mit der Zunge über ihre Lippen. »In einer halben Stunde vielleicht. Wir haben nie etwas Böses getan, Mister.«

»Haben Sie schon mal von einem Burschen namens Hauptmann gehört?«

»Ja«, sagte Belliance und reckte das Kinn hoch. »Wir haben gehört, daß er ein gottverdammter Erpresser war und bekommt, was er verdient hat.«

»Ach, das hat man Ihnen gesagt? Das ist ja ein Witz. Haben Sie Hilfskräfte?«

»Im Augenblick nicht«, sagte er. »Nur bei der Ernte.«

Ich blickte mich kurz um. »Ihnen scheint es ja trotz der harten Zeiten ziemlich gutzugehen. Was gibt's denn hier auf dieser Farm, außer einem entführten Kind? Getreide? Mais? Schon gut – das interessiert mich wirklich nicht. Hier.«

Mit der linken Hand gab ich Madge Belliance das Klebeband. Sie nahm es zögernd und verwirrt.

»Fesseln Sie Ihrem Mann damit die Hände auf dem Rücken. Sofort.«

»Aber...«

Sie wechselte einen Blick mit ihrem Mann; er schaute sie ernst an und nickte, und sie seufzte schwer und erwiderte das Nicken. Er drehte ihr den Rücken zu und reichte ihr die Hände, und sie band sie zusammen.

Als die Frau fertig war, gab sie mir das Band zurück. Ich nahm es und befahl ihr, sich umzudrehen und die Hände auf den Rücken zu legen. Während ich die Neun-Millimeter-Pistole in die linke Armbeuge geklemmt hielt, zog ich das schwarze Band schnell um ihre Handgelenke. Dann stupste ich sie an. Ich befahl den beiden, sich wieder umzudrehen und mich anzusehen, und sie gehorchten.

»Gehen wir in den Keller«, sagte ich.

Sie führten mich hinab; der mit einer schweren Sturmschutztür gesicherte Kellereingang befand sich hinter dem Haus, dort, wo ich geparkt hatte. Sie gingen vor mir die kurze Treppe hinab. Der Boden des Kellers bestand aus festgestampfter Erde, die dieselbe rote Färbung hatte.

»Setzen Sie sich an die Wand«, sagte ich. »Ich will Sie nicht bewußtlos schlagen müssen.«

Sie setzten sich. Ich trat einen Schritt zurück, klemmte mir die Pistole wieder unter den Arm und schnitt mit dem Messer Streifen von dem Strick ab. Ich fesselte ihre Fußgelenke und zur Sicherheit noch einmal die Hände. Dann befahl ich ihnen, sich an einen Stützbalken zu setzen, und fesselte sie um Brust und Hüfte aneinander; der Balken war zwischen ihnen. Während der gesamten Prozedur sagte niemand ein Wort.

Mit dem Messer schnitt ich die Schürze der Frau in Streifen, mit denen ich sie dann knebelte. Das war angenehmer als mit dem Klebeband, wie ich es ursprünglich vorgehabt hatte. Wenn man eine Entführung durchzog, mußte man flexibel sein.

Ich blieb vor ihnen stehen. »Ich möchte nicht, daß Sie ein Geräusch machen«, sagte ich. »Machen Sie das Kind nicht darauf aufmerksam, daß Sie hier unten sind.«

Belliances Blick war hart; der seiner Frau war weich.

»Benehmen Sie sich«, sagte ich, »und ich liefere Sie vielleicht nicht der Polizei aus. Ich will nur den Jungen seinen Eltern zurückbringen. Haben Sie mich verstanden?«

Sie sahen mich nur an.

»Haben Sie mich verstanden?« wiederholte ich.

Der Vater nickte kurz; dann nickte auch seine Frau, zögernd, aber mehrmals.

Ich schob die Pistole ins Schulterhalfter und nicht in die Tasche des Regenmantels und ließ die Belliances im Keller sitzen. Das rote Erdreich, ein paar Harken und eine Wand mit gefüllten Einmachgläsern leisteten ihnen Gesellschaft.

Ich stieg aus dem Keller hinauf an die kühle, frische Luft, ging um das Haus, setzte mich auf der Veranda auf die Schaukel und wartete, daß Charles Lindbergh jr. von der Schule nach Hause kam.

Ich mußte nicht lange warten. Keine Viertelstunde.

Von meinem Aussichtspunkt auf dem Hügel, auf dem das Farmhaus stand, konnte ich die Schotterstraße hinabsehen, die ein halbes Dutzend Kinder unterschiedlichen Alters entlanggingen und dabei ein bißchen Staub aufwirbelten. Er war der jüngste – wie alt mußte er jetzt sein? Sechs? Fast sechs. Er war wohl im ersten Schuljahr.

Er kam allein die Auffahrt hinauf, eine winzige Gestalt in einem braunen Mantel und grauen Hosen; seine Mütze – und als ich ihn deutlich ausmachen konnte, spürte ich unwillkürlich einen Kloß im Hals – war ein Fliegerhelm mit dekorativer Schutzbrille, in den letzten Jahren der neueste Schrei bei Kindern in diesem Alter. Er trug Fausthandschuhe. Keine Schulbücher – dazu war er wohl noch etwas zu jung. Er ging wie ein kleiner Soldat die Auffahrt hinauf. Wie ein kleiner Mann. Und je näher er kam, desto mehr erinnerte mich sein Gesicht an das von Slim.

Er zögerte, als er mich sah, kam dann aber vertrauensvoll näher und sagte: »Wer sind Sie, Mister?«

Ich erhob mich von der Schaukel und lächelte. »Ich bin ein Freund deiner Eltern. Komm hinauf zu mir, Carl.«

Er dachte darüber nach. Das Kinn mit dem Grübchen und das Babygesicht kamen mir fürchterlich bekannt vor. Zögerte er, weil er sich irgendwie daran erinnern konnte, von fremden Menschen hierhin und dorthin geschleppt worden zu sein? »Wo sind Mom und Dad?«

»Sie mußten plötzlich fort. Sie haben mich gebeten, dich nach der Schule abzuholen und zu ihnen zu bringen.«

Er kniff die kleinen Augen zusammen. »Ich soll mit Ihnen gehen?«

»Genau. Ich werde dich dann sofort zu deinen Eltern bringen.«

»Hm . . . na schön. Aber ich habe Hunger.«

»Mal sehen, ob wir in der Küche was finden«, sagte ich.

Auf dem Küchentisch stand ein noch warmer Kuchen. Andere Lebensmittel lagen in unterschiedlichen Stadien der Zubereitung herum; ein ausgenommenes Hähnchen, das Madge gerade hatte panieren wollen, auf dem Küchentisch und in der Spüle geschälte Kartoffeln. Aber der kleine Junge dachte sich nichts dabei.

»Kann ich ein Kuchenstück haben?« fragte er. Er nahm die Mütze ab, zog den Mantel aus und legte alles ordentlich über einen Stuhl; die Fäustlinge hatte er bereits ausgezogen.

»Klar«, sagte ich. »Auf dem Weg zu deinen Eltern halten wir dann irgendwo an und essen einen Hamburger, einverstanden?«

»Einverstanden.«

Also schnitt ich ihm ein ›Kuchenstück‹ ab. Apfelkuchen. Ich genehmigte mir auch ein großes Stück; ich hatte mittlerweile Hunger. Köstlich.

Ich gab ihm eine Serviette, und er wischte sich das

kleine, süße Lindy-Schnütchen ab. »Ich muß mal«, sagte er dann.

»Gut«, sagte ich.

Ich folgte ihm nach oben. Er bat mich, ihm die Hose auszuziehen, was ich auch tat. Aber er ging allein hinein und machte, was er machen mußte. Ich stand neben der geschlossenen Tür und lauschte, während er die Toilette abzog, den Wasserhahn aufdrehte und sich die Hände wusch.

Als er herauskam, trocknete er sie an den Hosen ab.

»Gehen wir auf dein Zimmer«, sagte ich und bückte mich, um die Hose wieder zuzuknöpfen, »und packen wir ein paar Sachen ein. Dann fahren wir los. Such dir ein Spielzeug aus, an dem dir besonders viel liegt. Wir können nicht alles mitnehmen.«

»Warum lassen Sie im Haus den Regenmantel an?«

»Weil wir gleich wieder losfahren. Also, hol deine Sachen.«

Er suchte sich aus einer Truhe am Fenster ein paar Spielzeuge aus, während ich aus einem Kleiderschrank ein paar Sachen zum Anziehen nahm, die ich gerade in ein Kopfkissen stopfen wollte, als ich draußen etwas hörte. Etwas wie knirschenden Schotter. Ich ging zum Fenster.

Ein Wagen hielt neben meinem an. Es war ein funkelnagelneuer schwarzer Ford. Zwei Männer stiegen schnell aus.

»Großer Gott«, sagte ich.

»Was ist los, Mister?«

»Wir werden etwas spielen, Carl«, sagte ich, bückte mich, packte ihn an den kleinen Schultern und blickte ihm in die dunkelblauen Augen. »Es geht so ähnlich wie Verstecken. Ich möchte, daß du dich unter dem Bett versteckst, kein Wort sagst und ganz leise bist, klar? Bis du hörst, daß ich ›Eene, mene, mu!‹ sage.«

»Na schön.«

Er huschte unter das Bett.

»Sei jetzt mucksmäuschenstill«, sagte ich und zog meine Pistole.

Die beiden Männer, die ich gesehen hatte, waren alte Freunde. Ich hatte sie lange nicht mehr gesehen. Das letzte Mal vor vier Jahren in einer Suite im Carteret Hotel in Elizabeth, New Jersey. Als sie Max Greenberg und Max Hassel erschossen hatten.

Ich stand oben neben der Treppenbrüstung, als ich hörte, wie die Haustür geöffnet wurde.

»Wo sind die denn nur?« Eine hohe, winselnde Stimme.

»Ich sehe mal im Haus nach.« Ein knirschender Bariton.

Sie flüsterten, aber ich konnte sie verstehen.

»Was soll ich tun?«

»Was der Boß gesagt hat – hier kommt niemand raus.«

»Mein Gott, ein kleines Kind, Phil?«

»Ja. Sieh dich draußen um. Erledige Heller, den Farmer, seine Frau, den Jungen und alle Hühner und Kühe, die dir unter die Augen kommen.«

Währenddessen hatte ich mich auf den Bauch gelegt und war zum Treppenabsatz gekrochen, und nun konnte ich sie da unten sehen: Phil war der Bursche mit dem flachen Gesicht und den Schlitzaugen. Er trug einen schwarzen Mantel, einen grauen Hut und graue Handschuhe mit einer großen .45er Automatik in einem davon. Und Jimmy (ich erinnerte mich von unserer ersten Begegnung her an seinen Namen) war der stupsnasige Bursche mit den hellen Augen und dem runden Gesicht, den ich beim letzten Mal angeschossen hatte. Er trug einen grauen Tweedmantel, und auch er hielt eine .45er in einer behandschuhten Hand. Keine Schalldämpfer. Wer sollte sie hier draußen schon hören? Jimmy machte gerade die Tür auf, um wieder hinauszugehen, als ich das Feuer auf die Arschlöcher eröffnete. Ich traf Jimmy in die Schläfe, und er machte einen Satz, als ob ihn jemand erschreckt hätte, doch es war mehr als nur das, denn der Inhalt von Jimmys Kopf war eher draußen als der Rest von ihm, und er fiel seitwärts auf die Veranda, auf seine Gehirnmasse, und seine Leiche verhinderte, daß die Tür zufiel.

Phil bekam eine Kugel in den Arm ab, aber leider nicht in den rechten, und er erwiderte das Feuer, und die Kugeln der .45er pfiffen um mich herum und zerfetzten die Wand und das Geländer und die Treppenstufen, und dann war er weg, nicht zur Tür hinaus, wo Jimmys Leiche den Weg versperrte, sondern irgendwo im Haus verschwunden.

Ich sah keine andere Möglichkeit: ich polterte die Treppe hinab, immer zwei oder drei Stufen auf einmal, die Neun-Millimeter-Pistole nach links gerichtet, wohin Phil verschwunden war, und blickte in ein leeres Wohnzimmer, als das Arschloch hinter einem Sessel hervorsprang und eine gut gezielte Salve auf mich feuerte, mich in die Seite traf und in einem Gewirr aus Armen und Beinen, die sich alle im Regenmantel verwickelt hatten, glatt zu Boden schickte. Der Sturz setzte mir mehr zu als die Schußwunde; auf dem Weg nach unten prallte ich fünf- oder sechsmal mit dem Kopf auf die Stufen, aber ich spürte noch keinen Schmerz in meiner Seite, nur Nässe, und noch während ich auf dem Boden lag, schickte ich eine Kugel in Phils Richtung, doch er war weg, und ich beschädigte nur das Klavier. Es gab ein leises, musikalisches ›Autsch!‹ von sich.

Ich blutete nicht als einziger: Phil hatte eine Spur hinterlassen, und ich folgte ihr. Ich stolperte durch das Haus, durch das Wohnzimmer und in die Küche, wo eine Treppe hinter einer Tür, gottverdammt, nach oben führte. Ich hielt mich vorsichtig an der Wand der schmalen Treppe, schaffte eine Stufe nach der anderen und folgte noch immer der Blutspur, als ich den Jungen schreien hörte.

Ich lief zu seinem Zimmer; jetzt tat es weh.

Phil hatte den Jungen offensichtlich unter dem Bett hervorgezogen und drückte ihn jetzt an sich; das Kind mit dem blonden Haar und dem Babygesicht starrte mich mit großen, flehenden Augen an, während Phil es wie ein Schild vor sich hielt und die .45er auf mich richtete.

Ich war schwach, und ich fühlte, daß ich bald ohnmächtig werden würde, aber ich richtete die Neun-Millimeter-Pistole auf ihn. »Phil«, sagte ich, »da ist etwas, das du wissen solltest.«

»Was, du Arschloch?« sagte Phil, dessen Gesicht weißer war als die geschälten Kartoffeln in der Spüle unten.

Ich schoß ihm zwischen die Augen.

»Ein Schuß in den Kopf«, sagte ich, »macht allen Reflexhandlungen ein Ende.« Phil hörte mich natürlich nicht mehr. Er war dort, wo auch Jimmy war. Der kleine Junge machte sich los und landete steif auf den Füßen, während der tote Phil auf Beinen wankte, die auf Befehle warteten, die nicht mehr kommen würden. Dann entschloß sich Phils Leiche, aufs Gesicht und nicht auf den Arsch zu fallen, und die Möbel im Zimmer bebten.

»Guter Schuß, was, Junge?« sagte ich.

»Mister – Sie sehen gar nicht gut aus.«

»Ich weiß ...«

»Mister, ich habe Angst.«

»Mein Junge ... deine Eltern ... sie sind unten ... im Keller. Sie sind gefesselt ...«

Besorgnis verzerrte sein Gesicht. »Geht es Mommy und Daddy gut?«

»Es geht ihnen gut, aber ... du mußt runtergehen, hinten raus ... und sie losbinden ... Hol deinen Daddy ... hol deinen Daddy her ...«

Er dachte darüber nach.

Ich fiel auf die Knie. »Schnell ... schnell, mein Junge ... bitte ... nun mach schon ...«

»Na gut, Mister«, sagte er.

Und ich fiel auf das Gesicht.

Verschwommen erinnere ich mich daran, daß Carl Belliance mich vorsichtig umdrehte und dann wie ein freundlicher Engel über mir schwebte.

»Sie sind ...«, flüsterte ich, »sie wollten ... auch ... Sie ... töten ...«

»Was?« sagte er.

Der Junge war bei ihm; er hielt sich an Carls Arm fest. Ich hörte, daß er »Daddy, Daddy, Daddy ...« sagte.

»Rufen Sie Ricca nicht an ...«, sagte ich. »Rufen Sie den Kellner nicht an ...«

»Was?«

Daddy ... Daddy ... Daddy ...

»Wenn Sie ihn anrufen ... werden Sie auch sterben ... er hat die Kerle geschickt ... Ricca hat sie geschickt ... rufen Sie Nummer ... in Brief ...«

»In Ihrem Brief?«

Daddy ... Daddy ... Daddy ... »Brieftasche. In meiner ... Brief ... rufen Sie Nitti an ...«

Ich sah das Gesicht meines Vaters. Ich sah das Gesicht meiner Mutter. Ich schlief ein.

41

Ich wachte auf.

In meinem Mund spürte ich den pelzigen Geschmack des Schlafes und noch einen anderen, einen bitteren. Ein Medikament?

Ich lag auf dem Rücken in einem Bett. Einem Krankenhausbett. Ich fühlte mich schwach.

»Ah, Sie sind wach«, sagte eine Frau. »Gut. Warten Sie, ich kurbele Sie hoch.«

Das knirschende Geräusch signalisierte, daß ich in eine

sitzende Position aufgerichtet wurde. Ich lag in einem Privatzimmer. Ich hatte eine Kanüle in meinem Arm. Ich konnte den Verband um meine Seite fühlen oder spüren. Hinter dem Fenster war es Tag.

»Wo . . .?«

Die Krankenschwester war eine attraktive Brünette mit einem Lippenstift, der so hell wie der eines Zigarettengirls war, aber ihre Nase war zu groß. Italienerin.

Sie lächelte, und es war weiß und nett, und ich verzieh ihr den Riechkolben. »Sie sind im Jefferson Park Hospital«, sagte sie.

»Wie . . . wie bin ich hierhergekommen?«

»Ein privater Krankenwagen, glaube ich.« Sie maß meinen Puls und streifte dann Haar aus meiner Stirn. Sanft zog sie die Decke zurück; einen Augenblick lang dachte ich, sie würde mir einen blasen, aber sie überzeugte sich nur, daß mein Nachthemd richtig saß. Wäre auch zu schön gewesen. Dann schlief ich wieder ein.

Als ich das nächstemal aufwachte, saß ein kleiner Mann mit dunklem Teint, zurückgekämmtem, allmählich ergrauendem, perfekt geschnittenem Haar auf einem Stuhl neben meinem Bett, die Hände im Schoß gefaltet und geduldig wartend. Er trug einen maßgeschneiderten grauen Anzug und eine schwarz, grau und weiß gestreifte Krawatte; er hätte auch auf einer Hochzeit oder einer Beerdigung sein können.

»Hallo, Frank«, sagte ich. Es bereitete mir Mühe, den Blick auf ihn zu konzentrieren.

»Nate«, sagte Nitti unverbindlich und lächelte. Es war ein zurückhaltendes Lächeln.

Hinter dem Fenster war es Nacht.

»Wie bin ich hierhergekommen? Jetzt sagen Sie nicht, mit einem Krankenwagen.«

»Das ist unwichtig.«

Allmählich fiel mir alles wieder ein. »Belliance! Er hat Sie angerufen!«

»Jemand hat angerufen. Wer, ist nicht wichtig.«

»Gott sei Dank. Wenn er Ricca angerufen hätte . . . Was ist mit diesen Killern, die ich erschossen habe?«

Nitti drehte sich um und überzeugte sich, daß die Tür geschlossen war. Er rutschte mit dem Stuhl näher ans Bett heran.

»Sie bestehen darauf, darüber zu sprechen«, sagte er etwas müde, etwas gereizt.

»Was ist mit den Burschen, die ich erschossen habe?«

»Futter für die Fische.«

Ich schluckte mühsam. Der Geschmack von Schlaf. Der Geschmack von Medikamenten. Mir fiel auf, daß die Kanüle noch in meinem Arm steckte. »Wer waren sie, Frank?«

»Freiberufler aus einem anderen Bundesstaat. Leute, die der Kellner von Zeit zu Zeit benutzt . . . benutzt hat.«

»Wie haben sie mich gefunden?«

»Woher soll ich das denn wissen?«

Der Hausmeister von der Sheridan Street? Vielleicht hatte er Ricca angerufen.

»Ich glaube«, sagte Nitti leise, »Paul hat sie vielleicht beobachten lassen.«

»Die Belliance?«

Er nickte. »Er hat gewußt, daß Sie herumschnüffelten. Aber ich glaube nicht, daß er Sie beschatten ließ. Er wußte, daß Sie unter meinem Schutz stehen, und wäre nicht gegen mich vorgegangen, außer, er hätte überhaupt keinen anderen Ausweg mehr gesehen. Außerdem wußte er, daß Sie Hauptmann nur freibekommen würden, wenn Sie das Kind gefunden hätten. Also muß er den Farmer und seine Frau überwacht haben lassen, für den Fall, daß Sie das Kind finden würden.« Er zuckte die Achseln. »Sie haben das Kind gefunden.«

»Sie wollten die ganze verdammte Familie umlegen, Frank.«

Er runzelte die Stirn und schüttelte den Kopf. »Das

ist ja schrecklich. Das wäre eine schlimme Sache gewesen. Sie haben eine böse Tat verhindert. Das bewundere ich.«

Ich konnte keine Ironie in den Worten hören. »Wirklich?«

Er berührte mit beiden Händen seine Brust. »Ich bin auch Vater. Ich habe einen Sohn. Man bringt keine Kinder um. Paul sollte das wissen; er hat auch einen Jungen.«

»Capone ebenfalls.«

Nitti schüttelte den Kopf. »Einige Menschen haben keine Moral. Und diese Leute gehen sogar in die Kirche, Nate. Kaum zu glauben.«

»Frank!« Ich versuchte, mich aufzusetzen.

»Hier«, sagte er, stand auf und drehte das Bett etwas höher; dann setzte er sich wieder. Er wirkte ganz ruhig.

Ich war nicht ruhig. »Was haben Sie mit dem Jungen gemacht?«

»Mit dem Jungen?«

»Tun Sie mir das nicht an, Frank. Ich fühle mich nicht gut.«

»Er ist in Sicherheit. Er ist bei seiner Familie.«

»Er ist wieder bei Slim?«

»Slim?«

»Lindbergh!«

Nitti lachte kurz. »Verdammt, nein. Er ist bei seiner Familie.«

»Bei den Belliances, meinen Sie.«

»So heißen sie nicht mehr.«

»Wo sind Sie?«

»Das dürfen Sie nicht wissen, Nate. Das ist eine Sache, die Sie niemals erfahren dürfen.«

»Frank . . . ich kann nicht zulassen, daß Hauptmann auf den elektrischen Stuhl kommt. Er ist ein verdammter Sündenbock, und ich kann es verhindern, ich muß nur diesen Jungen auf den Schreibtisch des Gouverneurs setzen, und . . .«

»Regen Sie sich nicht auf. Dann fangen Sie wieder an zu bluten, oder so.«

»Ich muß hier raus, ich muß sie aufhalten! Wenn ich es nicht tue, ist Hauptmann ...«

»Tot.«

»Genau!«

»Nein. Ich meine: Hauptmann ist tot.«

»Was? Er ist ... was?«

»Er wurde vor ein paar Tagen hingerichtet«, sagte Nitti ganz sachlich. »Vom Staat New Jersey.«

»Verdammte Scheiße, was für einen Tag haben wir?«

»Montag.«

»Was für ein *Datum*?«

»Der sechste April.«

»Mein Gott. Mein Gott.«

»Sie waren schwer verletzt, Nate. Wir haben Sie hierhergebracht, aber Sie hatten eine Menge Blut verloren.«

»Verdammt! Wollen Sie mir weismachen, ich hätte in einem Koma gelegen oder so? Das ist doch Quatsch, Frank. Sie haben mich unter Medikamente gesetzt! Sie haben mich aus dem Spiel gezogen.«

»Das ist ein Krankenhaus, Nate. Sagen Sie nicht so törichte Dinge.«

»Verdammt. Ihnen gehört doch dieses Scheißding.«

Er zuckte die Achseln. »Was macht das für einen Unterschied? Sie leben, und Hauptmann ist tot. Ich würde vorschlagen, Sie gehen wieder Ihren Geschäften nach.«

»Man ... man muß Hauptmann noch ein paar Tage Aufschub gewährt haben. Er sollte doch Ende März hingerichtet werden.«

Nitti nickte. »Ja. In wirklich allerletzter Minute kam Ellis Parker, dieser Detektiv aus dem Hinterwald, mit einem Geständnis Wendels an; er hat ihn offiziell verhaften lassen. Die Sache ging sogar vor ein Geschworenengericht. Sie mußten Hauptmann einen befristeten Aufschub geben.«

»Was, zum Teufel, ist passiert?«

»Wilentz hat sich Wendel vorgeknöpft, und sie haben das Geständnis widerrufen. Wendel hat erzählt, daß man ihn in einem Keller fürchterlich verprügelt hat. Ellis Parker und ein paar seiner Jungs sind verhaftet worden.«

»Ich kann nicht sagen, daß mich das überrascht! Gottverdammt!«

»Immer mit der Ruhe, Nate. Regen Sie sich nicht auf.«

»Was ist mit dem Lindbergh-Jungen?«

»Den hat man vor geraumer Weile tot aufgefunden.«

Ich versuchte, mich aufzusetzen, war jedoch zu schwach. »Sie erwarten, daß ich die Klappe halte und...«

»Ja.«

Zorn und Verbitterung brodelten in mir; wäre ich nicht so gottverdammt schwach, so gottverdammt müde gewesen, hätte ich vielleicht geschrien oder mir das kleine Arschloch gepackt. Aber ich brachte nur heraus: »Oder ich bin Futter für die Fische, Frank?«

Er stand auf; er tätschelte meinen Arm, wie ein Vater ein kleines Kind tröstet. »Seien Sie ein guter Junge, Nate. Glauben Sie, ich habe Hauptmann sterben lassen? Das stimmt nicht. Ihr Kumpel Lindbergh hat ihn sterben lassen. Sind Sie der Ansicht, daß dieser falsche Hund seinen Sohn verdient hat? Stellen Sie sich mal vor, wie peinlich es diesem falschen Flieger wäre, wenn sein Sohn plötzlich wieder auftauchen würde. Jedesmal, wenn jemand andeutet, der Junge könne noch leben, kriegt er einen Wutanfall. Dieser Junge ist bei einer Familie, die ihn gern hat. Er hat ein gutes Zuhause, bekommt eine gute Erziehung und ist dem Blick der Öffentlichkeit entzogen. Was ist denn daran so schlecht?«

Dazu fiel mir nichts ein. Das Bild des kleinen Jungen fiel mir ein, der sich an Carl Belliance klammerte und ›Daddy, Daddy, Daddy!‹ rief. Der kleine Junge liebte den Vater, den er hatte, den er kannte. Wäre es wirklich angebracht, ihn aus seiner Familie zu reißen? Hatte er nicht schon genug durchgemacht?

Aber der Gedanke verblich genauso schnell, wie er gekommen war. »Das ist doch Scheiße, Frank, und das wissen Sie.«

»Wenn Sie weiterhin nach diesem Kind suchen, Nate, werden Sie wahrscheinlich ein Kind auf dem Gewissen haben.«

»Warum . . . was . . .?«

Er verzog leicht die Lippen; es war beinahe ein Schnauben. »Sie glauben doch nicht, daß Paul und Al zulassen werden, daß diese Sache rauskommt? Sie haben gesehen, was der Kellner vorhatte; Sie haben es am eigenen Leib erlebt. Wenn Sie sich an die Öffentlichkeit wenden oder weiterhin nach ihm suchen, unterschreiben Sie das Todesurteil der Belliances und wahrscheinlich auch das des Jungen. Wollen Sie das auf Ihrem Gewissen haben, Nate? Dann machen sie weiter. Suchen Sie nach ihnen. Ich werde die Belliances dann nicht mehr schützen können. Und Sie auch nicht.«

Ich dachte darüber nach. »Was ist mit Ihnen und Ricca?« fragte ich schließlich.

Sein Lächeln war zwar schwach, aber es war vorhanden. »Jetzt *habe* ich etwas, jetzt *weiß* ich etwas, das ich benutzen kann, wenn es um Paul und Al geht. Jetzt mache ich mir nicht mehr so viele Sorgen darüber, daß Al aus dem Gefängnis kommen oder Paul die Leiter hinaufsteigen könnte.«

»Ricca könnte nach den Belliances und dem Jungen suchen . . .«

»Nicht, ohne mich offen herauszufordern. Und dazu ist Paul noch nicht bereit. Und wenn er dazu bereit sein wird, wird sich niemand mehr für diese Sache interessieren.«

Ich schüttelte den Kopf und lächelte freudlos. »Sie werden niemals zulassen, daß diese Sache auf Chicago zurückfällt, nicht wahr, Frank?«

»Niemals«, gestand er ein.

Hauptmann war nicht der einzige Sündenbock in diesem Fall.

Aber jetzt machte ich mir wirklich Sorgen. »Vielleicht behalten Sie recht damit, daß Ricca die Belliances und ihren ›Sohn‹ in Ruhe lassen wird. Aber er hat diese Arschlöcher auch auf mich angesetzt. Was hindert ihn daran, anderen Killern den Auftrag zu geben, mich umzubringen?«

Er tätschelte meinen Arm. »Ich, Nate. Und Sie. Unser beider Ruf. Ich habe Paul gesagt, daß ich mich um Sie kümmere. Sie sind aus dem Spiel. Er hat von Ihnen gehört, vom Fall Lingle; er weiß, daß Sie ... diskret sind.«

Ich lachte barsch; es schmerzte in meiner Seite. »Er glaubt, daß ich zu kaufen bin. Vielleicht bin ich das auch. Was ist Ihnen die Sache wert, Frank? Wieviel bekomme ich dafür, daß ich über das ›Verbrechen des Jahrhunderts‹ schweige? Das müßte doch eine Menge wert sein.«

»Das ist es auch. Und ich glaube, Ihnen wird gefallen, was Sie dafür bekommen.«

»Was meinen Sie damit?«

»Daß Sie morgen noch aufwachen werden, Nate.«

»Oh.« Ich versuchte, mir nichts anmerken zu lassen. »Ja. Das ist fair.«

»Ich übernehme sogar Ihre Krankenhausrechnung.«

Ich schüttelte den Kopf. »Frank, einige Leute werden Erklärungen von mir verlangen. Gouverneur Hoffman zum Beispiel ...«

Er hob eine Hand. »Sie sind einer Spur nachgegangen, die nach Chicago geführt hat. Sie wurden von ein paar bösen Menschen angeschossen, die Sie nicht ausstehen konnten. Sie kamen ins Krankenhaus. Ende der Geschichte. Da muß nichts durchsickern.«

»Ich habe überhaupt keine Wahl, oder, Frank?«

»Nate, jeder Mensch hat einen freien Willen. Jeder Mensch kann über sein Schicksal bestimmen. Das ist Amerika. In Amerika kann jeder tun, was er für richtig hält.«

Ich hätte eine blöde Bemerkung darüber machen können, aber er glaubte diesen Scheißdreck; er war ein Einwanderer, der es geschafft hatte.

»Tja«, sagte ich. »Die Familie hat diesen kleinen Jungen gern. Und er hat sie gern. Und Sie sagen, sie werden geschützt, führen irgendwo ein schönes, ruhiges Leben und ziehen diesen kleinen Jungen groß?«

»Ja.«

»Okay. Ich glaube, damit kann ich leben.«

»Ganz meine Meinung«, sagte Nitti, tätschelte meinen Arm und ging hinaus.

Ein paar Tage später saß ich wieder in meinem Büro und versuchte, die Bruchstücke meines Lebens, meiner Gesundheit und meines Berufes wieder zusammenzufügen. Ich rief gerade die Kunden an, für die ich regelmäßig Kreditüberprüfungen vornahm, als unter meiner Hand das Telefon zu klingeln begann und mir einen fürchterlichen Schrecken einjagte.

»A-1-Detektei«, sagte ich. »Nathan Heller am Apparat.«

»Nate«, sagte eine Stimme. Eine mir vertraute, kehlige, weibliche Stimme, die in dieses eine Wort eine ganze Welt der Enttäuschung packte.

»Evalyn«, sagte ich.

»Was ist mit dir passiert?«

»Ich wollte dich heute abend anrufen«, log ich. Ich wollte sie wirklich anrufen, aber jetzt noch nicht; dazu war ich noch nicht bereit. Ich wollte Gouverneur Hoffman schreiben und den Rest meines Vorschusses zurückzahlen, abzüglich der Tage, die ich für ihn gearbeitet hatte, und der vertretbaren Spesen.

»Was ist passiert, Nate?«

»Ich bin gerade aus dem Krankenhaus gekommen. Ich bin einer Spur nachgegangen und habe den falschen Leuten auf die Zehen getreten. Ich habe einen Schuß in die Seite abbekommen.«

»Ich verstehe«, sagte sie. Eine seltsame Reaktion: ich dachte, sie hätte ein bißchen mehr Mitgefühl gezeigt, als sie hörte, daß ich angeschossen worden war. Für Evalyn Walsh McLean war diese Antwort seltsam kühl.

»Als ich wieder zu mir kam«, sagte ich, »war es zu spät. Hauptmann war schon tot. Die Sache war verloren. Es tut mir leid, Evalyn.«

»Du enttäuschst mich, Nathan.«

Jetzt fühlte ich mich müde; einfach nur müde. »Warum denn das, Evalyn?«

»Weißt du, du bist nicht der einzige Privatdetektiv auf der Welt.«

»Was soll das heißen, Evalyn?«

»Ich habe mir Sorgen um dich gemacht.« Jetzt konnte ich Gefühle in ihrer Stimme hören. »Ich habe jemanden angeheuert, der nach dir suchen, der herausfinden sollte, ob du in Ordnung bist oder in Schwierigkeiten steckst . . .«

Ach du Scheiße.

»Na ja, das war nett, Evalyn, aber . . .«

»Nett! Dieser Privatdetektiv hat herausgefunden, daß du von meinem Haus aus einen Anschluß in Chicago angerufen hast. Es ist die Nummer eines Zigarettenladens, der einem gewissen Mr. Campagna gehört, der zum Mob von Chicago gehört, wie du ja wohl genau weißt.«

»Evalyn.«

Die heisere Stimme klang jetzt etwas spröde. »Du hast mich belogen. Du hast sie auf dem laufenden gehalten, nicht wahr?«

»Du solltest dieser Sache wirklich nicht nachgehen, Evalyn. Es könnte sonst gefährlich für dich werden.«

»Drohst du mir etwa?«

»Nein! Verdammt noch mal, nein ... ich will nur nicht, daß du dich in Schwierigkeiten bringst.«

»Na schön, du warst im Krankenhaus. Und ich weiß, daß es eine Schußwunde war, und ich habe mir Sorgen gemacht, und ich mache mir noch immer Sorgen, und vielleicht gibt es ja eine gute Erklärung, und vielleicht kann ich dir sogar glauben, aber kannst du mir eine Frage beantworten?«

Ich seufzte. »Welche denn, Evalyn?«

»Warum warst du in einem Krankenhaus, in dem der Chef der Chirurgie der Schwiegervater eines Gangsterbosses ist?«

»Das hat dein Privatdetektiv herausgefunden, nicht wahr?«

»Ja, allerdings.«

»Evalyn, diesen ›Gangstern‹ gehört fast alles in Chicago. Es ist nur ein Zufall. Mach aus einer Mücke keinen Elefanten.«

»Gehörst du ihnen auch?«

»Manchmal schon. Wenn sie es wollen. Und wenn ich auch morgen noch atmen will. Manchmal muß man sich mit ihnen arrangieren.«

»Bruno Richard Hauptmann ist tot.«

»Ja, das weiß ich. Was kann ich jetzt noch tun?«

»Nichts. Nichts.«

»Evalyn. Evalyn, weinst du?«

»Leck mich, Heller! Leck mich, Heller.«

Die meisten Frauen sagen das irgendwann mal zu mir. Auch wenn es nicht immer unbedingt so gemeint war wie jetzt. »Es tut mir leid, Evalyn. Es tut mir leid, daß ich nicht das bin, was ich sein sollte, wenn es nach dir ginge.«

»Du könntest es noch immer sein. Ich weiß, daß du tief in deinem Innern ein guter Mensch bist.«

»Ach, wirklich? Heißt das, daß die Stelle als Chauffeur noch frei ist?«

»Jetzt bist du gemein«, sagte sie. Ich hatte sie verletzt. Ich hatte es auch beabsichtigt, aber es tat mir leid.

Ich sagte ihr das.

Die Aufrichtigkeit in ihrer Stimme hätte mir das Herz gebrochen, hätte ich es zugelassen. »Nate, dieser kleine Junge ist irgendwo da draußen ... ich weiß es genau. Wenn wir ihn finden, können wir Richard Hauptmanns Namen reinwaschen.«

»Auch eine posthume Begnadigung macht ihn nicht wieder lebendig. Vielleicht wird die Geschichte den armen Hund reinwaschen; ich werde es aber nicht. Außerdem bin ich gar nicht so überzeugt, daß der Junge noch lebt.«

»Ich werde weiterhin nach ihm suchen, Nate. Ich werde nie damit aufhören.«

»Doch, das wirst du, Evalyn. Du wirst eine neue Aufgabe finden. Es gibt immer wieder eine Sache, die deine Unterstützung verdient, genau, wie es immer wieder einen neuen Diamanten gibt, den du kaufen kannst.«

»Du bist grausam.«

»Manchmal. Aber nicht töricht. Leb wohl, Evalyn.«

Und ich legte auf.

Ich saß eine Weile ganz ruhig da, und dann schlug ich mit der Faust auf den Schreibtisch, und das Telefon machte einen Satz, und ein verdammter Schmerz zuckte durch meine Seite. Es tat fürchterlich weh. Ich knöpfte das Hemd auf, und der Verband war blutig. Ich mußte ins Krankenhaus zurück und mich ambulant behandeln lassen. Mein Gott, tat das weh. Ich begann zu weinen.

Ich weinte mehrere Minuten wie ein Baby.

Ich sagte mir, es sei die Wunde. Aber es gibt alle möglichen Arten von Wunden.

EPILOG

1936–1990

42

Ich habe Evalyn nie wiedergesehen.

Sie ermittelte weiterhin in dem Fall und schrieb 1938 eine Artikelserie über ihre Erlebnisse für das Magazin *Liberty*; doch schließlich ließ ihre Besessenheit nach. Ihr Ehemann starb 1941 in einer Irrenanstalt. 1946 nahm Evalyns Tochter – die den Vornamen ihrer Mutter angenommen hatte – eine Überdosis Schlaftabletten und wachte nicht mehr auf. Evalyn brach es das Herz, und sie starb im nächsten Jahr; auf dem Totenschein stand Lungenentzündung. So traurig es auch ist, Evalyns letzte Stunden hatten etwas typisch Verrücktes an sich: Ihr Sterbebett war von nicht weniger berühmten Freunden und Verwandten umgeben, als auch immer zu ihren prominenzgespickten Dinnerparties erschienen waren.

Viele Personen, die mit dem Fall zu tun hatten, sah ich nie wieder. Hingegen blieb meine unbehagliche ›Freundschaft‹ mit Frank Nitti bestehen, obwohl ich versuchte, sie zu beenden, bis er selbst sie mit seinem Selbstmord unter verdächtigen Umständen im Jahr 1943 beendete.

Er, Ricca, Campagna und ein paar andere waren gerade wegen Erpressung der Schauspielergewerkschaft Hollywoods angeklagt worden; allgemein nahm man an, daß Nitti es nicht ertragen konnte, wieder ins Gefängnis zu müssen. In der Tat war Nitti seit dem Tod seiner geliebten Frau Anna depressiv, wodurch es dem mächtigen Ricca schließlich möglich wurde, seinen Zug zu tun. Es war eine friedliche Wachablösung; die Kraft von Riccas Persönlichkeit im Vergleich zum zaudernden Nitti zog die Jungs schnell auf die Seite des Kellners.

Nittis Selbstmord war ein trotziger Akt Ricca gegenüber, dessen Herrschaft als Verbrecherboß von Chicago mit einer Gefängnisstrafe begann.

Doch wie Nitti vorausgesagt hatte, mußte auch der skrupellose Kellner schließlich eine Lektion über Väter und Söhne lernen. Sein eigener Sohn wurde drogensüchtig, und Ricca verbot seinen Jungs den Drogenhandel. Von nun an konzentrierte er sich auf Verbrechen ohne Opfer, wie zum Beispiel das Glücksspiel. Er verbrachte seine letzten Jahre mit rechtlichen Verzögerungstaktiken, um eine Ausweisung zu vermeiden, und starb 1972 im Alter von 74 Jahren im Schlaf.

Capone gelang sein Comeback natürlich nicht mehr; die Syphilis holte ihn ein, und nach seiner Haftstrafe in Alcatraz starb er 1947; ihm war nicht mehr der geringste Verstand geblieben.

Mit einigen der kleineren Gangstern wie Rosner, Spitale und Bitz hatte ich nie mehr Kontakt; keine Ahnung, was aus ihnen geworden ist. Einigen der Cops bin ich natürlich hin und wieder über den Weg gelaufen. Eliot Ness kämpfte ganz anders als Capone gegen die Syphilis – er war während des Zweiten Weltkriegs der oberste Sittenbulle der Regierung. Doch Eliots Ruhm verblich in den Nachkriegsjahren, nachdem er eine Wahl um das Amt des Bürgermeisters von Cleveland verloren hatte, der Stadt, in der er einmal als Direktor für Öffentliche Sicherheit so erfolgreich gewesen war. Er starb 1957 als erfolgloser Geschäftsmann, kurz, bevor seine Autobiographie *Die Unberührbaren* ihn posthum zu einer Legende machte.

Elmer Irey wurde Koordinator der Strafverfolgungsabteilungen des Schatzamtes, nicht nur der Ermittlungsabteilung der Steuerfahndung, sondern auch von denen der Alkoholsteuerfahndung, des Zolls, der Drogenfahndung und der Küstenwache. Seine Integrität wurde von niemandem bezweifelt, und er führte zahlreiche Ermittlungen durch, obwohl sie von politischer Brisanz waren; da er für die Verurteilung Tom Pendergasts gesorgt hatte, eines bedeutenden Politikers aus Missouri, trat er 1946 freiwillig zurück, anstatt sich in Scharmützel mit der Regierung Truman einzulassen. Er starb gut ein Jahr später.

Frank J. Wilson wurde 1936 Chef des Secret Service und hielt dieses Amt bis 1947 inne. Seine größte Leistung während dieser Zeit bestand in Ermittlungen gegen Falschmünzer. Nach der Versetzung in den Ruhestand wurde er Sicherheitsberater der Atomenergie-Kommission. Er starb 1970 im Alter von 83 Jahren.

Schwarzkopf wurde im Juni 1936 von Gouverneur Hoffman gefeuert. Die ehemalige Aufsicht eines Kaufhauses fiel auf unerwartete Weise auf die Füße: Phillips H. Lord, der Radioproduzent, heuerte Schwarzkopf zum selben Gehalt, das er auch als Chef der Staatspolizei bekommen hatte, als ›offiziellen Polizeiansager‹ für Lords berühmte Sendung *Gangbusters* an. Zu dieser Zeit wurde Schwarzkopf auch Funktionär der Lastwagenfahrergewerkschaft von New Jersey; gute Arbeit für einen Burschen von *Gangbusters,* würde ich sagen. Wie eine ganze Reihe alter Freunde Lindberghs diente Schwarzkopf im 2. Weltkrieg in Europa, in Italien und Deutschland. Über seine Tätigkeit ist nichts Genaues bekannt – vielleicht war er im militärischen Geheimdienst OSS. Auf jeden Fall war er nach dem Krieg fünf Jahre lang der Polizeichef ausgerechnet des Irans; möglicherweise war er auch dort für den OSS und die CIA tätig. Wer weiß?

Schließlich landete Schwarzkopf wieder in New Jersey und leitete eine neu geschaffene Bundesbehörde, die finanzielle Unregelmäßigkeiten bei staatlichen Regierungen untersuchte. Schwarzkopfs erste große Ermittlung richtete sich gegen das Komitee der Arbeitslosenversicherung, und er fand bald heraus, daß der Direktor des Komitees Unterschlagungen begangen hatte. Der Name des Direktors? Der ehemalige Gouverneur Harold Hoffman.

Hoffman, so schien es, hatte diese Unterschlagungen schon seit Jahren begangen, erstmals bei einer Bank in South Amboy, deren Präsident er gewesen war, lange bevor er Gouverneur wurde. Er wurde 1937 nicht wiedergewählt, versuchte es 1940 und 1946 erneut und verlor beide Wahlen; der Fall Wendel verfolgte ihn noch immer. Während des 2. Weltkriegs gelang es ihm jedoch wie so vielen der Colonels im Fall Lindbergh, in den Streitkräften zu dienen, und zwar im Transportkommando.

Harold Hoffman war in mancher Hinsicht ein hingebungsvoller Beamter, und er warf seine Karriere wegen Bruno Richard Hauptmann weg, entweder, weil er auf den Ruhm schielte, den er einheimsen würde, sollte es ihm gelingen, die Unschuld des Mannes zu beweisen, oder weil er aufrichtig der Ansicht war, daß Hauptmann unschuldig war. Er mochte Wein, Weib und Gesang, anscheinend aber zu sehr, und starb 1954 in einem Hotelzimmer, während der Mann, der ihn gestürzt hatte, noch immer gegen ihn ermittelte – Colonel Norman Schwarzkopf.

Schwarzkopf starb 1958 an einem Magenleiden.

Der Fall Wendel stürzte natürlich auch Ellis Parker. Er und seine ›Deputies‹ wanderten allesamt ins Gefängnis. Das neue ›Lindbergh-Kidnapping-Gesetz‹ sorgte dafür. Sowohl Vater als auch Sohn kamen ins Bundesgefängnis von Lewisburg in Pennsylvania. Parker änderte seine Meinung über Wendels Schuld niemals, und die Unterstützer des Maisfeld-Sherlocks versuchten, den Präsidenten zu einer Begnadigung zu bewegen, als Parker 1940 im Gefängniskrankenhaus an einem Gehirntumor starb. Wie ich gehört habe, ist sein Sohn vor ein paar Jahren gestorben.

Wendel selbst erlebte einen heftigen, aber kurzen Ruhm: für eine bundesweit erscheinende Zeitschrift ging er mit Schauspielern in ein Fotoatelier und stellte melodramatisch die Folterungen nach, die er angeblich erlitten hatte. Er veröffentlichte ein Buch über seine Gefangenschaft und wurde berühmt; man betrachtete ihn als eine Art Helden. Doch dann vergaß man ihn wieder, und ich weiß wirklich nicht, was aus ihm geworden ist.

Gaston Means wachte 1938 nach einem Herzanfall in einem Gefängniskrankenhaus auf und fand FBI-Agenten an seinem Bett, die J. Edgar Hoover geschickt hatte, damit sie sich noch einmal nach Evalyns Geld erkundigten. Means bedachte sie mit seinem berühmten Lächeln, blinzelte einmal und verschied.

John H. Curtis versuchte jahrelang, seine Verurteilung aufzuheben, wurde jedoch vom Obersten Gerichtshof New Jerseys abgewiesen. Er blieb in der Schiffsbau-Branche und war ziemlich erfolgreich. 1957 überwachte er den Bau dreier Nachbildungen britischer Kriegsschiffe aus der Kolonialzeit, die auf einem bedeutenden Festival vor Norfolk segelten. Er starb 1962 als angesehener Bürger seiner Gemeinde.

Ein weiterer prominenter Bürger Norfolks, Admiral Burrage, sprach nie wieder öffentlich über den Fall Lindbergh; er starb 1954. Reverend Dobson-Peacock starb 1959 in England.

Der Bulle von Brooklyn alias ›Death House‹ Reilly, auch bekannt als Edward J. Reilly, trat nach dem Prozeß gegen Hauptmann nur noch gelegentlich vor Gericht auf. Er lebte abwechselnd zu Hause bei seiner Mutter und als zwangsweise eingewiesener Patient in der staatlichen Heilanstalt King's Park; sein Alkoholmißbrauch und drei gescheiterte Ehen forderten ihren Tribut. Er starb am Weihnachtstag 1946 in King's Park an einem Blutklumpen im Gehirn.

David T. Wilentz erging es viel besser. Zwar hatte man während des Falls Hauptmann gemunkelt, er wolle als Gouverneur kandidieren, doch darauf verzichtete er – schließlich war er Jude. Doch er wurde ein hohes politisches Tier der Demokratischen Partei New Jerseys. Er praktizierte zwar weiterhin als Anwalt, zog jedoch im Hintergrund die Fäden. Bereits 1950 hatte er großen Einfluß auf die nationale Politik und sprach ein gewichtiges Wort bei der Auswahl der Kandidaten für das Präsidenten- und Vizepräsidentenamt der Demokraten mit. Immer wieder wurde behauptet, Wilentz hätte Verbindungen zum Mob. Später vertrat er Spielkasinos in Atlantic City. Er starb am 7. Juli 1988 im Alter von 93 Jahren.

Wilentz' Hauptzeuge John F. Condon, der wie Wendel seinen Ruhm ausnutzte, indem er Zeitschriftenartikel und ein Buch schrieb, starb im Alter von 84 Jahren an Lungenentzündung – auf den Tag genau zehn Jahre nach dem Beginn des Prozesses gegen Hauptmann. Sowohl seine Frau Myra als auch seine Tochter Myra waren an seinem Sterbebett.

Einige andere habe ich aus den Augen verloren. Ich weiß nicht, was aus Gerta Henkel und ihrem Mann geworden ist. Das gilt auch für Martin Marinelli und seine Frau, Schwester Sarah Sivella. Edgar Cayce wurde natürlich sehr berühmt; im Januar 1946 sagte er in Virginia Beach auf seinem Sterbebett voraus, daß er geheilt werden würde.

Colonel Henry Breckinridge blieb Lindbergh freundschaftlich verbunden und auch weiterhin als Anwalt für ihn tätig. Nachdem er 1934 als Senator kandidiert – und verloren – hatte, versuchte Breckinridge es 1936 als ein gegen den New Deal eingestellter Demokrat mit dem Präsidentenamt. Ich nehme an, Sie wissen, wie es ihm ergangen ist. Danach widmete er sich hauptsächlich seiner Kanzlei. Er starb 1960 im Alter von 73 Jahren.

Slim Lindbergh hatte schließlich doch noch etwas mit Dick Hauptmann gemeinsam: beide litten unter der antideutschen Einstellung. Als Lindbergh in England wohnte, wurde er von Major Truman Smith, dem Militärattaché der amerikanischen Botschaft in Berlin, mit dem Segen

Marschall Görings, des Chefs der Luftwaffe, eingeladen, die deutschen Luftstreitkräfte zu inspizieren. Hier begann Lindberghs unselige Verbindung mit Deutschland – er nahm von Göring sogar das Dienstkreuz entgegen – die zu seiner isolationistischen Haltung bezüglich des Kriegs in Europa führte. Die Presse und Öffentlichkeit, die ihn vor kurzem noch so verehrt hatte, brandmarkten ihn nun als Anhänger der Nazis; nach dem Kriegseintritt der USA flog er als Testpilot und auch Kampfeinsätze, doch das Bild des Nazi-Anhängers blieb an ihm haften. Vielleicht war das gar nicht so schlecht – nun bekam er endlich die Anonymität und Zurückgezogenheit, die er so herbeigesehnt hatte. Er setzte seine Forschungen auf zahlreichen Gebieten, nicht nur dem der Luftfahrt, fort und erfand unter anderem ein frühes künstliches Herz. Er und Anne bekamen vier weitere Kinder. 1974 starb er auf der Insel Maui, auf der er gelebt hatte und nun begraben liegt.

Einige andere leben zu dem Zeitpunkt noch, da ich dies schreibe. Mehrere Bullen und Reporter. Betty Gow, die noch immer in England wohnt. Anne Lindbergh, die schließlich eigenen literarischen Ruhm erworben hat. Anna Hauptmann, die, nachdem sie ihren Sohn in aller Stille großgezogen hatte, in den 70er Jahren wieder ins Licht der Öffentlichkeit trat und in Zeitungen und vor Gericht den Namen ihres Mannes reinzuwaschen versuchte.

Im Lauf der Jahre behaupteten eine ganze Reihe Männer – oder erklärten zumindest, es zu vermuten – Charles Lindbergh jr. zu sein. Einer davon war ein leitender Angestellter einer Werbeagentur aus Michigan, der sich vor vier oder fünf Jahren zum erstenmal an mich wandte und mich um Informationen über den Fall bat.

Sein Name war Harlan C. Jensen – das ›C‹ steht für Carl – und er war bei unseren zahlreichen Telefonaten immer sehr zurückhaltend und höflich; es schien sich keineswegs um einen Spinner zu handeln, doch ich war nicht besonders hilfsbereit, obwohl er sich mehrmals an mich wandte.

Er war in Escabana in Michigan aufgewachsen, als Sohn von Bill und Sara Jensen. Als er noch ein kleiner Junge war, hat ihm ein Onkel gesagt, seine Mutter und sein Vater wären nicht seine natürlichen Eltern; natürlich machte er sich Gedanken darüber, und als Teenager sprach er seinen Vater darauf an, doch der sagte nur ›Du bist legitim!‹ zu ihm. Bevor er 1952 als Soldat nach Korea versetzt wurde, hatte ihm die Kusine seiner Mutter anvertraut, in der Familie gingen ›Gerüchte‹ umher, er sei Charles Lindbergh jr.

Mehrere Jahre später hielten sich Harlan und seine Frau während ihrer Flitterwochen im Hafen von Wickford, Rhode Island, auf und bewunderten die nautische Szene, während sie auf die Fähre nach Cape Cod warteten. Eine ältere Dame näherte sich ihnen, im Schlepptau eine rothaarige Frau in den Zwanzigern, und stellte sich als Mrs. Kurtzel vor. »Sie waren als Baby bei uns«, sagte sie zu Jensen. »Ich habe mich um Sie gekümmert. Das ist meine Tochter – sie war wie Ihre Schwester.« Jensen war verständlicherweise verblüfft, doch dann sagte die Frau: »Darf ich die Delle in Ihrem Kopf berühren?« Schockiert, daß diese Fremde von dem Makel wußte, den er sich angeblich zugezogen hatte, als während der Entbindung die Zange des Arztes abgerutscht war, erlaubte er ihr, seinen Hinterkopf zu berühren.

»Sie sind das Lindbergh-Baby«, sagte sie. »Ich habe mich damals um Sie gekümmert.«

Dann traf die Fähre ein, und Jensen und seine Braut gingen und verbargen ihre Verwirrung und Furcht mit nervösem Gelächter.

Er fing nun an, über den Fall Lindbergh zu lesen, lehnte die Vorstellung jedoch ab, Bill und Sara Jensen wären nicht seine richtigen Eltern. Er sprach mit ihnen niemals über das ›Familiengerücht‹, doch auf ihren Sterbebetten versuchten beide, ihm etwas zu sagen. Seine Mutter war krank geworden, als er in Korea war, und in ein Koma gefallen, bevor er nach Hause kommen und ihr zur Seite stehen konnte; sein Vater erlitt 1967 einen Schlaganfall und versuchte, seinem Sohn etwas mitzuteilen, konnte sich jedoch nicht mehr verständlich machen.

Als sich Jensen Jahre später wegen immer wiederkehrender Kopfschmerzen behandeln ließ, zeigte der Arzt ihm Röntgenaufnahmen und erklärte ihm, daß er in früher Kindheit einen schweren Schädelbruch erlitten haben mußte. Und der Arzt fragte ihn auch, warum er als Kind so viele kosmetische Operationen über sich ergehen lassen mußte. Jensen erwiderte, er wisse gar nichts von diesen Operationen, doch der Arzt zeigte ihm anhand der Röntgenbilder, daß diese Operationen unter den Augen und am Kinn vorgenommen worden waren; mit der letzteren hatte man wahrscheinlich eine Hasenscharte entfernt.

Danach hatte er die Suche nach seiner Identität allen Ernstes zu seiner Freizeitbeschäftigung gemacht. Im Gegensatz zu den anderen, die behaupteten, Charles Lindbergh jr. zu sein, hatte Jensen keinen Anspruch auf das Lindbergh-Erbe erhoben und dies auch schriftlich dem zuständigen Gericht auf Maui erklärt.

Da war noch mehr, aber ich wollte nichts davon hören. Ich sagte ihm, ich befände mich mittlerweile im Ruhestand, würde mich nicht mehr für den Fall Lindbergh interessieren und hätte kein Interesse, mit jemandem darüber zu sprechen. Er rief, glaube ich, dreimal an und erzählte mir jedesmal etwas mehr von seiner Geschichte.

Vor etwa einem Jahr saß ich in meiner kleinen Eigentumswohnung in Coral Springs; meine Frau – meine zweite Frau, aber wer zählt sie schon? – war nicht da. Sie spielte mit einigen der anderen alten Damen, die in diesem Gebäudekomplex wohnten, gerade Bridge. Gelegentlich gehe ich fischen, aber meistens lese oder schreibe ich oder sehe fern. An diesem Nachmittag sah ich mir einen alten Hitchcock-Film auf Video an. Na ja, zum Teufel – alle Hitchcock-Filme sind mittlerweile alt. Genau wie ich.

Es klingelte, und ich machte auf und sah einen schlanken Mann in den Fünfzigern vor der Tür stehen, der schüchtern und etwas verlegen wirkte. Er trug einen gelben Pullover über einem hellblauen Hemd; seine Hose war weiß, genau wie die Schuhe mit Gummisohlen – er sah aus wie jemand, der Urlaub machte.

Was auch der Fall war, wie sich herausstellte. »Tut mir leid, daß ich unangemeldet komme«, sagte er. Für einen Mann in den Fünfzigern hatte er ein jugendliches Gesicht; nicht, daß er keine Falten gehabt hätte, aber die Nase, die Augen, der Mund waren knabenhaft. »Meine Frau und ich besuchen ihre Mutter hier unten, und ... na ja, ich bin Harlan Jensen.«

»Oh. Ach ja.«

»Ich weiß, daß Sie nicht mit mir sprechen wollen, aber wir waren in der Gegend, und ich habe gewußt, daß Sie hier wohnen, und ...«

»Kommen Sie herein, Mr. Jensen.«

»Danke. Eine schöne Wohnung haben Sie.«

»Danke. Setzen wir uns hier an den Küchentisch.«

Er setzte sich und erzählte mir seine Geschichte; er hatte mir eine Menge Fakten, Gerüchte und Vermutungen mitzuteilen. Insgeheim quälte seine Suche ihn offensichtlich. »Ich fand die Tochter der Frau, die mich in meinen Flitterwochen in diesem Hafen angesprochen hat«, sagte er. »Die Mutter ist tot, doch das Mädchen, der Rotschopf, lebt noch. Ihr geht es prächtig. Sie heißt Mary.«

»Wie haben Sie sie gefunden?«

»Wußten Sie, daß Edgar Cayce, der berühmte Hellseher, eine Deutung des Falles gegeben hat?«

»Nein. Wirklich?«

»Na ja, meine Frau und ich sind seinen Richtungshinweisen gefolgt, und mit Hilfe einiger kleiner Interpretationen – Sie wissen schon, phonetische Klänge statt der wortwörtlichen Niederschrift – haben wir dieses Haus in New Haven gefunden, an der Malty Street, in dem ich vielleicht festgehalten wurde.«

»Ja?«

»Ich habe den Namen des Mieters herausgefunden, der 1932 dort gewohnt hat. Er lautete Margaret Kurtzel, und über die Schwester der Mutter gelang es mir, die Tochter aufzuspüren. Sie wohnt in Middletown in Connecticut.«

»Ach was.«

Er seufzte. »Sie wußte nicht viel. Nur, daß ihre Mutter damals Krankenschwester war und für Privatpatienten gearbeitet hat, nicht für Krankenhäuser oder so. Und daß ihre Mutter ihr Leben lang behauptet hat, Hauptmann sei unschuldig. Sie wußte aber nicht, ob ihre Mutter sich tatsächlich um das Lindbergh-Baby gekümmert hat.«

»Ich verstehe.«

»Wissen Sie, ich versuche schon seit Jahren, diese Sache zu klären. Sie treibt mich noch in den Wahnsinn. Ich habe mich auf den Freedom of Information Act berufen, um die Fingerabdrücke des Kindes zu bekommen, aber sie sind nicht mehr vorhanden.«

»Hm. Früher gab es jede Menge davon.«

»Irgendwann hat jemand sie beiseite geschafft. Ich habe versucht, mich an Mrs. Lindbergh zu wenden, aber es ist sinnlos. Wissen Sie, es gibt DNS-Tests, die . . .«

»Sie und ihr Gatte sind schon vor vielen Jahren zu dem Schluß gekommen, daß ihr Junge tot ist.«

Er schüttelte müde den Kopf.

»Was wollen Sie von mir, Mr. Jensen? Ich bin schon seit langem kein Detektiv mehr.«

»Ich will nur wissen, was Sie wissen«, sagte er.

Scheiße. Wie konnte ich diesem Burschen sagen, daß sein ganzes Leben vielleicht anders verlaufen wäre, wenn ich damals, 1932, nur den Mut gehabt hätte, in die verdammte Damentoilette im Bahnhof LaSalle Street zu gehen? Ob er nun Charles Lindbergh jr. war oder nicht, soviel ließ sich jedenfalls sagen.

Er musterte mich genau. »Wissen Sie, ich erinnere mich an einen Mann, der mir geholfen hat. Na ja, vielleicht ist es gar keine Erinnerung – sie kommt mir nicht sehr wirklich vor.«

»Ach?«

»Eher wie etwas, von dem ein Kind *glaubt*, es würde sich daran erinnern. Es hört sich lächerlich an. Ich scheine mich an eine Schießerei in meinem Kinderzimmer zu erinnern. Ein Mann hat mir gesagt . . . ein Mann hat mir gesagt, ich solle mich unter meinem Bett verstecken und erst herauskommen, wenn er ›Eene, mene, mu!‹ sagt.«

Ich spürte, daß meine Augen feucht wurden.

Er grinste mich an; es war Slims Grinsen. »Sind Sie dieser Mann, Mr. Heller? Haben Sie meinen kleinen Arsch gerettet?«

Ich sagte nichts. Ich stand auf, ging zur Kaffeemaschine und holte mir eine Tasse. Ich fragte ihn, ob er auch eine haben wollte, und er sagte, klar, schwarz.

»Gehen wir ins Wohnzimmer«, sagte ich und gab ihm seinen Kaffee, »und machen wir es uns bequem. Es ist eine lange Geschichte.«

ICH BIN IHNEN NOCH WAS SCHULDIG

Obwohl dieses Buch in wesentlichen Zügen auf historischen Fakten basiert, handelt es sich um einen Roman, und ich habe mir mit diesen Fakten einige wenige – wenn auch so wenig wie möglich – Freiheiten genommen. Die Schuld für historische Ungenauigkeiten trage allein ich, und sie spiegelt, hoffe ich, die Beschränkungen des widersprüchlichen Quellenmaterials wider.

Zum größten Teil haben sich die Ereignisse zu den Zeitpunkten zugetragen, die ich in diesem Roman angebe (eine Ausnahme ist die Ermordung Max Hassels und Max Greenbergs, die ich zeitlich etwas verlagert habe). Die meisten Charaktere in diesem Roman haben tatsächlich gelebt und treten unter ihren echten Namen auf, und die wenigen fiktiven Charaktere haben historische Vorbilder (etwa Tim O'Neil und Harlan Jensen). Die Charaktere Martin Marinelli und Schwester Sarah Sivella habe ich aus mehreren anderen zusammengesetzt; sie beruhen jedoch in erster Linie auf einem echten Hellseher-Ehepaar; das Stelldichein zwischen Heller und der Sivella entbehrt jedoch jeder historischen Grundlage. Inspektor Welch wurde nach mehreren historischen Vorbildern zusammengefügt. Hellers Rolle als Polizeiberater beruht auf der Tätigkeit von Pat Roche und Lt. William Cusack, zwei Polizisten aus Chicago, die beide nach Hopewell fuhren; und Gouverneur Harold Hoffman (und Evalyn McLean) haben tatsächlich einige Privatdetektive mit Ermittlungen im Fall Hauptmann beauftragt.

Bob Conroy und seine Frau sind tatsächlich bei einem ›Doppelselbstmord‹ gestorben, nachdem Conroy den

Behörden als der wahrscheinliche Kidnapper des einsitzenden Capone genannt wurde; doch meine Spekulationen über die wirkliche Rolle der Conroys bei der Entführung sind genau das: Spekulationen. Der falsche Alarm in der Sheridan Road im ersten Kapitel beruht jedoch locker auf Tatsachen.

Mehrere schwer arbeitende Menschen haben mir bei den Recherchen für dieses Buch geholfen.

George Hagenauer, der auch eine ausführliche Zeittafel der Ereignisse erstellt hat, verbrachte zahlreiche Stunden in Bibliotheken auf der Suche nach Büchern und Zeitungen, die über den Fall berichtet haben, und hat am Telefon die Verstrickungen dieses komplizierten und sehr seltsamen Falls mit mir besprochen. Er fuhr auch nach Virginia Beach, um dort Nachforschungen über Edgar Cayce zu betreiben, und hat die Indonesische Botschaft in Washington besichtigt (das ehemalige Haus Evalyn McLeans in der Massachusetts Avenue). George ist ein wertvoller Mitarbeiter der ›Heller-Memoiren‹, und ich schätze seine Hilfe genauso wie seine Freundschaft.

Lynn Myers, einer der nettesten Menschen, die ich kenne, hat Recherchen betrieben, die denen Georges nicht nachstehen. Er mußte bei der Beschaffung des umfangreichen und unschätzbaren Materials des Magazins *Liberty*, das zum Rückgrat dieses Buches wurde, beträchtliche Schwierigkeiten überwinden. Das Interesse des Verlegers von *Liberty*, Bernarr MacFadden, am Fall Lindbergh führte zu Fortsetzungsartikeln von Gouverneur Harold Hoffman, John Condon, Paul Wendel, Evalyn Walsh McLean, Lt. James J. Finn und Lloyd Fisher, die Buchumfang erreichen, sowie zu kürzeren Artikeln von Edward J. Reilly, Fulton Oursler und Lou Wedemar. Einer dieser Artikel, ›Before the Body Was Found She Said the Lindbergh Baby Was Murdered‹ von Frederick L. Collins stellte die beste Informationsquelle über die Verstrickung von Hellsehern (neben Cayce) in diesem Fall dar. Alles in allem umfassen die Artikel aus *Liberty* über eintausend Seiten Berichterstattung über den Fall Lindbergh. Lynn hat auch zahlreiche Einzelartikel über den Fall ausgegraben und Informationen über die Hintergründe von Hassel und Greenberg, Edgar Cayce und John Hughes Curtis zusammengetragen. Ein großer Gruß mit dem Fedorahut an diesen methodischen, besessenen Rechercheur.

Mike Gold, ein Geschichtsfan aus Chicago mit einem Auge fürs Detail, unterstützte mich mit einer improvisierten, lebendigen telefonischen Führung durch den Bahnhof La Salle Street. Dominick Abel, mein Agent, gab mir ein paar wertvolle Ratschläge, die dazu beigetragen haben, diesem Roman seine Form zu geben. Coleen O'Shea, meine Redakteurin mit einem sehr scharfen Blick, verdient besonderen Dank für ihr schon lange währendes Interesse an Nate Heller und seinem Co-Autor, dem sie sehr geholfen hat; Dank auch an die Redakteure Charles Michener (der unter anderem zur Titelfindung beigetragen hat) und Marjorie Braman.

Weitere Grüße mit dem Fedorahut für ihre Unterstützung gelten meinem alten Kumpel Jim Hoffmann von der High-School (der mir eine Videoaufzeichnung des Fernseh-Dokudramas ›The Lindbergh Kidnapping Case‹ aus dem Jahr 1976 besorgt hat); Janiece Mull für Hintergrundmaterial über Norfolk; Bob Randisi für Material über New York; dem treuen Heller-Fan William C. Wilson für bestimmte Hintergrundinformationen und den Buchhändlern Patterson Smith und Ed Ebeling, die mir seltene Bücher, Magazine und Zeitungen besorgt haben.

Mickey Spillane gab mir Informationen über Elizabeth in New Jersey und brachte mich mit seinem Freund Walter Milos in Verbindung, der ausführliche Recherchen über das Carteret Hotel in Elizabeth betrieben hat. Vielen Dank, meine Herren.

Die zeitgenössischen Bücher über den Fall Lindbergh erwiesen sich zwar als nützlich, aber keineswegs als zuverlässig: *Jafsie Tells All!* (1936) von Dr. John F. Condon ist, wie man es nicht anders erwarten kann, sehr schwülstig und widerspricht oft Condons Aussagen vor Gericht; *The Hand of Hauptmann* (1937) von J. Vreeland Haring ist ein vorurteilsbehafteter Bericht eines der zahlreichen Experten für Handschriften der Anklage, wenngleich eines Experten, der nie ausgesagt hat; *The Great Lindbergh Hullabaloo* (1932) von Laura Vitray ist die seltsame Übung in unbeabsichtigter Schrulligkeit einer ehemaligen Hearst-Reporterin, die die Entführung anscheinend für einen Schwindel hielt; und *The Lindbergh Crime* (1935) von Sidney Whipple ist der Bericht eines Reporters der United Press über die Vorbereitung der Anklage. Obwohl Whipple gelegentlich sehr ungenau ist, liefert er die detaillierteste zeitgenössische Schilderung von Buchlänge; und sein späteres Buch *The Trial of Bruno Hauptmann* (1937) stellt eine wertvolle, redigierte Version der Gerichtsprotokolle dar.

Die späteren Sachbücher über den Fall haben auch ihre jeweiligen Stärken und Schwächen. Die zusammenhängendste, lesbarste Schilderung stellt das bewundernswert recherchierte Buch *The Lindbergh Case* (1987) von Jim Fisher dar; leider macht der ehemalige FBI-Agent Fisher aus seiner fast schon lächerlichen Vorliebe für die Gesetzeshüter keinen Hehl, und in Interviews hat er die Ermittlung der Staatspolizei von New Jersey als ›inspiriert‹ bezeichnet. Außerdem neigt Fisher dazu, alle Beweise, die *für* Hauptmann sprechen, fallenzulassen oder sie in Fußnoten abzutun.

Die literarischste Schilderung ist *The Airman and the Carpenter* (1985) des gefeierten englischen Kriminalhistorikers Ludovic Kennedy; doch Kennedys logische, überzeugende Verteidigung Hauptmanns hat eine ziemlich schmale Sichtweise – John H. Curtis und Paul Wendel werden nur kurz erwähnt, und Gaston Means und Evalyn McLean tauchen überhaupt nicht auf.

Das bahnbrechende *Scapegoat* (1976) von Anthony Scaduto, einem Reporter der *New York Post*, war eine besonders wichtige Quelle für diesen Roman; doch Scaduto konzentriert sich auf den Ellis Parker/Paul Wendel-Aspekt des Falls, handelt Curtis ziemlich kurz ab und erwähnt Gaston Means (und Mrs. McLean) nur einmal. Andererseits ist seine Berichterstattung über Isidor Fisch umfassend und beeindruckend. Scaduto macht einige wilde Sprünge; Leser, die sich umfassend über den Fall informieren wollen, müssen wahrscheinlich Fisher, Kennedy *und* Scaduto lesen.

Die erste bedeutende Darstellung des Falls war George Wallers Bestseller *Kidnap* (1961), eine lesbare, wenn auch konventionelle und gelegentlich ungenaue Schilderung der Ermittlungen. Leider ist das fast sechshundert Seiten umfassende Sachbuch nicht mit einem Index versehen.

Eine äußerst wichtige Quelle war *In Search of the Lindbergh Baby* (1981) des Journalisten Theon Wright, das einzige dieser Bücher, das alle unvereinbaren Elemente dieses verwickelten Falls berücksichtigt und versucht, ihnen einen Sinn zu entnehmen. Wie *Scapegoat* ist jedoch auch Wrights Buch ziemlich zerfahren und setzt beim Leser eine Kenntnis der grundlegenden Fakten voraus.

Mein Kandidat für die beste Darstellung des Falles Lindbergh ist ›Everybody Wanted in the Act‹, ein langer Artikel des Reporters Alan Hynd, der in *True* erschien (März 1949); er wurde mehrmals in verschiedenen Anthologien nachgedruckt, unter anderem in *Violence in the Night* (1955) und *A Treasury of True (1956).* Hynd berichtete für *True Detectives Mysteries* über den Fall und war der Koautor von Evalyn Walsh McLeans Serie im Magazin *Liberty*, ›Why I Am Still Investigating the Lindbergh Case‹ (1938). Sein zynischer Reporterblick – weder für die Anklage noch für Hauptmann – ist sehr erfrischend; er war auch einer der ersten, der Zweifel an der Identität der kleinen Leiche äußerte, die man in den

Wäldern der Sourland Mountains gefunden hat. Meine Schilderung der unheimlichen Vorfälle in Far Views basiert auf diesem Artikel und dem, den Hynd zusammen mit Mrs. McLean geschrieben hat.

Auf der oben erwähnten Artikelserie in *Liberty* und Mrs. McLeans Autobiographie *Father Struck It Rich* (1936, gemeinsam mit Boyden Sparkes) beruht auch meine Schilderung von Evalyn Walsh McLean. Hilfreich war auch *Blue Mystery: The Story of the Hope Diamond* (1976) von Susanne Steinem Patch. Die Romanze zwischen Evalyn und Nate Heller ist natürlich fiktiv, und mir ist auch keine Parallele in Mrs. McLeans Leben bekannt.

Charles und Anne Lindbergh wurden hauptsächlich nach ihren eigenen Büchern geschildert: *We* (1927), *The Spirit of St. Louis* (1953) und *Autobiography of Values* (1977) von Charles und *Hour of Gold, Hour of Lead* (1973) von Anne. Hilfreich waren ebenfalls: Lindbergh: A Biography (1976) von Leonard Mosley und *The Last Hero: Charles A. Lindbergh* (1968) von Walter S. Ross.

Hilfreich bei der Darstellung Ellis Parkers waren *The Cunning Mulatto and Other Cases of Ellis Parker, American Detective* (1935) von Fletcher Pratt und eine Artikelserie im Magazin *Liberty*, ›Whatever Happened to Ellis Parker?‹ (1938) von Fred Allhoff. Hilfreich bei der Darstellung Gaston Means' waren *Spectacular Rogue: Gaston B. Means* (1963) von Edwin P. Hoyt und ›Gaston Means, Kind of Swindlers‹, eine dreiteilige Serie in *Startling Detective Adventures* (1933) von Judson Wyatt.

Mit Frank J. Wilson beschäftigen sich zwei Bücher, die beide nützliche Informationen über die Rolle der Bundesregierung beim Fall Lindbergh lieferten: *Special Agent: A Quarter Century with the Treasury Department and the Secret Service* (1956) von Wilson selbst in Zusammenarbeit mit Beth Day und *The Man Who Got Capone* (1976) von Frank Spiering. Ähnlich nützlich waren *The Tax Dodgers* (1948), die Memoiren Elmer L. Ireys in Zusammenarbeit mit William J. Slocum; *Secret File* (1969) von Hank Messick, eine tiefgreifende Darstellung der Ermittlungsabteilung der Steuerfahndung, allerdings wieder mit einigen ungerechtfertigten Verleumdungen gegen Eliot Ness, für die Messick ja schon bekannt ist; *Treasury Agent – The Inside Story* (1958) von Andrew Tully, ein Buch, das sich mit Capone, Lindbergh und Waxey Gordon beschäftigt; und *Where My Shadow Falls* (1949), die Memoiren des FBI-Agenten Leon Turrou, der die Zuverlässigkeit Jafsie Condons als Augenzeuge in Zweifel zieht.

Die Darstellung Edgar Cayces beruht auf Material in *Edgar Cayce – Mystery Man of Miracles* (1956) von Joseph Millard; ebenfalls herangezogen wurden *My Life with Edgar Cayce* (1970) von David E. Kahn und Will Oursler, *The Psychic Detectives* (1984) von Colin Wilson und *a Prophet in His Own Country – The Story of the Young Edgar Cayce* (1974) von Jess Stearn. Cayces Rolle im Fall Lindbergh wird geschildert nach dem bereits erwähnten Buch von Theon Wright und nach *The Outer Limits of Edgar Cayce's Power* (1971) von Edgar Evans Cayce und Hugh Lynn Cayce sowie nach Fotokopien von Niederschriften seiner tatsächlichen ›Lesungen‹ und entsprechender Korrespondenz. (Obwohl ich nur eine Lesung geschildert habe, hat Cayce über den Fall Lindbergh mehrere abgehalten.)

Die Geschichte der Suche der fiktiven Gestalt Harlan Jensen nach seiner Identität beruht auf der Harold Olsons, wie sie Wright und Scaduto geschildert haben, sowie Mr. Olsons späterer Aufspürung des von Edgar Cayce beschriebenen Weges.

Hunderte von Zeitungsartikeln (aus *Tribune, Daily News, Herald-American* und anderen in Chicago erschienenen Blättern sowie aus *The New York Times* und *The Virginia Pilot and the Ledger Star*) dienten als Quellenmaterial. Eine Reihe damals erschienener Magazine über ›wahre Verbrechen‹ erwiesen sich als hilfreich, darunter

Daring Detective, Startling Detective Adventures und *True Detective Mysteries.* Ebenso hilfreich waren auch die Zeitschriftenartikel ›Did They *Really* Solve the Lindbergh Case?‹ Von Craig Thompson in der *Saturday Evening Post* vom 8. März 1952; ›The Baby ist Found . . . Dead!‹ von Allan Keller in *American History Illustrated* vom Mai 1975; ›The Story of the Century‹ von David Davidson, *American Heritage,* Februar 1976; und ›Did the Evidence Fit the Crime?‹ von Tom Zito, *Life,* März 1982.

Dank schulde ich auch den anonymen Autoren der Führer des Federal Writers Project über die Staaten Connecticut, Illinois, New Jersey, New York, Michigan und Virginia und der Stadt Washington; all diese Bücher erschienen Ende der 30er und Anfang der 40er Jahre.

Hilfreich waren auch einige Bücher über das organisierte Verbrechen: *The Don* (1977) von William Brashler; *Captive City* (1969) von Ovid Demaris; *Capone: The Life and World of Al Capone* (1971) von John Kobler; *Roemer: Man Against the Mob* (1989) von William F. Roemer jr.; *The Mobs and the Mafia* (1972) von Hank Messick und Burt Goldblatt; *The Legacy of Al Capone* (1975) von George Murray; *Barbarians in Our Midst* (1952) von Virgil W. Peterson; *Encyclopedia of American Crime* (1982) von Carl Sifakis; *The Mafia Encyclopedia* (1987) von Carl Sifakis; *Syndicate City* (1954) von Alson J. Smith und *Murder, Inc.* (1951) von Burton B. Turkus und Sid Feder.

Ein paar weitere Bücher verdienen eine Erwähnung: *Ransom Kidnapping in America, 1874–1974* (1978) von Ernest Kahlar Alix; *Facts, Frauds, and Phantasms* (1972) von Georgess McHargue; *Twelve Against Crime* (1950) von Edward D. Radin; *Courtroom* (1950) von Quentin Reynolds und *The Snatch Racket* (1932) von Edward Dean Sullivan.

Und Grüße mit dem Fedorahut an: Abdullah Balbed und den Stab der Indonesischen Botschaft; die Bosler

Free Library, die Boyd F. Spahr Library, das Dickinson College (besonders an Sue Norman und Steve Rehrer) und die Cumberland County Historical Society, alle in Carlisle, Pennsylvania; Barbara Gill von der Historical Society des Bezirks Berks, Reading, Pennsylvania; das *New Jersey Journal*, Elizabeth, New Jersey; die Public Library von Elizabeth, New Jersey; die Public Library von Reading, Pennsylvania; und die Ezra Lehman Memorial Library, Shippensburg University, Shippensburg, Pennsylvania.

Nachdem all diese Schulden abbezahlt – oder zumindest anerkannt – wurden, bleibt nur noch eine: Dieses Buch hätte nicht geschrieben werden können ohne die Liebe, Hilfe und Unterstützung meiner Frau Barbara. Und ohne es zu wissen, stellte mein Sohn Nathan – der sechs Jahre alt war, als dieses Buch geschrieben wurde – eine wichtige Inspiration für mich dar.

ENDE